Emile Zola

Der Häusliche Herd

Emile Zola

Der Häusliche Herd

Reproduktion des Originals.

1. Auflage 2022 | ISBN: 978-3-36826-670-7

Verlag: Outlook Verlag GmbH, Zeilweg 44, 60439 Frankfurt, Deutschland
Vertretungsberechtigt: E. Roepke, Zeilweg 44, 60439 Frankfurt, Deutschland
Druck: Books on Demand GmbH, In de Tarpen 42, 22848 Norderstedt, Deutschland

Erstes Kapitel

In der Neuen Augustin-Straße waren die Wagen ins Stocken geraten, wodurch auch die mit drei Koffern bepackte Droschke aufgehalten ward, die Octave vom Lyoner Bahnhof brachte. Trotz des kühlen, unfreundlichen Novemberabends ließ der junge Mann ein Wagenfenster herab. Er war überrascht, wie dunkel es plötzlich ward in diesem Stadtviertel mit den engen, von Menschen wimmelnden Straßen. Das Fluchen der Kutscher, die auf ihre sich bäumenden Rosse einhieben, das drängende Gewühl auf den Fußsteigen, die lange Reihe der hart nebeneinander befindlichen Kaufläden mit den vielen Angestellten und Kunden: all das betäubte ihn schier. Er hatte sich Paris sauberer gedacht und war keineswegs auf einen so regen Handel gefasst, der sozusagen zur Befriedigung der weitest gehenden Wünsche gerüstet schien.

Der Kutscher neigte sich zurück und fragte:

Es ist wohl in der Choiseulpassage?

Nein, in der Choiseulstraße! Ich glaube, ein neues Haus.

Die Droschke hatte nur um die Ecke zu biegen; es war das zweite Haus in der Gasse, ein großer, vierstöckiger Bau, dessen steinerne Vorderseite inmitten des verwitternden Mörtels der alten Nachbarhäuser eine kaum gerötete Blässe bewahrte. Octave, der den Wagen verlassen hatte, musterte unwillkürlich dieses Haus, von der Seidenwarenniederlage angefangen, die das Erdgeschoß und das Zwischengeschoß einnahm, bis zu den zurückweichenden Fenstern des vierten Stockwerkes, die sich auf eine schmale Terrasse öffneten. Der mit einem Gitter aus prächtig gearbeitetem Gusseisen versehene Balkon im ersten Stock ruhte auf zwei Figuren, die Frauenköpfe darstellten. Die Einrahmungen der Fenster zeigten eine verwickelte durchbrochene Terrakotta-Arbeit; oberhalb des mit Zierraten noch mehr überladenen Einfahrtstores waren zwei Liebesgötter angebracht, die eine Rolle hielten, auf der die Hausnummer – bei Nacht durch eine von innen angebrachte Gasflamme beleuchtet – zu lesen war.

In diesem Augenblick trat ein starker, blonder Herr aus dem Hause, der plötzlich stehen blieb, als er Octave sah.

Wie, Sie sind's? rief er aus. Ich habe Sie erst für morgen erwartet.

Ja, ich habe Plassans einen Tag früher verlassen. Ist vielleicht das Zimmer nicht bereit?

Doch; ich habe es vor zwei Wochen gemietet und auch sogleich möbliert, wie Sie es verlangten. Ich will Sie einführen.

Trotz der Einsprache Octaves kehrte er ins Haus zurück. Der Kutscher hatte inzwischen die drei Koffer vom Wagen geholt. In der Hausmeistersloge stand ein Mann von würdevollem Aussehen mit einem langen, rasierten Diplomatengesicht und las den »Moniteur«. Er geruhte indessen, sich im Lesen zu unterbrechen, als er sah, dass unter dem Haustore Koffer abgeladen wurden. Er trat näher und richtete an seine Wohnpartei, den »Architekten vom dritten Stock« – wie er ihn nannte – die Frage:

Ist das die Person, Herr Campardon?

Ja, Herr Gourd, das ist Herr Octave Mouret, für den ich das Zimmer im vierten Stock gemietet habe. Er wird dort schlafen und bei uns speisen. Herr Mouret ist ein Freund der Familie meiner Frau. Er sei Ihnen bestens empfohlen.

Octave blickte sich in der Toreinfahrt um. Die Wände waren mit unechtem Marmor verkleidet, das Deckengewölbe mit Rosetten geziert. Der gepflasterte Hof machte den Eindruck der Sauberkeit und kühlen Vornehmheit; vor der Stalltüre war ein Kutscher damit beschäftigt, mit einem Fell ein Pferdegebiss zu putzen. Offenbar verirrte sich niemals ein Sonnenstrahl in diesen Raum.

Mittlerweile hatte Herr Gourd die Koffer gemustert. Er hatte mit dem Fuße daran gestoßen und ihr Gewicht schien ihm Achtung einzuflößen. Er sagte, er wolle einen Dienstmann holen, der die Koffer über die Dienstbotentreppe hinaufschaffe.

Dann rief er in die Loge hinein:

Ich gehe fort, Frau Gourd.

Diese Loge bestand zunächst aus einem kleinen Salon mit hellen Spiegelscheiben; den Boden bedeckte ein Plüschteppich mit roten Blumen; die Möbel waren von Mahagoniholz. Durch eine halboffene Tür bemerkte man einen Teil des Schlafzimmers, wo ein Bett mit roten Ripsvorhängen stand. Frau Gourd, sehr dick, mit einer bändergezierten Haube auf dem Kopfe, lag in einem Sessel ausgestreckt, die Hände müßig über den Bauch gekreuzt.

Kommen Sie mit hinauf! sagte der Architekt.

Er öffnete die aus Mahagoniholz gezimmerte Türe des Vorraumes, und da er merkte, dass die schwarze Samtmütze und die hellblauen Pantoffel des Herrn Gourd auf den jungen Mann einen lebhaften Eindruck gemacht hatten, fügte er hinzu:

Ja, es ist der ehemalige Kammerdiener des Herzogs von Vaugelade.

Ah, sagte Octave einfach.

Jawohl, und er hat die Witwe eines kleinen Aufsehers von Mort-la-Ville geheiratet. Sie besitzen dort auch ein Haus; doch warten sie, bis sie 3000 Franken Rente erworben haben, dann werden sie sich dorthin zurückziehen ... Sehr anständige Hausmeistersleute!

Stiegenhaus und Treppe waren von einem auffälligen Luxus. Am Treppenabsatze stand eine weibliche Figur, eine Art vergoldeter Neapolitanerin, die auf dem Kopfe einen Krug trug, aus dem drei mit mattgeschliffenen Gläsern versehene Gaslampenarme sich abhoben. Die rund aufsteigende Treppenwand war mit unechtem Marmor verkleidet und bis hinauf in regelmäßige Felder eingeteilt, weiß mit rosa Einfassung. Das aus Gusseisen hergestellte, mit Mahagoniholz belegte Treppengeländer glich altem Silber, geziert mit Knospen aus Goldblättern. Die Stufen waren mit einem durch Kupferringe festgehaltenen, roten Teppich belegt. Was Octave beim Eintritt in den Vorraum am meisten überraschte, war eine Treibhauswärme, ein lauer Hauch, der ihn anwehte.

Ist denn die Treppe geheizt?

Freilich, erwiderte Campardon. Heutzutage muss jeder Hausbesitzer, der auf seinen Namen etwas hält, sich zu solcher Ausgabe verstehen. Dieses Haus ist vornehm, sehr vornehm.

Er blickte rund umher, um gleichsam mit den Augen eines Baumeisters die Mauern zu prüfen.

Sie werden sehen, mein Lieber; durchaus vornehm ... Auch die Bewohner sind durchwegs vornehme Leute ...

Während sie langsam hinaufstiegen, zählte er ihm die Bewohner des Hauses auf. In jedem Stockwerke waren zwei Wohnungen; die eine ging auf die Straße, die andere auf den Hof; die lackierten Türen von Mahagoniholz lagen einander gegenüber. Zunächst gab er flüchtige Aufschlüsse über Herrn Louis Vabre. Es war der ältere Sohn des Hauseigentümers; er hatte im Frühjahr das Seidenwarengeschäft im Erdgeschoß eröffnet und nahm auch das ganze Zwischengeschoß ein. Im ersten Stockwerk bewohnte Herr Theophile Vabre, der andere Sohn des Hauseigentümers, mit seiner Gemahlin die Hofwohnung; die Vorderwohnung hatte der Hausbesitzer selbst inne, ein vormaliger Notar von Versailles, der übrigens bei seinem Schwiegersohn wohnte, Herrn Duverdy, Rat am Berufungshofe.

Jawohl, Berufungsgerichtsrat und noch nicht über 45 Jahre! sagte Campardon. Das ist hübsch, wie?

Er stieg zwei Stufen empor, dann wandte er sich plötzlich um und sagte:

Wasserleitung und Gasbeleuchtung ist in allen Stockwerken.

Auf jedem Treppenabsatz stand unter dem hohen Fenster, durch dessen matte Scheibe ein gedämpftes Licht eindrang, ein schmales Bänkchen von rotem Samt. Der Architekt erteilte die Aufklärung, dass betagte Leute, welche die Treppe emporsteigen, hier ausruhen könnten.

Als er über das zweite Stockwerk gehen wollte, ohne seine Bewohner zu nennen, fragte Octave, nach der Tür der großen Wohnung zeigend:

Und da?

Ach, da? Leute, die man nie sieht, die niemand kennt ... Die übrigen Mieter würden gern auf diese Nachbarschaft verzichten ... Mein Gott! Flecke sind überall zu finden ...

Dann fügte er in verächtlichem Tone hinzu:

Der Herr macht Bücher, glaube ich.

Im dritten Stockwerk lächelte er wieder zufrieden. Die Hofwohnung war in zwei Teile abgesondert. Da wohnte Madame Juzeur, eine recht unglückliche kleine Frau, und daneben ein sehr vornehmer Herr, dessen Name nicht bekannt ist. Er hat ein Zimmer inne, wohin er nur einmal in der Woche Geschäfte halber kommt. Während dieser Aufklärungen hatte Campardon die Tür der andern Wohnung geöffnet.

Hier sind wir bei mir, sagte er. Warten Sie, bis ich Ihren Schlüssel hole. Wir wollen zuerst in Ihr Zimmer hinaufgehen, nachher will ich Sie mit meiner Frau bekannt machen.

Während der zwei Minuten, die er allein blieb, stand Octave unter dem Eindrucke der tiefen Stille, die auf der Treppe herrschte. Er neigte sich über das Geländer, angeweht von der Wärme, die von unten aufstieg; dann blickte er empor und horchte, ob keinerlei Geräusch von oben zu vernehmen sei. Es herrschte die tiefe Stille eines bürgerlichen Salons, der sorgfältig verschlossen ist, und wohin von außen kein Hauch zu dringen vermag. Es war, als ob hinter den schön lackierten Mahagonitüren unermessliche Tiefen von Ehrenhaftigkeit lägen.

Sie werden vortreffliche Nachbarn haben, sagte Campardon, der jetzt mit dem Schlüssel kam. In der Vorderwohnung logiert die Familie Josserand; der Vater ist Kassier in der Glasfabrik Sankt-Joseph und hat zwei heiratsfähige Töchter; neben Ihnen wohnt eine kleine Beamtenfamilie, die Pichons. Die Leute sind nicht reich, aber gut erzogen... Man muss doch alle Wohnungen vermieten, selbst in einem Hause wie diesem.

Vom dritten Stockwerk angefangen verschwand der rote Teppich; an seine Stelle trat eine einfache graue Leinwand. Octave fühlte sich dadurch ein klein wenig in seiner Eigenliebe verletzt. Die Treppe hatte ihn allmählich mit Achtung erfüllt; er hatte sich darüber gefreut, in einem so »vornehmen« Hause zu wohnen, wie der Architekt es genannt hatte. Hinter diesem einhergehend, bemerkte er auf dem Gange, der zu seinem Zimmer führte, durch eine halboffene Türe eine junge Frau, die vor einer Wiege stand. Bei dem Geräusch der Tritte blickte sie auf. Sie war blond und hatte helle, ausdruckslose Augen; er erhaschte nur diesen Blick, denn die junge Frau stieß plötzlich errötend die Türe zu mit der verschämten Miene einer überraschten Person.

Campardon wandte sich um und wiederholte:

Wasserleitung und Gasbeleuchtung ist in allen Stockwerken, mein Lieber.

Dann zeigte er auf eine Türe, die nach der Dienstbotentreppe führte. Oben befanden sich die Zimmer des Dienstgesindes. Jetzt blieb er am Ende des Flures stehen und sagte:

Endlich sind wir bei Ihnen.

Das viereckige, ziemlich große Zimmer hatte eine graue Papiertapete mit blauen Blumen und Möbel aus Mahagoni. Neben dem Schlafzimmer war eine Art Toilettenkabinett eingerichtet, so groß, dass man sich daselbst die Hände waschen konnte. Octave ging geradeaus zum Fenster, durch das ein trübes, grünliches Licht hereinfiel. Traurig und sauber gähnte der Hof unter ihm mit seinem regelmäßigen Pflaster und seinem Brunnen, dessen kupferner Hahn bis herauf glänzte. Noch immer kein lebendes Wesen, kein Geräusch; nichts als die gleichförmigen Fenster ohne einen Vogelbauer, ohne einen Blumentopf, den eintönigen Anblick ihrer weißen Vorhänge darbietend. Um die große kahle Mauer des Nachbarhauses zur Linken zu verdecken, welche das Viereck des Hofes abschloss, hatte man daselbst die Fensterreihen wiederholt durch gemalte falsche Fenster mit ewig geschlossenen Läden, hinter denen das verschlossene Leben der benachbarten Wohnungen sich fortzusetzen schien.

Ich werde ja prächtig wohnen! rief Octave entzückt aus. Nicht wahr? sagte Campardon. Mein Gott! Ich habe alles so veranstaltet, als ob es für mich selbst geschehe, überdies bin ich den Weisungen nachgekommen, die Sie mir in Ihren Briefen gegeben haben ... Also die Einrichtung gefällt Ihnen. Nun, Sie haben alles, was ein junger Mann braucht. Später werden Sie selbst das Nötige nachschaffen.

Octave drückte ihm unter Ausdrücken des Dankes und der Entschuldigungen für die verursachte Mühe sehr warm die Hände, worauf der Architekt mit ernster Miene sagte:

Hier, mein Lieber, müssen Sie sich geräuschlos bewegen, und vor allem keine Weiber ... Wenn Sie einmal ein Frauenzimmer mitbrächten, auf Ehre! das würde das ganze Haus in Aufruhr versetzen.

Seien Sie beruhigt, murmelte der junge Mann etwas zerstreut.

Wahrhaftig, ich selbst wäre dadurch bloßgestellt. Sie haben das Haus gesehen. Durchwegs Bürgersleute und von einer Anständigkeit, die, unter uns gesagt, oft zu weit getrieben wird. Man hört niemals ein Wort, niemals das geringste Geräusch – ganz wie Sie es gesehen und gehört haben. Ei ja! Herr Gourd liefe sogleich zu Herrn Vabre, und dann säßen wir beide in der Tinte! ... Ich bitte Sie daher noch einmal um meiner Ruhe willen: achten Sie das Haus!

Ergriffen von so großer Rechtschaffenheit, gelobte Octave hoch und teuer, das Haus zu achten. Campardon aber blickte vorsichtig umher und sagte dann mit gedämpfter Stimme:

Auswärts – hat sich niemand um Sie zu kümmern. Paris ist groß, man findet Platz genug ... Was mich betrifft – ich bin Künstler und nehme es nicht so genau!

Jetzt wurden die Koffer durch einen Dienstmann heraufgeschafft. Als alles an Ort und Stelle war, half der Architekt in väterlicher Weise dem jungen Mann bei seiner Toilette. Als diese beendet war, erhob er sich und sagte:

Jetzt wollen wir hinabgehen, um meine Frau zu sehen.

Im dritten Stockwerk fanden sie die Zofe, ein schmächtiges, kokettes Mädchen mit brünetter Hautfarbe. Die Zofe erklärte, Madame sei beschäftigt. Weil er ohnehin schon in Erklärungen begriffen war und seinen jungen Freund rasch mit allem vertraut machen wollte, zeigte der Architekt dem Gaste die Wohnung. Vor allem den großen, in Weiß und Gold gehaltenen Salon, mit schön gegliederten Friesen reich verziert, zwischen einem kleinen grünen Salon gelegen, aus dem er ein Arbeitszimmer gemacht hatte, und dem Schlafzimmer, wohin sie jetzt nicht eintreten konnten, das aber – wie Campardon seinem jungen Freunde sagte – ziemlich schmal und mit einer malvenfarbenen Tapete bekleidet war. Dann kamen sie in den Speisesaal, der ganz mit unechtem Holzgetäfel geziert war und eine sehr verwickelte Ausschmückung von Feldern und Rosetten zeigte.

Das ist ja herrlich! rief Octave entzückt aus.

An der Decke durchschnitten zwei lange Risse die Rosetten; in einer Ecke der Decke war die Malerei abgesprungen, so dass der Mörtel sichtbar war.

Ja, es wirkt, sagte der Architekt langsam, wobei er nach der Decke schaute. Sie begreifen: diese Häuser sind für die Wirkung gebaut ... aber es wäre nicht ratsam, die Mauern gar zu streng zu prüfen. Das Haus steht kaum zwölf Jahre und beginnt schon, die Haut abzuwerfen. Die Vorderseite wird aus schönen Steinen mit Bildhauerarbeiten hergestellt, das Stiegenhaus dreifach lackiert, die Wohnräume werden vergoldet und bemalt: Das zieht die Leute an und flößt ihnen Vertrauen ein. Unser Haus ist noch ziemlich fest und wird länger dauern als wir.

Sie kamen jetzt wieder durch das Vorzimmer, das durch ein Fenster mit matten Scheiben das Licht empfing. Links befand sich noch ein Hofzimmer, wo seine Tochter Angela schlief; das Zimmer war ganz weiß und glich in dem trüben Lichte dieses Novemberabends einer Gruft. Am Ende des Ganges lag die Küche, wohin der Baumeister seinen Gast durchaus führen wollte, damit er alles sehe.

Treten Sie nur ein! sagte er, die Türe aufstoßend.

Ein gräulicher Lärm drang aus der Küche. Das Fenster stand trotz der Kälte weit offen. An dem Geländer des Fensters standen das brünette Stubenmädchen und eine dicke alte Köchin und neigten sich in den finstern Abgrund eines engen, inneren Hofes hinaus, auf den Stockwerk für Stockwerk die Fenster sämtlicher Küchen des Hauses sich öffneten. Alle beide schrien zu gleicher Zeit in den Abgrund hinab, aus dessen Tiefe übermütige Stimmen herauftönten, untermengt von Gelächter und Flüchen. Es war, als ob ein Ausguss seines Inhaltes entleert werde. Das Dienstgesinde des ganzen Hauses war versammelt, um sich gehen zu lassen. Octave gedachte augenblicklich der bürgerlichen Wohlanständigkeit, die auf der großen Treppe herrschte.

Jetzt wandten die beiden Frauenzimmer sich um, als ob eine Ahnung ihnen die Anwesenheit der beiden Herren verraten hätte. Sie waren überrascht, als sie ihren Gebieter in Gesellschaft eines fremden Herrn sahen. Die Fenster flogen zu, und es trat wieder tiefes Stillschweigen ein.

Was gibt's, Lisa? fragte Campardon.

Gnädiger Herr, sagte die Zofe in erregtem Tone, es ist wieder dieser Schmutzfink Adele. Sie hat die Eingeweide eines Kaninchens durch das Fenster hinuntergeworfen. Gnädiger Herr sollten mit Herrn Josserand darüber reden.

Campardon blieb ernst: er schien sich in die Sache nicht einmengen zu wollen. Er kehrte in sein Arbeitszimmer zurück und sagte zu Octave:

Sie haben jetzt alles gesehen. In allen Stockwerken sind die Wohnungen einander gleich. Ich bezahle 2500 Franken und wohne im dritten Stock! Die Miete wird von Tag zu Tag teurer. Herr Vabre zieht sicherlich 22 000 Franken Erträgnis aus diesem Hause. Es wird noch im Werte steigen; denn man spricht davon, dass vom Börsenplatz bis zur neuen Oper eine breite Straße angelegt werden soll ... Wenn man bedenkt, dass er den Grund vor zwölf Jahren um einen wahren Pappenstiel an sich gebracht hat! ...

Als sie eintraten, bemerkte Octave über einem Zeichentisch im vollen Lichte des Fensters ein Bild der Heiligen Jungfrau mit dem flammenden Herzen. Der junge Mann vermochte eine Regung der Überraschung nicht zu unterdrücken. Er blickte Campardon an, den er in Plassans als einen lustigen Vogel gekannt hatte.

Ach ja! Ich habe Ihnen noch nicht mitgeteilt – sagte Campardon leicht errötend – dass ich zum bischöflichen Architekten in dem Sprengel von Evreux ernannt worden bin. Die Sache ist nicht sehr einträglich, sie bringt kaum mehr als 2000 Franken jährlich. Aber es ist nichts dabei zu tun, wie von Zeit zu Zeit eine kleine Reise dahin; ich habe übrigens dort einen Inspektor. Aber sehen Sie, es ist von großem Nutzen, wenn man auf seine Karte setzen kann: Regierungs-Architekt. Das verschafft mir sehr viel Beschäftigung von Seiten der höheren Klassen.

Dabei schaute er auf das Bild der Heiligen Jungfrau mit dem flammenden Herzen und fügte hinzu: Ich kümmere mich übrigens nicht viel um ihren Hokuspokus ...

Octave lachte, und der Architekt empfand eine gewisse Reue über seine letzten Worte. Warum vertraute er sich diesem jungen Mann an? Er blickte ihn forschend an, suchte sich zu fassen und kam auf die Sache zurück.

Das heißt: ich kümmere mich und kümmere mich wieder nicht ... Mein Gott, ich kann schon, wenn ich will ... Sie werden sehen, mein Freund, wenn Sie etwas älter werden, werden Sie auch so tun wie alle Welt.

Er sprach von seinen 42 Jahren, von der Leere seiner früheren Existenz und tat überhaupt sehr trübselig, was mit seiner blühenden Gesundheit ganz und gar nicht übereinstimmte. An seinem Künstlerkopfe, den er sich allmählich zugestutzt hatte, mit den flatternden Haaren und dem Barte nach Heinrich IV. sah man deutlich den platten Schädel und die vierschrötige Kinnlade des Spießbürgers mit dem beschränkten Verstande und den gefräßigen Begierden. In seiner Jugend war er von einer tollen Ausgelassenheit gewesen.

Die Augen Octaves blieben an einem Exemplar der »Gazette de France« haften, das unter den Bauplänen auf dem Tische lag. Campardon, immer mehr geniert, läutete der Kammerzofe, um zu fragen, ob Madame schon fertig sei. Die Antwort lautete, Madame werde sogleich erscheinen, der Doktor sei schon weggegangen.

Ist Frau Campardon vielleicht leidend? fragte Octave.

Nein, sie befindet sich wie sonst, sagte der Architekt im Tone der Langweile.

Ah, was fehlt ihr denn?

Campardon geriet wieder in Verlegenheit und antwortete nicht direkt.

Sie wissen ja, den Frauen fehlt immer etwas ... So ist sie seit dreizehn Jahren, seitdem meine Tochter geboren wurde. Übrigens befindet sie sich vortrefflich. Sie werden sogar finden, dass sie fett wird.

Octave drang nicht weiter in ihn. Eben kam Lisa wieder ins Zimmer und brachte eine Karte. Der Architekt entschuldigte sich, eilte in den Salon und bat den jungen Mann, inzwischen mit seiner Frau zu plaudern. Octave erblickte durch die rasch geöffnete und wieder geschlossene Tür des Salons den dunklen Schatten eines Talars.

Im nämlichen Augenblicke trat Madame Campardon durch das Vorzimmer ein. Er erkannte sie nicht wieder. Als er sie – noch als blutjunger Mensch – in Plassans bei ihrem Vater, Herrn Domergue, gesehen hatte – der bei der Brücken- und Straßenbauverwaltung angestellt war – da war sie mager und hässlich, und obwohl schon 20 Jahre alt, so gebrechlich wie ein Backfisch, der noch unter den Nachwirkungen der Mannbarkeitskrise steht. Jetzt fand er sie fett wieder mit der hellen, ruhigen Farbe einer Nonne, mit einem zärtlichen Ausdruck in den Augen, Grübchen in den Wangen und der Miene einer lüsternen Katze. Sie war nicht hübsch geworden, aber sie war um die dreißig Jahre gereift, hatte eine gewisse sanfte Fülle, die wohltuende Frische einer Herbstfrucht gewonnen. Es fiel ihm bloß auf, dass sie einen etwas schweren, watschelnden Gang hatte; sie trug einen langen Schlafrock von resedafarbener Seide, der ihr einen gewissen Ausdruck lässigen Schmachtens verlieh.

Ei, Sie sind ja ein Mann geworden! rief sie fröhlich aus, indem sie dem jungen Mann beide Hände reichte. Seit unserer letzten Reise sind Sie ordentlich in die Höhe geschossen!

Dabei betrachtete sie den großen, braunen, hübschen Jüngling mit dem sorgfältig gepflegten Schnurr- und Kinnbart. Als er sein Alter nannte – 22 Jahre – stieß sie einen Ruf der Überraschung aus. Sie hätte ihm mindestens 25 Jahre zugeschrieben. Er, den die bloße Anwesenheit einer Frau – und wäre es die letzte der Mägde – in Entzücken versetzte, lachte kindlich hell auf und ließ die zärtlichen Blicke seiner mattgelben, samtweichen Augen auf ihr ruhen.

Ach ja, sagte er; ich bin gewachsen. Erinnern Sie sich noch, wie Ihre Base Gasparine mir Marmorkügelchen zum Spielen abkaufte?

Dann erzählte er ihr Neuigkeiten von ihren Eltern. Herr und Frau Domergue lebten sehr zufrieden in dem Häuschen, wohin sie sich zurückgezogen hatten; sie beklagten sich bloß über ihre Einsamkeit und grollten noch jetzt Herrn Campardon ein wenig, weil er ihnen einst während eines kurzen geschäftlichen Aufenthaltes in Plassans ihr Röschen genommen ... Dann suchte der junge Mann das Gespräch wieder auf die Base Gasparine zu lenken. Er war sehr neugierig über den Ausgang eines seinerzeit unaufgeklärt gebliebenen Abenteuers. Der Architekt hatte eine Leidenschaft für Gasparine, ein schönes, armes Mädchen gefasst; dann heiratete er plötzlich die magere Rosa, die eine Mitgift von 30 000 Franken hatte; es gab eine tränenreiche Szene, ein Aufsehen erregendes Zerwürfnis und endlich die Flucht der verlassenen Gasparine nach Paris zu einer Tante, die sich als Näherin erhielt. – Frau Campardon, deren matt rosa Farbe völlig ruhig blieb, schien nicht zu verstehen. Er konnte von ihr nichts erfahren.

Und Ihre Eltern? fragte sie jetzt ihrerseits. Wie befinden sich Herr und Frau Mouret?

Vortrefflich, ich danke Ihnen! erwiderte er. Meine Mutter ist immer in ihrem Garten zu finden. Sie würden das Häuschen in der Bannstraße ganz so wiederfinden, wie Sie es zuletzt gesehen haben.

Frau Campardon, die – wie es schien – nicht lange stehen konnte, ohne zu ermüden, hatte auf einem hohen Zeichensessel Platz genommen und die Beine unter dem Schlafrock vor sich hingestreckt; er rückte einen niederen Sessel näher und befand sich so gleichsam zu ihren Füßen; er erhob den Kopf, wenn er zu ihr sprach, mit seiner gewöhnlichen Miene der Verehrung. Trotz seiner breiten Schultern hatte er das Benehmen einer Frau, einen gewissen weiblichen Sinn und wusste sich in kürzester Zeit in die Gunst der Frauen zu setzen. Nach Verlauf von zehn Minuten plauderten die beiden wie zwei alte Freundinnen.

Ich bin also Ihr Kostgänger! sagte er, indem er mit seiner schönen Hand, deren Fingernägel einen durchaus tadellosen Schnitt zeigten, sich den Bart strich. Wir werden uns gut vertragen, Sie sollen sehen ... Es war sehr liebenswürdig von Ihnen, sich des Rangen von Plassans zu erinnern und beim ersten Wort sich mit seinen Angelegenheiten zu beschäftigen.

Doch sie wehrte ab.

Nein, danken Sie mir nicht. Ich bin viel zu träge und rühre mich kaum mehr von der Stelle. Achilles hat alles geordnet. Es genügte übrigens die Mitteilung meiner Mutter, dass Sie bei einer Familie Unterkunft suchen; wir beschlossen sogleich, Ihnen unser Haus zu öffnen. Sie kommen nicht zu fremden Leuten, und wir gewinnen einen Gesellschafter.

Da sprach er von seinen Angelegenheiten. Nach beendeten Studien hatte er, einem Wunsche seiner Eltern gehorchend, drei Jahre zu Marseille in einem großen Handlungshause zugebracht, das in der Nähe von Plassans bedruckten Kattun fabrikmäßig herstellte. Er war leidenschaftlich für den Handel eingenommen, besonders für den Handel mit Luxusartikeln für die Damenwelt, wo man durch einschmeichelnde Worte und Blicke fast unmerklich Eroberungen macht. Er erzählte ferner unter strahlendem Lachen, wie er fünftausend Franken verdient habe, ohne die er – der unter dem Scheine eines liebenswürdigen Brausekopfes von einer wahrhaft jüdischen Vorsicht war – es niemals gewagt haben würde, nach Paris zu kommen.

Denken Sie sich, die Leute hatten eine Sorte Kattun am Lager, in Pompadour-Manier gehalten, ein veraltetes Muster, wunderschön – aber es wollte niemand anbeißen. Die Ware lag seit Jahren im Keller. Als ich mich einmal anschickte, eine Geschäftsreise in die Var-Gegend und in die niederen Alpen zu machen, hatte ich den Einfall, den ganzen »Krempel« auf eigene Rechnung zu kaufen. Ich hatte einen närrischen Erfolg! Die Frauen rissen sich um den Stoff ... Es gibt jetzt dort unten keine Frau, die nicht meinen Kattun am Leibe hätte ... Ich habe sie allerdings sehr fein »eingefädelt«! Sie waren sämtlich in meiner Tasche, ich hätte mit ihnen machen können, was ich wollte! ...

Er lachte, während Frau Campardon, entzückt und verwirrt durch den Gedanken an diesen Pompadour-Kattun, ihn darüber näher ausfragte. »Kleine Sträußchen auf ungebleichter Leinwand, nicht wahr?« Sie hatte diesen Stoff überall gesucht, um sich einen Sommerschlafrock daraus machen zu lassen.

Ich bin zwei Jahre gereist, das ist genug. Überdies muss ich mir auch Paris erobern ... Ich will mir sofort irgendein Geschäft suchen.

Wie? rief sie; hat Ihnen Achilles nicht erzählt? Er hat ja eine Stelle für Sie! Kaum zwei Schritte von hier!

Er dankte und tat sehr überrascht. Ihm sei, als lebe er im Schlaraffenland – sagte er – und er werde vielleicht gar am Abend eine Frau mit hunderttausend Franken Rente in seinem Zimmer antreffen.

In diesem Augenblick trat ein langes, hässliches Mädchen von 14 Jahren ein mit Haaren von einem faden Blond; sie stieß einen leisen Schrei der Überraschung aus, als sie den fremden, jungen Mann sah.

Tritt nur ein, fürchte dich nicht, sagte Frau Campardon. Es ist Herr Octave Mouret, von dem du uns sprechen hörtest.

Dann sagte sie zu dem jungen Manne:

Meine Tochter Angela ... Wir haben sie auf unserer letzten Reise nicht mitgenommen, sie war zu schwach! Doch jetzt füllt sie sich ein wenig.

Angela hatte sich mit der linkisch verlegenen Manier der Mädchen dieses »undankbaren Alters« hinter den Sessel ihrer Mutter geflüchtet, von wo sie kein Auge von dem heiteren, jungen Manne ließ. Bald kam auch Herr Campardon, sichtlich in guter Stimmung. Er konnte nicht an sich halten und erzählte seiner Frau in kurzen Sätzen das angenehme Vorkommnis. Der Vikar zu Sankt-Rochus, Abbé Manduit, sei hier gewesen und habe einen Auftrag gebracht. Es handle sich vorläufig nur um Wiederherstellungsarbeiten, aber die Sache könne noch weit führen. Dann schien er etwas verdrossen darüber, dass er vor Octave geplaudert hatte; er schlug in die Hände und rief:

Was fangen wir jetzt an?

Sie wollten ja ausgehen, sagte Octave. Ich will Sie nicht hindern.

Achilles, fiel Frau Campardon ein, was ist's mit der Stelle bei Hédouin? ...

Richtig! rief der Architekt aus. Mein Lieber, ich habe für Sie die Stelle eines ersten Angestellten in einem Modewarenhause. Ich kenne dort jemanden, der für Sie gesprochen hat ... Man erwartet Sie. Es ist noch nicht vier Uhr. Soll ich Sie sogleich vorstellen?

Octave zögerte; in seiner Ängstlichkeit hinsichtlich der Toilette war er nicht ganz sicher, ob er sich in diesem Augenblicke zeigen könne. Er entschloss sich indes zu gehen, als Frau Campardon ihm versicherte, dass er durchaus »tadellos« sei. Sie bot ihrem Gatten nachlässig die Stirn, die dieser mit vieler Zärtlichkeit küsste.

Auf Wiedersehen, mein Kätzchen ... auf Wiedersehen, mein Mädel ...

Wir speisen um sieben Uhr, fügte sie hinzu, die Herren bis in den Salon begleitend, wo diese ihre Hüte nahmen.

Angela folgte mechanisch. Allein ihr Klavierlehrer erwartete sie, und bald darauf trommelte sie schon mit ihren dürren Fingern auf dem Instrument. Octave, der im Vorzimmer stehen blieb, um noch einmal zu danken, vermochte sich bei der Musik kaum verständlich zu machen. Auf der Treppe, die er jetzt hinabstieg, schien das Klavier ihn zu verfolgen; in der lauen Stille des Treppenhauses bei Frau Juzeur, bei der Familie Vabre, bei Duverdy antworteten andere Pianos; in jedem Stockwerke wurden andere Melodien gespielt, die fern und gedämpft hinter den geschlossenen Türen hervortönten.

Unten wandte sich Campardon in die Neue Augustinstraße. Er schwieg mit der sinnenden Miene eines Menschen, der einen Übergang sucht.

Erinnern Sie sich noch an Fräulein Gasparine? fragte er endlich. Sie ist erste Ladenmamsell im Hause Hédouin ... Sie werden sie sogleich sehen.

Octave hielt den Augenblick für geeignet, um seine Neugierde zu befriedigen.

Ah, sagte er; wohnt sie bei Ihnen?

Nein, nein! rief der Architekt lebhaft und fast beleidigt aus.

Als er merkte, dass der junge Mann von dieser Heftigkeit überrascht schien, fuhr er etwas verlegen in ruhigerem Tone fort:

Nein, sie und meine Frau sehen einander nicht mehr... Sie wissen, in den Familien kommt dergleichen vor... Ich bin ihr begegnet und konnte nicht umhin, die dargereichte Hand zu nehmen, – nicht wahr? umso weniger, als es ihr keineswegs brillant geht, dem armen Mädchen. So kommt es, dass die beiden Frauen jetzt nur durch mich Nachricht voneinander erhalten ... Bei so alten Zwistigkeiten muss man es der Zeit überlassen, die Wunden zu heilen.

Octave entschloss sich, ihn rundheraus über seine Heirat zu befragen, doch der Architekt schnitt das Gespräch kurz ab und sagte:

Da sind wir!

Man befand sich an der Ecke der Neuen Augustin- und Michodière-Straße vor einer Modewarenhandlung, deren Türe sich auf das schmale Dreieck des Gaillonplatzes öffnete. Eine im Zwischengeschoß angebrachte Firmatafel, die zwei Fenster verdeckte, trug in verblassten Goldbuchstaben die Inschrift: » *Zum Paradies der Damen, gegründet im Jahre* 1822.« Auf den Spiegelscheiben der Auslagen war in roten Buchstaben folgende Firma zu lesen: Deleuze, Hédouin & Co.

Das Geschäft hat kein modernes Äußere, ist aber sehr ehrenhaft und solid, erläuterte Campardon in aller Eile. Herr Hédouin, vormals Angestellter, hat die Tochter des älteren Deleuze geheiratet, der vor zwei Jahren gestorben ist, so dass das Geschäft jetzt von den Jungen geleitet wird; der alte Deleuze und noch ein anderer Teilhaber halten sich völlig fern ... Sie werden Frau Hédouin sehen. Das ist eine ganze Frau ... Treten wir ein!

Herr Hédouin befand sich Leinwandkäufe halber in Lille. Die beiden Herren wurden von Frau Hédouin empfangen. Sie stand mitten im Laden mit einer Feder hinter dem Ohr und erteilte zwei Ladenburschen, die mit dem Ordnen von Stoffen in Fächern beschäftigt waren, ihre Befehle. Octave fand sie so groß, so wunderbar schön mit ihrem regelmäßigen Gesicht, ihrem gescheitelten Haar, so ernst lächelnd in ihrem schwarzen Kleide, auf das ein glatter Kragen mit einer kleinen Herrenkrawatte herabfiel, dass er – sonst keineswegs schüchtern – bei der Vorstellung verlegen stammelte.

Sie sind frei, sagte sie mit ihrer ruhigen Miene und der gewohnten Anmut einer Handelsfrau, – benutzen Sie also die Zeit bis zum Essen dazu, sich mit unserem Geschäfte ein wenig bekannt zu machen.

Sie rief einen Angestellten herbei, damit er Octave als Führer diene; nachdem sie auf eine Frage des Herrn Campardon höflich erwidert hatte, dass Fräulein Gasparine Geschäftswege zu machen habe, wandte sie sich um und fuhr fort, in ihrer kurzen, freundlichen Weise Befehle zu erteilen.

Nicht dorthin, Alexander ... Legen Sie die Seidenstoffe hinauf! ... Das ist nicht die gleiche Sorte ... Geben Sie acht! ...

Campardon verabschiedete sich von Octave mit dem Versprechen, ihn zum Essen abzuholen. Der junge Mann hatte zwei Stunden Zeit, das Warenlager zu besichtigen. Er fand die Räume schlecht beleuchtet, klein, überfüllt mit Waren, die den Verkehr hinderten. Er begegnete wiederholt Frau Hédouin, die geschäftig und geräuschlos durch die engen Gänge huschte, ohne mit ihrem Kleide irgendwo hängen zu bleiben. Sie war offenbar die Seele dieses großen Geschäftes, dessen Personal dem leisesten Winke ihrer feinen, weißen Hände gehorchte. Octave war verletzt darüber, dass sie ihn nicht weiter beachtete. Als er gegen sieben Uhr aus den unteren Räumen heraufkam, sagte man ihm, dass Herr Campardon im ersten Stock bei Fräulein Gasparine sei. Im ersten Stock war eine Wäscheniederlage eingerichtet, die unter der Leitung des Fräulein Gasparine stand. Auf der Höhe der Wendeltreppe blieb er, noch durch einen Stoß von gleichmäßig aufgestapelten Kalikostücken verborgen, plötzlich stehen, – er hörte, wie Campardon Fräulein Gasparine duzte.

Ich schwöre dir: nein! rief er, sich vergessend, fast laut.

Es entstand jetzt ein Stillschweigen.

Wie befindet sie sich? fragte Gasparine.

Mein Gott, immer gleichmäßig. Es kommt und vergeht wieder ... Sie fühlt wohl, dass alles vorüber ist. Das wird nie wieder gut werden.

Gasparine sagte im Tone des Mitleides:

Mein armer Freund, du bist zu beklagen. Da du übrigens in anderer Weise die Sache beizulegen wusstest... Sage ihr, wie sehr ich über ihren leidenden Zustand bekümmert bin ...

Campardon ließ sie nicht ausreden; er fasste sie bei der Schulter und küsste sie leidenschaftlich auf die Lippen. Sie erwiderte seinen Kuss und murmelte:

Morgen früh um sechs Uhr, wenn du kannst ... Ich werde zu Bett bleiben. Poche dreimal an.

Octave, zuerst höchlich befremdet, begriff jetzt. Er hustete und trat vor. Da bot sich ihm eine weitere Überraschung. Aus der Cousine Gasparine war eine dürre, magere, knochige Person mit vorspringenden Kinnladen und steifem Haar geworden; von ihrer früheren Schönheit hatte sie nichts behalten als ihre prächtigen Augen, die jetzt in einem erdfahl gewordenen Antlitze saßen. Mit ihrer Stirne, auf der die Eifersucht zu lesen war, mit dem leidenschaftlichen und gebieterischen Ausdruck ihres Mundes brachte sie den jungen Mann in Verwirrung, während Rosa mit ihrer etwas späten Entwicklung einer kühlen Blonden ihn entzückt hatte.

Gasparine benahm sich höflich, aber ohne besondere Wärme. Sie erwähnte Plassans und sprach mit dem jungen Mann über die Tage von ehemals. – Als die Herren sich entfernten, reichte sie beiden die Hand.

Unten sagte Frau Hédouin zu Octave in gleichgültigem Tone:

Also morgen, mein Herr; es ist nicht nötig, dass Sie heute wiederkommen.

Als sie die Straße betraten, wo das Gerassel der Wagen ihre Stimmen übertönte und sie im Gewühl der Menge hin und her gestoßen wurden, konnte Octave nicht umhin zu bemerken, dass Frau Hédouin eine sehr schöne Frau, aber wenig liebenswürdig sei. Die hell erleuchteten Auslagefenster der frisch dekorierten, in ein Meer von Gaslicht getauchten Kaufläden warfen Lichtscheine von viereckiger Form auf das schwarze, schmutzige Pflaster; dann gab es wieder finstere Stellen auf der Straße; diese rührten von alten Läden mit unbeleuchteten Auslagen her, wo nur im Innern des Geschäftsladens einige rauchende Lampen brannten, die sich von außen wie ferne Sterne ausnahmen. In der Neuen Augustinstraße, kurz bevor sie in die Choiseul-Straße einbogen, grüßte der Architekt vor einem Laden dieser Art.

Eine junge Frau, schmächtig und elegant, in ein Seidenmäntelchen gehüllt, stand auf der Schwelle und zog einen dreijährigen Knaben an sich aus Furcht, dass er unter die Räder geraten könne. Sie plauderte mit einer älteren Dame – ohne Zweifel der Inhaberin des Geschäftes – die sie duzte. In dem dunklen Rahmen der Ladentür konnte Octave bei dem tanzenden Widerschein der benachbarten Gasflammen die Züge der jungen Frau nicht unterscheiden; sie schien hübsch zu sein; er sah nur zwei leuchtende Augen, die im Dunkel einen Augenblick wie zwei Flammen auf ihn gerichtet waren. Hinter ihr lag der Geschäftsladen feucht und dunkel wie ein Keller; und aus dem Laden drang ein unbestimmter Geruch von Salpeter.

Das ist Frau Valerie, Gemahlin des Herrn Theophil Vabre, jüngeren Sohnes des Hauseigentümers, – Sie erinnern sich ja: die Leute vom ersten Stock. Eine reizende Dame! sagte Campardon, als sie einige Schritte weitergegangen waren. Sie ist in diesem Laden aufgewachsen, einem der bestbesuchten Geschäfte des Stadtviertels, das ihre Eltern, Herr und Frau Louhette, noch immer führen, um eine Beschäftigung zu haben. Sie haben ein Vermögen dabei gewonnen, kann ich Ihnen sagen.

Doch Octave hatte kein Verständnis für diese Art des Handels in diesen Löchern des alten Paris, wo ein Restchen alten Stoffes als Firma genügte. Er erklärte, dass er um keinen Preis der Welt in einem solchen

Kellergewölbe leben wolle. Da müsse man saubere Krankheiten davon-
tragen ...

Unter solchen Gesprächen stiegen sie die Treppe empor. Sie wurden
schon erwartet. Frau Campardon hatte ein graues Seidenkleid angelegt,
sich kokett frisiert und überhaupt sehr sorgfältig herausgeputzt. Campardon küsste sie mit der Innigkeit eines zärtlichen Gatten auf den Hals.

Guten Abend, mein Kätzchen! ... Guten Abend, Mädelchen! ...

Man begab sich in das Speisezimmer.

Das Essen verlief sehr angenehm. Frau Campardon sprach zuerst von
der Familie Deleuze und Hédouin, einer von dem ganzen Stadtviertel
geachteten Familie, deren Mitglieder sehr bekannt waren; ein Vetter sei
Papierhändler in der Gaillon-Straße, ein Oheim Regenschirmhändler in
der Choiseul-Passage, Neffen und Nichten, die sämtlich in der Umgebung sich niedergelassen hätten. Alsdann nahm das Gespräch eine andere Wendung; man beschäftigte sich mit Angela, die steif auf ihrem Stuhle
saß und mit eckigen Bewegungen aß. Ihre Mutter erzog sie zu Hause, es
war sicherer; ohne mehr darüber sagen zu wollen, blinzelte sie mit den
Augen, um zu verstehen zu geben, dass die Fräulein in den Erziehungs-
anstalten schlimme Sachen lernen. Das junge Mädchen hatte inzwischen
heimlich den Teller auf dem Messer ins Gleichgewicht gestellt. Lisa, die
bediente, hätte ihn beinahe zerbrochen, und rief:

Es ist Ihre Schuld, Fräulein!

Ein unbändiges Gelächter, mühsam zurückgehalten, zog über das Gesicht Angelas. Frau Campardon begnügte sich, den Kopf zu schütteln;
als Lisa hinausgegangen war, um den Nachtisch zu bringen, spendete sie
der Zofe großes Lob: sehr geschickt, sehr tätig, ein echtes Pariser Mädchen, das sich immer zurechtzufinden wisse. Die Köchin Viktoria hingegen könne man schon missen, da sie bei ihrem vorgerückten Alter nicht
mehr ganz sauber sei; doch habe sie den Herrn zur Welt kommen sehen,
sie sei ein Familienrest, den sie respektierten. Als die Kammerfrau wieder mit gebratenen Äpfeln hereinkam, flüsterte Frau Campardon dem
jungen Mann ins Ohr:

Tadelloses Betragen! Ich habe noch nichts entdeckt ... Ein Ausgangstag
im Monat, um ihre alte Tante, die sehr weit wohnt, zu besuchen.

Octave betrachtete Lisa. Als er sie sah, nervös, mit platter Brust, erloschenen Augen, kam ihm der Gedanke, dass sie bei ihrer alten Tante
saubere Dinge treiben müsse. Übrigens billigte er die Ansichten der Mutter, die ihm ihre Gedanken mitteilte: ein junges Mädchen lege der Mutter

eine so schwere Verantwortlichkeit auf, man müsse selbst den Hauch der Straße von ihr fernhalten. Während dieser Zeit zwickte Angela die Lisa jedes Mal, wenn sie sich neben ihren Stuhl bückte, um einen Teller zu wechseln, mit solcher Vertraulichkeit in die Schenkel, ohne dass die eine oder die andere ihren Ernst verlor oder auch nur mit einer Wimper zuckte.

Man muss tugendhaft sein für sich selbst, sagte gedehnt der Architekt ohne scheinbaren Übergang. Ich kümmere mich nicht um die öffentliche Meinung, ich bin ein Künstler.

Nach Tisch blieb man bis Mitternacht im Salon. Es war eine ungewöhnliche Schwelgerei, um die Ankunft Octaves zu feiern. Frau Campardon schien sehr müde; nach und nach überließ sie sich, auf einem Sofa zurückgelehnt, ihrer Mattigkeit.

Leidest du, mein Kätzchen? fragte ihr Gatte.

Nein, sagte sie mit matter Stimme. Es ist immer das nämliche.

Sie sah ihn an, dann fragte sie halblaut:

Hast du sie bei den Hédouins gesehen?

Ja ... Sie hat nach dir gefragt.

Tränen stiegen in Rosas Augen.

Sie befindet sich wohl, nicht wahr?

Gemach, gemach! sagte der Architekt, indem er sie wiederholt auf die Haare küsste, vergessend, dass sie nicht allein seien. Du regst dich wieder auf ... Weißt du denn nicht, dass ich dich liebe, mein armes Mädel!

Octave, der bescheiden ans Fenster gegangen war, wie um auf die Gasse zu sehen, kam, weil seine Neugierde wieder erweckt war, zurück, um das Gesicht der Frau Campardon zu beobachten, und fragte sich, ob sie wisse.

Aber sie hatte ihr freundliches und leidendes Aussehen wieder angenommen.

Endlich wünschte Octave ihnen eine gute Nacht. Er befand sich noch mit seiner Nachtkerze in der Hand auf dem Gang, als er das Rauschen von Seidenkleidern hörte, welche die Treppen fegten. Aus Höflichkeit drückte er sich in einen Winkel. Es waren augenscheinlich die Damen vom vierten Stock: Frau Josserand und ihre beiden Töchter, die von einer Unterhaltung zurückkehrten. Als sie vorbeikamen, schaute die Mutter, eine beleibte, gewichtige Frau, ihn an, während das ältere Fräulein sich mit einer trockenen Miene abwandte, das jüngere hingegen ihn unge-

niert im Lichte der Kerze anlachte. Sie war reizend, ein anziehendes Ge-
sichtchen, klare Farbe, dunkle Haare, von einem blonden Widerschein
vergoldet; sie hatte die kühne Anmut, den freien Gang einer jungen
Frau, die von einem Ball zurückkehrt, in einer verwickelten Toilette mit
Schleifen und Spitzen, wie junge Mädchen sie sonst nicht tragen. Die
Schleppen verschwanden längs der Rampe, und eine Türe schloss sich.
Der Ausdruck des Frohsinns in den Augen dieses Mädchens hatte Octa-
ve sehr heiter gestimmt.

Langsam ging auch er hinauf. Eine einzige Gasflamme brannte, die
Treppe lag in der schwülen Hitze still da. Sie schien ihm jetzt keuscher
mit ihren züchtigen Türen, diesen reichen Mahagonitüren, die sich vor
ehrbaren Schlafzimmern schlossen. Kein Seufzer drang hindurch; es war
das Schweigen wohlerzogener Leute, die ihren Atem anhalten. Doch ließ
sich jetzt ein leises Geräusch vernehmen; er beugte sich hinab und bemerkte Herrn Gourd in Pantoffeln und Schlafmütze, wie er die letzte
Gasflamme auslöschte. Dann versank alles; das Haus verfiel in die Feierlichkeit der Finsternis, gleichsam völlig aufgehend in der Vornehmheit
und der Züchtigkeit seines Schlafes.

Octave konnte schwer einschlafen. Er warf sich fieberhaft umher, das
Gehirn erfüllt mit den neuen Gestalten, die er gesehen hatte. Warum
zeigten sich die Campardon so freundlich? Träumten sie vielleicht davon, ihm später ihre Tochter anzuhängen? Und diese arme Frau, – welche drollige Krankheit mochte sie haben? Vielleicht nahm ihn der Gatte
ins Haus, um seine Frau zu beschäftigen und zu erheitern. Dann verwirrten sich seine Gedanken noch mehr, er sah Schatten vorüberziehen! Die
kleine Frau Pichon, seine Nachbarin, mit ihren klaren, leeren Blicken; die
schöne Frau Hédouin, ernst und tadellos in ihrem schwarzen Kleide;
und die feurigen Augen der Frau Valérie; und das freudige Lachen des
Fräulein Josserand. Wie viele waren in wenigen Stunden auf dem Pariser
Pflaster aufgeschossen! Immer war sein Traum: dass Damen ihn bei der
Hand nehmen würden, um ihn in seinen Unternehmungen vorwärts zu
bringen. Aber diese kamen immer wieder und mischten sich mit einer
ermüdenden Hartnäckigkeit ein. Er wusste nicht, welche er wählen solle;
er bemühte sich, seine zärtliche Stimme, seine schmeichelnden Gebärden
beizubehalten. Dann aber gab er ungeduldig und erbittert seiner
Schroffheit, seiner rohen Verachtung gegen die Frauen nach, die sich unter dem Scheine verliebter Verehrung barg.

Werden sie mich endlich schlafen lassen, rief er laut, indem er sich
wieder heftig auf den Rücken warf. Die erste, die will ... Mir ist es gleich

... Alle zusammen, wenn es ihnen gefällt! ... Lasst mich schlafen; morgen ist auch ein Tag ...

Zweites Kapitel

Als Frau Josserand, ihre Töchter voran, die Abendgesellschaft bei Frau Dambreville verließ – die im vierten Stockwerk eines Hauses der Rivoli-Straße an der Ecke der Oratoriumsstraße wohnte – warf sie in einem plötzlichen Ausbruch ihres seit zwei Stunden zurückgehaltenen Zornes die Haustüre wütend zu. Berta, ihre jüngere Tochter, hatte wieder einmal eine Partie verfehlt.

Nun, was macht ihr da, rief sie zornig ihren Töchtern zu, die unter der Torwölbung stehen geblieben waren und den vorüberfahrenden Droschken nachblickten. So geht doch!... Glaubt ihr gar, dass ich eine Droschke nehmen werde... Um noch weitere zwei Franken auszugeben, was?

Das wird hübsch werden bei dem Schmutz, meinte Hortense, die ältere Tochter. Meine Schuhe werden es kaum überstehen.

Vorwärts! rief die Mutter wütend. Wenn ihr keine Schuhe mehr habt, bleibt ihr im Bett, – damit ist es gut. Was nützt es auch, dass man euch unter die Leute führt?!

Berta und Hortense ließen die Köpfe hängen und wandten sich der Oratoriumsstraße zu; sie hoben ihre langen Röcke so hoch über ihre Krinolinen, wie es möglich war und gingen mit eingezogenen Schultern, fröstelnd unter ihren dünnen Mantillen dahin. Hinter ihnen kam Frau Josserand, eingehüllt in einen alten Pelz von abgetragenem Grauwerk. Alle drei waren ohne Hüte, das Haar bedeckt mit einem Spitzenschleier, einer Haartracht, die bewirkt, dass die wenigen Fußgänger, die in so vorgerückter Abendstunde heimkehrten, sich überrascht umwandten, um diesen Damen nachzublicken, welche die Häuser entlang, eine hinter der andern, mit gekrümmtem Rücken sorgfältig dem Schmutz auszuweichen suchten und dahineilten. Die Erbitterung der Mutter stieg noch, wenn ihr einfiel, wie oft sie seit drei Jahren in ähnlicher Weise den Heimweg angetreten hatten mit zerknitterten Toiletten durch den Morast der Straßen, verhöhnt von verspäteten Lümmeln. Nein! Sie hatte jetzt entschieden genug davon, ihre Töchter in allen vier Enden von Paris herumzuschleppen, ohne sich eine Droschke gönnen zu dürfen, aus Furcht, sich am folgenden Tage eine Speise beim Essen absparen zu müssen.

Und das bringt Heiratspartien zusammen, sagte sie laut, von Frau Dambreville mit sich selber sprechend, gleichsam um sich zu trösten, während ihre Töchter, von ihr fast unbeachtet, in die Honoriusstraße

25

einbogen. Saubere Partien übrigens! Eine Schar Zieraffen, die, Gott weiß woher, zu ihr kommen. Ach, wenn man nicht gezwungen wäre! ... Da ist zum Beispiel ihr neuester Erfolg, diese junge Frau, mit der sie prunkte, gleichsam um uns zu zeigen, dass es nicht immer fehlschlägt ein sauberes Exemplar, ein unglückliches Kind, das nach einem Fehltritt, den es begangen, wieder auf sechs Monate ins Kloster gesteckt werden musste, um frisch gebleicht zu werden.

Als die Mädchen über den Königsplatz gingen, entlud sich ein Platzregen. Das gab ihnen den Rest. Bei jedem Schritte ausgleitend, völlig durchnässt, blieben sie wieder stehen und blickten den Droschken nach, die leer vorbeifuhren.

Vorwärts! schrie die Mutter unbarmherzig. Wir sind ja jetzt ganz nahe zu Hause, es lohnt nicht mehr die Mühe, vierzig Sous zu bezahlen. Euer Bruder Leo ist auch ein sauberer Filz! Aus Furcht, den Wagen bezahlen zu müssen, hat er sich geweigert, mit uns zu kommen. Wenn er bei dieser Dame findet, was er sucht – umso besser! Aber sauber scheint mir die Sache nicht. Eine Frau über die Fünfzig, die nur junge Leute empfängt! Eine ehemalige Nichtsnutzige, die irgendeine hohe Persönlichkeit mit diesem Schwachkopf Dambreville verheiratet und ihn dafür zum Bürochef gemacht hat.

Hortense und Berta trabten im Regen hintereinander her und schienen nichts von all dem zu hören. Wenn ihre Mutter sich in solcher Weise das Herz erleichterte, alle Rücksichten außer Acht lassend, der schönen Erziehung vergessend, die sie ihnen zu geben meinte, dann waren sie gewohnt, taub zu sein. In der finstern und öden Leitergasse verlor Berta endlich die Geduld.

Nein, das ist nett! Jetzt verliere ich einen Schuhabsatz! ... Ich kann nicht weiter!

Frau Josserand ward schrecklich.

Wollt ihr wohl gehen! ... Hört ihr mich klagen? ... Passt es mir, zu solcher Stunde und bei solchem Wetter in den Straßen umherzupatschen? ... Ja, wenn ihr einen Vater hättet wie andere Väter! Aber nein, der Herr bleibt zu Hause, um der Ruhe zu pflegen. Immer habe ich das Vergnügen, euch in Gesellschaft zu führen; er will nichts davon wissen. Ich erkläre euch, dass ich es satt habe bis an den Hals. Euer Vater soll mit euch gehen, wenn er will. Ich habe keine Lust, Häuser zu besuchen, wo ich nur Gift und Galle bekomme! ... Soll ich auch das nicht von diesem Manne haben können, der mich über seine Fähigkeiten getäuscht hat? ...

Nein, den würde ich auch nicht wieder zum Manne nehmen, wenn ich von vorne anfangen sollte.

Die jungen Mädchen widersprachen nicht mehr. Sie kannten zur Genüge dieses unversiegbare Kapitel über die zerstörten Hoffnungen ihrer Mutter. Die Spitzenschleier klebten durchnässt an ihren Gesichtern, die Schuhe waren voll Wasser – so gingen sie schweigend die Annenstraße entlang. In der Choiseul-Straße sollte vor ihrem Hause Frau Josserand eine letzte Demütigung erfahren: da ward sie von dem Wagen der Familie Duverdy bespritzt, die eben von einer Abendgesellschaft heimkehrte.

Obgleich kreuzlahm und wütend, fanden die Damen Josserand, Mutter und Töchter, ihre Anmut wieder, als sie auf der Treppe Octave begegneten. Als aber einmal die Türe hinter ihnen geschlossen war, drängten sie sich in aller Hast, überall an die Möbel stoßend, durch die dunklen Zimmer und eilten in den Speisesaal, wo Herr Josserand bei dem matten Lichte einer kleinen Lampe schrieb.

Verfehlt! schrie Frau Josserand, auf einen Stuhl sinkend.

Mit einer hastigen Bewegung riss sie sich den Schleier vom Kopfe, warf den Pelz auf eine Stuhllehne hin und erschien nun in einem feuerroten, mit schwarzem Samt besetzten Kleide, sehr dick, sehr tief ausgeschnitten, mit Schultern, die noch immer schön waren und den glänzenden Schenkeln eines Reitpferdes glichen. Ihr viereckiges Gesicht mit den hängenden Wangen und der dicken Nase drückte die tragische Wut einer Königin aus, die sich Zwang auferlegt, um nicht in die Sprache eines Fischweibes zu verfallen.

Ah! sagte einfach Herr Josserand, verblüfft durch diesen stürmischen Eintritt.

Er zuckte unruhig mit den Wimpern. Er fühlte sich vernichtet beim Anblicke seiner Frau, deren ungeheurer Busen ihn plattzudrücken drohte. In einem alten abgeschossenen Überrock, den er zu Hause trug, das Gesicht fast völlig verwischt durch fünfunddreißig Jahre Bürodienst, – so saß er da und betrachtete sie einen Augenblick mit seinen großen, blauen, glanzlosen Augen. Dann strich er seine ergrauenden Haarlocken hinter die Ohren zurück, und da er in seiner argen Verlegenheit kein Wort zu sägen wusste, suchte er seine Arbeit wieder aufzunehmen.

Verstehst du denn nicht? fuhr Frau Josserand in herbem Tone fort; ich sage, dass wir wieder eine Partie verfehlt haben, – und das ist die vierte!

Ja, ich weiß, die vierte! murmelte er; es ist verdrießlich, sehr verdrießlich! ...

Um der vernichtenden Nacktheit seiner Frau zu entgehen, wandte er sich mit einem freundlichen Lächeln zu seinen Töchtern. Sie hatten inzwischen gleichfalls ihre Spitzenschleier und Mäntel abgelegt; die ältere war in blauer, die jüngere in rosa Toilette; diese Toiletten von allzu freiem Schnitt und überladener Ausstattung waren an sich eine Herausforderung. Hortense hatte eine gelbe Gesichtsfarbe; das Gesicht war verunstaltet durch die dicke Nase, die sie von der Mutter geerbt und die ihr den Ausdruck geringschätzigen Eigensinns verlieh. Sie war kaum dreiundzwanzig Jahre alt, schien aber achtundzwanzig alt zu sein. Berta hingegen, die um zwei Jahre jünger war, bewahrte ihre kindliche Anmut; sie hatte wohl die nämlichen Züge, aber viel feiner und war glänzend weiß; die grobe Maske der Familie dürfte bei ihr erst viel später zum Vorschein kommen.

Wann wirst du uns endlich eines Blickes würdigen? schrie Frau Josserand ihrem Gatten zu. Um des Himmels willen, lass die Schreiberei, die mich schon nervös macht.

Aber, meine Liebe, sagte er sanft, ich mache Adressschleifen.

Ach, ja! Adressschleifen zu drei Franken das Tausend! ... Willst du vielleicht mit diesen drei Franken deine Töchter unter die Haube bringen?

Der von der Lampe schwach beleuchtete Tisch war in der Tat bedeckt mit bedruckten Adressschleifen von grauem Papier, auf die Herr Josserand die Namen schrieb; er machte diese Arbeit im Auftrage eines großen Verlegers, der mehrere Zeitschriften herausgab. Da seine Bezüge als Kassierer nicht ausreichten, um den Haushalt zu bestreiten, verbrachte er ganze Nächte mit dieser undankbaren Arbeit, im geheimen und von der Furcht getrieben, dass man die Verlegenheiten seines Hausstandes merken könne.

Drei Franken sind drei Franken, sagte er langsam. Diese drei Franken bieten euch die Mittel, Bänder für eure Roben zu kaufen und euren Gästen, die ihr jeden Dienstag empfangt, Kuchen vorzusetzen.

Er bedauerte sogleich, was er gesagt, denn er fühlte, dass er damit seine Frau im Innersten ihres Herzens getroffen, in ihrem Stolze verletzt habe. Ein Blutstrom rötete ihre Schultern; sie schien auf dem Punkte, in eine Flut von bitteren Reden auszubrechen; doch in einer Regung der Würde bemeisterte sie sich und begnügte sich zu stammeln:

Ach, mein Gott, mein Gott! ...

Sie blickte auf ihre Töchter und zermalmte ihren Gatten durch ein Zucken ihrer furchtbaren Schultern, als wolle sie sagen: »Hört ihr ihn, den

Kretin?« Die Mädchen nickten stumm. Als er sich geschlagen sah, legte Herr Josserand zögernd die Feder weg und faltete den »Temps« auseinander, welches Blatt er jeden Abend aus dem Büro brachte.

Saturnin schläft? fragte Frau Josserand trocken. Saturnin war ihr jüngerer Sohn.

Er schläft schon lange, sagte der Vater. Ich habe auch Adele fortgeschickt ... Und Leo? Habt ihr ihn nicht im Hause der Dambreville gesehen?

Er schläft ja dort! ließ sie sich wütend vernehmen.

Überrascht fragte der Vater:

Du glaubst?

Hortense und Berta waren wieder taub geworden. Sie lächelten indessen still vor sich hin und taten, als ob sie damit beschäftigt seien, ihre Schuhe auszuziehen, die in einem erbärmlichen Zustande waren. Um dem Gespräch eine andere Wendung zu geben, suchte Frau Josserand einen anderen Streit mit ihrem Gatten. Sie ersuchte ihn, seine Zeitung jeden Morgen wieder mitzunehmen und sie tagsüber nicht herumliegen zu lassen wie eben gestern wieder eine Nummer, in der von einem abscheulichen Prozess zu lesen war, den seine Töchter hätten lesen können. Darin zeige sich, wie wenig moralischen Sinn er habe.

Geht man denn zu Bett? fragte Hortense. Ich bin hungrig.

O, und erst ich! sagte Berta. Ich sterbe vor Hunger.

Was, ihr habt Hunger? schrie die Mutter entrüstet. Habt ihr denn auf der Abendgesellschaft keinen Kuchen gegessen? Ei, sind das dumme Gänse! Aber, man muss ja essen! Ich habe gegessen.

Die jungen Mädchen erhoben Einspruch. Sie seien hungrig und würden krank davon. Das Ende war, dass die Mutter sie in die Küche begleitete, um zu sehen, ob nichts übrig geblieben sei. Sogleich machte der Vater sich wieder an seine Adressschleifen. Er wusste recht gut, dass ohne diese Adressschleifen der Luxus des Haushaltes längst verschwunden wäre; und darum harrte er trotz ihrer Verachtung und des ungerechten Gezänkes bis zum dämmernden Morgen bei dieser geheimen Arbeit aus, glücklich wie nur ein Rechtschaffener es sein kann, wenn er daran dachte, dass ein Endchen Spitze mehr vielleicht einer seiner Töchter zu einer guten Heirat verhalf. Da man sich schon von der Nahrung einiges abzwackte, ohne den Bedürfnissen der Toilette und der Dienstagsempfänge gerecht zu werden, fügte er sich in diese Märtyrerarbeit, in Lumpen gehüllt, während seine Frau und Töchter die Salons besuchten und Blumen im Haar trugen.

Aber da ist es ja scheußlich schmutzig! schrie Frau Josserand, in die Küche eintretend. Ich kann es bei diesem Schmutzfinken Adele nicht durchsetzen, dass sie das Fenster halb offen lässt. Sie behauptet, dass es dann am Morgen in der Küche so kalt sei wie in einer Eisgrube.

Sie öffnete das Fenster. Da stieg aus dem engen Lichthofe eine eisige Feuchtigkeit, ein muffiger Kellergeruch herauf. In dem Lichtschein, den die von Berta angezündete Kerze auf die Wand warf, sah man die riesigen Schatten der nackten Schultern der Mutter tanzen.

Und welche Schlamperei hier herrscht, fuhr Frau Josserand fort, ihre Nase in alle Winkel, selbst an die schmutzigsten Orte steckend. Den Küchentisch hat sie seit zwei Wochen nicht gescheuert ... Da sind Teller von vorgestern .. Wahrhaftig, das ist ekelhaft! ... Und ihr Ausguss! Riecht einmal in ihren Ausguss!

Sie geriet immer mehr in Zorn und stieß das Essgeschirr mit ihren reichlich gepuderten, mit Goldreifen geschmückten Armen hin und her; schleppte ihr feuerrotes Kleid durch alle Flecke, blieb an den umherliegenden Küchengeräten hängen und gab so den mühsam zusammengestoppelten Luxus in dieser schmutzigen Umgebung preis. Beim Anblick eines schartigen Messers brach endlich ihr Zorn los.

Morgen früh werfe ich sie hinaus!

Da wirst du weit kommen, bemerkte Hortense ruhig. Wir können keine Magd behalten. Sie ist die erste, die drei Monate geblieben ist ... Wenn sie ein wenig reinlich sind und einmal eine weiße Soße zu machen verstehen, suchen sie das Weite.

Frau Josserand spitzte die Lippen. In der Tat hatte Adele allein, eben aus der Bretagne angekommen, blöd und unsauber in dem von stolzem Elend starrenden Haushalte dieser Spießbürgerleute ausgehalten, die ihre Unverwendbarkeit und Unflätigkeit missbrauchten, sie hungern zu lassen. Schon zwanzigmal hatten sie – aus Anlass eines Kammes, der auf dem Brot gefunden oder wegen eines abscheulichen Essens, das ihnen eine Kolik verursachte – davon gesprochen, sie davonjagen zu wollen; dann behielten sie die Magd doch immer wieder, weil sie verlegen waren, durch wen sie sie ersetzen sollten; denn selbst die Diebinnen weigerten sich, zu ihnen in den Dienst zu gehen, in diesen Käfig, wo selbst die Zuckerstückchen abgezählt wurden.

Ich finde nichts! sagte Bertha, in einem Küchenschrank suchend.

Dieser Schrank zeigte die trübselige Leere und den falschen Luxus der Familien, wo man die schlechteste Sorte Fleisch kauft, um Blumen auf den Tisch stellen zu können. Man sah nichts als einige Porzellanteller mit Goldleisten völlig leer, ein Brotmesser mit abgegriffenem Heft, kleine Fläschchen, in denen Essig und Öl längst versiegt waren, und nicht eine vergessene Brotkrume, kein Stück Obst, kein Restchen Käse – nichts. Man sah wohl, dass der nie gesättigte Hunger Adeles hier gründlich aufgeräumt hatte.

Hat sie denn das ganze Kaninchen aufgegessen? rief Frau Josserand.

Richtig! sagte Hortense, es ist ein Schwanzstück davon übrig geblieben ... Ach, da ist es. Es hätte mich auch gewundert, dass sie es wagen sollte ... Ich nehme es. Es ist wohl kalt, aber das schadet nichts.

Nun suchte Berta etwas zu essen, aber vergebens. Endlich entdeckte sie eine Flasche, in der ihre Mutter einen alten Rest eingekochter Frucht aufgelöst hatte, um Himbeersaft für ihre Abendgesellschaften herzustellen. Berta nahm ein halbes Glas voll davon und sagte:

Ein Gedanke! Da will ich mein Brot eintunken ... Wenn nichts anderes da ist! ...

Doch Frau Josserand schaute sie streng an.

Geniere dich nicht! Nimm lieber gleich das ganze Glas voll, wenn du schon dabei bist Ich werde dann unseren Gästen frisches Wasser vorsetzen ...

Glücklicherweise ward eine neue Missetat Adeles entdeckt, wodurch die Strafpredigt unterbrochen wurde. Als sich Frau Josserand in der Küche immerfort hin und her drehte, um ein neues Verbrechen der Magd zu entdecken, erblickte sie auf dem Küchentisch ein Buch. Das schlug dem Fass den Boden aus.

Ei, das schmutzige Tier! Sie hat schon wieder meinen Lamartine in die Küche herausgebracht!

Sie nahm das Buch und begann es abzureiben und abzuwischen, wobei sie immerfort wiederholte, sie habe der Magd schon zwanzigmal verboten, das Buch herumzuschleppen, um ihre Rechnungen darauf zu schreiben, Berta und Hortense hatten inzwischen das Stückchen Brot geteilt, das übriggeblieben war; dann nahmen sie ihr mageres Essen mit und sagten, sie wollten sich erst auskleiden, bevor sie äßen. Die Mutter warf einen letzten Blick auf den kalten Herd und kehrte in den Speisesaal zurück, den »Lamartine« fest unter ihren dicken Arm pressend.

Herr Josserand fuhr fort zu schreiben. Er hatte gehofft, dass seine Frau sich begnügen werde, durch das Zimmer gehend, um sich schlafen zu legen, ihm einen Blick tiefer Verachtung zuteilwerden zu lassen. Allein sie ließ sich ihm gegenüber von neuem auf einen Sessel nieder und sah ihn starr an, ohne ein Wort zu sprechen. Er fühlte die Wucht ihres Blickes und ward von einer solchen Beklemmung ergriffen, dass seine Feder auf dem dünnen Papier der Adressschleifen unruhig tanzte.

Du also hast Adele verhindert, eine Creme für morgen Abend zu machen? sagte sie endlich.

Er blickte betroffen auf.

Ich, meine Liebe?

Jawohl, du wirst wieder leugnen wie gewöhnlich. Weshalb sonst hätte sie die Creme nicht bereitet, die ich befohlen habe? ... Du weißt wohl, dass wir morgen vor der Abendgesellschaft den Onkel Bachelard zum Essen zu Gaste haben, dessen Geburtstag diesmal sehr ungelegen gerade auf den Empfangstag fällt. Wenn wir keine Creme haben, müssen wir Fruchteis haben, und da sind gleich fünf Franken mehr hinausgeworfen.

Er machte nicht einmal den Versuch, sich zu rechtfertigen. Da er nicht wagte, seine Arbeit wieder aufzunehmen, und anderseits sich nicht entschließen konnte, sie im Stiche zu lassen, begann er mit dem Federhalter zu spielen. Es entstand ein Schweigen.

Morgen früh, sagte Frau Josserand trocken, wirst du mir den Gefallen erweisen, bei den Campardon vorzusprechen und sie in höflicher Weise zu erinnern, – wenn du es kannst – dass wir am Abend auf sie zählen ... Der junge Mann, den sie erwartet haben, ist angekommen. Bitte sie, ihn mitzubringen. Ich will, dass er kommt.

Welcher junge Mann?

Ein junger Mann. Es würde zu lange dauern, dir das näher zu erklären ... Ich habe meine Erkundigungen eingezogen. Ich muss alles versuchen, da du mir deine Töchter auf dem Halse lässt, ohne sich um ihre Verheiratung mehr zu kümmern als um die des Großtürken.

Dieser Gedanke brachte sie wieder in Zorn.

Du siehst, ich bezwinge mich ... Aber ich habe es satt bis hinauf! ... Sage mir nichts! Sage mir gar nichts, oder ich breche los! ...

Er sagte nichts, sie aber brach dennoch los.

Das wird nachgerade unerträglich! Ich mache dich rechtzeitig aufmerksam, dass ich eines Tages durchgehen werde und zwar bald und dir deine Töchter auf dem Halse lasse! ... Bin ich für ein solches Bettlerleben geschaffen? ... Ich muss jeden Sou in vier Teile zerschneiden, muss mir ein Paar Stiefelchen versagen, kann meine Freunde nicht anständig empfangen – und alles deinetwegen! ... Schüttele nicht den Kopf! Bringe mich nicht noch mehr in Wut! Ja, deine Schuld ist es! Du hast mich betrogen, in unwürdiger Weise betrogen! Man heiratet nicht, wenn man entschlossen ist, seine Frau an allem Mangel leiden zu lassen. Du machtest den Prahlhans, hast mir eine schöne Zukunft vorgespiegelt, gabst dich für den Freund der Söhne deines Chefs aus, dieser Brüder Bernheim, die dich hinterher schön zum besten gehalten haben ... Was, du wagst es zu leugnen? Du müsstest heute ihr Teilhaber sein! Du hast aus ihrer Glasfabrik das gemacht, was sie ist, eines der ersten Häuser von Paris, und bist ihr Kassier geblieben, ein untergeordneter Beamter, ein besoldeter Mensch ... Du hast keinen Mut, schweig!

Ich beziehe achttausend Franken, erwiderte der Kassier, das ist ein schöner Posten.

Ein schöner Posten nach mehr als dreißig Dienstjahren! rief Frau Josserand. Man zehrt dich auf, und du bist entzückt! ... Weißt du, was ich getan hätte? Zwanzigmal hätte ich dieses Haus in meine Tasche gesteckt. Das war federleicht! Ich habe es sofort eingesehen, als ich dich zum Manne nahm, und habe seither nicht aufgehört, dich anzutreiben. m Aber dazu gehört Tatkraft und Verstand. Man darf nicht einschlafen auf seinem Sitzleder wie ein Faultier.

Willst du mir etwa vorwerfen, dass ich ehrlich geblieben bin?

Sie erhob sich, näherte sich ihm und schrie, mit ihrem Band Lamartine herumfuchtelnd:

Ehrlich? Was verstehst du darunter? Sei vor allem ehrlich gegen mich! Die anderen kommen erst später. Ich wiederhole es dir: es heißt unehrlich sein, wenn man ein junges Mädchen einfädelt, dabei sich das Ansehen gibt, einst reich sein zu wollen, und sich dann damit begnügt, die Kasse der anderen zu hüten! ... Ja, ich bin schön betrogen worden! ... Ach, wenn ich heute in die Lage käme ... und wenn ich deine Familie gekannt hätte!

Sie ging heftig erregt auf und ab. Trotz seiner Friedensliebe konnte Herr Josserand eine Regung der Ungeduld nicht unterdrücken.

Du solltest zu Bett gehen, Eleonore. Ein Uhr ist vorüber und meine Arbeit ist dringend ... Meine Familie hat dir nichts zuleide getan, sprechen wir nicht darüber.

Schau, schau! Warum denn nicht? Ist deine Familie etwa heiliger als andere Familien? Jedermann in Clermont weiß, dass dein Vater, nachdem er seine Advokaturkanzlei verkauft hatte, sich durch eine Haushälterin ruinieren ließ. Du hättest deine Töchter längst verheiratet, wenn dein Vater nicht mit siebzig Jahren solche sauberen Streiche gemacht hätte. Auch einer, der mich arg getäuscht hat.

Herr Josserand erbleichte. Er erwiderte mit bebender, allmählich lebhafter werdender Stimme:

Was soll das nützen, dass wir uns wieder einmal unsere Familien gegenseitig vorwerfen? ... Dein Vater hat mir die dreißigtausend Franken, die er mir als Heiratsgut versprochen hatte, niemals ausbezahlt.

Wie, was? Dreißigtausend Franken?

Jawohl, spiele doch nicht die Erstaunte! ... Wenn mein Vater von Unglücksfällen heimgesucht wurde, so hat sich dagegen der deine geradezu unwürdig benommen. In seine Hinterlassenschaft habe ich nie ganz klar gesehen; es sind alle möglichen Gaunereien aufgewandt worden, damit das Pensionat in der Viktorstraße dem Manne deiner Schwester in die Hände gespielt werde, diesem schäbigen Gimpel, der uns jetzt nicht einmal grüßt, wenn wir ihm auf der Straße begegnen ... Wir sind bestohlen worden wie in einem Walde! ...

Angesichts dieser unbegreiflichen Auflehnung ihres Gatten war Frau Josserand bleich geworden; sie schnappte nach Luft.

Rede nichts Übles von Papa: Er war vierzig Jahre hindurch die Zierde des Unterrichtswesens. Frage einmal im Pantheon-Stadtviertel, was das Institut Bachelard gewesen! Meine Schwester und mein Schwager sind, was sie sind; ... sie haben mich bestohlen, ich weiß es wohl; aber du darfst es nicht sagen. Das werde ich nicht dulden, hörst du? Spreche ich etwa von deiner Schwester, die mit einem Offizier durchgegangen ist? Ach, es sind saubere Leute, die deinen!

Mit einem Offizier, der sie geheiratet hat. Dagegen der Herr Onkel Bachelard, dein Bruder, ein sittenloser Mensch ...

Aber du bist ja ein Narr! Er ist reich, er verdient in seinem Kommissionsgeschäft enormes Geld und hat versprochen, unserer Berta die Heiratsausstattung zu geben ... Achtest du denn schon gar nichts?

Ach ja, die, Berta will er ausstatten! ... Wollen wir wetten, dass er keinen Sou hergeben wird, und dass wir seine widerwärtigen Gewohnheiten umsonst ertragen haben? Ich schäme mich, sooft er herkommt. Ein Lügner, ein Schwelger, ein Mensch, der die anderen Leute ausbeutet und auf die jeweilige Lage rechnet; ein Mensch, der, weil er uns seit fünfzehn Jahren vor seinem Vermögen auf den Knien liegen sieht, mich jeden Samstag in sein Büro mitnimmt, damit ich ihm seine Rechnungen in Ordnung bringe, wodurch er hundert Sous erspart ... Wir werden schon sehen, wie seine Geschenke ausfallen.

Frau Joserand saß mit stockendem Atem da. Nachdem sie sich endlich ein wenig erholt hatte, stieß sie den letzten Schrei aus:

Aber du hast einen Neffen bei der Polizei!

Es entstand abermals Schweigen. Das Licht der kleinen Lampe ward immer bleicher, die Adressschleifen flogen unter den fieberhaften Bewegungen des Herrn Joserand, und er schaute dabei seiner Frau ins Gesicht, die ausgeschnitten, in ihrem feuerroten Kleide dastand, entschlossen, alles zu sagen, und bebend über seine Kühnheit.

Mit achttausend Franken kann man viel machen, fuhr Joserand fort; du beklagst dich immerfort; allein du hättest unsern Haushalt nicht auf einen Fuß stellen sollen, der über unsere Verhältnisse geht. Deine Leidenschaft, Leute zu empfangen, Besuche zu machen, einen Empfangstag zu haben, deinen Gästen Tee und Kuchen vorzusetzen ...

Sie ließ ihn nicht vollenden.

Ach, ist es das! Sperre mich in einen Korb ein! Wirf mir vor, dass ich nicht nackt ausgehe! Und deine Töchter! Wen werden sie heiraten, wenn wir keine Leute empfangen? Es kommen ohnehin nicht viele mehr ... Es lohnt die Mühe, sich zu opfern, um hinterher so schmachvoll beurteilt zu werden.

Wir alle haben uns aufgeopfert. Leo musste vor seinen Schwestern zurücktreten; er hat das Haus verlassen, weil er sah, dass er auf sich selbst angewiesen sei. Was Saturnin betrifft, so kann der arme Knabe kaum lesen. Ich selbst verzichte auf alles, bringe die Nächte bei der Arbeit zu ...

Warum hast du Töchter in die Welt gesetzt? Willst du den Kindern ihre Ausbildung vorwerfen? Ein anderer Mann würde großtun mit dem Lehrerindiplom Hortensens und den Talenten Bertas, die heute wieder alle Welt mit dem Vortrage des Walzers »Am Ufer der Oise« entzückt hat und deren neuestes Gemälde ohne Zweifel morgen unsere Gäste bezaubern wird. Aber du bist nicht einmal ein Vater. Du hättest deine Töchter wohl lieber die Kühe hüten geschickt als sie in ein Pensionat gegeben.

Ei was! Ich hatte für Berta eine Prämie versichert.

Hast du nicht schon die vierte Rate dazu verwendet, die Möbel des Salons neu überziehen zu lassen? Und hast du nicht die Prämie verschachert, noch ehe sie fällig geworden?

Gewiss, weil du uns Hunger sterben ließest. Du kannst dich in die Finger beißen, wenn deine Töchter alte Jungfern werden.

Mich in die Finger beißen! Aber Herrgott! Schließlich jagst du mit ihren Toiletten und lächerlichen Abendgesellschaften die Männer in die Flucht!

Noch niemals war Herr Josserand so weit gegangen. Frau Josserand stammelte fast erstickend: »Lächerlich, ich! lächerlich!« Da öffnete sich die Tür, und es erschienen Hortense und Berta in Unterrock und Leibchen, mit aufgelöstem Haar, die nackten Füße in Pantoffeln steckend.

Hu, wie kalt ist es in unserem Zimmer! sagte Berta fröstelnd. Der Bissen gefriert einem im Munde. Hier ist wenigstens am Abend eingeheizt gewesen.

Beide setzten sich dicht an den Ofen, der noch einen Rest von Wärme hatte. Hortense hielt mit den Fingerspitzen ihren Kaninchenknochen, von dem sie sehr geschickt das Fleisch abknabberte. Berta hingegen tauchte Brotschnitten in ihr Sirupglas. In der Hitze des Streites hatten die Eltern das Erscheinen ihrer Töchter gar nicht bemerkt; sie fuhren fort zu zanken.

Lächerlich bin ich? ... Ich will es nicht länger sein! Man soll mir den Kopf abschneiden, wenn ich fernerhin auch nur ein Paar Handschuhe verbrauche, um die Mädchen zu verheiraten. Beschäftige du dich jetzt mit der Sache und mache dich weniger lächerlich als ich.

Jetzt, nachdem du sie überall herumgeschleppt und bloßgestellt hast? Verheirate sie oder verheirate sie nicht – mir ist es ganz gleich!

Mir nicht minder! Es ist mir so gleichgültig, dass ich sie vor die Türe setzen werde, wenn du es noch lange so treibst. Wenn es dir beliebt, kannst du ihnen folgen, die Tür steht offen. Da bekäme ich eine schöne Last vom Halse!

An ähnliche Auseinandersetzungen gewöhnt, hörten die Mädchen den Zank ruhig mit an. Sie aßen still, ließen ihre Leibchen von den Schultern herabgleiten und rieben ihre nackte Haut an dem warmen Porzellanofen. Sie waren reizend in ihrer Jugend und Entblößung mit ihrem Heißhunger und ihren schlaftrunkenen Augen.

Es ist schade, dass ihr euch zankt, sagte endlich Hortense mit vollem Munde; Mama regt sich allzu sehr auf, und Papa wird vielleicht gar morgen im Büro krank sein ... Ich denke, wir sind groß genug, um uns selbst zu verheiraten.

Das schien dem Gespräch eine andere Wendung geben zu sollen. Der Vater schien mit seiner Kraft zu Ende und wollte sich jedenfalls wieder an seine Adressschleifen machen; er vermochte nicht zu schreiben, weil seine Hände zitterten; so saß er denn mit der Nase über das Papier gebeugt da. Inzwischen war die Mutter, die im Zimmer herumrannte wie eine wütende Löwin, vor Hortense stehen geblieben.

Wenn du für dich sprichst, dann bist du ein rechtes Gänschen! Dein Verdier wird dich niemals heiraten.

Das ist meine Sache, erwiderte kurz das Mädchen.

Nachdem sie fünf oder sechs Freier voll Verachtung abgewiesen hatte, einen kleinen Beamten, einen Schneiderssohn, andere junge Leute, die ihr keine Zukunft zu haben schienen, entschied sie sich für einen Advokaten, den sie bei den Dambreville getroffen hatte, und der schon an die vierzig Jahre zählte. Sie hatte eine sehr gute Meinung von ihm und seiner Zukunft. Das Unglück wollte, dass Verdier seit fünfzehn Jahren mit einer Geliebten lebte, die in dem Stadtviertel, wo sie wohnten, sogar für seine Frau galt. Hortense wusste davon und schien darüber nicht sonderlich beunruhigt zu sein.

Mein Kind, sagte der Vater und erhob von neuem den Kopf, ich habe dich gebeten, an diese Verbindung nicht zu denken ... Du kennst ja die Lage.

Sie unterbrach sich einen Augenblick in dem Saugen an ihrem Knochen und erwiderte im Tone der Ungeduld:

Was weiter? ... Verdier hat mir versprochen, sie zu verlassen. Sie ist eine dumme Gans.

Hortense, es ist nicht recht von dir, so zu sprechen. Was dann, wenn der Mann einst auch dich verlassen wird, um zu jener zurückzukehren, die er um deinetwillen verlassen hat?

Das ist meine Sache, wiederholte das junge Mädchen kurz.

Berta hörte ruhig zu; sie war vollständig eingeweiht in diese Angelegenheit, über deren Möglichkeiten sie täglich mit ihrer Schwester sich unterhielt. Gleich ihrem Vater nahm auch sie Partei für die arme Frau, die man nach einem fünfzehnjährigen gemeinschaftlichen Haushalte auf die Straße setzen wollte. Doch jetzt trat Frau Josserand dazwischen.

Lasst gut sein! Solche Geschöpfe kehren immer wieder in die Gosse zurück. Allein ich fürchte, dass Verdier niemals den Mut haben wird, sie zu verlassen. Er wird dich anführen, meine Liebe. Ich an deiner Stelle würde keinen Augenblick länger warten, sondern einen andern zu finden trachten.

Hortensens Stimme ward noch herber; zwei fahle Flecke erschienen auf ihren Wangen.

Mama, du kennst mich ja ... Ich will ihn haben, und ich werde ihn haben. Niemals werde ich einen andern heiraten, und wenn ich hundert Jahre auf ihn warten müsste.

Die Mutter zuckte die Achseln.

Und du behandelst andere als dumme Gänse! ...

Das junge Mädchen erhob sich, vor Aufregung zitternd.

Ich bitte dich, mich aus dem Spiele zu lassen! rief sie. Ich bin mit meinem Kaninchenschwanze zu Ende und will jetzt zu Bett gehen ... Da du uns nicht zu verheiraten vermagst, erlaube, dass wir es selbst tun, so gut wir können.

Damit ging sie hinaus und schlug die Türe heftig zu.

Frau Josserand wandte sich zu ihrem Gatten und sprach:

Da siehst du, wie du deine Töchter erzogen hast.

Herr Josserand widersprach nicht; er vertrieb sich die Zeit damit, kleine Figuren auf das Papier zu zeichnen. Berta hatte kein Brot mehr und wischte jetzt das Glas mit ihren Fingern aus. Sie fühlte sich sehr behaglich, denn ihr Rücken war gut durchwärmt, und sie beeilte sich keineswegs, in ihr Zimmer zu kommen und dort die zänkische Laune ihrer Schwester zu ertragen.

Ja, das ist der Lohn! sagte Frau Josserand und nahm ihren Spaziergang durch das Speisezimmer wieder auf. Zwanzig Jahre hindurch strapaziert man sich für diese Fräulein; man legt sich die härtesten Entbehrungen auf, um sie zu feinen Damen zu erziehen, und sie bieten uns nicht einmal die Genugtuung, dass wir sie nach unserem Geschmack verheiraten können ... Wenn man ihnen noch jemals das geringste verweigert hätte! ... Ich habe niemals einen Sou für mich behalten, habe mir in der Toilette die äußerste Beschränkung auferlegt und sie in einer Weise gekleidet, als ob wir fünfzigtausend Franken Rente hätten. Wahrhaftig, es ist zu dumm! Wenn diese Nichtsnutzigen eine sorgfältige Erziehung genossen haben, von Religion just so viel wissen wie nötig ist, das Benehmen reicher Mädchen haben, dann lassen sie uns fahren und sprechen davon, Advokaten und Abenteurer heiraten zu wollen, die sich einem lasterhaften Lebenswandel ergeben haben.

Sie blieb vor Berta stehen, drohte dieser mit dem Finger und sagte:

Wenn du es deiner Schwester nachmachen wolltest, würdest du es mit mir zu tun haben.

Dann fuhr sie fort, im Zimmer auf und ab zu trippeln, mit sich selber zu reden, von einem Gedanken auf den andern überzuspringen und sich zu widersprechen, aber immer mit der Miene einer Frau, die in allen Dingen recht behalten will.

Ich habe getan, was ich tun musste, und was ich auch heute tun würde, wenn ich von vorne anfangen müsste. Im Leben verlieren nur die Verschämten. Geld ist Geld. Wer keines hat, soll sich schlafen legen. Wenn ich zwanzig Sous hatte, sagte ich, dass ich vierzig habe; darin liegt alle Weisheit; es ist besser, Neid zu erregen als Mitleid ... Es nützt nichts, eine gute Erziehung genossen zu haben; gut gekleidet muss man sein, sonst wird man verachtet. Das ist ungerecht, aber es ist so. Lieber würde ich schmutzige Unterröcke tragen als ein Kleid von Kattun. Man soll Erdäpfel essen, aber ein Huhn auf den Tisch bringen, wenn man Gäste zum Essen hat. Wer das Gegenteil sagt, ist ein Schwachkopf.

Sie schaute ihren Gatten scharf an, an den die Bemerkungen gerichtet waren. Dieser schien erschöpft; er wollte das Gefecht nicht wiederaufnehmen und war feige genug zu sagen:

Es ist wahr: heutzutage gilt nur das Geld.

Du hörst mich wohl, sagte sie dann zu ihrer jüngeren Tochter. Gehe geradeaus und biete uns Genugtuung ... Warum hast du diese Partie wieder verfehlt?

Berta begriff, dass nun an ihr die Reihe sei.

Ich weiß nicht, Mama, murmelte sie.

Ein Bürounterchef, fuhr die Mutter fort, kaum dreißig Jahre alt, mit einer herrlichen Zukunft. Der bringt jeden Monat sein Gehalt nach Hause, das ist solide, es gibt nichts Besseres. Du hast gewiss wieder eine Dummheit begangen wie mit den übrigen?

Ich versichere dir: nein. Er wird sich unterrichtet und erfahren haben, dass ich keinen Sou besitze.

Frau Josserand rief heftig aus:

Und die Ausstattung, die der Onkel dir geben wird? Davon weiß ja alle Welt! ... Nein, da steckt was anderes dahinter. Er hat zu schroff abgebrochen. Während des Tanzes habt ihr euch in den kleinen Salon begeben.

Berta geriet in Verwirrung.

Ja, Mama ... Und als wir allein waren, da wollte er abscheuliche Dinge; er hat mich geküsst und dabei in einer Weise umarmt ... Da bekam ich Furcht und stieß ihn gegen ein Möbel ...

Ihre Mutter unterbrach sie wütend:

Gegen ein Möbel hast du ihn gestoßen! ... O, die Unglückliche! Gegen ein Möbel ...

Aber Mama, er hielt mich umfangen ...

Und was weiter? Er hielt dich umfangen ... Ist das eine große Sache! ... Gebt diese Dinger in die Pension! Was lernt ihr denn eigentlich dort?

Ein Blutstrom ergoss sich in die Schultern und Wangen des jungen Mädchens. Ihre jungfräuliche Züchtigkeit empörte sich bei diesen Reden, und Tränen traten ihr in die Augen.

Es ist nicht meine Schuld! Er sah so bösartig aus ... Ich weiß ja nicht, was man tun muss.

Was man tun muss? Sie fragt, was man tun muss? Habe ich dir nicht hundertmal gesagt, wie lächerlich deine Zimperlichkeit ist. Du bist berufen, in der Gesellschaft zu leben. Wenn ein Mann rücksichtslos ist, so beweist dies, dass er dich liebt, und es gibt immer Mittel, ihn artig in die gehörigen Schranken zurückzuweisen. Wegen eines Kusses hinter einer Türe! ... Ist es der Mühe wert, uns, deinen Eltern, das zu erzählen? Du stößt die Leute gegen die Möbel und stößt so deine Versorgung von dir!

Sie nahm einen belehrenden Ton an und fuhr fort:

Ich verzweifle schon an dir, denn du bist blöde, meine Tochter ... Es wäre nötig, dir alles vorzupfeifen und das wird auf die Dauer lästig. Da du kein Vermögen hast, musst du die Männer durch andere Mittel fangen. Man muss liebenswürdig sein, zärtliche Augen machen, seine Hände vergessen, kleine Kindereien gestatten, ohne es merken zu lassen, – kurz: man muss sich einen Mann angeln ... Glaubst du, es werde deinen Augen zuträglich sein, wenn du plärrst wie ein Vieh!

Berta schluchzte.

Du machst mich nervös; plärre nicht! ... Mann, befiel deiner Tochter, ihr Gesicht nicht mit dem Flennen zu verderben. Das fehlt uns noch, dass sie hässlich wird!

Mein Kind, sagte der Vater, sei vernünftig; gehorche deiner Mutter, die dir gewiss nur gute Ratschläge geben wird. Du darfst dich nicht hässlich machen, mein Kind.

Was mich verdrießt, ist, dass sie gar nicht übel ist, wenn sie will, fuhr Frau Josserand fort. Schau her! Trockne dein Gesicht ab und betrachte mich, als ob ich ein Herr wäre, der dir den Hof machen will ... Du lächelst, du lässt deinen Fächer fallen, damit der Herr, wenn er ihn aufhebt, deine Finger streift ... Nicht so! Du ziehst dich ja zurück wie ein krankes Hühnchen ... Wirf den Kopf zurück und lass deinen Hals sehen, er ist ja jung genug, um gezeigt zu werden.

Demnach so, Mama? ...

Ja, das ist besser ... Und sei nicht steif; die Taille muss biegsam sein. Die Männer lieben die steifen Bretter nicht ... Und wenn einer zu weit geht, der sitzt fest, meine Liebe! ...

Die Pendeluhr im Salon schlug die zweite Morgenstunde; in der Aufregung dieses lang ausgedehnten Abends, in ihrem wütenden Verlangen nach einer sofortigen Verheiratung Bertas vergaß die Mutter sich so weit, dass sie laut dachte und dabei ihre Tochter hin und her drehte wie eine Puppe aus Kartonpapier. Das Mädchen überließ sich ihr willenlos; doch ihr Herz war tief beklommen; Furcht und Scham drohten sie zu ersticken. Plötzlich aber brach sie mitten in einem perlenden Gelächter, dass ihre Mutter sie zwang zu versuchen, in ein Schluchzen aus und stammelte mit verstörter Miene:

Nein, das fällt mir zu schwer! ...

Frau Josserand stand einen Augenblick verblüfft und entrüstet da. Schon seitdem sie die Abendgesellschaft bei Frau Dambreville verlassen, fühlte sie ein Glühen in der Hand; Prügel lagen in der Luft. Jetzt brach sie los: sie ohrfeigte Berta aus voller Kraft.

Da nimm! Du bringst mich endlich aus der Fassung! So ein Tropf! Meiner Treu, die Männer haben Recht!

In der Hast der Bewegungen war der Band Lamartine zu Boden gefallen. Sie hob ihn auf, wischte ihn ab und begab sich, ohne weiter ein Wort zu sagen, mit königlicher Miene ihre Ballrobe hinter sich herschleppend, in ihr Schlafzimmer.

Das musste so kommen, brummte Herr Josserand, der seine Tochter nicht zurückzuhalten wagte, die nun laut weinend und sich die Wange haltend, ebenfalls hinausging.

Als Berta tastend durch das dunkle Vorzimmer ging, fand sie, dass ihr Bruder Saturnin wach war und bloßfüßig hinter der Türe stehend gehorcht hatte. Saturnin war ein langer Bursche von fünfundzwanzig Jahren mit schlotterigem Gang und seltsamen Blicken, der infolge eines Gehirnfiebers kindisch geblieben war. Er war zwar nicht verrückt; doch wenn er gereizt ward, versetzte er zuweilen durch seine Wutanfälle das ganze Haus in Schrecken. Berta allein hatte Gewalt über ihn; sie bändigte ihn mit einem Blicke. Als sie noch ein Kind war, hatte sie eine lange, schwere Krankheit zu überstehen, in der er sie pflegte; er gehorchte allen Launen des leidenden Kinde und hegte später, als sie genesen war, ein Gefühl der Verehrung für sie, in welche die Liebe in jedem Sinne sich mengte.

Hat sie dich wieder geschlagen? fragte er mit zitternder Stimme.

Berta war beunruhigt darüber, ihn da zu treffen, und versuchte, ihn zu Bett zu schicken.

Geh' schlafen! Das geht dich nichts an!

Doch geht es mich an. Ich will nicht, dass sie dich schlägt ... Sie hat mich durch ihr Geschrei aus dem Schlafe geweckt ... Dass sie ja nicht wieder anfange, sonst schlage ich zu! ...

Da fasste sie ihn an den Handgelenken und sprach zu ihm wie zu einem wilden Tiere. Er unterwarf sich sogleich und stammelte mit Tränen in den Augen:

Es tut dir weh, nicht wahr? Wo tut es dir weh? Ich will es küssen.

Da er im Dunkel ihre Wange traf, küsste er sie, benetzte sie mit seinen Tränen und sagte:

Es ist schon gut, es ist schon geheilt!

Herr Josserand war inzwischen allein geblieben; er ließ die Feder sinken; sein Herz war tief bekümmert. Nach Verlauf einiger Minuten erhob er sich und ging leise zu den Türen, um zu horchen. Frau Josserand schnarchte. Aus dem Zimmer seiner Töchter war kein Weinen mehr hörbar, die Wohnung war still und dunkel. Er kehrte ein wenig erleichtert zu seinem Schreibtisch zurück, richtete die Lampe, deren Docht schon halb verkohlt war, und begann wieder mechanisch zu schreiben. Er merkte gar nicht, dass zwei schwere Tränen auf die Adressschleifen fielen.

Drittes Kapitel

Als der Fisch aufgetragen ward, – Rochen mit Butter von zweifelhafter Frische, worüber dann die alles verderbende Adele noch eine Flut von Essig ausgoss – drangen Hortense und Berta, die rechts und links von ihrem Onkel Bachelard saßen, in diesen, er solle trinken. Sie schenkten ihm ein Glas Wein nach dem andern ein und sagten immerfort:

So trinken Sie doch, es ist ja heute Ihr Geburtstag! ... Auf Ihr Wohl, Onkel!

Sie hatten ein Komplott geschlossen, ihn um zwanzig Franken anzupumpen. Jedes Jahr übte ihre Mama die Vorsicht, sie beim Geburtstagsfestessen neben ihren Bruder zu setzen und ihn den beiden zu überlassen. Das war ein schweres Stück Arbeit und erheischte die ganze Ausdauer und Findigkeit zweier Mädchen, die von dem Verlangen nach feinen Schuhen und nach Handschuhen mit fünf Knöpfen verzehrt wurden. Um die zwanzig Franken zu erlangen, mussten sie den Onkel erst vollständig betrunken machen. Im Familienkreise war er von einer ekligen Filzigkeit, draußen aber verprasste er in scheußlichen Schwelgereien die achtzigtausend Franken, die er in seinem Kommissionsgeschäfte jährlich gewann. Diesen Abend war er glücklicherweise schon halbvoll angekommen, da er den Nachmittag bei einer Seidenfärberin in der Vorstadt Montmartre zugebracht und dort dem Marseiller Wermut reichlich zugesprochen hatte.

Auf euer Wohl, meine Kätzchen, sagte er mit seiner groben, schwerfälligen Stimme jedes Mal, wenn er das Glas leerte.

Er war breit und stark und nahm die Mitte der Tafel ein; er war mit Goldschmuck bedeckt und trug eine Rose im Knopfloche; das Gesicht zeigte die Breite des schwelgerischen, ausschweifenden Handelsmannes, der sich in allen Lastern gewälzt hat. Sein falsches Gebiss glänzte allzu grell in seinem wüsten Gesicht, dessen große, rote Nase unter dem weißen, kurzgeschorenen Haare glühte; von Zeit zu Zeit fielen seine schweren Augenlider von selbst über seine matten, trüben Augen herab. Gueulin, der Sohn einer Schwester seiner verstorbenen Frau, bestätigte, dass der Onkel seit zehn Jahren, seitdem nämlich seine Frau tot war, nicht mehr nüchtern geworden.

Narziss, etwas Rochen; er ist ausgezeichnet, sagte Frau Josserand, über die Trunkenheit ihres Bruders lächelnd, obgleich sie innerlich davon angeekelt war.

Sie saß ihm gegenüber; zu ihrer Linken saß der kleine Gueulin, zu ihrer Rechten ein junger Mann namens Hektor Trublot, dem sie einige Höflichkeiten zu erwidern hatte. Gewöhnlich benutzte sie diese Familienessen dazu, sich gewisser Einladungen zu entledigen; so kam es, dass auch Madame Juzeur, eine im Hause wohnende Frau, zur Tischgesellschaft gehörte. Sie saß neben Herrn Josserand. Da übrigens der Onkel sich bei Tische sehr schlecht benahm, so dass man nur aus Rücksicht auf seinen Reichtum ihn ertragen konnte, zeigte die Hausfrau ihn nur ihren Intimen oder solchen Persönlichkeiten, vor denen sie länger zu prunken keine Ursache hatte. So hatte sie beispielsweise eine kurze Zeit die Absicht, Herrn Trublot zu ihrem Schwiegersohn zu machen, der damals bei einem Wechselagenten angestellt war, und wartete, dass sein Vater, ein reicher Mann, ihm einen Anteil kaufe; da aber Trublot ihr gestanden hatte, dass er eine tief eingewurzelte Abneigung gegen die Ehe habe, tat sie sich ihm gegenüber keinen Zwang mehr an und setzte ihn neben Saturnin, der die Gewohnheit hatte, sehr unreinlich zu essen. Berta, die sonst immer neben ihrem Bruder saß, hatte die Aufgabe, ihn mit ihren Blicken abzuhalten, dass er allzu häufig mit den Fingern in die Soßenschüssel fahre.

Jetzt wurden geschmorte Nieren gebracht. Als die Fräulein die Augen ihres Onkels funkeln sahen, hielten sie den Augenblick für den Angriff gekommen.

Trinken Sie, Onkel, sagte Hortense; wir feiern ja Ihren Geburtstag ... Geben Sie uns nichts zu Ihrem Geburtstag?

Richtig, fügte Berta mit unschuldiger Miene hinzu; man muss ja an seinem Geburtstag Geschenke machen ... Sie werden uns zwanzig Franken geben.

Als Bachelard von Geld reden hörte, stellte er sich noch mehr betrunken, als er war. Er machte es immer so. Seine Augenlider fielen herab: er war vollständig blöd.

Wie, was? blökte er.

Zwanzig Franken! Sie wissen ja, was zwanzig Franken sind; stellen Sie sich nicht so dumm! rief Berta. Geben Sie uns zwanzig Franken, und wir werden Sie lieben. Wir werden Sie sehr lieben!

Sie warfen sich an seinen Hals, gaben ihm allerlei Kosenamen und küssten sein weinglühendes Gesicht, ohne vor dem ekligen Geruch der Schwelgerei zurückzuscheuen, den er aushauchte. Herr Josserand, den dieser Gestank von Absinth, Tabak und Moschus anwiderte, war empört, als er sah, wie die jungfräulichen Reize seiner Töchter sich an diese auf den Pariser Straßen aufgelesene Schmach anschmiegten.

Lasst ab von ihm! rief er.

Warum denn? bemerkte Frau Josserand, ihrem Gatten einen fürchterlichen Blick zuschleudernd. Sie amüsieren sich ... Wenn Narziss ihnen zwanzig Franken geben will, wer hat etwas dagegen?

Herr Bachelard ist so gütig zu ihnen, meinte gefällig die kleine Frau Juzeur.

Doch der Onkel wehrte sich; er stellte sich noch blöder und wiederholte, den Mund voll Speichel, immerfort:

Das ist drollig ... Ich weiß nicht ... Meiner Treu, ich weiß nicht ...

Hortense und Berta tauschten einen Blick aus und ließen ab von ihm. Offenbar hatte er noch nicht genug getrunken. Sie begannen von neuem sein Glas zu füllen, lachten dabei in herausfordernder Weise nach Art der Dirnen, die entschlossen sind, einen Mann »anzuzapfen«. Ihre nackten Arme passierten in der reizenden Fülle der Jugend jeden Augenblick vor der großen, flammenden Nase des Onkels vorbei.

Trublot, als schweigsamer Bursche, der gewöhnt ist, sich nach seiner Weise zu vergnügen, folgte indessen mit den Augen der Magd Adele, die sich schwerfällig um die Tischgäste beschäftigte. Er war sehr kurzsichtig und fand sie hübsch mit ihren stark ausgeprägten bretonischen Zügen und hautfarbenen Haaren. Als sie den Kalbsbraten auftrug, neigte sie sich zur Hälfte über seine Schulter, um die Mitte des Tisches zu erreichen; er benutzte diese Gelegenheit, tat, als ob er seine Serviette vom Boden aufhebe, und fasste sie tüchtig bei der Wade. Die Magd begriff nicht, was er wolle, und schaute ihn an, als ob er Brot verlangt habe.

Was gibt's? fragte Frau Josserand. Sie hat Sie gewiss gestoßen, mein Herr. Dieses Mädchen ist von einer Ungeschicklichkeit! Aber was wollen Sie? Sie ist noch neu und muss erst lernen ...

Gewiss, gewiss! Es ist auch nichts geschehen, erwiderte Trublot, seinen schwarzen Bart mit der Ruhe eines jungen indischen Gottes streichelnd.

Die Unterhaltung belebte sich allmählich in dem Speisesaal, der anfangs eiskalt war, sich aber nach und nach erwärmte und mit Bratenduft füllte. Frau Juzeur klagte wieder einmal Herrn Josserand die traurige Einsamkeit ihrer dreißig Jahre. Sie erhob die Augen zum Himmel und begnügte sich mit dieser kurzen Anspielung auf das Drama ihres Lebens: ihr Gatte hatte sie nach zehntägiger Ehe verlassen, niemand wusste weshalb, sie sagte nichts darüber. Jetzt lebte sie allein in einer allezeit verschlossenen, stillen Wohnung und empfing bloß Priesterbesuche.

Es ist gar so traurig ... in meinem Alter ... sagte sie schmachtend, wobei sie ihren Kalbsbraten mit zierlichen Gebärden aß.

Eine kleine, sehr unglückliche Frau, flüsterte Frau Josserand mit der Miene tiefer Teilnahme Herrn Trublot ins Ohr.

Doch Trublot warf gleichgültige Blicke auf diese gläubigfromme Dame mit den klaren Augen und dem zurückhaltenden, vieldeutigen Benehmen, Sie war nicht sein Geschmack.

In diesem Augenblick entstand Schrecken rings an der Tafel. Saturnin, den seine Schwester nicht mehr überwachte, weil sie gar zu sehr mit ihrem Oheim beschäftigt war, unterhielt sich damit, sein Fleisch in kleine Stückchen zu zerschneiden und damit Figuren auf seinem Teller auszulegen. Dieses arme Geschöpf brachte seine Mutter in Verzweiflung; sie fürchtete und schämte sich zugleich; sie wusste nicht, wie sie sich seiner entledigen solle. Ihre Eitelkeit gestattete ihr nicht, einen Arbeiter aus ihm werden zu lassen, nachdem sie ihn seinen Schwestern geopfert, indem sie ihn aus einer Erziehungsanstalt zurücknahm, wo seine stumpfe Verstandeskraft sich nur sehr langsam entwickelte; während der vielen Jahre, die er schon unnütz und blöd im elterlichen Hause zubrachte, hatte sie stets tausend Schrecken, wenn sie ihn in eine Gesellschaft bringen sollte. Ihr Stolz war grausam verletzt.

Saturnin! rief sie.

Doch Saturnin grinste höhnisch; die Sudelei auf seinem Teller machte ihm offenbar viel Spaß. Er respektierte seine Mutter nicht und behandelte sie mit dem Scharfsinn der Verrückten, die gewöhnt sind, laut zu denken, offen als eine große Lügnerin und böse Sieben. Die Dinge drohten eine üble Wendung zu nehmen; er würde der Mutter sicherlich den Teller an den Kopf geworfen haben, wenn nicht Berta, an ihre Aufgabe erinnert, fest auf ihn geblickt hätte. Er wollte zuerst Widerstand leisten, dann aber blieb er bis zum Ende des Mahles stumpfsinnig und steif wie im Traume auf seinem Sessel sitzen.

Ich hoffe, Gueulin, dass Sie Ihre Flöte mitgebracht haben? fragte Frau Josserand, die das Unbehagen ihrer Gäste zu zerstreuen suchte.

Gueulin war Dilettant auf der Flöte, aber er spielte nur in Häusern, wo er sich wohl fühlte.

Meine Flöte, gewiss! antwortete er.

Er war zerstreut, seine Haare und sein roter Backenbart waren noch struppiger als sonst; das Manöver der beiden Hausfräulein um ihren Onkel schien ihn sehr zu interessieren. Gueulin war in einer Versicherungsanstalt angestellt; wenn seine Amtsstunden vorüber waren, suchte er regelmäßig Bachelard auf und verließ ihn nicht mehr; er war sein Begleiter in allen Kaffeehäusern und an allen schlechten Orten. Hinter der großen, schlotterigen Gestalt des einen konnte man stets die kleine, bleiche Figur des andern finden.

Nur zu, meine Damen, lassen Sie ihn nicht los! rief er den beiden Mädchen zu.

Der Onkel verlor in der Tat immer mehr den Boden unter den Füßen. Als Adele nach dem Gemüse – grüne Erbsen in Wasser gekocht – Vanille- und Erdbeereis brachte, entstand an der Tafel große Freude über diese unerwartet feine Zugabe. Die beiden Mädchen beuteten dies dazu aus, ihren Onkel die Hälfte einer Flasche Champagner austrinken zu lassen, die ihre Mutter bei einem benachbarten Spezereihändler für drei Franken kaufte. Bachelard ward zärtlich; er vergaß, dass er den Blöden spielen wollte.

Wie, zwanzig Franken? ... Wofür zwanzig Franken? Aber ich habe sie nicht. Fragt nur Gueulin. Nicht wahr, Gueulin, ich habe meine Börse zu Hause vergessen? Du musstest im Kaffeehause für mich bezahlen ... Wenn ich zwanzig Franken hätte, meine Kätzchen, würde ich sie euch geben; ihr seid zu herzig ...

Gueulin lachte mit seiner kalten Miene und der kreischenden Stimme eines schlecht geschmierten Flaschenzuges und brummte dazu:

Der alte Schelm!

Dann rief er in einer plötzlichen Aufwallung:

Durchsuchen Sie seine Taschen!

Hortense und Berta warfen sich von neuem ohne jede Zurückhaltung auf ihren Oheim. Die Gier nach den zwanzig Franken, bisher durch ihre gute Erziehung gedämpft, brachte sie endlich außer Rand und Band, und sie vergaßen alle Rücksichten. Die eine wühlte mit beiden Händen in seinen Westentaschen, während die andere ihre Finger bis an die Handwurzeln in die Taschen des Rockes versenkte. Der Onkel warf sich zurück und wehrte sich noch; doch ward er von einem Gelächter überwältigt, von einem durch das Schluchzen der Trunkenheit unterbrochenen Gelächter.

Auf Ehrenwort, ich habe keinen Sou bei mir ... Hört doch auf, ihr kitzelt mich! ...

Im Beinkleid! rief Gueulin energisch, erregt durch diesen Anblick.

Berta suchte, rasch entschlossen, auch in den Taschen des Beinkleides. Ihre Hände zitterten: beide wurden rücksichtslos. Sie waren so erbittert, dass sie den Onkel geohrfeigt hätten. Plötzlich ließ Berta ein Triumphgeschrei vernehmen: sie zog aus der Hosentasche des Onkels eine Handvoll Münzen, die sie auf ihrem Teller ausbreitete und da fand sich unter einigen Kupfer- und Silbermünzen auch ein Zwanzigfrankenstück.

Ihr Gesicht glühte, ihre Frisur war in Unordnung geraten.

Ich hab's! rief sie, das Goldstück in die Luft werfend und wieder auffangend.

Die ganze Tischgesellschaft klatschte in die Hände; man fand die Sache sehr drollig. Es herrschte ein großer Lärm: diese Szene steigerte die Heiterkeit der Tischgesellschaft aufs höchste. Frau Josserand betrachtete ihre Töchter mit einem Lächeln mütterlicher Zärtlichkeit. Der Onkel las seine Münzen wieder zusammen und bemerkte in lehrhaftem Tone: wer zwanzig Franken haben wolle, müsse sie auch verdienen. Die beiden Mädchen schnauften müde und befriedigt an seiner Seite; ihre Lippen zitterten noch vor Aufregung.

Da ertönte draußen die Glocke. Das Essen hatte sich in die Länge gezogen, es kamen schon Gäste zur Abendgesellschaft. Herr Josserand, der endlich in das Gelächter seiner Frau eingestimmt hatte, liebte es, bei Tische Lieder von Béranger zu singen, doch seine Gattin, deren poetischen Geschmack er dadurch verletzte, befahl ihm zu schweigen. Sie beschleunigte den Nachtisch, umso mehr als der Onkel, verstimmt durch das erzwungene Geschenk von zwanzig Franken, Streit suchte. Er beklagte sich über Leo, der es nicht der Mühe wert gefunden, seinem Oheim zum Geburtstag Glück zu wünschen. Leo ward erst zur Abendgesellschaft erwartet. Als man sich endlich von der Tafel erhob, meldete Adele, dass der Architekt vom dritten Stock und ein junger Mann gekommen seien.

Ach ja, der junge Mann, sagte Frau Juzeur und berührte den Arm Josserands. Sie haben ihn eingeladen? ... Ich habe ihn neulich beim Hausmeister gesehen. Ein sehr netter junger Mann ...

Frau Josserand nahm eben den Arm Trublots, als Saturnin, der allein bei Tisch geblieben war, und den das ganze Getöse mit den zwanzig Franken nicht aus seinem dumpfen Brüten aufzustöbern vermocht hatte, wütend seinen Sessel umstieß und schrie:

Ich will nicht, bei Gott! Ich will nicht!

Das hatte seine Mutter von Anbeginn befürchtet. Sie machte Herrn Josserand ein Zeichen, Frau Juzeur hinwegzuführen. Dann ließ sie den Arm Trublots fahren, der begriff, was vorging, und verschwand; doch er schien sich in der Richtung zu irren, denn er nahm seinen Weg nach der Küche, der Magd Adele auf den Füßen folgend. Bachelard und Gueulin, ohne sich mit dem »Narren«, wie sie ihn nannten, zu beschäftigen, trieben in einer Ecke allerlei Scherze, schlugen sich gegenseitig auf den Bauch und dergleichen mehr.

Er war zu drollig, sagte Frau Josserand, ich ahnte, dass heute Abend mit ihm noch etwas los sein werde. Komm rasch, Berta.

Doch Berta zeigte eben ihrer Schwester das Zwanzigfrankenstück, Saturnin hatte ein Messer ergriffen und wiederholte:

Bei Gott! Ich will nicht! Ich werde ihnen den Bauch aufschlitzen!

Berta! rief die Mutter verzweifelt.

Das Mädchen lief eben rechtzeitig hinzu, um ihn bei der Hand zu fassen und ihn so am Eintritt in den Salon zu verhindern. Sie schüttelte ihn zornig, während er mit seiner Narrenlogik erläuterte, was er wolle.

Lass mich machen ... sie müssen »draufgehen« ... Ich sage dir, es wird so besser sein ... Ich bin ihrer schmutzigen Geschichten satt. Sie alle werden uns verraten!

Das wird endlich zu dumm! schrie Berta. Was willst du, was redest du da?

Er sah sie verstört an, bebte in dumpfer Wut und stammelte:

Man will dich wieder verheiraten ... Niemals, hörst du ... Ich will nicht, dass man dir Schlimmes zufüge ...

Das junge Mädchen konnte ein Lächeln nicht unterdrücken. Woher hatte er die Kenntnis, dass man sie verheiraten wolle? Er aber winkte mit dem Kopfe: er wisse es und fühle es. Als seine Mutter dazwischentrat, um ihn zu besänftigen, fasste er das Messer mit solcher Entschlossenheit, dass sie erschrocken zurückwich. Sie zitterte indes, dass diese Szene gehört werden könne, und bat Berta, ihn hinwegzuführen und in seiner Stube einzusperren. Er ward jedoch immer wilder und schrie immer lauter:

Ich will nicht, dass man dir weh tut! Wenn man dich verheiratet, werde ich ihnen den Bauch aufschlitzen!

Da legte ihm Berta die Hände auf die Schultern, sah ihn scharf an und sprach:

Sei ruhig, oder ich liebe dich nicht mehr! ...

Er wankte, ein Ausdruck der Verzweiflung lagerte sieh auf seinen Zügen, seine Augen füllten sich mit Tränen.

Du hebst mich nicht mehr ... Du liebst mich nicht mehr... Ich bitte dich, sage, dass du mich noch liebst und mich immer lieben wirst und dass du niemals einen andern lieben wirst ...

Sie nahm ihn bei der Hand und führte ihn fort; er war gehorsam wie ein Kind.

Inzwischen empfing im Salon Frau Josserand Herrn Campardon, den sie ihren »lieben Nachbar« nannte, mit übertriebener Freundlichkeit. Warum hat Frau Campardon – so fragte sie – ihr nicht das Vergnügen erwiesen mitzukommen? Als der Architekt erwiderte, Frau Campardon sei immer etwas leidend, rief die Hausfrau lebhaft, dass man die Dame auch in Schlafrock und Pantoffeln gern empfangen werde. Ihr lächelnder Bück war jedoch immerfort auf Octave gerichtet, der mit Herrn Josserand plauderte; alle ihre Liebenswürdigkeiten waren über Campardons Schultern hinweg ihm gewidmet. Als ihr Gatte ihr den jungen Mann vorstellte, war sie von einer so überströmenden Herzlichkeit, dass Octave dadurch verlegen ward.

Es kamen noch mehr Gäste, fette Mütter mit mageren Töchtern; Väter und Oheime, die aus der Schläfrigkeit ihrer Büros kaum noch erwacht waren, schoben ganze Scharen von zu verheiratenden Töchtern vor sich her. Zwei mit Lichtschirmen aus Rosapapier versehene Lampen verbreiteten ein mattes Licht in dem Salon und beleuchteten die alten Möbel mit dem verschossenen roten Samt, das verstimmte Klavier, die drei rauchgeschwärzten Schweizer Landschaften, die auf der kalten Nacktheit der in Weiß und Gold gehaltenen Wände schwarze Flecke bildeten. Die Gäste verloren sich fast in diesem spärlichen Lichte; es waren ärmliche, fast abgenützte Gestalten in mühsam ausstaffierten Toiletten, denen man ein modernes Aussehen zu geben suchte. Frau Josserand trug das nämliche feuerrote Kleid wie gestern; allein, um die Leute irre zu führen, hatte sie den ganzen Tag damit zugebracht, Ärmel an das Leibchen anzunähen, sowie einen Spitzenumhang, um die Schultern zu bedecken; neben ihr saßen den ganzen Tag in schmutzigen Jacken ihre Töchter und nähten mit wütendem Eifer, um ihre einzige Toilette durch neue Garnituren umzuwandeln, was sie seit dem vorigen Winter schon zum hundertsten Male taten.

Nach jedem Läuten hörte man ein Geflüster aus dem Vorzimmer. Man plauderte mit leiser Stimme in diesem schläfrigen Salon; nur das gezwungene Gelächter irgendeines Fräuleins unterbrach von Zeit zu Zeit die Stille. Hinter der kleinen Frau Juzeur saßen Bachelard und Geueulin, stießen einander mit dem Ellbogen und warfen sich allerlei Schamlosigkeiten zu. Frau Josserand überwachte sie mit unruhigen Blicken, denn sie fürchtete das unanständige Betragen ihres Bruders. Doch Frau Juzeur konnte alles hören; ihre Lippen zitterten, sie lächelte mit einer engelhaften Sanftmut über die schlüpfrigen Geschichten dieser Herren. Der Onkel Bachelard hatte den Ruf eines gefährlichen Mannes, sein Neffe hingegen war keusch. Selbst bei den verlockendsten Gelegenheiten lehnte Gueulin aus Grundsatz es ab, sich mit Frauen abzugeben, nicht etwa, weil er sie verachtete, sondern weil er die auf das Liebesglück folgenden Tage fürchtete, die – wie er sagte – stets katzenjämmerlich elend seien.

Endlich erschien Berta. Sie näherte sich lebhaft der Mutter und flüsterte ihr zu:

Ach, ich hatte große Mühe, er wollte nicht zu Bett gehen. Ich habe ihn fest eingesperrt, aber ich fürchte, dass er drinnen alles in Trümmer schlägt.

Frau Josserand zupfte sie jetzt heftig am Kleide. Octave, der in der Nähe stand, wandte eben den Kopf um.

Herr Mouret, das ist meine Tochter Berta, sagte sie mit der zärtlichsten Miene, indem sie ihm ihre Tochter vorstellte. Herr Octave Mouret, meine Liebe.

Dabei blickte sie ihre Tochter an. Diese kannte wohl diesen Blick, der einem Schlachtbefehle glich, und in dem sie die Lehren von gestern Abend wiederfand. Sie gehorchte sofort mit der Fügsamkeit und dem Gleichmut eines Mädchens, dem es schon gleichgültig, ob der Zukünftige blond oder braun ist. Sie spielte ihre Rolle ganz hübsch mit der leichten Anmut der müden, vielerfahrenen Pariserin; sie plauderte mit Entzücken von dem schönen Süden, den sie nie gesehen. Octave, an die Steifheit der Provinzjungfrauen gewöhnt, war bezaubert von diesem Geplauder einer kleinen Frau, die sich ganz kameradschaftlich mit ihm einließ.

Trublot, der seit Aufhebung der Tafel verschwunden war, trat jetzt verstohlen durch die Tür des Speisesaales ein; Berta bemerkte ihn und fragte unbesonnenerweise, woher er komme? Er schwieg, sie ward verwirrt und stellte, um der Verlegenheit ein Ende zu machen, die beiden jungen Leute einander vor. Ihre Mutter hatte sie nicht aus den Augen gelassen;

sie nahm von da ab die Haltung eines kommandierenden Generals an und leitete die Angelegenheit von dem Sessel aus, auf dem sie saß. Als sie dachte, dass die erste Begegnung zu einem befriedigenden Ergebnisse geführt, rief sie ihre Tochter durch einen Wink zu sich und sagte mit leiser Stimme:

Warte mit dem Klavierspiel, bis die Vabre kommen und spiele »fest«!

Octave war mit Trublot allein geblieben und suchte, diesen auszufragen.

Eine scharmante Person!

Ja, nicht übel!

Das Fräulein in Blau ist ihre ältere Schwester, nicht wahr? Die ist weniger hübsch.

Freilich! Sie ist magerer.

Trublot, der mit seinen kurzsichtigen Augen dreinschaute, ohne viel zu sehen, hatte die Miene eines soliden, in seiner Geschmacksrichtung eigensinnigen Mannes. Er war befriedigt aus der Küche zurückgekommen und kaute schwarze Dinger, in denen Octave zu seiner Überraschung Kaffeebohnen erkannte.

Sagen Sie einmal, fragte Trublot plötzlich: die Weiber im Süden müssen recht dick sein?

Octave lächelte und stand fortan auf dem besten Fuße mit Trublot. Gemeinsame Gedanken brachten sie einander näher. Auf einem abseits stehenden Sofa sitzend, tauschten sie Vertraulichkeiten aus. Der eine sprach von seiner Gebieterin, der Frau Hédouin, einer »verflixt« hübschen, aber zu kühlen Frau; der andere erzählte, dass er zum Korrespondenten befördert worden sei bei seinem Wechselagenten, Herrn Desmarguay, der ein verblüffend »fesches« Stubenmädchen habe. Mittlerweile ward die Salontüre geöffnet, und drei Personen traten ein.

Das sind die Vabre, flüsterte Trublot seinem neuen Freunde zu. Louis, der Größere, der mit dem Gesichte eines kranken Hammels, ist der ältere Sohn des Hausbesitzers; er ist dreiunddreißig Jahre alt und leidet immer an Kopfschmerzen, die ihm die Augen zu den Höhlen hinaustreiben und ihn ehemals verhindert haben, seine lateinischen Studien fortzusetzen; er ist ein mürrischer Mensch, der sich schließlich auf den Handel geworfen ... Theophil, dieser Zwerg mit den gelben Haaren und dem dünnen Barte, dieser Greis von achtundzwanzig Jahren, der von Husten- und Wutanfällen geschüttelt wird, hat es mit einem Dutzend Beschäftigungen versucht und dann Frau Valerie geheiratet, jene Frau, die vorausgeht ...

Ich habe sie schon gesehen, unterbrach ihn Octave. Es ist die Tochter eines Krämers in diesem Stadtviertel, nicht wahr? Nein, wie diese Schleier uns täuschen! Ich habe sie für hübsch gehalten ... Sie ist aber nur etwas seltsam mit ihrem runzlichen Gesichte und ihrem bleifarbenen Teint.

Auch eine, für die ich nicht schwärme, sagte Trublot. Sie hat prächtige Augen! Es gibt Männer, denen das genügt; aber das ist nicht viel ...

Frau Josserand hatte sich erhoben, um Frau Valerie die Hand zu drücken.

Wie? rief sie; Herr Vabre ist nicht gekommen? Auch Herr und Frau Duverdy haben uns nicht die Ehre ihres Besuches erwiesen? Und doch haben sie uns zugesagt. Oh, das ist schlimm!

Die junge Frau entschuldigte ihren Schwiegervater, den sein Alter zurückhalte, und der es übrigens vorziehe, abends zu arbeiten. Was ihren Schwager und ihre Schwägerin betreffe, so sei sie von ihnen ersucht worden, sie zu entschuldigen; sie hätten eine Einladung zu einer offiziellen Gesellschaft erhalten, von der sie nicht hätten wegbleiben können. Frau Josserand spitzte die Lippen. Sie versäumte keine einzige Samstagsgesellschaft dieser Großtuer vom ersten Stock, die sich entehrt geglaubt hätten, wenn sie an einem Dienstag in den vierten Stock hinaufgestiegen wären. Ihre stillen Teeabende sind freilich nicht so viel wert, wie die Orchesterkonzerte der Duverdy. Aber, nur Geduld! Wenn ihre Töchter einmal verheiratet sind und sie zwei Schwiegersöhne und deren Familien hat, um ihren Salon zu füllen, werden auch bei ihr Gesangschöre sich vernehmen lassen.

Halte dich bereit! flüsterte sie Berta zu.

Es waren an zwanzig Personen da, die sich ziemlich drängten, da man den kleinen Salon nicht geöffnet hatte, der den beiden Töchtern des Hauses als Schlafzimmer diente. Die Neuangekommenen tauschten mit den Anwesenden Händedrücke aus. Valerie hatte neben Frau Juzeur Platz genommen, während Bachelard und Gueulin ganz laut abfällige Bemerkungen über Theophil Vabre machten, den sie einen »Taugenichts« nannten, was ihnen viel Spaß zu machen schien. In einem Winkel saß Herr Josserand so unauffällig und verborgen, als ob er ein Gast sei. Er hörte eben mit Befremden eine Geschichte über einen seiner alten Freunde, Herrn Bonneaud. Herr Bonneaud war Chef der Rechnungsabteilung bei der Nordbahn; er hatte erst im verflossenen Frühjahr seine

Tochter verheiratet. Nun denn: der nämliche Bonneaud hatte vor kurzem die Entdeckung gemacht, dass sein Schwiegersohn, sonst ein sehr annehmbarer Mensch, ein ehemaliger Clown sei, der sich zehn Jahre lang von einer Kunstreiterin habe aushalten lassen.

Still, still! flüsterte man jetzt auf allen Seiten.

Berta hatte das Piano geöffnet.

Mein Gott, erläuterte Frau Josserand, es ist das ein anspruchsloses Stück, eine einfache Träumerei ... Herr Mouret, Sie lieben die Musik, denke ich. Treten Sie näher ... Meine Tochter spielt das Stück recht hübsch ... nur als Dilettantin, aber mit Gemüt, mit sehr viel Gemüt.

Octave stand jetzt in der Nähe des Piano. Wenn man die Zuvorkommenheit der Frau Josserand für ihn sah, musste man glauben, dass Berta für ihn allein spiele.

» Am Ufer der Oise« heißt das Stück, wiederholte die Mutter. Es ist sehr hübsch ... Vorwärts mein Schatz! ... Nur mutig! Herr Mouret wird Nachsicht üben.

Das Mädchen begann ohne jede Verwirrung oder Erregtheit zu spielen. Überdies ließ ihre Mutter sie nicht aus den Augen; sie machte die strenge Miene eines Sergeanten, der seine Leute drillt und entschlossen ist, jeden Fehler mit einer Maulschelle zu bestrafen. Ihr Schmerz war nur der, dass das Instrument, durch fünfzehn Jahre täglicher Skalen schwindsüchtig gemacht, nicht die Tonfülle des großen Flügels der Duverdy hatte, auch meinte sie, dass ihre Tochter niemals stark genug spiele.

Obgleich eine sehr aufmerksame und beifällige Miene machend, hörte Octave schon beim zehnten Takt nicht mehr zu. Er betrachtete die Zuhörer, die halb zerstreute Aufmerksamkeit der Herren, das geheuchelte Entzücken der Frauen, die ganze Abspannung dieser sich selbst wiedergegebenen Leute, die die Sorge um jede verlorene Stunde plagte, deren Schatten auf ihren gelangweilten Gesichtern lagerte. Die Mütter dachten, mit offenem Munde und aufeinander gepressten Zähnen in ein unbewusstes Sichgehenlassen versunken, sichtlich nur an die Verheiratung ihrer Töchter; das war die Wut in diesem Salon: ein wahnsinniger Hunger nach Schwiegersöhnen verzehrte diese Spießbürgerinnen bei den asthmatischen Klängen des Piano. Die Mädchen ermüdeten allgemach, vergaßen, sich gerade zu halten, und schliefen mit eingezogenen Köpfen. Octave, der für junge Mädchen keine Neigung hatte, interessierte sich mehr für Frau Valerie; sie war entschieden hässlich in ihrem Kleide von gelber Seide, das mit schwarzem Samt besetzt war; dennoch kehrte er unruhig, angelockt, immer wieder zu ihr zurück, während sie, sich allein wähnend, ohne Zweifel unangenehm berührt durch diese übel klingende Musik, das gezwungene Lächeln einer Kranken zeigte.

Da trat ein störender Zwischenfall ein. Man hörte läuten, und ein Herr trat ziemlich geräuschvoll ein.

Aber Doktor! rief Frau Josserand zornig.

Der Doktor Juillerat machte eine Gebärde der Entschuldigung und blieb stehen, ohne auch nur die Türe zu schließen. Berta spielte eben eine kleine musikalische Phrase in verlangsamtem Tempo und verklingend; die Gesellschaft ließ ein beifälliges Gemurmel hören. Ah, herrlich! köstlich! Frau Juzeur schwamm in Wonne, als ob jemand sie kitzele. Hortense, die neben ihrer Schwester stand, um die Blätter umzuwenden, behielt trotz der perlenden Musik ihr gleichgültiges, verdrießliches Aussehen und lauschte auf die Glocke des Vorzimmers. Als der Doktor eintrat, machte sie eine so heftige Gebärde der Enttäuschung, dass sie beim Umwenden ein Notenblatt zerriss. Plötzlich begann das Instrument unter den schwachen Fingern Berta's zu zittern, die wie mit Hämmern einhieb; es war der Schluss der Réverie: ein betäubendes Getöse von stürmischen Akkorden.

Es entstand eine Pause. Man erwachte allmählich. Ist die Darbietung zu Ende? fragten stumm die Gesichter. Dann brachen die Komplimente los. Reizend! ein vornehmes Talent!

Das Fräulein ist wahrlich ein Talent ersten Ranges! sagte Octave, in seinen Betrachtungen gestört. Niemals hat mir jemand ein solches Vergnügen bereitet.

Nicht wahr, Herr Mouret? rief Frau Josserand bezaubert. Sie zieht sich gar nicht übel aus der Sache. Mein Gott, wir haben diesem Kinde nichts versagt, sie ist unser Schatz. Wir haben alle Fähigkeiten ausbilden lassen, die sich bei ihr zeigten. Ach, mein Herr, wenn Sie sie kennten ...

Ein verworrenes Geräusch von Stimmen erfüllte von neuem den Salon. Berta nahm die Lobsprüche ruhig entgegen; sie verließ das Piano nicht, sondern wartete, bis ihre Mutter sie des Frondienstes entheben werde. Diese erzählte eben Herrn Mouret, wie bewunderungswürdig ihre Tochter den Galopp brillant »Die Schnitter« spiele, als die Gäste durch dumpfe, ferne Schläge in Aufregung versetzt wurden. Die Stöße wurden immer heftiger, als ob jemand eine Tür einrennen wollte. Man schwieg und schaute einander fragend an.

Was ist denn das? fragte Frau Valerie. Ich habe schon vorhin, als das Stück zu Ende ging, diese Schläge gehört.

Frau Josserand war bleich geworden. Sie hatte die Stöße Saturnins erkannt. Ah, der elende Verrückte! Sie fürchtete ihn jeden Augenblick mitten in die Gesellschaft stürzen zu sehen. Wenn er fortfährt zu klopfen, so geht wieder eine Partie in Trümmer.

Es ist die Küchentür, die der Wind auf- und zuschlägt, sagte sie mit gezwungenem Lächeln. Adele will diese Türe niemals schließen ... Schau doch nach, Berte.

Auch Berta hatte begriffen. Sie erhob sich und verschwand. Die Schläge hörten sogleich auf, doch kam sie nicht bald zurück. Der Onkel Bachelard, der durch allerlei laute Bemerkungen den Vortrag der Réverie »Am Ufer der Oise« in skandalöser Weise gestört hatte, brachte jetzt seine Schwester vollends in Verzweiflung, indem er Gueulin zurief, dass er sieh tödlich langweile und einen Grog trinken wolle. Sodann begaben sich beide in das Speisezimmer, dessen Türe sie geräuschvoll zuschlugen.

Der gute Narziss ist doch immer originell! sagte Frau Josserand zu Frau Juzeur und zu Valerie, indem sie sich zu diesen Damen setzte. Seine Geschäfte nehmen ihn so sehr in Anspruch ... Sie wissen wohl, dass er dieses Jahr über hunderttausend Franken verdient hat!

Octave, der wieder frei geworden war, beeilte sich, Trublot aufzusuchen, der inzwischen auf einem Sofa eingeschlummert war. In ihrer Nähe umgab eine Gruppe von Gästen den Doktor Juillerat, einen alten Arzt des Stadtviertels, der schon alle diese Damen entbunden und alle diese Fräulein in ihren Krankheiten behandelt hatte. Er beschäftigte sich besonders mit Frauenkrankheiten, weshalb er am Abend die betreffenden Gatten aufsuchte, um ihnen in einem Winkel irgendeines Salons seinen ärztlichen Rat zu erteilen. Eben erzählte ihm Theophil, dass Valerie gestern Abend wieder einen Anfall gehabt habe, sie ersticke schier und beklage sich, dass ihr ein Knoten im Halse stecke; auch er befinde sich unwohl, allerdings in anderer Weise. Und nun sprach er nur mehr von seiner Person und erzählte die Wechselfälle seines Lebens. Zuerst hatte er die Rechte studiert, dann hatte er es bei einem Eisengießer mit der Industrie versucht, im Leihhause des Mont de Piété wollte er die Verwaltungslaufbahn einschlagen, später beschäftigte er sich mit der Photographie, dann wieder glaubte er, einen Mechanismus erfunden zu haben, wie man die Wagen ohne Pferde fortbewegen könne, mittlerweile beschäftigte er sich damit, eine Erfindung seines Freundes, ein Instrument unter dem Namen »Flöten-Piano« zu verkaufen. Schließlich kam er auf seine Frau zu sprechen. Ihre Schuld sei es – sagte er – wenn nichts gelingen wolle; sie töte ihn mit ihren ewigen Nervenzuständen.

Geben Sie ihr doch etwas, Doktor! rief er mit von Hass funkelnden Augen, hustend und stöhnend in der verzweifelten Wut über sein Unvermögen.

Trublot schaute ihn voll Verachtung an und blickte dann mit einem stillen Lächeln auf Octave. Der Doktor Juillerat fand indessen allgemeine und besänftigende Worte: Man werde der lieben Dame Erleichterung verschaffen, gewiss. Schon mit vierzehn Jahren habe sie in der erstickenden Luft des Ladens in der Neuen Augustinstraße gesessen; er habe sie wiederholt bei Schwindelanfällen behandelt, die mit Nasenbluten endigten; und da Theophil sich verzweiflungsvoll der schmachtenden Sanftmut des jungen Mädchens erinnerte, während sie ihn jetzt mit ihren zwanzigmal im Tage wechselnden Einfällen zu Tode martere, beschränkte sich der Doktor darauf, mit dem Kopfe zu nicken, gleichsam um anzudeuten, dass die Ehe nicht allen Frauen guttue.

Parbleu! murmelte Trublot. Ein Vater, der dreißig Jahre lang das geisttötende Geschäft geübt hat, Nadeln und Zwirn zu verkaufen; eine Mutter, die das Gesicht voller Warzen hatte: – wie sollen solche Leute, die überdies ihr Leben in einem luftlosen Loche des alten Paris verbringen, Töchter erzeugen, mit denen ein Mann in glücklicher Ehe leben kann.

Octave war überrascht; er begann klar zu sehen in diesem Salon, den er mit dem Respekt eines Provinzmenschen betreten hatte. Die Neugierde erwachte in ihm, als er Campardon bemerkte, der nun seinerseits den Doktor befragte, aber ganz leise als Mann von Selbstbewusstsein, der nicht will, dass sich jemand in die Angelegenheiten seines Ehestandes menge.

Hören Sie mal, fragte Octave den Trublot, da Sie alles wissen: sagen Sie mir, welcher Art ist denn die Krankheit der Frau Campardon? ... Alle Welt wird tiefbetrübt, wenn man von ihr spricht, und doch weiß niemand, nähere Aufschlüsse zu geben.

Mein Lieber, erwiderte Trublot, sie hat ...

Und er neigte sich zu Octave, um ihm das übrige ins Ohr zu flüstern. Dieser lächelte zuerst, dann ward sein Gesicht ernst, um schließlich ein tiefes Befremden zu zeigen.

Unmöglich! sagte er.

Trublot beteuerte auf Ehrenwort und versicherte, dass er noch eine ändere Dame kenne, die sich in der nämlichen Lage befinde.

Als Folge der Entbindungen kommt es vor, sagte er, dass ...

Und er fuhr fort leise zu sprechen. Octave war endlich überzeugt und schien bekümmert. Er hatte sich einen Augenblick seltsame Gedanken gemacht und einen Roman geträumt ... dass der Architekt, auswärts ein Verhältnis unterhaltend, ihn seiner Frau zuführen werde, um diese zu unterhalten. Jedenfalls wusste er, dass sie wohl gehütet sei. Die jungen Leute rückten eng zusammen, erregt durch diese intimen Verhältnisse des Frauenlebens, die sie besprachen, und vergessend, dass man sie hören konnte.

Frau Juzeur tauschte mittlerweile mit Frau Josserand ihre Gedanken über den Eindruck aus, den Octave auf sie machte. Sie fand ihn sehr annehmbar, allein, Herr August Vabre war ihr doch lieber. Dieser stand schweigend in einer Ecke des Salons mit seiner unbedeutenden Miene und seiner allabendlichen Migräne.

Mich wundert sehr, liebste Frau, dass Sie niemals für Ihre Berta an ihn gedacht haben. Er ist ein kluger, vernünftiger Mann, der sein Geschäft hat ... und er braucht eine Frau; ich weiß, dass er sich zu vermählen wünscht.

Frau Josserand hörte erstaunt zu. Sie hatte in der Tat an Herrn Vabre niemals gedacht. Frau Juzeur beharrte bei diesem Gegenstande, denn sie hatte in ihrem Unglück die Leidenschaft, an dem Glücke anderer Frauen zu arbeiten, so dass sie sich mit allen Herzensangelegenheiten des ganzen Hauses befasste. Sie versicherte, dass August nicht aufhöre, Berta zu betrachten. Schließlich bemerkte sie, gestützt auf ihre reichen Erfahrungen in Betreff der Männer, dass es kaum gelingen werde, Herrn Mouret zu fangen, während Herr Vabre eine so bequeme und vorteilhafte Partie sei. Doch Frau Josserand wog letzteren mit den Blicken und fand entschieden, dass ein solcher Schwiegersohn ihren Salon nicht sonderlich zieren werde.

Meine Tochter verabscheut ihn, sagte sie mit Nachdruck, und ich werde niemals gegen ihre Gefühle handeln.

Ein großes, mageres Fräulein hatte eben eine Phantasie über die »Weiße Dame« beendet. Der Onkel Bachelard war im Speisesaal eingeschlafen. Gueulin erschien daher mit seiner Flöte und ahmte die Nachtigall nach. Man hörte ihm übrigens nicht zu, die Geschichte Bonneauds hatte sich mittlerweile verbreitet. Herr Josserand war ganz verstört; die Väter erhoben entsetzt die Arme, den Müttern stockte der Atem in Angst und Bangen. Wie? Bonneauds Schwiegersohn war ein Clown? Wem soll man noch trauen? Bonneaud hatte in seiner Gier, seine Tochter unterzubringen, in der Tat nur flüchtige Erkundigungen eingezogen – trotz seiner starren Vorsicht eines Rechnungsabteilungschefs.

Mama, der Tee ist angerichtet, sagte Berta, indem sie Adele half, die Türflügel zu öffnen.

Während die Gesellschaft sich langsam in den Speisesaal begab, flüsterte sie ihrer Mutter zu:

Ich habe genug ... Er verlangt, dass ich bei ihm bleibe und ihm Geschichten erzähle, weil er sonst alles in Trümmer schlagen will.

Auf einem grauen, etwas zu schmalen Tischtuche war der Tee in dürftiger Weise angerichtet worden mit einem Kuchen, der bei einem benachbarten Bäcker gekauft war und mit kleinem Gebäck und Butterbrötchen. An den beiden Enden des Tisches standen kostbare Blumen, welche die Dürftigkeit der Butter und des Kuchens deckten. Rufe der Bewunderung und des Neides wurden hörbar: diese Josserands opferten sich auf, um ihre Töchter unter die Haube zu bringen. Mit scheelen Blicken auf die Blumen schlürften die Gäste schlechten Tee und kauten dazu altbackene Kuchen; sie hatten eben wenig gegessen und dachten nur daran, sich den Magen zu füllen. Für jene, die den Tee nicht liebten, reichte Adele Himbeersaft herum, der für köstlich erklärt wurde.

Inzwischen schlief der Onkel in einem Winkel. Man weckte ihn nicht, man tat sogar, als ob man ihn nicht sehe. Eine Dame sprach von den Mühen des Handels. Berta und eine ihrer Freundinnen widmeten sich der Bedienung der Gäste, warteten mit Tee und Brötchen auf und fragten die Herren »ob sie mehr Zucker wünschten«. Allein sie reichten nicht aus, um alle diese Leute, die sich in dem Speisezimmer drängten, zu befriedigen; Frau Josserand suchte deshalb ihre Tochter Hortense – und bemerkte sie, wie sie in dem leeren Salon mit einem Herrn plauderte, von dem nur der Rücken zu sehen war.

Er kommt also doch endlich! sagte sie mit einer Gebärde der Ungeduld.

Es entstand ein Geflüster. Das ist jener Verdier, der seit fünfzehn Jahren mit einer Frau lebt und Hortense heiraten soll. Jeder kannte die Geschichte; die Mädchen tauschten Blicke aus, doch sprach man nicht davon, – aus Schicklichkeit – man spitzte nur die Lippen. Als Octave erfuhr, wovon die Rede sei, betrachtete er den Rücken jenes Herrn. Trublot kannte die Geliebte; sie sei ein sehr gutes Mädchen, eine ehemalige

Freudendame, die aber »ordentlich« geworden sei, – ordentlicher als die ehrenhafteste Spießbürgerin; sie pflege ihren Zuhälter und halte seine Wäsche in Ordnung; er (Trublot) sei von einer wahrhaft brüderlichen Zuneigung für sie erfüllt. Während sie von den im Speisezimmer versammelten Gästen beobachtet wurden, machte Hortense mit der Schmollmiene des jungfräulichen und wohlerzogenen Mädchens Herrn Verdier Vorwürfe über sein langes Ausbleiben.

Ah, Himbeersaft! rief Trublot, als er Adele mit der Platte erscheinen sah. Er roch daran und lehnte ab. Als sie sich umwandte, stieß eine Dame mit dem Ellbogen sie an, so dass sie gegen Herrn Trublot gedrängt wurde, der diese Gelegenheit benützte, sie in die Hüften zu zwicken. Adele lächelte und kam dann mit der Platte wieder. – Nein, danke, sagte er; vielleicht später.

Die Damen hatten rings um den Tisch Platz genommen, die Herren aßen hinter ihnen stehend. Da wurden begeisterte Ausrufe hörbar, halb erstickt in den vollen Mäulern. Die Herren wurden herbeigerufen. Frau Josserand rief:

Schauen Sie, Herr Mouret. Sie sind ja ein Kunstliebhaber! ...

Nehmen Sie sich in acht, jetzt kommt das Aquarell! sagte Trublot, der die Gebräuche des Hauses kannte.

Diesmal handelte; es sich um etwas Besseres als ein Aquarell. Wie zufällig fand sich ein Porzellanbecher auf dem Tische; auf dem Grunde war, montiert mit einem neuen Rahmen von emaillierter Bronze, »das Mädchen mit dem zerbrochenen Kruge gemalt«, in durcheinanderfließenden Farben, hellila und zartblau. Berta empfing die Lobsprüche mit artigem Lächeln.

Das Fräulein hat alle Talente! sagte Octave begeistert. Das ist sehr schön gemalt und ganz genau!

Was die Zeichnung betrifft, bürge ich für die Genauigkeit! rief Frau Josserand triumphierend aus. Es ist daran kein Haar zu viel oder zu wenig. Berta hat das von einem Stich abgemalt. Im Louvre sieht man gar zu viele Nacktheiten; auch ist dort das Publikum so gemischt!

Sie sagte es mit gedämpfter Stimme, wie um dem jungen Manne die Aufklärung zu geben, dass ihre Tochter, wenn sie auch Künstlerin ist, den Kreis der Unzüchtigkeiten meidet. Sie fand übrigens Octave ziemlich kühl und merkte, dass der Porzellanbecher nicht viel gewirkt habe; sie begann daher, den jungen Mann mit unruhigen Blicken zu beobachten. Die Damen Valerie und Juzeur, die schon bei der vierten Tasse Tee waren, betrachteten inzwischen die Malerei und stießen leise Rufe der Bewunderung aus.

Sie betrachten sie noch immer? fragte Trublot, als er sah, dass Octaves Blicke unausgesetzt auf Valerie gerichtet seien.

Ja, sagte dieser etwas verlegen. Es ist drollig: jetzt scheint sie mir hübsch zu sein ... Ein leidenschaftliches Weib, das ist klar ... Glauben Sie, dass man's wagen könnte?

Trublot blies die Backen auf

Leidenschaftlich? Man kann es nie wissen ... Sie haben einen seltsamen Geschmack! Der Versuch kostet schließlich nichts ... Ich würde keine hundert Sous auf das Gelingen setzen. Bei diesen Frauen geht es ohne Verdrießlichkeiten niemals ab.

Jetzt kam Adele wieder vorüber. Trublot folgte ihr mit überlegenen Blicken und sagte:

Das wäre immerhin besser, als die Kleine heiraten.

Welche Kleine? schrie Octave, sich vergessend und in ein lautes Gelächter ausbrechend. Wie, glauben Sie gar, dass ich mich »einfädeln« lassen werde? ... Niemals, mein Lieber! Wir Marseiller heiraten nicht!

Frau Josserand näherte sich in diesem Augenblicke, und der Ausruf Octaves traf sie im Innersten des Herzens. Wieder ein erfolgloser Feldzug! Wieder ein verlorener Abend! Der Schlag war so grausam, dass sie sich auf einen Sessel stützen musste: sie betrachtete den Tisch, der völlig geräumt war, bis auf die verbrannte Rinde des Kuchens. Sie zählte ihre Misserfolge nicht mehr, aber sie schwur sich innerlich, dass dieser der letzte sein solle; sie habe keine Lust, Leute auszufüttern, die zu ihr nur kommen, um sich den Magen zu füllen. Sie blickte verstört und verzweifelt durch den Saal, einen Mann suchend, dem sie ihre Tochter in die Arme werfen könne; da sah sie in einem Winkel Herrn August Vabre, der ruhig, und ohne etwas genommen zu haben, dastand.

Eben näherte sich Berta mit einer Tasse Tee Herrn Mouret, um sie diesem lächelnd anzubieten. Sie setzte den Feldzug fort, um ihrer Mutter zu gehorchen. Doch diese fasste sie schroff am Arme und nannte sie, die Stimme dämpfend, eine blöde Gans.

Bring' doch diese Tasse Tee Herrn Vabre, der seit einer Stunde wartet, rief sie dann laut und liebenswürdig.

Und dann wieder leise zu Berta:

Sei liebenswürdig mit ihm, oder du sollst es mit mir zu tun haben.

Berta verlor einen Augenblick die Haltung, fasste sich aber sogleich wieder. So wechselte es oft drei-, viermal an einem Abende. Sie brachte die Tasse Tee Herrn Vabre mit dem nämlichen Lächeln, das sie für Herrn Mouret begonnen hatte; sie ward liebenswürdig, sprach von Lyoner Seide, spielte die Höfliche, um zu zeigen, wie gut sie sich hinter einem Ladenpult ausnehmen werde. Augusts Hände zitterten, er war rot, denn er litt heute an sehr argen Kopfschmerzen.

Aus Höflichkeit kehrten einige Personen in den Salon zurück, um noch einen Augenblick Platz zu nehmen. Man hatte gegessen, man machte sich daher auf den Weg. Als man Verdier suchte, war dieser schon fortgegangen; die Mädchen waren missmutig darüber, denn sie hatten von ihm nicht mehr als den Rücken gesehen. Campardon entfernte sich, ohne auf Octave zu warten, mit dem Doktor, den er auf der Treppe noch einen Augenblick zurückhielt, um ihn zu fragen, ob es denn wirklich keine Hoffnung gebe. Während des Tees war eine Lampe ausgegangen und verbreitete jetzt einen Geruch von ranzigem Öl; die andere, deren Docht zu verkohlen begann, gab ein so trübes Licht, dass endlich auch die Vabre trotz der Liebenswürdigkeiten, mit denen Frau Josserand sie überhäufte, sich erhoben. Octave ging ihnen voraus ins Vorzimmer, wo seiner eine Überraschung harrte: Trublot, der seinen Hut genommen hatte, war verschwunden. Er konnte nur über den Gang, der zur Küche führte, entkommen sein.

Wo ist er denn? murmelte Octave. Geht er über die Dienstbotenstiege?

Doch forschte er der Sache nicht weiter nach. Valerie war da und suchte ihr Flortuch. Die beiden Brüder, August und Theophil, gingen hinab, ohne sich weiter um sie zu kümmern. Sie fand endlich ihr Tuch, und Octave hängte es ihr um mit der nämlichen Miene des Entzückens, mit der er die hübschen Kundschaften im Laden » *Zum Paradies der Damen*« bediente. Sie schaute ihn an, und er war überzeugt, dass ihre Augen, als sie den seinigen begegneten, Flammen ausstrahlten.

Sie sind zu liebenswürdig, mein Herr, sagte sie einfach.

Frau Juzeur, die zuletzt fortging, hüllte beide in einen zärtlichen, unauffälligen Blick ein. Als Octave ganz entflammt in sein kaltes Zimmer zurückkehrte, betrachtete er sich einen Augenblick im Spiegel und brummte: Meiner Treu, die Sache ist einen Versuch wert!

Mittlerweile raste Frau Josserand, wie von einem Sturmwinde getrieben, durch die Zimmer ihrer Wohnung. Sie warf heftig das Klavier zu und löschte die letzte Lampe aus. Dann rannte sie in den Speisesaal und begann die Kerzen mit einem so kräftigen Atem auszublasen, dass der

Leuchter zitterte. Der Anblick des leer gefegten Tisches mit seinem Durcheinander von Tellern und Tassen brachte sie noch mehr in Wut; sie rannte ringsherum und schleuderte wütende Blicke auf ihre Tochter Hortense, die ruhig dasaß und die verbrannte Rinde des Kuchens verzehrte.

Du ärgerst dich schon wieder, Mama? sagte sie endlich. Die Sache geht also nicht vonstatten? ... Ich bin meinerseits zufrieden. Er wird ihr eine Ausstattung kaufen, damit sie geht.

Die Mutter zuckte die Achseln.

Wie? Du meinst, das beweise nichts? Gut; führe dein Schifflein, wie ich das meinige führe ... Das war einmal ein elender Kuchen. Man muss wahrhaftig wenig wählerisch sein, um solche Sachen hinunterzuwürgen.

Herr Josserand, den die Abendgesellschaften seiner Frau töteten, saß gebrochen auf einem Sessel; doch mied er einen Streit mit seiner Frau, er fürchtete, dass sie in ihrer Wut ihm übel mitspielen könne; darum setzte er sich zu Bachelard und Gueulin, die Hortense gegenüber saßen. Der Onkel hatte, vom Schlafe erwacht, eine Flasche Rum entdeckt, die er jetzt leerte, wobei er mit Bitterkeit auf die Geschichte mit den zwanzig Franken zu sprechen kam.

Es handelt sich nicht um die zwanzig Franken, sagte er zu Gueulin, sondern um die Art ... Du weißt ja, wie ich zu den Frauen bin; ich würde ihnen mein Hemd geben, aber ich will nicht, dass sie verlangen. Wenn sie verlangen, verdrießt es mich, und ich gebe ihnen nicht einen schwarzen Rettig.

Als seine Schwester vor ihm stehen blieb, fuhr er fort:

Schweig, Eleonore! Ich weiß schon, was ich für die Kleine tun muss. Aber, siehst du, Frauen, die von mir verlangen, mag ich nicht. Ich bin keiner einzigen dieser Art treu geblieben, nicht wahr, Gueulin? Überhaupt nimmt man hier so wenig Rücksicht auf mich! Leo hat nicht einmal geruht, mich zu meinem Geburtstage zu beglückwünschen.

Frau Josserand ging mit geballten Fäusten wieder im Zimmer hin und her. Ja, dieser Leo hat auch versprochen zu kommen und verlässt uns wie die übrigen. Ein sauberer Bruder, der nicht einmal einen Abend opfern will, wenn es sich um die Verheiratung seiner Schwestern handelt. Sie entdeckte jetzt ein Stück Backwerk, das hinter eine Vase gefallen war und beeilte sich, es in einem Schubfache zu versperren, als Berta, die fortgegangen war, um Saturnin wieder freizulassen, mit diesem zurückkehrte. Sie beschwichtigte ihn, er aber stierte in den Winkeln herum mit der Wut eines Hundes, den man lange versperrt gehalten.

Ist der blöd! sagte Berta; er glaubt, man habe mich verheiratet. Und jetzt sucht er den Gatten! Geh, mein armer Saturnin, du kannst lang suchen ... Ich sage dir ja, es ist misslungen! Du weißt ja, dass es immer misslingt.

Jetzt brach Frau Josserand los.

Ich schwöre euch, dass es jetzt nicht misslingen wird und wenn ich ihn anbinden müsste! Einer ist da, der wird es entgelten für alle übrigen! ... Ja, ja, Mann! Vergebens schaust du mich mit einer Miene an, als ob du nicht verstündest! Wir werden Hochzeit machen auch ohne dich, wenn es dir nicht anstehen sollte!... Hörst du, Berta: Um diesen brauchst du dich nur zu bücken und lass' ihn nicht los, wenn dir das Leben deiner Mutter etwas gilt!

Saturnin schien nicht zu begreifen. Er schaute unter den Tisch. Berta winkte mit den Augen nach ihm, allein Frau Josserand machte eine Gebärde, die besagen wollte: »Wir werden ihn schon beseitigen.« Berta aber murmelte:

Also, Herr Vabre ist's: Nun, mir ist es gleich! ... Aber dass man mir nicht ein einziges Brötchen übriggelassen, das ist abscheulich ...

Viertes Kapitel

Vom folgenden Tage an beschäftigte sich Octave mit Valerie. Er erspähte ihre Gewohnheiten, erfuhr die Stunde, zu der er Aussicht hatte, ihr auf der Treppe zu begegnen, und wusste es so einzurichten, dass er oft in sein Zimmer hinaufzusteigen hatte, teils zur Zeit des Frühstücks, das er bei den Campardons nahm, teils, indem er aus dem Laden, wo er beschäftigt war, unter irgendeinem Vorwande auf kurze Zeit sich entfernte. Bald hatte er bemerkt, dass die junge Frau täglich um zwei Uhr ihr Kind in den Tuileriengarten spazieren führte, wobei sie durch die Gaillonstraße ging. Da stand er denn zu dieser Stunde in der Ladentüre, erwartete sie und grüßte sie im Vorübergehen mit dem ihm eigenen galanten Lächeln. Valerie erwiderte diesen Gruß stets mit einem höflichen Kopfnicken, ohne stehen zu bleiben; doch sah er ihre schwarzen Augen in Leidenschaft erglühen; er fand Aufmunterungen in ihrer zerstörten Gesichtsfarbe und in dem geschmeidigen Wiegen ihrer Taille.

Sein Plan war fertig, der kühne Plan eines Verführers, der gewohnt ist mit der Tugend der Ladenmädchen zu spielen. Es handelte sich einfach darum, Valerie in sein Zimmer im vierten Stock hinaufzulocken; die Treppe lag in feierlicher Stille da; niemand werde sie da oben entdecken; er lächelte bei dem Gedanken an die sittlichen Ermahnungen des Architekten, denn eine Frau » *im Hause* nehmen« heißt ja nicht, eine Frau » *ins Haus* nehmen«.

Ein Umstand beunruhigte jedoch Octave. Die Küche der Familie Pichon war von ihrem Speisezimmer durch den Gang getrennt, wodurch sie genötigt waren, ihre Türe häufig offen zu lassen. Um neun Uhr begab sich der Mann in sein Büro, um erst gegen fünf Uhr heimzukehren; an den geraden Tagen der Woche ging er nach dem Essen noch aus, um von acht Uhr bis Mitternacht in einem Geschäfte die Bücher zu führen. Die junge Frau war übrigens sehr scheu und pflegte, sobald sie den Schritt Octaves hörte, die Türe hastig zuzuwerfen. Er sah sie stets nur von rückwärts, gleichsam fliehend, mit ihren mattblonden Haaren, die in einem einzigen kleinen Knoten aufgesteckt waren. Durch die halboffene Tür hatte er bisher nur kleine Streifen ihres Hauswesens entdeckt, ärmliche, aber reinlich gehaltene Möbel von Mahagoni, Wäschestücke von einer erloschenen Weiße bei dem trüben Lichte eines Fensters, das er nicht sehen konnte, die Ecke eines Kinderbettchens im Hintergrunde eines zweiten Zimmers: die ganze eintönige Einsamkeit einer Frau, die vom Morgen bis zum Abend in dem kärglichen Haushalte eines Beamten reichlich zu schaffen hat. Übrigens hörte man niemals das geringste Geräusch; das Kind schien stumm und müde wie die Mutter; kaum hörte man hier und da das leise Summen eines Liedes, das die junge Frau vor sich hinsang. Octave war indes wütend über »dieses Äffchen«, wie er sie nannte, sie spionierte ihm vielleicht gar nach. Wenn die Türe dieser Pichons fortwährend so offen stand, werde Valerie niemals zu ihm hinaufkommen können.

Er war der Meinung, dass seine Angelegenheit im besten Gange sei. An einem Sonntage – der Gatte war eben abwesend – hatte Octave so geschickt zu manövrieren gewusst, dass er sich in dem Augenblick auf dem Treppenabsatz des ersten Stockwerkes befand, als Frau Valerie, bloß mit einem Frisiermantel bekleidet, von ihrer Schwägerin kommend, in ihre Wohnung zurückkehrte Sie konnte es nicht vermeiden, seine Anrede zu erwidern; sie blieben einige Minuten beisammen und tauschten Artigkeiten aus. Er schied mit der Hoffnung, ein nächstes Mal auch in ihre Wohnung eingelassen zu werden. Das andere werde sich bei einer Frau von solchem Wesen von selbst finden.

An jenem Abende ward bei den Campardons am Mittagstische von Valerie gesprochen. Octave suchte das Ehepaar Campardon zu Äußerungen über die junge Frau zu bewegen. Allein da Angela die Ohren spitzte und heimliche Blicke auf Lisa warf, die mit ernster Miene eine Hammelkeule auftrug, verbreiteten die Eltern sich zuerst in Lobeserhebungen über Frau Vabre. Der Architekt trat übrigens jederzeit für die Achtung des Hauses ein mit der Überzeugung eines stolzen Mieters, der aus der Rechtschaffenheit des Hauses auch für die eigene Person den entsprechenden Teil ableitete.

0, mein Lieber! Sehr anständige Leute ... Sie haben sie ja bei den Josserands gesehen. Der Mann ist durchaus nicht dumm; er ist vielmehr reich an Gedanken und wird schließlich etwas Bedeutendes erfinden. Was die Frau betrifft, so hat sie ihren eigenen »Stempel« – wie wir Künstler sagen.

Frau Campardon – die seit gestern wieder mehr litt und bei Tische mehr lag als saß, was sie nicht hinderte, bedeutende Stücke des halb blutigen Bratens zu verzehren, – fügte schmachtend hinzu:

Der arme Theophil ... Es geht ihm wie mir: er ist immer siech ... Sehen Sie, Valerie ist eine verdienstvolle Person; denn es ist wahrhaftig nicht sehr angenehm, an der Seite eines Mannes zu leben, der fortwährend vom Fieber geschüttelt wird, und den sein Zustand oft zänkisch und ungerecht macht.

Beim Nachtisch jedoch erfuhr Octave, der zwischen dem Architekten und dessen Frau saß, über diesen Gegenstand mehr, als er verlangt hatte. Sie vergaßen Angelas Anwesenheit, sprachen in halben Worten und verliehen dem Doppelsinn ihrer Äußerungen durch Augenzwinkern den entsprechenden Nachdruck; wenn ihnen ein Ausdruck fehlte, neigten sie sich zum Ohr Octaves und nannten das Ding beim rechten Namen. Alles in allem sei dieser Theophil ein Kretin und Unvermögender, der es verdiene, das zu sein, wozu seine Frau ihn mache. Valerie selbst tauge nicht viel; sie werde sich gewiss ebenso schlecht betragen, wenn ihr Mann sie befriedigt hätte, denn ihr Wesen reiße sie fort. Es sei übrigens bekannt, dass sie, als sie zwei Monate nach ihrer Verheiratung zu ihrer Verzweiflung sah, dass sie von ihrem Manne niemals ein Kind bekommen werde und daher Gefahr laufe, falls ihr Mann sterbe, die Erbschaft des alten Vabre zu verlieren, sich ihren kleinen Camille von einem Fleischerburschen aus der Annen-Straße hatte machen lassen.

Campardon neigte sich ein letztes Mal zu Octave und flüsterte:

Schließlich: – Sie werden begreifen, mein Lieber – sie ist eine hysterische Frau.

Er sprach dieses Wort mit der ganzen Unzüchtigkeit des ausgelassenen Spießbürgers, mit dem »vertrackten« Lächeln des Familienvaters aus, dessen plötzlich entfesselte Phantasie sich Szenen schlimmster Art ausmalte. Angela schaute auf ihren Teller und vermied den Blick Lisas, um nicht lachen zu müssen. Das Gespräch nahm jetzt eine andere Wendung, man sprach von den Piehons und war unerschöpflich in Lobeserhebungen.

Diese wackeren Leute! sagte Frau Campardon wiederholt Zuweilen erlaube ich Marie, wenn sie ihre kleine Lilitte spazieren führt, meine Angela mitzunehmen. Ich beteure Ihnen, Herr Mouret, dass ich meine Tochter nicht der erstbesten anvertraue: ich muss der Moralität der betreffenden Person vollkommen sicher sein. Nicht wahr, Angela, du liebst Marie sehr?

Ja, Mama.

Dann folgten weitere Einzelheiten über Frau Pichon. Man konnte kaum eine Frau von besserer Erziehung und strengeren Grundsätzen finden. Ihr Gatte ist denn auch sehr glücklich. Ein recht nettes, liebes Ehepaar, das sich gegenseitig anbetet, und bei dem man nie ein lautes Wort hört.

Man würde sie auch gar nicht im Hause behalten, wenn sie sich schlecht aufführten, sagte der Architekt ernst, indem er seine vertraulichen Mitteilungen über Valerie ganz vergaß. Wir wollen in diesem Hause nur ehrbare Leute ... Auf Ehre, ich würde die Miete an dem Tage kündigen, an dem meine Tochter der Gefahr ausgesetzt wäre, auf der Treppe unsoliden Leuten zu begegnen.

Er sollte diesen Abend insgeheim seine Kusine Gasparine in die Komische Oper führen. Er nahm denn auch gleich nach Beendigung des Essens seinen Hut, indem er ein Geschäft vorschützte, das ihn bis in die späte Nacht zurückhalten werde. Rosa schien jedoch von dieser Partie Kenntnis zu haben, denn als Campardon seine Gattin mit vieler Zärtlichkeit küsste, hörte Octave sie in ihrem ruhigen, mütterlichen Tone flüstern:

Amüsiere dich gut, mein Liebster, und gib acht, dass du dich nicht erkältest.

Am folgenden Tage hatte Octave einen Einfall: er gedachte Frau Pichon durch kleine Dienste zu gewinnen und sie in sein Spiel zu ziehen; dadurch hoffte er zu erreichen, dass sie die Augen zudrücken werde, wenn sie zufällig einmal Valerie überrasche. Noch am nämlichen Tage bot sich ihm eine Gelegenheit. Frau Pichon hatte die Gewohnheit, ihre Lilitte, die damals anderthalb Jahre alt war, in einem kleinen Korbwägelchen spazieren zu fahren; dieses Wägelchen war Herrn Gourd ein großes Ärgernis; er wollte niemals einwilligen, dass es über die Haupttreppe hinaufgeschafft werde, man musste es über die Dienstbotentreppe hinaufbringen und, da oben die Türe der Wohnung zu eng war, musste man jedes Mal Räder und Deichsel ausheben, was eine ganze Arbeit war. An diesem Tage kam Octave eben hinzu, als seine Nachbarin, durch ihre Handschuhe behindert, sich viele Mühe gab, die Schrauben auszuziehen. Als sie merkte, dass er hinter ihr stehe und warte, bis sie den Gang freimache, verlor sie vollends den Kopf; ihre Hände zitterten.

Aber Gnädige, sagte er, warum machen Sie sich so viele Mühe? Es wäre doch einfacher, diesen Wagen dort im Hintergrunde des Ganges hinter meiner Türe stehen zu lassen.

In ihrer außerordentlichen Schüchternheit fand sie keine Antwort, sie verharrte in hockender Stellung, es fehlte ihr die Kraft, sich zu erheben; und er sah, wie unter dem Halbschleier ihres Hutes eine lebhafte Röte ihren Nacken bis zu den Ohren färbte.

Ich beteuere Ihnen, Gnädige, dass mich dies nicht im geringsten genieren würde.

Ohne eine Antwort weiter abzuwarten, ergriff er den Wagen und trug ihn behände davon. Sie musste ihm folgen, doch war sie dermaßen verlegen über dieses seltsame Abenteuer in ihrem einfachen Alltagsleben, dass sie ihn ruhig gewähren ließ und nichts als einige abgebrochene Sätze zu stammeln vermochte.

Aber, mein Herr, Sie machen sich zu viel Mühe ... Ich bin in Verwirrung ... Sie werden sich ja den Raum verlegen... Mein Mann wird Ihnen sehr dankbar sein.

Dann kehrte sie in ihre Wohnung zurück, wo sie sich fester einschloss, als ob sie sich schäme. Octave hielt sie für dumm. Der Korbwagen genierte ihn sehr, denn er hinderte ihn, seine Tür aufzumachen, und er musste sich schräg hineinzwängen. Allein seine Nachbarin war gewonnen, umso mehr als Herr Gourd dank dem Einflüsse Campardons einwilligte, dass der Korbwagen im Hintergrunde jenes Raumes stehe.

Jeden Sonntag kamen die Eltern Maries, Herr und Frau Vuillaume, zu ihren Kindern, um da den Tag zu verbringen. Als Octave am nächsten Sonntag ausging, sah er die ganze Familie beim Kaffee sitzen; er beschleunigte seine Schritte, um rasch vorbeizukommen; allein er sah, wie Frau Pichon sich lebhaft zum Ohr ihres Gatten neigte, worauf sich dieser rasch erhob und in der Tür zu ihm sagte:

Entschuldigen Sie, mein Herr! Ich bin fast immer außer dem Hause und hatte noch keine Gelegenheit, Ihnen zu danken. Doch drängt es mich, Ihnen zu sagen, wie sehr ich neulich erfreut war ...

Octave winkte ab. Doch endlich musste er bei den Pichons eintreten. Obgleich er schon Kaffee getrunken hatte, nötigte man ihn dennoch, eine Tasse anzunehmen. Man wies ihm den Ehrenplatz zwischen Herrn und Frau Vuillaume an. Ihm gegenüber, an der andern Seite des Tisches saß Frau Pichon in fortwährender Verwirrung, die ihr jeden Augenblick ohne sichtlichen Grund das Blut in die Wangen trieb. Er betrachtete sie, denn er hatte sie noch niemals genau gesehen. Sie war – wie Trublot gesagt – nicht sein Ideal; er fand sie ärmlich, unansehnlich, mit einem gewöhnlichen Gesichte und dünnen Haaren; die Züge waren jedoch fein und hübsch. Als sie sich ein wenig gefasst hatte, kam sie, wiederholt fröhlich lachend, auf den Vorfall mit dem Wägelchen zu sprechen. Sie war unerschöpflich an Bemerkungen darüber.

Julius, wenn du den Herrn gesehen hättest, wie er den Wagen trug ... Es ging sehr rasch ...

Pichon dankte von neuem. Er war groß und mager, hatte ein leidendes Aussehen, seine Gestalt war gebeugt von dem ewigen Büroleben.

Reden wir nicht weiter davon! sagte Octave. Es ist wahrlich nicht der Mühe wert ... Gnädige, Ihr Kaffee ist ausgezeichnet, ich habe niemals besseren getrunken.

Sie errötete von neuem dermaßen, dass selbst ihre Hände eine rosige Färbung annahmen.

Verhätscheln Sie sie nicht, mein Herr, sagte Herr Vuillaume ernst. Ihr Kaffee ist gut, aber es gibt noch besseren Kaffee. Sie sehen, wie stolz Sie sie mit ihren Lobsprüchen gemacht haben.

Der Stolz ist nicht gut, bemerkte Frau Vuillaume ihrerseits. Wir haben ihr stets die Bescheidenheit empfohlen.

Es waren zwei alte, vertrocknete Leute mit bleichen Gesichtern; die Frau trug ein enges schwarzes Kleid, der Mann einen fadenscheinigen Überrock, an dem man nichts sah als ein breites, rotes Ordensband.

Mein Herr, sagte der kleine Greis, ich bin mit sechzig Jahren ausgezeichnet worden an dem Tage, da ich nach einer Dienstzeit von neununddreißig Jahren im Unterrichtsministerium in Pension ging! Ich habe an jenem Tage gerade so gesessen wie sonst; der Stolz hat mich nicht aus meinen Gewohnheiten gebracht. Das Kreuz gebührte mir, ich wusste es; nur war meine Seele von Dankbarkeit erfüllt.

Die Blicke auf seinen Schwiegersohn gerichtet, der gleich ihm mit zwanzig Jahren in das Ministerium eingetreten war, legte er Octave freimütig seine Lage dar. Seine Existenz sei einfach und klar, jedermann solle sie kennen lernen, sagte er. Nach fünfundzwanzig Dienstjahren war sein Gehalt auf viertausend Franken gestiegen; er hatte demnach Aussicht auf eine Pension von zweitausend Franken. Allein er musste schon mit fünfzehnhundert Franken sich zurückziehen, weil Marie als Spätling zur Welt kam zu einer Zeit, da Frau Vuillaume keine Kinder mehr zu bekommen hoffte. Jetzt, da Marie versorgt war, lebten sie eingeschränkt in der Durantin-Straße am Montmartre, weil dort das Leben wohlfeiler sei.

Ich bin sechsundsiebzig Jahre alt, schloss er, und da ist mein Schwiegersohn.

Still und matt schaute Pichon ihn an, die Augen auf das Verdienstkreuz gerichtet. Ja, das wird auch seine Geschichte sein, wenn er vom Glück begünstigt wird. Er war der Sohn einer Obsthändlerin, die ihren ganzen Handel daran setzte, um aus ihrem Sohn einen »studierten« Menschen zu machen, weil man im ganzen Stadtviertel sagte, dass er gar so gescheit sei, und sie war zahlungsunfähig gestorben acht Tage vor seinem Triumph auf der Sorbonne. Nach drei Jahren der Arbeit und Entbehrungen, die er bei einem Onkel zugebracht, hatte er endlich das unverhoffte Glück, ins Ministerium eintreten zu können, das alle seine Träume verwirklichen sollte, und wo er sich bereits verheiratet hatte.

Man tut seine Pflicht, und die Regierung tut die ihre, murmelte er und berechnete im stillen, dass er noch sechsunddreißig Jahre zu warten habe, bis er ausgezeichnet werde und eine Pension von zweitausend Franken erhalte.

Dann wandte er sich zu Octave und sagte:

Sehen Sie, mein Herr, die Kinder sind es, die uns das Dasein erschweren.

Gewiss, sagte Frau Vuillaume. Hätten wir noch ein zweites Kind bekommen, so würden wir nie das Auslangen gefunden haben ... Sie werden sich wohl auch erinnern, Julius, was ich von Ihnen verlangte, als ich Ihnen Marie gab: ein Kind, nicht mehr, oder wir werden böse miteinander. Nur die Arbeiter setzen Kinder wie die Küchlein in die Welt, unbekümmert darum, was es kosten wird. Allerdings lassen sie sie dann auf dem Pflaster wie die Viehherden. Wie oft bekümmert mich dieser traurige Anblick! ...

Octave hatte einen Blick auf Marie geworfen, denn er dachte, dieser heikle Gegenstand müsse ihr die Schamröte ins Gesicht treiben. Doch sie war bleich geblieben und hatte den Ausführungen ihrer Mutter mit der Ruhe einer keuschen Jungfrau zugestimmt. Octave langweilte sich tödlich und wusste nicht, wie er sich in passender Weise entfernen solle. So verbrachten diese Leute den Nachmittag in dem kleinen, kalten Speisezimmer, indem sie alle fünf Minuten einige langsam gesprochene Worte vernehmen ließen und nur von ihren eigenen Angelegenheiten sprachen.

Jetzt setzte Frau Vuillaume ihre Gedanken auseinander. Nach längerem Stillschweigen, während dessen alle vier sich frische Gedanken zu bilden schienen, sagte sie:

Sie haben kein Kind, mein Herr? Nun, das wird kommen ... Ein Kind bedeutet eine schwere Verantwortlichkeit besonders für eine Mutter. Ich war neunundvierzig Jahre alt, mein Herr, als diese Kleine zur Welt kam, demnach in einem Alter, wo man sich glücklicherweise schon zu benehmen weiß. Ein Knabe – nun, der wächst sozusagen von selbst auf, aber ein Mädchen! Ich habe das tröstliche Bewusstsein, meine Pflicht erfüllt zu haben, o ja.

Dann entwickelte sie in kurzen Sätzen ihren Erziehungsplan. Vor allem rechtschaffen. Keine Spielerei auf den Treppen; die Kleine immer in der Nähe behalten, denn die Mädchen denken nur an Schlimmes. Türen und Fenster müssen geschlossen bleiben; nur kein Luftzug, der von der Straße hässliche Dinge hereinweht. Draußen darf das Kind nicht von der Hand gelassen werden: man muss es gewöhnen, auf den Boden zu blicken, um jedem hässlichen Schauspiel auszuweichen. In Sachen der Religion kein Missbrauch, nur so viel, wie zur Wahrung der Sittlichkeit notwendig ist. Wenn das Mädchen größer wird, soll man Lehrerinnen nehmen, sie nicht in Pensionen stecken, wo die Unschuld verdorben wird; man muss ferner den Lektionen beiwohnen, darüber wachen, dass sie nicht erfahre, was sie nicht wissen soll, die Zeitungen verstecken, die Bibliothek verschließen.

Ein Mädchen erfährt von diesen Dingen noch immer zu viel, schloss die würdige Dame.

Während ihre Mutter sprach, schaute Marie mit ihren ausdruckslosen Augen ins Leere. Sie sah die kleine verschlossene Wohnung mit den engen Zimmerchen in der Durantin-Straße wieder, wo es ihr nicht gestattet war, sich auf das Fenstergesims zu lehnen. Es war eine ins Jungfrauenalter hinein verlängerte Kindheit, allerlei Verbote, die sie nicht begriff; ganze Zeilen, die ihre Mutter in dem Modejournal durchstrich, und über deren schwarze Barren sie erröten musste; »gereinigte« Lektionen, die selbst die Lehrerinnen beim Ausfragen in Verlegenheit brachten. Es war übrigens eine sanfte Kindheit, ein mildes Emporwachsen in einem warmen Treibhause; noch jetzt schwebte bei diesen Erinnerungen ein kindliches Lächeln auf den Lippen dieser Frau, die in der Ehe unwissend geblieben war.

Sie können es mir glauben, mein Herr, sagte Herr Vuillaume; meine Tochter hatte mit achtzehn Jahren noch keinen Roman gelesen ... Nicht wahr, Marie?

Ja, Papa.

Ich besitze, fuhr er fort, die Romane George Sands in sehr schönem Einbande; und trotz der Besorgnisse ihrer Mutter habe ich mich entschlossen, ihr einige Monate vor ihrer Verheiratung zu gestatten, dass sie »André« lese, ein ungefährliches Buch voll Phantasie, das die Seele erhebt ... Ich bin für eine freisinnige Erziehung. Die Literatur hat ihre Berechtigung... Diese Lektüre hat eine außerordentliche Wirkung bei ihr hervorgebracht, mein Herr. Sie weinte des Nachts im Schlafe, was beweist, dass nur eine reine Einbildungskraft das Genie wahrhaft begreifen kann.

Es ist so schön! murmelte die junge Frau mit funkelnden Augen.

Pichon sagte: Vor der Ehe gar keinen Roman, nach der Ehe alle Romane. Daraufhin bemerkte Frau Vuillaume kopfschüttelnd, dass sie keine Romane gelesen habe und sich dennoch wohlbefinde.

Nun sprach Marie in sanftem Tone von ihrer Einsamkeit.

Mein Gott, ich nehme zuweilen ein Buch zur Hand. Übrigens wählt Julius selbst im Lesekabinett in der Choiseul-Straße die Bücher für mich aus ... Wenn ich noch Klavier spielen könnte! ...

Da glaubte endlich auch Octave etwas vorbringen zu sollen.

Wie, Gnädige? rief er; Sie spielen nicht Klavier?

Es entstand eine verlegene Pause. Die Eltern sprachen von verschiedenen ungünstigen Umständen; sie wollten nicht eingestehen, dass sie die Kosten scheuten. Die Mutter versicherte übrigens, dass Marie schon vermöge ihrer natürlichen Begabung richtig zu singen verstehe; als junges Mädchen wusste sie allerlei hübsche Romanzen zu singen; es genügte ihr, eine Weise einmal zu hören, und sie behielt sie im Gedächtnisse. Insbesondere ein spanisches Lied, die Geschichte einer Gefangenen, die ihren Geliebten beklagt; dieses Lied sang sie mit so vielem Ausdruck, dass den Zuhörern, und wären diese noch so sehr verstockt gewesen, Tränen der Rührung erpresst wurden.

Doch Marie war trostlos und, die Hand nach dem anstoßenden Zimmer ausstreckend, wo ihr Töchterchen schlief, rief sie: Ich schwöre, dass Lilitte Klavier spielen wird und wenn ich die schwersten Opfer bringen müsste.

Trachte vor allem, sie so zu erziehen, wie wir dich erzogen haben, sagte Madame Vuillaume. Ich will gewiss nichts gegen die Musik gesagt haben; sie veredelt das Gemüt. Vor allem wache über deine Tochter, halte die böse Luft von ihr fern; trachte, dass sie ihre Unwissenheit bewahre ...

Sie kam wieder auf ihr Thema zurück: sie legte jetzt mehr Nachdruck auf die Religion, regelte die Anzahl der Beichten nach Monaten und bezeichnete jene Messen, die man anstandshalber unbedingt besuchen müsse. Da verlor Octave endlich die Geduld, er erklärte, eine Abmachung nötige ihn, sich zu entfernen. Seine Ohren summten vor Langeweile; er begriff, dass das Gespräch in dieser Weise bis zum Abend fortdauern könne. Als er mit einem letzten Gruße sich entfernte, sah er Marie plötzlich ohne besonderen Grund erröten.

Wenn in Zukunft Octave am Sonntag an der Wohnung der Pichons vorbeikam, beschleunigte er seine Schritte, besonders wenn er die trockene Stimme der Alten hörte. Überdies war er vollauf mit der Eroberung Valeries beschäftigt, die trotz der glühenden Blicke, deren Ziel er zu sein glaubte, dennoch eine unerklärliche Zurückhaltung beobachtete; er sah in diesem Benehmen das Spiel einer Kokette. Eines Tages war er ihr wie zufällig im Tuileriengarten begegnet, wo sie mit ihm ganz ruhig über ein Unwetter zu sprechen begann, das tags vorher stattgefunden hatte. Er gewann den Eindruck, dass er es mit einer sehr schlauen Person zu tun habe. Er entschloss sich, ihr so häufig wie möglich auf der Treppe aufzulauern, in ihre Wohnung einzudringen und – wenn nötig – sogar rücksichtslos zu sein.

Wenn er jetzt an der Wohnung der Pichons vorbeikam, errötete Marie jedes Mal und lächelte. Sie tauschten freundnachbarliche Grüße aus. Als er eines Morgens zum Frühstück kam und ihr einen Brief überbrachte, den Herr Gourd ihm für sie mitgegeben hatte, um die vier Stockwerke zu ersparen, fand er die junge Frau in arger Verlegenheit. Sie hatte Lilitte, die sich im Hemde befand, auf den runden Tisch gesetzt und war bemüht, sie wieder anzukleiden.

Was ist denn vorgefallen? fragte der junge Mann.

Die Kleine ist schuld an allem, sagte Marie. Ich war so unbesonnen, sie zu entkleiden, weil sie sich beklagte; und jetzt kann ich nicht ...

Er betrachtete sie mit Erstaunen. Sie drehte ein Unterröckchen hin und her und suchte die Häkchen. Dann fügte sie hinzu:

Sie müssen wissen, ihr Vater hilft mir immer am Morgen, ehe er ausgeht, sie ankleiden und in Ordnung bringen ... Ich allein kann mich in diesen Dingen nie zurechtfinden. Das langweilt mich, das regt mich auf ...

Die Kleine, überdrüssig, so lange im Hemde zu sitzen, und eingeschüchtert durch die Anwesenheit eines fremden Mannes, war inzwischen immer widerspenstiger geworden und warf sich jetzt auf dem Tische zurück.

Geben Sie acht! rief Octave. Sie wird hinunterfallen.

Es war eine völlige Katastrophe. Marie schien nicht zu wagen, die nackten Glieder ihrer Tochter zu berühren. Sie betrachtete sie mit der Verblüffung einer Jungfrau. Zu der Furcht, dem Kinde einen Schaden zuzufügen, gesellte sich eine unbestimmte Scheu vor diesem lebendigen Fleische. Indes gelang es ihr endlich, unterstützt von Octave, das Kind wieder anzukleiden.

Was werden Sie anfangen, wenn Sie einst zwölf Kinder haben? fragte Octave lachend.

Aber wir werden keines mehr haben, erwiderte sie verstört.

Er begann zu scherzen; sie solle nichts verschwören; ein Kind sei so schnell fertig.

Nein, nein! wiederholte sie hartnäckig. Sie haben ja neulich Mama gehört. Sie hat es Julius streng verboten. Sie kennen sie nicht. Es gäbe endlose Streitigkeiten, wenn ein zweites Kind käme.

Es machte Octave viel Spaß, mit welcher Ruhe die junge Frau über dieses Thema sprach. Er drängte sie immer weiter in dieser Richtung, doch gelang es ihm nicht, sie in Verlegenheit zu bringen. Sie tue übrigens, was ihr Mann wolle, sagte sie. Sie liebe die Kinder, gewiss; und wenn es ihr erlaubt wäre, möchte sie noch mehr haben. Hinter dieser Fügsamkeit gegen den Befehl der Mutter sah man den Gleichmut der Frau, deren mütterliches Gefühl noch nicht geweckt ist. Lilitte beschäftigte sie ungefähr so wie ihr Hauswesen, das sie aus Pflichtgefühl in Ordnung hielt. Wenn sie das Essgeschirr gereinigt und ihre Kleine spazieren geführt hatte, setzte sie das leere, schläfrige Leben eines jungen Mädchens fort, eingewiegt von der unbestimmten Hoffnung auf eine Freude, die nicht kommen wollte. Als Octave ihr sagte, dass sie sich in ihrer ewigen Einsamkeit grausam langweilen müsse, schien sie überrascht. Nein – meinte sie –, sie langweile sich nicht; die Tage vergehen von selbst, ohne dass sie beim Schlafengehen wisse, womit sie dieselben zugebracht. Am Sonntag gehe sie zuweilen mit ihrem Gatten aus, ein andermal kämen ihre Eltern zu Besuch, oder sie nehme ein Buch zur Hand. Sie werde nunmehr, da ihr das Lesen erlaubt sei, den ganzen Tag lesen, wenn sie keine Kopfschmerzen davon bekomme.

Es ist sehr verdrießlich, fügte sie hinzu, dass man im Lesekabinett der Choiseul-Straße nicht alle Bücher bekommt... Ich habe beispielsweise »André« verlangt, ein Buch, das mir einst heiße Tränen entlockt hat, und das ich wieder lesen wollte. Aber gerade dieses Buch ist ihnen gestohlen worden... Mein Vater aber will mir sein Exemplar nicht leihen; er fürchtet, Lilitte werde die Bilder herausreißen.

Ich glaube, mein Freund Campardon hat den ganzen George Sand ... Ich will das Buch für Sie geborgt nehmen.

Sie errötete, ihre Augen funkelten ... Er wäre in der Tat sehr liebenswürdig, meinte sie. Als er fortging, saß sie mit hängenden Armen, gedankenlos vor Lilitte da in der nämlichen Stellung, in der sie oft ganze Nachmittage verbrachte. Die Näherei war ihr zuwider, sie liebte die Häkelarbeit, und man sah eine solche Arbeit bei ihr immerfort auf den Möbeln herumliegen.

Am folgenden Tage – einem Sonntage – brachte Octave das versprochene Buch. Pichon hatte ausgehen müssen, um seine Visitenkarte bei einem seiner Vorgesetzten abzugeben. Als der junge Mann sie angekleidet fand, – sie war eben von einem Gange in die Nachbarschaft zurückgekehrt – fragte er sie, ob sie in der Messe gewesen sei, denn er hielt sie für sehr fromm. Sie erwiderte, dass sie seit mehr als einem Jahre nicht in der Kirche gewesen. Vor ihrer Verheiratung sei sie mit ihrer Mutter sehr regelmäßig in die Kirche gegangen. Während der ersten Monate ihrer Ehe habe sie aus Gewohnheit die Kirchenbesuche fortgesetzt, doch immer in der Furcht, zu spät zu kommen. Als sie später einige Messen versäumt habe, sei sie nicht mehr in die Kirche gegangen – sie wisse selbst nicht warum. Ihr Gatte verabscheue die Geistlichen, ihre Mutter aber frage sie jetzt gar nicht über diesen Gegenstand. Indes ward sie durch die Frage Octaves aufgerüttelt, als ob er Dinge in ihr wachgerufen habe, die unter der Lässigkeit ihres gegenwärtigen Daseins vergraben zu sein schienen.

Ich muss an einem dieser Tage wieder in die Kirche zu Sankt Rochus gehen; geben wir eine unserer Lebensgewohnheiten auf, so entsteht alsbald eine Lücke in unserem Dasein.

In diesem Gesichte einer spät zur Welt gekommenen, von allzu betagten Eltern erzeugten Tochter drückte das krankhafte Bedauern eines andern Daseins in einem gedachten Lande sich aus, – eines Daseins, das sie ohne Zweifel geträumt hatte. Sie konnte nichts verheimlichen; alles stieg ihr ins Gesicht unter dieser feinen Haut, die so durchsichtig war wie die einer Bleichsüchtigen. Dann hatte sie eine Anwandlung der Rührung, und mit einer vertraulichen Gebärde Octaves Hände erfassend, sagte sie:

Wie danke ich Ihnen für dieses Buch! ... Kommen Sie morgen nach dem Frühstück wieder; ich will es Ihnen zurückgeben und Ihnen sagen, welche Wirkung es auf mich gemacht hat ... Das wird lustig sein, nicht wahr?

Im Fortgehen dachte Octave, dass sie im ganzen doch ein drolliges Weibchen sei. Sie interessierte ihn schließlich: er fasste den Vorsatz, mit Pichon zu reden, dass er seine Schlaffheit doch abstreife und die kleine

Frau ein wenig aufrüttle; denn sie brauchte nur aufgerüttelt zu werden, das war klar.

Am folgenden Tage begegnete er dem Beamten, eben als dieser sich auszugehen anschickte; er begleitete ihn auf die Gefahr hin, eine Viertelstunde später als sonst in sein Geschäft »Zum Paradies der Damen« zu kommen. Doch er fand Pichon noch weniger aufgeweckt als seine Frau; er war voller Sonderlichkeiten und schien keine größere Sorge zu haben, als die, dass er sich bei Regenwetter die Schuhe im Straßenkote nicht beschmutze. Er ging auf den Fußspitzen und sprach unaufhörlich von seinem Unterchef.

Octave, den in dieser ganzen Sache nur brüderliche Gefühle leiteten, verließ ihn endlich in der Honoriusstraße, nachdem er ihm noch eindringlich empfohlen hatte, Marie recht oft ins Theater zu führen.

Wozu denn? fragte Pichon betroffen.

Weil es gut ist für die Frauen, es macht sie liebenswürdig.

Ach, Sie glauben ...

Er versprach darüber nachzudenken; dann ging er quer über die Straße in steter Angst, durch eine Droschke mit Schmutz bespritzt zu werden.

Am folgenden Tage klopfte um die Frühstückszeit Octave bei den Pichons an, um das Buch wieder in Empfang zu nehmen. Marie las, die Ellbogen auf den Tisch gestützt, beide Hände in den ungekämmten Haaren vergraben. Sie hatte soeben ein Ei in einer kleinen Blechpfanne verzehrt, die noch auf dem kahlen Tische stand inmitten des Durcheinanders eines in aller Hast gedeckten Frühstückstisches. Am Boden schlief Lilitte unbeachtet auf den Scherben eines Tellers, den sie ohne Zweifel zerbrochen hatte.

Nun? fragte Octave.

Marie antwortete nicht sogleich. Sie trug noch ihren Morgenschlafrock, an dem einige Knöpfe fehlten, so dass ihr Hals zu sehen war; sie befand sich überhaupt noch völlig in der Unordnung einer Frau, die eben das Bett verlassen hat.

Ich habe kaum hundert Seiten gelesen, sprach sie endlich; meine Eltern waren gestern hier.

Sie sprach in missmutigem Tone, verbittert. Als sie noch jung war, hatte sie den Wunsch, in der Tiefe der Wälder zu wohnen. Sie träumte immer davon, einem Jäger zu begegnen, der sein Horn bläst. Der Jäger nähert sich und lässt sich vor ihr auf die Knie nieder. All dies geschieht in einem Dickicht, weit, weit, wo die Rosen blühen wie in einem Parke. Dann vermählten sie sich plötzlich und verbrachten ihr Leben unter ewigen Spaziergängen. Sie war sehr glücklich und hatte keine anderen Wünsche. Er war von der Zärtlichkeit und Ergebenheit eines Sklaven, sein Platz war stets zu ihren Füßen.

Ich habe heute mit Ihrem Gatten gesprochen, sagte Octave, Sie gehen nicht oft genug aus, und ich habe ihn bestimmt, Sie ins Theater zu führen.

Doch sie schüttelte den Kopf, und ein Frösteln ging durch ihren Leib. Es entstand ein Schweigen. Sie fand sich wieder in ihrem engen Speisezimmer mit seiner nüchternen, frostigen Tageshelle. Das Bild ihres mürrischen, allezeit ordentlichen Gatten warf plötzlich seinen Schatten auf den Jäger ihrer Lieder, dessen ferne Hörnerklänge stets in ihren Ohren tönten. Zuweilen horchte sie auf: vielleicht kommt er gar. Ihr Gatte hatte niemals ihre Füße in seine Hände genommen, um sie zu küssen. Niemals hatte er sich vor ihr auf die Knie niedergelassen, um ihr zu sagen, dass er sie anbete. Und dennoch liebte sie ihn; nur war sie verwundert darüber, dass in der Liebe nicht eine größere Wonne liege.

Was mich am meisten ergreift, sehen Sie, das sind jene Stellen in den Romanen, wo die Personen einander Liebeserklärungen machen.

Octave hatte sich gesetzt; er fand wenig Geschmack an dieser Empfindsamkeit und suchte, dem Gespräch eine lustigere Wendung zu geben.

Ich verabscheue die Redensarten, sagte er. Wenn man sich liebt, ist es am besten, sich dies sofort zu beweisen.

Sie schien nicht zu begreifen und blickte ihn mit ihren klaren Augen treuherzig an. Er streckte die Hand aus, streifte die ihrige, neigte sich vor, um in das Buch zu blicken, so nahe zu ihr, dass sie durch die Blöße, die der Schlafrock ließ, seinen warmen Hauch auf ihrer Schulter fühlte; sie blieb indes ruhig und kalt. Er erhob sich, von Geringschätzung und Mitleid für sie erfüllt. Als er fortging, sagte sie:

Ich lese sehr langsam und werde nicht vor morgen mit dem Buch zu Ende sein ... Morgen wird es amüsant sein! Kommen Sie am Abend.

Es war sicher: er konnte sich keinerlei Gedanken über diese Frau bilden, und dennoch brachte sie ihn in Erregung. Er empfand eine seltsame Freundschaft für dieses junge Ehepaar, dessen Beschränktheit in allen Lebensverhältnissen ihn schier in Wut brachte, und kam auf den Einfall, ihnen wider ihren Willen nützlich zu sein: er wollte sie zum Essen führen, ihnen Wein zu trinken geben und sie zu seinem Ergötzen einander in die Arme legen. Wenn diese Anwandlungen von Güte ihm kamen, war er – der sonst niemandem zehn Franken lieh – imstande, das Geld zum Fenster hinauszuwerfen, um zwei Verliebte zu »verbandeln« und sie glücklich zu machen.

Die Kälte der kleinen Frau Pichon führte übrigens Octave zur leidenschaftlichen Valerie zurück. Diese werde sich sicherlich nicht zweimal auf den Nacken blasen lassen. Er machte in der Tat Fortschritte in ihrer Gunst; als sie eines Tages vor ihm die Treppe emporstieg, wagte er eine Schmeichelei über ihren Fuß, und sie schien ganz und gar nicht erzürnt darüber.

Endlich kam die so lang ersehnte Gelegenheit. Es war an dem Abende, an dem er mit Frau Pichon über den Roman plaudern sollte, weil ihr Gatte erst um Mitternacht zurückkommen werde. Er zog es aber vor, spazieren zu gehen, es schauderte ihn vor diesem literarischen Genuss.

Erst gegen zehn Uhr abends kehrte er zurück. Da begegnete er auf dem Treppenabsatz des ersten Stockwerkes der Zofe Valeries, die ganz verstört war und ihm zurief:

Die Frau hat einen Nervenanfall, der Herr ist nicht zu Hause, die Nachbarsleute von drüben sind im Theater ... Kommen Sie, ich bitte Sie; ich bin ganz allein und weiß nicht, was anfangen.

Valerie lag in ihrem Zimmer mit steifen Gliedern in einem Sessel ausgestreckt. Die Zofe hatte sie aufgeschnürt, aus dem offenen Mieder quoll der Busen hervor. Der Anfall ging übrigens rasch vorüber. Sie öffnete die Augen, war überrascht, als sie Octave sah, und benahm sich übrigens wie in Gegenwart eines Arztes, indem sie mit mäßiger Eile ihre Toilette wieder in Ordnung brachte.

Vergeben Sie, mein Herr, sprach sie mit noch immer beklommener Stimme; das Mädchen ist erst seit gestern bei mir und hat ganz den Kopf verloren.

Die vollkommene Ruhe, mit der sie ihr Mieder ablegte, und ihr Kleid zunestelte, versetzte den jungen Mann in Verlegenheit. Er sah stehend zu und schwur sich innerlich, nicht so wieder fortzugehen, aber er wagte es auch nicht, sich zu setzen. Sie hatte die Zofe hinausgeschickt, deren Anblick sie zu ärgern schien. Dann ging sie zu dem weit offen stehenden Fenster, um die von außen eindringende frische Luft einzuatmen, wobei sie zeitweilig nervös gähnte.

Allmählich entwickelte sich ein Gespräch zwischen ihnen. Dieser Zustand – sagte sie – währe nun schon seit ihrem vierzehnten Jahre; der

Doktor Juillerat sei mit seinen Medikamenten zu Ende. Bald habe sie den Schmerz in den Armen, bald im Kreuz. Endlich habe sie sich daran gewöhnt, das Übel sei so gut oder schlecht wie ein anderes; denn sie sehe ja, dass niemand vollständig gesund sei.

Er beobachtete sie, während sie mit müden Gliedern zu ihm sprach; er fand sie herausfordernd in ihrer ungeordneten Toilette, mit ihrer bleifarbenen Farbe, ihrem Gesichte, das durch den Anfall verzerrt war wie durch eine ganze Liebesnacht. Hinter der dunklen Flut ihrer aufgelösten Haare, die auf ihre Schulter herabfloß, glaubte er den unbedeutenden, schmächtigen, bartlosen Kopf ihres Gatten auftauchen zu sehen. Da streckte er die Hände aus und wollte sie fassen mit einer schroffen Gebärde, als habe er es mit einer Dirne zu tun.

Nun, was ist's? sagte sie höchlich überrascht.

Sie schaute ihn an; der Ausdruck ihrer Augen war so kühl, ihr Leib so ruhig, dass er sich wie eisig angehaucht fühlte und das Lächerliche seiner Gebärde begreifend, seine Arme sinken ließ.

Nach einem letzten nervösen Gähnen, das sie zu unterdrücken suchte, fügte sie langsam hinzu:

Ach, mein lieber Herr! wenn Sie wüssten! ...

Sie zuckte die Achseln, ohne böse zu sein, gleichsam niedergedrückt von der Wucht ihrer Geringschätzung gegen den Mann. Octave dachte, sie wolle ihn endlich hinauswerfen lassen, als er sah, wie sie ihre Schritte auf die Glockenschnur zu lenkte, wobei sie ihre nur lose gebundenen Röcke nachschleppte. Allein sie verlangte einfach Tee, sehr leichten und sehr heißen Tee. Da verlor er vollends die Fassung, stammelte eine Entschuldigung und entfernte sich, während sie sich von neuem in ihrem Sessel ausstreckte mit der frostigen Miene einer Frau, die vor allem schlafen will.

Auf der Treppe blieb Octave in jedem Stockwerke stehen. Sie liebte es also nicht. Er fand sie gleichgültig, keineswegs von Begierden verzehrt, vielmehr ebenso wenig zugänglich wie seine Gebieterin Frau Hédouin. Warum sagte Campardon, dass sie hysterisch sei? Es war sehr ungeschickt von ihm, ihn so »aufsitzen« zu lassen; ohne diese Lüge des Architekten hätte er sich nie dieses Abenteuer an den Hals gezogen. Er war gänzlich verwirrt und dachte an die Geschichten, die über diese Frau und ihren Gatten in Umlauf waren. Er erinnerte sich der Bemerkung Trublots: bei diesen aus dem Geleise geratenen Frauen, deren Augen so leuchten wie die glühenden Kohlen, weiß man niemals, woran man ist ...

Im vierten Stockwerk angelangt, dämpfte Octave seine Schritte; er war aufgebracht über die Weiber. Da öffnete sich die Tür der Pichons, und er musste eintreten. Marie erwartete ihn; sie stand in dem von der glimmenden Lampe nur schwach erleuchteten Zimmer; sie hatte die Wiege zum Tische gezogen; Lilitte schlief in dem matten Lichtkreise der Lampe. Offenbar war das zum Frühstück benützte Gedeck auch beim Mittagbrot verwendet worden, denn das geschlossene Buch lag neben einem schmutzigen Teller, auf dem noch die Reste von Radieschen zu sehen waren.

Sie haben das Buch zu Ende gelesen? fragte Octave, erstaunt über das Stillschweigen der jungen Frau.

Sie schien betäubt, das Gesicht aufgedunsen wie nach einem allzu langen Schlaf.

Ja, ja, sagte sie mit einiger Anstrengung. Ich habe mich den ganzen Tag über in dieses Buch versenkt... Wenn das Interesse uns packt, weiß man ja nicht mehr, wo man ist ... Oh, der Nacken tut mir weh ...

Sie saß in gebeugter Stellung da und sprach nicht mehr von dem Buche; sie war so tief erregt, so voll der verworrenen Träumereien der Lektüre, dass sie schier erstickte. Ihre Ohren summten, sie vernahm den fernen Hörnerschall der Jäger ihrer Lieder in dem blauenden Hintergrunde ihrer geträumten Zärtlichkeiten. Dann erzählte sie ohne jeden Übergang, dass sie am Morgen in der Rochus-Kirche gewesen; sie habe viel geweint; die Religion ersetze alles.

Jetzt fühle ich mich schon besser, sagte sie, tief aufseufzend und vor Octave stehen bleibend.

Es entstand ein Stillschweigen. Ihre keuschen Augen lächelten ihm zu. Mit ihren dünnen Haaren und verschwommenen Zügen hatte er sie nie so unbedeutend gefunden wie jetzt. Allein als sie fortfuhr, ihn zu betrachten, ward sie sehr bleich und wankte; er musste die Arme ausstrecken, um sie zu stützen.

Mein Gott, mein Gott! stammelte sie schluchzend.

Er hielt sie ganz verwirrt in seinen Armen.

Sie sollten etwas Lindenblütentee nehmen; Sie haben allzu lange gelesen, und das hat Ihnen geschadet.

Ja, als ich das Buch zu Ende gelesen hatte und mich allein sah, war mir so schwer ums Herz ... Wie gut sind Sie, Herr Mouret! Ohne Sie wäre ich gefallen und hätte mich beschädigt.

Mittlerweile blickte er sich nach einem Sessel um, sie darauf zu setzen.

Soll ich Feuer machen? fragte er.

Ich danke, Sie würden sich dabei beschmutzen ... Ich habe bemerkt, dass sie immer Handschuhe tragen.

Indem sie bei dieser Erinnerung von neuem in die tiefste Verwirrung geriet, hauchte sie in einem Augenblicke äußerster Schwäche und Unbesonnenheit – gleichsam im Traume des Romans – einen Kuss in die Luft, der das Ohr des jungen Mannes streifte.

Octave war höchlich betroffen. Die Lippen der jungen Frau waren eisig kalt. Als ihre Kräfte vollends schwanden und sie vernichtet an seine Brust sank, erwachte plötzlich das Verlangen in ihm, und er wollte sie in den Hintergrund des Zimmers tragen. Allein diese kühne Annäherung erweckte Marie aus der Bewusstlosigkeit ihres Falles; der Instinkt der angegriffenen Frau empörte sich in ihr, und sie rief nach ihrer Mutter, ihres Mannes vergessend, der bald heimkehren musste, ihres Kindes, das in der Nähe schlief.

Nicht das! ... Ach nein, ach nein! Das ist verboten!...

Er aber entgegnete in höchster Leidenschaft entbrannt:

Man soll es nicht erfahren; ich will es niemandem sagen.

Nein, Herr Octave! Sie vernichten das Glück, das mir das Zusammentreffen mit Ihnen verursacht hat. Das ist es ja nicht, was wir wollen ... Ich hatte so schöne Dinge geträumt ...

Er sprach nichts weiter; er hatte Vergeltung zu üben für die andere und sagte sich im stillen rundheraus: »Ah, du musst dran!« Da sie sich weigerte, in das Zimmer zu kommen, legte er sie rücksichtslos auf den Tisch hin. Und sie unterwarf sich; er nahm Besitz von ihr zwischen dem Teller, den sie auf dem Tische vergessen hatte und dem Buche, das auf die Erde geworfen ward ...

Die Türe war nicht geschlossen worden; draußen lag die Treppe in ihrer einschläfernden Stille da; Lilitte schlummerte ruhig.

Als Marie und Octave mit ungeordneten Kleidern sich wieder erhoben, fanden sie einander nichts zu sagen. Sie betrachtete mechanisch ihr Kind, nahm den Teller vom Tisch und stellte ihn wieder hin. Auch er war stumm und fühlte ein Unbehagen nach diesem unerwarteten Abenteuer. Er erinnerte sich, dass er in brüderlicher Weise den Vorsatz gefasst hatte, diese Frau ihrem Gatten in die Arme zu treiben.

Da er das Bedürfnis fühlte, dieses unerträgliche Stillschweigen endlich zu brechen, flüsterte er:

Sie haben also die Türe nicht geschlossen?

Sie warf einen Blick auf den Gang und stammelte:

Es ist wahr! Die Türe war offen geblieben!

Ihr Gang war schwerfällig, und auf ihrem Antlitz drückte sich das Unbehagen aus. Der junge Mann dachte jetzt, dass es kein besonderes Vergnügen sei mit einer Frau, die sich in dieser stillen Einsamkeit ergibt, ohne sich auch nur zu wehren. Sie konnte nicht einmal einen Genuss haben.

Schau, das Buch ist zur Erde gefallen, sagte sie, den Band aufhebend.

Eine Ecke des Einbandes war infolge des Falles eingebogen. Das brachte sie wieder einander näher und gab einen Gesprächsstoff. Marie war untröstlich über den Unfall mit dem Buche.

Es ist nicht meine Schuld, sagte sie. Sie sehen, ich habe es in Papier eingewickelt, aus Furcht, es zu beschmutzen. Wir haben es hinabgestoßen, ohne es zu wollen.

War das Buch da? fragte Octave. Ich habe es gar nicht bemerkt. Ich mache mir nicht viel daraus, aber Campardon ist gar so »heikel« mit seinen Büchern.

Nun reichten sie einander das Buch und suchten die verbogene Ecke wieder gerade zu richten. Dabei vermengten sich ihre Finger, und das ging jetzt schon ohne Aufregung. An die Folgen denkend, waren sie wahrhaft erschrocken über den Unfall, der diesem schönen Band von George Sand zugestoßen war.

Das musste schlimm ablaufen, schloss Marie mit Tränen in den Augen.

Octave fühlte sich verpflichtet, sie zu trösten. Er werde irgendeine Ausrede ersinnen, sagte er, und Campardon ihn doch nicht fressen. Im Augenblicke der Trennung gerieten sie wieder in Verlegenheit. Sie hätten einander gern ein angenehmes Wort gesagt, allein das trauliche »Du« wollte ihnen nicht aus der Kehle. Da wurden sie durch den Schall eines Trittes aus der Verlegenheit gerissen. Es war der heimkehrende Gatte. Octave nahm sie stillschweigend in die Arme und küsste sie auf den Mund. Sie ließ es willig geschehen; ihre Lippen waren eisig kalt wie vorhin. Als er geräuschlos in seinem Zimmer den Überzieher ablegte, sagte er sich, dass auch diese Frau »es« nicht zu lieben scheine. Was will sie denn? Warum sinkt sie den Leuten in die Arme? Wahrhaftig, die Frauen sind sehr sonderbar! ...

Am folgenden Tage erklärte während des Frühstücks bei den Campardons Octave eben zum zwanzigsten Male, wie ungeschickt er war, dass er das Buch habe fallen lassen, als Marie eintrat. Sie führte Lilitte in den Tuileriengarten und fragte, ob man ihr Angela anvertrauen wolle. Sie lächelte ohne jede Verlegenheit Octave einen Gruß zu und betrachtete mit ihren klaren Augen und ihrer unschuldigen Miene das Buch, das auf einem Sessel lag.

Warum nicht? rief Madame Campardon; ich bin Ihnen ja Dank schuldig dafür. Angela, setze deinen Hut auf. Ihnen kann ich sie ruhig anvertrauen.

Marie benahm sich sehr bescheiden; sie trug ein einfaches Leinenkleid von dunkler Farbe und sprach von ihrem Gatten, der gestern Abend sehr verschnupft heimgekehrt sei, und von dem Fleisch, das immer teurer werde, so dass man den Preis bald nicht werde erschwingen können.

Als sie mit Angela fortgegangen war, traten alle ans Fenster, um der kleinen Gesellschaft nachzublicken. Marie schob mit ihren behandschuhten Händen sanft das Korbwägelchen Lilittes auf dem Fußwege vor sich hin, während Angela, die sich beobachtet wusste, mit gesenkten Augen an ihrer Seite einherschritt.

Ist das eine wohlerzogene Frau! rief Frau Campardon; und so sanft, so rechtschaffen!

Der Architekt aber klopfte Octave auf die Schulter und sagte:

Es geht nichts über die häusliche Erziehung, mein Lieber!

Fünftes Kapitel

Am Abend war Konzert und Abendgesellschaft bei den Duverdy. Gegen zehn Uhr legte Octave – der jetzt zum ersten Male eingeladen war – die letzte Hand an seine Toilette. Er war in ernster Stimmung und gewissermaßen gegen sich selbst gereizt. Warum hatte er sich Valerie entgehen lassen, eine Frau von so guter Familie, und hätte er es nicht auch besser überlegen sollen, bevor er Berta Josserand zurückwies? In dem Augenblicke, als er seine weiße Krawatte anlegte, ward der Gedanke an Marie Pichon ihm unerträglich. Nach fünfmonatlichem Aufenthalte in Paris ein so armseliges Abenteuer! Er schämte sich dessen schier, denn er fühlte die Leere und Nutzlosigkeit eines solchen Verhältnisses. Er schwur sich denn auch, indem er die Handschuhe anzog, seine Zeit nicht mehr in solcher Weise vergeuden zu wollen. Er war nunmehr entschlossen zu handeln, da er Eintritt in die Welt hatte, wo es wahrlich an Gelegenheiten nicht mangelte.

Auf dem Flur passte Marie ihm auf. Pichon war nicht zu Hause, Octave konnte es nicht vermeiden, einen Augenblick einzutreten.

Wie schön sind Sie! flüsterte Marie.

Die Familie Pichon war niemals zu den Duverdy eingeladen worden; sie war denn auch von Achtung erfüllt für den Salon im ersten Stockwerke. Sie war übrigens auf niemanden neidisch; sie besaß weder den Willen, noch die Kraft dazu.

Ich werde Sie erwarten, sagte sie, ihm die Stirn zum Kusse bietend. Kommen Sie nicht zu spät. Sie werden mir sagen, wie Sie sich unterhalten haben.

Octave musste einen Kuss auf ihre Haare drücken. Obgleich intime Beziehungen zwischen ihnen bestanden und sie sich einander näherten, wenn das Verlangen oder die Muße sie dazu trieb, duzten sie einander dennoch nicht. Endlich ging er hinab; sie neigte sich über das Treppengeländer und folgte ihm mit den Augen.

Zur nämlichen Zeit ereignete sich ein ganzes Drama bei den Josserands. Die Abendgesellschaft bei den Duverdy, zu der sie sich rüsteten, sollte – wie Frau Josserand vermeinte – über das Schicksal Bertas mit August Vabre entscheiden. Seit vierzehn Tagen immer näher bedrängt, zögerte dieser noch; es war offenbar, dass er in Betreff der Mitgift Zweifel hegte. Um einen entscheidenden Schlag zu führen, hatte Frau Josserand ihrem Bruder einen Brief geschrieben, ihm den Heiratsplan mitgeteilt und ihn an seine Versprechungen erinnert: sie hoffte, dass er sich in seiner Antwort mit einigen Sätzen verpflichten werde, die sie dann bei Vabre ausnützen wollte. Die ganze Familie wartete angekleidet vor dem Ofen des Speisezimmers, bereit, hinabzugehen. Es war schon neun Uhr, als endlich Herr Gourd den Brief des Onkel Bachelard brachte. Frau Gourd hatte den Brief unter ihrer Schnupftabaksdose vergessen.

Ach, endlich! rief Frau Josserand und entsiegelte den Brief.

Der Vater und die Töchter beobachteten sie ängstlich, während sie las. Adele, die ihnen beim Ankleiden geholfen hatte, bewegte sich schwerfällig um sie her und räumte das Tafelgeschirr ab.

Frau Josserand war ganz bleich geworden.

Nichts, nichts! stammelte sie. Nicht ein einziger klarer, verpflichtender Satz! ... Er wird später sehen, vor der Hochzeit ... Und er hat noch die Frechheit hinzuzufügen, dass er uns sehr liebe – der Halunke!

Herr Josserand, der einen Frack angelegt hatte, sank in einen Sessel; auch Berta und Hortense mussten sich setzen, denn sie fühlten ihre Beine wanken. So saßen sie da, die eine blau, die andere rosa, immer in den nämlichen Toiletten, die wieder einmal aufgefrischt waren.

Ich habe immer gesagt, murmelte der Vater: Bachelard beutet uns aus und wird keinen Sou geben.

Frau Josserand in ihrem feuerfarbenen Kleide stand da und las den Brief noch einmal; dann brach sie los:

Ha, die Männer! ... Dieser genießt doch das Leben so unmäßig, dass man ihn für blöd halten muss! Aber nein! Wenn er auch niemals bei Verstand ist – sobald man ihm von Geld spricht, reißt er die Augen auf ... Ha, die Männer! ...

Ich begreife gar nicht eure Wut, euch verheiraten zu wollen ... Wenn ihr davon so gesättigt wäret, wie ich ... Es gibt keinen Mann, der euch um euer selbst Willen liebt und euch ein Vermögen zubrächte, ohne zu feilschen. Oheime, die Millionäre sind und sich zwanzig Jahre lang aushalten ließen, geben ihren Nichten keine Aussteuer! Unfähige Väter! Ja, unfähige Väter! ...

Herr Josserand ließ den Kopf sinken. Adele, an solche geräuschvolle Auseinandersetzungen gewöhnt, fuhr ruhig fort, den Tisch abzuräumen. Plötzlich wandte der Zorn der Frau Josserand sich gegen sie.

Was machst du da? Willst du uns ausspionieren? Packe dich in die Küche und warte, bis man dich ruft.

Dann schloss sie folgendermaßen:

Alles ist für diese sauberen Vögel, und wir sollen das leere Nachsehen haben! ... Sie verdienen denn auch nichts weiter, als hintergangen zu werden: merkt euch das!

Berta und Hortense nickten zustimmend, gleichsam durchdrungen von der Richtigkeit ihrer Ratschläge. Seit langer Zeit schon hatte ihre Mutter sie von der Minderwertigkeit der Männer überzeugt, die nur dazu da seien, um zu heiraten und zu zahlen.

Tiefe Stille herrschte in dem dunstigen, von dem Geruch der Speisen erfüllten Zimmer. Die Josserand saßen angekleidet umher, vergaßen das Konzert bei den Duverdy und gedachten der ewigen Enttäuschungen des Lebens. Aus dem Nebenzimmer hörte man das Schnarchen Saturnins, den sie nach dem Essen zu Bett geschickt hatten.

Endlich sagte Berta:

Also verfehlt? Man kann sich auskleiden?

Doch Frau Josserand fand im Augenblick ihre Energie wieder. Was, auskleiden? Warum denn? Ist denn die Familie nicht ehrbar? Ist eine Verbindung mit ihr nicht ebenso viel wert wie mit jeder anderen? Die Ehe muss dennoch zustande kommen, und wenn sie das Leben kostet.

Dann verteilte sie in aller Hast die Rollen: Die beiden Mädchen erhielten die Weisung, sehr liebenswürdig gegen August Vabre zu sein, ihn nicht mehr loszulassen, bis er »angebissen« habe. Der Vater bekam den Auftrag, den alten Vabre und Duverdy zu gewinnen, indem er ihnen in allen Dingen Recht gebe – wenn er so viel Verstand habe. Sie selbst wolle die Frauen auf sich nehmen und sie für ihren Plan gewinnen. Dann warf sie einen letzten Blick im Zimmer umher, gleichsam um zu sehen, ob sie keine Waffe vergessen habe und sagte mit der furchtbaren Miene eines Kriegers, der seine Söhne ins Treffen führt, das einzige Wort:

Kommt hinab!

Sie gingen hinab. Auf der feierlich stillen Treppe fühlte Herr Josserand große Angst; er sah allerlei unangenehme Dinge voraus, zu denen sein Biedersinn sich nicht verstehen konnte.

Als sie eintraten, war der Salon der Duverdy gedrängt voll. Der riesige Konzertflügel nahm eine ganze Wand ein; davor saßen die Damen auf Sesselreihen wie im Theater; zu den offenen Türen des Speisesaales und des kleinen Salons strömten die schwarzgekleideten Herren in dichten Gruppen herein. Ein Armleuchter und mehrere auf den Spiegeltischchen stehende Lampen verbreiteten Tageshelle in diesem Salon, der in Weiß und Gold gemalt war, und von dessen Grundfarbe die roten Möbel sich

lebhaft abhoben. Es war heiß; die Fächer verbreiteten mit ihren regelmäßigen Bewegungen die durchdringenden Düfte der Leibchen und der
entblößten Schultern.

Eben setzte Frau Duverdy sich zum Klavier. Frau Josserand winkte ihr
lächelnd zu, sich nicht stören zu lassen. Sie übergab ihre Töchter den
Herren und ließ sich auf einem Sessel zwischen Valerie und Frau Juzeur
nieder. Herr Josserand begab sich in den kleinen Salon, wo der Hausherr, Herr Vabre, auf seinem gewohnten Platze, in einer Ecke, schlummerte. Es waren noch da Campardon, August und Theophil Vabre, der
Doktor Juillerat, der Abbé Mauduit – diese bildeten eine Gruppe; Octave
und Trublot, die einander gefunden hatten, flohen die Musik und rette-
ten sich in den Hintergrund des Speisesaales. In ihrer Nähe stand hinter
der Menge schwarzgekleideter Herren Herr Duverdy, ein Mann von hoher, hagerer Gestalt, und schaute unverwandt auf seine Frau, die am
Flügel saß und wartete, bis Stille werde. Er trug im Knopfloche das Band
der Ehrenlegion.

Pst, pst! Stille! flüsterten gefällige Stimmen.

Clotilde Duverdy begann eine äußerst schwierige Nocturne von Cho-
pin. Sie war eine große, schöne Frau mit prächtigen, ins Rötliche
spielenden Haaren; das Gesicht war von länglicher Form, weiß und kalt
wie Schnee; die Musik allein vermochte ihre grauen Augen zu entflam-
men, die Musik, die zu einer übertriebenen Leidenschaft bei ihr geworden, für die allein sie lebte ohne ein anderes geistiges oder leibliches Bedürfnis. Duverdy fuhr fort, sie zu beobachten: nach den ersten Takten
schon zogen sich seine Lippen in einer nervösen Aufregung zusammen;
er hielt sich beiseite in einem Winkel des Speisesaales. Auf seinem glatt-
rasierten Antlitz mit dem spitzen Kinn und den argwöhnisch blickenden
Augen erschienen breite, rote Flecke, die ein leicht erregbares, bösartiges
Wesen verrieten.

Trublot, der ihn beobachtete, sagte ruhig:

Er ist kein Musikfreund.

Ganz wie ich.

Bei Ihnen hat es weniger zu bedeuten. Er ist ein Mann, der stets vom
Glück begünstigt war. Nicht als ob er die anderen an Fähigkeiten übertreffe – nein; aber er wurde von aller Welt unterstützt. Er stammt aus einer alten Bürgerfamilie; sein Vater war Gerichtspräsident. Er selbst
widmete sich seit seinem Abgang von der Hochschule der richterlichen
Laufbahn; später ward er Aushilfsrichter in Reims, dann Richter am Ge-

richtshofe erster Instanz in Paris, endlich Rat am Berufungshofe, ein Mann, der noch nicht 45 Jahre zählt... Das »gibt aus«, wie? Aber er ist kein Musikfreund; das Klavier ist die Bitternis seines Lebens!... Man kann nicht alles haben.

Inzwischen bewältigte Clotilde die Schwierigkeiten des Musikstückes mit außerordentlicher Kaltblütigkeit. Sie war an ihrem Flügel so sicher wie eine Kunstreiterin auf ihrem Pferde. Octave interessierte sich für die glänzende Leistung ihrer Hände.

Schauen Sie doch auf ihre Finger! rief er. Das ist erstaunlich! Nach einer Viertelstunde muss sie ordentlich müde sein.

Dann plauderten beide über die Frauen, ohne sich weiter um die Musik zu kümmern. Octave bemerkte Valerie und geriet in Verlegenheit. Wie sollte er sich ihr gegenüber benehmen? Sollte er sie ansprechen oder tun, als ob er sie nicht sehe? Trublot tat sehr geringschätzig; keine einzige der anwesenden Frauen gefiel ihm, und da sein Gefährte widersprach und umherblickend versicherte, es seien mehrere da, mit denen man durchaus zufrieden sein könne, erwiderte jener in belehrendem Tone:

Wählen Sie nur! Wenn Sie der Sache auf den Grund sehen, werden Sie enttäuscht sein... Mir gefällt weder die mit dem Federschmuck da unten, noch jene Blonde in dem malvenfarbenen Kleide, noch endlich diese Alte, obgleich die wenigstens fett ist ... Ich sage Ihnen, mein Lieber: suchen Sie nicht in der guten Gesellschaft. Schöne Manieren, aber wenig Vergnügen!

Octave lächelte. Er musste sich eine Stellung schaffen und durfte nicht ausschließlich seinem Geschmack folgen wie Trublot, der einen reichen Vater hatte. Er verfiel in ein träumerisches Sinnen beim Anblick dieser mehrfachen Reihen von Frauen; er fragte sich, welche er wählen würde im Hinblick auf sein Glück und auf sein Vergnügen, wenn die Herren des Hauses ihn eine wählen ließen. Nachdem er eine nach der andern gleichsam mit den Blicken gewogen hatte, rief er plötzlich erstaunt aus:

Schau, meine Gebieterin! Kommt die auch hierher?

Sie wussten das nicht? sagte Trublot. Frau Hédouin und Frau Duverdy sind trotz des Altersunterschiedes Freundinnen aus dem Pensionat. Sie verließen einander niemals; man nannte sie die Eisbären, weil ihr Empfinden immer zwanzig Grad unter Null war. Das sind auch solche Weiber, die zum Vergnügen gut sind!... Wenn Duverdy im Winter keinen andern Bettwärmer hat...

Octave aber war jetzt ernst geworden. Zum ersten Male sah er Frau Hédouin in Abendtoilette, Nacken, Schultern und Hals entblößt, die schwarzen Haarflechten über die Stirne gelegt. Bei der grellen Beleuchtung erschien sie ihm wie die Verwirklichung seiner leidenschaftlichen Wünsche: Ein herrliches Weib voll strotzender Gesundheit und ruhiger Schönheit, die für einen Mann ein vollständiger Gewinn sein musste. Bunte Pläne begannen ihn zu beschäftigen, als ein Lärm ihn aus seiner Träumerei aufschreckte.

Paff! Aus ist's! sagte Trublot.

Clotilde ward von allen Seiten beglückwünscht. Frau Josserand war sogleich auf sie losgestürzt, um ihr beide Hände zu drücken, während die Herren ihre Unterhaltung wieder aufnahmen und die Damen mit größerer Lebhaftigkeit ihre Fächer in Bewegung setzten. Duverdy wagte sich jetzt wieder in den kleinen Salon, wohin Trublot und Octave ihm folgten. Mitten unter den vielen Weiberröcken neigte sich der eine zum andern und sagte ihm ins Ohr:

Schauen Sie nur nach rechts! Da fängt die »Anbandelei« schon an!

Frau Josserand hatte eben ihre Tochter Berta auf August Vabre »losgelassen«. Er war unvorsichtig genug, die Damen zu begrüßen. Gerade an diesem Abend war er frei von Kopfschmerzen. Er fühlte nur an einer Stelle seine neuralgischen Schmerzen, im linken Auge; doch fürchtete er den Schluss der Gesellschaft; denn es sollte gesungen werden, und nichts war ihm fürchterlicher.

Berta, sagte die Mutter, sage doch dem Herrn das Mittel, das du für ihn aus einem Buche abgeschrieben hast ... Es ist ein Radikalmittel gegen Migräne.

Die Geschichte war eingefädelt. Sie ließ beide allein beim Fenster.

Teufel! Sie sind schon bei der Apotheke angekommen! murmelte Trublot.

Herr Josserand war in dem Bestreben, seiner Frau zu Willen zu sein, im kleinen Salon geblieben. Er stand sehr verlegen vor Herrn Vabre. Dieser würdige Greis schlief, und Josserand, um sich liebenswürdig zu zeigen, wagte es nicht, ihn aufzuwecken. Als aber die Musik zu Ende war, öffnete Herr Vabre die Augen. Klein und dick, ganz kahlköpfig, mit zwei Büscheln weißer Haare um die Ohren, hatte ihn außerdem die Natur mit einem aufgedunsenen roten Gesicht ausgestattet, sowie mit aufgeworfenen Lippen und runden Glotzaugen. Der alte Notar, dessen vier oder fünf Gedanken sich immer in einem und demselben Kreise drehten, ließ zuvörderst eine Redensart vom Stapel über Versailles, wo er 40 Jahre lang tätig gewesen. Dann sprach er von seinen Söhnen, bedauerte, dass weder der ältere noch der jüngere sich fähig gezeigt habe, sein Notariat zu übernehmen. Deswegen habe er sich entschieden, die Kanzlei zu verkaufen und nach Paris zu ziehen, Endlich kam er bis zur Geschichte seines Hauses, dessen Bau für ihn der Roman seines Lebens geblieben.

Da habe ich 300 000 Franken vergraben.»Eine ausgezeichnete Spekulation« sagte mein Baumeister. Heute habe ich die größte Mühe, mein Geld wieder zu erlangen, umso mehr, als meine Kinder sich bei mir eingenistet haben mit der Absicht, keine Miete zu bezahlen. Ich würde auch nie die Miete bekommen, wenn ich mich nicht selber am 15. des Monats meldete. Glücklicherweise habe ich einen Trost: das ist die Arbeit!

Sie arbeiten immer noch viel? fragte Herr Josserand.

Immer, immer, antwortete der Greis mit verzweifelter Energie. »Die Arbeit ist mein Leben«.

Damit erklärte er das große Werk, das er vollbringe. Seit zehn Jahren sammelte er den amtlichen Katalog der Gemäldeausstellung, indem er für den Namen des Malers jedes ausgestellten Bildes Zettel anlegte. Er sprach davon mit großer Ermüdung und Ängstlichkeit. Das Jahr war ihm kaum lang genug; die Aufgabe war oft so schwer, dass sie ihn überwältigte. So zum Beispiel: wenn eine Künstlerin sich verheiratete und dann unter dem Namen ihres Gatten ein neues Bild ausstellte – wie sollte er sich da noch »auskennen«?

Niemals wird meine Arbeit vollständig sein, das tötet mich!

Sie interessieren sich für die schönen Künste? fragte Herr Josserand, um ihn zu schmeicheln.

Nein, ich habe nicht nötig, mir die Gemälde anzusehen. Es handelt sich nur um eine statistische Arbeit. Es ist besser, dass ich mich jetzt zur Ruhe begebe. Dann habe ich morgen einen freieren Kopf. Guten Abend, mein Herr!

Er stützte sich auf einen Stock, den er auch im Zimmer immer bei sich behielt. Mühsam sich fortbewegend, mit einer beginnenden Lähmung in den Lenden, wankte er hinaus. Herr Josserand blieb ein wenig aus der Fassung gebracht zurück; er hatte nicht gut verstanden und fürchtete, dass er vielleicht nicht mit genug Begeisterung von den Zetteln gesprochen habe.

Doch ein Lärm, der aus dem großen Salon herübertönte, führte Trublot und Octave wieder zur Türe zurück. Sie sahen eine ungefähr 50 Jahre alte Dame eintreten, sehr stark und noch schön in Begleitung eines jungen Mannes, der in tadelloser Toilette war und etwas ernst aussah.

Was! Die kommen miteinander! murmelte Trublot. Gut, geniert euch nicht!

Es war Frau Dambreville und Leo Josserand. Sie sollte ihn verheiraten und hatte ihn einstweilen zum eigenen Gebrauche behalten. Sie waren noch mitten in ihrem Honigmonat und paradierten miteinander in den Salons der Spießbürger. Ein Zischeln und Flüstern machte die Runde unter den Müttern, die ihre Töchter zu verheiraten hatten. Doch Frau Duverdy eilte Frau Dambreville entgegen, denn diese lieferte ihr junge Leute für ihre Gesangschöre; Frau Josserand aber fischte ihr sie sogleich ab und überhäufte sie mit Freundlichkeiten, da sie daran dachte, sie könne ihre Dienste nötig gebrauchen. Leo wechselte einige gleichgültige Worte mit seiner Mutter. Seit seinen Beziehungen zu Frau Dambreville begann seine Mutter zu glauben, dass doch noch einmal etwas aus ihm werden könne.

Berta sieht Sie nicht, sagte sie zu Frau Dambreville. Entschuldigen Sie sie nur; sie ist eben im Begriff, Herrn August Vabre ein Heilmittel anzugeben.

Alle beide betrachteten Berta mit mütterlicher Sorgfalt. Es war Berta endlich gelungen, ihn in die Fensternische zu drängen, wo sie ihn mit ihren anmutigen Bewegungen gefangen hielt. Er erwärmte sich allmählich auf die Gefahr hin, wieder die Migräne zu bekommen.

Während dieser Zeit politisierte eine Gruppe ernster Männer im kleinen Salon. Am Morgen hatte eine stürmische Sitzung im Senat stattgefunden, wo man bei Gelegenheit der Adressdebatte die römischen Angelegenheiten besprach. Doktor Juillerat, ein Gottesleugner und Revolutionär, verfocht die Meinung, man müsse Rom dem König von Italien geben. Der Abbé Mauduit dagegen, einer der Führer der ultramontanen Partei, sah die fürchterlichsten Katastrophen voraus, wenn Frankreich nicht sein Blut bis zum letzten Tropfen für die weltliche Macht der Päpste vergieße.

Vielleicht könnte man noch einen beiderseits annehmbaren Ausweg finden, bemerkte Leo Josserand, der gerade hinzukam.

Er war zurzeit Sekretär eines berühmten Advokaten und Abgeordneten der Linken. Da er von seinen Eltern, deren mittelmäßige Lebensstellung ihn stets in Wut versetzte, keine Hilfe erwarten konnte, hatte er zwei Jahre lang auf den Bürgersteigen des Studentenviertels ein blutdürstiges Demagogentum spazieren geführt. Seitdem er aber bei den Dambreville, wo er seinen ersten Hunger stillte, Einlass gefunden, beruhigte er sich und kehrte mehr den Republikaner hervor.

Nein, es ist keine Einigung möglich, sagte der Priester. Die Kirche kann nicht verhandeln.

Dann wird sie verschwinden! schrie der Doktor.

Trotzdem beide sehr gut miteinander standen, da sie sich oft am Bette der Sterbenden des Rochusviertels getroffen, schien es, dass der magere, nervöse Arzt und der fette, gemütliche Vikar unversöhnlich seien. Der letztere trug auch, während er die bestimmtesten Behauptungen aufstellte, sein höflichstes Lächeln zur Schau als Mann von Welt, der Nachsicht übt gegenüber dem Jammer des Lebens, aber auch als Katholik, der fest entschlossen ist, von seiner Lehre nichts aufzugeben.

Die Kirche verschwinden! Hören Sie doch auf! sagte mit wütender Gebärde Campardon, um dem Priester, von dem er Bestellungen erwartete, den Hof zu machen.

Übrigens war dies die Ansicht aller Herren; sie könne nicht untergehen, meinten sie. Theophil Vabre, der hustete, spie und vom Fieber geschüttelt wurde, träumte von dem allgemeinen Glück durch Errichtung einer menschenbeglückenden Republik; er war der einzige, der die Behauptung aufstellte, die Kirche könne sich vielleicht umgestalten.

Der Priester erwiderte mit sanfter Stimme:

Das Kaiserreich bringt sich selber um. Man wird es im nächsten Jahre bei den Wahlen sehen.

Was das Kaiserreich betrifft, so erlauben wir Euch, uns davon zu befreien, sagte schroff der Doktor. Das wäre ein ausgezeichneter Dienst.

Da schüttelte wieder Duverdy das Haupt, der mit der Miene eines tiefen Denkers zugehört hatte. Er war aus orleanistischer Familie, doch verdankte er dem Kaiserreich alles und hielt es daher für angemessen, es zu verteidigen.

Glauben Sie mir, erklärte er endlich in strengem Tone, erschüttern Sie nicht die Grundlagen der Gesellschaft, oder alles stürzt zusammen. Leider fallen die Folgen der Katastrophe auf unser Haupt!

Sehr richtig! sagte Herr Josserand, der gar keine Meinung hatte, aber sich der Befehle seiner Frau erinnerte.

Alle sprachen zugleich. Keiner liebte das Kaiserreich. Der Dr. Juillerat verdammte die mexikanische Expedition, der Abbé Mauduit die Anerkennung des Königreichs Italien. Trotzdem wurden Theophil Vabre und Leo unruhig, als Duverdy ihnen mit einem neuen 1793 drohte. Wozu diese fortwährenden Revolutionen? Ist die Freiheit nicht schon errungen worden? Der Hass gegen neue Gedanken, die Furcht vor dem Volke, das seinen Anteil haben will, beruhigten den Liberalismus dieser gesättigten Spießbürger; trotzdem erklärten sie: gegen den Kaiser werden wir stimmen, weil er eine Lehre verdient.

Wie mich diese Leute langweilen! sagte Trublot, der einen Augenblick einen schwachen Versuch gemacht hatte, etwas von ihrem Gespräch zu verstehen.

Octave bewog ihn, zu den Damen zurückzukehren. In der Fensternische machte Berta mit ihrem Lachen August Vabre den Kopf warm. Dieser große Lümmel mit seinem Fischblut vergaß seine Furcht vor den Frauen und wurde ganz erhitzt und rot unter den Angriffen des schönen Mädchens, dessen heißer Atem ihm das Gesicht glühen machte. Doch Frau Josserand, der sich die Geschichte schon zu sehr in die Länge zog, gab Hortense durch einen verständnisinnigen Blick einen deutlichen Wink, und diese eilte schnell ihrer Schwester zu Hilfe.

Sie sind ganz wiederhergestellt? sagte Octave schüchtern zu Valerie gewendet.

Ich danke, vollständig; antwortete sie ruhig, als ob sie sich an nichts erinnere.

Frau Juzeur sprach mit dem jungen Manne über alte Spitzen, die sie ihm zeigen möchte, um seine Ansicht darüber zu erfahren. Er musste ihr versprechen, den nächsten Tag bei ihr seinen Besuch zu machen. Als Abbé Mauduit in den Salon zurückkam, rief sie ihn und ließ ihn mit einer Miene des Entzückens neben sich Platz nehmen.

Die Unterhaltung war mittlerweile wieder in Fluss geraten. Die Damen sprachen von den Dienstboten.

Mein Gott, ja: ich bin zufrieden mit Clémence, sagte Frau Duverdy, es ist ein sehr reinliches, aufgewecktes Mädchen und keine Schwätzerin.

Und Hyppolite? fragte Frau Josserand; hatten Sie nicht die Absicht, ihn zu entlassen?

Der Kammerdiener Hyppolite kam eben, Fruchteis anbietend, vorbei. Er war ein großer, starker Bursche mit blühendem Antlitz. Als er sich wieder entfernt hatte, erwiderte Clotilde einigermaßen verlegen:

Wir behalten ihn. Es ist so unangenehm, häufig zu wechseln. Sie wissen: die Dienstleute gewöhnen sich aneinander, und ich halte viel auf Clémence...

Frau Josserand fühlte, dass man sich auf ein heikles Gebiet begeben habe, und beeilte sich daher beizustimmen. Man gedachte, dieses Pärchen eines Tages zu verheiraten, und der Abbé Mauduit, dessen Rat die Duverdy in dieser Sache eingeholt hatte, nickte sanft mit dem Kopfe, um so gleichsam eine Lage zu decken, die im ganzen Hause bekannt war, und von der dennoch niemand sprach. Die Damen machten jetzt einander Enthüllungen. Valerie hatte diesen Morgen wieder eine Kammerzofe entlassen – die dritte seit acht Tagen. Frau Juzeur hatte aus dem Asyl für verlassene Kinder eine Kleine von fünfzehn Jahren adoptiert, um sie »abzurichten«; Frau Josserand ward nicht müde, über Adele zu reden, diesen Schmutzfink, diesen Taugenichts; sie wusste ganz außerordentliche Dinge von ihr zu erzählen. Schmachtend unter dem Schimmer der Kerzen und dem Parfüm der Blumen versenkten sich die Damen in die Vorzimmergeschichten, sprachen von den fleckigen Rechenbüchern der Köchinnen und regten sich auf über die Frechheiten eines Kutschers oder eines Abwaschweibes.

Haben Sie Julie schon gesehen? fragte plötzlich Trublot Herrn Mouret geheimnisvoll.

Da ihn der andere verwundert anblickte, fuhr er fort:

Mein Lieber, sie ist verblüffend. Gehen Sie sie anschauen ... Tun Sie es, als ob Sie irgendein Bedürfnis hätten, und huschen Sie in die Küche hinaus. Verblüffend!

Er sprach von der Köchin der Duverdy.

Die Unterhaltung der Damen hatte sich inzwischen auf einen anderen Gegenstand gelenkt. Frau Josserand schilderte mit einer übertriebenen Bewunderung ein bescheidenes Landgut, das die Duverdy in der Nähe von Villeneuve-Saint-Georges besaßen, und das sie nur vom Eisenbahnwagen aus gesehen hatte, als sie eines Tages nach Fontaniebleau gereist war. Clotilde erklärte, dass sie das Landleben nicht liebe und so wenig wie möglich draußen wohne; sie warte jetzt auch die Ferien ihres Sohnes Gustav ab, der im Lyzeum Bonaparte die Rhetorik studiere. Dann sagte sie zu Frau Hédouin:

Karoline hat Recht, dass sie sich keine Kinder wünscht. Es ist unglaublich, wie diese kleinen Geschöpfe uns in unseren Gewohnheiten stören!

Frau Hédouin erwiderte, dass sie ihrerseits die Kinder sehr liebe; doch sei sie sehr beschäftigt; ihr Gatte reise fortwährend im Lande herum, so dass die Leitung des ganzen Hauses auf ihren Schultern ruhe.

Octave stand hinter ihrem Sessel und schielte auf die pechschwarzen, gekräuselten Härchen in ihrem Nacken und auf den tief ausgeschnittenen schneeweißen Busen, der sich in einer Spitzenwolke verlor. Mit ihrer Ruhe, ihrer Enthaltsamkeit im Reden und ihrem immerwährenden Lächeln brachte sie ihn immer mehr in Verwirrung; niemals war er einem solchen Geschöpfe begegnet, selbst in Marseille nicht. Entschieden musste er ihre Eroberung unternehmen, und wenn die Sache noch so lange währen sollte! ...

Die Kinder richten die Frauen so schnell zu Grunde, sagte er, sich zu ihrem Ohre neigend, da er durchaus das Wort an sie richten wollte und nichts anderes zu sagen fand.

Sie erhob langsam ihre großen Augen und erwiderte mit der nämlichen Ruhe, mit der sie ihm einen Auftrag im Laden erteilt haben würde:

Nein, Herr Octave. Bei mir ist es nicht deshalb ... Aber man braucht viel Zeit für sie.

Jetzt mengte auch Frau Duverdy sich ins Gespräch. Sie hatte den jungen Mann, als Campardon ihn ihr vorstellte, mit einem leisen Kopfnicken empfangen; jetzt beobachtete sie ihn und konnte ihr plötzlich erwachtes Interesse gar nicht verheimlichen. Als sie ihn mit ihrer Freundin sprechen hörte, konnte sie nicht umhin, ihn zu fragen:

Vergeben Sie, mein Herr: was für eine Stimme haben Sie?

Er begriff nicht sogleich, sagte aber endlich, dass er eine Tenorstimme habe. Clotilde war entzückt. Welches Glück, eine Tenorstimme gefunden zu haben! Die Tenorstimmen sind so; selten! Für die »Schwerterweihe« aus den »Hugenotten«, die man sogleich singen werde, habe sie in der Gesellschaft nie mehr als drei Tenorstimmen auftreiben können, und sie brauche mindestens fünf. Sie war in Aufregung geraten, ihre Augen leuchteten, und sie musste sich Gewalt antun, um nicht zum Klavier zu eilen und ihn sofort zu »probieren«. Er musste ihr versprechen, zu diesem Zwecke eines Abends bei ihr zu erscheinen, und fügte hinzu, dass es ihn freuen werde, ihr dienen zu können. Trublot, der hinter ihm stand, stieß ihn mit dem Ellbogen; er trug äußerlich die größte Ruhe zur Schau, während er innerlich von wilder Freude erfüllt war.

Hei, Sie sind ja auf dem rechten Wege! flüsterte er, als sie sich entfernt hatte. Bei mir hat sie zuerst eine Baritonstimme entdeckt; als sie sah, dass es nicht ging, hat sie mich als Tenor versucht, und als das auch nicht gehen wollte, entschied sie sich dafür, dass ich Bass singen soll. Heute Abend singe ich einen Mönch ...

Jetzt musste er Octave verlassen, denn Frau Duverdy rief ihn: man schickte sich an, den Chor vorzutragen, das Hauptstück des Abends. Es entstand eine allgemeine Bewegung. Fünfzehn Herren, durchwegs Dilettanten, unter den Gästen des Hauses ausgewählt, brachen sich mühsam Bahn durch die Damen, um sich vor dem Klavier zu vereinigen. Von Zeit zu Zeit blieben sie stehen, entschuldigten sich, ihre Stimmen wurden durch das Gesumme der Unterhaltung übertönt, während die Fächer in der steigenden Hitze immer heftiger und rascher gehandhabt wurden. Endlich zählte Frau Duverdy ihre Sänger ab; sie waren vollzählig versammelt, und sie verteilte die Partien unter sie, die sie selbst abgeschrieben hatte. Campardon sang den »Saint Bris«; ein junger Beamter des Staatsrates hatte einige Takte aus der Rolle des »Nevers« zu singen, dann kamen acht Adelige, vier Schoppen und drei Mönche, dargestellt durch Advokaten, Beamte und kleinere Hausbesitzer. Sie selbst besorgte die Begleitung und überdies die Rolle der »Valentine« – leidenschaftliche Schreie mit wütenden Akkorden begleitet – denn sie wollte keine Damen in diese Herrentruppe einführen, die sie mit der Rücksichtslosigkeit eines Kapellmeisters dirigierte.

Inzwischen dauerte die Unterhaltung fort; insbesondere drang ein gräulicher Lärm aus dem kleinen Salon, wo die politische Erörterung sich zu verbittern drohte. Da zog Clotilde einen Schlüssel aus der Tasche und klopfte damit auf den Flügel. Es entstand ein Gemurmel; die Stimmen dämpften sich; es drängten von neuem zwei Gruppen schwarzer Herrenröcke zu den Türen; über alle Köpfe hinausragend ward einen Augenblick das gerötete, angstvolle Antlitz Duverdys sichtbar. Octave stand noch immer hinter Frau Hedouin im Anblicke ihres Busens versunken. Inmitten der Stille vernahm man plötzlich ein lautes Gelächter. Octave blickte auf. Es war Berta, die durch ein etwas allzu lebhaftes Wort August Vabres erheitert wurde, dem sie durch ihre Neckereien den Kopf derart warm gemacht hatte, dass er allerlei starke Dinge redete. Der ganze Saal schaute auf sie. Die Mütter wurden ernst; die Leute blickten einander bedeutungsvoll an.

Ist die heute mutwillig! sprach Frau Josserand zärtlich, aber laut genug, um gehört zu werden.

Hortense saß neben ihrer Schwester und leistete ihr Beistand mit gefälliger Selbstverleugnung; sie stimmte in ihr Gelächter ein und drängte sie gegen den jungen Mann, während hinter ihr beim halboffenen Fenster leichte Windstöße hereindrangen, welche die großen rotseidenen Vorhänge bewegten.

Jetzt setzte eine Grabesstimme ein; alle Köpfe wandten sich dem Klavier zu. Campardon begann mit gerundetem Munde:

»Ja, der Königin Befehl vereinigt uns an diesem Ort ...«

Clotilde spielte eine auf- und absteigende Skala; dann stieß sie, die Augen zum Plafond erhoben, einen Schrei des Schreckens aus:

»Ich zittere!«

Und die Szene ging an. Die acht Advokaten, Beamten und kleinen Hausbesitzer standen da, mit den Nasen in ihren Noten, in der Stellung von Schülern, die ein Blatt Griechisch herstottern, und schwuren, dass sie bereit seien, Frankreich zu befreien. Die Szene rief Überraschung hervor; die Stimmen erstickten unter der niedrigen Decke; man hörte nichts als ein Gerassel wie von mehreren Lastwagen, die über das Pflaster poltern, dass die Fensterscheiben davon erzittern. Allein als die melodische Partie des Saint Bris – »Für diese heilige Sache ...« – das Hauptthema entwickelte, fanden sich die Damen wieder zurecht und nickten zustimmend. Die Zuhörer erwärmten sich; die Adeligen sangen aus voller Kehle: »Wir schwören es! ... Wir folgen euch!« Jeder Schrei war wie eine Explosion, welche die Gäste in voller Brust traf.

Sie singen zu stark, flüsterte Octave der Frau Hédouin ins Ohr.

Sie rührte sich nicht. Als die Auseinandersetzungen zwischen Nevers und Valentine ihn langweilten, umso mehr als der Beamte vom Staatsrate ein falscher Bariton war, begann er mit Trublot Blicke auszutauchen, der den Antritt der Mönche erwartend, mit den Augenwimpern nach dem Fenster zeigte, wo Berta fortfuhr, Herrn August Vabre gefangen zu halten. Sie saßen jetzt allein, angeweht von der frischen Luft von außen, während Hortense weiter vorgegangen war, sich an den Vorhang lehnte und mechanisch an der Einhängschnur drehte. Niemand beobachtete sie mehr; auch Frau Josserand und Frau Dambreville hatten nach einem Austausch von verständnisinnigen Blicken die Köpfe von ihnen weggewendet.

Clotilde, die Hände auf dem Klavier und verhindert, eine Gebärde zu machen, sang jetzt mit vorgestrecktem Halse:

»Ach, Euer ist von heut' ab
All mein Blut!«

Die Schöppen waren eingetreten: ein unterer Beamter, zwei kleine Advokaten und ein Notar. Das Quartett machte Aufruhr. Die Melodie »Für diese heilige Sache«, ausgeweitet und unterstützt von der Hälfte des Chors, kehrte wieder und entwickelte sich immerfort. Campardon, den Mund immer mehr gerundet, erteilte die Befehle der Schlacht in einem schrecklichen Gedonner der Silben. Plötzlich brach der Gesang der Mönche los: Trublot psalmodierte aus dem Bauche, um die tiefen Basstöne zu erreichen.

Octave, sehr begierig ihn singen zu sehen, war sehr überrascht, als er die Blicke nach dem Fenster richtete. Hortense hatte, durch den Chor erregt, gleichsam mit einer unwillkürlichen Bewegung die Einhängeschnur des Vorhanges losgemacht und der große, rotseidene Vorhang hatte, indem er zurückfiel, Berta und August vollständig verdeckt. So standen sie hinter dem Vorhang, an das Fenstergesims gelehnt; nicht die geringste Bewegung verriet ihre Anwesenheit. Octave kümmerte sich nicht weiter um Trublot, der soeben die Schwerter weihte: »Ihr heiligen Klingen, geweiht durch uns ...« Was sie wohl machen hinter dem Vorhang? ... Es begann die Stretta: auf das Gebrumme der Mönche erwiderte der Chor: »In den Tod! In den Tod!« Noch immer keine Bewegung hinter dem Vorhang; vielleicht betrachteten sie ganz einfach die unten vorbeifahrenden Droschken und suchten Kühlung gegen die im Saale herrschende Hitze ...

Nochmals ertönte jetzt Saint Bris' melodische Tonreihe, alle Stimmen sangen sie nacheinander einfallend, mit voller Kehle, in einer Steigerung, in einem Schlussausbruch von außerordentlicher Gewalt. Es war wie ein Wirbelwind, der sich in dem ihm zu engen Räume fängt, die Kerzen flattern und die Gäste erbleichen macht, denen die Ohren gellen. Clotilde bearbeitete wütend das Klavier, ihr Blick beherrschte alle Sänger, die Stimmen besänftigten sich allmählich und milderten sich bis zum Geflüster: »Um Mitternacht: Nur sacht'! nur sacht'!« Endlich sang das Klavier allein, sie dämpfte die Saiten und ließ die gleichmäßigen, sich entfernenden Schritte einer Scharwache vernehmen.

Da, mitten in dieser leise verhallenden Musik, in dieser Besänftigung nach so vielem Getöse, hörte man plötzlich eine Stimme sagen:

Aber, Sie tun mir weh!

Abermals wandten alle Köpfe sich dem Fenster zu. Frau Dambreville wollte sich nützlich machen und hob den Vorhang. Und der ganze Salon sah den höchlich verwirrten August und Berta, die sehr rot geworden war; so standen beide an das Fenstergesims gelehnt.

Was geht denn vor, mein Kind? fragte Frau Josserand im Tone der Besorgnis.

Nichts, Mama ... Herr August hat mir von ungefähr den Arm an das Fenster gedrückt ... Es ist so heiß ...

Sie errötete noch mehr. Viele in der Gesellschaft lächelten, man war offenbar unangenehm berührt. Frau Duverdy, die seit Monaten bemüht war, ihren Bruder von Berta fernzuhalten, war bleich vor Überraschung und Verdruss, umso mehr als der Zwischenfall die Wirkung des Chors beeinträchtigte. Indes brach nach dem ersten Augenblick der Überraschung der Beifall los, und die Hausfrau ebenso wie die Sänger wurden zu dieser Leistung von allen Seiten lebhaft beglückwünscht. Wie schön ist gesungen worden! Wie viel Mühe musste Frau Duverdy gehabt haben, um den Chor so einzustudieren! Wahrhaftig, im Theater könnte die Sache nicht besser gemacht werden! Doch die Hausfrau merkte, dass trotz dieser Lobeserhebungen der Zwischenfall im Saale lebhaft besprochen wurde: das Mädchen ist zu sehr bloßgestellt, die Ehe ist unvermeidlich.

Hehe! Eingefädelt! sagte Trublot zu Octave. So ein Gimpel! Warum sollte er sie denn nicht gekneipt haben, während wir brüllten? ... Ich dachte mir gleich, er werde die Lage ausnützen! ... Sie wissen: in den Salons, wo gesungen wird, kann man dergleichen schon wagen ... Wenn die Dame schreit, so macht man sich nichts daraus. Es hört's ja niemand.

Berta hatte mittlerweile ihr Lächeln wiedergefunden, während Hortense mit der verdrossenen Miene einer »Diplomierten« August betrachtete. In dem Triumph, den die beiden Mädchen zur Schau trugen, sah man deutlich die Wirkung der Lehren ihrer Mutter: die Verachtung gegen den Mann.

Die Gäste strömten jetzt sämtlich nach dem Salon, mischten sich unter die Damen und unterhielten sich mit lauter Stimme. Herr Josserand, erregt durch den Zwischenfall mit seiner Tochter, näherte sich seiner Gattin. Er hörte mit Verdruss, wie Frau Josserand sich eben bei Frau Dambreville für die viele Güte bedankte, mit der diese ihren Sohn Leo behandelte, den sie ganz entschieden zu seinem Vorteil umgewandelt habe. Noch verdrossener ward er, als er hörte, wie seine Gattin sich über Berta äußerte. Sie tat, als ob sie leise zu Frau Juzeur redete; im Grunde aber sprach sie mehr für Valerie und Frau Duverdy, die neben ihr standen.

Mein Gott, ja! Ihr Oheim hat uns erst heute wieder geschrieben, dass Berta von ihm fünfzigtausend Franken erhalten werde. Es ist das nicht übermäßig viel, aber sicher angelegt!

Diese Lüge empörte ihn. Er konnte nicht umhin, sie unbemerkt auf die Schulter zu tippen. Sie schaute ihn an und nötigte ihn, die Augen niederzuschlagen vor dem entschlossenen Ausdruck ihres Gesichtes. Als Frau Duverdy sich in besserer Stimmung zu ihr wandte, erkundigte sich Frau Josserand angelegentlich nach ihrem Vater.

Papa muss schon zu Bett gegangen sein, erwiderte die junge Frau freundlich; er arbeitet so viel!

Herr Josstrand bestätigte, dass Herr Vabre sich zurückgezogen habe, um am folgenden Tage einen klaren Kopf zu haben, und fügte stammelnd hinzu: Ein merkwürdiger Geist! Seltene Fähigkeiten! Dabei fragte er sich im Stillen, woher er diese Mitgift für Berta nehmen solle, und welche Figur er spielen werde, wenn der Ehekontrakt unterschrieben werden solle?

Jetzt wurden im Saale die Sessel geräuschvoll zurückgeschoben. Die Damen begaben sich in den Speisesaal, wo der Tee angerichtet war. Frau Josserand ging triumphierend ebenfalls hinüber, umgeben von ihren Töchtern und der ganzen Familie Vabre. Inmitten der umherstehenden leeren Sessel stand nur noch eine Gruppe ernster Männer. Campardon hatte sich des Abbé Mauduit bemächtigt: es handelte sich um bedeutende Ausbesserungsarbeiten an der Kaivaria der Rochuskirche. Der Baumeister erklärte sich bereit, da das Bistum von Evreux ihn jetzt wenig beschäftige. Es sei unten nur eine Kanzel zu errichten und neue Herde in die Küchen Sr. Hochwürden des Bischofs zu stellen. Diese Arbeiten könne auch sein Inspektor überwachen. Der Abbé versprach, die Angelegenheit in der nächsten Versammlung der Kirchenverwaltung durchzusetzen. Dann begaben sie sich wieder zur Gruppe der übrigen Herren, wo man eben Herrn Duverdy zu einem Urteil gratulierte, als dessen Verfasser er sich bekannte. Sein Präsident beauftragte ihn nicht selten mit solchen außerordentlichen Arbeiten, die geeignet seien, die öffentliche Aufmerksamkeit auf ihn zu lenken.

Haben die Herren diesen neuen Roman gelesen? fragte Leo, in einem auf dem Tische liegenden Hefte der »Revue des Deux-Mondes« blätternd. Er ist gut geschrieben, aber schon wieder ein Ehebruch! Das wird schließlich widerwärtig!

Man sprach jetzt von der Moral. Es gebe sehr ehrbare Frauen, versicherte Campardon. Die anderen stimmten ihm bei. Man kann, meinte der Architekt weiter, sich in der Ehe immer verständigen, wenn man es klug und taktvoll einzurichten weiß. Theophil Vabre behauptete, ohne sich näher zu erklären, dies hänge stets von der Frau ab. Man wollte die Ansicht des Doktor Juillerat hören. Dieser lächelte und sagte: die Tugend liege in der Gesundheit. Herr Duverdy war nachdenklich geworden.

Mein Gott! sagte er endlich, die Verfasser übertreiben. In den wohlerzogenen Klassen ist der Ehebruch sehr selten. Eine Frau aus guter Familie hat stets eine Blüte im Herzen ...

Er war ein Mann der Hochgefühle und konnte das Wort »Ideal« nie ohne eine tiefe Bewegung aussprechen, die seine Blicke verschleierte. Er gab dem Abbé Mauduit recht, als dieser von der Notwendigkeit eines religiösen Glaubens bei der Gattin und Mutter sprach. So ward die Unterhaltung auf die Religion und Politik zurückgeführt, auf den Punkt, von dem die Herren ausgegangen waren. Der Abbé blieb dabei: die Kirche wird niemals untergehen, denn sie ist die Grundlage der Familie und die Stütze der Regierungen.

Unter dem Titel der Polizei, ja, das gebe ich zu: bemerkte der Doktor Juillerat.

Duverdy liebte es übrigens nicht, wenn in seinem Hause über Politik gesprochen ward, und begnügte sich – einen Blick in den Speisesaal werfend, wo Berta und Hortense damit beschäftigt waren, August Vabre mit Brötchen vollzustopfen – in ernstem Tone zu sagen:

Es gibt eine bewährte Tatsache, meine Herren: die Religion gibt der Ehe eine sittliche Grundlage.

Im nämlichen Augenblicke neigte sich Trublot zu dem neben ihm sitzenden Octave.

Beiläufig, fragte er, soll ich Ihnen eine Einladung zu einer Frau verschaffen, bei der man sich unterhält?

Octave wollte wissen, welcher Art diese Frau sei. Darauf zeigte Trublot auf den Berufungsrat hin und sagte:

Seine Geliebte.

Unmöglich! rief Octave betroffen.

Trublot öffnete und schloss langsam die Augenwimpern. Es sei wie er sage, versicherte er. Wenn man sich eine Frau nimmt, die nicht sehr freundlichen Temperaments ist bei jedem kleinen Übel, das uns heimsucht, gleich die Geduld verliert und fortwährend auf dem Klavier herumhackt, dass alle Hunde des Stadtviertels davon toll werden: so sucht man, auswärts für die Langeweile der Häuslichkeit sich zu entschädigen.

Trachten wir, der Ehe eine sittliche Grundlage zu geben, meine Herren! wiederholte Herr Duverdy mit strenger Miene und entflammtem Gesichte, in dem Octave jetzt das scharfe Blut der geheimen Laster sah.

Die Herren wurden jetzt in den Speisesaal gerufen. Der Abbé Mauduit, einen Augenblick allein gelassen, betrachtete durch die weit geöffnete Tür das Gewühl der Gäste. In seinem feisten Gesichte mit den feinen Zügen lag ein Ausdruck der Trauer. Er, der Beichtvater von allen diesen Frauen und Mädchen, kannte sie bis in das Innerste ihres Leibes, geradeso wie der Doktor Juillerat, und trachtete nur mehr, darüber zu wachen, dass der äußere Schein gewahrt bleibe; er wachte darüber wie ein Zeremonienmeister und warf den Mantel der christlichen Milde über diese verderbte bürgerliche Gesellschaft, zitternd bei dem Gedanken an die Schlusskatastrophe, die unvermeidlich an dem Tage eintreten müsse, an dem der Krebsschaden offenkundig werde.

Zuweilen empörte sich der eifrige und aufrichtige Priesterglaube in ihm. Doch das Lächeln erschien endlich wieder auf seine Lippen. Er nahm eine Tasse Tee von Berta an und unterhielt sich einen Augenblick mit ihr, gleichsam um mit seinem geistlichen Stande die skandalöse Szene in der Fensternische zu decken. Er ward wieder Weltmann, entschlossen, von seinen Beichtkindern nur die Wahrung des Anstandes zu verlangen.

Das ist eine saubere Geschichte, murmelte Octave, dessen Achtung für das Haus abermals einen argen Stoß erlitt.

Jetzt bemerkte er, dass Frau Hédouin ihre Schritte nach dem Vorzimmer lenkte; er wollte ihr zuvorkommen und folgte Trublot, der sich ebenfalls anschickte fortzugehen. Er hatte die Absicht, seine Gebieterin nach Hause zu begleiten. Allein sie lehnte ab; es sei erst Mitternacht, sagte sie, und sie wohne ganz in der Nähe. In diesem Augenblick fiel eine Rose aus ihrem Brustbukett zur Erde; ärgerlich über ihre Abweisung hob er die Blume auf und machte Miene, sie zu behalten. Die junge Frau zog die schönen Augenbrauen zusammen; doch bald war sie wieder heiter wie gewöhnlich und sagte lächelnd:

Öffnen Sie mir, Herr Octave ... Ich danke.

Als sie hinabgegangen war, suchte der junge Mann verlegen Trublot auf. Allein Trublot war verschwunden geradeso wie neulich bei den Josserands. Er musste wieder über den Gang entkommen sein, der in die Küche führte.

Octave stieg, die Rose missgestimmt zwischen den Fingern drehend, hinauf, um zu Bett zu gehen. Oben sah er Marie über das Stiegengeländer gebeugt an der nämlichen Stelle, wo er sie verlassen. Sie hatte auf seine Schritte gelauscht und war herausgeeilt, um ihn noch einmal zu sehen, wenn er heraufkomme.

Er trat bei ihr ein.

Jules ist noch nicht zu Hause, sagte sie. Haben Sie sich gut unterhalten? ... Hat es viele schöne Toiletten gegeben?

Sie wartete seine Antwort gar nicht ab, denn sie hatte die Rose in seiner Hand bemerkt. Eine kindliche Heiterkeit bemächtigte sich ihrer.

Die Blume ist für mich, nicht wahr? Sie haben an mich gedacht? Sie sind sehr artig, sehr artig! ...

Ihre Augen füllten sich mit Tränen; sie war verwirrt; eine tiefe Röte färbte ihre Wangen. Octave fühlte eine plötzliche Rührung und küsste sie zärtlich ....

Gegen ein Uhr nach Mitternacht kehrten auch die Josserands heim. Adele hatte auf einem Sessel einen Leuchter und Zündhölzchen bereit gelegt. Als die Familie, die auf der Treppe kein Wort gesprochen, in dem Speisezimmer anlangte, das man in verzweifelter Stimmung verlassen hatte, wurden alle plötzlich von einem Sturm toller Freude erfasst; sie fassten einander bei den Händen und führten einen Indianertanz rings um den Tisch auf. Selbst der Vater ließ sich von dem Taumel fortreißen, die Mutter machte einen Luftsprung, die Mädchen stießen kurze, unartikulierte Luftsprung, die Mädchen stießen kurze, unartikulierte Schreie aus, während die in der Mitte der Tafel stehende Kerze ihre tanzenden Schatten auf die Mauer warf.

Endlich! Geschehen! hauchte Frau Josserand, atemlos in einen Sessel sinkend.

Doch in einer Anwandlung mütterlicher Zärtlichkeit erhob sie sich sogleich wieder, eilte auf Berta zu und drückte zwei ausgiebige Küsse auf die Wangen ihrer Tochter.

Ich bin mit dir zufrieden, meine Liebe, sehr zufrieden. Du vergiltst mir alle meine Mühen. Es ist also endlich wahr, mein armes Töchterchen? ...

Ihre Stimme stockte unter dem Überströmen der Gefühle. Die mächtige Figur in dem feuerroten Kleide war gebeugt unter der Wucht der tiefen

Empfindung; in dieser Stunde des Triumphes knickte sie zusammen nach den tausendfachen Strapazen ihres drei Winter hindurch geführten schrecklichen Feldzuges. Sie beruhigte sieh erst, als Berta ihr schwur, dass sie nicht krank sei; sie fand sie etwas bleich, war sehr besorgt, wollte ihr durchaus eine Tasse Lindenblütentee bereiten. Als Berta zu Bett gegangen war, kam ihre Mutter noch barfuß zu ihrem Bett, um sie sorglich zuzudecken wie ehemals in den fernen Tagen ihrer Kindheit.

Inzwischen erwartete Herr Josserand sie im Bette. Sie blies die Kerze aus und stieg über ihn hinweg, um sich an die Innenseite zu legen. Er war in Gedanken versunken; er fühlte sein Gewissen beunruhigt durch das Versprechen einer Mitgift von 50 000 Franken, die er nicht besaß. Er wagte es, seine Besorgnisse auch laut auszusprechen. Wozu verspricht man denn auch, wenn man nicht weiß, ob man das Versprechen einhalten kann? Das sei nicht rechtschaffen gehandelt.

Nicht rechtschaffen! schrie im Finstern Frau Josserand wütend. Nicht rechtschaffen ist: seine Töchter alte Jungfern werden lassen. Verstehst du? War das etwa dein Plan? Mein Gott! Wir haben ja noch Zeit, in der Sache etwas zu tun; wir werden über die Sache reden und werden schließlich den Onkel dennoch bewegen ... Merke es dir: In unserer Familie hat es allezeit nur rechtschaffene Leute gegeben!

Sechstes Kapitel

Am folgenden Morgen – einem Sonntage – gönnte sich Octave eine Stunde länger im warmen Bette. Er war wohlgemut erwacht und sagte sich: wozu denn heute sich sputen? Er befand sich übrigens wohl in diesem Geschäfte »Zum Paradies der Damen«; er streifte dort seine provinziellen Manieren ab und kam immer mehr zur Überzeugung, dass er eines Tages Frau Hédouin besitzen werde, die sein Glück machen sollte; doch war es ein Werk, das große Klugheit, ein ganzes taktisches System von Galanterie erheische, in dem sein wollüstiger, weibischer Sinn sich schon jetzt gefiel.

Er schlummerte langsam wieder ein unter fortwährendem Pläneschmieden; sechs Monate setzte er sich als Termin für sein Eroberungswerk. Mittlerweile hatte er ja Marie Pichon, diese leicht zugängliche Frau. Er brauchte ja nur die Hand auszustrecken, wenn er sie wollte, und sie kostete ihm keinen Sou. Während er auf die andere wartete, konnte er sich nichts Besseres wünschen; diese Wohlfeilheit und Bequemlichkeit rührten ihn in seinem Halbschlummer; er fand sie sehr artig und fasste den Vorsatz, künftig freundlicher mit ihr zu sein.

Alle Wetter, neun Uhr! rief er auffahrend, durch die Schläge der Uhr völlig erweckt. Man muss ja schließlich aufstehen.

Draußen fiel ein feiner Regen. Er entschloss sich, tagsüber zu Hause zu bleiben. Er wollte die Einladung der Pichons zum Essen heute annehmen, nachdem er sie wegen der alten Vuillaumes schon wiederholt zurückgewiesen. Marie werde sich dadurch sehr geschmeichelt fühlen, und er Gelegenheit finden, sie hinter den Türen verstohlen zu küssen; da sie von ihm immer Bücher verlangte, beschloss er, ihr einen ganzen Stoß Bücher zu bringen, die er in seinem Koffer hatte, der auf dem Dachboden oben stand. Als er angekleidet war, ging er hinab, um vom Hausmeister den Schlüssel des gemeinsamen Dachbodens zu holen, wo die Mieter des Hauses verschiedene, außer Gebrauch stehende Gegenstände, die ihnen in der Wohnung den Raum verlegt haben würden, in Verwahrung hielten.

An diesem feuchten Morgen erstickte man schier unten in dem geheizten Stiegenhause, dessen Wände von unechtem Marmor, dessen hohe Spiegel und Mahagonitüren mit einer Dunstschicht belegt waren. Die Mutter Pérou, ein schlecht gekleidetes, altes, armes Weib, das für vier Sous die Stunde statt der Gourdschen Eheleute die schweren Arbeiten verrichtete, war unter der Toreinfahrt damit beschäftigt, das Pflaster zu scheuern, wobei sie von der Hofseite her einem schneidenden Luftzuge ausgesetzt war.

He, Sie Alte! Reiben Sie besser, dass ich ja kein Fleckchen entdecke! rief Herr Gourd, der in warme Kleider gehüllt, auf der Schwelle seiner Loge stand.

Dann wandte er sich zu dem näher tretenden Octave und ließ sich mit der Rohheit eines ehemaligen Bedienten, der jetzt seinerseits bedient sein will, über Frau Pérou aus.

Sie ist ein Taugenichts, ganz und gar nicht zu verwenden! Die hätte ich im Hause des Herrn Herzog sehen mögen! Ich bin auch entschlossen, sie hinauszuwerfen, wenn sie ihr Geld nicht besser verdient. Da bin ich gleich dabei! ... Doch Verzeihung! Was wünschen Sie, Herr Mouret?

Octave verlangte den Schlüssel. Ohne sich sonderlich zu beeilen, fuhr Herr Gourd fort, ihm zu erzählen, dass sie – er und Frau Gourd – wenn sie wollten, ganz ruhig als anständige Bürgersleute in ihrem Häuschen zu Mort-la-Ville leben könnten; allein Frau Gourd wohne gar so gern in Paris trotz ihrer geschwollenen Beine, die sie verhinderten, auch nur bis zum Fußsteige zu gehen; sie warteten nur, bis sie eine ausreichende Rente zusammenbringen, um sich dann zurückzuziehen, was sie übrigens nur mit schwerem Herzen tun würden.

Ich arbeite nicht mehr um den Bissen Brot, schloss er, und lasse mir keinerlei Verdruss gefallen ... Sie wünschen den Dachbodenschlüssel, nicht wahr, Herr Mouret? Wo haben wir den Dachbodenschlüssel hingetan, meine Liebe?

Frau Gourd saß träge am Kamin, in dem ein lustiges Feuer prasselte, und trank ihren Milchkaffee aus einer Silbertasse. Sie wusste nicht, wo der Schlüssel sei; vielleicht in der Schublade. Sie tunkte ruhig ihre gerösteten Brötchen in den Kaffee und ließ kein Auge von der Tür der hinteren Treppe am andern Ende des Hofes, der bei dem regnerischen Wetter ein noch kahleres, ungemütlicheres Aussehen hatte als sonst.

Halt, da ist sie! rief sie plötzlich, als eine Weibsperson aus der bezeichneten Türe trat.

Herr Gourd pflanzte sich jetzt vor der Loge auf, gleichsam um der Frau den Weg zu vertreten, die jetzt mit verlangsamten Schritten und besorgter Miene näher kam.

Wir passen ihr schon seit dem Morgen auf, sagte er halblaut zu Octave. Gestern Abend sahen wir sie hereinkommen ... Sie kommt von dem Tischler da oben, dem einzigen Arbeiter, den wir im Hause haben –

Gottlob, dass er der einzige ist! Würde der Hausbesitzer meinen Rat befolgen, so würde er lieber das Kabinett leer stehen lassen. Es ist ja ohnehin nur ein Dienstbotenzimmer, das gar nicht zu den Wohnungen zählt. Für hundertdreißig Franken jährlich lohnt es sich kaum, solche Schweinereien im Hause zu dulden.

Er unterbrach sich jetzt, um die Weibsperson in rauem Tone zu fragen:

Woher kommen Sie?

Nun, von oben! erwiderte sie, ohne stehen zu bleiben.

Da brach er los.

Wir wollen hier keine Frauenzimmer, hören Sie? Wir haben es dem Manne schon gesagt, der Sie herbringt. Wenn Sie noch einmal hier zu nächtigen wagen, hole ich einen Schutzmann, und dann wollen wir sehen, ob Sie Ihre unsauberen Geschichten in einem anständigen Hause fortsetzen werden! ...

Lassen Sie mich zufrieden! erwiderte die Frau. Ich bin bei mir zu Hause und werde wiederkommen, wenn es mir beliebt.

Damit ging sie ihres Weges, verfolgt durch die Rufe der Entrüstung des Herrn Gourd, der davon sprach, bei dem Hausbesitzer Beschwerde führen zu wollen. Hat man je gesehen! Eine solche Kreatur bei anständigen Hausleuten, die nicht die geringste Unsittlichkeit dulden! Wie es schien, war dieses von einem Arbeiter bewohnte Kabinett die Kloake des Hauses, ein übler Ort, dessen Überwachung das Zartgefühl des Herrn Gourd verletzte und den Schlaf seiner Nächte störte.

Was ist's mit dem Schlüssel? fragte Octave.

Doch der Hausmeister, wütend darüber, dass ein Mieter Zeuge davon war, wie seine Autorität missachtet wurde, fiel jetzt über Mutter Pérou her, um zu zeigen, wie er sich Gehorsam zu verschaffen wisse. Wolle sie ihn etwa »frotzeln«, dass sie mit ihrem Besen schon wieder die Türe seiner Loge angespritzt habe? Er bezahlte sie aus seiner Tasche, um sich die Hände nicht zu beschmutzen, und müsse doch immer hinter ihr reinigen. Er werde kein Mitleid mehr mit ihr haben, möge sie vor Hunger krepieren!

Gebrochen durch diese für sie zu schwere Arbeit, fuhr die Alte fort, wortlos mit ihren dürren Armen das Pflaster zu scheuern; dieser Herr mit den breiten Schultern und dem Samtkäppchen flößte ihr einen solchen Schrecken ein, dass sie nicht einmal zu weinen wagte.

Jetzt fällt mir ein, mein Lieber, sagte Frau Gourd von ihrem Sessel aus, in dem sie den ganzen Tag ihre dicke Person briet, jetzt fällt mir ein, dass ich selbst den Schlüssel unter den Hemden versteckt habe, damit nicht die Mägde immer auf dem Dachboden da oben stecken ... Gib ihn Herrn Mouret.

Saubere Vögel, diese Mägde! brummte Herr Gourd, der von seiner langen Dienstzeit her von Hass gegen alle Dienstboten erfüllt war. Hier, mein Herr, ist der Schlüssel; ich bitte Sie, mir ihn wieder herunterzubringen, denn wo nur ein Winkel offen ist, treiben die Dienstmädchen ihren Unfug.

Um nicht über den feuchten Hof gehen zu müssen, stieg Octave auf der Haupttreppe hinauf. Im vierten Stockwerke betrat er durch die Verbindungstür, die sich neben seiner Wohnung befand, die Dienstbotentreppe. Ein langer Gang, der zweimal in einem rechten Winkel abbog, zog sich hier oben hin; der Gang war hellgelb getüncht mit einem dunkleren Streifen am Fuße der Mauer. Wie in einem Klostergange öffneten sich auf diesen Flur in regelmäßigen Zwischenräumen die gleichfalls gelb gestrichenen gleichförmigen Türen der Dienstbotenzimmer. Von dem Zinkdache schien eine eisige Kälte sich herabzusenken. Es war hier alles so kahl und sauber; dabei herrschte der widerwärtige Geruch, der in den Behausungen der Armen anzutreffen ist.

Der Dachboden lag im rechten Flügel und ging auf den Hof. Allein Octave, der seit seiner Ankunft an diesen Ort nicht gekommen war, ging über den linksseitigen Gang. Ein Anblick, der im Hintergrunde eines der Dienstbotenzimmer im Vorbeigehen durch die angelehnte Tür sich ihm bot, ließ ihn plötzlich haltmachen. Vor einem kleinen Spiegel stand ein Herr in Hemdärmeln und legte seine weiße Krawatte an.

Was, Sie sind's? rief er.

Es war Trublot. Auch er war zuerst höchst betroffen. Nie war es vorgekommen, dass jemand zu so früher Stunde da heraufkam.

Octave war eingetreten und betrachtete ihn in diesem Zimmerchen mit dem schmalen eisernen Bette, dem Toilettentisch, wo ein kleines Päckchen weiblicher Haare in dem Seifenwasser schwamm, und wo sein Frack unter Schürzen und Weiberröcken hing.

Wie, Sie schlafen mit der Köchin! rief er erstaunt.

Aber nein! erwiderte Trublot arg verlegen.

Als er einsah, wie dumm seine Lüge sei, begann er zufrieden zu lächeln.

Ei, sie ist recht drollig ... Ich versichere Ihnen, mein Lieber; es ist sehr schick!

Sooft er irgendwo zum Essen geladen war, suchte er aus dem Salon zu entkommen, um die Köchinnen am Herde in die Schenkel zu kneipen; und wenn eine einwilligte, ihm ihren Schlüssel zu geben, so verduftete er vor Mitternacht, ging hinauf in ihr Zimmer und erwartete sie dort geduldig, auf einem Koffer sitzend, in Frack und weißer Krawatte. Am folgenden Tage kam er dann gegen zehn Uhr über die Haupttreppe herab und ging stolz an der Hausmeistersloge vorüber, als ob er bei einem der Mieter einen Morgenbesuch gemacht habe. Wenn er nur bei seinem Wechselagenten rechtzeitig im Büro erschien – so hatte sein Vater nichts gegen diese Abenteuer einzuwenden. Überdies hatte er in letzter Zeit die Börse zu besorgen, das währte von zwölf bis drei Uhr. An Sonntagen geschah es nicht selten, dass er den ganzen Tag in dem Bett irgendeines Stubenkätzchens zubrachte, glücklich in die warmen Decken und Kissen vergraben.

Sie haben eines Tages ein so bedeutendes Vermögen! ... sagte Octave mit dem Ausdruck des Ekels.

Trublot erwiderte in belehrendem Tone:

Mein Lieber, Sie wissen nicht, was das ist, reden Sie nicht davon.

Er pries Julie, eine große Burgunderin von vierzig Jahren, mit einem breiten, blatternarbigen Gesichte und prächtigem Körperbau; alle Damen des ganzen Hauses seien die reinen Flöten neben ihr, keine reiche ihr auch nur bis zum Knie. Dabei ein sehr anständiges Mädchen. Zum Beweise dessen öffnete er mehrere Schubfächer und zeigte Octave einen Hut, allerlei Geschmeide, spitzenbesetzte Hemden, die ohne Zweifel der Frau Duverdy gestohlen waren. Octave bemerkte in der Tat eine gewisse Koketterie in dem Zimmerchen, eine ganze Reihe von Schachteln aus vergoldetem Karton auf der Schublade, einen roten Vorhang über die Röcke gespannt, kurz: den ganzen Staat einer Köchin, die sieh auf eine feine Person hinausspielen will.

Gegen die ist wirklich nichts zu sagen, meinte Trublot; man kann es frank und frei eingestehen. Ja, wenn alle so wären wie Julie! ...

In diesem Augenblick ward von der Dienstbotentreppe her ein Geräusch vernehmbar. Es war Adele, die heraufkam, um sich die Ohren zu waschen, weil Frau Josserand ganz wütend ihr verboten hatte, das Fleisch zu berühren, wenn sie sich nicht die Ohren mit Seife reinige. Trublot streckte den Kopf vor und erkannte sie.

Schließen Sie rasch die Türe! sagte er unruhig; und verhalten wir uns jetzt still.

Er spitzte die Ohren und hörte die schwerfälligen Tritte Adelens sieh nähern.

Mit der schlafen Sie auch? ... fragte Octave, überrascht durch Trublots Blässe und merkend, dass dieser eine Szene fürchte.

Jetzt beging Trublot eine Feigheit.

Nein, wahrhaftig nein! Mit diesem Abwaschlappen nicht! ... Für wen halten Sie mich denn, mein Lieber?

Er setzte sich an den Rand des Bettes und wartete, bis er sich später vollends ankleiden würde; er bat auch Octave, sich still zu verhalten. Beide blieben unbeweglich, bis Adele ihre Ohren gereinigt hatte, was gute zehn Minuten in Anspruch nahm. Sie hörten, wie sie einen wahren Sturm in ihrem Waschbecken verursachte.

Es liegt noch ein Zimmer zwischen diesem und dem ihren, bemerkte Trublot leise, ein Zimmer, das an einen Tischler vermietet ist, der den ganzen Korridor mit seinen Zwiebelsuppen verpestet. Heute früh ist mir davon schier übel geworden. Die Zwischenwände der Dienstbotenzimmer sind in den modernen Häusern so dünn wie ein Blatt Papier. Ich begreife die Hausbesitzer gar nicht. Das ist durchaus nicht moralisch. Man kann sich ja gar nicht mehr in seinem Bette umdrehen ... Ich finde es sehr unbequem.

Als Adele hinabgegangen war, beendigte er seine Toilette, wobei er sich der Pomade und der Kämme Juliens bediente. Da Octave ihm gesagt hatte, dass er auf dem Dachboden zu tun habe, wollte er durchaus ihn dahin begleiten, weil er – wie er sagte – jeden Winkel in diesem Stockwerk kenne.

Als sie an den Türen der Kabinette vorbeikamen, nannte er in vertraulichem Tone jede Zofe. In diesem Winkel des Ganges wohnt neben Adele die Zofe der Frau Campardon, ein raffiniertes Frauenzimmer namens Lisa, dann ihre Köchin Victorie, eine sitzengebliebene Person von siebzig Jahren, die einzige, die er respektiert; dann Franziska, die erst gestern bei Frau Valerie in Dienst getreten ist und die ihren Koffer vielleicht schon nach vierundzwanzig Stunden wieder hinter der ärmlichen Bettstatt hervorholen wird, welche eine solche Völkerwanderung von Kammerzofen sieht, dass man sieh immer erst informieren muss, ob keine neue da ist, bevor man heraufkommt, »um zu warten« ...

Dann ein ruhiges Ehepaar, das bei den Mietern im zweiten Stock bedienstet ist; dann der Kutscher dieser Leute, von dem er mit der Eifersucht des hübschen Mannes sprach, weil er ihn in Verdacht hatte, dass er von Tür zu Tür gehe, um sein Liebesglück nicht ohne Erfolg zu versuchen; endlich am andern Ende des Ganges noch Clémence, die Kammerfrau von Frau Duverdy, die allabendlich die Besuche des Haushofmeisters Hyppolit mit einer Regelmäßigkeit empfängt, die sonst nur unter Eheleuten anzutreffen ist; zuguterletzt noch die kleine Louise, eine fünfzehnjährige Waise, die Frau Juzeur adoptiert hat, und die in der Nacht saubere Dinge hören muss, wenn sie keinen allzu festen Schlaf hat.

Lassen Sie die Türe des Dachbodens offen, mein Freund, sagte Octave, als dieser die Bücher an sich genommen hatte. Sie begreifen – wenn der Dachboden offen ist, kann man sich verstecken und warten.

Octave ließ sich bewegen, die Wachsamkeit des Herrn Gourd zu täuschen, und stieg mit Trublot in das Zimmer Juliens hinab, weil letzterer seinen Überrock daselbst zurückgelassen hatte. Dann wieder konnte er seine Handschuhe nicht finden; er schüttelte alle Unterröcke, warf die Bettdecken durcheinander und verursachte einen solchen Staub, einen solchen Geruch von unsauberer Wäsche, dass Octave schier erstickte und rasch das Fenster öffnete.

Dieses Fenster ging auf den engen Lichthof, von wo sämtliche Küchen des Hauses das Licht empfingen. Er neigte sich vor in diesen feuchten Schacht, aus dem die fettigen Gerüche von schlecht gereinigten Ausgussröhren aufstiegen; plötzlich aber zog er den Kopf zurück, weil er Stimmen vernahm.

Das ist der übliche kleine Morgentratsch, sagte Trublot, der jetzt auf allen Vieren kriechend seine Handschuhe unter dem Bette suchte. Hören Sie nur zu!

Es war Lisa, das Stubenmädchen der Campardon, das, an die Fensterbrüstung der Küche gelehnt, allerlei Fragen an Julie, die Köchin der Duverdy, die zwei Stockwerke tiefer ebenfalls am Fenster stand.

Es ist endlich »gemacht«, wie? fragte Lisa.

Es scheint, erwiderte Julie, den Kopf erhebend. Nur dass sie ihm die Hose nicht ausgezogen hat, sonst hat sie alles getan. Hyppolit ist dermaßen angewidert aus dem Salon zurückgekehrt, dass er eine Magenverstimmung bekommen haben muss.

Wenn wir nur den vierten Teil dessen täten! ... meinte Lisa.

Jetzt verschwand sie einen Augenblick, um eine Bouillon zu nehmen, die Victoire ihr brachte. Sie lebten im besten Einvernehmen, die beiden, und schonten gegenseitig die Laster der andern; die Kammerzofe schwieg über die Trunksucht der alten Köchin; diese hingegen schwieg über die Ausgänge der Zofe, von denen sie immer mit gebrochenen Gliedern und blau umränderten Augen zurückkam.

Ach, Kinder, sagte Victorie, die sich neben Lisa hinausneigte: ihr seid jung; wenn ihr so viel gesehen habt wie ich! Bei dem alten Campardon gab es eine Nichte – ein erwachsenes Mädchen – das durch die Schlüssellöcher spähte, um das Treiben der Männer zu sehen ...

Das sind saubere Geschichten! murmelte Julie mit der Miene einer anständigen Person. An Stelle der Kleinen vom vierten Stock würde ich Herrn August mit Maulschellen traktiert haben, wenn er es gewagt hätte, mich im Salon zu berühren. So ein lockerer Zeisig!

Jetzt vernahm man ein schallendes Gelächter aus der Küche der Frau Juzeur.

Lisa, die sich gerade gegenüber befand, schaute scharf hinüber und sah Louise, die mit ihren frühreifen fünfzehn Jahren sich bei den Gesprächen der Mägde sehr zu amüsieren seinen.

Dieser kleine Maulaffe spioniert uns nach vom frühen Morgen bis zum späten Abend. Es ist blöd, dass man uns einen solchen Fratz auf den Hals ladet. Man wird bald nicht mehr plaudern können ...

Sie konnte ihren Satz nicht vollenden, denn das Geräusch eines Fensters, das plötzlich irgendwo geöffnet ward, verscheuchte die Teilnehmer an diesem gemütlichen Morgenplausch. Es war eine Weile still, dann knüpfte das Gespräch wieder an. Die Plaudernden hatten geglaubt, dass Frau Valerie oder Frau Josserand sie überrascht hätten.

Keine Gefahr, sagte Liesa. Sie sind bei ihren Waschbecken; ihre Haut beschäftigt sie zu sehr, als dass sie uns langweilen möchten. Es ist der einzige Augenblick des Tages, wo man Atem schöpfen kann.

Bei Ihnen gehen die Dinge noch immer gleichmäßig? fragte Julie, die eine Möhre schabend wieder ans Fenster getreten war.

Immer das nämliche, erwiderte Victoire. Es ist aus; sie ist »verstopft«.

Die anderen lachten höhnisch, gekitzelt durch dieses Wort, das eine der Damen des Hauses vor ihnen entkleidete.

Was fängt da Ihr Architekt, der lockere Zeisig, an?

Mein Gott, er hält es mit der Base.

Sie lachten noch lauter; doch bemerkten sie jetzt in der Küche der Frau Valerie das neue Stubenmädchen Franziska. Sie hatte ihnen vorhin durch das Öffnen des Fensters einen solchen Schreck verursacht. Man war zuerst sehr höflich gegeneinander.

Sie sind's, Fräulein?

Ach ja, Fräulein. Ich suche mich hier einzurichten; aber diese Küche ist gar zu ekelhaft.

Sie müssen sich mit recht viel Geduld wappnen, wenn Sie da bleiben wollen. Ihrer Vorgängerin waren die Arme ganz zerkratzt durch das Kind, und sie war durch ihre Herrin den ganzen Tag dermaßen herumgehetzt, dass wir sie oft bis hierher weinen hörten.

Ich denke selbst, es wird nicht lange währen. Ioh danke Ihnen indes für die Auskunft.

Wo ist Ihre Herrin? fragte Victoire neugierig.

Sie ist soeben ausgegangen, um bei einer befreundeten Dame zu frühstücken.

Lisa und Julie verrenkten sich schier die Hälse, um einen Blick miteinander auszutauschen. Sie kannten diese Dame sehr gut. Das wird ein drolliges Frühstück mit dem Kopf nach unten und den Beinen nach oben! Wie kann man nur so verlogen sein! Sie bedauern zwar den Gatten nicht, er verdient noch Schlimmeres; aber ein solches Betragen wie das dieser Frau macht dem Menschengeschlechte doch Schande.

Da ist der Schmutzlappen! sagte Lisa, die jetzt das Erscheinen Adelens in der Küche der Josserands bemerkte.

Jetzt stieg aus diesem feuchten Schachte eine Flut von unflätigen Schmähungen gegen Adele auf, gegen das schmutzige und ungeschlachte Vieh, auf dem das ganze Haus herumtrat.

Schau, schau, die hat sich gar gewaschen! man sieht es gleich!

Unterstehe dich noch einmal, die Eingeweide vom Fisch, in den Hof hinunterzuwerfen, dann werde ich hinaufkommen und dich damit waschen!

Geh' Hostien essen, du Pfarrersdirne! Ihr müsst wissen, sie behält davon zwischen den Zähnen, um sich die ganze Woche damit zu nähren.

Adele neigte sich verblüfft, zum Fenster hinaus; dann rief sie ihnen zu:

Lasst mich in Ruhe, sonst werde ich euch begießen!

Das Geschrei und Gelächter ward nur noch lauter.

Hast sie gestern verheiratet, deine Herrin? Sie lernt vielleicht von dir, wie man die Männer festhält? ...

So ein Taugenichts! in einem Hause zu bleiben, wo man sich das Essen abgewöhnt hat! Das erbittert mich am meisten gegen sie! ...

Adelens Augen füllten sich mit Tränen.

Ihr könnt nichts als schimpfen! blökte sie. Ist es meine Schuld, wenn hier nichts gegessen wird?

Das Gespräch ward immer lauter; Lisa und Franziska, das Stubenmädchen, tauschten sehr herbe Worte aus, als plötzlich Adele – alle Schmähungen vergessend und nur dem Zusammenhangsgefühl gehorchend, ausrief:

Still! Die Gnädige ist da!

Es ward totenstill im Hofe. Alle machten sich jetzt in der Küche zu schaffen; aus der Tiefe des dunklen engen Hofes stieg nur der üble Geruch des Ausgusses empor, gleichsam der Hauch aller Unflätigkeiten, die in den Familien verheimlicht, hier aber von den Dienstleuten schonungslos hervorgezerrt werden.

Sie sind alle sehr herzig miteinander, begnügte sich Octave zu bemerken.

Dann neigte er sich hinaus und betrachtete die Mauern, gleichsam verdrossen darüber, dass er nicht vom ersten Augenblick durchschaut hatte, was hinter dem falschen Marmor sich barg.

Wo zum Teufel hat sie die Handschuhe, hingesteckt? fragte Trublot, der alles, sogar das Nachtkästchen durchsucht hatte.

Endlich entdeckte er sie im Bette selbst, ganz zerdrückt und warm. Er warf einen letzten Blick in den Spiegel, legte den Schlüssel an den vereinbarten Platz unter einen am Ende des Flures stehenden Kredenztisch, den irgend ein Mieter zurückgelassen hatte und ging dann in Begleitung Octaves hinunter. Er war zugeknöpft bis an den Hals, um Frack und weiße Krawatte zu verbergen; als man an der Wohnung der Josserand vorbei und auf der Haupttreppe angekommen war, hatte er seine zuversichtliche Haltung vollständig wiedergewonnen.

Auf Wiedersehen, mein Lieber, sagte er mit erhobener Stimme. Ich war besorgt und habe mich nach dem Befinden der Damen erkundigt. Sie haben vortrefflich geschlafen ... Auf Wiedersehen!

Octave blickte ihm lächelnd nach. Er entschloss sich, den Dachbodenschlüssel später zurückzugeben, und begab sich zu den Campardon zum

Frühstück. Ihn interessierte hauptsächlich Lisa, die bei der Tafel bediente. Sie trug ungewöhnliches, ruhiges und angenehmes Benehmen zur Schau, nur in ihrer herben Stimme glaubte er noch einen Nachhall der unflätigen Reden von vorhin zu entdecken. Sein Empfinden für das Weib hatte ihn bei diesem Mädchen mit dem platten Busen nicht getäuscht.

Frau Campardon war übrigens nach wie vor entzückt von ihr und höchlich erstaunt darüber, von ihr nicht bestohlen zu werden, was auch richtig war, weil ihr Laster einen ganz andern Namen hatte. Auch war das Stubenmädchen so gut zu Angela, dass die Mutter vollständiges Vertrauen fasste.

Diesen Morgen verschwand Angela bei dem Nachtisch, und man hörte sie in der Küche laut lachen. Octave erlaubte sich die Bemerkung, es sei vielleicht nicht gut, dass man sie so frei mit den Dienstboten verkehren lasse.

Ach, es ist dabei nichts zu befürchten, erwiderte Frau Campardon mit ihrer schmachtenden Miene. Victoire ist eine Person, die meinen Mann zur Welt hat kommen sehen, und Lisas bin ich vollständig sicher. Überdies zerreißt mir das Kind den Kopf. Sie hüpft den ganzen Tag um mich herum, dass ich schier toll werde.

Der Architekt kaute mit ernster Miene an seiner Zigarre.

Ioh selbst habe die Anordnung getroffen, sagte er dann, dass Angela jeden Nachmittag zwei Stunden in der Küche zubringe. Ich will, dass sie eine Hauswirtin wird. Sie steht fortwährend unter unserer Obhut, und Sie werden sehen, welches Juwel wir aus ihr machen.

Octave ließ den Gegenstand fallen. An manchen Tagen fand er den Architekten sehr dumm. Campardon lud ihn ein, mit ihm in die Rochus-Kirche zu gehen, wo heute ein berühmter Prediger zu hören sei, doch Octave lehnte ab. Er verständigte Frau Campardon, dass er nicht zum Mittagessen kommen werde, und schickte sich an, in sein Zimmer hinaufzusteigen; da fühlte er den Dachbodenschlüssel in der Tasche. Er entschloss sich, den Schlüssel sogleich hinabzutragen.

Aber oberhalb des Treppenabsatzes interessierte ihn ein unerwarteter Anblick. Die Türe des Zimmers, das an den sehr feinen Herrn vermietet war, dessen Namen man nicht nannte, war geöffnet. Das war ein Ereignis, denn die Tür blieb immer versperrt, gleichsam in Grabesruhe versenkt. Seine Überraschung stieg noch höher; er suchte mit den Blicken den Arbeitstisch des Herrn und entdeckte an dieser Stelle den Winkel eines großen Bettes, als er plötzlich eine kleine Dame, schwarzgekleidet, das Gesicht hinter einem dichten Schleier verborgen, bemerkte. Hinter ihr schloss sich die Tür geräuschlos wieder.

Er ging sodann, sehr neugierig geworden, der Dame auf den Fersen nach, um zu erfahren, ob sie hübsch sei. Aber sie schwebte mit scheuer Eile davon und streifte kaum mit ihren winzigen Stiefelchen die Treppenstufen, im Hause keine andere Spur als die ihres Eisenkrautparfüms zurücklassend. Als er im Hausflur anlangte, war sie verschwunden, und er bemerkte bloß Herrn Gourd,; der in der Vorhalle stand und sie sehr demütig grüßte, indem er sein Käppchen lüftete.

Als der junge Mann dem Hausmeister den Schlüssel zurückgegeben hatte, beeilte er sich, ihn zum Reden zu veranlassen.

Sie sieht sehr fein aus, sagte er. Wer ist sie eigentlich?

Das ist eine Dame, erwiderte Herr Gourd.

Er wollte nichts weiter hinzufügen. Aber er zeigte sich zugänglicher bezüglich des Herrn vom dritten Stockwerke. Ein Mann der besten Gesellschaft, der dieses Zimmer mietete, um darin ruhig eine Nacht in der Woche zu arbeiten.

Schau, schau! Er arbeitet! unterbrach ihn Octave. Was denn?

Er hat uns die Führung seiner Wirtschaft anvertraut, fuhr Herr Gourd fort, als habe er die Frage nicht gehört. Sehen Sie, er zahlt sehr gut ... Wenn man jemandem die Wirtschaft führt, weiß man bald, ob man's mit was Rechtem zu tun hat. Der hier ist der anständigste Mensch, den es nur geben kann: das sieht man an seiner Wäsche.

Er musste jetzt beiseitetreten, und auch Octave trat einen Augenblick in die Loge ein, um den Wagen der Mieter vom zweiten Stockwerke, die ins Boulogner Gehölz fuhren, vorüber zu lassen. Die Pferde bäumten sich, vom Kutscher mit straffen Zügeln zurückgehalten, und als der geschlossene Landauer in der Vorhalle durchrollte, waren durch die Wagenfenster zwei schöne Kinder sichtbar, deren lächelnde Köpfchen die unbestimmten Profile von Vater und Mutter verbargen. Herr Gourd wandte sich zurück, höflich, aber kalt.

Das sind Leute, die nicht viel Lärm im Hause machen; bemerkte Octave.

Niemand macht Lärm, sagte trocken der Hausmeister. Jedermann lebt, wie er's versteht, das ist alles. Es gibt Leute, die zu leben verstehen, und wieder Leute, die nicht zu leben verstehen.

Die Leute vom zweiten Stockwerke wurden strenge beurteilt, weil sie niemanden besuchten. Trotzdem schienen sie reich zu sein; aber der Mann arbeitete in Büchern, und Herr Gourd sprach misstrauisch, mit verachtender Miene von ihm, umso mehr als man nicht wusste, was das Ehepaar da drinnen treibe mit dem Anschein, als ob es keines Menschen bedürfe und stets vollkommen zufrieden sei. Das kam ihm nicht geheuer vor.

Octave öffnete eben die Türe des Stiegenhauses, als Valerie zurückkehrte. Er drückte sich höflich beiseite, um sie vorbeigehen zu lassen.

Sie befinden sich wohl, gnädige Frau?

Ja, mein Herr, ich danke.

Sie war ganz atemlos. Während sie hinaufging, betrachtete er ihre schmutzigen Stiefelchen und dachte dabei an das Frühstück mit dem Kopfe nach unten und den Beinen nach oben, von dem die Dienstboten vorhin sprachen. Zweifelsohne kam sie zu Fuß zurück, weil sie keine Droschke finden konnte. Ein fader, warmer Geruch entstieg ihren feuchten Röcken. Die Müdigkeit, eine gewisse Mattigkeit in allen ihren Gliedern zwang sie, sich von Zeit zu Zeit wider Willen mit der Hand auf die Rampe zu stützen.

Welch hässlicher Tag, nicht wahr, gnädige Frau?

Schrecklich, mein Herr ... Und dabei so schwül.

Im ersten Stockwerk grüßten sie einander. Aber mit einem raschen Blick hatte er ihr arg mitgenommenes Gesicht bemerkt, ihre vom Schlafe aufgedunsenen Augenlider, ihr zerzaustes Haar unter dem in aller Eile aufgesetzten Hute. Immer weiter hinaufsteigend, dachte er darüber nach, von Neugierde und Zorn erfüllt. Nun – warum nicht mit ihm? Er ist weder dümmer noch hässlicher als die anderen.

Im dritten Stockwerke erwachte vor der Tür der Frau Juzeur die Erinnerung an sein Versprechen vom Tag zuvor. Ein Gefühl der Neugierde überkam ihn bezüglich dieser kleinen, so zurückhaltenden Frau mit den grünen Augen. Er läutete. Frau Juzeur kam selbst, ihm zu öffnen.

Ah, mein lieber Herr, sind Sie liebenswürdig! ... Treten Sie doch ein!

Die Wohnung war von einer Freundlichkeit, die ein wenig dumpfig roch: überall Tapeten und Vorhänge, die Möbel von einer Eiderdunen-Weichheit, die Luft lauwarm. Im Salon, wo die doppelten Vorhänge die andächtige Stimmung einer Sakristei hervorriefen, musste Octave auf einem sehr breiten und niedrigen Sofa Platz nehmen.

Hier die Spitzen, sagte Frau Juzeur und erschien mit einer Schachtel, die mit allerlei weiblichem Tand gefüllt war. Ich will jemandem ein Geschenk damit machen und bin begierig, den Wert der Spitzen kennen zu lernen.

Es war ein Stück alter englischer Spitzen von seltener Schönheit. Octave prüfte sie mit Kenneraugen und schätzte sie auf dreihundert Franken. Ohne länger zu warten, beugte er sich dann, da beider Hände eben in den Spitzen wühlten, herab und küsste ihre Finger, Finger so schmal und klein wie die eines kleines Mädchens.

Aber, Herr Octave, in meinem Alter. Wo denken Sie bin! murmelte Frau Juzeur ohne jeden Groll.

Sie zählte zweiunddreißig Jahre und nannte sich sehr alt. Sie machte ihre gewohnte Anspielung auf ihre Unglücksfälle: mein Gott! ja; nach zehn Tagen der Ehe war der Grausame eines Morgens fort und kam nicht wieder, kein Mensch wusste weshalb.

Sie begreifen, wiederholte sie, ihre Augen zur Decke erhebend, dass nach solchen Schlägen es mit einer Frau zu Ende ist.

Octave behielt ihre kleine warme Hand, die sich in der seinigen verlor und drückte von Zeit zu Zeit flüchtige Küsse auf die Finger. Sie wandte ihre Blicke ihm wieder zu, betrachtete ihn mit einer unbestimmten und zärtlichen Miene; dann sagte sie in mütterlichem Tone das einzige Wort:

Kind!

Er glaubte sich ermutigt und wollte sie um die Taille fassen; aber sie entwand sich ihm ohne Heftigkeit und entschlüpfte seinen Armen lachend mit einer Miene, als denke sie, er scherze nur.

Nein, lassen Sie mich, wenn Sie wollen, dass wir gute Freunde bleiben.

Also nicht? fragte er leise.

Was nicht? Was wollen Sie sagen? Ach, meine Hand, so viel Sie wollen!

Er ergriff wieder ihre Hand. Aber diesmal öffnete er sie und küsste sie auf die innere Fläche. Die Augen halb geschlossen, sein Benehmen immer als Scherz auffassend, spreizte sie die Finger auseinander wie eine Katze, die ihre Krallen hervorstreckt, damit man sie unter den Pfoten kitzle. Sie gestattete ihm nicht weiter als bis zum Handgelenk zu gehen. Am ersten Tage war dies die geheiligte Linie, wo das Übel begann.

Der Herr Pfarrer kommt! meldete plötzlich Luise, von einem Gange zurückkehrend.

Die Waise hatte eine gelbe Farbe und die zerstörten Züge der Mädchen, die man an den Haustüren aussetzt. Sie brach in ein blödes Lachen aus, als sie den Herrn gewahr wurde, der aus der Hand von der gnädigen Frau aß. Aber auf einen Blick von dieser zog sie sich zurück. Ich fürchte sehr, dass ich aus ihr nichts Rechtes machen werde, bemerkte Frau Juzeur. Schließlich muss man es versuchen, eine dieser armen Seelen auf den rechten Weg zu leiten ... Warten Sie, Herr Mouret, gehen Sie hier.

Sie führte ihn in den Speisesaal, um den Salon dem Priester zu überlassen, den Luise hineinführte. Hier lud sie ihn ein, auf einen Plausch wiederzukommen. Sie werde wenigstens einen Gesellschafter haben; sie sei immer so allein, so traurig! Glücklicherweise finde sie Trost in der Religion.

Abends gegen fünf gewährte es Octave eine gewisse Erholung, sich bei den Pichon zum Essen einzufinden. Dieses Haus erschreckte ihn allmählich. Nachdem er sich anfänglich von der reichen Vornehmheit des Treppenhauses mit einem provinzialen Respekt hatte erfüllen lassen, ging er jetzt zu einer übertriebenen Verachtung über im Hinblick auf das, was er hinter den hohen Mahagonitüren zu erraten glaubte. Er kannte sich gar nicht mehr aus: diese Bürgersfrauen, deren Tugend ihn anfangs befremdete, schienen ihm jetzt dem ersten Winke zu gehorchen; und sowie eine von ihnen Widerstand leistete, war er voll Überraschung und Groll.

Marie errötete vor Freude, als sie ihn das Paket Bücher auf das Büfett legen sah, die er für sie am Morgen geholt hatte.

Sind Sie artig, Herr Octave! wiederholte sie. Danke, danke! Wie gut es sich trifft, dass Sie so zeitig gekommen sind! Wollen Sie ein Glas Zuckerwasser mit Kognak? das fördert den Appetit.

Er nahm an, um ihr gefällig zu sein. Alles erschien ihm liebenswürdig bis auf Pichon und die Vuillaume, die rings um den Tisch herum plauderten, langsam ihre Unterhaltung von jedem Sonntage wiederkäuend. Marie lief von Zeit zu Zeit in die Küche, wo sie einen Hammelbraten bereitete. Er wagte, sie scherzend bis dorthin zu verfolgen; vor dem Herde fasste er sie um den Leib und küsste sie auf den Nacken. Ohne den geringsten Schrei, ohne das mindeste Zittern wandte sie sich um und küsste ihn ihrerseits mit ihren stets kalten Lippen. Diese Frische erschien dem jungen Mann köstlich.

Was ist's mit Ihrem neuen Minister? fragte er Herrn Pichon, in das Zimmer zurücktretend.

Der Beamte fuhr erschrocken in die Höhe. Soll es wieder einen neuen Unterrichtsminister geben? Er wusste nichts davon; in den Büros beschäftigte man sich niemals damit.

Das Wetter ist so schlecht! setzte er dann ohne Übergang fort. Nicht möglich, eine reine Hose zu behalten.

Frau Vuillaume sprach von einem Mädchen der Vorstadt Batignolles, das sich schlecht aufgeführt hatte.

Sie glauben mir nicht, mein Herr, sagte sie. Sie war vollkommen wohlerzogen; aber sie langweilte sich so sehr bei ihren Eltern, dass sie sich zweimal vom Fenster auf die hinunterstürzen wollte... Man werde heutzutage nicht mehr klug aus der Welt.

Man lasse die Fenster vergittern, sagte einfach Herr Vuillaume.

Das Essen war köstlich. Die ganze Zeit über dauerte diese Unterhaltung fort an der bescheidenen Tafel, die eine kleine Lampe beleuchtete. Pichon und Herr Vuillaume kamen auf das Beamtenpersonal des Ministeriums zurück und hörten nicht mehr auf, von den Chefs und Unterchefs zu sprechen. Der Schwiegervater gab denen aus seiner Zeit den Vorzug; dann erinnerte er sich, dass sie schon gestorben seien. Der Schwiegersohn hingegen sprach von den neuen und verlor sich dabei in eine unlösbare Verwirrung von Namen. Die beiden Männer jedoch, ebenso wie Frau Vuillaume kamen in einem Punkt überein, nämlich, dass der dicke Chavignat, derselbe, dessen Frau so hässlich sei, viel zu viel Kinder erzeugt habe. Das sei töricht bei seinen Vermögensverhältnissen. Octave lächelte, angeregt und zufrieden. Seit langer Zeit hatte er keinen so angenehmen Abend verbracht; er schloss sogar damit, dass er Chavignat im Tone der Übersetzung tadelte. Marie besänftigte ihn mit ihrem klaren Unschuldsblick ohne irgendeine Gefühlsregung darüber, dass sie ihn in der Nähe ihres Gatten sitzen sah. Sie bediente beide, jeden nach seinem Geschmack. Schlag zehn Uhr erhoben sich die Vuillaumes. Pichon setzte seinen Hut auf. Allsonntäglich begleitete er sie bis zum Omnibus. Diese Gewohnheit, ihnen seine Achtung zu bezeigen, hatte er gleich nach seiner Heirat angenommen, und die Vuillaumes würden sich sehr verletzt gefühlt haben, wenn er sich's hätte einfallen lassen, sich dieser Pflicht wieder zu entschlagen. Sie gingen stets zusammen in die Richelieu-Straße, die sie langsamen Schrittes hinaufwandelten, wobei sie nach dem Omnibus, der nach Batignolles fuhr, spähten, der immer vollständig besetzt an ihnen vorbeifuhr. Bei solchen Gelegenheiten geschah es oft, dass Pichon bis nach der Vorstadt Montmartre ging; denn er würde sich nicht erlaubt haben, seinen Schwiegervater und seine Schwiegermutter zu verlassen, bevor er ihnen in den Wagen geholfen hatte. Da sie sehr langsam gingen, brauchte er nahe an zwei Stunden für den Hin- und Rückweg.

Auf dem Treppenabsatz schüttelten sie einander freundschaftlich die Hände. In die Wohnung zurückgekehrt, sagte Octave ganz ruhig zu Marie:

Es regnet, Julius wird vor Mitternacht nicht nach Hause kommen.

Da man Lilitte zeitig schlafen gelegt hatte, nahm er Marie sofort auf den Schoß, trank mit ihr aus derselben Schale einen Rest Kaffee wie ein Gatte, der sich glücklich fühlt, dass seine Gäste fort sind, sich wieder einmal in seinem Hause heimisch fühlt und durch einen kleinen Familienschmaus etwas angeheitert, bei geschlossenen Türen mit seinem Weibchen nach Herzenslust scherzen und lachen kann.

Die Hitze machte die Luft schwül in dem engen Gemach, wo ein Gericht von Schneeiern einen Vanilleduft zurückgelassen hatte. Er küsste das Kinn der jungen Frau, da hörten sie plötzlich an die Türe kratzen. Marie hatte nicht einmal eine Anwandlung von Furcht; sie ging die Türe öffnen. Es war Saturnin Josserand, der blödsinnige Bursche. Sooft er vom Hause entkommen konnte, kam er, durch ihre Sanftmut angelockt, um mit ihr zu plaudern; und sie stimmten miteinander sehr gut überein; sie pflegten zehn Minuten lang zu bleiben, ohne zu sprechen, und tauschten von Zeit zu Zeit unzusammenhängende Bemerkungen aus.

Octave, der sehr ärgerlich war, öffnete nicht einmal den Mund.

Wir haben Gäste, stammelte Saturnin. Ich kümmere mich den Teufel darum, dass sie mich nicht zu Tische setzen, darauf hab' ich den Riegel zurückgeschoben und bin hergekommen. Das heißt nun »drangekriegt«!

Man wird besorgt sein; Sie sollten nach unten gehen, sagte Marie, als sie die Ungeduld Octaves bemerkte.

Doch der blöde Junge lachte ganz entzückt. Dann erzählte er in seiner schwerfälligen Sprache alles, was zu Hause geschah. Er schien jedes Mal hauptsächlich zu kommen, um sein Herz zu erleichtern.

Papa hat wieder die ganze Nacht gearbeitet, Mama hat Berta geohrfeigt. Sagen Sie: ist's so schlimm zu heiraten?

Da Marie keine Antwort gab, fuhr er noch lebhafter fort:

Ich mag nicht aufs Land gehen ... Wenn sie sie nur anrühren, erdrossele ich sie allesamt, das kann ich leicht in der Nacht, während sie schlafen ...

Sie hat eine Handfläche so weich wie Briefpapier, aber die andere ist ein garstiges Mädchen ...

Er fing dasselbe von vorne an, wurde irre, kam nicht dazu, das auszudrücken, was er eigentlich zu erzählen gekommen war. Endlich nötigte ihn Marie, zu seinen Eltern zurückzugehen, ohne dass er die Anwesenheit Octaves bemerkt hätte.

Dieser fürchtete, wieder gestört zu werden, und wollte daher die Frau in sein Zimmer hinüberführen; aber sie weigerte sich, und ihre Wangen wurden plötzlich hochgerötet. Da er sich diese Schamhaftigkeit nicht erklären konnte, wiederholte er ihr, dass sie wohl Julius würden zurückkommen hören, und dass sie Zeit haben werde, in ihre Wohnung zu schleichen. Allein als er sie mit sich zerrte, wurde sie vollends böse und zeigte die Entrüstung einer Frau, der man Gewalt antut.

Octave stand noch auf dem Treppenabsatz, verwundert über diesen unerwarteten Widerstand, als der Lärm eines heftigen Streites vom Hofe hinaufdrang. Es ist ausgemacht: alles kommt ihm heute in die Quere; er hätte besser getan, sofort schlafen zu gehen. Ein solcher Höllenlärm um diese Stunde war so ungewöhnlich, dass er endlich ein Fenster öffnete und lauschte. Unten schrie Herr Gourd:

Ich sage Ihnen, Sie gehen da nicht hinein! ... Der Hausherr ist benachrichtigt, er wird selber herunterkommen, um Sie vor die Türe zu setzen! ...

Warum? Vor die Türe! antwortete eine tiefe Stimme. Zahle ich meine Miete nicht? Geh' hinein, Amalie, und wenn der Herr dich berührt, wird's einen Spaß absetzen.

Es war der Arbeiter von oben, der nach Hause gekommen war in Begleitung des Frauenzimmers, das am Morgen fortgejagt worden. Octave neigte sich vor; aber in dem schwarzen Hofloch konnte er nur große schwankende Schatten wahrnehmen, auf welche die im Hausflur brennende Gaslaterne einen Lichtstrahl warf.

Herr Vabre! Herr Vabre! rief plötzlich der von dem Schreiner herumgestoßene Hausmeister in dringendem Tone. Kommen Sie schnell: sie will hinein.

Ungeachtet ihrer schlechten Beine war Frau Gourd den Hausherrn holen gegangen, der gerade an seinem großen Werke arbeitete. Er kam herunter. Octave hörte ihn wiederholt sagen: Das ist eine Schande, das ist abscheulich, ich werde in meinem Hause dergleichen niemals dulden!

Dann wandte er sich an den Arbeiter, den seine Gegenwart anfangs einzuschüchtern schien:

Schicken Sie dieses Weib weg, sogleich, hören Sie? ich mag keine Weiber im Hause.

Aber das ist ja mein Weib, rief der Handwerker außer sich. Sie ist im Dienst, sie kommt einmal des Monats, wenn ihre Dienstgeber es ihr erlauben. Ist das eine hübsche Geschichte! Ich werde mir von Ihnen nicht verbieten lassen, mit meinem Weibe zu schlafen.

Dieser Einwand machte beide stutzig, den Hausherrn wie den Hausmeister.

Ich kündige Ihnen, stammelte Herr Vabre. Inzwischen aber verbiete ich Ihnen, mein Haus als unanständigen Ort zu behandeln ... Gourd, werfen Sie diese Kreatur auf die Straße ... Ja, ich bin kein Freund von solchen Späßen. Ihr hättet sagen müssen, dass Ihr verheiratet seid ... Schweigt! Untersteht Euch nicht mehr zu widersprechen!

Der Tischler, sonst ein guter Kerl, der außer Zweifel sich einen kleinen Spitz angetrunken hatte, sagte endlich lachend:

Das ist doch ganz sonderbar ... Da der Hausherr dich nicht einlassen will, geh' zu deiner Herrschaft zurück, Amalie. Wir werden ein andermal einen Jungen machen. Wahrhaftig, es war nur, um einen Jungen zu machen ... Gewiss, ich nehme Ihre Kündigung an! Ich möchte auch sonst in dieser Bude nicht bleiben! Da geht's gar sauber her! Da wohnt ein hübscher Haufen Mistvolk beisammen! Das will kein Weib im Hause, duldet aber in jedem Stocke Putzpüppchen, die in ihren vier Wänden ein wahres Hundeleben führen. Dieses Affengezücht! Dieses Philistergeschmeiß!

Amalie war weggegangen, sie wollte ihrem Manne nicht noch größeren Verdruss verursachen, während er, ohne sonderlich zu grollen, fortfuhr zu brummen. Herr Gourd gab unterdessen Herrn Vabre, der wieder hinaufging, sein Schutzgeleite, wobei er sich etwas laut zu denken erlaubte. Was für ein schmutziges Pack doch der Pöbel ist! Ein Arbeiter sei genug, um das ganze Haus zu verpesten!

Octave schloss das Fenster. In dem Augenblick aber, als er zu Marie zurückkehren wollte, stieß jemand an ihn, der sachte in den Flur einbog.

Wie? Sie sind es schon wieder! sagte er, als er Trublot erkannte.

Der letztere blieb einen Augenblick sprachlos, dann sagte er grinsend:

Ja, ich bin es, ich habe bei den Josserand gespeist und gehe jetzt hinauf ...

Octave war empört.

Mit dieser Schlumpe Adele! ... Sie schwuren doch, Sie täten's nicht ...

Hierauf reckte sich Trublot mit vergnügter Miene und sagte:

Ich versichere Ihnen, mein Lieber, das ist sehr schick...

Sie hat eine Haut, wie Sie sich es nicht vorstellen können!

Dann erging er sich in Ausfällen gegen den Arbeiter, der mit seinen unsauberen Weibergeschichten verursacht hatte, dass er auf der Dienstbotentreppe beinahe ertappt worden sei. Er musste über die Haupttreppe zurückkommen. Als er sich dann rasch entfernte sagte er noch:

Erinnern Sie sich, dass ich Sie nächsten Donnerstag zur Geliebten des Herrn Duverdy führen will. Wir werden zusammen speisen.

Das Haus war wieder in jene andächtige Ruhe, in jenes fromme Schweigen versunken, das aus den keuschen Schlafzimmern zu kommen schien. Octave war wieder in das Zimmer Mariens gegangen, die eben die Kopfkissen des Ehebettes zurechtlegte. Trublot, der oben den Sessel mit dem Waschbecken und einem Paar alter Pantoffeln verlegt fand, hatte sich auf das schmale Lager Adelens gesetzt, und wartete in Frack und weißer Halsbinde. Als er den Schritt Juliens erkannte, die heraufkam, um zu Bett zu gehen, hielt er seinen Atem zurück, da er ewig Furcht vor einem Weibergezänke hatte. Endlich erschien Adele ganz aufgebracht und fasste ihn beim Kragen.

Es ist doch garstig, wie du mich behandelst, wenn ich bei Tische bediene!

Was? wie ich dich behandle?

Gewiss! Du schaust mich ja gar nicht an. Du kannst nie sagen »darf ich bitten«, wenn du Brot verlangst. Heute Abend, als ich den Kalbsbraten herumreichte, stelltest du dich, als kenntest du mich gar nicht ... Ich hab's satt, sag' ich dir; das ganze Haus wirft mir schon tödliche Grobheiten zu. Wenn du's auch noch mit den anderen hältst, wird's mir endlich zu bunt!

Sie entkleidete sich ganz wütend, warf sich auf das alte Gestelle hin, dass es krachte und kehrte ihm den Rücken zu. Er musste sich auf das Bitten verlegen.

Der Arbeiter im anstoßenden Zimmer, der seinen Spitz noch nicht los hatte, sprach unterdessen mit sich selbst so laut, dass der ganze Flur ihn hören konnte.

Ei! das ist doch sonderbar, dass man einem verbietet, mit seinem Weibe zu schlafen! Kein Weib will er in seinem Hause dulden! Geh', alter Spießer, steck' jetzt deine Nase einmal in die vermieteten Wohnungen, um zu sehen, was da vorgeht! ...

Siebentes Kapitel

Um den Oheim Bachelard wieder für die Ausstattung Bertas günstig zu stimmen, luden ihn die Josserand trotz seines schmutzigen Aussehens vierzehn Tage fast jeden Abend zu sich.

Als man ihm die bevorstehende Heirat meldete, begnügte er sich, seiner Nichte die Wange zu streicheln, indem er sagte:

Wie, du heiratest? Mädchen, das ist recht!

Er blieb dann taub gegen alle Anspielungen, und wie man von Geld zu sprechen anfing, spielte er mehr als je die Rolle eines blöden Trunkenboldes.

Frau Josserand hatte den Gedanken, ihn eines Abends mit August, dem Verlobten zugleich einzuladen. Vielleicht dürfte der Anblick des jungen Mannes ihn bestimmen. Es war ein gewagtes Unternehmen; denn die Familie zeigte diesen Onkel nicht gerne aus Furcht, sich bei den Leuten um das Ansehen zu bringen. Übrigens hatte er sich anständig aufgeführt; bloß seine Weste hatte einen großen Sirupfleck, den er sich wahrscheinlich in einem Kaffeehaus geholt. Als jedoch seine Schwester, nachdem August weggegangen war, ihn fragte, wie er ihn finde, antwortete er, ohne sich zu etwas zu verpflichten:

Reizend! Reizend!

Damit musste ein Ende gemacht werden. Die Angelegenheit war dringend. Frau Josserand beschloss also, die Lage kurzweg zu klären.

Da wir unter uns Verwandten sind, fing sie an, wollen wir uns diesen Umstand zunutze machen ... Zieht euch zurück, meine Lieben! Wir haben mit eurem Oheim zu plaudern. Du Berta, gib acht auf Saturnin, dass er nicht wieder die Schlösser abreißt.

Seitdem man sich mit der Heirat seiner Schwester beschäftigte, schlich Saturnin, vor dem man dies geheim hielt, durch die Gemächer herum mit unruhigen Blicken und irgendetwas witternd; er hatte wahrhaft höllische Vorstellungen, worüber seine Familie bestürzt war.

Ich habe alle möglichen Erkundigungen eingezogen, sagte die Mutter, als sie sich mit dem Vater und dem Oheim eingeschlossen hatte. Mit den Vabre steht es folgendermaßen:

Sie gab eine weitläufige, durch Ziffern unterstützte Erklärung. Der alte Vabre hatte aus Versailles eine halbe Million mitgebracht, das Haus mag ihm 300 000 Franken gekostet haben; dann sind ihm noch 200 000 Franken geblieben, die seit 12 Jahren Zinsen tragen. Außerdem nimmt er jedes Jahr 22 000 Franken an Miete ein; und da er bei der Familie Duverdy lebte, so dass er kaum etwas ausgab, musste er ein Gesamtvermögen von 5 600 000 Franken, das Haus ungerechnet, besitzen. Von dieser Seite her haben wir also die schönsten Hoffnungen.

Hat er denn keine Leidenschaften? fragte Onkel Bachelard; ich dachte, dass er an der Börse spiele.

Doch Frau Josserand widersprach einer solchen Zumutung. Ein so ruhiger alter Mann und in so große Arbeiten vertieft! Er hat sich zum mindesten fähig gezeigt, ein Vermögen auf die Seite zu legen; sie lächelte dabei bitter, indem sie ihren Mann anblickte, der den Kopf hängen ließ.

Was die drei Kinder des Herrn Vabre betrifft, August, Clotilde und Theophil, so hatte jedes Kind beim Tode der Mutter 100 000 Franken erhalten. Nachdem Theophil sich in mehrere verlustbringende Spekulationen eingelassen, lebte er ziemlich dürftig von den Überbleibseln dieser Erbschaft. Clotilde, die keine andere Leidenschaft besaß als das Klavierspiel, hatte ihren Anteil zinsbar angelegt. August endlich hatte soeben das Warenlager im Parterre gekauft und sich mit seinen lange in der Reserve behaltenen 100 000 Franken dem Seidenhandel gewidmet.

Natürlich gibt der Alte seinen Kindern nichts, wenn er sie verheiratet, bemerkte der Onkel Bachelard.

Mein Gott, er war kein Freund vom Geben. Diese Tatsache schien leider gewiss. Als er Clotilde verheiratete, hatte er sich allerdings verpflichtet, eine Mitgift von 80 000 Franken zu zahlen. Duverdy aber hatte nie mehr als 10 000 Franken gesehen. Er forderte auch den Rest nicht mehr. Er ernährte sogar seinen Schwiegervater und schmeichelte seinem Geize ohne Zweifel, um eines Tages dessen Vermögen in die Hände zu bekommen. Ebenso machte er es mit Theophil. Bei seiner Heirat mit Valerie hatte er ihm 50 000 Franken versprochen. Diesem wiederum hatten ihre Eltern, die Louhettes, eine gleiche Summe zugesichert. Zuerst hatte er sich darauf beschränkt, die Zinsen zu bezahlen, dann aber gab er keinen Sou mehr und trieb die Sache so weit, dass er die Miete forderte, die das Ehepaar nur bezahlte, weil es aus seinem Testament gestrichen zu werden fürchtete. Man durfte daher nicht allzu sehr auf die 50 000 Franken rechnen, die August am Tage der Unterzeichnung des Heiratsvertrages von dem Alten bekommen sollte. Es sei schon viel, wenn der Vater ihm während der ersten Jahre den Mietzins für das Magazin erlasse.

Ja, erklärte Bachelard, das ist immer schwer für die Verwandten ... Man bezahlt die Mitgift niemals.

Kommen wir auf August zurück! fuhr Frau Josserand fort. Ich habe euch gesagt, was er zu hoffen hat, und die einzige Gefahr kommt von Seite Duverdys. Berta wird sehr wohl tun, ihn zu überwachen, wenn sie in die Familie eintritt. Jetzt hat sich August, nachdem er sein Magazin für 60 000 Franken gekauft hat, mit den anderen 40 000 Franken in seine Geschäfte eingelassen. Doch beginnt diese Summe ungenügend zu sein. Anderseits ist er allein und braucht eine Frau, deswegen will er sich verheiraten ... Berta ist hübsch, er sieht sie schon in seinem Geschäfte hinter dem Zahltisch sitzen, und was die Mitgift betrifft, so sind 50 000 Franken eine anständige Summe, die ihn zum Zugreifen bestimmt hat.

Onkel Bachelard verzog nicht einmal die Miene. Endlich machte er ein Gesicht, als ob er tief gerührt sei, und sagte, er habe von etwas Besserem geträumt. Damit fiel er über den zukünftigen Schwiegersohn her: Sicherlich, ein netter Mensch; aber viel zu alt, schon über 33 Jahre, im Übrigen immer krank, das Gesicht durch die Migräne verzerrt, ein trauriges Aussehen; für den Handel nicht heiter genug.

Hast du denn einen andern? fragte Frau Josserand, deren Geduld schon bedenklich auf die Neige ging. Ich habe ganz Paris aufgestöbert, um einen zu finden.

Übrigens machte sie sich keineswegs Täuschungen über ihn und fing an, ihn zu zergliedern.

Er ist kein Adler, das glaube ich selbst; er ist sogar ziemlich dumm. Dann misstraue ich solchen Männern, die niemals eine Jugend gehabt haben und nichts in ihrem Leben wagen, ohne darüber jahrelang nachzudenken. Dieser ist, nachdem er das Gymnasium verlassen, weil sein Kopfleiden ihn verhinderte, sein Studium zu beenden, 15 Jahre lang ein kleiner Ladengehilfe geblieben, bevor er es wagte, seine hunderttausend Franken anzurühren. Es scheint auch, dass sein Vater ihn um die Zinsen betrogen hat. Nein, nein, er ist kein großer Held.

Bis dahin hatte Herr Josserand ein weises Schweigen beobachtet. Jetzt traute er sich ein Wörtchen zu sagen:

Warum aber, meine Liebe, soll man dann auf diese Heirat so versessen sein, wenn der junge Mann nicht einmal gesund ist ...

Die Gesundheit, unterbrach Bachelard, wäre noch kein solches Hindernis ... Berta würde später kaum in Verlegenheit sein, sich wieder zu verheiraten.

Schließlich, wenn er unvermögend ist, sagte der Vater, wenn er unsere Tochter unglücklich macht ...

Unglücklich! schrie Frau Josserand. Sage lieber gleich, dass ich mein Kind dem ersten besten an den Hals schmeiße! Man ist unter sich, man spricht über ihn: Er ist dies, er ist jenes, nicht schön, nicht jung, nicht klug. Wir sprechen über ihn, nicht wahr? Das ist ganz natürlich ... Nur ist er eine gute Partie, und niemals werden wir etwas Besseres finden. Wollt ihr, dass ich euch noch mehr sage: es ist ein unerwartetes Glück für Berta.

Sie hatte sich erhoben. Herr Josserand, ganz eingeschüchtert, schob seinen Stuhl zurück.

Ich habe die einzige Besorgnis, fuhr sie fort, indem sie sich mit entschlossener Miene vor ihren Bruder aufpflanzte: dass er zurücktreten wird, wenn man ihm nicht am Tage des Heiratskontraktes die Mitgift in barem Gelde auf den Tisch legt ...

Das ist erklärlich, der junge Mann braucht Geld.

In diesem Augenblick hörte sie ein heißes Keuchen hinter sich, das sie nötigte, sich umzudrehen. Saturnin war da, er hatte den Kopf zur Türe hineingesteckt und betrachtete sie alle mit den Augen eines Wolfes. Es entstand eine vollständige Panik, denn er hatte einen Bratspieß in der Küche gestohlen, wie er sagte, um die Gänse damit aufzuspießen. Onkel Bachelard, ohnehin sehr unruhig über die Wendung, die das Gespräch genommen, benutzte diese Gelegenheit zu entschlüpfen.

Bemüht euch nicht! schrie er aus dem Vorzimmer. Ich gehe, ich habe um Mitternacht eine Zusammenkunft mit einem meiner Kunden, der direkt aus Brasilien kommt.

Nachdem es gelungen war, Saturnin zur Ruhe zu bringen, sagte Frau Josserand, dass es unmöglich sei, ihn noch länger im Hause zu behalten, er werde schließlich ein Unglück anrichten, wenn man ihn nicht im Narrenhause einsperre. Das sei kein Leben, ihn immerfort zu verstecken. Niemals würden seine Schwestern zu einer Versorgung kommen, solange er da sei, um jedermann anzuwidern und zu verscheuchen.

Warten wir noch, sagte Herr Josserand, dessen Herz bei dem Gedanken blutete, sich von ihm zu trennen.

Nein, nein, erklärte die Mutter; ich habe keine Lust, mich von ihm spießen zu lassen. Ich hatte meinen Bruder da und war im Begriff ihn an die Wand zu drücken ... Tut nichts! wir werden morgen mit Berta hingehen, bei ihm selber die Sache wieder aufnehmen und sehen, ob er die Frechheit hat, seine Versprechungen abzuleugnen ... Ohnehin ist Berta ihrem Taufpaten einen Besuch schuldig. Das ist schicklich.

Den andern Tag begaben sich alle drei: die Mutter, der Vater und die Tochter feierlich in die Magazine des Onkels, die den Keller und das Parterre eines großen Hauses in der Enghien-Straße einnahmen. Lastwagen versperrten den Zugang zur Türe. In dem vergitterten Hofe war eine ganze Truppe von Packern damit beschäftigt, Kisten zuzunageln, und durch die Öffnung der Kisten sah man die verschiedenartigen Waren: trockene Gemüse, Seidenreste, Papierwaren und Talg, ein ganzes Durcheinander von Aufträgen und Spekulationskäufen, die in den Zeiten der Baisse gemacht werden. Da fanden sie Bachelard mit seiner großen roten Nase, das Auge noch ganz entzündet von seinem letzten Rausche, dabei aber doch mit klarem Verstande, seine ganze Fähigkeit wiederfindend, sobald er unter seinen Handlungsbüchern war.

Aha, ihr seid da – sagte er, offenbar sehr missgestimmt durch ihren Besuch.

Er empfing sie in einem kleinen Kabinett, von wo aus er durch ein Fenster seine Leute überwachte.

Ich habe dir Berta hergebracht, sagte Frau Josserand; sie weiß, was sie dir schuldig ist.

Als das junge Mädchen den Onkel umarmt hatte und auf einen befehlenden Blick der Mutter wie ein unschuldiges Täubchen in den Hof zurückgekehrt war, um dort ein plötzliches Interesse an allen Waren zu entwickeln, rückte die Mutter mit mutiger Entschlossenheit der Hauptsache an den Leib.

Höre, Narziss, wie die Sache jetzt steht ... Vertrauend auf dein gutes Herz und auf deine Versprechungen habe ich mich verpflichtet, eine Mitgift von 50 000 Franken zu geben. Wenn ich sie nicht gebe, geht die Heirat in die Brüche ... Soweit die Sache gediehen ist, wäre es eine Schande. Du kannst uns nicht in einer solchen Verlegenheit lassen.

Bachelards Augen trübten sich plötzlich, und er stotterte, als sei er sehr betrunken: Was? du hast versprochen ... Man soll nicht versprechen, es ist schlimm zu versprechen!

... Er heulte von Elend und Armut. Er habe Rosshaar gekauft, sagte er, einen ganzen großen Posten in der sichern Erwartung, dass eine große Preissteigerung in Rosshaaren eintreten werde; doch das geschehe ganz und gar nicht; Rosshaar gehe immer weiter herunter, und er müsse die Ware mit Schaden verkaufen. Damit stürzte er sich auf seine Handlungsbücher, öffnete sie und wollte ihnen durchaus die Rechnungen zeigen. Das wäre sein Ruin.

Lassen Sie nur, sagte endlich Herr Josserand ungeduldig. Ich kenne Ihre Geschäfte. Sie gewinnen so große Summen, wie Sie selber sind, und würden sich im Golde wälzen, wenn Sie es nicht wieder zum Fenster hinausschmissen ... Ich verlange nichts von Ihnen. Eleonore hat diesen Schritt tun wollen. Aber erlauben Sie, Bachelard, dass ich Ihnen sage, dass Sie uns zum besten gehalten haben. Seit 15 Jahren jeden Sonnabend, sooft ich kam, um Ihre Bücher nachzusehen, versprechen Sie mir immer ...

Der Onkel unterbrach ihn; er schlug sich mit aller Gewalt auf die Brust.

Ich hätte Ihnen versprochen! Nicht möglich! Nein, nein, lasst mich nur machen; ihr werdet schon sehen! Ich liebe es nicht, dass man verlangt, es ärgert mich, es macht mich krank ... Ihr werdet schon später sehen!

Frau Josserand selbst konnte nicht mehr aus ihm herausbringen. Er drückte ihnen die Hände, wischte sich die Tränen ab, sprach von seiner Seele, seiner Familie, bat sie flehentlich, ihn nicht mehr zu quälen, indem er bei Gott schwor, dass sie es nicht bereuen würden.»Er kenne seine Pflicht und werde sie bis zum Ende erfüllen.« Berta würde eines Tages das Herz ihres Onkels kennen lernen.

Und die Versicherung der Mitgift? fragte er mit seiner gewöhnlichen Stimme; – die 50 000 Franken, die ihr auf die Kleine versichert habt?

Frau Josserand zuckte die Achseln.

Seit 15 Jahren ist das begraben. Man hat dir zwanzigmal wiederholt, dass wir seit der vierten Prämie die 2000 Franken nicht mehr bezahlen konnten.

Das macht nichts, sagte er mit den Augen zwinkernd; man macht der Familie Mitteilung von dieser Versicherung und gewinnt Zeit, die Mitgift zu zahlen ... Niemals bezahlt man eine Mitgift.

Herr Josserand erhob sich ganz empört.

Wie! Das ist also alles, was Sie uns zu sagen haben?

Aber der Onkel schien nicht zu merken, was er wolle, und beharrte dabei, dass ein solches Vorgehen gebräuchlich sei.

Niemals! Hört ihr? Niemals zahlt man die Mitgift. Man gibt eine Barzahlung, man zahlt die Rente. Seht nur den Herrn Vabre selber ... Hat Ihnen etwa der Vater Bachelard die Mitgift von Eleonore gezahlt? Nein, nicht wahr? man behält sein Geld!

Das ist eine schmutzige Gemeinheit, die Sie mir raten! schrie Herr Josserand. Ich soll lügen, ich soll eine Fälschung begehen, indem ich die Polize dieser Versicherung vorweise?

Frau Josserand hielt ihn zurück; der ihr durch ihren Bruder eingegebene Gedanke machte sie nachdenklich, sie war erstaunt, dass sie noch nicht daran gedacht hatte.

Mein Gott, wie du Feuer fängst ... Narziss sagte ja nicht, du solltest eine Fälschung begehen.

Lächerlich! murmelte der Onkel. Es ist nicht nötig, die Papiere zu zeigen.

Es handelt sich einfach darum, Zeit zu gewinnen, fuhr sie fort. Versprich die Mitgift, wir werden sie schon später bezahlen.

Da kam das gute Gewissen des Mannes zur Geltung. Nein! er weise es zurück; er wolle nicht noch einmal sich auf so gefährliche Bahnen wagen. Immer habe man seine Nachgiebigkeit missbraucht, um ihn nach und nach Sachen hinnehmen zu lassen, die ihn später krank machen, so sehr zerrissen sie ihm das Herz. Da er keine Mitgift habe, könne er auch keine versprechen. Bachelard trommelte auf dem Fenster mit den Fingern, indem er einen Gassenhauer pfiff, ganz so, als ob er seine gründliche Verachtung vor dergleichen Bedenken beweisen wolle. Frau Josserand hatte ihren Gatten angehört, ganz bleich vor Zorn, der sich bei ihr angehäuft hatte und jetzt plötzlich explodierte.

Weil dem so ist, sage ich dir: diese Heirat wird vor sich gehen ... Es ist die letzte Aussicht meiner Tochter. Ich würde mir eher die Hand abschneiden, als diese Gelegenheit entgehen lassen! Wem es nicht recht ist, mag sich helfen! Wenn man mich bös macht, bin ich zu allem fähig!

Du würdest also selbst vor einem Morde nicht zurückschrecken, um deine Tochter zu verheiraten?

Sie richtete sich kerzengerade in die Höhe.

Nein! sagte sie wütend.

Dann lächelte sie. Der Oheim musste das Gewitter beschwichtigen. Was nützt es zu streiten? Besser, man verständigt sich friedlich. Zitternd vor Aufregung, müde und verzagt, willigte Herr Josserand endlich ein, mit Herrn Duverdy über die Sache zu reden, von dem, wie Frau Josserand sagte, alles abhänge. Um aber den Rat in einer günstigen Stimmung zu fassen, machte der Onkel Bachelard sich erbötig, seinen Schwager mit

Herrn Duverdy in einem Hause zusammenzuführen, wo dieser nichts abschlagen könne.

Es wird ganz einfach eine Begegnung sein, erklärte Herr Josserand, noch immer unentschieden. Ich schwöre euch, dass ich mich zu nichts verpflichten werde.

Gewiss, gewiss! sagte Bachelard. Eleonore will ja auch gar nicht, dass Sie etwas tun, was sich mit der Ehre nicht verträgt.

Jetzt kam Berta zurück. Sie hatte einen Stoß Büchsen mit eingemachten Früchten gesehen und bemühte sich, durch lebhafte Liebkosungen beim Onkel durchzusetzen, dass er ihr eine gebe. Allein da war der Onkel gleich wieder benebelt. Es sei unmöglich, sagte er; die Büchsen seien gezählt und müssten noch am nämlichen Abend nach Sankt Petersburg abgehen. Er drängte die Familie langsam auf die Straße hinaus; seine Schwester konnte sich von dem Anblick dieser Magazine kaum trennen, die bis zur Decke hinauf vollgepfropft waren mit allen erdenklichen Waren; sie litt bei dem Gedanken, dass dieses große Vermögen von einem Menschen ohne alle Grundsätze zusammengerafft worden sei, und gedachte dabei mit Bitterkeit der ohnmächtigen Ehrlichkeit ihres Gatten.

Also morgen Abend neun Uhr im Café Mülhausen! sagte Bachelard und drückte seinem Schwager zum Abschied die Hand.

Am folgenden Tage speisten Octave und Trublot zusammen, dann gingen sie noch auf ein Weilchen in das Café Mülhausen, um nicht zu früh bei Clarisse, der Geliebten des Herrn Duverdy zu erscheinen, die gleichwohl weit genug, in der Kirschstraße wohnte. Es war noch nicht acht Uhr. Eben als sie eintraten, drang aus einem anstoßenden Saal der Lärm eines heftigen Zankes heraus. Sie bemerkten Bachelard, der schon betrunken mit glühenden Wangen dasaß und mit einem kleinen, bleichen Herrn stritt.

Sie haben mir schon wieder in mein Bier gespuckt, mein Herr! rief er mit seiner dröhnenden Stimme. Ich werde es nicht dulden.

Lassen Sie mich in Ruhe, hören Sie, oder ich werde Sie ohrfeigen! sagte der kleine Mann und stellte sich auf die Fußzehen.

Da schraubte Bachelard seine Stimme noch höher und rief, ohne auch nur einen Schritt zurückzuweichen:

Wenn es Ihnen beliebt, mein Herr ...

Da der andere ihm mit einem Faustschlage den Hut eingetrieben hatte, den er selbst im Café aufbehielt, wiederholte er:

Ja, wenn es Ihnen beliebt, mein Herr ...

Dann setzte er seinen Hut zurecht und rief dem Kellner mit triumphierender Miene zu:

Alfred, bringen Sie mir ein anderes Bier!

Octave und Trublot bemerkten jetzt zu ihrem Erstaunen Gueulin, der an dem Tische seines Oheims saß, mit dem Rücken an die Wand gelehnt, und ruhig seine Zigarre rauchte. Sie fragten ihn nach dem Grund des Streites, worauf er gleichgültig erwiderte:

Ich weiß nicht. Das sind immer die nämlichen Geschichten! Er zeigt seinen Heldenmut, bis er Maulschellen kriegt. Er weicht niemals zurück.

Bachelard drückte den Ankömmlingen mit vieler Wärme die Hand, denn er liebte die Jugend. Als er erfuhr, dass die Herren zu Clarisse gehen wollten, war er entzückt. Auch er gehe dorthin, erzählte er, doch müsse er auf seinen Schwager Josserand warten, dem er hier ein Stelldichein gegeben habe. Er erfüllte den kleinen Saal mit seinem Geschrei und füllte den Tisch mit allen erdenklichen Getränken, um seine jungen Freunde zu traktieren mit der übertriebenen Freigebigkeit eines Menschen, der, wenn es eine Unterhaltung gilt, keine Berechnung kennt.

Der schlotternde Mann mit den allzu neuen Zähnen, der flammroten Nase und den kurzgeschornen weißen Haaren duzte die jungen Leute und benahm sich in unerträglich lästiger Weise, so dass der Wirt zweimal kam, um ihn zu bitten, dass er sich ruhiger benehmen oder sein Lokal verlassen möge. Tags vorher war er aus dem Café Madrid hinausgeworfen.

Jetzt erschien eine Weibsperson, ging einmal durch den Saal und entfernte sich dann wieder mit gelangweilter Miene. Da sprach Octave von den Frauen. Bachelard spie aus gerade auf Trublot und vergaß sich zu entschuldigen. Die Weiber hätten ihm ein Heidengeld gekostet, prahlte er; er dürfe sich schmeicheln, dass er sich die schönsten in Paris gekauft habe. Die Herren von der Kommissionsbranche feilschten niemals um diesen Artikel. Jetzt aber wolle er solid leben und um seiner selbst willen geliebt sein. Als Octave diesen Prahlhans sah, wie er mit den Banknoten um sich warf, dachte er mit Befremden an den Onkel, der eine völlige Trunkenheit geheuchelt, um den Angriffen seiner Familie zu entgehen.

Aber stellen Sie sich doch nicht so, Onkel! sagte Gueulin. Man hat immer mehr Weiber als man braucht.

Warum hast denn du keine, armer Gimpel? fragte Bachelard.

Gueulin zuckte verächtlich die Achseln.

Warum? ... Gestern erst habe ich mit einem meiner Freunde und seiner Geliebten gespeist. Wir saßen kaum bei Tische, als das Frauenzimmer mir schon unter dem Tisch auf die Füße trat. Das war eine gute Gelegenheit, wie? Als sie mich aber aufforderte, sie nach Hause zu begleiten, bin ich durchgegangen. Für den Augenblick wäre sie gar nicht übel gewesen. Aber hernach ... Das Frauenzimmer wäre mir vielleicht am Halse geblieben. So dumm sind wir nicht! ...

Trublot nickte zustimmend. Auch er wollte von den Frauen der guten Gesellschaft nichts wissen. Es ist gar zu ärgerlich am andern Tag ... Gueulin, aus seiner Ruhe heraustretend, führte noch mehrere Beispiele an. Eines Tages war im Eisenbahnwagen eine herrliche Brünette, die er nicht kannte, an seine Schulter gelehnt eingeschlafen. Allein er überlegte sich die Sache. Was hätte er bei der Ankunft im Bahnhofe mit ihr angefangen? Ein andermal wieder fand er, von einer lustigen Kneiperei heimkehrend, die Frau eines Nachbars in seinem Bette. Das war etwas stark, wie? Er hätte vielleicht die Torheit begangen, wenn ihm nicht rechtzeitig eingefallen wäre, dass die Dame hinterher ein Paar Schuhe verlangen könnte.

Niemand hat solche Gelegenheiten wie ich, mein lieber Onkel, schloss er; aber ich weiß mich zu beherrschen. Jeder ist zurückhaltend; man fürchtet die Folgen. Ja, wenn die nicht wären! ... Es wäre gar zu angenehm! ...

Bachelard saß jetzt sinnend da und hörte ihm nicht mehr zu. Er war still geworden; seine Augen waren feucht.

Wenn ihr recht artig sein wollt, will ich euch etwas zeigen, sagte er plötzlich.

Er zahlte und ging mit den Herren fort. Octave erinnerte ihn an das Zusammentreffen mit Josserand. Es tut nichts, sagte er; man kann ja später zurückkommen. Dann steckte er rasch den Zucker ein, den ein Gast auf einem benachbarten Tische hatte stehen lassen.

Folgt mir, sagte er, als sie draußen waren; es ist nur zwei Schritte von hier.

Ernst und schweigsam ging er neben ihnen her. In der Markusstraße blieb er vor einem Haustor stehen. Die drei jungen Leute schickten sich an, ihm zu folgen, da ward er plötzlich unschlüssig.

Nein, kommt; ich will nicht.

Doch die jungen Leute widersprachen. Wolle er sie etwa zum besten halten?

Nun denn, Gueulin geht nicht mit hinauf, Sie auch nicht, Herr Trublot ... Ihr seid nicht artig genug; ihr achtet nichts und würdet euch unanständig benehmen ... Kommen Sie, Herr Octave; Sie sind ein ernster junger Mann.

Er ließ Octave vorausgehen; die beiden andern riefen ihm vom Fußwege lachend nach, dass sie die Damen schön grüßen ließen. Im vierten Stock pochte er an, und eine alte Frau öffnete.

Wie, Sie sind's, Herr Narziss? Fifi hat Sie heute Abend nicht erwartet.

Sie lächelte mit ihrem fetten, weißen, ruhigen Gesichte einer Klosterpförtnerin. In dem kleinen Speisezimmer, wohin sie die Herren führte, saß ein großes, blondes, hübsches Mädchen am Tische und stickte an einer Altardecke.

Guten Tag, Onkel! sagte sie, sich erhebend und den dicken, bebenden Lippen Bachelards die Stirne zum Kusse bietend.

Als er Herrn Octave Mouret vorstellte, einen sehr vornehmen jungen Mann seiner Bekanntschaft, machten die beiden Frauen Verbeugungen nach veralteter Mode. Dann nahm die Gesellschaft an dem Tische Platz, auf dem eine Petroleumlampe brannte. Es war ein ruhiges, provinzmäßiges Hauswesen; zwei geregelte, unbeachtete Existenzen mit den bescheidensten Ansprüchen. Das Zimmer ging auf den Hof, so dass von der Straße nicht einmal das Geräusch der Wagen heraufdrang.

Während Bachelard sich nach dem Befinden und den Beschäftigungen der Kleinen erkundigte, erzählte die Tante, Fräulein Menu, dem jungen Manne ihre Geschichte mit der vertraulichen Einfalt einer braven Frau, die nichts zu verheimlichen hat.

Ja, mein Herr, ich bin aus Villeneuve bei Lille. Man kennt mich sehr gut im Hause der Gebrüder Mardienne, Sulpiciusstraße, wo ich dreißig Jahre Stickerin war. Dann hatte ich das Glück, von einer Kusine ein Haus in der Provinz zu erben; dieses Haus habe ich gegen eine Jahresrente von 1000 Franken verkauft; die Leute, die es kauften, dachten, dass ich am nächsten Tage das Zeitliche segnen würde. Darin haben sie sich nun arg getäuscht; denn, wie Sie sehen, lebe ich noch immer trotz meiner 75 Jahre.

Sie lachte, wobei sie ihre Zähne zeigte, die so weiß waren wie die eines jungen Mädchens.

Ich hatte die Arbeit aufgegeben, da ich ohnedies die Sehkraft eingebüßt hatte, fuhr sie fort, als mir plötzlich meine Nichte Fanny in den Schoß fiel. Ihr Vater, der Kapitän Menu, war gestorben, ohne einen Sou zu hinterlassen, und es war außer mir auch kein Verwandter da. Ich nahm das Kind aus der Pension und machte eine Stickerin aus ihr. Man verdient dabei allerdings kaum das Wasser, aber ist es nicht mit jeder andern Beschäftigung ebenso? Die Frauen sind einmal da, um Hungers zu sterben ... Glücklicherweise hat sie Herrn Narziss getroffen. Ich kann jetzt ruhig sterben.

Und die Hände über den Bauch gefaltet, in der Untätigkeit der alten Arbeiterin, die es verschworen hat, jemals wieder eine Nadel zu berühren, blickte sie Bachelard und Fifi mit zärtlichen Augen an.

Der Greis sagte eben zu dem Mädchen:

Wirklich, Sie haben an mich gedacht? ... Und was haben Sie gedacht?

Fifi erhob ihren klaren Blick, und ohne in der Arbeit innezuhalten, erwiderte sie:

Dass Sie ein guter Freund sind, und dass ich Sie recht lieb habe.

Sie hatte Octave kaum angeblickt, als ob sie ganz gleichgültig sei gegen diesen schönen, jungen Mann. Er aber lächelte ihr zu, gerührt von ihrer Lieblichkeit, und nicht wissend, was er denken solle, während ihre Tante, alt geworden in einer Ehelosigkeit und einer Keuschheit, die ihr keinerlei Opfer waren, mit gedämpfter Stimme fortfuhr:

Ich hätte sie verheiraten sollen, meinen Sie nicht? Ein Handwerker würde sie prügeln, ein Beamter würde dafür sorgen, dass sie mehr als genug Kinder bekomme ... Da ist es doch besser, sie verständigt sich mit Herrn Narziss, der ein anständiger Mensch zu sein scheint.

Dann sagte sie laut:

Glauben Sie mir, Herr Narciß, es würde nicht meine Schuld sein, wenn Sie mit ihr nicht zufrieden wären. Ich sage ihr immer: Mach' ihm Freude, sei dankbar! Sie werden es natürlich finden; ich bin so froh, sie endlich versorgt zu wissen. Wenn man keine Bekanntschaften hat, ist es gar so schwer, ein junges Mädchen zu versorgen.

Octave überließ sich ganz der einfachen Gemütlichkeit dieses Kreises. Ein Geruch wie in einem Obstladen schwebte in der dumpfen Zimmerluft. Nur die Nadel Fifis, die in die Seide stach, verursachte ein regelmäßiges Geräusch gleich dem Ticken einer Kuckucksuhr, die dazu dienen würde, die Liebschaften des Oheims heimischer zu gestalten. Übrigens war das alte Fräulein die Rechtschaffenheit selbst: sie lebte von ihrer Rente von tausend Franken, ohne je das Geld der Fifi zu berühren, die es nach eigenem Belieben verbrauchen durfte. Ihre Bedenken schwanden bloß, wenn ihre Nichte ihr zuweilen weißen Wein oder Kastanien zahlte, indem sie ihre kleine Sparkasse leerte, wo sie die Viersousstücke zusammensparte, die sie von ihrem guten Freunde als Denkmünzen erhalten hatte.

Mein Püppchen, sagte endlich Bachelard sich erhebend; wir haben Geschäfte ... Morgen sehen wir uns wieder; sei nur immer recht artig.

Er küsste sie auf die Stirne, und nachdem er sie zärtlich angeblickt hatte, sagte er zu Octave:

Sie dürfen ihr auch einen Kuss geben, sie ist ja nur ein Kind.

Der junge Mann berührte mit den Lippen ihre frische Stirne. Sie lächelte bescheiden. Übrigens ging ja alles im Familienkreise vor sich; nie hatte er so vernünftige Leute gesehen. Der Onkel ging, kam aber bald zurück und rief:

Ich hatte ganz vergessen; ich habe ein kleines Geschenk mitgebracht.

Hierauf leerte er seine Taschen und gab der Fifi den Zucker, den er im Kaffeehause gestohlen hatte. Sie bekundete eine lebhafte Dankbarkeit für diese Aufmerksamkeit und kaute gleich ein Stück zwischen den Zähnen, dass sie vor Vergnügen ganz rot wurde.

Sie fasste sich dann ein Herz und sagte:

Sie haben doch wohl ein Viersousstück?

Bachelard durchsuchte vergebens seine Taschen. Aber bei Octave fand sich eines, und das junge Mädchen nahm es als Andenken an.

Sie begleitete die Herren nicht; das schien ihr gewiss unschicklich, und sie hörten sie sogleich wieder die Nadel führen, sie nahm die Altardecke wieder zur Hand, während Fräulein Menu mit der ihr eigenen Liebenswürdigkeit einer guten Alten die Herren hinausbegleitete.

Nicht wahr, so was sieht man nicht alle Tage? sagte Bachelard, indem er auf der Treppe stehen blieb. Wissen Sie, dass sie mir nicht auf fünf Louis den Monat zu stehen kommt? ... Ich habe die Dirnen satt, die mich aussaugen. Meiner Treu! da hab' ich ein anhängliches Herz, was mir sehr not tat.

Als er Octave lachen sah, blieb er stehen und sagte misstrauisch:

Sie sind ein zu ehrlicher Junge, als dass Sie meine Gefälligkeit missbrauchen sollten. Aber Sie schwören mir, dem Gueulin kein Wort davon zu sagen. Ich warte, bis er ihrer würdig ist, dann erst will ich sie ihm zeigen ... Das ist ein Engel, mein Lieber; man möge sagen, was man wolle, das bleibt wahr: die Tugend verjüngt einen ... Ich bin immer ein Freund des Idealen gewesen.

Seine Stimme zitterte wie die eines alten Trunkenboldes, der er war; Tränen schwellten seine schläfrigen Augenlider.

Unten scherzte Trublot, stellte sich, als wolle er sich die Hausnummer merken, während Gueulin die Achseln zuckte und den erstaunten Octave fragte, wie er die Kleine gefunden habe? Sooft der Onkel durch ein ausgiebiges Saufgelage in eine gerührte Stimmung versetzt ward, konnte er sich's nicht versagen, die Leute zu jenen Damen hinzuführen, wobei seine Gefühle geteilt waren zwischen der Eitelkeit, seinen Schatz zu zeigen, und der Furcht, man könne ihm denselben entwenden; tags darauf war dann alles wieder vergessen, und er kehrte mit geheimnisvoller Miene in die Markusstraße zurück.

Jeder kennt Fifi, sagte Gueulin ruhig.

Unterdes suchte Bachelard einen Wagen, während Octave ausrief:

Und Herr Josserand im Café!

Die anderen dachten nicht mehr an ihn. Jetzt aber gingen sie zurück. Herr Josserand, sehr ärgerlich darüber, seinen Abend einzubüßen, stand ungeduldig an der Türe. Er ging nicht hinein ins Kaffeehaus, weil er außerhalb des Hauses niemals etwas zu sich nahm. Endlich brach man auf nach der Kirschstraße. Aber man brauchte zwei Wagen; einen für Bachelard und seinen Schwager, einen andern für die drei jungen Leute.

Gueulin, dessen Stimme von dem Gerassel des rostigen Eisenwerkes der Droschke gedeckt wurde, sprach anfangs von der Versicherungsgesellschaft, wo er angestellt war. Versicherung und Börsenwesen sei eitel langweiliges Zeug, beteuerte Trublot. Dann kam die Rede auf Duverdy. War das aber traurig, dass ein reicher Mann, ein hochgestellter Richter sich in solcher Art den Weibern prellen lasse! Er musste immer welche haben in den entlegensten Stadtvierteln außerhalb der Omnibuslinien; kleine, alleinstehende Damen, bescheiden und die Rolle von Witwen spielend; Ladenhüterinnen ohne Kundenkreis, Dirnen, die er aus dem Sumpf gezogen, ausgestattet und wie in einem Kloster versorgt hatte, zu denen er einmal die Woche ging, regelmäßig, wie ein Beamter in sein Büro geht. Trublot entschuldigte ihn jedoch; erstens war sein Temperament daran schuld; dann gebe es nicht bald wieder ein so vermaledeites Weib, wie das seine. Man erzähle sich, dass sie schon am ersten Tage durch seine roten Flecke angeekelt einen Abscheu vor ihm bekam; sie dulde daher, dass er sich Geliebte halte, durch deren Willfährigkeit sie ihn loswurde.

Sie ist also eine anständige Frau?

Ach, freilich! Und wie anständig, mein Lieber! ...

Ausgestattet mit allen Eigenschaften: schön, ernst, von feinem Benehmen, gebildet, von geläutertem Geschmack, keusch und unausstehlich!

Am untern Eingang der Montmartre-Straße wurde die Droschke durch eine Ansammlung von Wagen zum Stehen gebracht. Die jungen Leute, die das Fenster hinuntergelassen hatten, hörten das wütende Geschrei Bachelards, der sich mit den Kutschern herumbalgte. Als der Wagen hierauf wieder ins Rollen kam, gab Gueulin Einzelheiten über Clarisse. Sie heiße Clarisse Bocquet und sei die Tochter eines ehemaligen Spielzeughändlers, der mit seinem Weib und einer ganzen Bande unsauberer Kinder jetzt die Messen ausbeute. Duverdy sei ihr an einem feuchten Winterabend begegnet, als ein Liebhaber sie hinausstieß. Dieses verteufelte Weib entspräche gewiss seinem längst gesuchten Ideale; denn sie fesselte ihn sofort; er weinte, indem er sie auf die Augen küsste, ganz durchdrungen von dem Bedürfnisse, die blaue Blume der Romanzen in seinen männlichen Begierden zu pflegen. Clarisse war einverstanden, in der Kirschstraße zu wohnen, um ihn nicht dem Gerede preiszugeben, führte ihn aber sonst an der Nase. Sie hatte sich Möbel für 25 000 Franken kaufen lassen und brachte sein Vermögen in Gesellschaft von Schauspielern vom Montmartre-Theater durch.

Ich kümmere mich den Teufel darum! sagte Trublot, wenn man sich bei ihr nur unterhält. Wenigstens muss man bei ihr nicht immer singen; sie klimpert nicht immer am Klavier wie die andere ... Ja, das Klavier! Sehen Sie, wenn man zu Hause zu Tode gequält wird, wenn man das Unglück gehabt hat, ein lebendiges Klavier zu heiraten, das alle Welt in die Flucht jagt, wäre man sehr dumm, wenn man sich nicht anderwärts ein kleines, gemütliches Heim einrichte, wo man seine Freunde ungeniert empfangen kann.

Sonntag, erzählte Gueulin, wollte Clarisse mich ganz allein bei sich zum Frühstück haben. Ich habe abgelehnt. Nach derlei Frühstücken begeht man unkluge Streiche; und ich fürchtete, sie könne sich bei mir festsetzen wollen, sobald sie Duverdy aufgebe. Sie verabscheut ihn, wie Sie wissen. Sie wird fast krank vor Ekel. Wahrlich! dieses Mädchen kann auch seinen Hautausschlag nicht leiden; aber ihr fehlen die Mittel, sich seiner zu entledigen, wie es seine Frau tut. Wenn auch sie ihn ihrer Magd übergeben könnte, versichere ich Sie, dass sie sich bald von dieser Last befreien würde.

Die Droschke hielt an. Sie stiegen vor einem stillen, düstern Hause der Kirschstraße ab. Sie mussten aber zehn lang Minuten auf die andere Droschke warten, da Bachelard mit seinem Kutscher einen Grog trinken gegangen war. Auf der Stiege, die von einer strengen Häuslichkeit zeugte, richtete Herr Josserand neue Fragen an den Onkel über die Dame, bei der er Duverdy finden solle, worauf der Onkel einfach antwortete:

Eine Dame von Welt, ein gutes Mädchen ... Sie wird Sie nicht fressen.

Ein kleines Stubenkätzchen von rosigem Aussehen öffnete ihnen. Sie half den Herren ihre Oberröcke ablegen und lächelte ihnen dabei vertraulich und zärtlich zu. Einen Augenblick hielt Trublot sie in einer Ecke des Vorzimmers zurück, indem er ihr Dinge ins Ohr flüsterte, dass sie vor Lachen fast erstickte, wie wenn sie einer gekitzelt hätte. Bachelard hatte indes die Salontüre rasch geöffnet und stellte Herrn Josserand vor. Der letztere war einen Augenblick verlegen, da er Clarisse hässlich fand; es wollte ihm durchaus nicht einleuchten, wie der Rat diese schwarze, magere Gassendirne mit dem zottigen Pudelkopfe seiner Frau vorziehen könne, die eine der schönsten Personen der guten Gesellschaft war. Sonst war Clarisse entzückend. Sie wusste nach Pariser Art lustig zu schwatzen mit einem oberflächlichen, entlehnten Witze; sie war gleichsam angesteckt mit possierlichen Streichen durch ihre häufige, nahe Berührung mit Männern. Sonst konnte sie, wenn sie es wollte, sieh auch das Ansehen einer Dame von Welt geben.

Ihre Bekanntschaft freut mich überaus, mein Herr! Alle Freunde Alphonsens sind auch meine Freunde. Sie sind nun der unsrige; das Haus steht zu Ihrer Verfügung.

Herr Duverdy, durch einen Brief von Bachelard benachrichtigt, bereitete Herrn Josserand ebenfalls einen freundlichen Empfang. Octave war ganz verwundert über die jugendliche Lustigkeit, die er hier an ihm wahrnahm. Er war nimmer jener strenge, unzufriedene Mensch, der sich in seinem Salon der Choiseul-Straße so unbehaglich fühlte. Die roten Flecke an seiner Stirne verwandelten sich in Rosa, in seinen schiefen Augen spiegelte sich ein kindlicher Frohsinn, während Clarisse vor einer Gruppe erzählte, wie er manchmal während einer Pause in der Gerichtssitzung sich zu ihr stehle, um sie zu umarmen, und dann gleich wieder wegfahre. Er beklage sich dann, wie überhäuft er mit Arbeit sei: vier Gerichtssitzungen in der Woche, von elf bis fünf Uhr; immer dieselben Rechtsverdrehungen zu ordnen, das müsse endlich das Herz ganz austrocknen.

Das ist wahr, sagte er lachend, man muss etwas Rosen darunter streuen, ich fühle mich dann besser.

Er hatte indes das rote Band nicht im Knopfloche; er nahm es ab, sooft er zu seiner Geliebten ging. Das war sein einziges Bedenken; der einzige feine Unterschied, an welchem seine Schamhaftigkeit festhielt. Clarisse war davon sehr verletzt, ohne dass sie etwas merken ließ.

Octave, der im ersten Augenblick dieser Frau vertraulich die Hand gedrückt hatte, horchte und beobachtete. Der Salon mit seinen roten Tapeten und seinen granatfarbenen Möbeln glich in vielen Stücken jenem in der Choiseul-Straße; um die Ähnlichkeit zu vervollständigen, hatten sich hier mehrere Bekannte Duverdys eingefunden, die der Rat auch in seinem Hause empfing. Allein man rauchte hier, man plauderte ganz laut; ein gewisser Frohsinn wehte durch das in helles Kerzenlicht getauchte Zimmer.

Zwei Herren lagen auf den Sofas ausgestreckt; ein anderer saß rittlings auf einem Sessel und wärmte sich den Rücken am Kamin. Es herrschte eine gewisse liebenswürdige Heiterkeit, eine Freiheit, welche die Grenzen des Schicklichen nicht überschritt. Clarisse empfing niemals Frauen – aus Reinlichkeit, wie sie sagte. Wenn ihre vertrauten Freunde klagten, dass es in ihrem Salon an Damen fehle, pflegte sie lachend zu erwidern:

Nun, bin ich denn nicht genug?

Sie hatte für Alphons ein ganz anständiges Heim eingerichtet; denn trotz der vielfachen Fährlichkeiten in ihrer Existenz besaß sie im Grunde recht bürgerliche Neigungen und schwärmte für das Anständige. Wenn sie Gäste empfing, wollte sie nicht mit Du angeredet werden. Wenn später die Gäste fort und die Türen geschlossen waren, konnten alle Freunde Alphonsens sie haben, die ihren ungerechnet, rasierte Schauspieler, langbärtige Maler – fortwährend neue Männer. Neben dem Manne, der bezahlte, frönte sie der alten Gewohnheit, sich aufzufrischen. Nur zwei ihrer regelmäßigen Gäste hatten abgelehnt: Gueulin, der die Folgen fürchtete, und Trublot, der Neigungen anderer Art hatte.

Eben reichte das kleine Stubenkätzchen mit seiner gefälligen Miene Punsch herum. Octave nahm ein Glas und flüsterte seinem Freunde zu:

Das Stubenmädchen ist hübscher als die Frau.

Immer! sagte Trublot mit einem Achselzucken im Tone der Überzeugung.

Jetzt trat Clarisse hinzu, um einen Augenblick mit ihnen zu plaudern. Sie vervielfältigte sich, ging von einem zum andern, sandte bald da, bald dorthin ein Wort, ein Lächeln, eine Gebärde. Da jeder Neuangekommene eine Zigarre anzündete, war der Salon bald mit dichtem Rauch erfüllt.

Diese abscheulichen Männer! rief sie neckisch, indem sie ein Fenster öffnete.

Ohne länger zu warten, setzte Bachelard seinen Schwager Josserand in der Nische dieses Fensters nieder, angeblich, damit er frische Luft schöpfen könne; dann führte er mit einem geschickten Manöver Herrn Duverdy ebenfalls hin und leitete die Angelegenheit sofort ein. Er fühlte sich sehr geehrt dadurch, sagte er, dass die beiden Familien künftig durch engere Bande miteinander verknüpft werden sollten. Dann fragte er, an welchem Tage der Kontrakt unterzeichnet werde. Die Frage war ein passender Übergang.

Wir hatten die Absicht, Josserand und ich, morgen bei Ihnen einen Besuch zu machen, um alles in Ordnung zu bringen, denn wir wissen wohl, dass Herr August nichts ohne Sie tut ... Wir wollten über die Mitgift sprechen, und da wir hier eben beisammen sind ...

Von innerer Beklemmung ergriffen, blickte Josserand auf die finstere Straße mit ihrer stummen Häuserfront und ihrem verlassenen Bürgersteig hinaus. Wozu war er gekommen? Man werde jetzt wieder seine Schwäche missbrauchen, um ihn in irgendeine hässliche Geschichte zu verwickeln, die ihm hinterher viel Kummer verursachen werde. Er konnte sich nicht enthalten, seinen Schwager zu unterbrechen.

Später! rief er; es ist hier nicht der Ort dazu.

Warum denn nicht? warf Duverdy gefällig drein. Der Ort ist hier passender als anderswo. Sie sagten also, mein Herr?

Wir geben Berta 50 000 Franken, fuhr der Onkel mutig fort. Allein diese Mitgift besteht in einer Versicherungsprämie, die erst in drei Jahren fällig wird ...

Erlauben Sie! unterbrach ihn Josserand erschrocken.

Nein, lassen Sie mich ausreden, Herr Duverdy begreift vollkommen ... Wir wollen nicht, dass das junge Ehepaar drei Jahre lang auf eine Mitgift warte, deren es vielleicht sofort bedarf. Wir verpflichten uns daher, die Mitgift in Raten von 10 000 Franken von sechs zu sechs Monaten zu bezahlen. Die Versicherungsprämie werden dann wir selbst in Empfang nehmen.

Es entstand eine stille Pause, Herr Josserand schaute wie erstarrt wieder auf die finstere Straße hinaus. Der Gerichtsrat schien einen Augenblick zu überlegen; vielleicht witterte er, was hinter der Geschichte steckte; doch lachte er sicherlich in seinem Innern bei dem Gedanken, dass diese Vabre, die er in der Person seiner Gemahlin verabscheute, geprellt werden könnten.

All dies scheint mir ja sehr annehmbar, sagte er endlich. Wir sind Ihnen Dank schuldig ... Es kommt so selten vor, dass eine Mitgift vollständig bezahlt wird.

Niemals, mein Herr! versicherte der Onkel energisch. Das kommt nicht vor.

Die drei Männer drückten einander die Hände und verabredeten die Zusammenkunft beim Notar für den nächsten Donnerstag.

Als Herr Josserand wieder in der Helle des Saales erschien, war er so bleich, dass man ihn fragte, ob er sich unwohl fühle. Er fühlte sich in der Tat nicht ganz wohl und entfernte sich, ohne den Schwager abzuwarten, der sieh in das Speisezimmer begeben hatte, wo statt des Tees Champagner gereicht wurde.

Gueulin, der auf einem Sofa hingestreckt lag und einige Brocken des Gespräches erhascht hatte, murmelte vor sich hin:

Ist dieser Onkel eine Kanaille!

Er kannte die Geschichte von der Versicherungsprämie, denn die Versicherung geschah seinerzeit bei seiner Gesellschaft. Er teilte Octave und Trublot die Wahrheit mit: dieser Vabre werde nicht einen Heller bekommen.

Als die Herren lachten, dass sie sich den Bauch hielten, rief Gueulin mit komischer Heftigkeit:

Ich brauche hundert Franken, und wenn der Onkel mir sie nicht geben will, hänge ich die ganze Geschichte an die große Glocke.

Die Gespräche wurden immer lauter, der Champagner machte aller Anständigkeit ein Ende. In Clarissens Salon endeten diese Gesellschaften immer geräuschvoll. Es kam nicht selten vor, dass sie selbst sich vergaß. Trublot zeigte sie dem Octave, wie sie hinter einer Türe in den Armen eines kräftig gebauten Steinmetzgesellen aus dem Süden lag, den seine Vaterstadt nach Paris gesandt hatte, damit dort ein Künstler aus ihm werde. Jetzt stieß Duverdy die Türe auf, sie ließ daher rasch den jungen Mann los und empfahl ihn ihrem Zuhälter in sehr warmen Ausdrücken: das ist Herr Payan, ein Bildhauertalent ersten Ranges! Duverdy tat sehr entzückt und versprach, den jungen Mann mit Arbeit zu versorgen.

Arbeit, Arbeit, wiederholte Gueulin halblaut; er findet hier so viel Arbeit, wie er will, der große Gimpel!

Als um zwei Uhr nach Mitternacht die drei jungen Leute und der Oheim sich entfernten, war letzterer vollständig betrunken. Sie hätten ihn gern in eine Droschke gepackt, allein das ganze Stadtviertel lag in feierlicher Stille da, nicht das Rollen eines Wagens, nicht der Schritt eines Fußgängers war hörbar. Der Mond war zum Vorschein gekommen und sandte sein bleiches Licht auf die Fußwege. Die jungen Leute mussten sich entschließen, den Onkel zu führen. In den verlassenen, stillen Straßen klangen ihre Stimmen feierlich ernst.

Verflucht! halten Sie sich doch, Onkel! Sie brechen uns ja die Arme!

Der Alte war wieder sehr zärtlich und gerührt.

Geh weg, Gueulin, blökte er; ich will nicht, dass du deinen Oheim in einem solchen Zustande siehst. Es schickt sich nicht; wahrlich, es schickt sich nicht.

Da sein Neffe ihn als einen alten Halunken behandelte, erwiderte er:

Halunke, damit ist nichts gesagt. Man muss sich den Respekt bewahren ... Ich schätze die Frauen, aber nur die anständigen Frauen. Wo es kein Gefühl gibt, stößt es mich ab ... Geh, Gueulin, du machst deinen Onkel erröten. Diese Herren genügen ja, mich nach Hause zu geleiten.

Dann geben Sie mir 100 Franken, erklärte Gueulin. Ich brauche sie, um meine Miete zu bezahlen, sonst wirft man mich hinaus.

Bei diesem unerwarteten Verlangen ward Bachelard noch mehr betrunken, dermaßen, dass man ihn an das Fenster eines Kaufladens lehnen musste.

Wie, was, 100 Franken? stammelte er. Suchet nicht in meinen Taschen. Ich habe nur Sousstücke. Du willst das Geld an unsauberen Orten verprassen. Nein, niemals werde ich das Laster unterstützen. Ich kenne meine Pflicht. Deine Mutter hat auf dem Sterbebett dich meiner Obhut anvertraut. Ich rufe die Polizei, wenn man mir in der Tasche herumwühlt.

Er wetterte weiter über die Lasterhaftigkeit der Jugend und predigte die Notwendigkeit der Tugend.

147

Ich bin doch noch nicht so weit, die Familien zu betrügen! schrie endlich Gueulin. Sie verstehen mich schon! Wenn ich reden wollte, würden Sie mir rasch die 100 Franken geben.

Da ward der Onkel plötzlich taub. Er stieß ein Grunzen aus und drohte zu zerfließen. In der engen Straße, wo sie jetzt waren, hinter der Gervasiuskirche, brannte eine einzige Laterne mit bleichem Lichte und ließ auf ihren matten Gläsern eine große Nummer lesen. Ein dumpfes Getöse drang aus dem Hause, durch dessen geschlossene Fensterläden schmale Lichtstreifen auf den Fußweg fielen.

Ich habe genug! erklärte plötzlich Gueulin. Verzeih, Onkel, ich habe meinen Regenschirm da oben vergessen.

Er trat in das Haus ein. Bachelard war entrüstet und angewidert; er forderte zumindest etwas Respekt für die Frauen; bei solchen Sitten sei Frankreich verloren. Auf dem Rathausplatz fanden Octave und Trublot endlich einen Wagen, in den sie ihn hineinwarfen wie ein Bündel Wäsche.

Enghien-Straße! riefen sie dem Kutscher zu. Sucht ihm die Taschen aus und macht Euch bezahlt.

Am Donnerstag ward bei dem Notar Renaudin in der Gramont-Straße der Ehevertrag unterzeichnet. Bevor die Josserands sich dahin auf den Weg machten, gab es noch eine böse Szene bei ihnen. In einer letzten Regung der Ehrenhaftigkeit machte Josserand seine Frau verantwortlich für die Lüge, zu der man ihn nötigte, und da warfen sie einander ihre Familien wieder an den Kopf. Wo sollte er alle sechs Monate 10 000 Franken hernehmen? Diese Verpflichtung raubte ihm den Verstand. Bachelard, der zugegen war, klopfte sich stolz auf die Brust, erschöpfte sich in Versprechungen und schwur hoch und teuer, er werde seine kleine Berta niemals in Verlegenheit lassen. Doch der Vater zuckte die Achseln und fragte, ob er ihn denn entschieden für einen »Trottel« halte?

Die Verlesung des Ehevertrages, den der Notar nach den Angaben Duverdys verfasst hatte, beruhigte Herrn Josserand einigermaßen. Es war in dem Vertrage keine Rede von der Versicherung; die erste Rate von 10 000 Franken sollte sechs Monate nach der Hochzeit gezahlt werden. So hatte er wenigstens Zeit zu atmen. August Vabre, der aufmerksam zugehört hatte, verriet eine lebhafte Unruhe; er schaute lächelnd auf Berta, dann schaute er auf die Josserand, endlich auf Duverdy. Er erlaubte sich die Bemerkung, dass die Versicherung als Garantie der Mitgift in dem Vertrage doch erwähnt sein müsse. Da taten alle sehr verwundert. Wozu denn? Die Sache verstehe sich von selbst. Der Notar Renaudin, ein sehr höflicher junger Mann, reichte den Damen stumm die Feder, und man unterzeichnete.

Als man sich entfernte, äußerte sich Frau Duverdy sehr überrascht: es sei ja von einer Versicherung gar nicht die Rede gewesen, sondern die Mitgift von 50 000 Franken solle vom Onkel Bachelard gegeben werden. Frau Josserand leugnete in unschuldigem Tone, dass sie jemals die Absicht gehabt habe, ihren Bruder wegen einer solchen Kleinigkeit anzugehen. Berta habe einst das ganze Vermögen ihres Oheims zu erwarten.

Am Abend kam eine Droschke, um Saturnin abzuholen. Seine Mutter hatte erklärt, er könne unmöglich über die Hochzeit im Hause behalten werden; man könne doch nicht einen Verrückten unter die Hochzeitsgäste lassen, der die Leute aufzuspießen drohe. Herr Josserand musste mit tief bekümmertem Herzen sich entschließen, die Aufnahme des unglücklichen Wesens in das Asyl zu Ville-Evrard nachzusuchen. Man ließ bei Einbruch der Dunkelheit den Wagen unter die Torwölbung einfahren; Saturnin kam, von Berta bei der Hand geführt, herab; er glaubte, es handle sich um einen Ausflug auf das Land. Als er jedoch im Wagen saß, ahnte er instinktmäßig die Wahrheit; er wehrte sich wütend, schlug die Scheiben ein und streckte die blutigen Fäuste zu den Fenstern hinaus.

Josserand ging weinend hinauf, ganz verstört über diese Abreise in der Dunkelheit; noch lange gellte ihm das Geheul des armen Wesens in den Ohren, untermengt mit dem Peitschenknall des Kutschers und dem Galopp des Pferdes.

Als er beim Essen auf den Platz Saturnins blickte, der fortan leer bleiben sollte, traten ihm Tränen in die Augen. Seine Frau, im Irrtum über den Grund seines Kummers, ward ärgerlich darüber und rief:

Jetzt ist's aber genug! Willst du mit dieser Leichenbittermiene Hochzeit machen? Ich schwöre dir bei dem, was mir das Heiligste ist, bei dem Grabe meines Vaters, dass der Onkel die ersten 10 000 Franken bezahlen wird. Ich bürge dafür. Er hat es mir in aller Form geschworen, als wir vom Notar kamen.

Herr Josserand gab ihr keine Antwort. Er schrieb die ganze Nacht seine Adressschleifen. Bei Tagesanbruch hatte er, vor Kälte zitternd, das zweite Tausend vollendet und sechs Franken verdient. Er hatte aus Gewohnheit wiederholt den Kopf erhoben, um zu lauschen, ob Saturnin nicht im Nebenzimmer schnarche. Dann dachte er an Berta, und das eiferte ihn zu weiterer Arbeit an. Sechs Franken mehr geben ein hübsches Bukett zum Hochzeitskleide ...

Achtes Kapitel

Die Trauung auf dem Standesamt fand am Donnerstag statt. Samstags vormittags warteten schon um ein Viertel auf elf die Damen in dem Salon der Josserand, da die kirchliche Trauung für elf Uhr in der Rochuskirche anberaumt war. Es hatten sich eingefunden: Frau Juzeur, die sich immer in schwarze Seide kleidete, Frau Dambreville, in ein mattbraunes Kleid eingepresst, Frau Duverdy, sehr einfach, in blassblauer Toilette. Diese drei plauderten halblaut mitten in dem Durcheinander von Armsesseln. In dem anstoßenden Zimmer vollendete indessen Frau Josserand Bertas Toilette, wobei ihr die Magd und die beiden Ehrenfräulein, Hortense und Angela Campardon behilflich waren.

Das ist es nicht, flüsterte eben Frau Duverdy; die Familie ist achtbar. Aber, ich gestehe, ich fürchtete um meines Bruders willen das gebieterische Wesen der Mutter. Man muss gegen alles vorsorgen, nicht wahr?

Gewiss, sagte Frau Juzeur, man heiratet oft nicht nur die Tochter, sondern auch die Mutter, die sich dann dem Ehepaar aufdrängt, was sehr unangenehm ist.

In diesem Augenblicke ging die Zimmertür auf; Angela kam in aller Eile heraus und rief:

Eine Spange, unten in der linken Schublade ... Warten Sie! ...

Sie durchschritt den Salon, kam wieder zum Vorschein und eilte in das Nebenzimmer zurück, wobei das Wallen ihres weißen Kleides, das mit einem breiten blauen Bande an der Taille befestigt war, gleichsam eine Furche zurückließ.

Ich glaube, Sie irren sich, versetzte mit leiser Stimme Frau Dambreville. Die Mutter ist höchst froh, ihre Tochter los zu werden ... Sie hat nur eine Leidenschaft: ihre Dienstagsempfänge. Dann bleibt ihr ja noch ein Opfer.

Jetzt trat Valerie ein in einer roten Toilette von auffallender Eigentümlichkeit. Da sie gefürchtet hatte, sich zu verspäten, war sie sehr rasch heraufgekommen.

Theophile kann heute nicht fertig werden, sagte sie zu ihrer Schwägerin. Ich habe Franziska heute entlassen, wie Sie wissen; jetzt sucht er überall eine Halsbinde ... Ich habe ihn in der größten Unordnung zurückgelassen!

Die Gesundheit ist ebenfalls ein sehr wichtiger Punkt, der in Betracht gezogen werden muss, sagte Frau Dambreville.

Freilich, antwortete Frau Duverdy: wir haben Herrn Doktor Juillerat heimlich befragt ... Das Mädchen scheint von vollkommen gesunder Leibesbeschaffenheit zu sein. Die Mutter hat einen sehr kräftigen Bau, und das hat uns mitbestimmt; denn es gibt nichts Verdrießlicheres als schwächliche Eltern, die einem dann zur Last fallen ... Kräftige Eltern sind immer besser.

Besonders, sagte Frau Juzeur in dem ihr eigenen freundlichen Tone, besonders, wenn keine Erbschaft von ihnen zu erwarten ist.

Valerie hatte sich gesetzt; da sie aber nicht auf dem laufenden des Gespräches war, fragte sie, kaum zu Atem gekommen:

Wie, von wem sprechen Sie?

Neuerdings ging die Türe plötzlich auf, und ein förmlicher Streit wurde aus dem Zimmer gehört.

Ich sage dir, dass die Schachtel auf dem Tisch geblieben ist.

Das ist nicht wahr, ich habe sie diesen Augenblick dort gesehen.

0, du erbärmlicher Trotzkopf! ... So geh selbst bin.

Hortense ging durch den Salon, ebenfalls in weißer Toilette, mit einem breiten blauen Gürtel; in diesen durchsichtigen blassen Musselinstoffen sah sie gealtert aus mit rau abstechenden Zügen und gelber Farbe. Sie kam wütend zurück mit dem Bukett der Braut, das man seit fünf Minuten kopflos suchte.

Was soll man machen? sagte zum Schlusse Frau Dambreville, man heiratet nie, wie man's eben möchte ... Das Vernünftigste ist noch, sich nachträglich die Dinge nach Möglichkeit einzurichten.

Angela und Hortense öffneten jetzt beide Flügel der Türe, damit die Braut nicht mit dem Schleier hängen bleibe, und Berta erschien in einem weißen Seidenkleide, ganz in weißem Blumenschmucke, mit weißem Kranze, weißem Bukett, einer weißen Blumengirlande quer über das Kleid, bis zur Schleppe, wo sie inmitten von dicht aufgetragenen weißen Knospen verlief. In diesem Weiß nahm sie sich reizend aus mit ihrer frischen Farbe, ihrem goldblonden Haar, ihren lachenden Augen, ihren keuschen Lippen, die indessen schon einen Zug der Erfahrung verrieten.

Sie sieht zum Entzücken aus! riefen die Damen.

Alle küssten sie mit entzückten Mienen.

Die Josserand, die in grausamer Verlegenheit waren, wo sie die 2000 Franken Hochzeitsauslagen – 500 für Toilette und den auf sie entfallenden Beitrag von 1500 Franken zum Essen und Ball – auftreiben sollten, hatten Berta nach dem Irrenhause von Ville-Evrard zu Saturnin schicken müssen, auf dessen Namen 3000 Franken – ein kleines Erbe von einer Tante – angelegt waren. Nachdem Berta zwei Stunden in der Zelle ihres verrückten Bruders zugebracht hatte, wo sie mit ihm jauchzte, sich von ihm die Finger hatte abküssen lassen, ihm geschworen hatte, nächsten Tag ihn abzuholen, kam sie endlich mit dessen Unterschrift zurück.

Die Damen waren denn auch überrascht von der Seidenrobe und der verschwenderischen Blumenpracht daran; sie konnten nicht umhin auszurufen:

Prachtvoll! Ein ausgezeichneter Geschmack!

Frau Josserand, ganz rot und strahlend, machte sich in einem malvenfarbenen Kleide breit, in dem sie noch höher und dicker als sonst wie ein majestätisch einher wandelnder Turm aussah. Sie schalt auf Herrn Josserand, rief Hortense, ihr den Schal zu reichen, und verbot Berta aufs heftigste sich zu setzen.

Nimm dich in acht, du wirst deine Blumen zerknittern.

Überhasten Sie sich nicht, sagte Clotilde mit dem ihr eigenen ruhigen Tone. Wir haben Zeit ... August wird uns schon abholen kommen.

Während man noch im Salon wartete, kam Theophile plötzlich hereingestürmt, ohne Hut, den Rock verkehrt angezogen, die weiße Binde wie einen Strick um den Hals gewunden. Sein Gesicht mit dem dünnen Barte und den schlechten Zähnen war erdfahl, seine schwächlichen Glieder zitterten vor Wut.

Was fehlt dir denn? fragte ihn die Schwester ganz bestürzt.

Du fragst noch, was mir fehlt?

Ein Anfall von Husten schnitt ihm die Sprache ab, und er blieb wohl eine Minute dem Ersticken nahe stehen, ins Taschentuch speiend, rasend, dass er seinen Zorn nicht auslassen konnte. Valerie sah ihn unruhig an, instinktmäßig erratend, was mit ihm vorging. Endlich ballte er drohend die Faust gegen sie, bemerkte nicht einmal die Braut und die Damen, die sie umgaben.

Ja, als ich meine Binde überall suchte, fand ich einen Brief vor dem Schranke ...

Er zerknitterte zwischen den fieberhaften Fingern ein Papier. Seine Frau war völlig bleich geworden. Sie erfasste die Lage und ging in das Zimmer hinüber, das Berta soeben verlassen hatte, um dem Skandal einer öffentlichen Auseinandersetzung auszuweichen.

Gut! sagte sie einfach, ich gehe lieber weg, wenn er verrückt wird.

Lass mich! schrie Theophile der Frau Duverdy zu, die versuchte, ihn zum Schweigen zu bringen. Ich will sie beschämen ... Diesmal habe ich einen Beweis, es ist kein Zweifel' mehr! Aber es wird nicht so glatt ablaufen, denn ich kenne ihn ...

Seine Schwester hatte ihn beim Arm gefasst, hielt ihn fest, schüttelte ihn und ließ ihn ihre Autorität energisch fühlen.

Schweig! siehst du nicht, wo du bist? ... Das ist nicht die geeignete Zeit, du siehst es doch!

Die Zeit ist ganz geeignet, versetzte er trotzdem. Ich kümmere mich den Teufel um die anderen. Umso schlimmer, dass es gerade auf heute fällt. Das wird jedermann als Lehre dienen.

Er dämpfte indessen die Stimme, sank ganz entkräftet in einen Stuhl und hielt gewaltsam an sich, um nicht in Tränen auszubrechen.

Eine arge Verlegenheit entstand im Salon. Frau Dambreville und Frau Juzeur stellten sich, als begriffen sie nichts von der Sache, und hielten sich abseits. Frau Josserand, sehr unangenehm berührt von einem Abenteuer, dessen skandalöse Natur Verstimmung in die Hochzeit bringen konnte, war ins Zimmer hinübergegangen, um Valerie Mut zuzusprechen. Berta musterte ihren Kranz vor dem Spiegel und hatte nichts gehört. Sie fragte daher mit halblauter Stimme Hortense aus. Das gab ein Lispeln, da letztere mit einem Blicke auf Theophile zeigte und daran Erklärungen knüpfte, während sie tat, als lege sie die Falten des Schleiers zurecht.

Ah! sagte einfach die Braut, mit unschuldiger, gleichgültiger Miene, die Blicke auf den Mann geheftet, ohne in ihrem Strahlenkränze weißer Blumen irgendeine unruhige Regung zu empfinden.

Clotilde befragte ganz leise ihren Bruder. Frau Josserand kam wieder herein, wechselte mit ihr einige Worte und ging dann wieder ins anstoßende Gemach: es war ein diplomatischer Notenwechsel.

Der Gatte beschuldigte Octave, diesen Ellenritter, den er öffentlich in der Kirche ohrfeigen wolle, wenn er sich dort zu zeigen wage. Er erinnerte sich jetzt bestimmt, ihn gestern mit seiner Frau auf der Treppe der Rochus-Kirche gesehen zu haben. Anfangs habe er daran gezweifelt, jetzt sei er seiner Sache sicher; alles stimme; Wuchs, Gang, Haltung. Ja, gnädige Frau pflege oft Frühstückseinladungen bei Freundinnen vorzuschützen, oder sie gehe mit Camille in die Rochus-Kirche durch die gewöhnliche Eingangspforte, wie um ihre Andacht zu verrichten, übergebe das Kind der Obhut der Sitzvermieterin, dann gehe sie mit ihrem Herrn durch den alten Ausgang fort nach irgendeinem schmutzigen Orte, wo sie wisse, dass ihnen niemand nachgehe.

Bei dem Namen Octave lächelte Valerie indes; nie, schwur sie der Frau Josserand, nie mit diesem Manne; übrigens auch sonst mit niemandem, fügte sie hinzu, aber mit ihm noch weniger als sonst mit jemandem. Da sie sich durch die Wahrheit diesmal stark fühlte, sprach sie ihrerseits davon, ihren Mann beschämen zu wollen indem sie ihm beweisen werde, dass das Billett nicht die Schrift Octaves sei, sowie dass er auch nicht der Herr von der Rochus-Kirche sei. Frau Josserand hörte ihr zu, prüfte sie mit ihrem erfahrenen Blicke, einzig damit beschäftigt, irgendein Auskunftsmittel zu finden, um ihr behilflich zu sein, Theophile zu täuschen. Es gelang ihr auch in der Tat, ihr höchst weise Ratschläge zu erteilen.

Lassen Sie nur mich machen; mengen Sie sich gar nicht in die Sache ... Da er einmal will, dass es Herr Mouret gewesen ist, lassen wir ihn gewähren; es wird also Herr Mouret gewesen sein. Ist etwas dabei, wenn man auf den Treppen einer Kirche mit Herrn Mouret gesehen ist? Unangenehm ist einzig und allein der Brief ... Sie werden triumphieren, sobald der junge Mann ihm zwei Zeilen von seiner Hand zeigt Sagen Sie nur immer dasselbe wie ich; Sie verstehen mich doch, ich werde nicht zugeben, uns einen solchen Tag zu verderben.

Als sie Valerie, die ganz aufgeregt war, beruhigt hatte, sagte Theophile seinerseits mit erstickter Stimme zu seiner Schwester:

Nur dir zuliebe tue ich es, wenn ich dir verspreche, dass ich sie hier nicht verunstalten werde, da du versicherst, dass es wegen dieser Hochzeit unschicklich sei ... Aber in der Kirche stehe ich für nichts. Kommt mir dieser freche Ellenritter dort unter die Augen, bringe ich sie beide um.

August, in tadelloser schwarzer Toilette, das linke Auge zugedrückt – die Folge eines einseitigen Kopfschmerzes, der ihn seit drei Tagen das Zimmer zu hüten nötigte – kam in diesem Augenblicke herauf, um seine Braut abzuholen, in Begleitung seines Vaters und seines Schwagers, beide waren in Gala. Da man etwas verspätet war, musste man sich beeilen. Zwei der Damen, Frau Duverdy und Frau Dambreville, mussten Frau Josserand ihren Schal anziehen helfen; es war ein schwerer, ungeheuer großer Schal mit gelbem Grund, den sie bei allen feierlichen Gelegenheiten anlegte, obgleich er längst außer Mode war, und obgleich die Größe und seine bunten grellen Farben die Straßen in Aufruhr brachten, als ob sie ein mit Vorhängen und Tapeten ausgeschlagenes, wandelndes Haus sei.

Jetzt hieß es wieder, auf Herrn Josserand warten. Er suchte einen Manschettenknopf unter den Möbeln, der tags vorher mit dem Kehricht weggefegt war. Endlich erschien er und stammelte etwas zu seiner Entschuldigung; ganz außer sich, dabei doch höchst vergnügt, ging er zuerst hinunter, indem er den Arm Bertas fest unter dem seinen drückte. Ihnen folgten August und Frau Josserand. Dann kam die lange Reihe von Gästen, die beim Ausgange durch ein lautes Gemurmel die tiefe Stille störte, die sonst auf der Treppe herrschte. Theophile hatte sich Duverdy angeschlossen, dem er mit seiner Geschichte die ernste Stimmung verdarb. Er jammerte ihm die Ohren voll und verlangte Ratschläge, während Valerie, die sich wieder erholt hatte, vor ihnen in bescheidener Haltung einhergehend die zärtlichen Ermutigungen der Frau Juzeur anhörte und die fürchterlichen Blicke ihres Gatten gar nicht zu bemerken schien.

Dein Gebetbuch! rief Frau Josserand plötzlich verzweifelt aus.

Die Gesellschaft hatte sich schon in die Wagen gesetzt; Angela musste wieder hinauf, das Gebetbuch mit weißem Samtdeckel zu holen. Endlich fuhren sie ab. Alle Hausleute standen draußen, die Hausmägde, die Hausmeistersleute; Marie Pichou war mit Lilitte heruntergekommen, wie zum Ausgehen angekleidet, und der Anblick der hübschen und schön gekleideten Braut rührte sie zu Tränen. Herr Gourd bemerkte, dass nur die Leute vom zweiten Stockwerke sich nicht gerührt hatten: sonderbare Hausbewohner, die alles anders taten als die übrigen Leute.

In der Rochus-Kirche wurden beide Flügel der Pforte geöffnet. Ein roter Teppich lief bis auf den Fußweg herunter.

Es regnete; der Maimorgen war recht kühl.

Dreizehn Stufen, sagte Frau Juzeur ganz leise zu Valerie, als sie durch die Türe gingen. Das ist kein gutes Zeichen.

Sobald der Hochzeitszug zwischen den beiden Bankreihen erschien, in der Richtung auf den Chor zuschreitend, wo die Wachskerzen des Altars gleich Sternen glänzten, stimmte die Orgel über den Häuptern der Brautleute einen Freudensang an. Es war eine reiche, heiter anmutende Kirche mit ihren großen weißen Fenstern, gelb und zartblau eingesäumt, mit ihrer roten Marmorverkleidung am Fuße der Mauern und Säulen, ihrer vergoldeten Kanzel, gestützt von den vier Evangelisten, ihren Seitenkapellen, wo die Vergoldungen funkelten. Gemälde von der Heiterkeit eines Opernhauses belebten die Wölbung. Kristallleuchter hingen an langen Schnüren herab. Über die weiten Öffnungen der unterirdischen Heizung hinwegschreitend, empfingen die Damen einen warmen Hauch unter ihre Röcke.

Sie sind sicher, dass Sie den Trauring haben? fragte Frau Josserand August, der sich mit Berta auf die Sessel von rotem Samt niederließ, die vor dem Altar aufgestellt waren.

Er ward bestürzt, glaubte, ihn vergessen zu haben, fühlte ihn aber dann in seiner Westentasche. Übrigens hatte sie seine Antwort nicht abgewartet. Seit ihrem Eintritt in die Kirche hatte sie sich erhoben und musterte mit ihren Blicken die Erschienenen; Trublot und Gueulin, beide Ehrenjunggesellen; den Onkel Bachelard und Campardon, Zeugen der Braut; den Doktor Juillerat und Duverdy, Zeugen des Bräutigams; dann die ganze Menge von Bekannten, auf die sie stolz war.

Aber plötzlich hatte sie Octave bemerkt, der mit Eifer für Frau Hédouin einen Weg freimachte: sie zog ihn hinter einen Pfeiler, wo sie lebhaft mit ihm sprach. Der junge Mann schien nicht zu begreifen, sein Gesicht war ganz verblüfft. Trotzdem schenkte er ihr mit der Miene liebenswürdigen Gehorsams Gehör.

Es ist abgemacht, sagte Frau Josserand Valerie ins Ohr, indem sie sich wieder auf einen der für die Familie bestimmten Sessel hinter jenen von Berta und August setzte.

Es waren da Herr Josserand, die Vabre, Duverdy. Die Orgel ließ jetzt Skalen kurzer, heller Töne vernehmen. Man nahm Aufstellung, das Chor füllte sich, die Herren blieben im Hintergrunde. Der Abbé Mauduit behielt sich die Freude vor, die Verbindung eines seiner lieben Beichtkinder einzusegnen. Als er im Chorhemde erschien, wechselte er ein freundschaftliches Lächeln mit den Anwesenden, unter denen er viele Gesichter erkannte. Doch die Chorsänger stimmten jetzt das Veni Creator an, die Orgel begann wieder ihren Triumphgesang. Das war der Augenblick, in dem Theophile Octave links vom Chor vor der Kapelle des heiligen Joseph entdeckte.

Seine Schwester Clotilde wollte ihn zurückhalten.

Ich kann nicht, stotterte er, niemals werde ich es dulden!

Er nötigte Duverdy, ihm zu folgen, um die Familie zu vertreten. Das Veni Creator wurde fortgesetzt. Einige Köpfe wandten sich um; die Eingeweihten brannten vor Neugierde.

Theophile, der von Ohrfeigen gesprochen hatte, war von einer solchen Aufregung ergriffen, als er Octave ansprach, dass er anfangs kein Wort finden konnte, und gepeinigt von dem Gedanken, dass er klein sei, stellte er sich auf die Fußspitzen, um größer zu erscheinen.

Mein Herr, sagte er endlich, ich habe Sie gestern mit meiner Frau gesehen ...

Aber das Veni Creator war zu Ende, und er erschrak, als er den Ton der eigenen Stimme hörte. Übrigens gab ihm Duverdy, sehr unangenehm berührt von diesem Abenteuer, zu verstehen, wie schlecht der Ort gewählt sei.

Vor dem Altar begann eben die Feierlichkeit. Nachdem der Priester an die Ehegatten eine rührende Ansprache gerichtet, nahm er den Ehering, um ihn zu weihen.

Benedic, Domine Deus noster, annulum nuptialem hunc, quem nos in tuo nomine benedicimus ...

Hierauf wagte Theophile mit leiser Stimme zu wiederholen:

Mein Herr, Sie waren gestern in dieser Kirche mit meiner Frau.

Octave, noch ganz betäubt von den Mitteilungen der Frau Josserand, hatte nicht gut verstanden und brachte mit heiterer Miene folgende kleine Geschichte vor:

In der Tat, ich bin der Frau Vabre begegnet; wir gingen mitsammen, um die Wiederherstellungsarbeiten an der Calvaria in Augenschein zu nehmen, die mein Freund Campardon leitet.

Sie gestehen? stammelte der Gatte, von Wut ergriffen; Sie gestehen? ...

Duverdy glaubte ihm auf die Schultern klopfen zu sollen, um ihn zu besänftigen. Eine durchdringende Kinderstimme antwortete vom Chor herab:

Amen!

Sie erkennen ohne Zweifel auch diesen Brief? fuhr Theophile fort, Octave ein Papier reichend.

Nicht doch, nicht hier! sagte der Rat voll Ärger. Sie verlieren die Vernunft, mein Lieber.

Octave öffnete den Brief. Die Aufregung der Anwesenden schien zu steigen. Ein Flüstern ging durch den Raum, man stieß einander mit den Ellbogen, man sah über die Gebetbücher hinweg; niemand schenkte der Feier auch nur die geringste Aufmerksamkeit. Die beiden Verehelichten allein standen mit feierlicher Miene und bewegt vor dem Priester. Nur Berta merkte instinktmäßig, dass etwas vorgehe; sie wandte den Kopf und bemerkte Theophile, der totenbleich vor Octave stand; seit diesem Augenblicke war sie zerstreut, sie hörte nicht auf, leuchtende Blicke nach jener Seite zu werfen, wo die Kapelle des heiligen Joseph lag.

Inzwischen las der junge Mann halblaut:

»Mein Schatz, wie glücklich war ich gestern! Auf Dienstag in der Kapelle der heiligen Engel im Beichtstuhle.«

Nachdem der Priester vom Bräutigam ein »Ja« erhalten hatte, ein »Ja« des ernsten Mannes, der nichts unterzeichnet, ohne gelesen zu haben, wandte er sich an die Braut:

Sie versprechen und schwören, Herrn August Vabre die Treue in allen Dingen zu bewahren, wie eine treue Gattin dies ihrem Gatten nach göttlichem Gebote schuldet?

Als Berta aber den Brief in Octaves Händen sah, dachte sie nur an die Ohrfeigen, die da kommen würden, sie hörte nicht, was der Priester sprach und lauerte nur durch eine Ecke ihres Schleiers. Es war das eine Verlegenheitspause. Endlich fühlte sie, dass man ihrer Antwort harre.

Ja, ja, antwortete sie rasch, auf Geratewohl.

Der Abbé Mauduit folgte erstaunt der Richtung ihres Blickes und begriff, dass eine ungewohnte Szene sich im Hintergrunde abspiele. Dadurch ward er selbst zerstreut. Jetzt ging die Geschichte um, und jeder kannte sie. Die Damen, bleich und mit ernster Miene, ließen Octave nicht mehr aus den Augen. Die Männer lächelten mit verstohlen aufgeräumten Mienen. Während Frau Josserand Frau Duverdy durch ein leichtes Achselzucken beruhigte, schien Valerie allein sich um die Trauung zu kümmern, nichts weiter sehend, von Rührung völlig durchdrungen.

»Mein Schatz, wie glücklich war ich gestern ...« las Octave aufs neue, eine große Überraschung heuchelnd.

Nachdem er den Brief dem Gatten zurückgegeben hatte, sagte er:

Ich begreife nicht, mein Herr. Diese Schrift ist nicht die meine ... Sehen Sie übrigens.

Indem er sein Notizbuch, in das er seine Ausgaben eintrug, hervorzog, zeigte er es Theophile.

Wie? nicht Ihre Schrift? stammelte dieser. Sie machen sich über mich lustig; das muss Ihre Schrift sein!

Der Priester machte das Zeichen eines Kreuzes über die linke Hand Bertas. Die Augen anderswohin gerichtet, irrte er sich und machte es über die rechte Hand.

In nomine Patris et Filii et Spiritus Sancti.

Amen! antwortete der Chorknabe, sich auf die Fußzehen stellend, um besser zu sehen.

Endlich wurde der Skandal vermieden. Duverdy hatte dem betroffenen Theophile bewiesen, dass der Brief nicht von Herrn Mouret herrühren könne. Das war beinahe eine Enttäuschung für die Anwesenden. Es folgten Seufzer, lebhaft ausgetauschte Worte. Als jeder sich wieder dem Altar zukehrte, waren Berta und August vermählt, sie, als ob sie gar nicht darauf geachtet habe, er, indem er kein Wort von der Rede des Priesters verlor, ganz dem feierlichen Vorgange sich widmend, nur durch seine Migräne gestört, die ihm das linke Auge zupresste.

Die lieben Kinder! sagte Herr Josserand ganz versunken mit zitternder Stimme zu Herrn Vabre, der seit dem Beginne der Feierlichkeit sich mit dem Zählen der angezündeten Wachskerzen beschäftigte, sich beständig irrend und seine Zählung immer wieder aufnehmend.

Die Orgel aber durchbrauste neuerdings das Schiff der Kirche, der Abbé Mauduit erschien wieder im Messgewande, und die Chorsänger sangen die Messe. Es war eine musikalische Messe mit großem Pomp. Onkel Bachelard, der die Runde um die Kapellen machte, las die lateinischen Inschriften der Gräber, ohne sie zu verstehen; die auf dem Grabe des Herzogs von Créquy interessierte ihn besonders. Trublot und Gueulin hatten sich zu Octave begeben, um Einzelheiten zu erfahren, und alle drei lachten hinter der Kanzel. Die Gesänge schwollen plötzlich an wie Sturmesbrausen, die Ministranten schwangen die Rauchfässer; dann hörte man das Klingeln der Glöckchen, in der Stille vernahm man das Stammeln des Priesters vor dem Altare.

Theophile duldete es nicht auf seinem Platze; er hielt Duverdy zurück, den er mit seinen verrückten Bemerkungen überhäufte, da er nicht begreifen konnte, wieso der Herr vom Stelldichein nicht der Urheber dieses Briefes war. Die Anwesenden fuhren fort, jede seiner Bewegungen zu beobachten. Die ganze Kirche mit ihrer Reihe von Priestern, ihrem Latein, ihrer Musik, ihrem Weihrauch, besprach lebhaft das Abenteuer. Als der Abbé Mauduit nach dem Pater herabstieg, um über die Neuvermählten einen letzten Segen zu sprechen, befragte er mit einem tiefen, durchdringenden Blick die Gläubigen, die aufgeregten Gesichter der Frauen, das hämische Lachen der Männer unter dem hellen Lichte der Fenster inmitten des üppigen Reichtums des Kirchenschiffes und der Kapellen.

Gestehen Sie nichts, sagte Frau Josserand zu Valerie, als die Familie nach der Kirche sich in die Sakristei zu gehen anschickte.

In der Sakristei trugen zuvörderst die Neuvermählten und die Zeugen ihre Namen in das Kirchenbuch ein. Doch man musste auf Campardon warten, der die Damen soeben zur Besichtigung der Calvarienarbeiten in den Hintergrund des Chors hinter eine Bretterverschalung führte. Er kam endlich, entschuldigte sich und bedeckte das Register mit einem, breiten Namenszug. Der Abbé Mauduit reichte, um die beiden Familien zu ehren, die Feder jedem einzelnen hin, mit dem Finger die Stelle bezeichnend, wo die Unterschrift erfolgen sollte, und lächelte mit seiner Miene liebenswürdiger, weltmännischer Duldung inmitten der ernsten Örtlichkeit, deren Getäfel einen beständigen Weihrauchgeruch beibehielt.

Wohlan, mein Fräulein, fragte Campardon Hortense, macht Ihnen das nicht Lust, ein gleiches zu tun?

Dann bedauerte er seinen Mangel an Takt. Hortense, welche die ältere war, kniff die Lippen zusammen. Indessen rechnete sie darauf, an demselben Abend auf dem Balle eine bestimmte Antwort von Verdier zu erhalten, den sie drängte, zwischen ihr und seiner Kreatur zu wählen. Doch sie antwortete Campardon mit rauer Stimme:

Ich habe Zeit ... Sobald ich will ...

Sie kehrte dem Architekten den Rücken und stieß dabei auf ihren Bruder Leo, der allein ankam, zu spät wie immer.

Du bist artig, Papa und Mama sind sehr zufrieden ... Nicht da zu sein, wenn man eine seiner Schwestern verheiratet! Wir erwarteten dich zum mindesten mit Frau Dambreville.

Frau Dambreville tut, was ihr beliebt, sagte der junge Mann trocken, und ich tue, was ich kann.

Sie waren gegeneinander erkaltet, er und die Dambreville. Leo fand, dass sie ihn zu lange für sich behalte, und war einer Liebschaft überdrüssig geworden, deren Lästigkeit er in der alleinigen Hoffnung auf eine gute Heirat ertragen hatte. Seit vierzehn Tagen ließ er sie fahren samt ihren Versprechungen. Frau Dambreville, von Liebeswut ergriffen, beklagte sich selbst bei Frau Josserand über das, was sie die tollen Einfälle ihres Sohnes nannte. Letztere wollte ihn auszanken, indem sie ihm vorwarf, dass er keinerlei Zärtlichkeit oder Rücksicht gegen seine Familie übe, da er in den feierlichsten Augenblicken fehle. Aber mit dem hochmütigen Tone des jungen Demokraten gab er seine Gründe dafür an: eine unvorhergesehene Arbeit bei dem Abgeordneten, dessen Sekretär er war, ein Vortrag, der vorzubereiten war, alle möglichen Mühen und Gänge von dringendster Wichtigkeit.

Eine Heirat geht so rasch vonstatten, sagte Frau Dambreville, ohne über ihren Satz nachzudenken, indem sie ihm flehende Blicke zuwarf, um ihn zu erweichen.

Nicht immer, erwiderte er hart.

Er ging Berta umarmen, dann seinem neuen Schwager die Hand drücken, während Frau Dambreville erbleichte, gepeinigt, sich in ihrer mattgelben Toilette zurückwendend und den Leuten unbestimmt zulächelnd.

Jetzt zog der Zug der Freunde, der einfachen Bekannten, aller Geladenen, die die Kirche gefüllt hatten, durch die Sakristei. Die Neuvermählten tauschten stehend fortwährend Händedrücke aus, beide mit entzückten und verlegenen Mienen. Die Josserand und Duverdy konnten kaum mit den Vorstellungen fertig werden. Von Zeit zu Zeit sahen sie einander erstaunt an, Bachelard führte Leute herein, die niemand kannte, und die zu laut sprachen. Nach und nach stieg die Verwirrung, das Drängen und Stoßen, es zeigten sich über den Köpfen ausgestreckte Arme, junge Mädchen, eingeschlossen zwischen Herren mit dicken Bäuchen, die Enden ihrer weißen Röcke zwischen den Beinen dieser Väter, dieser Brüder und dieser Oheime, die noch von irgendeinem Laster schwitzten. Seitwärts standen Gueulin und Trublot und erzählten Octave eben, dass gestern Clarisse den Fehler begangen, sich von Duverdy mit einem andern überraschen zu lassen, und sich darein ergeben habe, ihn mit ihren Gefälligkeiten zu überhäufen, um ihn zu blenden.

Halt! murmelte Gueulin, er umarmt die junge Frau: Das muss gut riechen!

Inzwischen hatten die Gäste sich allmählich entfernt. Nur die Verwandten und vertrautesten Freunde waren noch beisammen geblieben. Das Missgeschick, welches Theophil getroffen, machte noch die Runde inmitten der Händedrücke und der Beglückwünschungen. Ja, in den gewöhnlichsten Redensarten, die bei solchen Gelegenheiten gewechselt werden, sprach man einzig und allein davon. Frau Hédouin, die eben das Abenteuer erzählen hörte, betrachtete Valerie mit der Verwunderung einer Frau, deren Ehrbarkeit durchaus makellos war. Ohne Zweifel hatte auch der Abbé Mauduit vertrauliche Mitteilung von dem Vorfall erhalten, denn seine Neugierde schien befriedigt, und er zeigte mehr Salbung als gewöhnlich inmitten des heimlichen Jammers seiner Herde. Abermals eine offene Wunde, urplötzlich blutig aufgerissen, über die er den Mantel der Religion werfen musste!

Er ließ es sich angelegen sein, Theophil einige Zeit zu unterhalten, sprach mit ihm freundlich über die Vergebung von Beleidigungen, von den unerforschlichen Ratschlüssen Gottes, indem er vor allem das öffentliche Gerede zum Schweigen bringen wollte, und machte eine Bewegung voll Mitleid und Verzweiflung, als ob er dem Himmel selbst die Schmach dieser Gesellschaft verbergen wolle.

Wie gütig der Pfarrer ist! Er weiß kaum, was das heißt! murmelte Theophile, den diese Predigt vollends verwirrte.

Valerie, die anstandshalber Frau Juzeur neben sich behalten hatte, hörte mit Rührung auf die versöhnenden Worte, die der Abbé Mauduit auch an sie richten zu sollen glaubte. Als man endlich aus der Kirche ging, blieb sie vor den beiden Brautvätern stehen, um Berta am Arme ihres Bräutigams vorbeischreiten zu lassen.

Sie sind wohl zufrieden, sagte sie zu Herrn Josserand, um ihm zu beweisen, dass sie ganz unbefangen sei. Ich gratuliere Ihnen.

Gewiss, versicherte Herr Vabre mit seiner schwerfälligen Stimme; da sind wir einer wichtigen Verantwortlichkeit enthoben.

Während Trublot und Gueulin sich fast in Stücke rissen, um alle Damen in den Wagen unterzubringen, beharrte Frau Josserand, deren Schal den Verkehr hemmte, hartnäckig, bis zu allerletzt auf dem Fußweg zu bleiben, um aller Welt ihr Mutterglück zu zeigen. Auch das Hochzeitsmahl, das abends im Louvre-Hotel stattfand, wurde durch den unglückseligen Vorfall des Theophile gestört. Die Leute waren wie besessen; den ganzen Nachmittag bildete dieses Ereignis das Gespräch in den Wagen auf dem Wege nach dem Boulognegehölz; und die Schlussfolgerung aller Damen lief darin aus, dass der Gatte mit der Auffindung des Briefes bis zum nächsten Tage hätte warten müssen.

Übrigens waren nur die vertrautesten Freunde beider Familien bei Tische. Den heitersten Punkt des Mahles bildete ein Trinkspruch des Onkel Bachelard, den die Josserand nicht umhin konnten einzuladen, so zuwider er ihnen auch gewesen sein mochte. Man war kaum beim Braten angelangt, als er schon berauscht war. Er erhob sein Glas und verwickelte sich in der Redewendung: »Ich freue mich des Glückes, das ich empfinde«, die er wiederholte, ohne aus ihr herauszukommen. Man tat ihm den

Gefallen, darüber zu lachen. August und Berta, ganz erschöpft vor Müdigkeit, blickten von Zeit zu Zeit einander an, gleichsam verwundert darüber, dass sie sich einander gegenüber befanden, und wenn ihnen die Ursache einfiel, senkten sie den beschämten Blick auf ihre Teller.

Nahezu zweihundert Einladungen zum Ball waren versandt worden. Schon um halb zehn Uhr kamen Gäste an. Drei Kronleuchter bestrahlten den großen, roten Salon, in dem man bloß längs der Wände Sitze gelassen hatte; an einem Ende vor dem Kamin war ein kleiner Raum für die Musik abgesondert; in einem anstoßenden Saal war ein Büfett errichtet, und die beiden Familien hatten ein Gemach in Beschlag genommen, wohin sie sich zurückziehen konnten.

Eben als Frau Josserand und Frau Duverdy die ersten Gäste empfingen, ließ sich der arme Theophile, den man seit dem Morgen schon ängstlich beobachtet hatte, zu einer bedauerlichen Rücksichtslosigkeit hinreißen. Campardon bat nämlich Valerie in seiner Gegenwart zum ersten Walzer; sie lachte, was Theophile als eine Herausforderung deutete.

Du lachst, du lachst, stammelte er. Sage mir, von wem der Brief ist? Jemand muss ihn doch geschrieben haben, diesen Brief?

Er hatte sich den ganzen Nachmittag damit abgequält, die Sache ins reine zu bringen, nachdem die Antworten Octaves ihn in neue Rätsel verwickelt hatten. Er blieb hartnäckig dabei. War es nicht Herr Mouret, dann war es ein anderer, und er verlangte einen Namen. Da Valerie sich entfernte, ohne ihm eine Antwort zu geben, fasste er sie beim Arm, presste ihn voll Bosheit und wütend wie ein gereiztes Kind und rief wiederholt:

Ich breche dir den Arm, oder du sagst mir, wer dir den Brief geschrieben hat!

Die erschrockene junge Frau unterdrückte einen Schmerzensschrei, wurde aber ganz bleich. Campardon fühlte, wie sie auf seine Schulter sank, überwältigt von einem jener nervösen Anfälle, die sie Stunden hindurch einer tödlichen Ohnmacht preisgaben. Er hatte kaum Zeit, sie in das für die beiden Familien bestimmte Gemach zu bringen, wo er sie auf das Sofa legte. Einige Damen waren ihm gefolgt; Frau Juzeur und Frau Dambreville schnürten sie auf, während er sich anstandshalber zurückzog.

Es hatten indes höchstens drei oder vier Personen im Salon diesen kurzen, aber heftigen Auftritt bemerkt. Frau Josserand und Frau Duverdy fuhren fort, die Gäste zu empfangen, deren Gewoge das geräumige Gemach nach und nach mit weißen Toiletten und schwarzen Fräcken füllte. Ein Gemurmel von Liebenswürdigkeiten, beifällig lächelnde Gesichter umgaben fortwährend Berta in ihrem weißen Kleide; dicke Väter und Mütter, Mädchen mit hagerem Gesicht, zarte, mitfühlende Köpfchen junger Frauen.

Ich bitte Sie um Verzeihung, mein Herr, sagte Theophil zu Octave, dessen Blicken er begegnet war, als er seiner Frau den Arm presste. Jeder andere an meiner Stelle würde Sie verdächtigt haben; das sehen Sie doch wohl selber ein? Ich aber will Ihnen gerne freundschaftlich die Hand reichen, um Ihnen zu beweisen, dass ich meinen Irrtum eingesehen habe.

Er drückte ihm die Hand, nahm ihn auf die Seite, gequält von einem Bedürfnisse, sein Herz auszuschütten, von der Not nach einem treuen Herzen, um sein eigenes darin zu ergießen.

Ach, mein Herr, wenn Sie wüssten!

Er fing an, weitläufig von seiner Frau zu sprechen. Als junges Mädchen sei sie schwächlich gewesen. Die Heirat, hieß es scherzweise, werde sie herstellen. Die freie Luft ging ihr ab in dem Laden ihrer Eltern, wo er sie drei Monate hindurch jeden Abend besucht und sie sehr sanft, gehorsam, von trauriger, aber liebenswürdiger Gemütsart gefunden hatte.

Die Heirat hat sie indes durchaus nicht hergestellt. Schon nach einigen Wochen war sie schrecklich; wir konnten uns nicht mehr verstehen. Streitigkeiten um nichts und wieder nichts. Jeden Augenblick eine andere Laune; bald lachte sie, bald weinte sie, ohne dass ich erfahren konnte, worüber. Abgeschmackte Ansichten, Einfälle zum Verrücktwerden, ein ewiges Jucken, jedermann wütend zu machen ... Kurz, mein Herr, unser Haushalt ist zur Hölle für uns geworden.

Das ist recht sonderbar, sagte Octave, der die Notwendigkeit fühlte, etwas zu sagen.

Totenblass richtete sich der Gatte auf seinen kurzen Beinen so hoch auf, wie er nur konnte, um sein lächerliches Wesen zu decken, und kam zur Erzählung dessen, was er das schlechte Betragen dieser Unglücklichen nannte. Zweimal habe er gegen sie Verdacht geschöpft; er sei jedoch zu ehrbar, als dass ein solcher Gedanke ihm in den Kopf kommen könne. Diesmal jedoch, angesichts der Beweise, müsse er endlich auftreten. Unmöglich könne er noch länger zweifeln; sei dem nicht so? Und er betastete mit zitternden Fingern seine Westentasche, wo sich der Brief befand.

Wenn sie es noch für Geld täte, könnte ich mir's erklären, fügte er hinzu; aber man gibt ihr doch keines, ich bin davon überzeugt, da ich's sonst erfahren würde ... Sagen Sie mir also, was ihr in der Haut stecken mag? Ich bin sehr höflich, sie hat alles im Hause, ich begreife sie nicht ... Wenn Sie es wissen, mein Herr, bitte ich Sie, mir es zu sagen.

Das ist höchst sonderbar, höchst eigentümlich, sagte Octave wiederholt, dem diese vertraulichen Mitteilungen lästig waren, und der loszukommen suchte.

Der gekränkte Gatte ließ ihn jedoch nicht mehr los; das Bedürfnis nach Gewissheit hatte ihn in eine fieberhafte Gärung versetzt. In diesem Augenblicke kam Frau Juzeur wieder herein, ging auf Frau Josserand zu, der sie etwas ins Ohr flüsterte. Letztere grüßte mit einer tiefen Verbeugung einen eintretenden Juwelier vom Königspalast und eilte dann der erstem nach, indem sie mit dem Rücken gegen die Türe gekehrt sich rasch entfernte.

Ich glaube, dass Ihre Frau einen heftigen Anfall hat, bemerkte Octave zu Theophil gewendet.

Meinetwegen! antwortete der letztere wütend, erbittert darüber, dass er nicht krank war, damit man auch ihn pflegen könne. Sie ist recht froh über einen solchen Anfall. Das bringt die Leute auf ihre Seite ... Ich befinde mich nicht besser als sie und habe sie doch nicht hintergangen.

Frau Josserand kam nicht wieder. Die Freunde erzählten sich, dass Valerie sich in entsetzlichen Krämpfen winde. Es sei nötig gewesen, dass Männer sie hielten. Da man sie aber habe halb auskleiden müssen, wurden die Anerbietungen Trublots und Gueulins abgelehnt. Unterdessen spielte das Orchester eine Quadrille, Berta eröffnete den Ball mit Duverdy, der mit der seiner Stellung angemessenen Würde tanzte, während August, der Frau Josserand nicht finden konnte, ihnen mit Hortense das Gegenüber machte. Man hielt den Anfall der Valerie geheim vor dem Brautpaare, um ihnen gefährliche Gemütsbewegungen zu ersparen. Der Ball gestaltete sich lebhafter; heiteres Gelächter ertönte in dem von den Kronleuchtern hell bestrahlten Saale.

Bei den Tönen einer Polka, welche die Musik mit künstlerischer Genauigkeit vortrug, wirbelten die Paare durch den Saal und entfalteten eine ganze Reihe langer Schleppen.

Herr Doktor Juillerat? Wo ist Herr Doktor Juillerat? fragte Frau Josserand, die erregt hereingestürzt kam.

Der Doktor war eingeladen, aber niemand hatte ihn wahrgenommen. Da verhehlte sie nicht mehr den dumpfen Zorn, der sich seit dem Morgen in ihr angehäuft hatte; sie sprach vor Octave und Campardon, ohne die Ausdrücke zu wählen.

Nun habe ich die Geschichte aber satt ... Diese unaufhörliche Hahnreischaft geht schon über den Spaß hinaus! Und am Hochzeitstage meiner Tochter! ...

Sie suchte Hortense; sie sah sie endlich mit einem Herrn plaudern, von dem sie zwar nur den Rücken sah, in dem sie aber an den breiten Schultern Verdier erkannte. Das vermehrte ihren Unmut. Sie rief das Mädchen in trockenem Tone zu sich und sagte ihr dann mit gedämpfter Stimme, dass sie besser daran tue, an einem solchen Tage zur Verfügung der Mutter zu sein. Hortense nahm aber die Zurechtweisung nicht an. Sie war eben in ihrem Triumphe, denn Verdier hatte ihre Heirat nach zwei Monaten, auf den Monat Juni festgesetzt.

Hör' mir damit auf! sagte die Mutter. Ich versichere dir, Mama ... Er schläft schon dreimal wöchentlich auswärts, um die andere daran zu gewöhnen, und nach vierzehn Tagen wird er gar nicht mehr zurückkehren. Es ist dann aus damit, und ich krieg' ihn.

Lass mich damit in Ruh'! Ich habe den Kopf toll und voll mit euren Romanen! Du wirst den Doktor Juillerat an der Türe erwarten und ihn zu mir schicken, sobald er ankommt ... Deiner Schwester darfst du aber kein Wort sagen.

Hierauf begab sie sich ins anstoßende Zimmer zurück. Hortense, die zurückblieb, brummte vor sich hin, dass sie, gottlob, niemandes Zustimmung bedürfe und dass eines schönen Tages die Welt damit überrascht werde, dass sie besser verheiratet sei als ihre Schwester. Sie ging indes, um auf die Ankunft des Doktors zu achten.

Das Orchester spielte jetzt einen Walzer. Berta tanzte mit einem kleinen Vetter ihres Bräutigams, um, wie üblich, mit allen Mitgliedern der Familie eine Runde zu machen. Frau Duverdy hatte dem Onkel Bachelard eine Runde nicht abschlagen können, so sehr er sie auch belästigte, indem er ihr ins Gesicht schnaufte. Die Hitze nahm stetig zu, das Büfett füllte sich schon mit Herren, die sich die Stirne trockneten.

In einer Ecke hüpfte eine Gruppe junger Mädchen herum, während in einiger Entfernung sinnende Mütter saßen und über die stets verfehlten Heiratspartien ihrer Töchter nachdachten.

Die beiden Väter wurden vielfach glücklich gepriesen. Herr Vabre und Herr Josserand trennten sich in der Tat nicht mehr, ohne jedoch miteinander ein Wort auszutauschen. Alle schienen vergnügt zu sein und priesen vor ihnen die Lustigkeit des Balles. Es war, um mit Campardon zu sprechen, eine gediegene Unterhaltung. Der Architekt war über den Zustand Valeriens sehr beunruhigt, ohne darum bei einem Tanze zu fehlen. Er schickte seine kleine Tochter Angela Erkundigungen in seinem Namen einholen. Die vierzehnjährige Kleine brannte vor Begierde nach der Dame, die seit dem Morgen so viel hatte von sich reden machen, und war ganz glücklich, in den benachbarten Salon eindringen dürfen. Da sie nicht zurückkam, konnte der Architekt sich's nicht versagen, die Türe halb zu öffnen und den Kopf hineinzustecken.

Er bemerkte seine Tochter vor dem Sofa, ganz vertieft in den Anblick Valeriens, deren gespannter Busen, von Atembeklemmungen gequält, aus dem losgehäkelten Leibchen hervorquoll.

Man erhob Einwendungen; man rief ihm zu, nicht einzutreten, worauf er sich entfernte und beteuerte, dass er nur erfahren wolle, welche Wendung es mit ihr genommen habe.

Es geht schlimm mit ihr! sagte er den Gästen, die vor der Türe standen. Vier Personen müssen sie halten. Eine Frau muss doch seltsam gebaut sein, um so zu zucken, ohne aus den Fugen zu gehen.

Es hatte sich eine Gruppe gebildet. Man erörterte halblaut die geringsten Augenblicke der Krise. In den Pausen zwischen den Quadrillen kamen Damen, von dem Vorfall benachrichtigt, mit bekümmerten Mienen in den kleinen Salon, kehrten dann zu den Herren zurück, um ihnen Nachrichten zu bringen, und widmeten sich wieder dem Tanze. Inmitten des wachsenden Lärms hatte sich hier ein stiller, geheimnisvoller Winkel gebildet, wo man einander kurze Bemerkungen zuraunte und verständnisvolle Blicke austauschte. Theophil aber ging allein, verlassen und wütend vor der Türe auf und nieder, krank gemacht durch die fixe Idee, dass man sich über ihn lustig mache, was er nicht dulden dürfe.

Jetzt durchschritt der Doktor Juillerat lebhaft den Ballsaal, gefolgt von Hortense, die ihm Erklärungen gab. Hinter ihnen kam Frau Duverdy. Einige Leute äußerten sich sehr erstaunt; allerlei Gerüchte liefen um. Kaum war der Doktor verschwunden, als Frau Josserand mit Frau Dambreville aus dem Zimmer trat. Sie ward immer wütender; sie hatte soeben zwei Flaschen Wasser über den Kopf Valeriens ausgegossen; niemals hatte sie eine dermaßen nervöse Frau gesehen.

Sie entschloss sich, eine Runde durch den Saal zu machen, um durch ihre Anwesenheit den unfeinen Bemerkungen ein Ende zu machen. Allein sie ging mit so erschrecklichen Tritten einher und teilte Lächeln von solcher Bitterkeit aus, dass hinter ihr jeder Mensch sofort das Geheimnis erfahren musste.

Frau Dambreville wich nicht von ihrer Seite. Schon seit dem Morgen redete sie ihr unaufhörlich von Leo, brachte unbestimmte Klagen vor und bemühte sich, sie zu überreden, dass sie die Wiederanknüpfung des Verhältnisses zwischen ihnen vermittle. Sie zeigte ihn seiner Mutter, wie er eben ein großes, hageres Mädchen auf seinen Platz zurückgeleitete. Den ganzen Abend hindurch hatte er diesem Mädchen den Hof gemacht.

Er verlässt uns, sagte Frau Dambreville kichernd, wobei sie ihre Tränen kaum zurückzudrängen vermochte. Zanken Sie ihn doch ein wenig aus dafür, dass er uns gar nicht mehr beachtet.

Leo! rief Frau Josserand.

Als er kam, fragte sie in dürren Worten, ohne die Dinge verhüllen zu wollen:

Weshalb bist du in Groll mit Frau Dambreville? ... Sie zürnt dir ja nicht ... Verständigt euch doch. Ein solches Betragen führt zu nichts; man soll nicht bösartig sein.

Mit diesen Worten ließ sie die beiden ganz verblüfft beieinander stehen. Frau Dambreville nahm den Arm Leos, und sie begaben sich in eine Fensternische, um sich dort auseinanderzusetzen; endlich verließen sie in versöhnter Stimmung miteinander den Ball. Sie hatte ihm geschworen, ihn bis zum Herbst zu verheiraten.

Währenddessen war Frau Josserand, die fortfuhr, nach allen Seiten hin zu lächeln, tief erregt, als sie vor Berta stand, die vom Tanze ganz atemlos, hochgerötet in ihrem zerknitterten Kleide dastand. Sie nahm sie in ihre Arme und einem unbestimmten Gedankengange nachgebend, ohne Zweifel an die andere denkend, die im anstoßenden Zimmer in Krämpfen lag, sagte sie:

Meine arme, liebe Kleine! und dabei küsste sie sie auf beide Wangen.

Berta aber fragte ganz ruhig:

Wie geht es ihr?

Frau Josserand ward sogleich ganz verstimmt.

Wie, Berta wusste davon? Freilich wusste sie davon, es sprach doch jeder darüber. Bloß ihr Gatte, der eben eine alte Dame zum Büfett führte, kannte die Geschichte noch nicht.

Sie war eben im Begriff, jemanden zu beauftragen, dass er ihren Gatten über den Vorfall verständige, denn es gebe ihm ein gar zu blödes Aussehen, wenn er immer als Unwissender hinter den anderen einher humpele.

Und ich gab mir alle Mühe, das Unheil verheimlichen zu wollen! rief Frau Josserand sich ereifernd. Jetzt werde ich mir keinen Zwang weiter antun, dass muss ein Ende nehmen. Ich werde nicht dulden, dass sie dich lächerlich machen. In der Tat wusste jeder davon; allein um den Ball nicht zu stören, hielt man an sich. Die ersten Ausdrücke des Bedauerns wurden durch die Musikklänge gedeckt. Als der Tanz lebhafter wurde und die Paare sich enger aneinander schlossen, lächelte man nur darüber. Es war sehr heiß, die Nacht rückte vor. Die Diener reichten Erfrischungen herum. Auf dem Sofa waren zwei kleine Mädchen, von der Müdigkeit überwunden, Arm in Arm, Wange an Wange gelehnt eingeschlafen. In der Nähe des Orchesters, gedeckt von dem Schnarchen eines Kontrabasses, war Herr Vabre damit beschäftigt, Herrn Josserand über sein großes Werk zu unterhalten; er erzählte ihm, wie sehr er sich seit 14 Tagen den Kopf darüber zerbreche, die richtigen Werke zweier Maler von gleichem Namen herauszufinden. In seiner Nähe stand Herr Duverdy inmitten einer Gruppe und sprach einen lebhaften Tadel über den Kaiser aus, weil dieser die Aufführung eines Stückes in der Französischen Komödie gestattet habe, in dem die Gesellschaft angegriffen wurde. Sooft ein Walzer oder eine Polka anging, mussten die Herren den Platz räumen, tanzende Paare sausten vorüber, lange Schleppen fegten das Parkett und verursachten in der von den Kerzen verbreiteten Hitze einen feinen Staub, in den sich das scharfe Parfüm der Damentoiletten mengte.

Es geht ihr besser, meldete jetzt Campardon, der eben wieder einen Blick hineingeworfen hatte. Man darf schon eintreten.

Einige Freunde wagten sich hinein. Valerie lag noch immer, doch hatte der Anfall sich gelegt; man hatte anstandshalber eine Serviette, die man auf einem Tische gefunden, über ihren entblößten Busen gebreitet. Am Fenster standen Frau Juzeur und Frau Duverdy und hörten dem Doktor Juillerat zu, der ihnen erklärte, dass solche Anfälle nicht selten durch warme Umschläge auf den Hals rasch beschworen werden könnten.

Die Kranke hatte indes Octave mit Campardon eintreten gesehen; sie rief ersteren durch einen Wink herbei und richtete in einem letzten Rest von Fieberphantasie allerlei unzusammenhängende Worte an ihn. Er musste neben ihr Platz nehmen, der Doktor selbst verlangte es, weil vor allem jede Aufregung der Kranken vermieden werden musste; da empfing Octave ihre Geständnisse, nachdem er im Laufe des Abends schon die des Gatten empfangen hatte. Sie zitterte vor Furcht, hielt ihn für ihren Geliebten und bat ihn, sie zu verbergen. Dann erkannte sie ihn und brach in Tränen aus, indem sie ihm für seine Lüge dankte, mit der er sie am Morgen während der Messe aus der bitteren Verlegenheit gerettet hatte.

Octave dachte jetzt an jene andere Krise, bei der er mit schülerhafter Gier die Lage hatte ausnützen wollen; jetzt war er ihr Freund; sie werde ihm alles sagen, und das vielleicht besser sein.

In diesem Augenblicke wollte Theophil, der bis jetzt draußen vor der Tür gelungert hatte, eintreten. Da andere Herren drinnen seien, könne wohl auch er hineingehen, dachte er. Doch diese Absicht brachte neuen Schrecken hervor. Als Valerie seine Stimme hörte, ward sie von einem Zittern befallen, und man glaubte, eine neue Krise sei im Anzuge. Er bat und kämpfte mit den Damen, die ihn zurückschieben wollten. Immer wieder sagte er:

Ich will nur den Namen wissen; sie soll mir nur den Namen sagen.

Da brach Frau Josserand los, die eben hinzukam. Sie zog Theophil in den kleinen Salon, um den Skandal zu unterdrücken. Dort sagte sie ihm wütend:

Werden Sie uns endlich in Ruhe lassen? Seit dem Morgen martern Sie uns mit Ihren Dummheiten; Sie haben keinen Takt, mein Herr, Sie haben absolut keinen Takt. An einem Hochzeitstage darf man nicht auf solche Dinge versessen sein.

Erlauben Sie, murmelte er, das sind meine Angelegenheiten, die Sie nichts angehen.

Wie, sie gehen mich nichts an? Aber ich gehöre ja jetzt zu Ihrer Familie, mein Herr, und glauben Sie mir, dass im Hinblick auf meine Tochter Ihre Geschichte mir wenig Vergnügen macht! ... Sie haben ihr einen schönen Hochzeitstag bereitet! Kein Wort weiter, mein Herr, Sie haben keinen Takt!

Er blickte verstört um sich, gleichsam Hilfe suchend. Doch die übrigen Damen bewiesen durch ihre kühlen Blicke, dass sie ihn ebenso streng verurteilten. Das Wort machte die Runde: er habe keinen Takt; denn es gebe Umstände, unter denen man die Kraft haben müsse, seine Leidenschaften zu bezähmen. Seine Schwester selbst grollte ihm, und weil er noch widersprechen wollte, erhob sich ein allgemeiner Sturm gegen ihn. Nein, nein! rief man, es ist nichts zu sagen; ein solches Benehmen ist unstatthaft.

Dieser Schrei der Entrüstung ließ ihn endlich verstummen. Er sah so vernichtet, so erbärmlich aus mit dem Gesicht eines verfehlten Mädchens, dass die Damen mitleidig über ihn lächelten. Wenn man nicht besitzt, was nötig ist, um eine Frau glücklich zu machen, soll man nicht heiraten. Hortense maß ihn mit verächtlichen Blicken; die kleine Angela, deren Anwesenheit man vergessen hatte, ging mit ihrer verschlagenen Miene um ihn herum, als ob sie etwas suche.

Er wich erschrocken, errötend zurück, als er alle diese großen und kräftigen Damen mit ihren starken Hüften um sich sah. Allein die Damen fühlten die Notwendigkeit, die Angelegenheit beizulegen. Valerie hatte wieder zu schluchzen angefangen, während der Doktor beschäftigt war, ihr Umschläge auf die Schläfen zu legen. Sie verständigten sich mit einem einzigen Blick; der ihnen allen gemeinsame Geist der Abwehr brachte sie einander näher. Sie bemühten sich, dem Gatten den Brief zu erklären.

Verdammt, sagte Trublot zu Octave, die Sache ist ja gar nicht so schwer: man sagt ihm, der Brief sei an das Stubenmädchen gerichtet gewesen.

Frau Josserand hörte ihn. Sie wandte sich um und blickte ihn voll Bewunderung an. Dann sagte sie zu Theophil gewendet:

Glauben Sie, dass eine Frau sich soweit demütigen werde, sich zu entschuldigen, wenn sie so roh angegriffen wird? Aber ich darf reden ... Den Brief hat Franziska verloren, das Stubenmädchen, das Ihre Frau wegen ihrer schlechten Aufführung davonjagen musste ... Nun, sind Sie zufrieden? Fühlen Sie nicht die Schamröte in Ihr Gesicht steigen?

Der Gatte zuckte zuerst die Achseln. Allein alle diese Damen bewahrten ihren Ernst und entgegneten auf seine Einwendungen mit Vernunftgründen. Er war schon halb und halb wankend gemacht, als noch Frau Duverdy in Zorn ausbrach, sein Benehmen abscheulich fand und erklärte, dass sie ihn als ihren Bruder verleugnen werde. Er war gebrochen, besiegt und sank in seinem Bedürfnis, umarmt zu werden, um Vergebung stammelnd, in die Arme Valeriens. Die Szene war rührend. Selbst Frau Josserand zeigte sich tiefbewegt.

Es ist doch immer besser, sich zu verständigen, sagte sie erleichtert. Der Tag wird denn doch nicht so übel enden.

Als man Valerie wieder angekleidet hatte und sie am Arme ihres Gatten im Ballsaal erschien, schien allgemeine Freudigkeit platzzugreifen. Es war nahezu drei Uhr; die Gäste schickten sich an heimzukehren; allein das Orchester stimmte mit einer letzten Anstrengung die Quadrille an.

Hinter dem wiederversöhnten Ehepaar lächelten die Herren spöttisch. Ein boshaftes Wort Campardons über den armen Theophil versetzte Frau Juzeur in lebhafte Heiterkeit. Die jungen Mädchen drängten sich heran, um Valerie anzuschauen. Als sie die empörten Blicke der Mütter sahen, stellten sie sich ganz einfältig, als begriffen sie nichts.

Mittlerweile musste Berta, die endlich mit ihrem Gatten tanzte, diesem ein Wort über den Vorfall gesagt haben, denn er wandte jetzt den Kopf und sah seinen Bruder mit dem Erstaunen und der Überlegenheit eines Mannes an, dem Ähnliches nie passieren kann. Jetzt ward der letzte Galopp getanzt; die Gesellschaft überließ sich ohne jede Zurückhaltung dem tollen Tanze in der erstickenden Hitze des Saales, in dem rötlichen Lichte der Kerzen, deren flackernde Flammen einen Schimmer auf die Leuchtereinsätze warfen.

Sie stehen auf gutem Fuß mit ihr? fragte Frau Hédouin Herrn Octave, an dessen Arm sie eine Runde durch den Saal machte.

Der junge Mann glaubte bei dieser Frage, ein leises Beben durch diese gerade und ruhige Taille wahrzunehmen.

Durchaus nicht, sagte er; man hat mich ganz wider meinen Willen in diese Geschichte hineingemengt, die mich sehr langweilt ... Der arme Teufel hat alles hinabgeschluckt.

Man hat sehr übel gegen ihn gehandelt, erklärte sie mit ihrer ernsten Stimme. Octave hatte sich ohne Zweifel geirrt. Als Frau Hédouin ihren Arm losmachte, war sie völlig ruhig, ihre Augen blickten ganz unbefangen drein.

Am Schluss des Balles gab es einen Skandal. Der Onkel Bachelard, der am Büfett den letzten Rest seiner Vernunft vertrunken, hatte sich mit Hilfe von Servietten und zweier Orangen einen großen Ammenbusen gemacht, den Rock aufgeknöpft und tanzte so vor Gueulin einen Cancan von äußerster Schamlosigkeit.

Die ganze Gesellschaft widersprach. Wenn man auch viel Geld verdient, sagte man, darf man doch gewisse Grenzen der Schicklichkeit nicht überschreiten, besonders in Gegenwart von jungen Mädchen. Herr

Josserand war beschämt und verzweifelt und ließ seinen Schwager hinausführen; Herr Duverdy machte kein Hehl daraus, dass ihn dieser Auftritt angeekelt habe.

Um vier Uhr kehrten die Neuvermählten in die Choiseul-Straße zurück. Sie hatten Theophil und Valerie in ihrem Wagen mitgenommen. In den zweiten Stock hinaufsteigend, wo für sie eine Wohnung eingerichtet war, trafen sie Octave, der ebenfalls schlafen ging. Der junge Mann wollte aus Höflichkeit beiseitetreten, um ihnen Platz zu machen: allein Berta machte die nämliche Bewegung, und so stießen sie aneinander.

Verzeihung, mein Fräulein! sagte er.

Das Wort »Fräulein« versetzte sie in eine heitere Stimmung. Sie sah ihn an, und er erinnerte sich jenes ersten Blickes, den sie auf dieser Treppe ausgetauscht hatten, eines Blickes voll Frohsinn und Unbefangenheit, dessen bezaubernde Wirkung er jetzt wiederfand. Vielleicht verstanden sie einander; sie errötete, während er inmitten der tiefen Stille seinen einsamen Weg in das vierte Stockwerk fortsetzte. August, den noch immer die Migräne plagte, war in die Wohnung vorausgeeilt, wo jetzt nach und nach die Familie ankam. Im Augenblicke, als sie schieden, schloss Valerie, einer plötzlichen Regung nachgebend, Berta in ihre Arme und küsste sie, wobei sie ihr zuflüsterte:

Ich wünsche, dass Sie glücklicher seien als ich.

Neuntes Kapitel

Als zwei Tage später gegen sieben Uhr Octave zu den Campardons zum Essen kam, traf er Rosa allein in einen Schlafrock von cremefarbiger Seide gekleidet, der mit weißen Spitzen eingesäumt war.

Erwarten Sie jemanden? frug er.

Nicht doch, erwiderte sie, ein wenig verlegen. Wir setzen uns zu Tische, sobald Achilles zurückkehrt.

Der Architekt war in letzter Zeit unordentlich, war niemals da zur Stunde der Mahlzeit, langte sehr gerötet an, mit verstörter Miene, die Geschäfte verfluchend. Dann machte er sich jeden Abend aus dem Staub, erschöpfte sich in Vorwänden, indem er von Zusammenkünften in den Cafés sprach, oder Versammlungen erfand, die in entfernten Lokalen stattfänden.

Octave leistete in solchen Fällen Rosa öfters Gesellschaft bis elf Uhr, denn er begriff, dass der Gatte ihn als Pensionär behielt, um seine Frau zu beschäftigen. Sie beklagte sich nur in milden Ausdrücken und brachte ihre Befürchtungen vor:

Mein Gott! sie ließ Achilles volle Freiheit, nur sei sie so unruhig, wenn er nach Mitternacht nach Hause komme! Finden Sie ihn nicht traurig seit einiger Zeit? frug sie mit einer zärtlich ängstlichen Stimme.

Der junge Mann hatte es nicht bemerkt.

Ich finde ihn vielleicht von Geschäften in Anspruch genommen... Die Arbeiten in der Rochus-Kirche machen ihm viel Sorge.

Doch sie schüttelte den Kopf, ohne weiter dabei zu beharren. Dann zeigte sie sich sehr gütig gegen Octave, fragte ihn wie gewöhnlich, wie er seinen Tag zugebracht habe, im wohlwollenden Tone einer Mutter oder Schwester. Seit den nahezu neun Monaten, dass er bei ihnen aß, behandelte sie ihn wie ein Kind des Hauses. Endlich erschien der Architekt.

Guten Abend, mein Kätzchen, guten Abend, mein Schatz, sagte er, sie mit der Zärtlichkeit des guten Ehemannes küssend. Wieder hat mich ein Dummkopf eine Stunde auf der Straße zurückgehalten.

Octave hielt sich beiseite, er hörte sie einige Worte mit leiser Stimme wechseln.

Wird sie kommen?

Nein, wozu? und überhaupt rege dich nicht auf.

Du hast mir geschworen, dass sie kommen werde.

Gut! ja, sie wird kommen. Bist du zufrieden? Ich habe es nur um deinetwillen getan.

Man setzte sich zu Tische. Während der ganzen Zeit des Essens war von der englischen Sprache die Rede, welche die kleine Angela seit vierzehn Tagen lernte. Campardon hatte plötzlich die Notwendigkeit des Englischen für ein Fräulein herausgefunden, und da Lisa gerade von einer Schauspielerin kam, die aus London zurückkehrte, wurde jede Mahlzeit mit der Besprechung der Namen der Speisen, die sie auftrug, ausgefüllt. An diesem Abend musste nach langen Versuchen bezüglich der Aussprache des Wortes »Rumpsteak«, der Braten wieder weggetragen werden, weil er von Victoire am Feuer vergessen worden und infolgedessen hart wie eine Schuhsohle war.

Man war gerade beim Nachtisch, als ein Glockenschlag Frau Campardon erzittern ließ.

Es ist eine Kusine der gnädigen Frau, sagte Lisa zurückkehrend mit dem verletzten Tone eines Dienstboten, den man vergessen hat, vollends ins Vertrauen der Familie zu ziehen.

In der Tat kam Gasparine mit einem schwarzen, recht einfachen Wollkleid, ihrem mageren Gesichte und dem dürftigen Aussehen eines Ladenmädchens. Rosa, behaglich eingehüllt in ihren cremeseidenen Schlafrock, üppig und frisch, erhob sich so bewegt, dass ihr die Tränen in die Augen traten.

Ach! meine Liebe, murmelte sie, du bist recht lieb ... Wir wollen alles vergessen, nicht wahr?

Sie nahm sie in ihre Arme und gab ihr zwei lange Küsse. Octave wollte sich höflich zurückziehen. Aber man zürnte ihm darob: er könne bleiben, er gehöre ja zur Familie. Es machte ihm viel Spaß, diese Szene zu betrachten. Anfangs verlegen, wandte Campardon die Augen von den beiden Damen ab, nach Atem ringend und eine Zigarre suchend; unterdessen wechselte Lisa, die mit lautem Geräusch den Tisch abräumte, vielsagende Blicke mit der erstaunten Angela.

Das ist deine Kusine, sagte endlich der Architekt zu seiner Tochter. Du hast uns von ihr sprechen hören ... Umarme sie doch.

Sie umarmte sie mit ihrer mürrischen Miene, beunruhigt von dem forschenden Blicke, mit dem Gasparine ihren Körperbau prüfte, nachdem sie bezüglich ihres Alters und ihrer Erziehung einige Fragen gestellt hatte. Als man in den Salon ging, zog sie vor, Lisa zu folgen, die heftig die

Türe hinter sich schloss und unbekümmert darum, dass man sie hören könne, sagte:

Das macht sich wirklich drollig hier!

Im Salon begann Campardon, noch immer fieberhaft erregt, sich zu verteidigen.

Auf Ehrenwort! der gute Gedanke ist nicht von mir ... Rosa wollte versöhnen. Jeden Morgen seit acht Tagen wiederholte sie mir: »Hole sie doch ...« So habe ich sie denn endlich geholt.

Da er das Bedürfnis fühlte, Octave zu überzeugen, führte er ihn zum Fenster.

Wie? Weiber bleiben immer Weiber. Mir war es lästig, weil ich verdrießliche Geschichten fürchte. Die eine rechts, die andre links, da war ein Zusammenstoß möglich ... Aber ich musste nachgeben. Rosa versichert, dass wir alle zufriedener sein würden. Schließlich werden wir es versuchen. Es hängt jetzt von ihnen beiden ab, meine Lebensweise einzurichten.

Inzwischen setzten sich Rosa und Gasparine Seite an Seite aufs Sofa. Sie sprachen von der Vergangenheit, von den in Plassans beim guten Vater Domergue verlebten Tagen. Rosa hatte damals eine blasse Farbe, die zarten, schmächtigen Glieder eines unter dem Wachstume leidenden jungen Mädchens, während Gasparine schon mit fünfzehn Jahren entwickelt, groß und begehrenswert war mit ihren großen Augen. Sie betrachteten einander heute und erkannten sich nicht. Die eine so frisch und üppig in ihrer« erzwungenen Keuschheit, die andere verwelkt infolge ihres Lebens voll nervöser Leidenschaftlichkeit.

Gasparine litt einen Augenblick an ihrem gelben Teint und allzu eng zugeschnittenen Kleide der in Seide gekleideten Rosa gegenüber, die unter ihren Spitzen die wollüstige Zartheit ihres weißen Halses entblößte. Allein sie unterdrückte diese Regung der Eifersucht und nahm sofort wieder die Haltung einer armen Verwandten an, die sich vor den Toiletten und der Anmut ihrer Kusine beugt.

Und deine Gesundheit? fragte sie halblaut. Achilles erzählte mir ... Geht es noch nicht besser?

Nein, nein, antwortete Rosa trübe. Du siehst, ich esse, ich sehe gut aus ... Es gibt sich nicht und wird sich niemals wieder geben.

Sie weinte, worauf Gasparine ihrerseits sie in ihre Arme nahm, an ihre flache, leidenschaftliche Brust drückte, während Campardon herbeieilte, sie zu trösten.

Warum weinst du? fragte sie mit wahrer Mütterlichkeit. Die Hauptsache ist, dass du nicht mehr leidest ... Was ist's denn weiter, wenn du immerfort Leute um dich hast, die dich lieben?

Rosa beruhigte sich, sie lächelte bereits in ihren Tränen. Sodann umfasste der Architekt, hingerissen von der Zärtlichkeit, beide in einer einzigen Umarmung und küsste sie stammelnd.

Jawohl, wir werden uns sehr heben, wir werden dich sehr lieben, mein armes Schätzchen ... Du sollst sehen, wie sich das machen wird, jetzt, da wir vereinigt sind.

Dann wandte er sich zu Octave und sagte:

Ach, mein Lieber, man mag sagen, was man will: es geht doch nichts über eine Familie!

Der Schluss des Abends war köstlich. Campardon, der gewöhnlich nach Tische einschlief, wenn er zu Hause blieb, fand seine Künstlerlaune wieder, die Possen und burschikosen Lieder der »Künstlerschule«. Als gegen elf Uhr Gasparine sich zurückzog, wollte Rosa sie begleiten trotz der Schwierigkeit, die sie empfand, an diesem Tage zu gehen, und rief über die Rampe geneigt, in der tiefen Stille der Treppe:

Komm' recht oft wieder!

Den nächsten Tag bemühte sich Octave, neugierig geworden, im Laden zum »Paradies der Damen« die Kusine zum Sprechen zu bewegen, als er mit ihr eben eine Ladung frisch angelangter Wäsche übernahm. Sie antwortete jedoch in kurzem Tone; er fühlte das Feindselige heraus, sie war offenbar böse darüber, ihn tags zuvor zum Zeugen gehabt zu haben. Übrigens liebte sie ihn nicht, in ihrem unvermeidlichen Verkehr legte sie eine Art von Groll an den Tag. Seit langer Zeit durchschaute sie sein Spiel mit der Herrin und verfolgte seine beharrlichen Bewerbungen mit finstern Blicken und einem verächtlichen Zucken der Lippen, was ihn manchmal verwirrte. Wenn dieses große, teuflische Mädchen ihre dürren Hände zwischen sie ausstreckte, empfand er das bestimmte und unangenehme Gefühl, dass er Frau Hédouin niemals besitzen werde.

Indes hatte sich Octave ja sechs Monate Zeit gegeben. Vier waren kaum verflossen, und schon erfasste ihn die Ungeduld. Jeden Morgen fragte er sich, ob er die Dinge nicht beschleunigen solle, wenn er die geringen Fortschritte sah, die er in der Gunst dieser immer gleich sanften und kühlen Frau machte. Sie bezeugte ihm schließlich eine wahre Achtung, gewonnen durch seine weittragenden Gedanken, durch seine Träume von großen modernen Räumen, von wo aus man Waren im Werte von Millionen auf die Straßen von Paris ausladen könne. Wenn ihr Mann nicht zu Hause war und sie des Morgens den Briefwechsel neben dem jungen Manne öffnete, hielt sie ihn oft zurück, beriet sich mit ihm und teilte stets seine Ansicht; und eine Art kaufmännischer Vertraulichkeit setzte sich zwischen ihnen fest. Bei den Fakturenbündeln begegneten sich ihre Hände; bei dem Prüfen von Ziffern streifte ihr Atem gegenseitig ihre Haut; vor der Kasse gab es nach günstigen Einnahmen Augenblicke der Selbstvergessenheit. Doch er missbrauchte diese Augenblicke; seine Taktik war schließlich die: sie in ihrer Eigenschaft als tüchtige Kaufmännin zu fassen und in einer schwachen Stunde inmitten der großen Aufregung über irgendeinen unerwarteten Verkauf zu überwinden. Er suchte denn auch nach einem überraschenden Schlag, der sie ihm überliefern werde. Im Übrigen gewann sie, sobald er nicht mehr über Geschäfte mit ihr sprach, sofort ihre ruhige Autorität wieder, erteilte ihm höfliche Befehle, wie sie solche den Ladenjungen erteilt, und leitete das Geschäft mit der Kälte einer schönen Frau, eine kleine Herrenkrawatte auf ihrem antiken Statuenhalse tragend und mit dem Ernste eines stets schwarzen Leibchens sich umgürtend.

Um diese Zeit wurde Herr Hédouin krank und ging in das Bad von Vichy zur Kur. Octave freute sich unverhohlen darüber. Frau Hédouin könne lange genug aus Marmor sein, sie werde schon mürbe werden während ihres Strohwittums. Er wartete jedoch vergeblich auf ein Erbeben, eine Regung des Verlanges. Niemals zeigte sie sich so tätig, niemals war ihr Kopf so frei, das Auge so klar. Mit Tagesanbruch aufstehend, übernahm sie selbst die Waren im unterirdischen Magazin, die Feder hinter dem Ohr mit der beschäftigten Miene eines Angestellten. Man sah sie überall, oben und unten, in der Seidenabteilung und in der für Wäsche, die Auspackung und den Verkauf überwachend. Sie ging ruhig herum, ohne ein Staubkörnchen wegzufegen unter diesen eingepferchten Warenballen, die das enge Magazin zu sprengen drohten. Wenn er mit ihr in irgendeinem engen Gange zusammentraf zwischen einer Wand von Wollwaren und einem ganzen Berge von Servietten, stellte er sich ungeschickt, um sie eine Sekunde lang an seiner Brust zu haben; doch sie huschte so geschäftig vorüber, dass er kaum das Anstreifen ihrer Kleider fühlte. Er war übrigens sehr belästigt von den Augen Fräulein Gasparines, deren Blicke er immer in solchen Augenblicken auf sie beide gerichtet sah.

Im Übrigen verzweifelte der junge Mann nicht. Manchmal verließ er den Laden, weil er sich am Ziele wähnte, und teilte schon seine Lebensweise für den nächsten Tag ein, da er bereits der Liebhaber der Prinzipalin sein werde.

Er hatte Marie behalten, um sich in Geduld zu fassen; aber, obgleich sie leicht zugänglich war und ihm nichts kostete, konnte sie vielleicht lästig werden mit der Treue eines geprügelten Hundes. Demnach behielt er sie wohl noch für Abende der Langeweile, doch dachte er bereits an die Art, wie er mit ihr brechen werde. Sie in schlechter Weise fahren lassen, erschien ihm ungeschickt. Eines Sonntagsmorgen, als er seiner Nachbarin in ihrem Bette einen Besuch machte, während der Nachbar einen Gang in der Stadt besorgte, kam ihm endlich der Gedanke, Marie ihrem Julius wiederzugeben, sie einander in die Arme zu legen, so verliebt, dass er mit beruhigtem Gewissen sich zurückziehen könne. Das war am Ende noch eine gute Handlung, deren beruhigende Seite ihm seine Gewissensbisse nahm. Trotzdem wartete er; er wollte nicht ohne Frau sein.

Bei den Campardons trat eine andere Verwicklung ein, die Octave beschäftigte. Er fühlte den Augenblick kommen, wo er seine Mahlzeiten anderwärts werde einnehmen müssen. Seit drei Wochen hatte sich Gasparine mit einer immer weiter ausgedehnten Autorität im Hause eingerichtet. Sie war anfangs jeden Abend gekommen; dann sah man sie während des Frühstücks, und trotz ihrer Arbeiten im Laden begann sie alles auf sich zu nehmen, die Erziehung Angelas und die Vorkehrungen für die Wirtschaft. Rosa wiederholte häufig in Campardons Gegenwart:

Wenn Gasparine gänzlich bei uns wohnen könnte!

Aber jedes Mal rief der Architekt, wütend und vor Scham verwirrt:

Nein, nein, das kann nicht sein! ... Übrigens, wo sollen wir sie auch unterbringen?

Um sie zu überzeugen, erklärte er, dass man der Kusine sein Kabinett als Zimmer anweisen, während er seinen Tisch und seine Pläne im Salon unterbringen müsse. Gewiss würde das ihn nicht genieren; er würde sich vielleicht sogar eines Tages zu dieser Umsiedlung entschließen können, denn er bedurfte nicht des Salons, und es war in der Tat auch zu enge dort, um arbeiten zu können. Allein Gasparine konnte in ihrer Wohnung bleiben. Wozu sich in solche Ungelegenheiten stürzen?

Wenn man sich wohl befindet, wiederholte er zu Octave, tut man unrecht, sieh besser befinden zu wollen.

Um diese Zeit war er genötigt, nach Evreux zu gehen, um dort zwei Tage zuzubringen. Die Arbeiten des erzbischöflichen Palastes beunruhigten ihn. Er hatte einem Wunsche des Erzbischofs nachgegeben, ohne dass er dort offenen Kredit gehabt hätte, und die Errichtung der Herde in den neuen Küchen und die Heizvorrichtung drohte eine sehr hohe Ziffer zu erreichen, die ihm schwierig fallen dürfte, über die Kosten des Unterhalts hinaus zu beschaffen. Anderseits würde die Kanzel, für die man 3000 Franken bewilligte, mindestens auf 10 000 zu stehen kommen. Er wünschte sich mit dem Erzbischof auseinanderzusetzen, um gewisse Vorsichtsmaßregeln zu treffen.

Rosa erwartete ihn erst für Sonntagabend. Er kam indessen, wie aus den Wolken gefallen, gerade zum Frühstück an, und sein plötzliches Eintreffen verursachte einige Bestürzung. Gasparine befand sich gerade bei Tische zwischen Octave und Angela. Man stellte sich, als sei man vollständig ruhig, während ein geheimnisvoller Zug sich deutlich kundgab. Lisa hatte soeben auf einen verzweifelten Wink ihrer Gebieterin die Salontüre geschlossen, während die Kusine herumliegende Papierstreifen mit dem Fuße hinter die Möbel schob. Als er sagte, er gehe sich auskleiden, hielten ihn alle zurück.

Warten Sie doch; nehmen Sie eine Tasse Kaffee; denn Sie haben doch in Evreux gefrühstückt.

Als er endlich die Verlegenheit Rosas bemerkte, fiel ihm diese um den Hals.

Du musst mir nicht gram sein, mein Freund ... Ich erwartete dich erst für den Abend, und da hättest du gewiss alles in Ordnung getroffen.

Zitternd öffnete sie die Türen, führte ihn in den Salon und in das Kabinett. – Ein Bett aus Mahagoni, das denselben Morgen von einem Möbelhändler gebracht war, nahm den Raum ein, wo sonst der Zeichentisch gestanden hatte, der nun in das anstoßende Zimmer geschafft worden, in dessen Mitte er stand. Nichts war noch geordnet; Zeichnungen lagen umher neben Kleidungsstücken von Gasparine. Die heilige Jungfrau mit dem blutenden Herzen lag gegen die Mauer gelehnt und war mit einem neuen Waschbecken gestützt.

Es sollte eine Überraschung werden, murmelte Frau Campardon beklommenen Herzens, ihr Gesicht an der Weste ihres Mannes verbergend.

Er blickte ganz gerührt um sich, sagte nichts und wich den Blicken Octaves, den die Szene zu interessieren schien, sorgfältig aus. Gasparine fragte dann ganz trocken:

Ist Ihnen das unangenehm, Vetter? Rosa hat mich bestürmt. Wenn Sie aber glauben, dass ich unbequem sei, kann ich noch weggehen.

Ach, Kusine! rief der Architekt endlich; was Rosa tut, ist wohlgetan.

Da letztere, an seine Brust gelehnt, in heftiges Schluchzen ausbrach, fügte er hinzu:

Ei, Mädel, du bist wirklich so dumm zu weinen! ... Ich bin ja mit dir ganz zufrieden, du willst deine Kusine bei dir haben: gut, so nimm sie zu dir. Ich kann mich in alles schicken. So höre denn auf zu weinen! Ich will dich umarmen, wie ich dich lieb habe, recht fest! So, recht fest!

Er aß sie schier auf mit seinen Liebkosungen. Rosa, die wegen eines Wortes in Tränen zerfließen konnte, aber inmitten der Tränen bald wieder lachte, tröstete sich. Sie küsste ihn ihrerseits auf den Bart und sagte ganz leise:

Du bist hart gewesen. Küsse auch sie.

Campardon küsste Gasparine. Dann wurde Angela herbeigerufen, die mit offenem Munde und leuchtenden Augen vom Speisesaal hereingeschaut hatte. Auch sie musste Gasparine umarmen. Octave, der gefunden hatte, dass man in diesem Hause gar zu zärtlich wurde, hatte sich entfernt. Er hatte mit Verwunderung die ehrfurchtsvolle Haltung, die freundliche Zuvorkommenheit Lisas gegen Gasparine wahrgenommen. Diese Gassendirne mit den blauen Augenlidern war sicherlich ein recht verständiges Geschöpf!

Der Architekt, der sich auf die Hemdärmel ausgezogen hatte, war von einer ausgelassenen Lustigkeit; er pfiff, sang und brachte so den ganzen Nachmittag mit der Einrichtung des Zimmers für die Kusine zu. Sie war ihm dabei behilflich, half ihm Möbelstücke umstellen, packte die Wäsche aus und schüttelte den Staub von den Kleidern.

Rosa war sitzen geblieben aus Furcht, sich zu ermüden, erteilte ihnen aber guten Rat, wies das Toilettentischchen hierher, das Bett dahin, dass es jeder bequem habe. Octave sah ein, dass er ihrem Ausdehnungstriebe im Wege stehe; er merkte, dass er in einer so einigen Haushaltung überflüssig sei, und teilte ihnen mit, dass er abends außer dem Hause speisen werde. Er fasste übrigens den Entschluss, am folgenden Tage Frau Campardon für ihre gute Aufnahme zu danken und unter irgendeinem Vorwande die Verköstigung zu kündigen.

Gegen fünf Uhr kam ihm, da er bedauerte, nicht erfahren zu können, wo er mit Trublot zusammentreffen könne, der Gedanke, bei den Pichons sich zum Essen anzusagen, um den Abend nicht allein zubringen zu müssen. Bei seinem Eintritte stieß er jedoch daselbst auf einen sehr jammervollen Familienauftritt. Die Vuillaumes waren da, höchst aufgebracht und zitternd vor Erregung.

Das ist eine Niederträchtigkeit, mein Herr! sagte die Mutter, die Arme gegen ihren Schwiegersohn ausgestreckt, der wie niedergedonnert auf einem Stuhle saß. Sie hatten mir Ihr Ehrenwort gegeben.

Und du, fügte der Vater hinzu, zur Tochter gewandt, die zitternd bis zum Büfett vor ihm zurückfuhr, und du hast ihn nicht zu verteidigen; du bist ebenso strafbar wie er ... Wollt ihr denn Hungers sterben?

Frau Vuillaume hatte ihren Schal wieder umgehängt, ihren Hut wieder aufgesetzt und eröffnete ihnen in einem feierlichen Tone:

Seid Gott befohlen! Wir werden euch in eurer Unordnung nicht mehr durch unsere Gegenwart bestärken. Von dem Augenblicke an, wo ihr unseren Wünschen keine Rechnung tragen wollt, haben wir nichts bei euch zu tun ... Lebt wohl!

Da ihr Schwiegersohn, der Macht der Gewohnheit folgend, aufstand, um sie zu begleiten, sagte sie:

Nicht nötig! Wir werden den Omnibus ohne Sie finden ... Geh voran, Mann. Lassen wir sie ihr Mittagsmahl essen, und möge es ihnen wohl bekommen, denn sie werden nicht immer eines haben.

Octave trat ganz verdutzt beiseite, um sie hinausgehen zu lassen. Als sie weggegangen waren, betrachtete er Julius, der ganz niedergeschlagen auf einem Sessel saß, und Marie, die ganz blass vor dem Speiseschranke stand. Beide schwiegen.

Was geht mit Ihnen vor? fragte er.

Anstatt ihm zu antworten, zankte die junge Frau ihren Gatten in wehmütigem Tone aus.

Ich habe es dir im Vorhinein gesagt. Du hättest noch warten müssen, bis du ihnen die Sache von ungefähr beigebracht hättest. Es hatte durchaus keine Eile damit; man merkt es ja noch nicht.

Was geht denn vor? sagte Octave wieder.

Ohne sich umzuwenden, sagte sie ihm nun in ihrer Erregtheit rund heraus:

Ich bin schwanger.

Die Leute werden mir endlich langweilig! rief Julius ganz empört, indem er vom Sessel aufstand. Ich habe es für meine Pflicht gehalten, sie von dieser Unannehmlichkeit sogleich zu verständigen ... Bilden sie sich gar ein, dass ich meine Freude daran habe? Ich bin davon mehr überrascht als sie selbst. Und beim Teufel! es ist gar nicht meine Schuld! Nicht wahr, Marie? wir wissen kaum, wie das hat kommen können.

Freilich! versicherte die junge Frau.

Octave zählte die Monate. Sie war im fünften Monate schwanger, und vom Dezember bis Mai gerechnet stimmte es genau. Er war darüber ganz erregt. Dann wieder begann er, daran zu zweifeln. Seine Rührung hielt indes an, und er empfand ein lebhaftes Bedürfnis, etwas Gutes für die Pichons zu tun. Julius brummte fort: man werde das Kind immerhin annehmen; besser hätte es indes getan, zu bleiben, wo es war.

Marie hingegen, die sonst so sanfte Marie, war griesgrämig und gab zuletzt ihrer Mutter recht, die den Ungehorsam niemals verzeihen konnte. Das Ehepaar geriet wieder in Streit; man warf einander das Kind vor, schob einander die Schuld zu, bis endlich Octave in fröhlichem Tone vermittelnd dazwischen trat.

Wenn es da ist, helfen Ihnen diese Streitigkeiten nichts... Wie wär's denn, wenn wir heute nicht zu Hause speisten? da wird man ja ganz verstimmt. Ich führe Sie in ein Restaurant. Wollen Sie?

Die junge Frau errötete. Im Restaurant speisen, war für sie eine Freude. Sie erwähnte indes ihr Töchterchen, das sie immer daran hindere, sich ein Vergnügen zu gönnen. Man einigte sich dahin, dass Lilitte diesmal bei der Partie sei. Es folgte ein fröhlicher Abend. Octave hatte sie in das Speisehaus zum »Rinderbraten« geführt, in ein besonderes Zimmer, um, wie er sagte, ungezwungener sein zu können. Er ließ ihnen dort Speisen in Hülle und Fülle vorsetzen mit unüberlegter Verschwendung, ohne an die Rechnung zu denken, nur glücklich, dass er sie essen sah.

Ja, beim Nachtisch ließ er, als man Lilitte zwischen die beiden Kissen auf dem Sofa der Länge nach hingelegt hatte, Champagner bringen; so vergaßen sie sich alle drei, mit den Ellbogen auf den Tisch gestützt, mit tränenfeuchten Augen; allen dreien war das Herz voll, und sie verschmachteten schier in der drückenden Hitze des Kabinetts.

Endlich um elf Uhr sprachen sie davon, dass sie nach Hause gehen müssten, aber sie waren ganz rot; die frische Luft in der Straße hatte sie betäubt. Da die Kleine, vom Schlafe niedergedrückt, nicht gehen wollte, bestand Octave darauf, um alles bis ans Ende gutzumachen, einen Wagen zu mieten trotz der Nähe der Choiseul-Straße.

Während oben im vierten Stock Julius damit beschäftigt war, Lilitte hineinzutragen, drückte Octave einen Abschiedskuss auf die Stirne der jungen Frau wie ein Vater, der seine Tochter einem Schwiegersohne überlässt. Als er dann sah, dass sie verliebt taten, einander mit trunkenen Blicken betrachteten, brachte er sie zu Bette und wünschte ihnen durch die Türe eine gute Nacht und schöne Träume.

Meiner Treu! dachte er, als er sich allein in sein Bett drückte. Das hat mir fünfzig Franken gekostet, aber ich war es ihnen wohl schuldig... Am Ende habe ich nur *einen* Wunsch, den, dass ihr Mann sein Weibchen glücklich mache.

Gerührt über sein eigenes gutes Herz beschloss er, am Abend des folgenden Tages den großen Anschlag zu versuchen.

Jeden Montag nach dem Essen half Octave der Frau Hédouin die Bestellungen für die Woche nachsehen. Zu diesem Geschäfte zogen sie sich in das hintere Kabinett zurück, ein enges Stübchen, wo bloß eine Kasse, ein Schreibtisch, zwei Stühle und ein Sofa standen.

Diesen Montag jedoch sollte Frau Hédouin mit den Duverdy in die Komische Oper gehen. Daher rief sie den jungen Mann schon um drei Uhr. Trotz des hellen Sonnenscheins mussten sie das Gas anzünden, weil das Kabinett nur ein fahles Licht von einem inneren Hofe her erhielt. Als er den Riegel vorschob und sie ihn verwundert ansah, murmelte er:

Damit uns niemand störe.

Sie nickte zustimmend, und dann gingen sie an die Arbeit. Die Sommermodeartikel hatten einen vorzüglichen Absatz, das Haus gewann einen immer weiteren Geschäftskreis. In dieser Woche stellte sich der Verkauf kleiner Wollwaren so gut an, dass ihr ein Seufzer entschlüpfte:

Ach, wenn wir Raum hätten!

Nun, sagte er, um einmal den Angriff zu beginnen, das hängt von Ihnen ab... Ich habe seit einiger Zeit einen Gedanken, von dem ich jetzt mit Ihnen sprechen will.

Es war die kühne Unternehmung, die er plante. Er setzte alles weitläufig auseinander; es handelte sich um den Ankauf des angrenzenden Hauses in der Neuen Augustinstraße, wo man einem Sonnenschirmhändler sowie einem Spielzeugfabrikanten kündigen würde, um die Warenlager zu vergrößern; man könne sodann einen ungeheuren Kundenkreis gewinnen.

Hierbei ereiferte er sich, zeigte sich voller Verachtung gegen die veraltete Art des Handels in entlegenen, feuchten, rußigen Läden ohne Schaufenster, zauberte mit einer Gebärde einen neuen Handel hervor, bei dem er alle weiblichen Luxusartikel in Kristallpalästen anhäufen möchte, wo man am hellen Tage Millionenschätze ausbreiten und des Abends in fürstlichem Glanze erstrahlen lassen werde.

Sie werden den Handel im Rochusviertel lahm legen, sagte er weiter; Sie werden die Kleinkunden an sich locken. So macht Ihnen das Haus Vabre mit seinen Seidenwaren heute Schaden. Entfalten Sie Ihre Schaufenster nach der Straße, schaffen Sie einen eigenen Kundenkreis, und ehe fünf Jahre um sind, haben Sie Vabre in den Bankerott getrieben... Endlich taucht die Frage immer wieder auf, dass die Straße zum 10. Dezember, die von der Neuen Oper bis zur Börse sich erstrecken soll, ausgebaut werde. Mein Freund Campardon erzählt mir oft von diesem Plane; das würde dann den Geschäftsverkehr dieses Viertels um das Zehnfache erhöhen.

Frau Hédouin hörte, den Ellbogen auf ein offenes Buch gestützt, ihren schönen sinnenden Kopf auf die Hand geneigt, ihm aufmerksam zu. Sie war im Geschäft »zum Paradies der Damen« geboren, das von ihrem Vater und ihrem Oheim gegründet war; sie hatte eine Vorliebe für das Haus; sie sah im Geiste, wie es sich entwickelte, wie es die anderen Häuser ringsumher verschlang und ein königliches Äußere entfaltete.

Dieser Traum leuchtete ihrem lebhaften Verstande ein, stimmte mit ihrem zielbewussten Streben, mit dem bei Frauen so häufigen feinen Sinn für das künftige Paris.

Onkel Deleuze, erwiderte sie, wird es nimmer tun wollen, und überdies ist mein Mann zu leidend.

Als er sie schwanken sah, schlug Octave den Ton der Verführung an und sprach mit einer Schauspielerstimme sanft und wohllautend. Gleichzeitig suchte er sie mit seinen Blicken in Feuer zu bringen, indem er sie mit seinen altgoldfarbenen Augen ansah, welche die Frauen für unwiderstehlich halten.

Vergebens jedoch brannte die Gasflamme hinter ihrem Nacken; sie blieb kalt, ohne dass sich auch nur ihre Haut erwärmt hätte, und war nur in ein Sinnen versunken unter dem Taumel des unversieglichen Wortschwalls des jungen Menschen.

Er war dahin gelangt, die Angelegenheit vom Gesichtspunkte der Ziffern zu prüfen und einen Kostenvoranschlag zu entwerfen in einem so leidenschaftlichen Tone, wie ein romantischer Page seine lang unterdrückte Liebe offenbaren würde. Als sie plötzlich aus ihrer Träumerei erwachte, lag sie in seinen Armen.

Mein Gott! Darum war es Ihnen also zu tun! sagte sie in einem schwermütigen Tone, indem sie sich seinen Armen entwand wie einem zudringlichen Kinde.

Jawohl, ich liebe Sie! rief er aus. Weisen Sie mich nicht zurück! Mit Ihnen könnte ich Großes vollbringen...

Doch er ging bis ans Ende; er setzte seine Rede fort, die aber in einen Misston ausklang. Sie unterbrach ihn indessen nicht. Sie hatte wieder angefangen, stehend im Register zu blättern. Als er schwieg, sagte sie:

Ich kenne alles, man hat es mir schon gesagt... Aber ich hielt Sie für klüger als die anderen, Herr Octave. Wahrlich, Sie machen mir Kummer, denn ich hatte auf Sie gerechnet... Ich finde schließlich, dass es allen jungen Leuten an Überlegung fehlt... In einem Hause wie dem unseren haben wir die größte Ordnung nötig, und Sie wollen Dinge anfangen, die uns den ganzen Tag nur stören könnten. Ich bin hier keine Frau, ich bin zu sehr beschäftigt... Ich begreife kaum, wie Sie, der Sie so gesunde Sinne haben, es nicht sofort begriffen, dass ich es nicht tun werde; erstens, weil es eine Dummheit ist, dann weil es überflüssig ist, und endlich, weil ich glücklicherweise durchaus keine Lust dazu habe.

Er würde lieber gesehen haben, wenn sie vor Entrüstung in Zorn geraten wäre, mit ihrer Gesinnung großgetan hätte. Ihr ruhiger Ton, ihre kaltblütige Berechnung, die sie ihm als praktische, betreffs ihrer selbst ganz beruhigte Frau zu erkennen gab, brachten ihn in Verwirrung. Er sah ein, dass er lächerlich wurde.

Erbarmen Sie sich meiner, stammelte er abermals. Sehen Sie doch, wie ich leide!

Nein, Sie leiden nicht. Für alle Fälle werden Sie genesen... Hören Sie! man pocht, Sie täten besser, die Türe zu öffnen.

Er musste den Riegel zurückschieben. Es war Fräulein Gasparine, die sich erkundigen wollte, ob man Hemden mit Doppelbrust erwarte.

Sie war überrascht, dass der Riegel vorgeschoben war, aber sie kannte Frau Hédouin zu gut, und wie sie diese mit ihrer frostigen Miene vor Octave stehen sah, der voller Aufregung war, kam ihr ein spöttisches Lächeln auf die Lippen, während sie den letzteren betrachtete. Er geriet darüber außer sich; er beschuldigte sie, dass ihm der Anschlag misslungen sei.

Gnädige Frau, erklärte er in barschem Tone, als das Ladenfräulein weggegangen war, ich verlasse heute Abend das Haus.

Das war für Frau Hédouin eine Überraschung.

Warum denn? fragte sie ihn und sah ihn an. Ich schicke Sie doch nicht weg ... Das ändert an der Sache nichts, ich habe keine Furcht.

Diese Worte brachten ihn vollends aus dem Häuschen. Er entfernte sich sogleich, er wollte keine Minute länger Qualen erdulden.

Gut, Herr Octave, erwiderte sie mit ihrer gewöhnlichen Gemütsruhe. Ich werde mit Ihnen sogleich abrechnen ... Es tut nichts, wiewohl das Haus Sie vermissen wird; denn Sie waren ein guter Angestellter.

Als er schon auf der Straße war, sah er ein, dass er sich dumm benommen hatte. Es war vier Uhr, die heitere Maisonne vergoldete einen ganzen Winkel des Gaillon-Platzes. Wütend über sich selbst, ging er die Rochus-Straße hinunter aufs Geratewohl und erwog die Art, wie er hätte vorgehen müssen. Warum hat er erstens diese Gasparine nicht in die Hüfte gekneipt? Das hat sie doch gewiss nur wollen. Ihm konnten aber die Weiber bei einer solchen Magerkeit nicht gefallen wie dem Campardon. Auch wäre er vielleicht bei ihr schlecht angekommen; denn sie schien ihm eines von jenen Frauenzimmern, die von einer schroffen Tugendhaftigkeit sind solchen Männern gegenüber, die sich ihnen nur am Sonntag widmen, besonders dann, wenn sie einen Mann für die ganze Woche haben, der vom Montag bis zum Samstag alltäglich bereit ist, ihnen seine Liebe zu beweisen. Was für ein dummer Einfall war es zweitens, um jeden Preis der Liebhaber seiner Herrin werden zu wollen! Er hätte doch seine Rechnung finden können und nicht so weit in seinen Forderungen gehen sollen, alles haben zu wollen, seinen Erwerb und sein Bett!

Nach heftigen inneren Kämpfen wandte er sich einen Augenblick um; er wollte zurückkehren zum »Paradies der Damen«, sein Unrecht eingestehen; doch die Erinnerung an Frau Hédouin, die ihm gegenüber einen so kalten Stolz bewahrte, rief eine krankhafte Eitelkeit wach, und er ging weiter die Straße hinab nach der Rochus-Kirche.

Umso schlimmer! dachte er. Es war um seine Stelle geschehen. Er wollte sehen, ob nicht Campardon wegen seiner Calvarien-Ausbesserung in der Kirche sei, um mit ihm ins Café auf ein Glas Madeira zu gehen. Das werde ihm Zerstreuung verschaffen. Er trat durch die Vorhalle ein, auf die eine Türe der Sakristei sich öffnete; es war ein finsterer, schmutziger Gang wie in einem zweideutigen Hause.

Sie suchen vielleicht Herrn Campardon? fragte dicht hinter ihm eine Stimme, als er die Runde um das Schiff machte.

Es war der Abbé Mauduit, der ihn erkannt hatte.

Da der Baumeister abwesend war, wollte er durchaus, dass der junge Mann die Calvarienarbeiten besichtige, für die er selbst eine ganz besondere Vorliebe hatte. Er führte ihn zunächst hinter das Chor, zeigte ihm die Kapelle der Heiligen Jungfrau mit Wänden aus weißem Marmor, wo sich ein Altar befand, überragt von einer Gruppe, die den Heiland in der Krippe darstellte: ein Jesuskindlein zwischen einem heiligen Joseph und einer Heiligen Jungfrau, alles im Rokokostile ausgeführt. Dann führte er ihn in die noch weiter rückwärts gelegene Kapelle der »Ewigen Anbetung«, in der sieben Goldlampen hingen, goldene Armleuchter und ein ganz aus Gold gegossener Altar sich befanden, die in dem fahlen Schatten der goldfarbenen Fensterseheiben funkelten.

Rechts und links von dieser Kapelle war der Hintergrund der Chorwölbung durch je eine Wand aus ungehobelten Brettern verrammelt und mitten durch diese schauervolle Stille erklangen über den dunklen Schatten, die knieten und Gebete stammelten, die Streiche der Steinschlägel, die Stimmen der Maurer, ein heftiges Getöse wie in einer Zimmermannswerkstätte.

Treten Sie nur ein, sagte der Abbé Mauduit, indem er seine Sutane aufschürzte. Ich werde es Ihnen erklären.

Auf der andern Seite der Bretterwände lag ein Schutthaufen abgeschürften Mörtels, eine Ecke der Kirche, die von außen dem Zugange der freien Luft geöffnet war, weiß von verwittertem Kalk, feucht von ausgeschüttetem Wasser.

Zur Linken sah man noch die zehnte Passionsstation: Jesus ans Kreuz genagelt, zur Rechten die zwölfte: die heiligen Frauen und Jesus. Die elfte, mittlere Gruppe, Jesus am Kreuze darstellend, war abgenommen und an eine Wand gestellt worden; an dieser arbeiteten die Handwerker.

Sehen Sie, fuhr der Priester fort. Ich wollte die Calvarienhauptgruppe durch ein in der Kuppel gesammeltes Oberlicht beleuchten. Sie sehen wohl ein, welche Wirkung man dadurch hervorbringt.

Jawohl, sagte Octave, den diese Wanderung zwischen den Baumaterialien aus seiner Grübelei herausriss.

Der Abbé Mauduit gab sich, einmal in Eifer mit erhöhter Stimme, das Ansehen eines Maschinenmeisters, der die Aufstellung irgendeiner großartigen Theater-Dekoration anordnet.

Natürlich muss die strengste Einfachheit in diesem Raume herrschen. Nichts als Steinwände, kein bemaltes Winkelchen, kein Goldfäserchen. Wir müssen uns eben in einer Krypta befinden; es muss einen unterirdischen, trostlosen Ort darstellen...

Die Hauptwirkung aber bleibt »Christus am Kreuze«, die heilige Jungfrau und Magdalena zu seinen Füßen. Ich lasse sie auf den Gipfel eines Felsen aufrichten, lasse die weißen Figuren von einem grauen Grunde sich abheben, das Kuppellicht beleuchtet sie dann wie mit einem unsichtbaren Strahle, mit einem kalten Lichte, das ihnen den Anschein gibt, als bewegten sie sich nach vorwärts, und ihnen gleichsam ein übernatürliches Leben einflößt... Sie sollen es gleich sehen!

Er wandte sich hierauf um und rief einem Arbeiter zu:

Stellen Sie doch die »Jungfrau« weg! Sie werden ihr zuletzt noch ein Bein abbrechen.

Der Arbeiter rief einen Kameraden herbei. Sie fassten nun die Jungfrau zu zweien an den Lenden, trugen sie auf die Seite wie ein großes blasses Mädchen, das bei einem nervösen Anfalle ganz starr geworden.

Gebt acht! rief der Priester wiederholt, der ihnen durch den Schutt gefolgt war; das Kleid ist schon geborsten. Bleibt stehen!

Er legte mit Hand an, fasste Maria beim Rücken und wurde bei dieser Umarmung ganz voll Gips.

Dann fuhr er fort, während er auf Octave zutrat:

Denken Sie sich die beiden Fenster im Schiffe vor Ihnen dort geöffnet und stellen Sie sich in die Kapelle der Jungfrau hinein. Oberhalb des Altars bemerken Sie durch die Kapelle der »Ewigen Anbetung«, ganz im Hintergrunde, den Calvarienhügel ... Begreifen Sie jetzt, welchen Eindruck das machen muss? Diese drei großen leichenblassen Figuren, dieses Schreckensdrama allein in dieser Tabernakelvertiefung jenseits der geheimnisvollen Dunkelheit jener goldenen Scheiben, Lampen und Armleuchter ... wie? Ich glaube, es wird unwiderstehlich sein.

Er wurde beredt und lachte wohlgemut, stolz über seinen Gedanken.

Die größten Zweifler werden erschüttert sein, sagte Octave, um ihm Freude zu machen.

Nicht wahr? Ich bin begierig, das alles an Ort und Stelle zu sehen, damit ich den Eindruck beurteilen kann.

Als er in das Kirchenschiff zurückkam, vergaß er sich und behielt seine laute Stimme und seine unternehmende Haltung; dem Campardon zollte er das höchste Lob. Er werde, sagte er, im Mittelalter einen höchst religiösen Sinn betätigt haben. Er Heß dann Octave durch die Hintertüre hinaus und hielt ihn im Pfarrhofe noch eine kleine Weile zurück. Von dort aus sah er die Chorkuppel, die sonst durch die anstoßenden Baulichkeiten den Blicken entzogen ward.

Hier wohnte er im zweiten Stock eines hohen Hauses mit verfallener Vorderseite, das ganz von der Geistlichkeit zu St. Rochus bewohnt war; ein ehrwürdiger Priesterduft, ein leises Beichtstuhlgeflüster drang aus der Vorhalle, aus der das Bildnis der Heiligen Jungfrau hervorragte, und die mit hohen, durch schwere Vorhänge verdunkelten Fenstern versehen war.

Ich will heute Abend Herrn Campardon besuchen, sagte endlich der Abbé Mauduit. Ersuchen Sie ihn, mich zu erwarten... Ich möchte wegen einer vorzunehmenden Verbesserung ausführlich mit ihm sprechen.

Hierauf grüßte er in seiner weltmännischen Weise. Octave fühlte sich beruhigt. St. Rochus mit seinen frischen Wölbungen hatte seine Nervenspannung etwas gemildert. Er betrachtete mit einigem Befremden diesen Eingang in eine Kirche durch ein Privathaus, diese Hausmeisterwohnung, wo man des Nachts anläuten muss, um zum lieben Herrgott zu gelangen, diesen ganzen Klosterflügel, der sich gleichsam in das schwarze Gewühl des Stadtviertels verirrt hatte.

Auf der Straße hob er nochmals die Augen empor: das Haus dehnte weithin seine zierlose Vorderseite mit vergitterten, unverhängten Fenstern aus; aber an den Fenstern des vierten Stockwerkes sah man an Eisenstangen befestigte Blumenkörbe; unten in die dicken Mauern waren enge Kaufläden eingelassen, welche die Geistlichkeit sich zunutze machte: Schuhflicker, Uhrmacher, Stickerinnen, sogar eine Weinstube als Zusammenkunftsort der Totengräber an Tagen von Leichenbestattungen.

Octave, durch seinen Misserfolg zum Verzicht auf die weltlichen Dinge gestimmt, beneidete die alten Mägde der Geistlichen um das ruhige Dasein, das sie führen mochten in jenen Stübchen, an deren Fenstern das Eisenkraut und die Riechbohne sich emporwanden.

Als er abends um halb sieben Uhr bei den Campardons eintrat, ohne zu läuten, stieß er geradeswegs auf den Baumeister und auf Gasparine, die im Vorzimmer sich küssten. Letztere, eben aus dem Laden gekommen, hatte sich nicht einmal die Zeit genommen, die Türe zu schließen. Sie blieben ganz betroffen stehen.

Meine Frau macht sich ein wenig das Haar zurecht, stammelte Campardon, um etwas zu sagen. Melden Sie sich indes bei ihr.

Octave, ebenso betroffen wie die andern, beeilte sich, an das Zimmer Rosas zu pochen, wo er sonst ohne Umstände eintreten durfte. Jetzt konnte er entschieden nicht weiter da speisen, nachdem er sie hinter der Türe ertappt hatte.

Herein, rief Rosa, sind Sie es, Octave? Ach, tut nichts.

Sie hatte indessen ihren Pudermantel nicht wieder angezogen und saß da mit entblößten Schultern und Armen, zart und weiß wie Mich. Sie kräuselte aufmerksam vor dem Spiegel ihr goldblondes Haar in kleine Löckchen. So brachte sie alltäglich mehrere Stunden hindurch mit einer übermäßigen Sorgfalt für ihre Toilette zu, unausgesetzt damit beschäftigt, die Hautwärzchen zu untersuchen, sich herauszuputzen, und sich dann auf einen Liegestuhl hinzustrecken, üppig und schön, wie ein geschlechtsloses Götzenbild.

Sie putzen sich für den Abend recht heraus, sagte Octave mit einem Lächeln.

Mein Gott! Ich habe ja sonst nichts zu tun! Das zerstreut mich... Sie wissen, dass ich mich nie mit der Hauswirtschaft abgegeben habe; und jetzt, da Gasparine bei uns ist... Die Löckchen kleiden mich gut, wie? Das tröstet mich ein wenig über mein Unglück, wenn ich mich schön gekleidet und hübsch sehe.

Da das Essen noch nicht fertig war, erzählte er ihr seinen Austritt aus dem Hause »Zum Paradies der Damen«. Er erdichtete eine Mär von einer Anstellung, auf die er schon längst gewartet habe, und legte sich so einen Vorwand zurecht, um die Notwendigkeit, seine Mahlzeiten anderswo zu nehmen, erklären zu können. Sie wunderte sich zwar, dass er ein Haus, das ihm eine Zukunft sicherte, so leichthin verlassen könne; aber sie gab sich ganz ihrem Spiegel hin und hörte ihm kaum zu.

Sehen Sie doch diesen roten Fleck hinter dem Ohre, ist das eine Blatter?

Er musste ihr den Hals untersuchen, den sie ihm mit der Ruhe eines Weibes hinhielt, das sich gegen alle Versuchungen gefeit fühlt.

Es ist nichts, sagte er, Sie werden sich zu stark abgerieben haben.

Nachdem er ihr beim Anziehen des blauseidenen, silbergestickten Schlafrockes behilflich gewesen, gingen sie in den Speisesaal hinüber. Schon während man die Suppe aß, wurde von dem Austritte Octaves bei den Hédouins geplaudert. Campardon fuhr verwundert auf, während

Gasparine ihr feines Lächeln sehen ließ. Sie fühlten sich übrigens recht behaglich miteinander. Der junge Mann wurde zuletzt ganz gerührt von der zarten Aufmerksamkeit, womit sie Rosa überhäuften. Campardon schenkte ihr zum Trinken ein, Gasparine suchte für sie die schönsten Bissen der aufgetragenen Speisen aus. Man erkundigte sich, ob ihr das Brot munde, sonst werde man es bei einem andern Bäcker bestellen. Ob ihr nicht ein Kissen gefällig sei, um sich den Rücken zu stützen.

Rosa wieder, ganz Dankbarkeit, bat flehentlichst, sie möchten sich doch ihretwegen nicht so stören. Sie ließ sich's recht schmecken und thronte zwischen den beiden mit dem samtzarten Halse einer schönen Blondine, eingehüllt in ihren Schlafrock, den keine Königin verschmäht hätte, zur Rechten ihren Gatten, kurzatmig und abmagernd, zur Linken die dürre, schwarze Kusine, die zusammengeschrumpften Schultern in einem Kleide von dunkler Farbe, das Fleisch durch die Glut der Leidenschaft wie von den Knochen geschmolzen.

Während des Nachtisches schalt Gasparine Lisa tüchtig aus, weil sie der gnädigen Frau wegen eines Stücks Käse, das sie verlegt hatte, eine unehrerbietige Antwort gegeben. Das Stubenmädchen wurde sehr untertänig.

Gasparine hatte sogleich die Hauswirtschaft in die Hand genommen und die Mägde gezähmt; selbst Victoire bei ihren Schüsseln zitterte vor ihr. Die erkenntliche Rosa sah sie mit einem tränenfeuchten Blick an; seit ihre Kusine bei ihr war, wurde sie geachtet, und sie träumte bereits davon, auch sie zu bewegen, dass sie ihre Stellung im Geschäft »Zum Paradies der Damen« aufgebe und die Erziehung Angelas übernehme.

Hier gibt es genug zu schaffen, sagte sie mit einschmeichelnder Stimme... Angela, bitte doch deine Kusine, sage ihr, wie sehr dich das freuen würde.

Das Mädchen bat ihre Kusine, während Lisa mit dem Kopfe Beifall nickte. Campardon und Gasparine blieben jedoch ernst: nein, nein, sagte sie, wir müssen warten, man muss den Boden unter den Füßen fühlen, wenn man die Hände loslassen will.

Man verbrachte köstliche Abende im Salon. Der Baumeister ging nicht mehr aus. An diesem Abende musste er im Zimmer Gasparines einige Kupferstiche aufhängen, die der Glaser eben geschickt hatte. Darunter waren: Mignon, zum Himmel flehend; eine Ansicht des Wasserfalls von Vaucluse und noch andere. Er war vergnügt mit seinem langen, gelben Barte und den roten Backen, weil er gut gespeist hatte, glücklich und in allen seinen Gelüsten befriedigt.

Er rief seine Kusine, dass sie ihm leuchte; man hörte ihn Nägel ein-schlagen und auf Stühle steigen. Als Octave mit Rosa wieder allein war, nahm er seine Geschichte wieder auf, erklärte ihr, dass er am Ende des Monats genötigt sei, seine Verpflegung anderswo zu nehmen. Sie schien überrascht, aber sie hatte den Kopf mit anderen Dingen voll, sie kam bald wieder auf ihren Mann und die Kusine zu sprechen, die sie hatte lachen hören.

Wie sie sich da mit dem Aufhängen der Bilder unterhalten! Meinetwe-gen! Achilles hat sich sehr verändert, seit vierzehn Tagen hat er mich noch nicht verlassen. Kaffeehaus, geschäftliche Besprechungen, sonstige Zusammenkünfte: nichts bringt ihn mehr aus dem Hause; Sie erinnern sich doch, wie besorgt ich war, wenn er nach Mitternacht nach Hause zu kommen pflegte! Das ist für mich heute eine große Beruhigung! Ich habe ihn wenigstens bei mir und gebe acht auf ihn.

Gewiss, gewiss, murmelte Octave.

Sie sprach auch von den Ersparnissen, die diese neue Einrichtung mit sich bringen werde. Das ganze Hauswesen sei dadurch in besserem Gange; mau lache vom Morgen bis zum Abend; ohne zu rechnen, dass sie selbst sich nicht mehr langweile, da sie immer Gesellschaft habe.

Übrigens, fuhr sie fort, wenn ich nur Achilles heiter sehe, bin ich schon befriedigt.

Dann kam sie wieder auf die Angelegenheiten des jungen Mannes und sagte:

Also Sie verlassen uns wirklich? Bleiben Sie, da wir doch alle glücklich werden sollen.

Aber er begann aufs Neue mit seinen Erklärungen. Sie begriff und schlug die Augen nieder: in der Tat durfte dieser Junge ihnen bei ihren Vertraulichkeiten lästig werden, und sie selbst empfand seine Entfer-nung wie eine Erleichterung, da sie seiner nicht mehr bedurfte, um die Abende totzuschlagen. Er musste versprechen, dass er öfter kommen werde.

Fertig die zum Himmel seufzende Mignon! rief die freudige Stimme Campardons. Warten Sie, Kusine, ich helfe Ihnen herabsteigen.

Man hörte, wie er sie in seine Arme nahm und sie irgendwo hinstellte. Es entstand eine Stille, dann ein leises Kichern. Aber der Architekt kehrte bereits in den Salon zurück und bot seine gerötete Wange seiner Frau zum Kuss.

Fertig, mein Schatz ... Umarme deinen bärbeißigen Mann, der tüchtig gearbeitet hat.

Gasparine kam mit einer Stickerei und setzte sich in die Nähe der Lampe. Campardon schickte sich an, im Scherze ein papiernes Kreuz der Ehrenlegion, das er auf einer Etikette gefunden hatte, auszuschneiden, und errötete sehr, als Rosa ihm dieses Papierkreuz mit einer Nadel anheften wollte: man machte ein Geheimnis daraus, dass jemand versprochen hatte, ihm das Kreuz der Ehrenlegion zu verschaffen. Auf der anderen Seite der Lampe erhob Angela, die eine Lektion aus der heiligen Schrift lernte, manchmal den Kopf, ließ die Blicke umherschweifen mit der rätselhaften Miene einer wohlerzogenen Tochter, die angewiesen ist, nichts zu sagen, und deren wahre Gedanken man niemals kennt. Es war ein traulicher Abend, ein gemütlicher Winkel.

Der Architekt jedoch bekam plötzlich eine Regung von Schamgefühl. Er bemerkte soeben, dass die Kleine über ihre heilige Schrift hinweg die »Gazette de France« las, die auf dem Tische lag.

Angela, sagte er ernst, was machst du da? ... Ich habe diesen Morgen den Artikel mit rotem Stift eingeklammert. Du weißt wohl, dass du nicht lesen sollst, was eingeklammert ist.

Papa, ich las das daneben Befindliche, antwortete das junge Mädchen.

Er nahm ihr die Nummer weg und beklagte sieh leise zu Octave über die Sittenverderbnis der Presse. Heute war wieder ein abscheuliches Verbrechen darin zu lesen. Wenn die Familien die »Gazette de France« nicht mehr halten konnten, auf welche Zeitung solle man dann eigentlich abonnieren? Er erhob die Augen gen Himmel, als Lisa den Abbé Mauduit anmeldete.

Halt! es ist wahr, sagte Octave, er bat mich, Sie von seinem Besuch zu unterrichten.

Der Abbé trat lächelnd ein. Da der Architekt vergessen hatte, sein Papierkreuz wegzunehmen, stammelte er vor Verlegenheit bei diesem Lächeln. Gerade der Abbé war die Person, deren Namen man verbarg, und die sich mit der Geschichte beschäftigte.

So sind diese Weiber, murmelte Campardon, närrisch genug!

Nein, nein, behalten Sie das Kreuz, erwiderte der Geistliche höchst liebenswürdig. Es ist dort gut aufgehoben, wo es ist, und wir werden es durch ein solideres ersetzen.

Sofort erkundigte er sich bei Rosa nach ihrem Befinden und billigte sehr, dass Gasparine sich bei einer Person ihrer Familie niedergelassen habe. Die alleinstehenden Fräulein laufen so viel Gefahr in Paris! Er sprach im salbungsvollen Tone des guten Priesters, der die volle Wahrheit kennt. Sodann ließ er sich aus über die Arbeiten und schlug eine geschickt ersonnene Änderung vor. Man hätte fast sagen mögen, dass er hauptsächlich zu dem Zwecke gekommen sei, die glückliche Vereinigung der Familie zu segnen und auf diese Weise eine heikle Lage zu retten, von der man im Stadtviertel sprechen konnte. Der Architekt der Calvaria musste auch weiterhin die Achtung der rechtschaffenen Leute genießen.

Octave sagte beim Eintritt des Abbé Mauduit den Campardons guten Abend. Als er durch das Vorzimmer ging, vernahm er die Stimme Angelas, die sich gleichfalls davonmachte, in dem ganz finsteren Speisesaale:

Sie schalt wegen der Butter? sagte sie.

Gewiss, antwortete eine andere Stimme, jene Lisas. Sie ist sehr bösartig. Sie haben wohl gesehen, wie sie bei Tische mit mir umging... Aber ich kümmere mich auch viel darum! Man muss die Miene des Gehorsams gegenüber einem Wesen dieser Gattung zur Schau tragen, und kann doch über die ganze Geschichte lachen.

Angela musste sich dann Lisa an den Hals geworfen haben, denn ihre Stimme erstickte am Nacken des Dienstmädchens.

Ja, ja ... Und ich habe dich allein lieb.

Octave war hinaufgegangen, aber das Bedürfnis nach frischer Luft trieb ihn wieder hinunter. Es war höchstens zehn Uhr, er wollte daher bis zum Königspalast gehen^ Jetzt war er wieder einmal Junggeselle: Keine der Frauen, weder Valerie, noch Frau Hedouin, wollte seiner Bewerbung Gehör schenken; die Marie hatte er sich zu sehr beeilt, ihrem Julius ganz zurückzugeben. Sie wäre seine einzige Eroberung gewesen, ohne dass sie ihm auch nur einen Kampf gekostet hätte.

Er hätte darüber lachen mögen, aber er empfand eine gewisse Traurigkeit; er erinnerte sich mit Wehmut seiner Erfolge in Marseille und erblickte eine böse Vorbedeutung, eine Erschütterung seines Glückes in der Niederlage, die seine verführerischen Anschläge erlitten. Er erstarrte vor Kälte, wenn er keine Frauenröcke mehr um sich hatte. Sogar Frau Campardon ließ ihn, ohne Tränen zu vergießen, ziehen! Für die erlittene Schmach musste er fürchterliche Genugtuung sich verschaffen. Sollte Paris wirklich widerstehen?

Als er den Fuß auf die Straße setzte, rief ihn eine Frauenstimme; er erkannte Berta an der Schwelle ihres Seidenlagers, dessen Läden eben von einem Diener geschlossen wurden.

Ist es wahr, Herr Mouret? Sie haben das Haus »Zum Paradies der Damen« verlassen?

Er wunderte sich, dass man in der Umgebung bereits davon wisse. Die junge Frau hatte ihren Mann herbeigerufen, um sofort mit Herrn Mouret zu sprechen, weswegen er tags darauf in seine Wohnung hinaufzugehen gedachte. August, mürrisch wie immer und ohne jede Einleitung, machte ihm den Vorschlag, in sein Geschäft einzutreten. Octave, ganz unvorbereitet, schwankte zuerst; als er an die geringe Bedeutung des Hauses dachte, war er nahe daran, den Vorschlag abzulehnen. Er bemerkte jedoch das hübsche Gesicht Hertas, die, wie um ihm einen guten Empfang zu bereiten, ihm entgegenlächelte mit dem heiteren Blicke, dem er schon zweimal begegnet war am Tage seiner Ankunft und am Hochzeitstage.

Meinetwegen! Ich werde eintreten, sagte er entschlossen.

Zehntes Kapitel

Octave kam hierdurch mit der Familie Duverdy in nähere Berührung. Frau Duverdy pflegte oft beim Nachhausekommen durch den Laden ihres Bruders zu gehen, sich dort einen Augenblick aufzuhalten und mit Berta zu plaudern.

Als sie den jungen Mann zum ersten Mal daselbst hinter einem Pulte erblickte, machte sie ihm gelinde Vorwürfe dass er sein Versprechen nicht einhalte, das er ihr gegeben hatte, an einem Abend bei ihr vorzusprechen und seine Stimme am Klavier zu prüfen. Sie hatte eben vor, eine zweite Aufführung der »Schwerterweihe« an einem der ersten Sonnabende des kommenden Winters zu veranstalten, um aber etwas recht Vollständiges zum Besten zu geben, wollte sie noch zwei Tenorstimmen haben.

Wenn es Ihnen nicht ungelegen ist, sagte Berta eines Tages zu Octave, können Sie nach dem Essen zu meiner Schwägerin hinaufgehen. Sie werden bei ihr erwartet.

Sie bewahrte ihm gegenüber die einfache, aber höfliche Haltung einer Brotherrin.

Das Hindernis ist nur, dass ich gerade heute Abend in den Fächern hier ein wenig Ordnung machen wollte.

Machen Sie sich keine Sorge darum; es gibt hier noch Leute für diese Arbeit. Ich gebe Ihnen den Abend frei.

Gegen neun Uhr begab sich Octave zu Frau Duverdy, die ihn in dem großen, weißen, goldverzierten Salon erwartete. Alles war bereit, der Flügel offen, die Kerzen angezündet. Eine auf einem Tischchen neben dem Instrumente stehende Lampe beleuchtete nur schwach das Zimmer, dessen eine Hälfte dunkel blieb.

Da er die junge Dame allein sah, glaubte er, sich nach dem Befinden des Herrn Duverdy erkundigen zu sollen. Sie antwortete ihm, dass er sich ganz wohl befinde, dass aber seine Kollegen ihn mit dem Referate in einem sehr wichtigen Prozesse betraut hätten, und dass er soeben ausgegangen sei, um gewisse Daten zu sammeln.

Sie wissen ja: die Geschichte in der Provence-Straße, sagte sie einfach.

Ah! Er ist damit betraut! rief Octave aus.

Es handelte sich um einen Skandal, der ganz Paris in Aufregung versetzte; eine heimlich betriebene Unzucht; vierzehnjährige Kinder wurden den Gelüsten hoher Persönlichkeiten ausgeliefert.

Clotilde fügte noch hinzu:

Das macht ihm viel zu schaffen; seit vierzehn Tagen ist seine Abend-muße davon in Anspruch genommen.

Er sah sie an, da er durch Trublot erfahren hatte, dass der Onkel Ba-chelard an diesem Tage Duverdy zum Essen eingeladen habe, und dass man vorhabe, den Rest des Abends bei Clarisse zuzubringen. Aber sie blieb sehr ernst, sprach von ihrem Manne mit Würde, erzählte mit sehr züchtiger Miene ganz außerordentliche Geschichten, die als Erklärung dienen sollten, weshalb man ihren Mann nie in seiner ehelichen Behau-sung fand.

Der Tausend! Er hat viel zu tun! meinte er, verlegen durch ihren unbe-fangenen Blick und gedrängt, etwas zu sagen.

Sie schien ihm besonders schön, so allein in dieser großen leeren Be-hausung. Das rote Haar ließ das längliche Gesicht etwas blass erschei-nen, dieses Gesicht mit dem Ausdruck der ruhigen Beharrlichkeit eines Weibes, das wie in einem Kloster nur ihren Obliegenheiten sich widmet. In graue Seide gekleidet, Brust und Hüften in einen Fischbeinpanzer ge-schnürt, behandelte sie ihn mit kühler Liebenswürdigkeit, wie wenn sie durch eine dreifache eherne Scheidewand von ihm getrennt wäre.

Wollen wir anfangen? Sie entschuldigen doch meine Zudringlichkeit? Machen Sie sich nur frei von jedem Zwange! Legen Sie nur fest los; Herr Duverdy ist ja nicht zu Hause ... Sie werden ihn vielleicht schon gehört haben, wie er sich brüstete, dass er die Musik nicht liebe?

Sie legte in diese Worte einen solchen Ausdruck von Verachtung, dass er glaubte, ein Lächeln wagen zu dürfen. Das war übrigens der einzige Tadel, der ihr vor der Welt gegen ihren Mann zu entschlüpfen pflegte, erbittert, wie sie war, durch seine Spötteleien über ihren Flügel; sie ver-riet hingegen nie den Hass und den Widerwillen, den er ihr eingeflößt.

Wie kann man die Musik nicht lieben? wiederholte Octave, der ganz begeistert tat, um ihr angenehm zu sein.

Sie setzte sich hierauf an das Klavier. Auf dem Pulte war eine Samm-lung alter Lieder aufgeschlagen. Sie hatte ein Stück aus »Zémir und Azor« von Grétry gewählt. Da der junge Mann höchstens Noten lesen konnte, ließ sie ihn diese erst halblaut entziffern. Hierauf spielte sie die Einleitung, worauf er singend einfiel:

's ist Keiner so wilde,
Die Lieb' macht ihn milde.

Vorzüglich! rief sie ganz entzückt aus; eine Tenorstimme; kein Zweifel mehr, ein Tenor! ... fahren Sie fort, mein Herr!

Octave, dem dies sehr schmeichelte, sang im selben Tone die zwei anderen Verse:

Ach, wonnig mein Herz erbebt,
Zu dir mein Blick sich, erhebt.

Sie strahlte vor Freude! Seit drei Jahren suchte sie das! Sie erzählte ihm ihre bösen Erfahrungen, zum Beispiel mit Herrn Trublot. Es war eine Tatsache, deren Ursachen untersucht werden müssten. Unter den jungen Leuten der guten Gesellschaft gab es keine Tenorstimmen mehr. Gewiss hat das Tabakrauchen dies verschuldet.

Aufgemerkt! sagte sie; wir wollen jetzt mit Nachdruck singen. Nur mutig anstimmen!

Ihr sonst so kaltes Gesicht nahm einen schmachtenden Ausdruck an, sie sah ihn mit hinsterbenden Blicken an. Da er glaubte, dass sie begeistert sei, wuchs auch seine Begeisterung, und er fand sie reizend. Aus den anstoßenden Gemächern drang nicht das leiseste Geräusch. Das verschwommene Halbdunkel des großen Salons seinen ein einschläferndes Wonnegefühl über sie auszugießen. Wie er so hinter ihr stand, den Kopf vorwärts geneigt, mit seiner Brust ihren Haarknoten streifend, sang er im Seufzertone die beiden Verse:

Ach, wonnig mein Herz erbebt,
Zu dir sich, mein Blick erhebt.

Sobald aller die Melodie verklungen war, ließ sie wie eine Maske, hinter der ihre Kälte sich barg, den leidenschaftlichen Ausdruck wieder fallen. Er wich verlegen zurück, da er keine Lust verspürte, ein ähnliches Abenteuer wie mit Frau Hédouin zu beginnen.

Sie werden sich ganz gut machen, sagte sie, betonen Sie nur etwas besser die einzelnen Takte... Hören Sie einmal mir zu. So!

Sie sang selbst und wiederholte wohl zwanzigmal »Zu dir sich mein Blick erhebt« – indem sie die einzelnen Töne auseinanderhielt mit der Strenge einer makellosen Frau, bei der die musikalische Leidenschaft nur eine oberflächliche, mechanische war. Sie ließ ihre Stimme allmählich steigen, so dass das Gemach mit ihren gellenden Schreien erfüllt ward. Da hörten sie plötzlich eine raue Stimme hinter ihnen heftig die Worte: Gnädige Frau! Gnädige Frau! wiederholen.

Sie fuhr vor Schrecken auf, erkannte ihr Stubenmädchen Clémence und fragte:

Nun, was gibt's?

Gnädige Frau, Ihr Herr Vater ist mit dem Gesichte unter seine Schriften gestürzt und bewegt sich nicht mehr... Wir sind sehr erschrocken.

Ohne sie recht verstanden zu haben, verließ Frau Duverdy überrascht den Flügel und folgte Clémence. Octave, der sich nicht getraute, ihr nachzugehen, blieb im Salon und ging daselbst umher. Nach einigen Minuten unbehaglicher Ungewissheit und Unentschlossenheit, während welcher er hastige Schritte und verzweifelte Stimmen hörte, fasste er endlich Mut, durchschritt ein dunkles Gemach und befand sich in dem Zimmer des Herrn Vabre.

Sämtliche Diener waren herbeigeeilt, Julie in ihrer Küchenschürze, Clémence und Hyppolite, noch ganz mit der Dominopartie beschäftigt, die sie eben verlassen hatten. Sie standen sämtlich mit bestürzten Mienen um den alten Mann herum, während Clotilde sich zu seinem Ohr neigte, ihn anrief und flehentlichst bat, er möge ein Wort, ein einziges Wort sagen.

Aber er rührte sich noch immer nicht und blieb mit der Nase unter seinen Papieren liegen. Er hatte mit der Stirne auf das Tintenfass aufgeschlagen, eine Tintenlache bedeckte ihm das linke Auge und floss tropfenweise bis zu den Lippen hinunter.

Es ist ein Schlaganfall, sagte Octave, man kann ihn nicht da lassen, man muss ihn zu Bett bringen.

Frau Duverdy verlor den Kopf. Die Aufregung durchwühlte nach und nach ihr träges Blut. Sie rief wiederholt:

Sie glauben also, dass... O, mein armer Vater, mein armer Vater!

Hyppolite, von einer eigentümlichen Ängstlichkeit und sichtlichem Widerwillen ergriffen, beeilte sich ganz und gar nicht, den Alten anzurühren, der in seinen Armen vielleicht gar die Seele aushauchen konnte. Octave musste ihm zurufen, dass er ihm helfe. Zu zweien legten sie ihn endlich nieder.

Bringen Sie laues Wasser! sagte der junge Mann zu Julie gewendet, und waschen Sie ihn ab!

Jetzt regte sich Clotilde wegen ihres Gatten auf. Musste er gerade jetzt auswärts sein? Was sollte aus ihr werden, wenn ein Unglück geschehe?

Es war wie absichtlich, dass er niemals zu Hause war, wenn man seiner bedurfte, und Gott weiß, dass man seiner so selten benötigte!

Octave unterbrach sie, um ihr den Rat zu geben, dass man nach dem Doktor Juillerat schicken solle. Kein Mensch dachte daran. Hyppolite entfernte sich sofort, glücklich ins Freie gelangen zu können.

Mich allein zu lassen! setzte die junge Frau fort. Ich weiß nicht: es müssen ja Angelegenheiten verschiedener Art in Ordnung zu bringen sein ... Ach, mein armer Vater!

Soll ich die Familie unterrichten? bot sich Octave an. Ich kann Ihre beiden Brüder rufen ... Das wäre vernünftig.

Sie antwortete jedoch nicht. Zwei schwere Tränen traten ihr in die Augen, während Julie und Clémence bemüht waren, den Greis zu entkleiden. Dann hielt sie Octave zurück: ihr Bruder August sei abwesend, da er an diesem Abende eine Zusammenkunft habe, und Theophil tue gut, nicht heraufzukommen, denn schon sein Anblick werde ihrem Vater den Rest geben.

Sie erzählte dann, dass dieser sich bei seinen Kindern eingefunden habe, um seine Mietsrückstände bei ihnen einzufordern; allein sie empfingen ihn schroff abweisend. Valerie überhaupt weigerte sich zu zahlen und forderte die von ihm zur Zeit ihrer Verheiratung versprochene Summe; und der Anfall kam zweifelsohne von dieser Szene her, denn er kehrte in einem bedauernswerten Zustande zurück.

Gnädige Frau, bemerkte Clémence, die eine Seite ist schon ganz kalt bei ihm.

Das brachte Frau Duverdy vollends in Zorn. Sie sagte nichts mehr aus Scheu, in Gegenwart der Dienstmädchen zu viel zu reden.

Ihr Gatte machte sich offenbar lustig über sie! Wenn sie wenigstens die Gesetze gekannt hätte! Sie konnte nicht auf einem Platze bleiben und trippelte vor dem Bette hin und her. Octave betrachtete mit zerstreuter Miene den gräulichen Haufen von Papierstreifen, die den Tisch bedeckten; es waren in einer großen Schachtel von Eichenholz ganze Stöße von Kartons sorgfältig geordnet, ein ganzes Leben voll einfältiger Arbeit.

In diesem Augenblicke, da er auf einem dieser Kartons las: »Isidor Charbotel: Salon vom Jahre 1857, Atalante; Salon vom Jahre 1859, der Löwe des Androkles; Salon vom Jahre 1881, Porträt von M. P. ...« pflanzte sich Clotilde vor ihm auf und sagte mit leiser Stimme entschlossen:

Holen Sie ihn!

Da er sie verwundert anblickte, schien sie mit einem Achselzucken die Geschichte von der Sache mit der Provence-Straße abzutun, eine jener ewigen Ausreden, die sie für die Welt erfand. In ihrer Aufregung ließ sie die Zügel schießen.

Sie wissen doch: in der Kirschstraße ... Alle unsere Freunde wissen es.

Er wollte widersprechen.

Ich schwöre Ihnen, gnädige Frau ...

Verteidigen Sie ihn doch nicht! erwiderte sie. Ich bin froh genug darüber: er kann dort bleiben ... Ach mein Gott! wenn es nicht für meinen armen Vater wäre!

Octave verneigte sich. Julie war im Begriffe, das Ohr des Herrn Vabre mit dem Ende einer Serviette abzuwischen; aber die Tinte war getrocknet, der Schmutz blieb auf der Haut kleben. Frau Duverdy befahl, ihn nicht so stark zu reiben, dann kehrte sie zu dem jungen Manne zurück, der bereits in der Nähe der Türe stand.

Keinem Menschen ein Wort, murmelte sie. Es ist unnütz, das Haus zu alarmieren. Nehmen Sie eine Droschke, klopfen Sie dort an und bringen Sie ihn jedenfalls zurück.

Als er fort war, ließ sie sich auf einen Sessel zu Häupten des Kranken nieder. Er hatte sein Bewusstsein nicht wiedererlangt, nur sein Atmen, ein langsames, schmerzliches Atmen, störte die düstere Ruhe des Zimmers. Als der Arzt nicht kam und sie sich mit den beiden Dienstmädchen allein sah, die mit gekreuzten Armen und bestürzten Mienen vor sich hinstarrten, brach sie in einem Anfalle tiefen Schmerzes in ein heftiges Schluchzen aus.

Onkel Bachelard hatte Duverdy in das Englische Kaffeehaus eingeladen, ohne dass man wusste weshalb; vielleicht des Vergnügens halber, einen Berufungsgerichtsrat bewirten zu können und ihm zu zeigen, wie man in der Kaufmannswelt das Geld auszugeben verstehe.

Er brachte außerdem noch Trublot und Gueulin mit, eine »flotte« Gesellschaft, alle vier gut bürgerlich ohne Frauen, denn die Frauen verstehen nicht zu essen; sie tun den Trüffeln unrecht und hindern die Verdauung.

Übrigens kannte man den Onkel auf der ganzen Linie der Boulevards von seinen üppigen Essen, die er seinen Kunden gab, die ihm aus der Tiefe Indiens oder Brasiliens in die Hände fielen, Essen zu 300 Franken auf den Kopf, bei denen er in nobler Weise die Ehre des französischen

Kommissionshandels rettete. Eine Wut des Ausgebens erfasste ihn, er forderte alles Mögliche, die seltsamsten Speisen, selbst unmögliche, wie Störe aus der Wolga, Aale aus dem Tiber, Trappen aus Schweden, Bärentatzen aus dem Schwarzwald, Teltower Steckrüben, Kürbisse aus Griechenland, außergewöhnliche Erstlinge, Pfirsiche im Dezember und Rebhühner im Juli; dazu musste er einen Luxus an Blumen um sich haben, Silbergerät, Kristallgläser, eine Bedienung, die das ganze Restaurant in Bewegung setzte; nicht zu reden von den Weinen, derentwegen er den Keller umstürzen ließ, unbekannte Gattungen verlangte und nichts alt genug, eigenartig genug fand, wobei er von Flaschen, das Glas zu zwei Louisdors, träumte.

Da man im Sommer war, in einer Zeit, wo an allem Überfluss herrscht, hatte er seine liebe Not, die Rechnung in die Höhe zu treiben. Die Speisenfolge – schon tags vorher festgestellt – war trotzdem sehr bemerkenswert: eine Spargelsuppe, dann kleine Pasteten à la Pompadour; zwei Aufläufe, eine Forelle nach Genfer Art und ein Rinderfilet; zwei Eingänge, Fettammern à la Lucullus und ein Krebssalat; schließlich als Braten ein Rehziemer, und als Gemüse Artischocken, denen ein Schokoladenguss und eine Fruchtspeise folgte.

Das war einfach und groß, gewürzt übrigens durch eine wahrhaft königliche Auswahl von Weinen: alter Madeira zur Suppe, Château-Filhot vom Jahre 1858 zum Beigericht, Johannisberger und Pichon-Longueville zum Auflauf, Château-Lafite vom Jahre 1848 zu den Eingängen, Sparling-Mosel zum Braten, in Eis gekühlter Roederer zum Nachtisch. Es war ihm leid um eine Flasche Johannisberger, 105 Jahre alt, die man drei Tage vorher an einen Türken für zehn Louisdors verkauft hatte.

Trinken Sie doch, mein Herr, wiederholte er unaufhörlich zu Duverdy; wenn die Weine gut sind, berauschen sie nicht ... Es ist wie mit der Nahrung: sie schlägt niemals schlecht an, wenn sie fein ist.

Er selbst war indes auf seiner Hut. Er hatte als Mann von Welt eine Rose ins Knopfloch gesteckt, war frisiert Und rasiert und hielt an sich, das Tafelgeschirr zu zerbrechen, wie es sonst seine Gewohnheit war.

Trublot und Gueulin aßen von allem. Die Ansicht des Onkels schien richtig zu sein, denn selbst Duverdy, der am Magen litt, trank beträchtlich und kehrte zum Krebssalat zurück, ohne dass ihm übel wurde; nur die roten Flecke seines Gesichts färbten sich mit violettem Blute.

Um neun Uhr dauerte das Essen noch an. Die Kandelaber, deren Flammen durch ein offenes Fenster noch angefacht wurden, ließen das

Silber- und Glasgeschirr erglänzen, und inmitten dieser Unordnung des Gedecks welkten vier Körbe mit vorzüglichen Blumen dahin.

Außer den beiden Haushofmeistern stand hinter jedem Gast ein Diener, nur beauftragt, auf Brot, Wein und Tellerwechsel zu achten.

Es war heiß ungeachtet der frischen Luft des Boulevard. Eine gewisse Üppigkeit stieg auf aus diesen dampfenden Gewürzen der Schüsseln und in dem zarten Dufte der wundervollen Weine.

Als man den Kaffee mit Likören und Zigarren brachte und alle Kellner sich zurückgezogen hatten, warf sich Onkel Bachelard mit einem Mal in seinen Sessel zurück und stieß einen Seufzer der Befriedigung aus.

Ach! erklärte er, man fühlt sich so wohl.

Trublot und Gueulin lehnten sich gleichfalls mit ausgestreckten Armen zurück.

Voll! sagte der eine.

Bis zu den Augen! setzte der andere hinzu.

Duverdy, der den Rauch von sich blies, schüttelte den Kopf und murmelte:

Oh! die Krebse!

Alle vier sahen einander kichernd an. Sie hatten die schlaffe Haut, die langsame und selbstsüchtige Verdauung von vier Spießbürgern, die abseits von den Langweiligkeiten ihrer Häuslichkeit sich einen guten Tag gemacht hatten. Das kostete sehr viel, darum war sonst niemand eingeladen, kein Mädchen war da, um ihre zärtliche Stimmung zu missbrauchen; und sie knöpften sich die Röcke und Westen auf und setzten ihre Bäuche auf den Tisch.

Die Augen zur Hälfte geschlossen, vermieden sie anfangs zu sprechen; jeder war mit seinem eigenen Wohlbehagen beschäftigt. Sie fühlten sich frei und beglückwünschten sich, dass keine Frauen zugegen seien; sie stützten die Ellbogen auf das Tischtuch, näherten ihre glühenden Gesichter einander und sprachen nur von den Frauen, unaufhörlich.

Ich bin darüber im Klaren, sagte Onkel Bachelard; die Tugend ist noch das Beste von allem, was existiert.

Duverdy stimmte mit einem Nicken des Kopfes bei.

Darum habe ich allen Ausschweifungen abgeschworen ... Ich habe mich herumgetrieben, ich gestehe es. Ich kenne sie alle in der Godelot-Straße: blonde, brünette, rote Geschöpfe, die manchmal, nicht gerade oft, wundervolle Körper haben ... Dann gibt es schmutzige Winkel, wisst ihr: die Mietshäuser in Montmartre, die Enden der dunklen Gässchen in meinem Stadtviertel, wo man scheußlichen Dirnen begegnet, aber mit ganz prachtvollen Leibern.

Oh! die Dirnen! unterbrach Trublot mit seiner hoheitsvollen Miene, welch ein Schwindel! Ich lasse mich nicht rupfen! ... Man hat niemals etwas Rechtes für sein Geld!

Diese gewagte Unterhaltung kitzelte Duverdy ungemein. Er trank in kleinen Zügen Kümmel; sein starres Amtsgesicht zuckte zuweilen in einem kurzen, sinnlichen Beben zusammen.

Ich, sagte er, kann dem Laster nicht beistimmen. Es empört mich ... Nicht wahr? um eine Frau zu lieben, muss man sie achten. Es wäre mir unmöglich, mich einer dieser Unglücklichen zu nähern, es sei denn, dass sie wenigstens Reue zeigte über ihre unsittliche Lebensweise, um sie zur Anständigkeit zurückzuführen. Die Liebe könnte keine edlere Aufgabe als diese haben... Mit einem Worte, eine anständige Geliebte: ihr versteht mich. Weiter will ich nichts sagen, ich bin auch nur ein schwacher Mensch.

Aber ich hatte ja anständige Geliebte! schrie Bachelard. Sie sind noch schrecklicher als die anderen; und nichtswürdig dazu ...

Zum Beispiel meine letzte, eine kleine, sehr hübsche Dame, der ich in der Türe einer Kirche begegnete. Ich mietete ihr in der Vorstadt Aux-Ternes ein Modewarengeschäft, um sie irgendwo unterzubringen; es kam übrigens nicht eine Kundin. Glauben Sie mir, mein Herr: sie schlief mit der ganzen Gasse.

Gueulin kicherte, seine roten Haare sträubten sich mehr als sonst, die Stirne war ganz in Schweiß gebadet. Er bemerkte, an seiner Zigarre saugend:

Und die andere, die Große aus Passy, die im Bonbongeschäfte... Und die andere, die im Zimmer da unten mit ihren Ausstattungen für die Waisen ... Und die andere, die Witwe des Kapitäns, erinnern Sie sich doch! jene, die einen Säbelhieb auf ihrem Bauche hatte ... Alle, Onkel, alle machten sich lustig über Sie! Jetzt kann ich es Ihnen sagen: ich musste mich eines Abends gegen jene mit dem Säbelhieb wehren. Sie wollte, aber ich war nicht so dumm! Man weiß niemals, wohin es mit solchen Frauenzimmern führt.

Bachelard schien peinlich berührt. Er rückte auf seinem Sessel herum und zwinkerte mit seinen großen Augen.

Mein Kleiner, du kannst sie dir alle nehmen, ich habe etwas Besseres als diese.

Er wollte sich nicht erklären, glücklich über die Neugierde der übrigen. Trotzdem brannte er vor Begierde, auszuplaudern und seinen Schatz erraten zu lassen.

Ein junges Mädchen, sagte er schließlich, aber ein echtes, auf Ehrenwort!

Nicht möglich! rief Trublot. Man erzeugt solche nicht mehr.

Aus guter Familie? frug Duverdy.

Aus der besten Familie, bestätigte der Onkel. Stellt euch etwas unglaublich Keusches vor. Ein Zufall. Ich habe sie so ganz von ungefähr besessen. Vielleicht weiß sie selbst noch nichts davon.

Gueulin hörte erstaunt zu; dann machte er eine zweifelnde Miene und sagte:

Ach ja, ich weiß.

Wie? Du weißt? rief Bachelard von Zorn ergriffen aus. Du weißt nichts, mein Kleiner; niemand weiß etwas ... Die da ist für Bibi allein ... Man sieht sie nicht, und man rührt sie nicht an ... Weg mit den Pfoten!

Sich zu Duverdy wendend, sagte er:

Sie werden mich verstehen, mein Herr, Sie, der Sie ein Herz halben. Ich habe einen reizenden Winkel, wo ich mich von allen meinen Mühseligkeiten ausruhe.

Wenn Sie wüssten, wie fein, wie frisch sie ist; sie hat eine Haut, duftig wie eine Blume, und Schultern und Schenkel, durchaus nicht mager, mein Herr, sondern fest und rund wie die Pfirsiche.

Die roten Flecke des Rates färbten sich immer dunkler. Trublot und Gueulin betrachteten den Onkel, und die Lust, ihn zu ohrfeigen, ergriff sie, als sie ihn mit seinem Gebiss allzu weißer Zähne und dem Speichel in den beiden Ecken seines Mundes sahen.

Wie! diese alte Scharteke von einem Onkel, dieses Überbleibsel von unsauberen Pariser Gelagen, dessen große flammende Nase allein noch in dem schlaffen Fleisch der Wangen festsaß, hatte irgendwo eine Unschuld mit frischen Gliedmaßen, die er mit seinen alten Lastern beschmutzte!

Jener hingegen ward immer zärtlicher, beleckte mit der Zungenspitze den Rand seines kleinen Glases und fuhr fort:

Nach alledem habe ich nur einen Wunsch; das ist: dieses Kind glücklich zu machen! Allein, mein Bauch wird immer größer, ich bin nur ein Vater für sie ... Auf Ehrenwort! wenn ich einen recht vernünftigen Jungen fände, ich würde sie ihm geben, natürlich zur Ehegattin, nicht anders.

Sie würden zwei Menschen glücklich machen, versetzte Duverdy gefühlvoll.

Man begann in dem engen Salon zu ersticken. Ein verschüttetes Glas Chartreuse beschmierte das Tischtuch, das von der Zigarrenasche ganz schwarz geworden war. Die Herren hatten das Bedürfnis nach frischer Luft.

Wollt ihr sie sehen? fragte plötzlich der Onkel sich erhebend.

Sie befragten einander mit dem Blick. Mein Gott, ja; sie wollten wohl, wenn ihm das Vergnügen machte; in ihrem geheuchelten Gleichmut lag eine gewisse lüsterne Befriedigung bei dem Gedanken, dass sie den Nachtisch da unten bei der Kleinen des Alten beendigen würden.

Duverdy erinnerte bloß daran, dass Clarisse sie erwarte; allein Bachelard, bleich und aufgeregt, seitdem er den Vorschlag gemacht, schwur, dass sie sich gar nicht niedersetzen würden; die Herren würden nur die Kleine sehen und dann sogleich wieder gehen.

Sie gingen hinunter und standen eine Weile auf der Straße, während er zahlte. Als er sich zu ihnen gesellte, tat Gueulin, als ob er nicht wisse, wo die Kleine wohne.

Vorwärts, Onkel! nach welcher Richtung?

Bachelard ward ernst; ihn quälte einerseits die Eitelkeit, sie zu zeigen, und andererseits die Furcht, dass man sie ihm rauben könne. Einen Augenblick schaute er rechts und schaute links, wobei er eine besorgte Miene machte. Endlich sagte er rundheraus:

Nein, ich will nicht!

Er blieb hartnäckig bei seiner Weigerung, unbekümmert um die Sticheleien Trublots; er fand es nicht einmal für nötig, die Änderung seiner Absicht zu erklären.

Man musste den Weg zu Clarisse antreten. Da der Abend sehr schön war, ging man zu Fuße; das förderte die Verdauung. Sie gingen die Straße hinab und waren noch fest genug auf den Beinen, aber doch so voll, dass ihnen der Fußweg zu schmal schien.

Gueulin und Trublot gingen voraus; hinter ihnen kamen Bachelard und Duverdy, vertrauliche Geständnisse austauschend. Ersterer schwur dem letzteren, dass er ihm nicht misstraue; er würde sie ihm gerne gezeigt haben, denn er kenne ihn als einen zartfühlenden Mann; allein man dürfe der Jugend nicht allzu viel zumuten. Der andere stimmte ihm bei und gestand ihm seinerseits, dass auch er früher in Bezug auf Clarisse nicht ohne Besorgnisse war. Anfangs hielt er seine Freunde fern von ihr; später, nachdem sie ihm glänzende Beweise ihrer Treue geliefert, entschloss er sich, seine Freunde bei ihr einzuführen und sich da ein reizendes Heim zu schaffen. Eine kluge Frau! Und unfähig sich zu vergessen; sehr viel Gefühl und sehr gesunde Ansichten. In ihrer Jugend freilich, da es ihr an einem Führer fehlte, ließ sie sich manchen Fehler zuschulden kommen; doch ist sie durchaus ehrbar geworden, seitdem sie ihn liebt. Jetzt kann er auf ihre Treue schwören bei allem, was heilig ist. Die ganze Rivoli-Straße entlang ward der Rat nicht müde, sie mit Lobeserhebungen zu überhäufen; während der Onkel, verdrießlich darüber, dass er nicht mehr dazu kam, ein Wort über seine Kleine vorzubringen, an sich halten musste, um ihm nicht zu erzählen, dass seine Clarisse mit aller Welt schlafe.

Ja, ja, gewiss, murmelte er; aber seien Sie überzeugt, mein Herr, die Tugend bleibt das Beste.

Das Haus in der Kirschstraße, wo Clarisse wohnte, lag wie ausgestorben in der Einsamkeit und Stille der Umgebung. Duverdy war überrascht, die Fenster des dritten Stockwerkes nicht beleuchtet zu sehen. Trublot sagte mit ernster Miene, dass Clarisse ihren Besuch ohne Zweifel im Bett erwarte. Oder, – fügte Gueulin hinzu – sie spielt in der Küche eine Partie Bezigue mit ihrem Stubenmädchen.

Sie klopften an das Tor. Im Stiegenhaus brannte das Gas mit der geraden, unbeweglichen Flamme einer Kapellenlampe. Kein Geräusch, kein Hauch.

Als die vier Herren an der Loge des Hausmeisters vorbeikamen, eilte dieser herbei.

Der Schlüssel], mein Herr! Hier der Schlüssel!

Duverdy blieb betroffen an der ersten Treppenstufe stehen.

Ist denn Madame nicht oben? fragte er.

Nein, mein Herr! ... Und warten Sie, ich will Ihnen auch eine Kerze bringen, die Sie benötigen werden.

Damit reichte er ihm einen Leuchter mit einem grausam höhnischen Grinsen in dem sonst so respektvollen bleichen Gesichte. Der Onkel und die jungen Leute schwiegen. Sie stiegen mit gekrümmtem Rücken hintereinander hinauf; man hörte in der Stille der Stockwerke nichts als das endlose Geräusch ihrer Schritte.

Voraus ging Duverdy, nach einer Erklärung suchend; er setzte mit der mechanischen Bewegung eines Mondsüchtigen einen Fuß vor den andern; die Kerze in seiner zitternden Hand malte den seltsamen Aufstieg dieser vier Schatten an die Wand, der einer Prozession von zerbrochenen Hampelmännchen glich.

Auf dem Treppenabsatz ward er von einer außerordentlichen Schwäche befallen; er vermochte das Schlüsselloch nicht zu finden. Trublot erwies ihm den Dienst zu öffnen. Das Umdrehen des Schlüssels im Schlosse verursachte ein lautes widerhallendes Geräusch wie unter einem Domgewölbe.

Alle Wetter! brummte er; es scheint nicht stark bewohnt zu sein!

Das tönt ziemlich hohl! bemerkte Bachelard.

Eine kleine Familiengruft, fügte Gueulin hinzu.

Sie traten ein, Duverdy voran mit hoch gehaltener Kerze. Das Vorzimmer war leer, selbst die Kleiderhaken waren verschwunden. Völlig leer waren auch der große Salon und der kleine Salon; nicht ein Möbelstück, nicht ein Fenstervorhang, nicht ein Wandhaken.

Duverdy blickte wie versteinert zu Boden, hob dann wieder die Augen zur Decke, schaute ringsum die Wände an, als suche er das Loch, durch welches alles davon geflogen sein mochte.

Sauber aufgeräumt! bemerkte Trublot.

Vielleicht wird die Wohnung instandgesetzt, sagte Gueulin, ohne zu lachen. Schauen wir ins Schlafzimmer; man wird die Möbel dorthin geschafft haben.

Doch auch dieses Zimmer war kahl in der hässlichen und kalten Nacktheit des Gipses, von dem man die Tapeten abgerissen hatte. An der Stelle, wo das Bett gestanden, gähnten die Löcher, in denen die Säulen des Betthimmels gesteckt hatten. Ein Fenster war halboffen geblieben, so dass von außen die frische Luft eindrang, wodurch eine Feuchtigkeit und Kühle in diesem Zimmer entstand wie auf einem freien Platze.

Mein Gott, mein Gott! stammelte Duverdy, indem er bei dem Anblick der Stelle, wo durch das Anreiben der Bettmatratzen allmählich die Tapete abgewetzt war, in ein Schluchzen ausbrach.

Der Onkel Bachelard schlug einen väterlichen Ton an.

Mut, mein Herr! Das ist auch mir schon passiert, und ich bin nicht daran gestorben. Die Ehre ist gerettet, was ist weiter dabei?

Der Rat schüttelte den Kopf und ging in das Toilettezimmer, dann in die Küche. Hier war die nämliche Verödung. Im Toilettezimmer war die Wachsleinwand entfernt worden, mit der die Wände bekleidet gewesen; in der Küche hatte man selbst die Nägel herausgezogen, auf denen die Bretter geruht hatten.

Das ist zu viel! Das ist schon Phantasie! rief Gueulin, von Bewunderung erfüllt. Sie hätte doch wenigstens die Nägel zurücklassen können!

Trublot, ermüdet durch das Essen und den weiten Weg, begann diese Einsamkeit etwas langweilig zu finden. Duverdy ging mit seiner Kerze noch immer von einem Zimmer ins andere, als ob er das Bedürfnis fühle, sich in diese Verlassenheit zu versenken; die übrigen waren genötigt, ihm zu folgen.

Er durchschritt von neuem jedes Zimmer, wollte den großen Salon nochmals sehen, dann den kleinen Salon, das Schlafzimmer; er leuchtete in alle Winkel hinein, während die anderen wie vorhin auf der Treppe gleich einer Prozession hinter ihm herzogen, wobei ihre Schatten auf den Wänden der leeren Zimmer tanzten. In der Stille dieser verlassenen Wohnung verursachten ihre Schritte auf dem Parkett ein dumpfes Geräusch.

Um den trübseligen Anblick zu vervollständigen, war die Wohnung sehr rein; nirgends ein Stückchen Papier oder ein Strohhalm: es war alles so rein wie ein sorglich ausgespülter Napf; der Hausmeister hatte nämlich noch die Grausamkeit geübt, mit seinem Besen alles reinzufegen.

Jetzt kann ich aber nicht weiter! erklärte Trublot, als man zum drittenmal den Salon besichtigte. Zehn Sous für einen Sessel!

Alle vier standen in einer Gruppe beisammen.

Wann haben Sie sie denn zum letzten Mal gesehen? fragte Bachelard.

Gestern! rief Duverdy.

Gueulin schüttelte den Kopf. Alle Wetter, das war rasch gemacht! Jetzt stieß Trublot einen Schrei aus: er hatte auf dem Kamin einen schmutzigen Hemdkragen und eine zerbrochene Zigarre entdeckt.

Kränken Sie sich nicht allzu sehr, sagte er; sie hat Ihnen wenigstens ein Andenken zurückgelassen.

Duverdy betrachtete eine Weile gerührt den Kragen. Dann sagte er:

25 000 Franken habe ich für die Möbel ausgegeben! ... Um das Geld ist es mir nicht leid! ...

Wollen Sie die Zigarre nicht nehmen? fragte Trublot. Dann erlauben Sie, dass ich sie anbrenne. Sie hat einige Löcher, aber das schadet nichts; ich werde sie mit Zigarettenpapier umwickeln.

Er zündete die Zigarre an der Kerze an, die der Rat noch immer in der Hand hielt, dann ließ er sich an der Wand auf die Erde gleiten und sagte:

Ich setze mich einen Augenblick; meine Füße tragen mich nicht weiter.

Aber erklären Sie mir nur, wo kann sie denn sein?

Bachelard und Gueulin blickten einander an. Das war eine heikle Frage.

Endlich fasste der Onkel einen mannhaften Entschluss und erzählte dem bedauernswerten Manne alles: die Komödien der Clarisse, ihre fortwährenden Liebschaften, und wie sie Herrn Duverdy jeden Abend mit einem andern betrog.

Sicherlich ist sie mit ihrem letzten Liebhaber durchgegangen, mit dem dicken Payan, dem Steinmetz aus dem Süden, den seine Vaterstadt zu einem Bildhauer ausbilden lassen wollte.

Duverdy hörte entsetzt diese Ungeheuerlichkeiten. Endlich rief er im Tone der Verzweiflung aus:

Es gibt keine Rechtschaffenheit mehr auf Erden!

In einer plötzlich erwachenden Mitteilsamkeit erzählte er alles, was er für sie getan. Er sprach von seiner Seele, beschuldigte sie, dass sie seinen Glauben an die besten Gefühle der Menschheit erschüttere. So suchte er unter dein Scheine eines gefühlvollen Schmerzes den Verdruss zu verbergen, den er in der Enttäuschung seiner gröblichen Gelüste empfand. Dieses Mädchen war ihm unentbehrlich geworden. Er werde sie suchen, versicherte er, bis er sie wiederfinde, zu dem einzigen Zwecke, sie über ihre Handlungsweise erröten zu machen, und um zu sehen, ob ihr Herz schon jedes Adels entbehre.

Lassen Sie das gut sein! rief Bachelard, den das Missgeschick des Rates entzückte. Sie würde sich über Sie vielleicht noch lustig machen... Ich sage Ihnen: es geht nichts über die Tugend. Nehmen Sie sich eine Kleine ohne böse Gedanken, unschuldig wie ein neugebornes Kind... Da gibt es keine Gefahr, man kann ruhig schlafen.

Inzwischen saß Trublot auf der Erde an die Wand gelehnt, die Beine weit von sich gestreckt. Er ruhte aus, und man vergaß ihn.

Wenn es Ihnen eine Erleichterung bietet, werde ich die Adresse erfahren, sagte er; ich kenne ihr Stubenmädchen.

Duverdy wandte sich um, überrascht von dieser Stimme, die von den Dielen herauftönte; und als er ihn alles ausrauchen sah, was von Clarisse übriggeblieben war; als er ihn dichte Rauchwolken in die Luft blasen sah, in denen er die 25 000 Franken sich verflüchtigen zu sehen glaubte, die er für Möbel ausgegeben hatte, sagte er mit wütender Gebärde:

Nein, sie ist meiner unwürdig! .. Auf den Knien soll sie mich um Verzeihung bitten!

Horch, da kommt sie zurück! sagte Gueulin, die Ohren spitzend.

In der Tat hörte man jemanden im Vorzimmer herumgehen. Und eine tiefe Stimme rief: »Nun, was ist's? Sind denn alle gestorben?«

Octave war gekommen. Er war höchlich betroffen bei dem Anblick dieser leeren Zimmer, dieser offenen Türen. Sein Befremden stieg noch höher, als er in der Mitte des großen, kahlen Salons die vier Männer sah, einen auf dem Boden sitzend, die anderen drei stehend, nur beleuchtet von dem spärlichen Lichte der Kerze, die der Rat wie eine Leichenwachskerze in der Hand hielt. Man sagte ihm kurz, was sich ereignet habe.

Unmöglich! rief er.

Hat man Ihnen denn unten nichts gesagt? fragte Gueulin.

Nein; der Hausmeister hat ruhig zugeschaut, wie ich heraufkam. Schau, schau! Sie ist durchgegangen! Eigentlich überrascht mich das nicht, sie hatte so drollige Augen und Haare!

Er wollte noch weitere Einzelheiten erfahren, plauderte eine Weile und vergaß gänzlich den traurigen Auftrag, der ihn hierhergeführt. Dann wandte er sich plötzlich zu Duverdy und sagte:

Was ich sagen wollte, Ihre Gemahlin sendet nach, Sie aufzusuchen... Ihr Schwiegervater liegt im Sterben.

Ah! sagte einfach der Rat.

Der alte Vabre! murmelte Bachelard. Ich war darauf gefasst.

Ja, wenn man am Ende seiner Lebenstage angelangt ist! ... bemerkte Gueulin philosophisch.

Es ist besser, dieses Jammertal zu verlassen, fügte Trublot hinzu, indem er ein zweites Zigarettenpapier um seine Zigarre wickelte.

Die Herren entschlossen sich indes, die leere Wohnung zu verlassen. Octave erwähnte wiederholt, dass er einen Wagen unten habe, dass er auf Ehrenwort versprochen habe, Herrn Duverdy sogleich und in jedem Zustande nach Hause zu führen.

Letzterer verschloss sorgfältig die Türe, als lasse er daselbst seine zärtlichen Gefühle tot zurück. Unten überkam ihn indes ein Gefühl der Scham, Trublot musste dem Hausbesorger den Schlüssel einhändigen.

Auf der Straße drückten sie einander stumm die Hände, und sobald die Droschke mit Octave und Duverdy davongefahren war, sagte Onkel Bachelard zu Gueullin und Trublot, die mit ihm in der verödeten Straße zurückgeblieben waren:

Donnergottes! Ich muss sie euch doch zeigen.

Er trippelte seit einigen Minuten ungeduldig herum, höchst erregt über die Verzweiflung dieses Gimpels von einem Rat und vor Freude schier aus der Haut fahrend bei dem Gedanken an sein eigenes Glück, das er seiner tiefsinnigen Schlauheit zuschreiben zu sollen glaubte, und das er kaum mehr zu verheimlichen vermochte.

Hören Sie, Onkel, sagte Gueullin, wenn Sie uns wieder bis zur Türe führen und dort stehen lassen wollen ...

Donnergottes, nein! Ihr sollt sie sehen. Das wird mir Vergnügen machen! ... Wenn es auch schon Mitternacht ist, sie steht auf, wenn sie schon zu Bette wäre. Sie müssen wissen: sie ist die Tochter des Kapitäns Menu und hat eine sehr achtenswerte Tante, geboren zu Villeneuve bei Lille, so wahr ich ein Ehrenmann bin. Man kann bei den Herren Gebrüdern Mardienne, Sulpiciusstraße Auskunft über sie erlangen ... Donnergottes! So was braucht unser einer! Ihr sollt einmal sehen, was Tugend ist!

Hierauf fasste er sie bei den Armen, Gueulin rechts, Trublot links, und holte weit aus, um sich nach einem Wagen umzusehen, damit man rascher ankomme.

Mittlerweile erzählte Octave Herrn Duverdy in der Droschke kurz von dem Schlaganfall des Herrn Vabre; er verheimlichte ihm durchaus nicht, dass die Adresse der Kirschstraße seiner Frau vollständig bekannt sei. Nach kurzem Stillschweigen fragte der Rat in wehmütigen Tone:

Glauben Sie, dass sie mir verzeihen wird?

Octave schwieg. Die Droschke rollte im Dunkel dahin und wurde nur von Zeit zu Zeit von dem Lichtstrahl einer Gaslampe beleuchtet, an der man vorbeikam. Als sie ankamen, stellte Duverdy, von Herzensangst gequält, eine neue Frage.

Nicht wahr, das Beste, was ich tun kann, ist, mich mit meiner Frau auszusöhnen?

Das dürfte recht vernünftig sein, sagte der junge Mann, der genötigt war zu antworten.

Duverdy glaubte, sein Bedauern über den Unfall seines Schwiegervaters äußern zu müssen. Er sei ein sehr verständiger Mensch, eine unglaubliche Arbeitskraft gewesen. Übrigens dürfe man ihn noch herausreißen können.

In der Choiseul-Straße fanden sie das Haustor offen und stießen auf eine Gruppe, die vor der Loge des Herrn Gourd sich angesammelt hatte. Julie war heruntergekommen und fuhr über die Spießbürger los, die einander »hinwerden« lassen, wenn ihnen etwas zustößt; es taugt freilich nur für die Arbeiter, einander Bouillon und warme Tücher zuzutragen. Seit zwei Stunden, während der er ausgestreckt lag, habe der Alte zehnmal verschmachten können, ohne dass seine Kinder sich auch nur die Mühe genommen hätten, ihm ein Stück Zucker zwischen die Zähne zu stecken. Vertrocknete Herzen, Leute, die ihre zehn Finger nicht zu gebrauchen wissen, meinte Herr Gourd; während Hyppolite es allen andern noch zuvortat und von der Kopflosigkeit, der dummen Unbeholfenheit der Dame da oben erzählte, die mit verschränkten Armen dem Kranken gegenüber dasitze, um den nur das Dienstvolk sich herumtummle.

Als sie Herrn Duverdy wahrnahmen, schwiegen sie alle.

Wie geht's denn? fragte Duverdy.

Der Arzt macht ihm jetzt einen Senfumschlag, sagte Hyppolite. Es war nicht leicht, ihn zu finden!

Im Salon oben kam ihnen Frau Duverdy entgegen. Ihr sonst so kalter Blick glänzte jetzt unter den vom vielen Weinen geröteten Lidern hervor. Der Rat öffnete ganz verlegen die Arme und sagte, indem er sie küsste:

Meine arme Clotilde!

Ganz verwundert über diese ungewohnte Herzensergießung, wich sie zurück. Octave war zurückgeblieben; doch hörte er, wie der Mann leise hinzufügte:

Verzeih' mir; lass uns unter diesen traurigen Umständen unser Unrecht vergessen ... Du siehst, ich komme wieder zu dir und bleibe nun der deine für alle Zeiten ... Ich bin hart genug bestraft ...

Sie wand sich von ihm los, ohne zu antworten, gab sich in Gegenwart Octaves das Ansehen einer Frau, die vom Treiben ihres Gatten nichts wissen mag, und sprach:

Ich würde dich nicht belästigt haben, denn ich weiß, wie dringend die Untersuchung in der Geschichte der Provence-Straße ist. Aber ich sah mich allein, deine Anwesenheit war mir unumgänglich. Mein armer Vater ist verloren. Sieh ihn an, der Doktor ist bei ihm.

Als Duverdy sich in das anstoßende Zimmer begeben hatte, ging sie auf Octave zu, der, um sich eine Haltung zu geben, sich an den Flügel gestellt hatte. Das Instrument war offen geblieben, das Stück »Zémire und Azor« lag noch auf dem Pulte, und er gab sich den Anschein, als ob er darin lese.

Die Lampe erhellte mit ihrem milden Lichte noch immer nur eine Ecke des geräumigen Gemachs. Frau Duverdy sah den jungen Mann einen Augenblick stumm an, bis sie, von ängstigenden Zweifeln überwältigt, endlich aus ihrer gewohnten Verschlossenheit heraustrat.

Er war also dort? fragte sie ganz kurz.

Ja, gnädige Frau.

Also, was ist dort?

Die Person hat ihn im Stiche gelassen und die Einrichtung mitgenommen. Ich fand ihn zwischen den kahlen Wänden mit einer Kerze in der Hand.

Clotilde machte eine Gebärde der Verzweiflung. Sie begriff. Ein Gefühl des Ekels und der Niedergeschlagenheit drückte sich in ihren sonst so schönen Zügen aus. Nicht genug, dass sie ihren Vater verlor, musste dieses Unglück noch ihrem Manne einen Vorwand zu einer Annäherung bieten, die sie so wenig wünschte. Sie kannte ihn nur zu gut. Sie wusste, dass er ihr jetzt immer auf dem Nacken sitzen werde, da ihn außerhalb des Hauses nichts mehr zurückhielt; und in ihrem tiefen Pflichtgefühl zitterte sie bei dem Gedanken, diesen verabscheuten Frondienst leisten zu müssen. Sie sah einen Augenblick auf den Flügel. Als ihr dann schwere Tränen in die Augen traten, sagte sie einfach zu Octave:

Ich danke, mein Herr.

Dann gingen auch sie in das Zimmer des Herrn Vabre hinüber. Duverdy hörte ganz blass dem Doktor Juillerat zu, der ihm mit halblauter Stimme Erklärungen machte. Es sei ein Schlagfluss. Der Kranke dürfe noch bis zum folgenden Tag leben, aber es bestehe keine Hoffnung für sein Aufkommen.

Clotilde kam eben hinzu und hörte, wie der Arzt ihrem Vater das Leben absprach. Sie sank auf einen Sessel und hielt das tränendurchnässte, plattgedrückte Taschentuch an die verweinten Augen.

Sie fasste sich indes so weit, um den Arzt fragen zu können, ob ihr armer Vater wenigstens zur Besinnung kommen werde, was der Arzt jedoch bezweifelte; wie wenn er verstanden habe, wo diese Frage hinaus wolle, drückte er die Hoffnung aus, dass Herr Vabre seine Angelegenheiten längst geordnet habe.

Duverdy, dessen Geist in der Kirschstraße zu weilen schien, kam jetzt erst zu sich. Er sah seine Frau an und antwortete dann, dass Herr Vabre sich niemandem anvertraut habe, dass er also nichts wisse. Er habe bloß Versprechungen zugunsten ihres Sohnes Gustav gemacht, den sein Großvater oft vorzuziehen versprochen habe, als Belohnung dafür, dass seine Eltern ihn gepflegt hätten. In jedem Falle werde sich das Testament vorfinden, falls er eines gemacht habe.

Die Familie ist doch wohl benachrichtigt? sagte der Doktor Juillerat.

Ach Gott, nein! lispelte Clotilde. Der Schlag kam so plötzlich ... Mein erster Gedanke war, diesen Herrn um meinen Mann zu schicken.

Duverdy warf ihr wieder einen Blick zu. Jetzt verstanden sie einander. Er näherte sich leise dem Bette, betrachtete Herrn Vabre, der starr wie eine Leiche hingestreckt lag und dessen unbewegliche Wangen schon mit gelben Flecken marmoriert waren.

Es schlug ein Uhr nach Mitternacht. Der Doktor wollte sich entfernen; er hatte es mit den üblichen Ableitungsmitteln versucht und konnte vorderhand nichts anderes unternehmen. Morgen werde er zeitig wiederkommen. Er ging endlich mit Octave weg, als Frau Duverdy den letzteren zurückrief.

Wir warten bis zum Morgen, nicht wahr? sagte sie zu ihm. Sie werden mir Berta unter irgendeinem Vorwande schicken; ich werde auch Valerie herbestellen, und sie sollen dann meine Brüder verständigen. Ach, die armen Leute! Mögen sie noch diese Nacht ruhig schlafen. Es ist genug, wenn wir mit unserm Schmerze wach bleiben müssen.

Angesichts des Greises, dessen Röcheln das Zimmer erfüllte, blieb sie mit ihrem Manne allein.

Elftes Kapitel

Als Octave tags darauf um acht Uhr von seinem Zimmer hinunterging, war er sehr überrascht, als er bemerkte, dass das ganze Haus von dem gestrigen Anfalle und dem verzweifelten Zustande des Hauseigentümers unterrichtet war. Man befasste sich übrigens weit weniger mit dem Kranken als mit der Erbschaft.

Die Pichons saßen in ihrem kleinen Speisezimmer bei der Schokolade. Julius rief Octave herbei.

Da wird's wohl ein Durcheinander geben, wenn er jetzt stirbt, nicht wahr? Recht drollige Geschichten... Wissen Sie, ob ein Testament da ist?

Der junge Mann fragte, ohne erst die an ihn gerichtete Frage zu beantworten, woher sie die Neuigkeit hätten? Marie hatte sie von der Bäckersfrau mit heraufgebracht; übrigens sickerte sie gleichsam von Stock zu Stock durch, sogar von einem Ende der Straße zum andern ward sie durch die Mägde verbreitet. Nachdem sie dann der kleinen Lilitte, die die Finger in die Schokolade gesteckt hatte, einen Klaps versetzt, sagte die junge Frau ihrerseits:

Ah, das viele Geld! ... Wenn es ihm eingefallen wäre, uns von je hundert Sous einen Sou zu vermachen. Aber das haben wir kaum zu befürchten!

Als Octave im Begriff war, sich zu entfernen, fügte sie hinzu:

Ich habe Ihre Bücher ausgelesen, Herr Mouret ... Wollen Sie sie mitnehmen?

Er ging rasch hinunter, ganz beunruhigt, da es ihm einfiel, dass er Frau Duverdy versprochen hatte, ihr Berta zu schicken, ehe ihr noch jemand von dem traurigen Vorfalle gesprochen habe. Im dritten Stocke stieß er jedoch auf Campardon, der eben ausging.

Nun, sagte der Architekt, Ihr Chef wird jetzt eine Erbschaft machen. Ich habe mir erzählen lassen, dass der Alte nahe an 600 000 Franken habe außer diesem Hause ... Warum auch nicht! Er hat ja bei den Duverdy nichts ausgegeben, und es ist ihm von dem Versailler Schatz nicht wenig geblieben, die zwanzig und einige tausend Franken Mietzins gar nicht gerechnet, die er seit zwölf Jahren auf einen Haufen gelegt ... Nicht wahr, ein famoser Kuchen, wenn nur drei sich darin zu teilen haben.

Als er so plaudernd hinter Octave herging, begegneten sie im zweiten Stocke Frau Juzeur, die eben nachschauen wollte, was ihre kleine Magd Luise so zeitig früh schon vorhaben mochte, dass sie mehr als eine Stunde wegblieb, um für vier Sous Milch zu holen. Wie das nicht anders zu denken ist, knüpfte sie im Fluge ein Gespräch über den allgemein bekannten Gegenstand an.

Man weiß nicht, sagte sie mit ihrer sanften Miene, wie er seine Angelegenheiten geordnet hat. Es wird sicherlich manche Geschichten geben.

Gewiss! sagte der Baumeister heiter. Wäre ich nur an ihrer Stelle, würde die Sache sich nicht lange hinschleppen... Man macht drei gleiche Teile, jeder nimmt den seinen und empfiehlt sich schönstens!

Frau Juzeur beugte sich hinab, dann hob sie den Kopf wieder in die Höhe, um sich zu versichern, dass niemand auf der Treppe sei, endlich sagte sie mit gedämpfter Stimme:

Wenn sie aber nicht finden, was sie erwarten? ... Man hat mir sonderbare Dinge erzählt!

Der Baumeister machte große Augen... Dann zuckte er die Achseln: Warum nicht gar! Eitel Märchen! Vabre war ein alter Geizhals, der seine Ersparnisse in alte Wollstrümpfe steckte.

Hierauf entfernte er sich, denn er hatte eine Zusammenkunft mit dem Abbé Mauduit.

Bald jedoch wandte er sich um, als er etwa drei Stufen hinuntergegangen war, und bemerkte zu Octave:

Ich muss Ihnen sagen, dass sich meine Frau über Sie beklagt; gehen Sie doch hinein, ein wenig mit ihr plaudern.

Frau Juzeur hielt jetzt ihrerseits den jungen Mann zurück.

Und mich wollen Sie gänzlich vernachlässigen! Ich dachte, Sie hätten mich ein bisschen lieb... Wenn Sie kommen, gebe ich Ihnen einen Antillenlikör zu kosten. Ein köstliches Getränk!

Er versprach zu kommen und eilte dann, in den Hausflur zu gelangen. Ehe er aber zu der in die Einfahrt sich öffnenden Ladentür gelangen konnte, musste er eine Gruppe von Mägden passieren. Diese verteilten schon das Vermögen des Sterbenden. Soviel für Frau Clotilde, soviel für Herrn August und so viel für Herrn Theophil. Clémence gab rundweg die ziffernmäßigen Beträge an; sie kannte sie genau, denn Hyppolite, der das Geld in einem Möbelstücke gesehen, hatte ihr hinterbracht, wie hoch es sich belaufe. Julie bestritt es indes. Lisa erzählte, wie ihr erster Dienstgeber, ein alter Herr, sie angeführt habe, indem er verschied, ohne ihr auch nur die schmutzige Wäsche zu vermachen, während Adele, mit hängenden Armen und offenem Munde die Erbschaftsgeschichten anhörte, wobei sie riesige Stöße von Hundertsousstücken dahinrollen zu sehen glaubte.

Auf der Straße war es wieder Herr Gourd, der mit dem Papierhändler von gegenüber plauderte. Für ihn hatte der Hauseigentümer so gut wie aufgehört zu existieren.

Mich interessiert zu wissen, wer das Haus übernehmen wird, sagte er ... Sie können alles andere teilen; aber das Haus können sie nicht in drei Stücke schneiden.

Endlich ging Octave ins Magazin. Die erste Person, die er dort sah, war Frau Josserand, vor der Kasse sitzend, frisiert, gepudert, geschnürt, kurz in voller Rüstung. Neben ihr stand Berta, die wahrscheinlich eiligst heruntergekommen war; sie hatte ihr reizendes Hauskleid an und schien sehr erregt.

Als sie ihn erblickten, hielten sie im Gespräch inne, und die Mutter warf ihm einen fürchterlichen Blick zu.

Mein Herr, so sind Sie dem Hause ergeben? Sie schließen sich der Verschwörung an, welche die Feinde meiner Tochter gegen diese anzetteln?

Er wollte sich entschuldigen und den Sachverhalt darlegen. Aber sie schnitt ihm das Wort ab. Sie beschuldigte ihn, die Nacht bei den Duverdys mit dem Aufsuchen des Testamentes zugebracht zu haben, um gewisse Punkte hineinzuschmuggeln. Als er lachend fragte, welches Interesse er daran haben könne, antwortete sie:

Ihr Interesse, Ihr Interesse ... Kurz! Da es Gott gefiel, Sie zum Zeugen des Schlaganfalls zu machen, hätten Sie eilen sollen, uns davon zu verständigen. Denken Sie nur, wenn ich nicht wäre, würde meine Tochter noch jetzt nichts wissen. Wäre ich nicht auf die erste Nachricht über die Stiege hinuntergerast, würde sie leer ausgehen. Ei! Ihr Interesse? Kann man wissen? Wenn auch Frau Duverdy sehr welk aussieht, gibt es doch vielleicht manchen, der minder wählerisch ist und mit ihr fürlieb nimmt.

Oh! Mama! sagte Berta, Clotilde, die so ehrbar ist!

Frau Josserand zuckte mit dem Ausdruck des Mitleides die Achseln und sagte:

Lass' gut sein! Du weißt doch, dass man fürs liebe Geld alles tut!

Octave musste ihnen den Hergang des Schlaganfalls erzählen. Sie warfen einander Blicke zu: Es ist wohl – meinte die Mutter – schwerlich mit rechten Dingen zugegangen. In der Tat ist Clotilde zu gütig, dass sie der Familie die Gemütsaufregung ersparen wollte. Sie ließen dann den jungen Mann an die Arbeit gehen, ohne darum weniger Zweifel über seine Rolle in der Angelegenheit zu haben. Ihre lebhaften Erörterungen dauerten fort.

Wer wird die im Vertrage verschriebenen 50 000 Franken bezahlen? sagte Frau Josserand. Wenn der Alte einmal unter der Erde ist, wird man dem Gelde nachlaufen können.

Ah! die 50 000 Franken, versetzte Berta ganz verlegen. Du weißt, dass er ebenso wie ihr nur 10 000 alle sechs Monate zu entrichten hatte. Wir sind noch nicht daran; das Beste wird sein zu warten.

Warten! Vielleicht meinst du gar, er werde zurückkommen und dir das Geld mitbringen ... Du bist eine rechte Gans! Willst du dich bestehlen lassen? ... Du wirst sie sofort von der Erbschaft fordern. Wir leben, Gottlob! Niemand weiß, ob wir zahlen werden oder nicht; er aber ist tot, er muss also zahlen.

Sie beschwor ihre Tochter, dass sie nicht nachgebe; sie habe niemandem ein Recht dazu gegeben, sie für eine dumme Person zu halten.

Während sie in dieser Weise sich erging spitzte sie zuweilen die Ohren gegen die Decke wie in der Absicht, durch das Erdgeschoß hören zu wollen, was oben im ersten Stock bei den Duverdy vorgehe. Das Zimmer des Alten musste gerade über ihrem Kopfe liegen. August war zu seinem Vater hinaufgegangen, sobald sie ihn mit der Sachlage bekannt gemacht hatte. Das beruhigte sie jedoch nicht; sie wäre am liebsten selber dort gewesen, denn sie witterte immer geheime Anschläge.

So geh doch hin! schrie sie endlich in ihrer aufs höchste gesteigerten Erregung. August ist zu schwach, sie unterlassen gewiss nicht, ihn »einzufädeln«.

Berta ging also hinauf.

Octave, mit der Herrichtung der Auslage beschäftigt, hatte ihnen zugehört. Als er sich mit Frau Josserand allein sah und diese auf die Türe zukam, fragte er sie, in der Hoffnung einen Tag frei zu bekommen, ob es nicht schicklich sei, den Laden zu schließen.

Wozu denn? sagte sie. Warten Sie, bis er tot ist. Keine Ursache, die heutige Losung zu verlieren

Als er einen Rest hochroter Seide zusammenfaltete, fügte sie hinzu, um die Derbheit ihrer früheren Rede etwas zu beschönigen:

Sie dürfen allerdings heute keine roten Stoffe in die Auslage geben.

Oben fand Berta ihren Gatten bei seinem Vater.

Das Zimmer hatte sich seit dem Tag zuvor nicht geändert, es war immer noch dumpfig, still, von einem langen und qualvollen Röcheln erfüllt. Auf dem Bette ruhte der Greis, ganz starr, aller Sinne beraubt, jeder Bewegung unfähig. Das Eichenkästchen voller Zettel lag noch auf dem Tisch. Kein Einrichtungsstück schien vom Platze gerückt, oder auch nur geöffnet zu sein. Die Duverdy sahen indes mehr niedergeschlagen aus und müde, als sie wohl sein mussten nach einer schlaflosen Nacht, mit unruhig zuckenden Augenlidern infolge der fortwährenden inneren Erregtheit. Um sieben Uhr hatten sie Hyppolite ins Gymnasium Bonaparte wegen ihres Sohnes Gustav geschickt, und das Kind, ein Knabe von sechzehn Jahren, schmächtig und aufgeschossen, stand da, um diesen unerwarteten Feiertag inmitten der allgemeinen Bestürzung bei einem Sterbenden zu verbringen.

Ach, meine Teure, welch' entsetzlicher Schlag! sagte Clotilde, indem sie ihre Schwägerin Berta umarmte.

Warum hat man uns nicht benachrichtigt? entgegnete diese, wobei sie wie ihre Mutter, die Lippen einkniff. Wir waren ja da, um ihn euch tragen zu helfen.

August blickte sie mit bittender Miene an, dass sie schweigen möge. Der Augenblick sei noch nicht gekommen, dass man miteinander streite. Man könne schon noch warten. Der Doktor Juillerat, der bereits einmal da war, sollte ein zweites Mal kommen; aber er gab noch immer keine Hoffnung; der Kranke werde nach seiner Meinung den Tag nicht überleben. August teilte diese Neuigkeiten seiner Frau mit, um sie zu beruhigen, als gerade Theophile und Valerie eintraten. Clotilde schritt ihnen sogleich entgegen und wiederholte, indem sie Valerie umarmte:

Welch' entsetzlicher Schlag, meine Liebe!

Theophile war jedoch sehr erregt.

Was soll es denn heißen? fragte er, ohne auch nur die Stimme zu dämpfen, wenn mein Vater im Sterben liegt, muss ich es vom Kohlenmann erfahren? Ihr wolltet also Zeit gewinnen, ihm die Taschen zu leeren.

Duverdy erhob sich ganz entrüstet. Clotilde jedoch schob ihn mit einer Bewegung auf die Seite, während sie ihrem Bruder leise antwortete:

Unglücklicher! ist dir nicht einmal der Todeskampf unseres Vaters heilig? ... Sieh ihn nur an, betrachte dein Werk; ja, du hast ihm das Blut vergiftet, indem du die rückständigen Mietgebühren nicht bezahlen wolltest.

Valerie fing zu lachen an.

Das meinst du doch wohl nicht im Ernst? sagte sie.

Wie, nicht im Ernst? versetzte Clotilde höchst empört. Ihr wisst, wie er darauf hielt, seinen Quartalszins hereinzubekommen ... Ihr habt gehandelt, wie wenn ihr's darauf abgesehen hättet, ihn umzubringen.

Sie gerieten in einen immer heftigeren Wortwechsel und beschuldigten sich gegenseitig, dass sie die Hand auf die Erbschaft legen wollten, als August, der immer noch mürrisch, aber ruhig dreinschaute, sie zum Respekt aufforderte.

Schweigt! Ihr habt ja später Zeit genug dazu. Zur Stunde ist es nicht schicklich.

Die Familie erkannte die Richtigkeit dieser Bemerkung, und man setzte sich um das Bett herum. Eine tiefe Stille trat ein; man konnte das Röcheln in dem dumpfen Zimmer wieder vernehmen. Berta und August saßen zu Füßen des Sterbenden; Valerie und Theophile, die zuletzt angekommen waren, hatten sich ziemlich weit neben den Tisch hinsetzen müssen, während Clotilde am Kopfende einen Platz inne hatte und ihr Mann hinter ihr; ihren Sohn Gustav, den Abgott des alten Mannes, hatte sie ganz bis an die Matratze vorgeschoben. Sie sahen einander lautlos an. Aber die deutlichen Blicke, die zuckenden Lippen verrieten die heimlichen Gedanken, die unruhigen Grübeleien, die durch die rotäugigen, blassen Köpfe dieser Erben kreuzten. Der Anblick des jungen Gymnasiasten, der sich so nahe beim Bette aufgestellt hat, erbitterte besonders die zwei jungen Ehepaare; denn daraus war klar ersichtlich, dass die Duverdy auf die Anwesenheit Gustavs rechneten, um den Großvater zu rühren, wenn er seine Besinnung wieder erlangen sollte.

Dieser Kunstgriff allein schien zu beweisen, dass kein Testament vorhanden sei; Theophile warf verstohlene Blicke auf den alten Geldkasten des ehemaligen Notars, den er von Versailles mitgebracht, und in einer Ecke seines Zimmers hatte einmauern lassen. Er sperrte aus purer Laune eine ganze Menge Sachen in ihn ein. Sicherlich hatten sich die Duverdy beeilt, diesen Kasten während der Nacht durchzustöbern. Theophile sann darüber nach, ihnen eine Falle zu stellen und sie zum Sprechen zu bringen.

Sagen Sie einmal, lispelte er dem Rat ins Ohr; wenn man den Notar kommen ließe? Papa könnte vielleicht andere Verfügungen treffen wollen?

Duverdy hörte ihn zuerst nicht. Da er sich in diesem Zimmer sehr langweilte, hatte er die ganze Nacht seine Gedanken auf Clarisse zurückgelenkt. Das klügste sei freilich, sich mit seiner Frau zu versöhnen; aber die andere, die war so possierlich, wenn sie mit einer ausgelassenen Handbewegung das Hemd über den Kopf warf; und die Augen auf den Sterbenden geheftet, sah er sie so in seiner Einbildung, und hätte alles darum gegeben, sie nur noch einmal wieder zu haben. Theophile musste seine Frage wiederholen.

Ich habe Herrn Renaudin gefragt, antwortete Duverdy zusammenfahrend. Es ist kein Testament da.

Aber hier?

So wenig hier wie beim Notar.

Theophile warf August einen bedeutungsvollen Blick zu: augenscheinlich haben die Duverdy herumgestöbert. Clotilde verstand die Bedeutung dieses Blickes und wurde über ihren Mann aufgebracht. Der Schmerz, sagte sie, muss ihn ganz betäubt haben, dass er nicht weiß, was er spricht. Dann fügte sie hinzu:

Papa hat sicherlich getan, was er hat tun müssen ... Wir werden es nur zu früh erfahren, leider Gottes!

Sie weinte. Valerie und Berta, durch ihren Schmerz ergriffen, schluchzten ebenfalls leise. Theophile hatte sich auf den Fußzehen wieder zu seinem Sitz begeben. Er wusste, was er wissen wollte. Sollte sein Vater wieder zum Bewusstsein kommen, wird er nicht zugeben, dass die Duverdy mit ihrem Gassenjungen von Sohn Missbrauch treiben und gegen die andern bevorzugt werden. Als er sich aber niedersetzte, sah er seinen Bruder August sich die Augen trocknen und wurde so ergriffen, dass die Tränen ihn fast erstickten: er dachte an den Tod, vielleicht sterbe auch er an dieser abscheulichen Krankheit. Da zerfloss die ganze Familie in Tränen. Gustav allein konnte nicht weinen, was ihn so bestürzt machte, dass er die Augen zu Boden senkte.

So flossen die Stunden dahin. Um elf Uhr hatten sie eine Zerstreuung, der Doktor Juillerat war nämlich wiedergekommen. Der Zustand des Kranken verschlimmerte sich dermaßen, dass es jetzt sogar zweifelhaft war, ob er seine Kinder, bevor er verschied, noch einmal erkennen werde. Alle brachen wieder in Schluchzen aus, als Clémence den Abbé Mauduit anmeldete. Clotilde, die sich erhoben hatte, empfing zuerst seinen Trost. Er schien vom Unglücke der Familie tief gerührt und fand für jeden ein Wort der Ermutigung. Er sprach dann mit vielem Takte von den Rechten der Religion und gab zu verstehen, dass man diese Seele ohne den Beistand der Kirche nicht scheiden lassen solle.

Ich hatte daran gedacht, sagte Clotilde.

Theophile erhob jedoch Einwendungen; Vater habe die kirchlichen Gebräuche nicht geübt, er solle sogar früher fortschrittliche Gedanken gehegt haben, denn er habe Voltaire gelesen; es sei das Beste, davon abzustehen, solange man ihn nicht fragen könne. Er fügte sogar in der Hitze des entstandenen Wortstreites hinzu:

Es ist gerade so, wie wenn ihr diesem Möbelstücke die letzte Ölung reichen wolltet.

Die drei Frauen hießen ihn schweigen. Sie waren tief gerührt und gaben dem Priester Recht; sie entschuldigten sich, dass sie in der Bestürzung über das plötzliche Hereinbrechen des Unglücks vergessen hätten, ihn zu schicken; hätte Herr Vabre sprechen können, würde er sicherlich eingewilligt haben; denn er liebte es nicht, Aufsehen zu machen. Übrigens nahmen die Damen alles auf sich.

Man muss es schon wegen der Nachbarschaft tun, sagte Clotilde.

Freilich, stimmte der Abbé Mauduit lebhaft zu; ein Mann in einer Stellung wie Ihr Herr Vater muss ein gutes Beispiel geben.

August enthielt sich jeder Meinung. Duverdy hingegen, herausgerissen aus seiner Erinnerung an Clarisse, die er sich eben dachte, wie sie ihre Strümpfe – einen Schenkel in der Luft – anzuziehen pflegt, verlangte mit Ungestüm die Darreichung der Sterbesakramente. Er wollte es durchaus; kein Glied seiner Familie sei je ohne solche gestorben.

Der Doktor Juillerat, der sich aus Höflichkeit zurückgezogen hatte, ohne seine geringschätzende Freidenkerei durchblicken zu lassen, näherte sich dem Priester und sagte ihm leise und vertraulich wie einem Kollegen, dem man bei ähnlichen Gelegenheiten schon oft begegnet ist:

Die Verrichtung ist dringend, Sie müssen sich beeilen.

Der Priester ging eilends weg. Er zeigte an, dass er mit dem Abendmahle und der letzten Ölung zurückkommen werde, um für alle Möglichkeiten gerüstet zu sein. Theophil brummte jedoch in seinem Eigensinne vor sich hin:

Nun freilich, jetzt lassen sie die Sterbenden gegen ihren Willen beichten.

Bald darauf trat jedoch ein aufregendes Ereignis ein. Als Clotilde ihren Platz wieder eingenommen hatte, fand sie den Sterbenden mit weit geöffneten Augen da liegen. Sie vermochte einen leisen Aufschrei nicht zu unterdrücken; die Familie näherte sich ihm, und der Alte ließ seine Augen musternd über die Umstehenden schweifen, langsam, ohne den Kopf zu bewegen. Der Doktor Juillerat neigte sich betroffen über das Kopfende des Bettes, um diese, äußerste Krise zu beobachten.

Wir sind es, Vater, erkennst du uns? fragte Clotilde.

Herr Vabre blickte sie fest an; dann bewegten sich seine Lippen, brachten aber keinen Laut hervor. Alle drängten sich, um von ihm das letzte Wort herauszubringen. Valerie, die ganz hinten stand und sich auf die Fußspitzen stellen musste, sagte missmutig:

Ihr erstickt ihn ja. Geht doch auf die Seite. Wenn er etwas wünschte, könnte man's nicht hören.

Die anderen mussten also auf die Seite gehen. Die Augen des Herrn Vabre schienen in der Tat im Zimmer nach etwas zu suchen.

Er wünscht sicherlich etwas, sagte Berta.

Hier steht Gustav, wiederholte Clotilde. Du siehst ihm, nicht wahr? Er ist aus der Schule gekommen, dich zu umarmen. Umarme deinen Großvater, mein Kind.

Da der Knabe erschrocken zurückwich, hielt sie ihn mit einer Hand fest; sie erwartete, dass er ein Lächeln auf das verzerrte Gesicht des Sterbenden locken werde. August und Theophile folgten jedoch der Richtung seiner Blicke, und ersterer erklärte, der Kranke habe auf den Tisch geschaut; er wolle gewiss schreiben. Alle drängten sich heran. Man brachte den Tisch, holte Papier, Tintenfass und eine Feder. Man richtete ihn endlich auf und stützte ihn mit drei Kissen. Der Doktor gestattete diese Dinge mit einem einfachen Augenzwinkern.

Reicht ihm die Feder, sagte Clotilde, ohne Gustav von der Hand zu lassen, den sie immer wieder vorschob.

Es trat ein feierlicher Augenblick ein. Dicht ums Bett gedrängt, stand die Familie erwartungsvoll da. Herr Vabre, der niemanden mehr erkannte, ließ die Feder fallen. Einen Augenblick ließ er seine Blicke über den Tisch schweifen, auf dem das Eichenholzkästchen, angefüllt mit Papierstreifen, stand. Dann sank er von den Kissen nach vorn wie ein Lappen und streckte mit einer äußersten Anstrengung den Arm aus, um mit zitternder Hand in seinen Papierstreifen zu wühlen wie ein Kind, das in irgendeinem unsauberen Gefäße fröhlich herumpatscht. Ein Freudenstrahl glitt über sein sterbendes Antlitz: er wollte sprechen, vermochte aber nur eine Silbe hervorzubringen, eine einzige Silbe, immer die nämliche; eine jener Silben, in denen die Kleinen eine ganze Welt von Empfindungen ausdrücken.

Ga ... ga ... ga ... ga ...

Der Arbeit seines ganzen Lebens, dem großen, statistischen Werke sagte er ein letztes Lebewohl. Plötzlich fiel sein Haupt zurück. Er war tot.

Ich war darauf gefasst, sagte der Doktor zu der bestürzten Familie, indem er den Toten ausstreckte und ihm die Augen schloss.

War es möglich? August trug den Tisch weg, und jetzt standen alle stumm und wie erstarrt da. Doch bald brachen sie in ein Schluchzen aus. Mein Gott, da nichts mehr zu hoffen ist, wird man schon an die Aufteilung des Vermögens schreiten müssen. Clotilde sandte Gustav fort, um ihm den schmerzlichen Anblick zu ersparen, und weinte dann ganz erschöpft still für sich hin, den Kopf an Bertas Schulter gelehnt, die gleich Valerie ebenfalls schluchzte.

August und Theophile standen am Fenster und rieben sieh fest die Augen. Duverdy zeigte eine ganz außerordentliche Verzweiflung und erstickte ein krampfhaftes Schluchzen in seinem Taschentuche. Nein, er könne ohne Clarisse nicht leben – dachte er sich dabei – lieber wolle er sterben, wie jener Greis dort. Der Kummer um die verlorene Geliebte, der gerade mit dieser Familientrauer zusammenfiel, erfüllte ihn mit unendlicher Bitternis.

Gnädige Frau, meldete Clémence, der Priester mit dem Sakrament der letzten Ölung ist da.

Auf der Schwelle erschien der Abbé Mauduit. Hinter ihm tauchte der neugierige Kopf eines Chorknaben auf.

Der Priester sah die schluchzende Familie und befragte mit einem Bücke den Arzt, der die Arme öffnete, wie um anzudeuten, dass es nicht seine Schuld sei. Dann entfernte sich der Abbé, nachdem er einige Gebete gemurmelt hatte, mit verlegener Miene, das Allerheiligste wieder mitnehmend.

Das ist ein böses Vorzeichen, sagte Clémence zu den übrigen Dienstleuten, die vor der Türe des Vorzimmers versammelt standen. Man darf das Allerheiligste nicht vergebens behelligen. Ihr werdet sehen: bevor ein Jahr um ist, wird es wieder im Hause erscheinen.

Das Leichenbegängnis des Herrn Vabre fand erst drei Tage später statt. Duverdy hatte in die Anzeige die Worte eingefügt »Versehen mit den Tröstungen der Kirche«. Das Warenlager des Herrn August Vabre blieb geschlossen, so dass Octave frei war. Dieser kurze Urlaub freute ihn, denn er hegte seit langer Zeit den Wunsch, sein Zimmer neu einzurichten, die Möbel umzustellen, seine wenigen Bücher in einem Schrank aufzustellen, den er gelegenheitlich gekauft hatte.

Am Tage der Beerdigung stand er früher auf als sonst und war gegen acht Uhr mit dem Ordnen fertig, als Marie an seine Türe pochte. Sie brachte ihm ein Paket Bücher.

Da Sie sie nicht abholen kommen, sagte sie, muss ich mir wohl selbst die Mühe nehmen, sie Ihnen zu bringen.

Sie weigerte sich errötend einzutreten, betroffen bei dem Gedanken, sich in der Wohnung eines jungen Mannes zu befinden. Ihre Beziehungen hatten übrigens gänzlich aufgehört, und das war auf ganz natürliche Weise geschehen: Octave war nicht wiedergekommen, um das Verhältnis fortzusetzen. Sie verhielt sich indessen gleich liebenswürdig gegen ihn und begrüßte ihn mit einem Lächeln, wenn sie zusammentrafen.

Octave war an diesem Tage sehr aufgeräumt und wollte Kurzweil mit ihr treiben.

Verbietet vielleicht Julius Ihnen, bei mir einzutreten? fragte er. Wie stehen Sie jetzt mit Julius? Ist er sehr zärtlich? Sie verstehen mich doch: antworten Sie rundheraus!

Sie lachte und war keineswegs entrüstet über diese Rede.

Freilich! Wenn Sie ihn mitnehmen, ihm Wermut zahlen und ihm Geschichten erzählen, dass er heimkehrt wie ein Narr! ... Er ist gar zu zärtlich, weniger wäre mir lieber. Aber es ist mir doch angenehmer, wenn es bei mir geschieht als anderwärts.

Dann fügte sie ernster hinzu:

Da haben Sie, ich bringe Ihnen den Balzac wieder. Er ist zu traurig und hat seinen Lesern nichts als unangenehme Dinge zu sagen.

Sie verlangte Bücher, in denen viele Liebschaften, Abenteuer, weite Reisen vorkämen. Bann sprach sie von dem Leichenbegängnis; sie werde bis zur Kirche mitgehen, sagte sie, Julius aber bis auf den Friedhof.

Sie habe keine Furcht vor den Toten, plauderte sie weiter; mit zwölf Jahren habe sie eine ganze Nacht allein bei den Leichen eines Oheims und einer Tante gewacht, die in der kurzen Zeit von sechs Stunden einem hitzigen Fieber erlegen waren.

Julius hingegen hatte eine solche Scheu vor Toten, dass er ihr verboten habe, ein Wort über den Hausherrn zu sprechen, der unten auf der Bahre liege; so dass sie seit gestern Abend keine zehn Worte in der Stunde ausgetauscht hätten; nichtsdestoweniger hätten beide immerfort an den Toten gedacht. Das fange schon an, langweilig zu werden. Sie sei Julius halber froh, wenn die Leiche fortgeschafft würde.

Da sie schon so gemütlich über den Gegenstand sich ausplaudern konnte, fragte sie den jungen Mann: ob er ihn gesehen habe? ob er sich verändert habe? und ob es wahr sei, dass bei der Aufbahrung sich etwas Abscheuliches ereignet habe? Und ob es wahr sei, dass die Familie alle Matratzen aufgetrennt habe, um nach der Erbschaft zu suchen.

Es seien eine Menge Gerüchte im Umlauf in einem Hause wie diesem, wo es so viele Mägde gebe. Der Tod sei der Tod, man spreche von nichts anderem.

Sie geben mir schon wieder einen Balzac, sagte sie dann, die Bücher betrachtend, die er ihr lieh. Nein, nehmen Sie ihn nur zurück; seine Erzählungen gleichen gar zu sehr dem wirklichen Leben.

Als sie ihm den Band hinreichte, ergriff er sie am Handgelenk und wollte sie in das Zimmer ziehen. Denn er fand sie unterhaltend mit ihrer Neugierde über den Tod; er fand sie drollig, lebendiger als sonst, mit einem Mal begehrenswert.

Doch sie begriff, errötete tief, machte sich los und lief mit den Worten davon:

Ich danke, Herr Mouret! Auf Wiedersehen beim Leichenbegängnis!

Als Octave angekleidet war, erinnerte er sich seines Versprechens, Frau Campardon zu besuchen. Er hatte noch zwei volle Stunden Zeit, da das Leichenbegängnis auf elf Uhr anberaumt war, und gedachte seinen Morgen mit einigen Besuchen im Hause auszufüllen. Rosa empfing ihn im Bett; er entschuldigte sich, fragte, ob er unbequem sei; doch sie rief ihn näher und beklagte sich, dass man ihn so selten sehe; sie sei froh, eine Zerstreuung zu finden.

Mein liebes Kind, erklärte sie dann plötzlich, es wäre besser, *ich* läge da unten zwischen vier Brettern eingesargt.

Ja, der Hauseigentümer sei sehr glücklich, er sei fertig mit diesem Leben. Als Octave, betroffen, sie in einer solchen trübseligen Stimmung zu sehen, sie fragte, ob sie sich schlechter befinde, erwiderte sie:

Ich danke: nein. Es geht mir immer gleich. Zuweilen aber kommt es so arg über mich, dass ich genug habe.

Achilles musste sein Bett in dem Arbeitszimmer aufschlagen lassen, weil es mich aufregte, wenn er sich nachts in seinem Bett nur umdrehte. Sie wissen: Gasparine hat infolge unserer Bitten das Geschäft verlassen.

Ich bin ihr vielen Dank schuldig, denn sie pflegt mich mit hingebungsvoller Zärtlichkeit. Mein Gott! Ohne diese Zärtlichkeit, die mich umgibt, wäre ich kaum mehr am Leben.

Jetzt trat Gasparine ein mit der unterwürfigen Miene einer armen Verwandten, die zur Rolle einer Dienstmagd herabgesunken; sie brachte für Rosa den Kaffee. Sie half ihr sich erheben, stützte sie mit den Kissen und reichte ihr das Frühstück auf einer kleinen, mit einer Serviette bedeckten Platte.

Rosa in ihrem gestickten Jäckchen, umgeben von spitzenbesetzter Bettwäsche, aß mit gesundem Appetit. Sie war ganz frisch, verjüngt, sehr hübsch mit ihrer weißen Haut und ihren gekräuselten blonden Löckchen.

Der Magen ist gesund, wiederholte sie, die gerösteten Brötchen eintunkend.

Dabei fielen zwei schwere Tränen in ihren Kaffee. Da zankte Gasparine aus.

Wenn du weinst, werde ich Achilles rufen. Wirst du nicht königlich gepflegt?

Als Frau Campardon ihr Frühstück beendet hatte und sich mit Octave wieder allein befand, schien sie getröstet. Aus Koketterie begann sie wieder vom Tode zu sprechen, aber mit der freundlichen Heiterkeit einer Frau, die in ihrem warmen Bett in den hellen Tag hinein faulenzt.

Mein Gott! sie werde auch abfahren, wenn ihre Zeit gekommen sei; aber sie hätten im Grunde recht; sie sei nicht unglücklich; sie könne ruhig leben, da sie ihr alle Mühseligkeiten der Existenz ersparten. So versenkte sie sich immer tiefer in ihre Selbstsucht eines geschlechtslosen Götzenbildes.

Als der junge Mann sich erhob, um fortzugehen, sagte sie:

Sie werden öfter kommen, nicht wahr? Unterhalten Sie sich gut; betrüben Sie sich bei dem Leichenbegängnis nicht allzu sehr. Man stirbt alle Tage ein klein wenig und muss sich daran gewöhnen.

Bei Frau Juzeur kam im nämlichen Stockwerk die kleine Luise, um Octave die Türe zu öffnen. Sie führte ihn in den Salon, betrachtete ihn einen Augenblick mit ihrem blöden Lächeln und sagte dann, dass ihre Gebieterin soeben ihre Toilette beendige. Jetzt erschien auch Frau Juzeur selbst, schwarz gekleidet, zarter und sanfter denn je in ihrem Trauerkostüm.

Ich wusste, dass Sie heute kommen würden, sagte sie mit tiefer Niedergeschlagenheit. Die ganze Nacht sah ich Sie im Traume. Mit diesem Toten im Hause ist es (unmöglich zu schlafen.

Sie gestand, dass sie dreimal aufgestanden sei, um unter die Betten und Möbel zu schauen.

Sie hätten mich rufen sollen! rief der junge Mann in seiner Keckheit. Zu zweien in einem Bette hat man nie Furcht.

Sie nahm eine reizend schamhafte Miene an und sagte:

Schweigen Sie! Das ist abscheulich!

Dann legte sie ihm die flache Hand auf den Mund; natürlich musste er diese Hand küssen. Sie tat die Finger auseinander und lachte, als ob man sie kitzele. Gereizt durch dieses Spiel versuchte er, die Sache weiter zu treiben.

Lassen Sie hören: warum wollen Sie nicht?

O, heute ganz und gar nicht!

Warum heute nicht?

Mit diesem Toten da unten ... Nein, das wäre mir unmöglich.

Er fasste sie um den Leib.

Also, wann denn? Morgen?

Niemals.

Sie sind doch frei. Ihr Gatte hat sieh so schlecht betragen, dass Sie ihm keine Rücksicht schuldig sind ...

Er drang mit Gewalt auf sie ein. Sie glitt sehr schmiegsam auf das Sofa; dann schloss sie selbst ihn in ihre Arme, und indem sie ihn verhinderte, eine Bewegung zu machen, flüsterte sie ihm mit ihrer kosenden Stimme zu:

Alles was Sie wollen, nur das nicht! ... Verstehen Sie: Das niemals! Lieber sterben ... Das ist so ein Gedanke von mir ... Ich habe es verschworen; Sie müssen ja nicht wissen, weshalb? Sind Sie auch so roh wie die anderen Männer, die niemals befriedigt sind, solange man ihnen etwas verweigert? Und doch liebe ich Sie. Alles, was Sie wollen, nur das nicht, mein Geliebter!

Sie gab sich ihm hin, gestattete ihm die stürmischsten und geheimsten Liebkosungen und drängte ihn mit einer kräftigen Bewegung nur dann zurück, wenn er den einzigen verbotenen Akt versuchen wollte. In ihrer Weigerung lag ein gewisser jesuitischer Vorbehalt, die Furcht vor dem

Beichtstuhl, die Gewissheit, für die kleinen Sünden Verzeihung zu erlangen, während die große Sünde ihr Verdrießlichkeiten mit dem Beichtvater verursachen würde. Dann spielten auch noch andere, uneingestandene Gefühle mit hinein: die Ehre und die Achtung ihrer selbst in diesem einen Punkte; die Koketterie, die Männer immer am Gängelbande zu führen, indem sie diese niemals vollends befriedigte. Kein einziger Liebhaber konnte sich rühmen, sie besessen zu haben, seitdem ihr Gatte sie in feiger Weise verlassen. Und sie war eine ehrbare Frau!

Nein, mein Herr, kein einziger! Ich kann erhobenen Hauptes einhergehen. Wie viele unglückliche Frauen würden in meiner Lage auf Abwege geraten sein.

Dann schob sie ihn sanft beiseite und erhob sich vom Sofa.

Lassen Sie mich! sagte sie. Der Tote da unten ist mir eine Pein. Es ist mir, als habe das ganze Haus einen Leichengeruch.

Die Stunde des Leichenbegängnisses nahte. Sie wollte vor der Leiche in der Kirche eintreffen, um nicht den ganzen Trauerzug zu sehen.

Im Begriff, ihn hinauszugeleiten, erinnerte sie sich, dass sie ihm ihren Antillenlikör versprochen habe; sie rief ihn deshalb zurück und brachte zwei Gläser und eine Flasche. Es war eine stark gezuckerte Creme mit einem Duft von Blumen. Als sie mit der Naschhaftigkeit eines kleinen Mädchens getrunken hatte, gewann ihr Antlitz einen reizend schmachtenden Ausdruck.

Das wird uns aufrecht halten, sagte sie.

Es war kurz vor elf Uhr. Die Leiche konnte noch nicht in den Hof hinuntergeschafft werden, weil die Arbeiter der Begräbnisanstalt, nachdem sie sich in einem benachbarten Weinhause vergessen hatten, mit dem Aufspannen der schwarzen Tücher nicht fertig wurden. Octave war neugierig und ging hinunter um zuzuschauen.

Der Gang war bereits durch einen breiten, schwarzen Vorhang abgeteilt, doch hatten die Tapezierer noch am Tore die Vorhänge anzubringen. Auf der Straße stand eine Gruppe von Mägden, die schwatzend zuschauten, während Hyppolite mit würdiger Miene die Arbeiter zur Eile antrieb.

Ja, gnädige Frau, sagte Lisa zu einer hageren Frauensperson, einer Witwe, die seit einer Woche bei Valerie bedienstet war – ja, es wird ihr nichts nützen ... Das ganze Stadtviertel kennt ja die Geschichte.

Um ihres Anteils an der Hinterlassenschaft des Alten sicher zu sein, hat sie sich dieses Kind von einem Fleischer aus der Annenstraße machen lassen, denn ihr Mann sah vom ersten Tag der Ehe danach aus, das Zeitliche segnen zu wollen. Und siehe! Der Gatte lebt noch, der Alte aber ist tot. Ihr schmutziger Range nützt ihr nichts.

Die Witwe schüttelte voll Ekel den Kopf.

Nein, bei *der* bleibe ich nicht! Ich habe ihr heute achttägig gekündigt. Stellen Sie sich vor: dieses kleine Ungeheuer Canaille hat in meiner Küche ge...t!

Inzwischen war Julie heruntergekommen, um Hyppolite einen Befehl zu überbringen. Lisa lief hinzu, um zu hören, was es gebe. Nach kurzem Gespräch kehrte sie zur Kammerfrau Valeries zurück.

Ja, es ist ein »Techtelmechtel«, in dem man sich nicht auskennt. Ich denke, Ihre Herrin hätte sich das Kind ersparen und den Mann ruhig sterben lassen können oder auch nicht, denn die Hinterlassenschaft des Alten scheint noch immer nicht gefunden ... Die Köchin erzählt mir, dass die Erben ganz danach aussehen, als wollten sie einander mit Ohrfeigen behandeln.

Jetzt kam Adele hinzu: sie trug um vier Sous Butter unter der Schürze verborgen, denn ihre Herrin hatte ihr ein für alle Mal verboten, die eingekauften Vorräte zu zeigen. Allein, Lisa wollte wissen, was Adele trage und schimpfte sie dumme Gans. Hat man jemals gesehen, dass man, um für vier Sous Butter zu holen, drei Stockwerke herabsteigt? Sie würde diese Knauser schon lehren, wie man seine Dienstleute verpflegen muss! Sie würde – wenn nötig – vor ihren Augen sich von allem nehmen: von der Butter, vom Zucker, vom Fleisch, von allem.

Seit einiger Zeit ward Adele in dieser Weise von den übrigen Mägden zum Ungehorsam aufgestachelt. Die Lehren fielen bei ihr auf fruchtbaren Boden. Um den anderen ihren Mut zu zeigen, brach sie ein Stück von der Butter ab und aß es sofort ohne Brot.

Kommen Sie hinauf? fragte sie.

Nein, erwiderte die Witwe. Ich will sehen, wie man den Alten herunterbringt. Ich habe mir deshalb einen Gang für diese Zeit aufgespart.

Ich auch, sagte Lisa. Man versichert, dass er dreihundert Pfund wiege. Wenn sie ihn auf der schönen Treppe fallen ließen – das gäbe einen schönen Lärm!

Ich gehe hinauf, sagte Adele; ich will ihn nicht sehen. Ich danke: es könnte mir wieder passieren, dass ich – wie vorige Nacht – von ihm träume, wie er mich an den Beinen zerrt und mich wegen meines Kehrichts auszankt.

Sie ging hinauf, verfolgt von den Späßen der beiden anderen. Im Stockwerke der Dienstboten hatte man sich die ganze verflossene Nacht über die bösen Träume Adelens lustig gemacht. Um nicht allein zu sein, hatten die Mägde ihre Türen offen gelassen, und es hatte sich ein Kutscher gefunden, der das Gespenst machte, so dass man bis zum Morgen das Geschrei und Gekicher hören konnte. Lisa versicherte, dass sie zeitlebens daran denken werde.

Die wütende Stimme Hyppolites lenkte ihre Aufmerksamkeit wieder auf die Arbeit der Tapezierer. Alle Würde außer Acht lassend schrie er:

Verdammter Trunkenbold! Das ist ja verkehrt!

In der Tat hatte der Arbeiter das Wappenschild verkehrt angebracht. Im Übrigen waren die schwarzen, silbergestickten Vorhänge jetzt an Ort und Stelle, es waren nur noch die Rosetten anzuheften, als mit einem Male ein Handkarren, beladen mit einem dürftigen Hausrat, vor dem Tore hielt. Der Karren ward von einem Straßenjungen gezogen, während ein großes, blasses Mädchen hintendrein ging und von Zeit zu Zeit nachschob. Herr Gourd, der mit dem gegenüber wohnenden Papierhändler plauderte, eilte hinzu und schrie trotz der Feierlichkeit, welche die Trauer des Hauses gebot:

He, Schlingel, wohin? Seht ihr denn nicht?

Das Mädchen trat dazwischen.

Mein Herr, ich bin die neue Mieterin. Sie wissen ja ... Und das sind meine Möbel.

Unmöglich! Morgen! schrie der Hausmeister wütend.

Sie schaute ihn an und blickte dann betroffen auf die schwarzen Vorhänge. Diese schwarze Eingangspforte verwirrte sie. Doch sie fasste sich wieder und entgegnete, dass sie ihr Mobiliar doch nicht auf der Straße lassen könne. Da ward Herr Gourd grob.

Sie sind also die Schuhstepperin, die das Zimmer oben gemietet hat? ... Wieder so ein Eigensinn des Hausherrn! Alles für 130 Franken! Trotz der Verdrießlichkeiten, die wir mit dem Schreiner hatten! ... Und doch hatte er mir versprochen, dass er kein Arbeitervolk mehr ins Haus nimmt. Jetzt kommt gar ein Weibsbild! ...

Dann erinnerte er sich, dass Herr Vabre tot sei.

Ja, Sie können sich umschauen! Der Hausherr liegt auf der Bahre; und wäre er acht Tage früher gestorben, so wären Sie sicherlich nicht hier ... Tummeln Sie sich, bevor die Leiche heruntergebracht wird!

In seiner Wut legte er selbst Hand an den Karren und schob ihn zwischen den Vorhängen hindurch, die sich auseinandertaten und langsam wieder schlossen. Dann verschwand das große Mädchen in der schwarz ausgeschlagenen Toreinfahrt.

Die kommt zur rechten Zeit! bemerkte Lisa. Das ist heiter, während eines Leichenbegängnisses einzuziehen. Ich hätte übrigens an ihrer Stelle dem Hausmeister ordentlich den Text gelesen.

Doch sie schwieg wieder, als sie Herrn Gourd sah, den Schrecken aller Mägde im Hause. Letzterer war deshalb so wütend, erzählte man sich, weil das Haus Herrn Theophil und seiner Gattin als Erbe zufallen solle. Er würde 100 Franken aus seiner Tasche gegeben haben, wenn das Haus an Herrn Duverdy gefallen wäre, der wenigstens eine Amtsperson ist. Das hatte er eben dem Papierhändler erklärt.

Jetzt kamen Leute aus dem Hause. Frau Juzeur ging vorüber, indem sie Octave zulächelte, der auf der Straße Trublot getroffen hatte. Dann erschien Marie; sie schaute mit vielem Interesse der Aufstellung der Böcke zu, auf welche die Bahre gestellt werden sollte.

Diese Leute vom zweiten Stockwerke sind doch sonderbar, sagte Herr Gourd, zu den geschlossenen Fensterläden des zweiten Stockwerkes emporblickend. Vor drei Tagen sind sie verreist, als ob sie es darauf abgesehen hätten, der Trauer des Hauses aus dem Wege zu gehen.

In diesem Augenblicke versteckte sieh Lisa hastig hinter der Witwe, denn sie bemerkte die Kusine Gasparine, die einen Veilchenkranz brachte. Es war dies eine Aufmerksamkeit des Baumeisters, der die guten Beziehungen zu den Duverdy fortsetzen wollte.

Alle Wetter! Sie macht sich nobel, die zweite Frau Campardon, bemerkte der Papierhändler.

Er nannte sie so mehr aus Gewohnheit, weil alle Krämer des Stadtviertels ihr diesen Namen gaben. Lisa unterdrückte ein Gelächter.

Doch jetzt machte sich eine allgemeine Enttäuschung bemerkbar. Die Mägde erfuhren plötzlich, dass die Leiche schon herabgeschafft sei. Es war dumm, auf der Straße zu bleiben und die Vorhänge zu begaffen. Alle eilten ins Haus. In der Tat ward die Leiche eben von vier Trägern aus dem Stiegenhaus gebracht. Die Vorhänge verdunkelten die Toreinfahrt. Man sah im Hintergründe das matte Licht des Hofes, der am Morgen rein gescheuert war.

Die kleine Luise, die hinter ihrer Herrin durchgegangen war, erhob sich auf die Fußzehen und schaute in blöder Neugier mit weit offenen Augen dem Schauspiel zu. Die vier Träger standen schnaufend am Fuße der Treppe, deren Vergoldung und falscher Marmor in dem bleichen Lichte der Gasflammen einen kaltfeierlichen Eindruck machten.

Da geht er, ohne seine Zinsgelder mitzunehmen, sagte Lisa mit dem gehässigen Tone des Pariser Mädchens gegen die Hausbesitzer.

Frau Gourd, die wegen ihrer schlechten Beine an ihren Sessel gefesselt war, erhob sich jetzt mühselig. Da sie nicht imstande war, in die Kirche mitzugehen, hatte Herr Gourd ihr empfohlen, die Leiche des Hauseigentümers nicht vorbeipassieren zu lassen, ohne sie zu grüßen. Das sei schicklich, meinte er. Sie trat mit einer schwarzen Haube auf dem Kopfe in die Türe, und als die Leiche des Hausbesitzers hinausgetragen ward, grüßte sie diese.

Als man vor der Rochus-Kirche ankam, wo die Einsegnung stattfand, machte sich der Doktor Juillerat dadurch bemerkbar, dass er nicht eintreten wollte. Es war übrigens eine so große Menschenmenge in der Kirche versammelt, dass eine Gruppe von Herren es vorzog, auf den Stufen der Kirche zu verbleiben. Das Wetter war sehr mild, ein herrlicher Junitag. Da sie nicht rauchen durften, sprachen sie über Politik. Die große Kirchenpforte war offen geblieben; von Zeit zu Zeit drangen die mächtigen Klänge der Orgel aus der schwarz ausgeschlagenen, durch brennende Wachskerzen wie mit Sternen besäten Kirche.

Wissen Sie schon, meine Herren, dass Herr Thiers nächstes Jahr in unserem Bezirke als Kandidat auftreten wird? kündigte Leo Josserand mit ernster Miene an.

Ah! machte der Doktor. Aber Sie, der Republikaner, werden doch nicht für ihn stimmen?

Der junge Mann, dessen politische Gesinnung in dem Maße sich abkühlte, wie Frau Dambreviile ihn in weiteren Kreisen bekannt machte, erwiderte in trockenem Tone:

Warum nicht? er ist der erklärte Feind des Kaiserreichs.

Das Gespräch verwickelte sich immer mehr. Leo sprach von Taktik, der Doktor Juillerat hingegen war der Mann der Grundsätze. Die Zeit des Bürgertums sei um, meinte er, sie sei nur ein Hindernis auf dem Wege

zur Revolution. Seitdem das Bürgertum sich bereichere, sei es ein hart-
näckigeres Hemmnis der Zukunft als vormals der Adel.

Sie haben Furcht vor allem und werfen sich der schlimmsten Reaktion
in die Arme, sobald sie sich bedroht glauben.

Campardon tat verletzt.

Ich war Jakobiner, mein Herr, und Gottesleugner geradeso wie Sie.
Aber Gott sei Dank, ich bin zur Vernunft gekommen. Nein, ich werde
mich nicht einmal bis zu Ihrem Herrn Thiers versteigen. Das ist ja ein
Stänkerer mit allerlei krausen Ansichten.

Indessen erklärten sämtliche anwesenden Liberalen, Josserand, Octave,
selbst Trublot, dem die Politik sonst sehr gleichgültig war, dass sie für
Herrn Thiers stimmen würden. Der Regierungskandidat war ein großer
Schokoladefabrikant aus der Honoriusstraße, ein Herr Dewinck, über
den man sich sehr lustig machte. Dieser Herr hatte nicht einmal die Un-
terstützung des Klerus, der mit Besorgnis auf seine Verbindungen mit
dem Hofe sah. Campardon, der offenbar auf der Seite der Geistlichkeit
stand, verhielt sich der Regierungskandidatur gegenüber sehr zurückhaltend. Dann rief er ohne jeden Übergang plötzlich:

Hört, die Kugel, die euren Garibaldi am Fuße verwundet hat, hätte ihn
ins Herz treffen sollen!

Um nicht länger in der Gesellschaft dieser Herren gesehen zu werden,
begab er sich in die Kirche, wo die dünne Stimme des Abbé Mauduit auf
die Klagelieder der Sänger erwiderte.

Der schläft jetzt in der Kirche! sagte der Doktor mit verächtlichem Achselzucken. Wie nötig wäre es, mit dem Kehrbesen dazwischen zu fahren!
...

Er interessierte sich leidenschaftlich für die Ereignisse in Rom. Allein
als jetzt Leo an die Worte des Staatsministers im Senate erinnerte: »Das
Kaiserreich ist aus der Revolution hervorgegangen, aber nur um sie –
hintanzuhalten«, da kamen sie wieder auf die nächsten Wahlen zu sprechen.

Alle stimmten darin überein, dass dem Kaiser eine Lehre erteilt werden
müsse; doch die Namen der Kandidaten entzweiten sie bereits; einige
hatten schon schlaflose Nächte und sahen das rote Gespenst. Herr
Gourd, tadellos wie ein Diplomat gekleidet, hörte in der Nähe diesen
Gesprächen zu und zeigte die kühle Geringschätzung eines Menschen,
der nichts kennt als die Autorität.

Mittlerweile war die Trauerfeier zu Ende. Ein lauter, düsterer Ausruf, der aus der Kirche drang, hieß sie schweigen.

»Requiescat in pace!«

»Amen!«

Auf dem Kirchhofe Pere-Lachaise sah, während die Leiche in die Gruft hinabgelassen ward, Trublot, der den Arm Octaves keinen Augenblick losgelassen hatte, wie der junge Mann abermals ein Lächeln mit Frau Juzeur austauschte.

Ach ja, murmelte er; die kleine, unglückliche Frau ... »Alles was Sie wollen, nur das nicht«.

Octave erbebte. Wie, auch Trublot? Dieser machte eine Gebärde der Verachtung. Nein, er nicht, nur einer seiner Kameraden; überdies alle jene, die sich mit einem solchen mangelhaften Zeitvertreib begnügen.

Entschuldigen Sie, fügte er dann hinzu; jetzt ist der Alte zur Ruhe gebracht, und ich will Herrn Duverdy über den mir erteilten Auftrag Bericht erstatten.

Die Familie trat still und schmerzerfüllt den Heimweg an. Da hielt Trublot den Rat zurück, um ihm mitzuteilen, dass er die Zofe Clarissens gesprochen habe; doch könne er ihm die Adresse nicht sagen, weil das Mädchen Clarisse verlassen hatte, einen Tag, bevor diese durchgegangen war, nicht ohne ihre Herrin vorher durchzuprügeln. Die letzte Hoffnung war vereitelt. Duverdy verbarg sein Antlitz in seinem Taschentuche und holte die Familie ein.

Am Abend begannen die Streitigkeiten. Die Familie befand sich vor einer Katastrophe. In jener Sorglosigkeit, die man an den Notaren nicht selten wahrnimmt, hatte Herr Vabre es unterlassen, ein Testament zu machen. Vergebens durchsuchte man alle Möbelstücke; und das Schlimmste war, dass sich keine Spur von den 6–700 000 Franken vorfand, auf die man gerechnet hatte: weder Bargeld, noch Rentenbriefe, noch Aktien; ein Betrag von 734 Franken in Zehnsousstücken, die in einem Versteck lagen, war alles, was sich vorfand. Dagegen entdeckte man ziffernbedeckte Notizenhefte und Briefe von Wechselagenten, die den vor Wut bleichen Erben ein geheimes Laster des Alten verrieten: eine wahnsinnige Leidenschaft des Börsenspiels, die er unter der unschuldigen Spielerei seiner statistischen Arbeiten verbarg. Alles war drauf gegangen: seine Versailler Ersparnisse, die Mietzinsgelder; ja in den letzten Jahren hatte er sogar 150 000 Franken auf das Haus aufgenommen.

Die Familie stand versteinert vor dem bekannten Schrank, in dem man seine Schätze verschlossen glaubte, wo sich aber nichts weiter vorfand als allerlei wertloser Kram: alte Eisenstücke, verschossene Bänder, Bruchstücke vom Spielzeug des kleinen Gustav und dergleichen mehr.

Da brachen wütende Anklagen los. Man schimpfte den Alten einen Betrüger. Es sei unwürdig, das Geld heimlich zu vergeuden, eine infame Komödie zu spielen, um sich hätscheln zu lassen. Die Duverdy schienen untröstlich, dass sie ihn zwölf Jahre gepflegt hatten, ohne auch nur ein einziges Mal die Mitgift Clotildens zu fordern, jene 80 000 Franken, auf die nur eine Abschlagszahlung von 10 000 Franken geleistet war. »Das sind doch wenigstens 10 000 Franken!« warf Theophil wütend ein, der keinen Sou von jenen 50 000 Franken erhalten hatte, die ihm bei seiner Verehelichung versprochen waren. Doch August beklagte sich noch bitterer; er warf seinem Bruder vor, dass dieser wenigstens die dreimonatlichen Zinsen der Gelder eingesackt habe, während er niemals einen Kreuzer von jenen 50 000 Franken sehen werde, die ihm in seinem Ehevertrage zugesichert wurden. Berta, durch ihre Mutter heraufgesandt, ließ beleidigende Worte hören und tat sehr entrüstet darüber, in eine so unredliche Familie geraten zu sein. Valerie hingegen bedauerte das Geld, das sie dem Alten als Mietzins bezahlt hatte aus Furcht enterbt zu werden; sie betrachtete dieses Geld wie hinausgeworfen, nur dazu dienend, das Laster zu unterstützen.

Diese Geschichten hielten vierzehn Tage hindurch das ganze Haus in Atem. Schließlich blieb nichts übrig als das Haus, das auf 300 000 Franken geschätzt wurde. Nach Bezahlung der darauf lastenden Hypothek werde ungefähr die Hälfte dieses Betrages übrigbleiben, aufzuteilen unter die drei Kinder des Herrn Vabre. Es würden demnach 50 000 Franken auf jedes Kind entfallen, – ein magerer Trost, mit dem man sich begnügen musste.

August und Theophil verfügten bereits über ihren Teil. Sie einigten sich dahin, das Haus zu verkaufen. Duverdy übernahm im Namen seiner Gattin die Angelegenheit. Vor allem überredete er die beiden Brüder, dass die Versteigerung nicht vor dem Gerichte, sondern vor dem Notar Renaudin stattfinden solle, für dessen Ehrenhaftigkeit er sich verbürge.

Später überredete er sie – wie er sagte: auf den Rat des Notars selbst –, dass man den Ausrufungspreis niedrig bemessen solle, mit 140 000 Franken; dann würden die Kauflustigen herbeiströmen, würden bei der Versteigerung einander zu überbieten suchen, und man werde einen Preis erzielen, der alle Erwartungen übertreffe.

August und Theophil lächelten vertrauensvoll. Bei der Versteigerung ereignete es sich indes, dass nach einigen kleinen Angeboten der Notar plötzlich das Haus dem Herrn Duverdy um den Preis von 149 000 Franken zuschlug. Das genügte kaum, die Hypothek zu bezahlen. Es war der letzte Schlag.

Man hat niemals die Einzelheiten der fürchterlichen Szene erfahren, die am Abende dieses Tages bei den Duverdy stattfand. Die feierlichen Mauern des Hauses erstickten ihr Getöse. Theophil schien seinen Schwager als Schurken angesprochen zu haben. Er beschuldigte ihn öffentlich, dass er den Notar durch das Versprechen, ihn zum Friedensrichter ernennen zu lassen, bestochen habe. August sprach ganz einfach davon, den Notar Renaudin, dessen Betrügereien im ganzen Stadtviertel bekannt seien, vors Gericht zu zerren.

Allein wenn man niemals erfahren konnte, wie die Familie so weit kam, dass man sich gegenseitig Ohrfeigen anbot, wie allgemein erzählt wurde, so hat man doch die letzten Worte gehört, die auf der Schwelle ausgetauscht wurden, Worte, die in der spießbürgerlichen Strenge des Treppenhauses sehr bösartig klangen.

Schmutzige Kanaille! schrie August. Du sendest Leute auf die Galeeren, die weit weniger verbrochen haben als du!

Theophil, der zuletzt wegging, hielt die Türe zurück und schrie, vor Zorn und Husten erstickend, nur die Worte hinein:

Dieb! Dieb! ... Ja, Dieb! ... Und du Diebin! ...

Dann warf er die Türe mit voller Gewalt zu, dass alle Türen des Treppenhauses erschüttert wurden. Herr Gourd, der auf der Lauer stand, war in höchster Aufregung. Sein Blick forschte durch die Stockwerke, doch sah er nur das feingeschnittene Gesicht der Frau Juzeur. Mit gekrümmtem Rücken schlich er in seine Loge zurück, wo er sofort seine würdige Miene wieder annahm. Er war entzückt von der Wendung der Dinge und gab dem neuen Hausbesitzer recht.

Einige Tage später fand eine Aussöhnung zwischen August und seiner Schwester statt. Das ganze Haus war überrascht. Man hatte Octave sich zu den Duverdy begeben sehen. Der Rat war beunruhigt; um wenigstens einem der Erben das Maul zu stopfen, entschloss er sich, seinem Schwager August fünf Jahre hindurch die Miete zu erlassen. Als Theophil dies erfuhr, ging er zu seinem Bruder hinab, um dort von neuem eine Szene zu machen. Also auch er verkaufe sich, auch er halte es mit den Räubern!

Allein Frau Josserand war im Kaufladen anwesend und riet Valerie, sich nur nicht schlimmer zu verkaufen, als ihre Tochter sich verkauft habe.

Valerie musste den Rückzug antreten, dabei schrie sie:

Also wir allein sollen leer ausgehen! ... Mich soll der Teufel holen, wenn ich den Mietzins bezahle! Ich habe einen Vertrag und will sehen, ob dieser Galeerensträfling es wagen wird, uns aus dem Hause jagen zu lassen. Und was dich betrifft, kleine Berta, werden wir ja eines Tages sehen, was man es sich kosten lassen muss, um dich zu haben.

Die Türen schmetterten abermals. Eine tödliche Feindschaft entstand zwischen den beiden Ehepaaren. Octave, der nützliche Dienste erwiesen hatte, blieb anwesend und ward so in die intimen Angelegenheiten der Familie eingeweiht. Berta sank halb ohnmächtig in seine Arme, während August sich versicherte, dass die Kunden nichts gehört hatten.

Selbst Frau Josserand schenkte dem jungen Manne ihr Vertrauen, dagegen blieb sie streng gegen die Duverdy.

Der Mietzins ist immerhin etwas, sagte sie. Aber ich will die 50 000 Franken haben.

Ja freilich, wenn du die deinen bezahlst, wagte Berta zu bemerken.

Die Mutter schien es nicht zu verstehen.

Ich will die 50 000 Franken haben, hörst du? Er soll sich nicht gar so sehr freuen, der alte Bösewicht unter der Erde. Eine solche Kanaille! Geld zu versprechen, wenn man keines hat! Man soll dir das Geld zahlen, meine Tochter, und wenn ich ihn unter der Erde hervorscharren müsste, um ihm in die Fratze zu speien!

Zwölftes Kapitel

Als eines Morgens Berta sich eben bei ihrer Mutter befand, kam Adele, um mit verstörter Miene zu melden, dass der junge Herr Saturnin mit einem fremden Herrn da sei. Der Direktor des Asyls Von Ville-Evrard hatte die Eltern wiederholt verständigt, dass er ihren Sohn nicht in der Anstalt behalten könne, weil die Ärzte keinen völligen Wahnsinn bei ihm feststellten. Als er später von der Unterschrift Kenntnis erhielt, die Berta ihrem unglücklichen Bruder entlockt hatte, um die 3000 Franken zu erhaschen, die ihm gehörten, sandte er den Burschen seiner Familie zurück.

Allgemeines Entsetzen. Frau Josserand, die erdrosselt zu werden fürchtete, wollte mit dem Herrn über die Sache reden, allein dieser erklärte ganz einfach:

Der Herr Direktor hat mir aufgetragen, Ihnen zu sagen, dass, wenn man gut genug ist, seinen Eltern Geld zu geben, man wohl auch gut genug sei, bei ihnen zu leben.

Aber er ist ja verrückt, mein Herr! Er wird uns umbringen!

Als er unterschreiben sollte, war er nicht verrückt, entgegnete der Herr und entfernte sich ruhig.

Saturnin kehrte übrigens ganz ruhig zurück mit den Händen in den Taschen, als komme er von einem Spaziergang in den Tuillerien. Er sagte kein Wort über seinen Aufenthalt im Tollhause. Er umarmte seinen Vater, der Tränen der Rührung vergoss, und küsste seine Mutter und Hortense, die beide in Furcht erbebten. Als er dann Berta bemerkte, schien er entzückt; sie benützte rasch die zärtliche Stimmung, in der sie ihn sah, um ihn davon zu unterrichten, dass sie schon verheiratet sei. Er zeigte keine Aufregung darüber, schien anfangs nicht einmal zu begreifen, als habe er seine wahnsinnigen Anwandlungen von ehemals vergessen. Allein als sie hinuntergehen wollte, begann er zu heulen. Es sei ihm gleichviel, ob sie verheiratet sei, rief er, wenn sie nur immer da bleibe, bei ihm, mit ihm. Als sie das entsetzte Gesicht ihrer Mutter sah, die schon davonlaufen wollte, um sich einzuschließen, kam Berta auf den Gedanken, Saturnin zu sich ins Haus zu nehmen. Man werde ihn im Kellermagazin schon irgendwie verwenden können, und sei es nur dazu, die Pakete zusammenzubinden.

Am Abend brachte sie ihrem Gatten die Sache vor, und trotz sichtbarem Widerstreben gab August endlich ihrem Wunsche nach. Sie waren kaum drei Monate verheiratet, und schon entstand zwischen ihnen eine dumpfe, immer mehr anwachsende Uneinigkeit. Es war die fortwährende Reibung von zwei verschiedenen Naturen und Erziehungen: ein mürrischer, zaghafter, leidenschaftsloser Gatte und eine Frau, die in dem schwülen Treibhause eines falschen Pariser Luxus aufgeschossen, lebhaften Wesens, das Leben auszubeuten, es für sich allein zu genießen suchte als selbstsüchtiges, verschwenderisches Kind.

Er hatte kein Verständnis für ihr fortwährendes Bedürfnis nach Bewegung, für ihre unaufhörlichen Ausgänge, um Besuche zu machen, spazieren zu gehen, Wettrennen beizuwohnen, Theater, Festlichkeiten, Ausstellungen zu besuchen. Zwei- bis dreimal wöchentlich kam ihre Mutter, sie abzuholen; sie blieb dann aus mit ihr bis zum Essen und war glücklich, die reichen Toiletten ihrer Tochter zeigen zu können, die sie nicht mehr bezahlte. Die Entrüstung des Gatten kehrte sich besonders gegen diese auffallenden Toiletten, deren Nutzen er nicht begreifen konnte. Wozu sei es gut, sich über seinen Rang und sein Vermögen zu kleiden? In dieser Weise Geld auszugeben, das man im Handel weit besser verwenden könne? Er pflegte zu sagen: Wenn man an andere Frauen Seide verkauft, muss man selbst Wolle tragen. Allein bei solchen Gelegenheiten nahm Berta die wütenden Mienen ihrer Mutter an; sie fragte ihren Gatten, ob er sie nackt herumgehen lassen wolle? Sie regte ihn noch mehr auf durch die zweifelhafte Reinlichkeit ihrer Unterröcke, durch ihre Sorglosigkeit hinsichtlich der Wäsche, die man nicht sah. Sie hatte stets einige Redensarten in Bereitschaft, um ihm den Mund zu stopfen,, wenn er bei der Sache beharren wollte.

Ich will lieber Neid als Mitleid erwecken. Geld ist Geld; und wenn ich zwanzig Sous hatte, sagte ich immer, dass ich vierzig habe.

Berta nahm in der Ehe ganz die Art ihrer Mutter an; ja sie übertraf diese noch. Sie war nicht mehr das gleichgültige Mädchen von ehemals, das sich den mütterlichen Maulschellen fügt. Sie war ein Weib, entschlossen zum Widerstände, von dem festen Willen erfüllt, alles ihrem Vergnügen dienstbar zu machen. August betrachtete sie manchmal, erstaunt über diese schnelle Reife. Anfangs fand sie eine stolze Freude darin, im Laden zu thronen in einer ausgesuchten Toilette von eleganter Bescheidenheit. Doch ward sie des Handels bald überdrüssig; sie fühlte sich unbehaglich in dieser Unbeweglichkeit hinter dem Zahltisch und drohte, krank dabei zu werden; sie fügte sich darein mit der Miene einer Unglücklichen, die ihr Leben dem Geschäfte aufopfert. Von da ab gab es einen unaufhörlichen Kampf zwischen ihr und ihrem Gatten. Sie zuckte hinter seinem Rücken mit den Achseln wie ihre Mutter hinter dem Rücken ihres Vaters. Sie begann alle jene häuslichen Zänkereien mit ihm, die sie in ihrer Jugend gesehen; sie behandelte ihn als den Mann, der einfach da ist, um zu zahlen, und überschüttete ihn mit jener Verachtung gegen den Mann, die gleichsam die Grundlage ihrer Erziehung war.

Mama hat recht gehabt! rief sie nach jedem solchen Streite aus.

Und doch hatte August in der ersten Zeit sich bemüht, sie zufriedenzustellen. Er liebte den Frieden, träumte von einer bescheidenen, ruhigen Häuslichkeit, war launisch wie ein Greis, ein Sklave der Gewohnheiten seines keuschen, sparsamen Junggesellenlebens. Da seine frühere Wohnung im Zwischenstock nicht mehr genügte, hatte er jene im zweiten Stockwerk auf den Hof hinaus genommen und glaubte, eine törichte Verschwendung begangen zu haben, indem er sie mit einem Aufwände von 5000 Franken möblieren ließ. Berta, die sich anfangs glücklich fühlte in ihrem Zimmer mit Möbeln vom Holz des Lebensbaumes mit blauer Seide überzogen, zeigte später nach einem Besuch bei einer Freundin, die einen Bankier geheiratet hatte, die größte Geringschätzung gegen eine solche Einrichtung. Der erste Streit entstand unter ihnen wegen der Mägde. Die junge Frau, die an schmutzige, arme Mägde gewohnt war, denen man das Brot vorschnitt, stellte jetzt solche übertriebene Anforderungen an ihre Mägde, dass diese halbe Tage weinend in der Küche zubrachten. Als August, der sonst nicht eben übermäßig zartfühlend war, es sich einmal einfallen ließ, der misshandelten Magd einige beschwichtigende Worte zu sagen, musste er sie eine Stunde später aus dem Hause jagen, weil seine Frau in Tränen zerfloss und ihm wütend zurief, dass er zwischen ihr und »diesem Geschöpf« zu wählen habe. Nach dieser Magd kam eine andere, die sehr pfiffig schien und sich danach benahm, bleiben zu wollen. Sie hieß Rachel und schien eine Jüdin zu sein, obgleich sie dies in Abrede stellte und ihre Heimat verleugnete. Es war ein Mädchen von beiläufig 25 Jahren mit harten Zügen, einer großen Nase und tief schwarzen Haaren. Anfangs erklärte Berta, dass sie diese Person keine zwei Tage im Hause dulden werde; später aber zeigte sie sich angesichts ihres stummen Gehorsams, ihres Benehmens, alles zu begreifen und nichts zu reden, allmählich zufrieden; sie schien jetzt ihrerseits sich zu fügen und die Magd um ihrer guten Eigenschaften willen zu behalten, vielleicht auch aus geheimer Furcht. Rachel, die sich ohne Widerrede die schwersten Arbeiten und dazu trockenes Brot gefallen ließ, bemächtigte sich rasch der Hauswirtschaft, hielt die Augen offen und den Mund geschlossen wie eine Dienstmagd, die der verhängnisvollen, mit Sicherheit vorausgesehenen Stunde harrt, in der die gnädige Frau es nicht mehr wagen wird, ihr das geringste zu verweigern.

Nach den Aufregungen, die das plötzliche Ableben des Herrn Vabre hervorgerufen hatte, war übrigens im Hause – vom Erdgeschoß bis hinauf zum Dienstbotenstockwerk – eine tiefe Ruhe gefolgt. Im Treppenhause herrschte wieder die spießbürgerliche Stille einer Kapelle. Kein Hauch drang aus den allezeit verschlossenen Mahagonitüren hervor, hinter denen die tiefe Ehrbarkeit dieser bürgerlichen Behausungen sich barg. Es ging das Gerücht, dass Duverdy mit seiner Frau sich versöhnt habe. Valerie und Theophil sprachen mit niemandem; steif und stolz gingen sie vorüber. Niemals hatte das Haus den Anstrich strengerer Grundsätze gezeigt. Herr Gourd, in Pantoffeln und Samtmütze, machte mit der Feierlichkeit eines Kirchendieners seine Runde.

Eines Abends gegen zehn Uhr ging August erregt im Laden auf und ab; jeden Augenblick erschien er in der Türe und warf einen Blick auf die Straße. Eine immer steigende Unruhe bemächtigte sich seiner. Berta, die beim Essen von ihrer Mutter und ihrer Schwester abgeholt war, ohne dass sie ihr Zeit gelassen hätten, ihren Nachtisch zu verzehren, war nach dreistündiger Abwesenheit noch nicht zu Hause, obgleich sie fest versprochen, zur Ladensperre zurückzukehren.

Mein Gott, mein Gott! sagte er endlich, krampfhaft die Hände ballend.

Er wandte sich an Octave, der damit beschäftigt war, Seidenabschnitte auf einem Pulte zu beschreiben. Zu dieser späten Abendstunde kam keine Kunde mehr in diesen entlegenen Winkel der Choiseul-Straße. Man hatte nur noch offen, um den Laden in Ordnung zu bringen.

Sie müssen wissen, wohin die Damen gegangen sind! sagte er zu dem jungen Manne.

Dieser blickte mit überraschter, unschuldiger Miene auf.

Aber, sie haben es Ihnen ja gesagt: zu einer Vorlesung.

Die Vorlesung war um neun Uhr zu Ende. Anständige Frauen müssen um diese Zeit schon zu Hause sein.

Dann nahm er seinen Gang durch den Laden wieder auf und warf zuweilen hämische Blicke auf den jungen Mann, den er verdächtigte, dass er mit den Damen einverstanden sei oder zumindest sie entschuldige.

Auch Octave beobachtete ihn heimlich mit unruhiger Miene. Niemals hatte er ihn so nervös gesehen. Was geht denn vor? Als er den Kopf wandte, bemerkte er im Hintergrunde des Ladens Saturnin, der mit einem in Spiritus getränkten Schwamm einen Spiegel putzte. Der Verrückte ward im Hause allmählich zu allerlei dienstlichen Verrichtungen verwendet, damit er wenigstens seine Verköstigung verdiene. An diesem

Abend glühten die Augen Saturnins in einem seltsamen Feuer. Er schlich sich hinter Octave heran und flüsterte ihm zu, ohne August aus den Augen zu lassen:

Aufgepasst! Er hat ein Papier gefunden! ... Ja, er hat ein Papier in der Tasche! Ich habe es gesehen ... Darum aufgepasst!

Dann kehrte er rasch wieder zu seinem Spiegel zurück. Octave begriff nichts von allem. Der Narr hatte ihm seit einiger Zeit eine seltsame Zuneigung bekundet, die der Fügsamkeit einer Bestie glich, die, einem Instinkte folgend, die Krallen einzieht. Was redete er ihm von einem Papier? Er hatte an Berta keinen Brief geschrieben; er erlaubte sich höchstens, sie mit zärtlichen Blicken anzuschauen, und harrte der Gelegenheit, ihr ein kleines Geschenk zu machen. Er hatte nach reiflicher Erwägung diese Taktik angenommen.

Elf Uhr zehn Minuten! rief August plötzlich wütend aus.

Im nämlichen Augenblicke kehrten die Damen zurück. Berta trug eine herrliche Robe von rosa Seide mit weißer Perlenstickerei, während ihre Schwester in Blau, ihre Mutter in der Malvenfarbe noch immer ihre abgetragenen Kleider trugen, die zu jeder Jahreszeit überarbeitet wurden. Zuerst trat Frau Josserand ein, breit und imposant, um ihrem Schwiegersohn die Vorwürfe in der Kehle zu ersticken, die sie in einem an der Straßenecke gehaltenen »Kriegsrate« vorausgesehen hatten.

Sie ließ sich herab, ihre Verspätung durch ein längeres Herumbummeln vor den Schaufenstern der Kaufläden zu entschuldigen. August, der sehr bleich war, ließ übrigens keine Klage vernehmen; er gab eine kurze, trockene Antwort und hielt sichtlich an sich. Die Mutter, die mit ihrer vieljährigen Erfahrung in häuslichen Zwistigkeiten ein Gewitter voraussah, verweilte noch kurze Zeit und suchte ihn einzuschüchtern; dann entschloss sie sich aber doch hinaufzugehen, nicht ohne vorher zu sagen:

Gute Nacht, meine Tochter, und schlafe wohl, wenn du lange leben willst.

Ohne Rücksicht auf die Gegenwart Octaves und Saturnins zog August, der sich nicht länger beherrschen konnte, sogleich ein zerknittertes Papier aus der Tasche, das er seiner Frau mit den Worten unter die Nase hielt:

Was ist das?

Berta, die den Hut noch nicht abgelegt hatte, errötete tief.

Das ist eine Rechnung, erwiderte sie.

Ja, eine Rechnung! Eine Rechnung für falsche Haare, wenn du erlaubst! Als ob du keine auf dem Kopfe hättest! ... Doch davon will ich schweigen. Du hast die Rechnung bezahlt, wie? Womit hast du sie denn bezahlt?

Immer mehr verwirrt, erwiderte die junge Frau endlich:

Mit meinem Gelde.

Mit deinem Gelde? Aber du hast ja kein Geld. Es wäre denn, dass dir jemand Geld gegeben, oder dass du es hier genommen hättest ... Höre, ich weiß alles: du machst Schulden. Ich werde alles dulden, nur keine Schulden, hörst du? Schulden niemals!

In diesem Ausruf drückte sich der ganze Abscheu eines wirtschaftlichen Junggesellen aus, seine kaufmännische Ehrlichkeit, die darin bestand, niemandem etwas zu schulden. Er erleichterte sich ordentlich das Herz, warf seiner Frau ihre fortwährenden Ausgänge vor, ihre Besuche in allen vier Ecken von Paris, ihre Toiletten, ihren Luxus, den er nicht bestreiten konnte. Ist es klug, bei ihrer Lage bis elf Uhr auszubleiben in rosa Seidentoiletten mit weißer Perlenstickerei? Wenn man solche Wünsche und Launen hat, muss man auch 500 000 Franken Mitgift haben. Er kenne übrigens die Schuldige: es sei die schwachsinnige Mutter, die ihre Kinder dazu erziehe, ganze Vermögen durchzubringen, ohne auch nur so viel zu besitzen, dass sie ihnen am Tage der Hochzeit ein Hemd auf den Leib geben könne.

Sprich nichts Übles von Mama! rief Berta erbittert, indem sie den Kopf erhob. Man kann ihr nichts vorwerfen, sie hat ihr Pflicht getan. Deine Familie aber sind saubere Leute. Menschen, die den eigenen Vater getötet haben!

Octave war in seine Arbeit vertieft und schien nichts zu hören. Doch folgte er mit halben Blicken dem Streit und beobachtete insbesondere Saturnin, der mit dem Reinigen des Spiegels aufgehört hatte und zitternd mit geballten Fäusten dastand, bereit, seinem Schwager an den Hals zu springen.

Lassen wir unsere Familien, entgegnete August trocken; wir haben mit unserer eigenen Ehe genug zu schaffen. Höre mich an: du wirst deine Lebensweise ändern; ich gebe keinen Sou für diese Dummheiten her. Das ist mein fester Entschluss. Dein Platz ist hier in diesem Laden, einfach gekleidet, wie es einer Frau geziemt, die sich selbst achtet ... Und wenn du wieder Schulden machst, werden wir weiter sehen.

Berta blieb sprachlos angesichts dieser Gattenhand, die so rücksichtslos in ihre Gewohnheiten, Vergnügungen, Toiletten dreinfuhr. Er entriss ihr alles, was ihr teuer war, alles, wovon sie bei ihrer Verheiratung träumte. Doch in ihrer Frauenart ließ sie die Wunde nicht merken, aus der sie blutete; um dem Zorn einen Vorwand zu geben, der ihre Wangen schwellte, wiederholte sie in heftigem Tone:

Ich werde es nicht dulden, dass du Mama beleidigst!

August zuckte mit den Achseln.

Deine Mutter – du gleichst ihr vollständig. Du wirst hässlich, wenn du in einen solchen Zustand gerätst. Ja, ich erkenne dich nicht mehr, ich glaube deine Mutter vor mir zu haben. Meiner Treu, ich habe Furcht!

Berta ward im Augenblick besänftigt. Sie schaute ihm ins Gesicht und sagte:

Geh doch hinauf zu Mama und sage ihr, was du mir gesagt hast; du sollst sehen, wie du hinausgeschmissen wirst.

Sie wird mich hinauswerfen! rief August wütend. Ich gehe hinauf, um es ihr sofort zu sagen.

Er wandte sich in der Tat zur Türe. Es war die höchste Zeit, dass er hinausging, denn Saturnin mit seinen Wolfsaugen hatte sich hinterrücks herangeschlichen und war auf dem Sprunge, ihn zu erdrosseln. Die junge Frau war erschöpft in einen Sessel gesunken und murmelte halblaut:

Mein Gott, den möchte ich schwerlich heiraten, wenn ich von vorne beginnen müsste.

Als August bei den Josserand anläutete, kam Herr Josserand selbst, ihm die Türe zu öffnen, weil Adele schon zu Bett gegangen war. Da er sich eben anschickte, die Nacht mit der Anfertigung von Adressschleifen zuzubringen, trotzdem er in letzter Zeit über Unwohlsein sich beklagte, geleitete er ihn verwirrt, die Entdeckung seiner Beschäftigung fürchtend, in das Speisezimmer, wobei er etwas von einer dringenden Arbeit, von der Abschrift des Inventars der Glasfabrik zu Sankt-Joseph stammelte.

Als aber der Schwiegersohn anhob, seine Tochter anzuklagen, ihr die Schulden vorzuwerfen, von dem Streit zu erzählen, der wegen der falschen Haare entstand, begannen die Hände des armen Mannes zu zittern. Im Herzen getroffen, die Augen voll Tränen, vermochte er kaum ein Wort vorzubringen. Seine Tochter verschuldet, ihr Leben unter fortwährenden ehelichen Zwistigkeiten hinbringend wie er selbst! Das ganze Unglück seines Lebens sollte sich also in seiner Tochter wiederholen!

Noch eine andere Angst machte ihm das Blut erstarren: er fürchtete jeden Augenblick, dass sein Schwiegersohn die Geldfrage anregen, die Heiratsausstattung fordern, ihn als Dieb behandeln werde. Sicherlich wusste August alles, wenn es ihn so drängte, nach elf Uhr nachts zu kommen.

Meine Frau ist im Begriff, zu Bett zu gehen, stammelte er, immer mehr den Kopf verlierend. Es ist nicht notwendig, sie zu wecken, wie? Wahrhaftig, Sie erzählen mir schöne Dinge! Und diese arme Berta ist nicht bösartig, versichere ich Ihnen. Üben Sie Nachsicht; ich will mit ihr sprechen ... Was uns betrifft, hoffe ich, mein lieber August, dass wir nichts getan haben, um Ihr Missvergnügen zu erregen.

Er forschte ihn mit den Blicken aus und war beruhigt, als er sah, dass August noch nichts zu wissen scheine. Da erschien Frau Josserand auf der Schwelle ihres Schlafzimmers. Sie war schon in Nachttoilette, ganz weiß, fürchterlich anzuschauen. Obgleich sehr erregt, wich August zurück. Ohne Zweifel hatte sie an der Türe gehorcht, denn sie begann mit einem geradeaus geführten Hiebe:

Ich hoffe, Sie sind nicht gekommen, um Ihre 10 000 Franken zu fordern. Mehr als zwei Monate trennen uns noch von dem Termin. In zwei Monaten werden wir sie Ihnen geben, mein Herr. In unserer Familie ist es nicht üblich zu sterben, bevor man seinen Verpflichtungen nachgekommen.

Dieses hochfahrende Auftreten drückte Herrn Josserand vollends zu Boden. Seine Gattin fuhr übrigens fort; sie verblüffte ihren Schwiegersohn durch ganz außerordentliche Erklärungen und ließ ihm nicht Zeit zu sprechen.

Sie sind nicht gerade klug, sagte sie. Wenn Sie Berta krank machen, werden Sie den Arzt holen lassen müssen; Arzt und Arznei kosten Geld: da werden doch wieder nur Sie der Gimpel sein. Ich bin vorhin weggegangen, als ich Sie dabei sah, eine Dummheit zu begehen. Nur zu! Prügeln Sie Ihre Frau! Mein Mutterherz ist ruhig, denn Gott wacht, und die Strafe wird nicht ausbleiben.

Endlich kam August dazu, ihr seine Beschwerden auseinanderzusetzen. Er sprach wieder von ihren häufigen Ausgängen, von ihren Toiletten und erkühnte sich sogar, die Erziehung zu verurteilen, die Berta genossen. Frau Josserand hörte ihn mit tiefster Missachtung an. Als er zu Ende war, sagte sie:

Alldas ist so albern, mein Lieber, dass es keiner Erwiderung wert ist. Mein Gewissen ist ruhig, das genügt mir. So spricht ein Mensch, dem ich einen Engel anvertraut habe! Ich will mich in nichts mehr einmengen, da ich beschimpft werde! Suchen Sie, allein fertig zu werden.

Aber Ihre Tochter betrügt mich schließlich! rief August von neuem erzürnt.

Mein Herr, Sie tun das Ihre, um es herbeizuführen.

Damit kehrte sie ihm den Rücken und ging in ihr Schlafzimmer mit der Würde einer kolossalen, hochbusigen, weißgewandeten Ceres.

Der Vater hielt August noch einige Minuten zurück. Er suchte, ihn zu versöhnen und ihm begreiflich zu machen, dass man sieh von den Frauen vieles gefallen lassen müsse. Es gelang ihm schließlich, ihn milder und zur Verzeihung geneigt zu stimmen. Als er sich aber wieder allein im Speisezimmer vor seinem kleinen Schreibpulte sah, begann der gute Mann zu weinen. Es war aus; es gab für ihn kein Glück mehr, er konnte niemals Adressenschleifen genug zusammenbringen, um seine Tochter insgeheim unterstützen zu können. Der Gedanke, dass dieses Kind sich in Schulden stürze, erdrückte ihn wie eine persönliche Schmach. Er fühlte sich krank; das war ein neuer Schlag für ihn; eines Abends mussten ihn die Kräfte verlassen. Endlich ging er, die Tränen gewaltsam verschluckend, wieder an die Arbeit.

Berta war im Kaufladen unten einen Augenblick regungslos, das Gesicht in den Händen verbergend, sitzen geblieben. Ein Ladenbursche hatte eben die Fenster geschlossen und stieg in das Kellermagazin hinab. Diesen Augenblick hielt Octave für geeignet, sich der jungen Frau zu nähern. Schon seitdem August hinaufgegangen war, hatte Saturnin ihm über den Kopf seiner Schwester hinweg allerlei Winke gegeben, sie doch zu trösten. Als er endlich den jungen Mann sich seiner Schwester nähern sah, strahlte er vor Freude; er verdoppelte noch sein Augenzwinkern, und als fürchte er, nicht verstanden zu werden, sandte er mit der überströmenden Zärtlichkeit eines Kindes Küsse in die Luft.

Wie, du willst, dass ich sie küsse? winkte Octave ihm zurück.

Ja, ja! erwiderte der Narr, freudig mit dem Kopfe nickend.

Als er den jungen Mann lächelnd vor seiner Schwester stehen sah, die von allem nichts gemerkt hatte, setzte er sich auf den Boden, hinter einem Pult verborgen nieder, um sie nicht zu stören. Noch brannten die Gaslampen mit vollen Flammen in der Stille des geschlossenen Kaufladens. Es herrschte eine tiefe Ruhe, in welche die Seidenstücke den faden Geruch ihrer Zurichtung sandten.

Gnädige Frau, ich bitte Sie, machen Sie sich nicht so viel Kummer, sagte er mit seiner zärtlichen Stimme.

Sie fuhr zusammen, als sie ihn so nahe neben sich sah.

Um Vergebung, Herr Octave: es ist nicht meine Schuld, wenn Sie Zeuge einer so peinlichen Auseinandersetzung waren. Doch bitte ich Sie, meinen Mann zu entschuldigen; er muss heute Abend krank gewesen sein ... Es gibt in allen Ehen kleine Verdrießlichkeiten ...

Sie schluchzte heftig. Die Absieht, das Unrecht ihres Gatten vor der Welt zu beschönigen, hatte den Strom der Tränen entfesselt. Saturnin steckte den Kopf unruhig über das Pult hervor, zog ihn aber sofort wieder zurück, als er sah, wie der junge Mann die Hand seiner Schwester ergriff.

Mut, gnädige Frau! sagte Octave.

Nein, es überwältigt mich, stammelte sie. Sie waren da, Sie haben gehört ... Wegen der Haare für 95 Franken! Als ob heutzutage nicht alle Frauen falsche Haare trügen ... Doch er weiß nichts und begreift nichts. Er kennt die Frauen so wenig wie der Großtürke, denn er hat niemals eine besessen, Herr Octave ... Ach, ich bin sehr unglücklich! ...

In ihrer Erbitterung sagte sie alles. Ein Mann, den sie aus Liebe geheiratet zu haben glaubte, und der ihr bald ein Hemd verweigern wird. Erfüllt sie etwa ihre Pflichten nicht? Hat er ihr das geringste vorzuwerfen? Wenn er nicht in Zorn geraten wäre, als sie das Geld für die Haare verlangte, wäre sie nicht genötigt gewesen, sie insgeheim zu bezahlen. Wegen der geringsten Dummheiten die nämlichen Geschichten! Sie konnte nicht den unbedeutendsten Toilettegegenstand verlangen, ohne an seine mürrische Knauserei zu stoßen. Natürlich hat auch sie ihren Stolz; sie verlangt jetzt nichts mehr und entbehrt lieber das Notwendigste, als dass sie sich erfolglos demütigen sollte. So hatte sie beispielsweise schon seit zwei Wochen ein wahnsinniges Verlangen nach einem Phantasieschmuck, den sie in dem Schaufenster eines Juweliers im Königspalast gesehen.

Wissen Sie: drei Sterne in die Haare zu stecken! Das Ganze kostet eine Kleinigkeit, 100 Franken, glaube ich. Ich konnte mit meinem Mann vom Morgen bis zum Abend darüber reden, er begriff nichts.

Octave hatte gar nicht gewagt, auf eine so günstige Gelegenheit zu rechnen. Er ging daher geradeaus auf die Sache los.

Ja, ja, ich weiß; Sie haben auch mir den Schmuck erwähnt. Ich bin von Ihren Eltern so freundlich empfangen worden; Sie selbst haben mich mit so viel Güte aufgenommen, dass ich glaubte, wagen zu dürfen ...

Mit diesen Worten zog er eine längliche Schachtel aus der Tasche, in der die drei Sterne, auf einem Stück Wolle ruhend, funkelten. Berta erhob sieh sehr erregt.

Unmöglich, mein Herr! Ich will nicht. Sie haben sehr unrecht gehandelt.

Er benahm sich sehr sanft und ersann allerlei Vorwände. Im Süden sei es eine allgemein verbreitete Sitte, behauptete er. Auch sei es ja ein ganz wertloser Schmuck. Sie hatte zu weinen aufgehört, ihr Gesicht war hochgerötet. Ihre Augen hafteten leuchtend auf der Schachtel, gleichsam entzündet an den falschen Steinen.

Ich bitte Sie, gnädige Frau ... Es wäre mir ein Beweis, dass Sie mit meinen Leistungen im Geschäfte zufrieden sind.

Nein, wahrhaftig nein, Herr Octave! Dringen Sie nicht weiter in mich ... Sie machen mir nur Kummer.

Jetzt war Saturnin wieder erschienen; er betrachtete den Schmuck verzückt wie einen Heiligenschein. Doch sein feines Ohr hörte jetzt die Schritte des zurückkehrenden August. Er benachrichtigte Berta davon, indem er leise mit der Zunge schnalzte. Da entschloss sich die junge Frau endlich gerade in dem Augenblicke, als ihr Gatte eintrat.

Ich werde sagen, dass ich das Geschenk von Hortense habe, flüsterte sie und steckte die Schachtel hastig in die Tasche.

August ließ das Gas auslöschen und ging dann mit ihr hinauf schlafen, ohne auch nur mit einem Worte auf den Streit zurückzukommen, im Grunde froh, dass er sie ruhig und heiter fand, als ob nichts vorgefallen sei. Der Laden versank in tiefe Finsternis; im Augenblicke, da er sich zurückzog, fühlte Octave, wie im Finstern zwei brennende Hände die seinen drückten. Es war Saturnin, der zurückblieb, da er im Kellermagazin schlief.

Freund ... Freund ... Freund ... blökte der Verrückte in einem Erguss wilder Hingebung.

In seinen Berechnungen enttäuscht, fasste Octave eine jugendlich ungestüme Leidenschaft für Berta. Hatte er anfangs seine alte Verführungsweise befolgt, seine Entschlossenheit, durch die Frauen zum Ziele gelangen, so sah er jetzt in ihr nicht nur die Herrin, deren Besitz das ganze

Haus seinem Einfluss unterordnen musste; er verlangte vor allem nach der Pariserin, diesem liebenswürdigen Geschöpf voll Luxus und Anmut, das er in Marseille nicht hatte genießen können. Er empfand einen Heißhunger nach diesen kleinen Händen, nach diesen kleinen Füßchen in den Stiefelchen mit hohen Absätzen, nach diesem zarten Halse, der sich in einer Spitzenwolke verlor, ja selbst nach den Unterröcken von zweifelhafter Reinlichkeit, nach dem Küchengeruch, den er unter diesen allzu reichen Toiletten witterte. Diese plötzlich aufflammende Leidenschaft ging so weit, dass sie die Trockenheit seiner wirtschaftlichen Natur zum Schwinden brachte, so dass er in Geschenken und Ausgaben aller Art die 5000 Franken hinauswarf, die er aus dem Süden mitgebracht und seither durch geheimgehaltene Finanzoperationen schon verdoppelt hatte.

Am meisten beunruhigte ihn aber, dass er, indem er verliebt geworden, zugleich auch bedächtig ward. Er empfand nicht mehr die entschiedene Hast, auf das Ziel loszugehen, vielmehr eine behagliche Freude daran, nichts zu übereilen. In diesem vorübergehenden Rückfall seines sonst praktischen Geistes betrachtete er schließlich Bertas Eroberung wie einen Feldzug von außerordentlicher Schwierigkeit, der einen hohen Grad von diplomatischer Bedächtigkeit und Schonung erforderte.

Nach seinen Misserfolgen bei Valerie und bei Frau Hédouin war er von Angst erfüllt, ein drittes Mal zu scheitern. Überdies fand sich auf dem Grunde seines Zauderns, seiner Verwirrung eine gewisse Furcht vor dem angebeteten Weibe, der absolute Glaube an Bertas Ehrbarkeit, die volle Verblendung der verzweifelnden, durch das Verlangen gelähmten Liebe.

An dem auf den Streit des Ehepaares folgenden Tage dachte Octave, glücklich darüber, dass es ihm gelungen, die junge Frau zur Annahme seines Geschenkes zu bewegen, dass es klug sei, sich auf guten Fuß mit dem Gatten zu stellen. Da er an der Tafel seines Prinzipals speiste – dieser beköstigte seine Leute selbst, um sie stets bei der Hand zu haben – zeigte er sich ihm gegenüber von einer grenzenlosen Gefälligkeit, hörte ihm beim Nachtisch aufmerksam zu und bestätigte sehr geräuschvoll die Richtigkeit seiner Gedanken. Er schien sogar insgeheim seine Unzufriedenheit gegen seine Frau zu nähren und tat, als wolle er sie überwachen und ihm von Zeit zu Zeit Bericht erstatten.

August schien sehr gerührt; er gestand eines Abends dem jungen Manne, dass er einen Augenblick im Begriffe gewesen, ihn zu entlassen, weil er glaubte, dass er mit seiner Schwiegermutter im Bunde stehe. Octave tat sehr betroffen und bezeugte einen rechten Abscheu gegen Frau Josserand, wodurch die Übereinstimmung zwischen ihnen beiden vollständig hergestellt wurde.

Der Gatte war im Grunde ein guter Mensch; recht widerwärtig in seinem Benehmen, aber sonst leicht zufrieden, wenn man nicht durch leichtfertiges Geldausgeben oder durch einen Verstoß gegen seine Begriffe von Moral ihn aus dem Häuschen brachte. Er schwor, dass er sich nie mehr erzürnen wolle, denn er hatte nach dem letzten Streite eine so fürchterliche Migräne bekommen, dass er drei Tage hindurch ganz blöd davon wurde.

Sie werden mich verstehen, sagte er zu dem jungen Manne. Ich will meine Ruhe behalten ... Sonst kümmere ich mich um gar nichts – die Tugend ausgenommen; auch will ich, dass meine Frau die Kasse unangetastet lasse. Ich hin ein vernünftiger Mensch und verlange von ihr nichts Unmögliches.

Octave übertrieb noch seine Klugheit; sie priesen miteinander die Freuden des Alltagslebens, der gleichmäßig dahinfließenden Jahre, die man mit dem Abmessen von Seidenstoffen zubringe. Um ihm gefällig zu sein, ließ er sogar seine Großhandlungspläne fallen. Eines Abends hatte er ihm einen argen Schrecken verursacht, indem er seinen Traum von den großen, modernen Basars wieder aufnahm und ihm riet – wie er es der Frau Hédouin geraten hatte – das Nachbarhaus anzukaufen, um seine Magazine zu erweitern. August, dem schon zwischen seinen vier Pulten der Kopf glühte, betrachtete ihn mit einer solchen Bestürzung des Krämers, der gewohnt ist, jeden Heller in vier Teile zu schneiden, dass Octave sich beeilte, seinen Vorschlag zurückzuziehen und sich in Lobpreisungen über die zuverlässige Ehrbarkeit des kleinen Handels zu ergehen. So flössen die Tage dahin; Octave nistete sich in dem Hause immer mehr ein. Der Gatte schätzte ihn; Frau Josserand selbst, obgleich er ihr nicht allzu viel Höflichkeit erwies, betrachtete ihn zuweilen mit ermutigenden Blicken. Berta behandelte ihn mit reizender Vertraulichkeit. Sein ergebenster Freund aber war Saturnin, dessen stumme Zuneigung und hündische Treue für ihn in dem Maße stieg, wie seine Leidenschaft für die junge Frau zunahm. Gegen jeden andern zeigte der Verrückte eine dumpfe Eifersucht; sobald ein Mann sich seiner Schwester näherte, zog er die Lippen ein, gleichsam bereit zu beißen. Wenn hingegen Octave sich ungeniert zu ihr neigte und sie zum Lachen brachte, zu dem herzlichen, vollen Lachen einer glücklichen Geliebten, lachte auch er wohlgemut; ihre sinnliche Freude schien sich in seinem Gesichte abzuspiegeln. Er zeigte dem auserwählten Günstling gegenüber eine intime

Vertraulichkeit, nahm ihn oft beiseite und erzählte ihm in kurzen, abgebrochenen Sätzen von ihr.

Sehen Sie, als sie noch klein war, da hatte sie Gliedmaßen, nicht größer als meine Faust und schon fett, ganz rosig und sehr heiter... Und sie kroch auf der Erde herum. Mich ergötzte das; ich schaute sie immer an, warf mich vor ihr auf die Knie. Dann gab sie mir mit ihren Füßchen kleine Stöße in den Magen: pan, pan, pan... Das war so schön, so schön!...

So erfuhr Octave allmählich die ganze Geschichte der Kindheit Bertas, dieser Kindheit mit ihren Launen und Spielen, in der sie allmählich zu einem hübschen, ungezähmten Wildling heranwuchs. Saturnin bewahrte in seinem hohlen Schädel mit einer fast religiösen Anhänglichkeit unbedeutende Vorgänge, deren er allein sich erinnerte: Eines Tages hatte sie sich gestochen, und er sog das Blut aus; ein andermal wollte sie auf einen Tisch steigen und fiel herab, wobei er sie in seinen Armen auffing. Zumeist aber kam er auf das große Ereignis, auf die Krankheit, zu sprechen, die sie in ihrer Kindheit überstanden.

Ach, wenn Sie da gewesen wären!... Nachts war ich immer allein bei ihr. Man schlug mich, um mich schlafen zu schicken. Ich kam mit den bloßen Füßen zurück – ganz allein .. Ich musste weinen, denn sie war so weiß... Und ich betastete sie, ob sie kalt sei. Endlich ließen sie mich doch bei ihr. Ich pflegte sie besser als jene; ich wusste alle Heilmittel; sie nahm nur, was ich ihr gab... Zuweilen lehnte ich, wenn sie allzu sehr klagte, ihren Kopf an mich. Wir liebten einander sehr... Endlich war sie geheilt; ich wollte zu ihr zurückkehren, aber man schlug mich wieder.

Seine Blicke flammten wieder auf, er lachte und weinte, als ob diese Dinge sich tags vorher ereignet hätten. Seinen abgerissenen Worten konnte man die Geschichte seiner seltsamen Zuneigung für seine Schwester entnehmen: wie er in seiner geistigen Beschränktheit zu Häupten der kleinen, von den Ärzten aufgegebenen Kranken wachte, sich mit dem Herzen und dem Leibe der teuren Sterbenden widmete, sie in ihrer Nacktheit mit der Zartheit einer Mutter pflegte; wie in ihm die Zuneigung und das Verlangen des Mannes für immer in diesem Liebesdrama festgelegt wurden, dessen Erschütterungen fortdauerten. Trotzdem Berta nach ihrer Herstellung sich undankbar zeigte, war sie ihm doch sein alles geblieben: eine Gebieterin, vor der er zitterte, eine Tochter und Schwester, die er vom Tode gerettet hatte, ein Götzenbild, das er mit einer eifersüchtigen Verehrung anbetete. Er verfolgte denn auch den Gatten mit dem wütenden Hasse eines ergrimmten Liebhabers, erging sich fortwährend in Schmähungen über ihn und tröstete sich mit Octave.

Er hat schon wieder ein Auge geschlossen ... Ist der aber widerwärtig mit seinen Kopfschmerzen! ... Haben Sie ihn gestern wieder die Beine nachschleppen hören? ... Schauen Sie, wie er jetzt wieder auf die Straße hinausstiert! ... Ist der blöde, wie? Schmutziges Tier! Schmutziges Tier! ...

August konnte sich gar nicht mehr bewegen, ohne den Verrückten in Wut zu bringen. Zuweilen rückte er gar mit Besorgnis erregenden Vorschlägen heraus.

Wenn Sie wollen, können wir zwei ihn abschlachten wie ein Schwein!

Octave beschwichtigte ihn. An Tagen, wenn er ruhig war, ging Saturnin von Octave zu Berta, von Berta zu Octave, hinterbrachte ihnen die verbindlichen Worte, die sie übereinander gesprochen, besorgte ihre Aufträge und war zwischen ihnen wie ein Band fortwährender Zärtlichkeit. Er wäre bereit gewesen, sich vor ihnen auf die Erde zu werfen, um ihnen als Teppich zu dienen.

Berta hatte das Geschenk nicht wieder erwähnt. Sie schien die schüchternen Aufmerksamkeiten Octaves nicht wahrzunehmen, sondern behandelte ihn als Freund ohne jede Verlegenheit. Niemals hatte er auf seine Toilette eine größere Sorgfalt verwendet und trieb Berta gegenüber eine wahre Verschwendung mit den zärtlichen Blicken seiner altgoldfarbenen Augen, deren sanften Ausdruck er für unwiderstehlich hielt. Doch zeigte sie ihm Erkenntlichkeit nur für seine Lügen an Tagen, wo er einen losen Streich verheimlichen half.

Eine Art Gemeinsamkeit der Schuld entstand so zwischen ihnen; er begünstigte ihre Ausgänge mit ihrer Mutter und lenkte jeden Argwohn des Gatten ab. In ihrem tollen Verlangen nach Spaziergängen und Besuchen kam sie soweit, dass sie sich gar nicht mehr genierte, sondern ganz auf seine Findigkeit vertraute. Wenn sie bei ihrer Heimkehr ihn hinter einem Stoß von Stoffen beschäftigt fand, dankte sie ihm mit einem flotten, kameradschaftlichen Händedruck.

Eines Tages harrte ihrer indes eine große Aufregung. Als sie von einer Hundeausstellung zurückkam, ward sie durch einen Wink Octaves in das Kellermagazin gerufen. Dort übergab er ihr eine Rechnung, die man in ihrer Abwesenheit gebracht hatte: 72 Franken für gestickte Strümpfe.

Sie erbleichte und rief:

Mein Gott; hat August das gesehen?

Er beruhigte sie und erzählte ihr, wie viele Mühe er hatte, die Rechnung vor den Augen des Gatten verschwinden zu lassen. Dann fügte er verlegen und halblaut hinzu:

Ich habe die Rechnung bezahlt.

Sie suchte in den Taschen, fand nichts und sagte endlich:

Ich werde Ihnen das Geld zurückgeben... Wie dankbar bin ich Ihnen, Herr Octave! ... Ich müsste sterben, wenn August das gesehen hätte.

Diesmal ergriff sie seine beiden Hände und presste sie einen Augenblick in den ihren. Von den 72 Franken aber war nie mehr die Rede.

Ein immer steigendes Verlangen nach Freiheit und Vergnügen machte sich bei ihr geltend; ein Verlangen nach allem, was sie sich in ihrer Mädchenzeit von der Ehe versprochen hatte, nach allem, was ihre Mutter sie von dem Manne fordern gelehrt hatte. Sie brachte gleichsam einen Rückstand von unbefriedigtem Hunger mit in die Ehe. Sie rächte sich für die an Entbehrungen so reiche Jugend, die sie bei den Eltern verbracht hatte: für das ohne Fett zubereitete schlechte Fleisch, mit dem man sich begnügte, damit man sich Schuhe kaufen könne; für die immer wieder mühselig zusammengestoppelten Toiletten; für den erlogenen Reichtum, dessen Schein nur durch geheimes Elend, durch geheimen Schmutz aufrechterhalten werden konnte. Vor allem aber entschädigte sie sich für die drei Winter, die sie, mit ihren Ballschuhen im Straßenschmutze von Paris watend, auf der Suche nach einem Mann zugebracht hatte: tödlich langweilige Abende, an denen sie mit leerem Magen Sirup schlürfte und den Frondienst eines züchtig lächelnden Betragens in Gesellschaft schwachsinniger junger Männer ertragen musste; die geheime Wut darüber, dass sie tun müsse, als wisse sie nichts, während sie doch alles wusste. Dann die Heimwege bei Regenwetter zu Fuße; dann das Frösteln in dem eisig kalten Bette, die mütterlichen Maulschellen, die ihr die Wangen glühen machten. Noch mit 22 Jahren verzweifelte sie daran, ans Ziel zu gelangen; gedemütigt wie eine Bucklige betrachtete sie sich jeden Abend, wenn sie entkleidet war, ob ihr auch nichts fehle.

Endlich hatte sie einen Mann; und gleichwie der Jäger mit einem wütenden Faustschlag dem Hasen den Garaus macht, dessen Verfolgung ihm den Atem geraubt, war auch sie ohne Milde gegen August: sie behandelte ihn einfach als Besiegten.

So wuchs allmählich der Unfriede zwischen ihnen trotz der Anstrengungen des Gatten, der die Ruhe seines Lebens nicht gestört sehen wollte. Er verteidigte verzweifelt seinen schläfrig ruhigen Winkel, drückte die Augen zu über die leichten Fehler, ließ sich sogar schwere gefallen in der ewigen Furcht, eine Scheußlichkeit zu entdecken, die ihn außer sich bringen würde. Die Lügen Bertas, die eine Menge kleiner Gegenstände, deren Anschaffung sie sonst nicht hätte erklären können, als Geschenke ihrer Mutter und ihrer Schwester bezeichnete, fanden bei ihm Glauben und Nachsicht; er ließ sich allgemach sogar ihre abendlichen Ausgänge gefallen, wodurch es Octave zweimal gelang, sie in Gesellschaft ihrer Mutter und ihrer Schwester ins Theater zu führen. Es waren dies reizende Partien, nach denen die Damen stets einstimmig erklärten, dass der junge Mann zu leben wisse.

Bisher hatte Berta bei dem geringsten Wortwechsel ihrem Manne ihre Ehrbarkeit vorgehalten. Sie führe sich gut auf, er müsse sich daher glücklich schätzen. Für sie wie für ihre Mutter durfte der Gatte erst dann sich beklagen, wenn er die Frau mit einem fremden Mann ertappte. Inmitten der mannigfachen Vergnügungen, in denen sie ihre unbefriedigten Wünsche aus der Mädchenzeit stillte, kostete ihr diese Ehrbarkeit kein großes Opfer. Sie war von kühlem Wesen, von einer Selbstsucht, die sich gegen die Scherereien der Leidenschaft auflehnte, zog es vor, für sich allein die Freuden zu genießen – die Tugend aber hatte mit alldem nichts zu schaffen. Sie fühlte sich geschmeichelt durch die Liebeswerbung Octaves nach ihren Misserfolgen als heiratslustiges Mädchen, das sich von den Männern verlassen glaubte und zog auch allerlei kleine Vorteile daraus, die sie in Ruhe genoss, nachdem sie in einem wütenden Verlangen nach Geld aufgewachsen war. Einmal ließ sie den Angestellten eine fünfstündige Droschkenfahrt für sich bezahlen; ein andermal entlieh sie im Begriffe auszugehen hinter dem Rücken ihres Gatten dreißig Franken von Octave, indem sie vorschützte, dass sie ihre Geldbörse zu Hause vergessen habe. Sie bezahlte solche Schulden niemals. Ein derartiges Verhältnis zu dem jungen Manne habe ja keine Folgen, meinte sie; sie dachte nicht viel darüber nach, sondern nützte ihn einfach aus. Dabei spielte sie die Rolle einer pflichttreuen, missverstandenen Dulderin weiter.

An einem Sonnabend brach ein abscheulicher Streit zwischen den Ehegatten los wegen 20 Sous, um welche die Küchenrechnung Rachels nicht stimmte. Berta war hinaufgegangen, um die Rechnung in Ordnung zu bringen, als August ebenfalls hinzukam; er brachte das Wirtschaftsgeld für die folgende Woche.

Die Josserand sollten heute hier speisen, die Küche war voll Vorräte: ein Kaninchen, eine Hammelkeule, Blumenkohl und dergleichen. Neben dem Ausguss hockte Saturnin auf dem Steinpflaster der Küche, er war beschäftigt, die Schuhe seiner Schwester und die Stiefel seines Schwagers zu wichsen.

Es gab zuerst lange Erklärungen über den Verbleib der 20 Sous, und schließlich brach der Streit los. Wo war die Magd gewesen? Wie kann man 20 Sous verlieren? August wollte die Rechnung nochmals addieren. Inzwischen steckte Rachel den Braten an den Spieß immer ruhig, immer fügsam trotz ihrer harten Züge mit geschlossenem Munde, aber offenen Augen. Endlich übergab August seiner Frau die 50 Franken Küchengeld und schickte sich an, wieder hinabzugehen! Allein die 20 Sous ließen ihn nicht ruhen. Er kam zurück und sagte seiner Frau:

Das Geld muss sich ja doch finden. Vielleicht hast du die 20 Sous von Rachel entlehnt, und ihr habt es vergessen?

Berta schien sehr verletzt.

Sag' lieber rundheraus, dass ich mir Schwenzelpfennige mache rief sie. Bist du aber ein artiger Herr!

Der Streit war fertig; es fielen beiderseits sehr harte Worte; obgleich entschlossen, seinen Frieden teuer zu erkaufen, ward August beleidigend bei dem Anblick dieser vielen Vorräte, die durch seine Schwiegereltern an einem Tage verzehrt werden sollten. Er blätterte in dem Küchenbuch und hatte bei jedem Posten einen Ausruf des Erstaunens. Schließlich sagte er, es könne unmöglich mit rechten Dingen zugehen, und sie scheine mit der Magd im Einverständnis zu sein, um an dem Küchengelde Ersparungen zu machen.

Wer? ich? rief die junge Frau außer sich. Ich im Einverständnis mit der Magd? Im Gegenteil: du bezahlst sie, damit sie mir nachspähe! Ja, ich habe sie immer hinter mir her; ich kann keinen Schritt tun, ohne ihren Blicken zu begegnen. Sie kann meinethalben getrost durch das Schlüsselloch spähen, wenn ich mich einschließe, um die Leibwäsche zu wechseln. Ich tue nichts Schlimmes und lache nur über deine Aufpasserin. Aber treibe die Dreistigkeit nicht so weit, mich zu beschuldigen, dass ich mit meiner Köchin im Einverständnis bin!

Dieser unerwartete Angriff verblüffte den Gatten einen Augenblick völlig. Rachel, noch immer mit der Hammelkeule beschäftigt, wandte sich um, legte die Hand aufs Herz und sagte:

Gnädige Frau, wie können Sie das glauben? Ich, die ich gnädige Frau so sehr verehre?

Sie ist verrückt, sagte August, die Achseln zuckend. Verteidigen Sie sich nicht, meine Liebe, sie ist verrückt!

Da vernahm er hinter seinem Rücken ein beunruhigendes Geräusch. Saturnin hatte einen zur Hälfte geputzten Stiefel hingeworfen um seiner

Schwester zu Hilfe zu eilen. Mit schrecklich verzerrtem Gesichte und geballten Fäusten blökte er, dass er »dieses schmutzige Individuum« erdrosseln werde, wenn es noch einmal wagen solle, seine Schwester eine Verrückte zu schimpfen.

August hatte sich entsetzt hinter die Wasserleitung geflüchtet und schrie:

Es ist doch wirklich zu dumm, dass ich dir kein Wort sagen kann, ohne »diesen da« zwischen uns zu finden! ... Ich habe eingewilligt, ihn zu uns ins Haus zu nehmen, aber er soll mich in Ruhe lassen! ... Auch ein schönes Geschenk deiner Mutter! Sie fürchtet ihn wie die Hölle und hat ihn deshalb mir an den Hals geworfen. Es ist ihr lieber, dass ich an ihrer Stelle ermordet werde. Ich danke recht schön! ... Jetzt nimmt er gar ein Messer! Bringe ihn doch zur Ruhe!

Berta nahm ihrem Bruder das Messer aus der Hand, besänftigte ihn mit einem Blick, während August, der sehr bleich war, fortfuhr, halbverständliche Worte zu murmeln. Immer gleich das Messer in der Faust! Ein Stoß ist so bald geschehen! Und mit einem Narren ist nichts anzufangen, die Gerichte verschaffen einem nicht einmal Vergeltung!

Du bist ein taktloser Mensch! entgegnete Berta. Ein Mann von Bildung setzt sich mit seiner Frau nicht in der Küche auseinander.

Sie zog sich in ihr Zimmer zurück, die Türen heftig hinter sich zuschlagend. Rachel hatte sich wieder zu ihrer Bratpfanne gewandt und schien auf den Streit ihrer Herrenleute nicht weiter zu achten. August trippelte noch eine Weile in der Küche herum, dann folgte er seiner Frau ins Zimmer.

Verstehe mich recht, meine Liebste, sagte er; ich habe nicht deinetwegen gesprochen, sondern wegen dieser Magd, die uns vielleicht bestiehlt. Die 20 Sous müssen sich doch finden.

Die junge Frau machte eine Gebärde der Verzweiflung; bleich und entschlossen blickte sie ihm ins Gesicht und sagte:

Lasse mich endlich zufrieden mit deinen 20 Sous! Mit 20 Sous wäre mir wenig geholfen: 500 Franken brauche ich monatlich! Ja, 500 Franken für meine Toilette! Du sprichst von Geld vor der Magd in der Küche! Ich will auch davon sprechen! Lange genug habe ich geschwiegen! 500 Franken will ich haben.

Diese Forderung machte ihn sprachlos vor Erstaunen. Sie aber begann den heftigen Streit, den ihre Mutter seit 20 Jahren alle vierzehn Tage mit ihrem Vater hatte. Ob er sie vielleicht barfuß wolle herumlaufen lassen?

Und wenn man sich eine Frau nehme, müsse man sich wohl auch entschließen, sie wenigstens anständig zu kleiden und zu ernähren. Lieber wolle sie sterben, als ein solches Bettlerleben führen! Sei es denn ihre Schuld, wenn er sich im Geschäfte als unfähig erweise? Ja, unfähig, ohne Gedanken, ohne Tatkraft, nichts weiter verstehend, als jeden Heller in vier Teile zu zerschneiden. Ein Mann, der seinen Ruhm habe darein setzen müssen, rasch sein Glück zu machen, seine Frau wie eine Königin zu schmücken, um die Besitzer des Ladens »Zum Paradies der Damen« vor Wut bersten zu machen! Aber nein! Mit einem so beschränkten Kopf sei der Bankerott unvermeidlich! Aus dieser Flut von Worten trat die wütende Gier nach dem Gelde hervor, diese Anbetung des Geldes, die sie im Elternhause gelernt hatte, wo sie die Scheußlichkeiten gesehen, in die man verfällt, um sich auch nur den Schein zu geben, als ob man es habe.

500 Franken! sagte er endlich. Lieber sperre ich den Laden.

Sie blickte ihn kalt an und sagte:

Du weigerst dich? Gut denn: so werde ich Schulden machen.

Wieder Schulden! Du Unglückliche!

In einer Bewegung plötzlicher Heftigkeit hatte er sie am Arme ergriffen und stieß sie gegen die Mauer. Ohne zu schreien, vor Wut erstickend, lief sie zum Fenster, wie um sich auf die Straße zu stürzen; doch kam sie wieder zurück, stieß ihn zur Türe und warf ihn hinaus, indem sie stammelte:

Gehe, sonst geschieht ein Unglück!

Dann schob sie geräuschvoll den Riegel vor. Er blieb einen Augenblick zögernd stehen und lauschte. Dann ging er rasch in den Laden hinunter, entsetzt durch die im Schatten funkelnden Augen Saturnins, den das Geräusch des kurzen Kampfes aus der Küche gelockt hatte.

Octave, der eben einer alten Frau Taschentücher verkaufte, sah sofort seine verstörten Züge. Er sah ihn nervös vor dem Pulte auf und ab trippeln. Als die Kunde fort war, brach er los.

Mein Lieber, sie wird verrückt, sagte er, ohne seine Frau zu nennen. Sie hat sich in ihrem Zimmer eingeschlossen. Tun sie mir den Gefallen und gehen Sie hinauf, um mit ihr zu reden. Ich fürchte ein Unglück!

Der junge Mann tat, als ob er zögere. Die Sache sei heikel, meinte er; doch entschloss er sich endlich aus Ergebenheit für das Haus. Vor der Türe Bertas traf er Saturnin aufgepflanzt. Der Verrückte hatte ein drohendes Grunzen vernehmen lassen, als er die herannahenden Schritte hörte, doch zeigte er ein freundliches Grinsen, als er Octave erkannte.

Ach, du? sagte er. Du, das ist gut... Sie soll nicht weinen. Erfinde etwas für sie; sei artig mit ihr... Und bleibe da; fürchte nichts; ich bin hier; wenn die Magd nachschauen will, schlage ich zu.

Er setzte sich auf die Erde und bewachte die Türe. Da er noch immer einen Stiefel seines Schwagers in den Händen hielt, fuhr er fort zu wichsen, um sich die Zeit zu vertreiben.

Octave entschloss sich anzuklopfen. Kein Geräusch, keine Antwort. Da nannte er seinen Namen. Sogleich ward der Riegel zurückgeschoben. Berta öffnete zur Hälfte und ließ ihn eintreten. Dann schob sie mit erregter Hand den Riegel wieder vor und sagte:

Sie ja; er nicht!

Und sie ging, zornig erregt, im Zimmer auf und nieder, vom Bett bis zum Fenster, das offen geblieben war. Dabei ließ sie allerlei unzusammenhängende Worte fallen. Er könne allein mit ihren Eltern speisen, wenn er wolle; und er könne ihnen auch ihre Abwesenheit erklären! denn sie werde nicht zu Tisch kommen – lieber sterben! Sie ziehe vor, sich ins Bett zu legen.

Sie zog mit fieberhafter Hast die Bettdecke ab, machte die Kissen zurecht, schlug die Betttücher zurück – und machte – die Anwesenheit Octaves vergessend – sogar Miene, ihr Kleid aufzunesteln. Dann ging sie plötzlich zu etwas anderem über.

Werden Sie es glauben? – er hat mich geschlagen. Ja, geschlagen, geschlagen! ... Und weshalb? Weil ich mich der Lumpen schämend, in denen er mich gehen lässt, 500 Franken verlangt habe!

Octave stand mitten im Zimmer und suchte nach versöhnenden Worten. Sie habe unrecht, sich so sehr zu kränken; alles werde wieder ins Geleise kommen. Endlich wagte er es, ihr ein Anerbieten zu machen.

Wenn Sie wegen einer Zahlung in Verlegenheit sind, warum wenden Sie sich nicht an Ihre Freunde? ... Ich würde mich glücklich preisen ... Ach, es handelt sich ja nur um ein Darlehen. Sie würden alles wieder bezahlen.

Sie blickte ihn an und sagte nach einer Weile:

Niemals! Das ist verletzend ... Was würde man denken, Herr Octave?

Ihre Weigerung war so entschieden, dass vom Gelde keine Rede mehr war. Doch schien ihr Zorn sich gelegt zu haben. Er sann darüber nach, ob es nicht das beste sei, sie in seine Arme zu schließen; allein, die Furcht, wieder einmal abgewiesen zu werden, lähmte seine Entschlossenheit. Sie betrachtete ihn noch immer stumm, mit entschlossener Miene, die Stirne leicht gerunzelt.

Sie müssen sich in Geduld fassen, sagte er endlich. Ihr Gemahl ist kein schlechter Mensch. Wenn Sie ihn zu behandeln wissen, werden Sie von ihm alles erhalten, was Sie wollen ...

Doch hinter der Leere ihrer Worte fühlten beide, wie der nämliche Gedanke sie gefangennahm. Sie waren allein, frei, geschützt vor jeder Überraschung, da der Riegel vorgeschoben war. Dieses Gefühl der Sicherheit, die eingeschlossene, behagliche Wärme des Zimmers bemächtigte sich ihres ganzen Wesens. Allein ihm fehlte der Mut; der weibliche Sinn in ihm trat in diesem Augenblicke der Leidenschaft so sehr hervor, dass in der gegenseitigen Annäherung *er* die Rolle des Weibes spielte. Da ließ sie, der genossenen Lehren eingedenk, ihr Taschentuch fallen.

Verzeihung! sagte sie dem jungen Manne, der sich bückte, um es aufzuheben.

Ihre Finger streiften sich, und durch diese flüchtige Berührung wurden sie einander näher gebracht. Sie lächelte zärtlich; ihre Taille war biegsam und geschmeidig, denn sie erinnerte sich, dass die Männer die steifen Bretter verabscheuen. Man dürfe sich nicht albern benehmen, man müsse unschuldige Kindereien gestatten, ohne es merken zu lassen, wenn man einen Mann kapern wolle.

Die Nacht bricht herein, sagte sie, indem sie zum Fenster ging, um die Flügel vollends zu öffnen.

Er folgte ihr und da, im Schatten der Vorhänge, überließ sie ihm ihre Hand. Sie lachte und betäubte ihn mit ihrem perlenden Gelächter, mit ihren lieblichen Gebärden; und da er endlich mutiger ward, lehnte sie den Kopf zurück und zeigte so ihren jugendlichen, zarten, von der Heiterkeit geschwellten Hals. Er konnte nicht länger an sich halten und küsste sie unter dem Kinn.

Oh, Herr Octave, sagte sie, indem sie tat, als wolle sie sich artig von ihm losmachen.

Doch er drängte sie zum Bett, das sie vorhin geöffnet hatte; und in seinem befriedigten Verlangen trat seine ganze Rücksichtslosigkeit wieder hervor, die wilde Verachtung für das Weib, die sich bei ihm unter der einschmeichelnden Verehrung barg. Sie ließ ihn still gewähren, ohne ein Vergnügen dabei zu finden.

Als sie sich mit müden Gliedern und verdrossen erhob, war die Geringschätzung gegen den Mann in ihr wieder erwacht und drückte sich in dem finsteren Blicke aus, den sie ihm zuwarf. Es herrschte tiefe Stille, nur unterbrochen durch die regelmäßigen Bürstenstriche des Verrückten vor der Türe draußen.

In dem Taumel seines Triumphes dachte Octave an Valerie und an Frau Hédouin. Endlich war er etwas anderes als der Liebhaber der kleinen Pichon. Er war gleichsam in den eigenen Augen wieder der alte. Dann empfand er angesichts einer trübseligen Gebärde Bertas eine gewisse Scham und küsste sie zärtlich. Sie sammelte sich allmählich; ihr Gesicht nahm wieder den Ausdruck der gewöhnlichen Sorglosigkeit an. Sie machte eine Gebärde, die besagen wollte: »Umso schlimmer für ihn; es ist nun geschehen!« Dann fühlte sie das Bedürfnis, einem trüben Gedanken Ausdruck zu geben.

Ach, hätten Sie mich doch geheiratet! murmelte sie.

Er stand überrascht, fast beunruhigt da, was ihn nicht hinderte zu antworten, während er sie von neuem küsste:

Ach ja, es wäre so gut!

Das Essen am Abend in Gesellschaft der Josserand verlief herrlich. Berta war noch niemals so sanft und liebenswürdig. Sie sagte ihren Eltern kein Wort von dem Streite, den sie mit ihrem Gatten gehabt und empfing August mit unterwürfiger Miene.

August war entzückt und nahm Octave beiseite, um ihm zu danken. Er tat es mit solcher Wärme, drückte ihm dabei mit so lebhafter Erkenntlichkeit die Hand, dass der junge Mann verwirrt ward. Übrigens ward er von allen mit Aufmerksamkeiten überhäuft. Saturnin, der sich jetzt bei Tische sehr anständig benahm, sah ihn mit sanften Blicken an, als ob er die Wonne des begangenen Fehltrittes mitgenießen wolle. Hortense geruhte ihm zuzuhören, während Frau Josserand voll mütterlicher Aufmunterung ihm das Glas füllte.

Mein Gott, ja! sagte Berta beim Nachtisch; ich will jetzt die Malerei wieder aufnehmen. Seit langer Zeit schon will ich für August eine Tasse malen.

Dieser zärtliche Gedanke der Ehegattin rührte August sehr. Octave hatte schon, seitdem die Suppe aufgetragen worden, unter dem Tische seinen Fuß auf jenen der jungen Frau gesetzt; damit nahm er gleichsam Besitz von ihr bei diesem kleinen, spießbürgerlichen Festmahl. Indes war Berta nicht ganz unbesorgt wegen Rachels, deren spähenden Blick sie fortwährend auf sich ruhen fühlte. Sah man ihr denn an, was geschehen war? Dieses Mädchen musste entlassen oder bestochen werden – das war klar.

Herr Josserand, der neben seiner Tochter saß, stimmte diese vollends zärtlich, indem er ihr 19 Franken, in ein Papier eingewickelt, unter das Tischtuch schob. Er neigte sich vor und flüsterte ihr zu:

Das kommt von meinen kleinen Arbeiten, du weißt ja ... Wenn du Schulden hast, bezahle sie.

Zwischen dem Vater sitzend, der sie liebevoll ans Knie stieß, und dem Liebhaber, der seinen Fuß an den ihrigen rieb, fühlte sie sich außerordentlich wohl. Das Leben ließ sich herrlich an. Alle Anwesenden gaben sich dem stillen Behagen eines im Familienkreise friedlich verbrachten Abends hin. Nur August zuckte mit den Augen; eine Migräne war im Anzuge; nach so großen Aufregungen war es auch nicht zu verwundern. Gegen neun Uhr musste er sich zu Bett begeben.

Dreizehntes Kapitel

Seit einiger Zeit schlich Herr Gourd mit geheimnisvollen, beunruhigenden Mienen im Hause umher. Man begegnete ihm, wie er geräuschlos, mit offenen Augen und gespitzten Ohren unaufhörlich auf den beiden Treppen auf- und abstieg; einige Mieter trafen ihn sogar bei nächtlichen Rundgängen an.

Offenbar verursachte ihm die Sittlichkeit des Hauses viel Sorge; er fühlte gleichsam einen Hauch von Unehrbarkeit, der die kalte Öde des Hofes, die feierliche Stille der Treppen, die schöne häusliche Tugendhaftigkeit all dieser Stockwerke zu trüben drohte.

Eines Abends traf Octave den Hausmeister, wie dieser im vierten Stockwerke ohne Kerze an die Tür gelehnt stand, die sich auf die Dienstbotentreppe öffnete. Er fragte ihn überrascht, was ihn hierher führe.

Ich will sehen, ob im Hause alles in Ordnung ist, sagte Herr Gourd und ging schlafen.

Der junge Mann war erschrocken. Hatte vielleicht der Hausmeister von seinem Verhältnisse zu Berta etwas bemerkt? Sind sie es, denen er nachspäht? In diesem Hause, das so scharf bewacht war, und dessen Bewohner so strenge Grundsätze hatten, stieß ihre Liebschaft immerfort auf Hindernisse. Er konnte daher seiner Geliebten sich nur selten nähern; seine einzige Freude war, dass er zuweilen, wenn sie nachmittags ohne ihre Mutter ausging, unter irgendeinem Vorwande sich gleichfalls aus dem Laden entfernte und in irgendeinem entlegenen Gässchen eine Stunde mit ihr Arm in Arm spazieren ging.

Seit Ende Juli verreiste August jeden Dienstag nach Lyon; er hatte sich an einer dortigen Seidenfabrik, die dem Ruin nahe war, beteiligt. Berta hatte sich bisher geweigert, die Nacht zu benutzen, die sie hierdurch frei hatte. Sie zitterte vor ihrer Magd und fürchtete, dass irgendeine Unvorsichtigkeit sie dieser in die Hände liefern könne. Gerade an einem Dienstagabend stieß Octave wieder auf Herrn Gourd, der in der Nähe seines Zimmers aufgepflanzt stand. Das steigerte noch seine Unruhe. Seit acht Tagen bat er Berta vergebens, zu ihm heraufzukommen, wenn alles im Hause schlafe. Hat der Hausmeister etwa sein Vorhaben erraten? Verdrossen, gequält von Furcht und Verlangen ging er zu Bette. Seine Liebe hatte sich zu einer tollen Leidenschaft gesteigert; mit Ingrimm sah er sich in alle Torheiten des Herzens verfallen. Bei jeder Zusammenkunft mit Berta in den dunklen Seitengässschen kaufte er ihr irgendein Geschenk, das da oder dort in einem Schaufenster ihre Blicke auf sich gezogen hatte. Tags vorher hatte sie in der Magdalenenpassage« einen kleinen

Strohhut mit so verlangenden Blicken betrachtet, dass er in den Laden trat, um ihr den Hut zum Geschenke zu kaufen. Es war ein Reisstrohhütchen und als Aufputz nichts als eine Rosengirlande; ein Ding von reizender Einfachheit; indes fand er den Preis von 200 Franken ziemlich hoch.

Nachdem er mit fieberheißen Gliedern sich lange im Bette herumgewälzt, schlief er gegen ein Uhr endlich ein. Da ward er durch ein leises Pochen an der Türe geweckt.

Ich bin's! hauchte eine zarte Frauenstimme.

Es war Berta. Er öffnete und drückte sie im Dunkel leidenschaftlich an seine Brust. Doch sie war nicht deshalb gekommen; als er Licht machte, sah er, dass sie in einem sehr aufgeregtem Zustande war. Er hatte tags vorher nicht genug Geld bei sich und deshalb ihren Hut nicht bezahlt; sie aber hatte in ihrer großen Freude die Unvorsichtigkeit begangen, ihren Namen zu nennen, und man sandte ihr eine Rechnung. Zitternd vor Angst, dass man die Rechnung am folgenden Tage ihrem Gatten wieder überreichen könne, hatte sie sich entschlossen, in später Nachtstunde heraufzukommen, ermutigt durch die tiefe Stille des Hauses und durch die Gewissheit, dass Rachel schlafe.

Morgen früh, nicht wahr? bat sie, indem sie wieder entschlüpfen wollte; morgen früh muss der Hut bezahlt werden.

Doch er hatte sie in seine Arme geschlossen.

Bleibe!

In halbwachem Zustande und zitternd vor Leidenschaft lag er an ihrem Halse und flehte sie an. Sie war schon entkleidet und hatte nichts mehr am Leibe, als einen Unterrock und ein Nachtjäckchen. Sie lag gleichsam nackt in seinen Armen; ihre Haare waren schon aufgelöst und für die Nachtruhe geordnet; ihre Schultern waren noch warm von dem Hauskleide, das sie soeben abgelegt hatte.

Nach einer Stunde will ich dich fortlassen, wahrhaftig! Bleibe hier!

Und sie blieb ... In dem wollustheißen Zimmer schlug die Pendeluhr langsam eine Stunde nach der andern; und bei jedem Schlage der Uhr hielt er die ängstlich Bebende durch so zärtliche Bitten zurück, dass sie kraft- und willenlos blieb. Endlich gegen vier Uhr morgens, als sie in der Tat entschlossen schien, wieder hinabzugehen, entschliefen beide in innigster Umarmung.

Als sie erwachten, war es heller Tag: die Uhr zeigte die neunte Morgenstunde, Berta stieß einen Schreckensruf aus.

Mein Gott, ich bin verloren!

Es war ein Augenblick voll unbeschreiblicher Verwirrung. Sie war aus dem Bett gesprungen; ihre Augen waren von Mattigkeit und Schlaf geschlossen; mit unruhig tastenden Händen, unter fortwährenden, halb unterdrückten Ausrufen des Schreckens kleidete sie sich eiligst an. Auch er war in verzweiflungsvoller Stimmung und verstellte ihr den Weg, um sie zu verhindern, zu dieser Stunde halbnackt hinabzugehen. Sie sei von Sinnen, hielt er ihr vor; man werde sie auf den Treppen erkennen, es sei zu gefährlich; sie müssten ein wenig überlegen und ein Mittel zu ersinnen trachten, wie sie unbemerkt hinuntergehen könne.

Doch sie war eigensinnig und wollte durchaus fortgehen, wie sie war; sie riss an der Türe, gegen die er sich gestemmt hatte. Endlich dachte er an die Dienstbotentreppe; da könne sie ganz bequem hinabgehen und durch die Küche in ihr Zimmer gelangen. Da er wusste, dass Marie Pichon am Morgen sich gewöhnlich auf dem Gange aufhalte, beschloss er, die Nachbarin einen Augenblick zu beschäftigen, damit die andere entfliehen könne. Er kleidete sich in aller Eile notdürftig an.

Mein Gott, wie lange dauert das! stammelte Berta, die in diesem Zimmer litt wie in einem glühenden Ofen.

Endlich ging Octave mit erzwungener Ruhe hinaus und fand zu seiner Überraschung Saturnin bei Frau Pichon; der Verrückte schaute der jungen Frau ruhig zu, wie sie ihr Hauswesen besorgte. Sie duldete ihn gerne, denn es war doch eine Gesellschaft, wenngleich sie mit ihm nicht viel sprechen konnte.

Sie sind mit Ihrem Verehrer, sagte Octave scherzend, indem er die Türe hinter sich zuzog.

Sie errötete. Mit dem armen Saturnin habe es keine Gefahr, meinte sie; er leide ja schon, wenn man ihm zufällig die Hand berühre. Auch der arme Narr scheine verletzt. Er verliebt – niemals, niemals! Wenn jemand wagen wolle, seiner Schwester eine solche Lüge zu hinterbringen, werde es mit ihm zu tun haben. Octave, überrascht von dieser plötzlichen Erregtheit Saturnins, suchte diesen zu beruhigen.

Inzwischen stahl sich Berta auf die Dienstbotentreppe. Sie hatte zwei Stockwerke hinabzusteigen. Schon auf der ersten Stufe ward sie durch ein helles Gelächter angehalten, das aus der Küche der Frau Juzeur kam;

zitternd drückte sie sich an das weit geöffnete Fenster des Treppenabsatzes, das auf den Lichthof ging.

Es war wieder das schmutzige Morgengeträtsche der Mägde, welche die kleine Luise beschuldigten, dass sie den anderen durch das Schlüsselloch nachspähe, wenn sie zu Bett gingen. Eine fünfzehnjährige Rotznase! Luise aber lachte und lachte immer stärker. Sie leugnete nicht; sie kannte den Hintern Adelens, den musste man sehen! Lisa sei sehr mager, Victoire habe einen Bauch so rissig wie eine alte Tonne. Um sie still zu machen, fielen wieder alle mit abscheulichen Reden über sie her. Verdrossen darüber, dass eine vor der andern gleichsam entkleidet wurde, und von dem Bedürfnis getrieben, sich zu verteidigen, rächten sie sich an ihren Herrinnen, indem sie auch diese entkleideten. War Lisa mager, so war sie es doch nicht in dem Maße wie die andere Frau Campardon, eine wahre Haifischhaut, ein Festessen für einen Architekten; Victoire begnügte sich, allen Damen der Familien Vabre, Duverdy und Josserand einen so wohl erhaltenen Bauch, wie der ihre war, wenn sie einmal ihr Alter erreicht haben würden, zu wünschen; Adele wollte ihren Hintern nicht für jenen der Töchter ihrer Herrin hergeben, die ja so viel wie gar nichts hatten!

Berta, die unbeweglich und entsetzt dastand, empfing diesen Abhub der Küchen ins Gesicht ohne eine Ahnung von diesem Ausguss, zum ersten Mal die schmutzige Wäsche der Dienerschaft überrumpelnd zu einer Stunde, da die Herrenleute schlafen. Plötzlich rief eine Stimme:

Der Herr verlangt sein warmes Wasser!

Man hörte Fenster und Türen zuschlagen; es entstand ein kurzes Stillschweigen. Berta wagte nicht, sich zu rühren. Als sie sich endlich entschloss hinabzugehen, fiel ihr ein, dass Rachel vielleicht in der Küche sei, um ihr aufzupassen. Neue Angst: sie fürchtete hinabzugehen und hätte es vorgezogen, auf die Straße zu gelangen, um zu fliehen – weit, weit, für immer. Sie stieß die Türe auf und sah zu ihrer Freude, dass die Küche leer war. Überglücklich eilte sie in ihr Zimmer.

Die Magd stand vor dem unberührten Bett ihrer Herrin. Sie betrachtete das Bett und betrachtete dann stumm die junge Frau. Im ersten Schrecken verlor Berta den Kopf; sie stammelte etwas von einem Unwohlsein ihrer Schwester; dann begriff sie die Kläglichkeit ihrer Ausflucht und brach in Tränen aus. Sie sank auf einen Sessel und weinte – und weinte.

Das dauerte so eine Minute. Es ward kein Wort gewechselt, nur das Schluchzen Bertas störte die Stille des Zimmers. Rachel, ihre Verschwiegenheit übertreibend, behielt ihre kühne Miene eines Mädchens, das al-

269

les weiß, aber nichts merken lässt; sie hatte ihrer Herrin den Rücken gekehrt und machte sich mit den Kissen zu schaffen, als ob sie das Bett in Ordnung bringe. Als endlich die junge Frau, über dieses Stillschweigen immer mehr bestürzt, eine gar zu geräuschvolle Verzweiflung zeigte, sagte die Magd, damit beschäftigt, die Möbel abzustäuben, in einfachem, achtungsvollem Tone:

Die Gnädige tut sehr unrecht, sich allzu sehr zu grämen, der Herr ist ja nicht so gütig.

Berta hörte auf zu weinen. Sie musste das Mädchen bestechen. Sie gab ihr sogleich 20 Franken; dann fand sie es zu wenig, weil sie gesehen zu haben glaubte, dass die Magd verächtlich die Lippen verzog; sie eilte ihr daher in die Küche nach, führte sie in das Zimmer zurück und schenkte ihr eines ihrer Kleider, das noch fast ganz neu war.

Zur nämlichen Zeit war auch Octave in großer Angst wegen des Herrn Gourd. Als der junge Mann aus der Pichonschen Wohnung kam, traf er den Hausmeister genau an der Stelle wie gestern damit beschäftigt, hinter der Türe der Dienstbotentreppe zu lauern. Er folgte ihm und wagte nicht, ein Wort an ihn zu richten.

Der Hausmeister stieg mit vieler Würde die Haupttreppe hinab. Ein Stockwerk tiefer zog er einen Schlüssel aus der Tasche und öffnete das Zimmer, das an den vornehmen Herrn vermietet war, der jede Woche einmal kam, um eine Nacht daselbst zu arbeiten.

Durch die Türe, die einen Augenblick offen blieb, konnte Octave einen vollen Blick in das Zimmer werfen, das sonst immer geschlossen war wie das Grab. Es herrschte da die fürchterlichste Unordnung; der Herr hatte offenbar die ganze Nacht gearbeitet; man konnte ein großes Bett mit durcheinander geworfenen Betttüchern sehen, einen leeren Glasschrank, wo die Reste eines Hummers und einige angebrochene Weinflaschen standen, endlich zwei schmutzige Waschbecken, das eine vor dem Bett, das andere auf einem Sessel. Herr Gourd machte sich mit der kühlen Miene eines Beamten im Ruhestande daran, die Waschbecken ihres Inhaltes zu entleeren und auszuspülen.

Octave eilte nach der Magdalenenpassage, um den Hut zu bezahlen; unterwegs war er von einer grausamen Ungewissheit gepeinigt. Als er zurückkehrte, entschloss er sich, die Hausmeistersleute zum Schwatzen zu bringen. Frau Gourd saß am offenen Fenster zwischen zwei Blumentöpfen und schöpfte frische Luft. Neben der Türe stand Mutter Pérou und wartete mit unterwürfiger, bestürzter Miene.

Kein Brief für mich da? fragte Octave.

Herr Gourd kam eben von dem Zimmer im dritten Stockwerk herab. Die Besorgung der Wirtschaft in diesem Zimmer war die einzige Arbeit, die er sich im Hause vorbehalten hatte. Er fühlte sich sehr geschmeichelt durch das Vertrauen des fremden Herrn, der ihn sehr gut bezahlte unter der Bedingung, dass die Waschbecken nicht in andere Hände kämen, als in die seinigen.

Nein, Herr Mouret, nichts! erwiderte er.

Herr Gourd hatte die Mutter Pérou wohl bemerkt, doch tat er, als ob er sie nicht sehe. Tags vorher war der armen Alten das Unglück passiert, dass sie im Vorraum einen Kübel Wasser umstieß; Herr Gourd war dadurch dermaßen in Zorn geraten, dass er sie sogleich hinauswarf. Sie war jetzt gekommen, um mit unterwürfiger Miene, sich an den Mauern schier plattdrückend, ihren Rückstand zu fordern.

Da aber Octave verweilte, um Frau Gourd gegenüber den Liebenswürdigen zu spielen, wandte der Hausmeister sich schroff gegen die Alte um und herrschte sie an:

Also Ihr wollt bezahlt sein ... Was ist man Euch schuldig?

Doch Frau Gourd unterbrach ihn.

Mein Lieber, schau nur, da ist wieder dieses Mädchen mit dem abscheulichen Vieh! ...

Es war Lisa, die einen Wachtelhund herumschleppte, den sie auf der Straße aufgelesen hatte. Das gab Anlass zu fortwährenden Streitigkeiten mit den Hausmeistersleuten. Der Hausbesitzer wolle keine Tiere im Hause dulden. Nein, keine Tiere und keine Weiber! Der Hof war dem Hündchen untersagt – er könne auch anderwärts seinen Schmutz ablagern. Da es seit dem Morgen regnete und der Hund mit beschmutzten Pfoten von der Straße kam, stürzte Herr Gourd hinaus und schrie:

Der Hund darf nicht die Treppe hinaufgehen; nehmen Sie ihn in den Arm, hören Sie?

Was, um mich zu beschmutzen? erwiderte Lisa unverschämt. Das wäre ein Unglück, wenn der Hund die Dienstbotentreppe ein wenig beschmutzte! Geh nur, Loulouchen!

Herr Gourd wollte das Hündchen erhaschen, wobei er schier ausglitt. Er wetterte gegen die Unflätigkeit der Mägde; er war immer auf dem Kriegsfuße mit ihnen, gequält von dem Eifer des einstigen Bedienten, der sich jetzt selbst bedienen lässt. Lisa wandte sich sogleich um und rief ihm mit dem frechen Ausdrucke der in den Gossen von Montmartre aufgewachsenen Dirne zu:

Ob du mich wohl in Ruhe lassen wirst, alte Bedientenseele! Geh die Nachttöpfe des »Herrn Herzog« ausleeren!

Das war die einzige Schmähung, die Herrn Gourd zum Schweigen brachte; die Mägde machten denn auch reichlichen Gebrauch davon. Wutschnaubend kehrte er in seine Loge zurück, wobei er vor sich hinbrummte, dass er darauf stolz sei, bei dem »Herrn Herzog« gedient zu haben und dass sie, dieser »Schmutzfink«, keine zwei Stunden bei ihm geduldet worden wäre. Jetzt fiel er über die ängstlich zitternde Mutter Perou her.

Was bekommt Ihr? Wie, zwölf Franken 65 Centimes, sagt Ihr? Das ist nicht möglich? Aha, Ihr rechnet auch die Viertelstunden? Niemals! Ich habe Euch gesagt, dass ich keine Viertelstunden bezahle!

Er bezahlte noch immer nicht: er ließ sie niedergeschmettert stehen und mengte sich in das Gespräch Octaves mit seiner Frau. Ersterer sprach eben von den vielen Plackereien, die ein solches Haus ihnen verursachen müsse; so wollte er sie auf das Kapitel der Mietsparteien bringen. Hinter den Türen muss es erbauliche Dinge geben, meinte er. Jetzt trat Herr Gourd mit seinem Ernste dazwischen.

Es gibt Dinge, die uns angehen, und Dinge, die uns nichts angehen, Herr Mouret! sagte er. Ein solcher Anblick zum Beispiel bringt mich aus dem Häuschen.

Er zeigte in die Toreinfahrt, in welcher soeben die Schuhstepperin, die während des Leichenbegängnisses des Herrn Vabre ihren Einzug ins Haus gehalten hatte, sich fortbewegte. Sie ging sehr mühsam und schob einen enormen Bauch vor sich her, der durch die Magerkeit ihres Halses und ihrer Beine noch mehr hervortrat.

Nun, was denn? fragte Octave.

Sehen Sie denn nicht? Dieser Bauch! dieser Bauch!

Dieser Bauch setzte Herrn Gourd in Verzweiflung: der Bauch einer unverheirateten Weibsperson, die ihn, man weiß nicht woher sich holte; denn sie war ganz platt, als sie kam. Sonst hätte man sie nicht ins Haus genommen. Und ihr Bauch ist ungeheuer angewachsen gegen alle üblichen Maße.

Sie begreifen, mein Herr, wie sehr wir uns ärgerten, ich und der Hausbesitzer, als wir das entdeckten. Sie hätte uns verständigen sollen, nicht wahr? Man schleicht sich nicht ein, wenn man »dergleichen« unter der Haut hat. Anfangs sah man fast nichts; ich schwieg, denn ich hoffte, sie werde alles aufbieten, die Geschichte zu verbergen. Aber nein; das wuchs zusehends und machte reißende Fortschritte. Sie bemüht sich ganz und gar nicht, den Bauch zu verhüllen; im Gegenteil: sie macht Staat damit; und heute – heute kann sie kaum mehr zur Tür hinaus.

Er wies noch immer mit tragischer Gebärde nach ihr, wie sie sich mühselig zur Dienstbotentreppe schleppte. Es war ihm, als werde ihr Bauch einen Schatten werfen auf die kühle Sauberkeit des Hofes, auf die falschen Marmor und die vergoldete Zinkverzierung des Treppenhauses. Die ganze Ehrbarkeit des Hauses schien darunter zu leiden.

Auf Ehre! Wenn das so fortgeht, werden wir es vorziehen, uns nach Mort-la-Ville in unser Haus zurückzuziehen; nicht wahr, Frau? Denn, Gott sei Dank, wir haben ja zu leben; wir brauchen niemandes Tod abzuwarten. Ein Haus wie das unsere – in Verruf gebracht durch einen solchen Bauch!

Sie sieht leidend aus, bemerkte Octave, indem er ihr mit den Blicken folgte.. Sie ist immer so traurig, so bleich, so verlassen ... Ohne Zweifel hat sie einen Geliebten.

Herr Gourd fuhr bei diesen Worten auf.

Das ist es! Hörst du, Frau? Auch Herr Mouret ist der Ansicht, dass sie einen Geliebten hat. Das ist klar. Solche Dinge kommen nicht von selbst. Nun denn, mein Herr! Seit zwei Monaten spähe ich ihr nach, und ich habe nicht den Schatten eines Mannes entdecken können! Wenn ich ihn fände, wie würde ich ihn hinauswerfen! Aber ich finde ihn nicht; das kränkt mich!

Vielleicht kommt niemand zu ihr, bemerkte Octave.

Der Hausmeister sah ihn überrascht an.

Das wäre unnatürlich! Ich werde aufpassen und ihn erwischen! Ich habe noch sechs Wochen Zeit, denn ich habe für Ende Oktober gekündigt. Das fehlt uns noch, dass sie hier niederkomme! Und, wissen Sie, Herr Duverdy mag sich lang gut entsetzen und verlangen, dass sie es auswärts tue – ich kann nicht mehr ruhig Schafen, denn sie kann uns einen schönen Streich spielen, nicht bis dahin zu warten... Ohne diesen alten Geizhals Vabre wäre alldies nicht gewesen. Er tat es, um 130 Franken mehr Miete einzunehmen, und trotz meiner Ratschläge! Der Schreiner hätte ihm eine Lehre sein sollen! Aber nein, er musste noch eine

Schuhstepperin ins Haus nehmen! Das hat er von diesem schmutzigen Arbeitervolk!

Er wies noch immer nach dem Bauche der Weibsperson, die langsam auf der Dienstbotentreppe verschwand. Frau Gourd musste ihn beschwichtigen. Er nehme sich die Anständigkeit des Hauses allzu sehr zu Herzen und werde sich dadurch noch krank machen.

Da die Mutter Péru in diesem Augenblick wagte, ihre Anwesenheit durch ein Hüsteln kundzutun, fiel er wieder über sie her und zog ihr rundweg den Sou ab, den sie für ihre Viertelstunde beanspruchte. Als sie endlich mit ihren zwölf Franken sechzig Centimes sich entfernte, rief er ihr nach, dass er bereit sei, sie wieder zu nehmen, aber nur zu drei Sous die Stunde. Sie weinte und nahm den Antrag an.

Ich finde Leute genug! schrie er. Ihr seid nicht mehr stark genug und arbeitet kaum für zwei Sous die Stunde.

Octave verließ sie endlich beruhigt. Er wollte noch einen Augenblick in sein Zimmer hinaufgehen und begegnete im dritten Stockwerke der Frau Juzeur, die eben heimkehrte. Jeden Morgen musste sie hinabgehen, um ihr Mädchen Luise zu suchen, die sich unter die Lieferanten verirrte.

Wie stolz Sie vorübergehen, sagte sie mit ihrem feinen Lächeln. Man sieht wohl, dass Sie anderwärts verhätschelt werden.

Dieses Wort erregte von neuem seine Unruhe. Er folgte ihr scherzend in den Salon. Bloß einer der Fenstervorhänge war halb offen; die Teppiche und die Türvorhänge dämpften noch dieses Schlafstubenlicht; und in diesem Zimmer, das weich wie Eiderdunen, erstarben alle Geräusche von außen zu einem sanften Gemurmel. Sie hatte ihn neben sich auf dem niedrigen, breiten Sofa Platz nehmen lassen. Doch als sie sah, dass er nicht nach ihrer Hand griff, um sie zu küssen, sagte sie mit boshafter Miene:

Lieben Sie mich denn nicht mehr?

Er versicherte errötend, dass er sie anbete. Da reichte sie ihm kichernd eine ihrer Hände; und er musste diese Hand an seine Lippen führen, um ihren Verdacht abzulenken, wenn sie einen solchen hatte. Doch sie zog ihre Hand sogleich wieder zurück.

Nein, nein, vergebens regen Sie sich auf; es macht Ihnen doch kein Vergnügen ... Ich fühle es ... Übrigens ist es so natürlich! ...

Wie? was wollte sie sagen? Er fasste sie um den Leib und bestürmte sie mit Fragen. Aber sie antwortete nicht; sie überließ sich seiner Umarmung und schüttelte den Kopf. Um sie zum Sprechen zu bestimmen, kitzelte er sie.

Weil Sie eine andere lieben, sagte sie endlich.

Sie nannte Valerie, sie erinnerte ihn an den Abend, da er diese Dame bei den Josserand schier mit den Augen verschlang. Als er schwor, dass er sie nicht besessen habe, sagte sie lachend, dass sie es wohl wisse und ihn nur necken wolle. Aber er habe eine andere besessen; da nannte sie Frau Hédouin, noch mehr belustigt durch seine energische Einsprache. Wer denn? Etwa Marie Pichon? Da konnte er nicht leugnen! Er leugnete dennoch; aber sie schüttelte den Kopf und versicherte, ihr kleiner Finger lüge nicht. Um ihr diesen Frauennamen zu entreißen, musste er seine Liebkosungen verdoppeln.

Indes hatte sie Berta nicht genannt. Er ließ sie wieder los, als sie von neuem anhub:

Aber die letzte?

Welche letzte? fragte er geängstigt.

Sie spitzte wieder hartnäckig das Mäulchen und weigerte sich zu reden, wenn er ihr nicht mit einem Kusse den Mund öffne. Wahrhaftig, sie könne ihm die Person nicht nennen, denn sie sei es, die zuerst den Gedanken zu dieser Heirat hatte. Und sie erzählte die Geschichte Bertas, ohne ihren Namen zu nennen. Da gestand er alles, in ihren zarten Hals flüsternd und eine feige Freude bei diesem Geständnisse empfindend. Er sei doch recht drollig, vor ihr den Geheimnisvollen zu spielen, sagte sie. Halte er sie denn für eifersüchtig? Warum hätte sie es sein sollen? Sie habe ihm doch nichts bewilligt. Kleine Scherze, Kindereien wie jetzt eben. Aber »Das« niemals! Sie sei eine ehrbare Frau und zankte ihn fast aus, weil er sie der Eifersucht hatte verdächtigen können.

Sie lag zurückgebeugt in seinen Armen. Von einem Schmachten ergriffen, sprach sie von dem Grausamen, der nach einer einwöchigen Ehe sie habe sitzen lassen. Sie sei eine unglückliche Frau und wisse gar viel von den Stürmen des Herzens zu erzählen. Seit langer Zeit habe sie vermutet, was sie »die Künste Octaves« nannte; denn sie höre jeden Kuss im Hause Auf dem breiten Sofa zurückgelehnt, vertieften sie sich in ein intimes Geplauder, nur durch Liebkosungen unterbrochen, die sich überallhin verirrten. Sie nannte ihn einen großen Taugenichts, weil er durch seine Schuld sich Valerie habe entgehen lassen; sie hätte ihm sie sogleich geliefert, wenn er bei ihr sich Rats geholt hätte. Dann befragte sie ihn über die kleine Pichon. Dünne Beine und nichts weiter, wie? Doch sie kam wieder auf Berta zurück; sie fand sie reizend, eine herrliche Haut, ein Fuß wie der einer Marquise. Doch jetzt drängte sie ihn zurück.

Nein, lassen Sie mich; ich müsste meine Grundsätze verleugnen... Es würde Ihnen übrigens kein Vergnügen machen. Was? Sie sagen: ja. Ach, Sie wollen mir nur schmeicheln. Es wäre sehr hässlich, wenn es Ihnen Vergnügen machen würde ... Bewahren Sie das für sie. Auf Wiedersehen, Sie Taugenichts! ...

Sie entließ ihn mit dem feierlichen Schwur, oft zu ihr zur Beichte zu kommen und ihr nichts zu verheimlichen, wenn er wolle, dass sie sein Herz leite.

Octave verließ sie beruhigt. Sie hatte ihm seine gute Laune wiedergegeben; sie machte ihm Spaß mit ihrer seltsam gearteten Tugend.

In den Laden eintretend, beruhigte er durch ein Zeichen Berta, die ihn wegen des Hutes mit den Blicken befragte. Damit war auch das fürchterliche Abenteuer vom Morgen völlig vergessen. Als August kurz vor dem Frühstück zurückkehrte, fand er sie wie gewöhnlich: Berta saß gelangweilt auf ihrem Bänkchen vor dem Zahltisch, Octave maß galant einer Dame ein Kopftuch ab.

Von da ab kamen die beiden Liebenden noch seltener zusammen. Er war verzweifelt und bestürmte sie fortwährend in allen Ecken und Winkeln wegen einer Zusammenkunft, es sei ihm gleichgültig wann und wo. Sie hingegen schien wie eine im Treibhause erzogene Frau von der sündhaften Liebe nur die verstohlenen Ausgänge, die Geschenke, die kostspieligen Stunden zu lieben, die man in der Droschke, im Theater, im Restaurant zubringt. Ihre ganze Erziehung, ihr Verlangen nach dem Gelde, nach der Toilette, nach dem verschwenderischen Luxus drängte die Liebesleidenschaft in den Hintergrund, und sie ward denn auch ihres Liebhabers bald überdrüssig ebenso wie ihres Gatten: sie fand, dass er mehr fordere als gebe.

Sie übertrieb ihre Besorgnisse und weigerte sich fortwährend; bei ihm nie mehr! Sie sei neulich vor Angst schier gestorben; bei ihr sei es unmöglich, man könne sie überraschen. Wenn er sie bat, sie möge außerhalb des Hauses in irgendeinem Hotel auf ein Stündchen mit ihm zusammentreffen, so begann sie zu schluchzen und sagte, dass er sie gar nicht achte. Inzwischen dauerten aber die Ausgaben fort; ihre Launen traten immer deutlicher hervor. Nach dem Hute verlangte sie einen Fächer mit Alençoner Spitzen, die kleinen kostspieligen Sächelchen ungerechnet, die sie bald vor diesem, bald vor jenem Schaufenster verlangte. Wohl wagte er noch nicht, ihr etwas abzuschlagen; allein angesichts des

Schwindens seiner Ersparnisse erwachte sein angeborener Geiz. Als Praktiker, der er war, fand er es endlich dumm, immer zu zahlen, während sie ihm nichts überließ als ihren Fuß unter dem Tische. Entschieden – Paris brachte ihm Unglück; zuerst Misserfolge und jetzt diese Herzenstorheit, die ihm seine Börse leerte. Wahrhaftig, man konnte ihm nicht vorwerfen, dass er durch die Frauen seinen Weg machte.

Der Gatte war ihnen übrigens wenig hinderlich. Seitdem die Geschäfte der Lyoner Fabrik eine schlimme Wendung nahmen, ward er von seiner Migräne immer mehr geplagt. Am Ersten des Monats bemerkte Berta zu ihrer freudigen Überraschung, wie er abends 300 Franken für ihre Toilette unter die Uhr im Schlafzimmer niederlegte. Da sie auch nicht auf einen Sou gerechnet hatte, konnte sie nicht umhin, trotz der Verminderung der geforderten Summe sich ihm dankbar in die Arme zu werfen. Der Gatte hatte eine reizende Nacht, wie der Liebhaber sie niemals hatte.

So verfloss der Monat September in der großen Ruhe des durch den Sommer leergewordenen Hauses. Die Leute vom zweiten Stockwerk waren in einem spanischen Seebade; Herr Gourd zuckte darüber mitleidig mit den Achseln und meinte, dass die vornehmsten Leute sich mit Trouville begnügen könnten! Die Duverdy waren seit Beginn der Ferien mit Gustav auf ihre Besitzung in Villeneuve-Saint-George gezogen. Selbst die Josserand waren verreist, um zwei Wochen bei einer befreundeten Familie in der Nähe von Pontoise zuzubringen; vorher setzten sie im Hause das Gerücht in Umlauf, dass sie ein Seebad aufsuchten. Diese Leere, die verlassenen Wohnungen, die in einschläfernder Stille daliegende Treppe schienen Octave noch weniger Gefahr zu bieten; er ermüdete Berta mit seinen dringenden Bitten, so dass sie endlich einwilligte, ihn eines Abends, als August in Lyon war, bei sich zu empfangen. Doch dieses Stelldichein hätte beinahe eine schlimme Wendung genommen. Frau Josserand, die tags vorher zurückgekehrt war, hatte in der Stadt gespeist und sich eine Verdauungsstörung geholt. Beunruhigt über ihren Zustand, kam Hortense herab, um ihre Schwester zu rufen. Glücklicherweise gelang es Rachel, den jungen Mann noch rechtzeitig über die Dienstbotentreppe entschlüpfen zu lassen. An den folgenden Tagen machte sich Berta diesen Vorfall zunutze, um ihm alles abzuschlagen. Sie hatten überdies den Fehler begangen, die Magd nicht zu belohnen; diese diente ihnen mit der kühlen Miene, mit der respektvollen Überlegenheit des Mädchens, das nichts sieht und nichts hört. Allein als sie sah, wie ihre Gebieterin immerfort nach dem Gelde jammerte, und wie Herr Octave schon zu viel Geld für Geschenke ausgegeben hatte, spitzte sie immer verächtlicher die Lippen über diese »Baracke«, wo der Liebhaber der Herrin ihr nicht einmal zehn Sous gab. Wenn sie glauben, dass sie sie mit 20 Franken und einem Kleide für ewige Zeiten gekauft hätten, so täuschten sie sich sehr; sie taxiere sich höher. Von da ab zeigte sie sich weniger gefällig; sie vergaß, hinter ihnen die Türen zu schließen, ohne dass sie ihre Erbitterung merkten; denn man ist nicht gestimmt, Trinkgelder zu geben, wenn man fortwährend darüber streiten muss, wo man sich küssen könnte. Das Haus breitete noch immer seine Stille aus, und Octave stieß auf der Suche nach einem sichern Winkel überall auf Herrn Gourd, der den unanständigen Dingen auflauerte.

Frau Juzeur beklagte den armen Jungen, der vor Liebe verging, weil er seine Dame nicht sehen konnte, und erteilte ihm die besten Ratschläge. Die Begierden Octaves gingen so weit, dass er eines Tages daran dachte, sie zu bitten, ihm ihre Wohnung zu leihen. Sie würde sich gewiss nicht geweigert haben; aber er fürchtete, Berta zu erzürnen, wenn er sein Ausplaudern ihr gestehen würde. Er hatte auch daran gedacht, sich Saturnin nützlich zu machen; vielleicht werde der Verrückte in irgendeinem entlegenen Zimmer sie bewachen wie ein treuer Hund; allein der blöde Junge zeigte phantastische Launen; bald überhäufte er den Liebhaber seiner Schwester mit lästigen Liebkosungen, bald schmollte er mit ihm und warf ihm argwöhnische, gehässige Blicke zu. Es war, als sei er von der nervösen, heftigen Eifersucht einer Frau erfasst. Er zeigte ihm diese Eifersucht besonders, seitdem er eines Morgens ihn bei der kleinen Pichon fand, mit der er scherzte. In der Tat konnte Octave jetzt nicht vor Mariens Tür vorbeigehen, ohne einzutreten, von einem seltsamen Geschmack, einer leidenschaftlichen Regung erfasst, die er sich kaum zu gestehen wagte. Er betete Berta an, er hatte ein wahnsinniges Verlangen nach ihr; und in diesem Bedürfnis, sie zu besitzen, erwachte eine unendliche Zärtlichkeit für die andere, eine Liebe, deren Zauber er früher, als ihr Verhältnis noch währte, nie empfunden hatte. Es war ein immerwährender Reiz, sie zu sehen, zu berühren; kleine Scherze, Neckereien; die handgreiflichen Versuche eines Mannes, ein Weib wieder zu erringen, mit der geheimen Verlegenheit darüber, dass seine Liebe einer anderen gehöre. An solchen Tagen, wenn Saturnin ihn an den Röcken Mariens hängend überraschte, drohte er mit seinen Wolfsaugen, schien bereit zu beißen, und verzieh ihm erst, küsste ihm als unterwürfiges Tier erst wieder die Hand, wenn er ihn treu und zärtlich zu Berta zurückkehren sah.

Da der Monat September zu Ende ging und die Sommerfrischler bald zurückkehren mussten, fasste Octave in seiner Verzweiflung einen tollen Entschluss. An einem Dienstag, da eben August nach Lyon verreist war, erbat sich Rachel einen eintägigen Urlaub nach der Provinz, wo ihre

Schwester heiraten sollte. Es handelte sich also einfach darum, die Nacht in dem Zimmer der Magd zuzubringen, wo sie gewiss niemand suchen würde. Berta war über diesen Antrag zuerst verletzt und weigerte sich sehr lebhaft; allein er beschwor sie mit Tränen in den Augen und sprach davon, Paris verlassen zu wollen, wo er so viel leiden müsse; er überhäufte sie mit so vielen Gründen, dass sie schließlich den Kopf verlor und zusagte. Es ward alles abgemacht. Am Dienstag, nach dem Essen, nahmen sie den Tee bei Frau Josserand, um jeden Argwohn zu zerstreuen. Gueulin, Onkel Bachelard und Trublot waren da; später kam auch Duverdy, der zuweilen die Nacht in der Stadtwohnung zubrachte, indem er vorschützte, dass er in früher Morgenstunde Geschäfte habe. Octave plauderte sehr unbefangen mit den Herren; um Mitternacht verlor er sich und eilte in das Zimmer Rachels, wohin eine Stunde später, wenn alles im Hause schlafen würde, Berta ihm folgen sollte.

Oben war er in der ersten halben Stunde von häuslichen Geschäften in Anspruch genommen. Um den Widerwillen der jungen Frau zu besiegen, hatte er versprochen, die Betttücher zu wechseln und selbst die nötige Bettwäsche mitzubringen. Er setzte dann das Bett instand, lange und unbeholfen dabei verweilend, in der Furcht gehört zu werden. Dann setzte er sich – wie Trublot es zu machen pflegte – auf einen Koffer und suchte, sich in Geduld zu fassen. Die Mägde kamen, eine nach der anderen, herauf, um schlafen zu gehen; da hörte man durch die dünnen Holzwände Geräusche von Frauenzimmern, die sich entkleiden und erleichtern. Es schlug ein Uhr, dann einviertel, dann einhalb. Er ward von Unruhe erfasst; warum ließ sie ihn warten? Sie hatte spätestens um ein Uhr die Josserand verlassen, in ihre Wohnung zurückkehren und die Dienstbotentreppe heraufsteigen müssen: das konnte in zehn Minuten geschehen sein. Als es zwei Uhr schlug, dachte er an Katastrophen. Endlich seufzte er befriedigt, als er ihre Schritte zu erkennen glaubte. Er öffnete, um ihr zu leuchten. Doch blieb er wie festgenagelt stehen bei dem Anblick, der sich ihm bot. Vor Adelens Türe hockte Trublot und schaute durch das Schlüsselloch. Bei dem plötzlichen Lichtschein erhob er sich erschreckt.

Was? Schon wieder Sie? murmelte Octave verdrossen.

Trublot lachte, anscheinend nicht im mindesten erstaunt, den andern zu dieser nächtlichen Stunde da zu finden.

Denken Sie sieh, erklärte er im Flüstertone, diese dumme Adele hat mir den Schlüssel nicht gegeben, Und da sie zu Duverdy gegangen ist ... Wie? was ist Ihnen? ... Sie wussten nicht, dass Duverdy mit ihr schläft.

Gewiss, mein Lieber! Er hat sich wohl mit seiner Frau versöhnt; diese drückt von Zeit zu Zeit ein Auge zu, aber sie hält ihn knapp, und so ist er schließlich auf Adele gekommen ... Das ist sehr bequem, wenn er nach Paris kommt.

Er unterbrach sich, bückte sich wieder und brummte dann zwischen den Zähnen:

Nein, sie ist nicht da; er behält sie länger als neulich bei sich. Welch eine kopflose Dirne! Hätte sie mir doch wenigstens den Schlüssel gegeben, dann hätte ich sie im warmen Bette erwarten können.

Damit ging er wieder auf den Dachboden hinauf, wo sein Schlupfwinkel war, und nahm Octave mit, der übrigens von ihm hören wollte, wie der Abend bei den Josserand zu Ende gegangen. Doch er kam nicht dazu, ihn zu fragen; Trublot kam sogleich wieder auf Duverdy zu reden in der tiefen Finsternis, in der sie unter dem Gebälk hockten. Jawohl, dieses Vieh hatte zuerst Julie haben wollen; allein diese war zu anständig; auch zog sie draußen auf dem Lande den kleinen Gustav vor, einen vielversprechenden Schlingel von sechzehn Jahren. Von dieser Seite abgewiesen, und weil er wegen Hyppolites sich nicht an Clémence heranwagte, hatte er es schicklicher gefunden, außerhalb seines Hauses eine zu suchen. Man weiß nicht, wo und wie er sich auf Adele geworfen hatte; ohne Zweifel hinter einer Tür in der Zugluft; denn dieses dicke Mensch sackte gefügig die Männer ein wie die Ohrfeigen, und dem Hausbesitzer gegenüber hätte sie es sicherlich nicht gewagt, unhöflich zu sein.

Seit einem Monat versäumt er keinen Dienstag der Josserand, sagte Trublot. Das ist mir lästig .. Ich muss ihm Clarisse wiederfinden, damit er uns in Frieden lässt.

Endlich konnte ihn Octave über das Ende des Empfangsabends bei den Josserand befragen. Berta hatte ihre Mutter vor Mitternacht mit sehr ruhiger Miene verlassen. Er werde sie sicherlich in Rachels Zimmer finden. Doch Trublot, glücklich über die Begegnung, ließ ihn nicht los.

Es ist blöd, mich so lange warten zu lassen, fuhr er fort. Ich bin so schläfrig, dass ich stehend schlafe. Mein Chef hat mich in die Liquidationsabteilung versetzt; da gibt es so viel Arbeit, dass wir drei Nächte in der Woche gar nicht ins Bett kommen ... Wenn Julie da wäre, würde sie mir wohl ein klein wenig Platz machen. Allein Duverdy nimmt bloß Hyppolite nach der Stadt mit. Sie kennen doch Hyppolite, diesen hässlichen Gendarmen, der mit Clémence ist? Ich habe ihn vorhin im Hemde zu Luise schleichen sehen, diesem hässlichen Findelkinde, dessen Seele Frau Juzeur retten will. Ein schöner Erfolg für gnädige Frau »Alles was

Sie wollen, nur Das nicht« – wie? So ein fünfzehnjähriger Krüppel, so ein schmutziges Bündel, unter einem Haustor aufgelesen! ... Ein hübscher Bissen für diesen knochigen Kerl mit den feuchten Händen und den Schultern eines Stieres! ... Mir ist's schnuppe, aber es ekelt mich dennoch.

In dieser Nacht war der gelangweilte Trublot gespickt mit philosophischen Betrachtungen.

Wie der Herr, so der Diener, brummte er. Wenn die Hausbesitzer das Beispiel geben, dürfen auch die Bedienten unanständige Gelüste haben. Ach, es geht in Frankreich entschieden abwärts!

Leben Sie wohl, ich verlasse Sie, sagte Octave.

Trublot hielt ihn noch zurück. Er zählte ihm die Mägdezimmer auf, wo er hätte schlafen können, wenn nicht der Sommer das Haus geleert hätte. Das Schlimmste war, dass alle diese Mädchen ihre Tür fest verschlossen, selbst wenn sie nur bis an das Ende des Korridors gingen, weil sie voneinander bestohlen zu werden fürchteten. Bei Lisa war nichts zu machen; diese hatte einen sonderbaren Geschmack. Bis zu Victoire verstieg er sich nicht, wenngleich diese noch vor zehn Jahren ihm hätte sehr gefallen können. Dann beklagte er sich über die Wut Valeries, ihre Köchinnen zu wechseln. Das wurde unerträglich. Er zählte sie an den Fingern her, eine ganze Reihe. Eine, die Schokolade zum Frühstück verlangt hatte; eine, die weggegangen war, weil der Herr nicht reinlich aß; eine, die von der Polizei geholt wurde, gerade als sie einen Kalbsbraten ans Feuer setzte; eine, die so stark war, dass sie alles zerbrach, was sie berührte; eine, die sich eine Magd hielt, um sie zu bedienen; eine, die in den Kleidern der Gnädigen ausging und ihre Herrin ohrfeigte, als diese sich eines Tages eine Bemerkung darüber erlaubte. Diese alle in einem Monate! Er hatte nicht einmal Zeit, in der Küche sie in die Hüften zu kneipen!

Und dann kam Eugenie, fuhr er fort. Sie müssen sie bemerkt haben, ein großes, schönes Mädchen, eine Venus, mein Lieber, ohne Spaß; die Leute auf der Straße wandten sich um, ihr nachzublicken ... Zehn Tage lang war das Haus in Aufruhr; die Damen waren wütend, die Herren hielten es nicht aus: Campardon ließ die Zunge heraushängen; Duverdy war auf den Kniff verfallen, alle Tage heraufzukommen, um nachzusehen, ob das Dach nicht schadhaft geworden. Eine wahre Revolution; das Haus brannte vom Keller bis zu den Dachsparren. Ich war auf meiner Hut, sie war zu schick. Glauben Sie mir, mein Lieber: hässlich und dumm müssen sie sein, wenn man nur die Arme voll mit ihnen kriegt. Das ist meine Meinung: aus Grundsatz und aus Geschmack ... Und welch eine gute Nase hatte ich! Eugenie wurde an dem Tage davongejagt, an dem die

Gnädige an den pechschwarzen Betttüchern merkte, dass Eugenie jeden Morgen den Kohlenhändler vom Gaillon-Platze empfing. Die Bettwäsche war so schwarz, dass es ein Vermögen kostete, sie wieder weiß zu kriegen. Und was ist geschehen? Der Kohlenhändler ist davon sehr krank geworden, und der Kutscher der Leute vom zweiten Stock, von seiner Herrschaft hier gelassen, dieser Tölpel von einem Kutscher, der alle diese Mädchen hat, hat auch sein Geschenk bekommen, dass er heute noch ein Bein nachschleppt. Dem Kerl gönne ich's; der macht mir viel Verdruss!

Endlich konnte Octave sich losmachen. Er ließ Trublot in der tiefen Dunkelheit des Dachbodens zurück, als dieser erstaunt ausrief:

Aber Sie! Was suchen denn Sie bei den Mägden? ... Bösewicht, kommen Sie auch hierher?

Er lachte behaglich. Er versprach ihm Geheimhaltung und entließ ihn mit dem Wunsche, er möge eine angenehme Nacht haben. Er selbst war entschlossen, diesen Schmutzlappen Adele zu erwarten, die nicht loskommen kann, wenn sie bei einem Manne ist. Duverdy würde es vielleicht doch nicht wagen, sie bis zum Morgen zu behalten.

In das Zimmer Rachels zurückgekehrt, erfuhr Octave eine neue Enttäuschung: Berta war nicht da. Ein Zorn erfasste ihn jetzt; sie hatte mit ihm ihr Spiel getrieben, sie hatte nur versprochen, um sich seiner Bitten zu entledigen. Während er in fieberhafter Ungeduld ihrer harrte, schlief sie, sich ihres Alleinseins freuend, in dem breiten, bequemen Ehebette. Anstatt in sein Zimmer zurückzukehren und auch seinerseits schlafen zu gehen, warf er in seinem Eigensinn sich angekleidet auf das Bett hin und brachte die Nacht damit hin, Rachepläne zu schmieden. Dieses nackte, kahle Dienstbotenzimmer ärgerte ihn jetzt mit seinen schmutzigen Mauern, seiner Dürftigkeit und dem unerträglichen Geruch eines schlecht gepflegten Mädchens; er wollte sich nicht gestehen, in welcher Niedrigkeit seine zum Äußersten getriebene Liebe Befriedigung gefunden hatte. In der Ferne schlug es drei Uhr. Zu seiner Linken hörte er das Schnarchen kräftiger Mädchen; zuweilen hörte er nackte Füße auf die Dielen springen, und dann gab es ein Plätschern wie an einem Brunnen, dass der Fußboden davon erzitterte. Doch am meisten ging ihm an die Nerven eine unablässige Klage zu seiner Rechten, eine Schmerzensstimme, die in Fieber und Schlaflosigkeit stöhnte. Er erkannte schließlich die Stimme der Schuhstepperin. Kam sie vielleicht nieder? Die Unglückliche war ganz allein und lag in Todesängsten unter dem Dache in einer jener elenden Kammern, wo sie selbst für ihren Bauch nicht mehr genug Platz hatte.

Gegen vier Uhr gab es eine kleine Zerstreuung. Er hörte Adele kommen und Trublot bei ihr eintreten. Ein Streit drohte auszubrechen. Sie verteidigte sich: der Hausbesitzer habe sie zurückgehalten, es sei nicht ihre Schuld. Trublot beschuldigte sie jetzt, sie sei stolz geworden. Doch sie begann zu weinen und versicherte, sie sei gar nicht stolz. Welche Sünde könne sie begangen haben, dass der liebe Gott die Männer so wütend hinter sie her sein lasse? Einer nach dem andern; es wolle kein Ende nehmen. Sie reize sie doch nicht; ihre Torheiten machten ihr so wenig Vergnügen, dass sie absichtlich schmutzig bleibe, um sie nicht auf schlimme Gedanken zu bringen. Aber es nütze nichts; sie würden nur umso wütiger, und dabei gebe es immer mehr Arbeit. Sie gehe dabei zugrunde; sie habe schon genug mit Frau Josserand auf dem Rücken, die jeden Morgen die Küche scheuern lasse.

Ihr Männer, schluchzte sie, könnt nachher schlafen, soviel ihr wollt; ich aber muss mich schinden ... Nein, es gibt keine Gerechtigkeit, ich bin zu unglücklich! ...

Nun, schlafe, ich will dich nicht quälen, sagte Trublot, von einem väterlichen Mitleid ergriffen. Es gibt Frauen, die an deiner Stelle sein möchten ... Wenn man dich liebt, dickes Tier, lass dich lieben!

Gegen Tagesanbruch schlief Octave endlich ein. Tiefe Stille herrschte in dem Hause; selbst die Schuhstepperin schnarchte nicht mehr, sondern lag still wie eine Tote. Schon drang das matte Licht des Tages durch das schmale Fenster des Raumes, als die Türe sich öffnete, und der junge Mann dadurch plötzlich geweckt ward. Es war Berta, die, von einem unwiderstehlichen Verlangen getrieben, heraufgekommen war, um nachzuschauen; sie hatte zuerst den Gedanken von sich gewiesen, dann aber allerlei Vorwände ersonnen: die Notwendigkeit, das Zimmer zu besichtigen, daselbst die Dinge wieder in Ordnung zu bringen, falls er in seinem Zorne alles durcheinander geworfen haben sollte. Überdies glaubte sie ihn nicht mehr dort anzutreffen. Als sie ihn bleich und drohend sich von dem schmalen eisernen Bett erheben sah, stand sie betroffen da und hörte mit gesenkten Blicken seine wütenden Vorwürfe an. Er heischte eine Antwort von ihr, forderte wenigstens eine Entschuldigung.

Endlich flüsterte sie:

Im letzten Augenblicke konnte ich nicht. Die Sache ist gar zu unzart.

Als sie ihn näher kommen sah, wich sie zurück aus Furcht, er könne vielleicht die Gelegenheit nützen wollen. Er hatte in der Tat Lust dazu; es schlug acht Uhr, alle Mägde waren hinabgegangen, auch Trublot war schon fort. Als er nach ihren Händen griff und sagte, dass man, wenn man jemanden liebe, sich alles gefallen lasse, erklärte sie, der Geruch sei ihr lästig. Sie öffnete das Fenster. Doch er zog sie wieder an sich und betäubte sie mit seinen Klagen. Sie stand auf dem Punkte ihm nachzugeben, als ein Schwall unflätiger Worte aus dem Küchenhof aufstieg.

Sau! Schmutzfink! bist du fertig? ... Dein Waschlappen ist mir wieder auf den Kopf gefallen!

Berta erbebte und machte sich mit den Worten los:

Hörst du? ... Nein, nicht hier, ich bitte dich. Ich würde mich zu sehr schämen. Hörst du diese Mädchen? Mich schaudert es bei ihren Reden. Schon neulich glaubte ich, mir müsse übel werden ... Nein, lass mich; ich verspreche dir nächsten Dienstag ... in deinem Zimmer ...

Die Verliebten wagten sich nicht zu rühren; sie standen da und mussten alles hören.

Zeige dich doch ein wenig, fuhr Lisa wütend fort, dass ich dir ihn an den Kopf schmeiße.

Ist das ein Geschrei wegen eines Fetzens, entgegnete Adele, indem sie sich zum Fenster hinausbeugte. Ich habe nur mein gestriges Geschirr damit abgewischt; auch ist er von selbst hinabgefallen.

Sie machten ihren Frieden, und Lisa fragte sie, was man denn gestern bei ihr gegessen habe. Wieder ein Ragout! Welche Hungerleider! Sie würde in einer solchen Baracke sich Koteletten gekauft haben. Sie hetzte Adele wieder auf, vom Zucker, vom Fleische, von den Kerzen zu stibitzen; sie selbst habe niemals Hunger und lasse Victoire die Campardons bestehlen, ohne auch nur ihren Anteil zu verlangen.

Oh, sagte Adele, die sich leicht beschwatzen ließ, ich habe neulich abend Kartoffeln in meine Tasche gesteckt; sie verbrannten mir den Schenkel. Es war so gut, so gut! Und ich liebe den Essig so sehr; ich trinke davon, wenn mir die Flasche in die Hände kommt.

Doch jetzt lehnte sich auch Victoire ans Fenster und trank da ein Glas Wacholderbranntwein, das Lisa ihr von Zeit zu Zeit kaufte, um sie für die Gefälligkeit zu belohnen, mit der sie ihre nächtlichen Ausflüge verheimlichte. Als Luise in der Küche der Frau Juzeur ihre Zunge gegen sie herausstreckte, rief Victoire ihr hinüber:

Wart', Straßenmensch, ich werde dir deine Zunge irgendwohin stecken!

Komm nur heran, alte Schnapsflasche, erwiderte die Kleine; ich habe gestern sehr wohl gesehen, wie du alles auf die Teller spiest.

Die Flut von Unflätigkeiten stieg von neuem in dem übelriechenden Schachte auf. Auch Adele, die sich schon das Pariser Kauderwelsch angeeignet hatte, nannte Luise eine Schlampe. Da rief Lisa dazwischen:

Ich werde sie still machen, wenn sie uns ärgert. Ja, ja, Nichtsnutz, ich werde Clémence benachrichtigen; die wird dir schon dein Teil geben. Dieses ekle Ding, das noch geschnäuzt werden müsste, angelt schon nach Männern. Doch still, da ist der Mann! Auch ein netter Schweinigel!

Hyppolite war am Fenster der Duverdy erschienen, mit dem Putzen der Stiefel seines Herrn beschäftigt. Die Mägde waren artig gegen ihn, weil er zur Aristokratie gehörte; er verachtete Lisa, die ihrerseits Adele verachtete, mit mehr Stolz, als die reichen Herrenleute den armen Herrenleuten gegenüber zeigen. Man fragte ihn, wie es Fräulein Clémence und Fräulein Julie gehe. Mein Gott! sie langweilten sich zum Sterben, befänden sich aber sonst nicht übel. Dann ging er unvermittelt zu einem anderen Gegenstande über und fragte:

Habt ihr heute Nacht das Weib mit seinem vollen Bauche stöhnen hören? Das ist aber verdrießlich! ... Gut, dass sie das Haus verlässt. Ich wollte ihr zurufen: »Schiebe doch an, damit's ein Ende hat!«

Ja, Herr Hyppolite hat recht, meinte Lisa. Nichts geht einem so an die Nerven, wie ein Weib, das immer Koliken hat. Gott sei Dank, ich kenne das nicht; aber mir scheint, ich würde es verschlucken, um die Leute schlafen zu lassen.

Victoire, die ihren Spaß haben wollte, fiel wieder über Adele her.

Sag', Geschwollene dort oben, als du dein erstes hattest, kam es von vorn oder rückwärts zum Vorschein?

Alles Dienstbotenvolk wälzte sich vor Lachen, während Adele bestürzt erwiderte:

Ein Kind? nein, das soll nicht kommen! Es ist verboten, und ich will es auch nicht ...

Mein Mädchen, sagte Lisa in ernstem Tone, die Kinder kommen jedem. Der liebe Gott wird dich auch nicht anders machen als die anderen.

Dann sprach man von Frau Campardon, die nichts mehr zu fürchten hatte. Es war das einzig Angenehme bei ihrem Zustande. Nach ihr ka-

men alle Damen des Hauses an die Reihe; Frau Juzeur, die Vorsichtsmaßregeln anwandte; Frau Duverdy, die einen Ekel vor ihrem Manne
hatte; Frau Valerie, die sich ihre Kinder auswärts holte, weil ihr Mann
nicht imstande sei, ihr auch nur das Schwänzlein eines Kindes zu machen. Von neuem stieg das Gelächter in dem Schachte auf.

Berta war wieder erbleicht. Sie wartete, denn sie wagte nicht mehr, aus
dem Zimmer Rachels zu treten; verwirrt und mit zu Boden gesenkten
Blicken stand sie da, gleichsam in Octaves Gegenwart vergewaltigt. Ohnehin wütend über die Mägde, fühlte er jetzt, dass sie zu unflätig wurden und dass er von Berta nicht wieder Besitz ergreifen konnte. Seine
Begierde schwand; er fühlte sich von großer Müdigkeit und Trauer ergriffen. Doch die junge Frau erbebte; Lisa hatte soeben ihren Namen
ausgesprochen.

Wenn wir schon von den Pfiffigen reden, scheint mir dies eine zu sein,
die sich etwas gönnt! Ist's nicht wahr, Adele, dass dein Fräulein Berta
schon damals ein lockerer Zeisig war, als du noch ihre Röcke wuschest?

Jetzt lässt sie sich von dem Angestellten ihres Mannes abstäuben, bemerkte Victoire. Es wird nicht zu viel Staub da sein!

Still! empfahl Hyppolite.

Schau, warum denn? Ihr Kamel von einer Magd ist heute nicht da. Eine
Duckmäuserin, die einen fressen möchte, wenn man von ihrer Herrin
spricht. Ihr wisst doch wohl, dass sie eine Jüdin ist und in ihrer Heimat
jemanden ermordet hat. Vielleicht stäubt der schöne Octave auch sie in
den Winkeln ab. Der Herr hat diesen langen Gimpel in den Dienst nehmen müssen, um die Kinder zu machen.

Von einer unsagbaren Angst gepeinigt, erhob Berta die Augen zu ihrem Liebhaber; seinen Beistand erflehend, flüsterte sie:

Mein Gott! mein Gott!

Octave nahm ihre Hand und drückte sie fest; auch ihn erstickte fast eine ohnmächtige Wut. Was sollte er tun? Er konnte sich nicht zeigen, um
diesen Mädchen Stillschweigen zu gebieten. Die unflätigen Reden dauerten fort, solche Reden, wie die junge Frau sie niemals gehört hatte, ein
wahrer Sturzregen aus dem Spülstein, der jeden Morgen in ihrer Nähe
sich ergoss, ohne dass sie eine Ahnung davon hatte. Ihre so peinlich ver-
borgene Liebe ward jetzt durch den Kehricht der Küche geschleppt. Diese Dirnen wussten alles, ohne dass jemand ein Wort gesprochen hätte.
Lisa erzählte, wie Saturnin die Kerze hielt; Victoire lachte über die Kopfschmerzen des Gatten, der sich irgendwo ein anderes Auge hätte sollen

einsetzen lassen; Adele selbst schimpfte auf ihr ehemaliges Fräulein, deren Unpässlichkeiten, zweifelhafte Leibwäsche und Toilettengeheimnisse sie schilderte.

Achtung da unten! rief plötzlich Victoire; da sind Möhren von gestern, die mir die Küche verpesten. Das ist für den Vater Gourd, diesen Halunken!

Aus Bosheit warfen die Mägde so die Reste und Abfälle hinaus, die dann der Hausmeister zusammenkehren musste.

Hier ein Rest von schimmelig gewordenen Nieren, sagte Adele ihrerseits.

Und nun folgten aus allen Fenstern die Speisereste nach, während Lisa fortfuhr, auf Berta und Octave loszuschlagen, die Lügen niederreißend, mit denen diese die unsaubere Nacktheit des Ehebruches bedeckten. Die beiden standen da Hand in Hand, Aug in Aug und vermochten die Blicke nicht abzuwenden; ihre Hände wurden eiskalt, ihre Augen gestanden sich die Unflätigkeit ihres Verhältnisses, die Schwäche der Herrenleute, bloßgelegt durch den Hass der Dienerschaft. Das war ihre Liebe: diese Unzucht unter einem Sturzregen von verdorbenem Fleisch und sauer gewordenen Gemüsen.

Ihr müsst wissen, sagte jetzt Hyppolite, dass der junge Mann seiner Herrin eine Nase dreht! Er hat sie nur genommen, um sich in der Welt vorwärts zu bringen. Er ist im Grunde ein Geizhals trotz des Anscheins, den er sich gibt; ein skrupelloser Kerl, der trotz seiner scheinbaren Verliebtheit sehr bald dabei ist, den Frauen Ohrfeigen zu versetzen!

Berta, die von Octave kein Auge ließ, sah ihn erbleichen; sein Gesicht war ganz verstört und dermaßen verändert, dass es ihr Furcht einflößte.

Meiner Treu, sie sind einander wert, fuhr Lisa fort. Ich würde auch für ihre Haut nicht viel geben. Schlecht erzogen, das Herz hart wie Stein, unbekümmert um alles, was nicht ihr Vergnügen ist, für Geld mit Männern schlafend, jawohl, für Geld! Ich kenne das; ich wette, dass sie kein Vergnügen bei einem Manne hat.

Tränen traten Berta in die Augen. Octave sah, wie ihre Miene sich verzerrte. Es war ihnen, als wolle man sie voneinander ausziehen und schinden, ohne dass sie sich wehren könnten. Fast erstickt durch diese Kloakenöffnung, aus der so viel Schimpf gegen sie aufstieg, wollte die junge Frau entfliehen. Er hielt sie nicht zurück, denn der Ekel, den sie vor sich selbst hatten, machte ihnen das Beisammensein zu einer Qual, und sie lechzten nach der Erleichterung, einander nicht mehr zu sehen.

Du hast versprochen, nächsten Dienstag, bei mir.

Ja, ja.

Sie entfloh wie außer sieh. Er blieb allein, trippelte herum, tastete herum und rollte das mitgebrachte Linnenzeug wieder zu einem Bündel zusammen. Er hörte die Mägde nicht mehr, als ein letzter Satz an sein Ohr schlug und ihn in seinem Tun plötzlich einhalten ließ.

Ich sage euch, Herr Hédouin ist gestern Abend gestorben ... Hätte der schöne Octave das vorausgesehen, dann hätte er wohl noch weiter der Frau Hédouin zugesetzt, die Moneten hat.

Die Neuigkeit, die er in dieser Kloake erfuhr, rief einen Widerhall in seinem Innersten» hervor; Herr Hédouin war tot. Ein unermessliches Bedauern erfüllte ihn. Er dachte laut und konnte die Antwort nicht unterdrücken: Gewiss, ich habe eine Dummheit begangen!

Als Octave mit seinem Wäschebündel endlich hinunterging, begegnete er Rachel, die zu ihrer Kammer hinaufstieg. Einige Minuten früher hätte sie die beiden dort überrascht. Unten hatte sie ihre Herrin in Tränen aufgelöst gefunden; aber diesmal hatte sie nichts von ihr erlangen können, weder ein Geständnis, noch einen Sou. Wütend, weil sie merkte, dass man ihre Abwesenheit dazu benutzte, sich zu treffen und sie um ihre kleinen Einkünfte zu bringen, warf sie dem jungen Mann einen finstern, drohenden Blick zu. Eine seltsame, schülerhafte Scheu hielt Octave zurück, ihr zehn Franken zu geben; und da er eine volle Unbefangenheit zeigen wollte, trat er bei Marie ein, als ein Gebrumme, das aus einem Winkel kam, ihn den Kopf wenden ließ. Es war Saturnin, der sich erhob und in einer eifersüchtigen Anwandlung sagte:

Nimm dich in acht! Tödlich entzweit!

Es war der 8. Oktober an diesem Tage. Die Schuhstepperin sollte vormittags ausziehen. Seit acht Tagen beobachtete Herr Gourd mit steigendem Entsetzen ihren stündlich wachsenden Leib. Dieser Bauch wird den 8. Oktober sicherlich nicht abwarten. Die Schuhstepperin hatte den Hausbesitzer gebeten, sie noch einige Tage länger im Hause zu behalten, damit sie daselbst ihr Kindbett halten könne. Eine entrüstete Weigerung war die Antwort. Jeden Augenblick kamen Wehen über sie. Verflossene Nacht glaubte sie, dass sie niederkommen werde, allein, verlassen. Gegen neun Uhr morgens begann sie auszuziehen. Im Hofe stand der Straßenjunge mit seinem Karren und lud ihren dürftigen Hausrat auf. Sie half ihm dabei und setzte sich von Zeit zu Zeit, wenn ein heftiger

Schmerz ihren Leib zusammenzog, auf die Stufen nieder, um erschöpft auszuruhen.

Herr Gourd hatte indes nichts zu entdecken vermocht. Keinen einzigen Mann! Man hat ihn also zum besten gehalten. Mit der Miene unterdrückten Zornes schlich er den ganzen Vormittag umher. Octave, der ihm begegnete, zitterte bei dem Gedanken, dass dem Hausmeister sein Liebesverhältnis bekannt sein könne. Vielleicht war es ihm auch bekannt; aber es hinderte ihn nicht, den jungen Mann höflich zu grüßen, denn »was ihn nichts anging, das ging ihn nichts an« – wie er zu sagen pflegte. Er hatte sogar heute Morgen ehrfurchtsvoll die Mütze gezogen vor der geheimnisvollen Dame, die sich aus dem Zimmer des Herrn vom dritten Stockwerk eilig entfernte, nichts als einen Eisenkraut-Parfüm als Spur hinter sich zurücklassend. Er hatte auch Trublot gegrüßt und Valerie und die andere Frau Campardon. Das sind Bürgersleute, die gehen ihn nichts an: weder die jungen Leute, die er vor den Türen der Dienstbotenzimmer überrascht, noch die Damen, die in anklägerischen Nachtkleidern über die Treppen huschen. Aber was ihn anging, das ging ihn an, und er ließ kein Auge von den ärmlichen Siebensachen der Schuhstepperin, als ob sie den vielgesuchten Mann in einer Schublade verborgen mitführe.

Dreiviertel auf zwölf Uhr erschien endlich die Arbeiterin mit ihrem wachsgelben Gesichte, ihrer ewigen Traurigkeit, ihrer düsteren Verlassenheit. Sie vermochte kaum zu gehen. Herr Gourd zitterte, ehe sie nicht auf der Gasse war. In dem Augenblick, als sie ihm den Schlüssel zurückstellte, tauchte eben Herr Duverdy im Vorraum auf. Er zeigte eine strenge Miene unerbittlicher Moral, als der Bauch dieser Unglücklichen an ihm vorbeikam. Beschämt und ergeben senkte sie den Kopf und folgte dem Karren mit den nämlichen verzweiflungsvollen Schritten, wie sie gekommen war an dem Tage, als Herr Vabre beerdigt wurde und sie zwischen den schwarzen Vorhängen der Toreinfahrt verschwand.

Jetzt erst konnte Herr Gourd triumphieren. Als ob dieser Bauch alles Unangenehme des Hauses mit sich nehme, rief er dem Hausbesitzer zu:

Da sind wir ein sauberes Stück losgeworden! Jetzt kann man endlich aufatmen; hundert Pfund leichter fühle ich mich. In einem Hause, das auf Anständigkeit hält, darf man keine Frauenzimmer dulden und vor allem keine Arbeiterinnen!

Vierzehntes Kapitel

Am folgenden Dienstag hielt Berta dem Octave abermals nicht Wort. Nach der Ladensperre hatten sie eine ganz kurze Auseinandersetzung, in der sie ihm schluchzend erklärte, er möge sie nicht erwarten. In einer frommen Anwandlung war sie Tags vorher zur Beichte gegangen. Seit ihrer Verheiratung hatte sie nicht gebeichtet. Als sie neulich die schmutzigen Reden der Mägde gehört, fühlte sie sich so elend, so traurig, so verlassen, dass sie sich wieder auf eine Stunde in die Frömmigkeit ihrer Kinderzeit versenkte, von der Hoffnung auf Reinigung und Seelenheil erfüllt. Sie hatte bei der Beichte viel geweint und der Abbé Mauduit mit ihr; auf dem Rückwege hätte sie einen wahren Abscheu vor ihrer Sünde empfunden. Octave zuckte in ohnmächtiger Wut mit den Achseln.

Drei Tage später machte sie ihm abermals eine Zusage für den kommenden Dienstag. Bei einem Stelldichein, das sie ihrem Liebhaber in der Panoramen-Passage gegeben, hatte sie in einem Schaufenster einen Schal von Chantillyspitzen gesehen; davon sprach sie unaufhörlich mit gierig funkelnden Augen. Um die Nacktheit des Schachers, der sich da vollzog, einigermaßen zu verdecken, sagte er ihr am kommenden Montag lachend, dass, wenn sie ihn am Dienstag besuche, eine Überraschung ihrer harre. Sie begriff und weinte wieder. Nein, nein! sagte sie; jetzt werde sie erst recht nicht kommen; er verderbe ihr die Freude der Begegnung. Sie habe von dem Schal ohne jede Absicht gesprochen; sie werde ihn ins Feuer werfen, wenn er ihn etwa gekauft habe. Indes am folgenden Tage ward alles verabredet: sie werde um halb ein Uhr nachts kommen und sich durch drei leichte Schläge anmelden ...

Als August an diesem Tage nach Lyon verreiste, fand Berta ihn seltsam verändert. Sie hatte ihn dabei überrascht, wie er hinter der Küchentüre mit der Magd flüsterte; bei der Abreise war er ganz gelb, zitterte und hatte das eine Auge geschlossen. Da er sich über seine Migräne beklagte, hielt sie ihn für krank und versicherte, dass ihm die Reise gut anschlagen werde. Sobald er fort war, kehrte sie in die Küche zurück; da sie unruhig war, wollte sie die Magd ausholen. Doch das Mädchen war verschwiegen, von steifer Höflichkeit wie in den ersten Tagen. Berta fühlte jetzt, dass sie nicht klug gehandelt habe, ihr bloß 20 Franken und ein Kleid zu geben und dann gar nichts mehr. Allerdings hatte sie es gezwungen getan, denn sie hatte ja selbst nichts.

Ich bin nicht sehr freigebig gegen Sie, mein armes Mädchen, wie? sagte sie. Aber es ist nicht meine Schuld; ich denke an Sie und werde Sie entschädigen.

Rachel erwiderte mit ihrer gewöhnlichen Kälte:

Gnädige Frau sind mir nichts schuldig.

Berta suchte zwei alte Hemden heraus, um ihr vorläufig damit ihre Erkenntlichkeit zu bezeigen. Die Magd nahm die zwei Hemden und erklärte, sie werde Küchenfetzen daraus machen.

Ich danke, gnädige Frau; ich trage keinen Barchent, er ritzt mir die Haut auf; ich trage nur Leinwand.

Berta fand sie indes so höflich, dass sie sich wieder beruhigte. Sie zeigte sich sogar vertraulich, gestand ihr, dass sie nicht zu Hause schlafen werde, und bat sie, für alle Fälle eine Lampe anzuzünden und bereit zu halten. Man werde die auf die Haupttreppe gehende Türe mit dem Riegel verschließen; sie werde dann durch die Küchentüre fortgehen und den Schlüssel mitnehmen. Die Magd empfing diese Befehle mit der nämlichen Ruhe, als habe es sich darum gehandelt, einen Rinderbraten ans Feuer zu setzen.

Am Abend richteten sie es so ein, dass Berta bei ihren Eltern speiste, während Octave eine Einladung bei den Campardon annahm. Er gedachte bis zehn Uhr dazubleiben, sich dann in seinem Zimmer einzuschließen und so geduldig wie möglich bis halb ein Uhr zu warten.

Das Essen bei den Campardons war recht gemütlich. Zwischen seiner Gattin und seiner Kusine sitzend, erfreute sich der Architekt an den Speisen, die reichlich und schmackhaft zu Tische kamen. Es gab an diesem Tage ein Huhn mit Reis, einen Rinderbraten und geschmorte Kartoffeln.

Seitdem die Kusine das Hauswesen führt – erzählte er – herrsche Überfluss an allem; sie wisse alles viel besser und viel wohlfeiler zu kaufen als jeder andere und bringe doppelt so viel Fleisch, wie früher gebracht worden. Campardon nahm denn auch dreimal von dem Huhn, während seine Gattin sich mit Reis vollstopfte; Angela bewahrte sich den Appetit für den Rinderbraten, sie aß den blutigen Saft gar so gerne; Lisa gab ihr heimlich mehrere große Löffel voll davon.

Frau Campardon sprach, zum Ohr des jungen Mannes geneigt, noch immer über das große Glück, das die Kusine dem Hause gebracht habe: man erspare seitdem die Hälfte an dem Hausbedarf, die Dienstleute hätten Respekt, Angela sei überwacht und sehe ein gutes Beispiel vor sich.

Endlich – flüsterte sie – ist Achilles glücklich wie der Fisch im Wasser, und ich habe nichts zu tun ... Sie pflegt mich; ich lebe, ohne einen Finger zu rühren; sie hat alle Mühsal des Hauswesens auf sich genommen.

Dann erzählte Herr Campardon, wie er die Herren vom Kultusministe-rium »herumgekriegt« habe.

Denken Sie sich, mein Lieber: Wegen meiner Arbeiten für den Erzbi-schof von Evreux machte man mir endlose Schwierigkeiten. Ich habe na-türlich vor allem Hochehrwürden zu befriedigen gesucht. Allein die neuen Öfen haben mehr als 20 000 Franken gekostet. Nun war aber für diesen Zweck keinerlei Kredit bewilligt, von dem magern bischöflichen Gehalte aber war ein solcher Betrag nicht leicht zu nehmen. Überdies sind die Kosten der Kanzel, für die 3000 Franken bewilligt waren, auf 10 000 gestiegen. Da galt es also, neue 7000 Franken »einzuflicken«.

Also gut: heute Morgen ward ich ins Ministerium gerufen; da war ein langer, magerer Herr, der mir eine Standrede hielt. Ich bin kein Freund von dergleichen und warf ihm sogleich die Drohung an den Kopf, dass ich den Bischof nach Paris rufen wolle, damit dieser ihm die Sache erklä-re. Hei, wie ward der Mann mit einem Male höflich! Aber so höflich! Ich muss jetzt noch lachen, wenn ich daran denke! Sie müssen wissen: die Leute bei der Regierung haben jetzt eine heillose Furcht vor den Bischö-fen. Mit einem Bischof an meiner Seite will ich die Liebfrauenkirche nie-derreißen und wiederaufbauen.

Diese Geschichte erheiterte die Tischgesellschaft sehr; man äußerte sich ohne jede Achtung über den Minister. Rosa erklärte, man müsse sich mit der Kirche gut vertragen. Seit den Arbeiten zu Sankt Rochus sei Achilles mit Aufträgen überhäuft; die vornehmen Familien »reißen sich« um ihn; er vermöge den Bestellungen kaum mehr zu genügen und müsse oft so-gar die Nächte opfern. Gott habe offenbar ihnen seinen Segen zugewen-det, und die Familie preise ihn von Tag zu Tag.

Man war beim Nachtisch, als Campardon plötzlich ausrief:

Beiläufig! Wissen Sie, mein Lieber, dass Duverdy sie wiedergefunden ...

Er war im Begriff, Clarisse zu nennen, doch erinnerte er sich rechtzei-tig, dass Angela anwesend sei und fügte mit einem Seitenblick auf seine Tochter hinzu:

Er hat seine Verwandte wiedergefunden, Sie wissen ja.

Durch Winke und Blinzeln mit den Augen machte er sich dem Octave verständlich, der nur schwer begreifen wollte.

Ja, Trublot, dem ich begegnet bin, hat es mir gesagt. Vorgestern, als es so heftig regnete, trat Duverdy unter ein Tor, und wen sieht er da? Seine

Verwandte, wie sie ihren Regenschirm schüttelt. Trublot war schon acht Tage auf der Suche nach ihr.

Angela schaute bescheiden auf ihren Teller und aß mit vollem Munde. Die Familie beobachtete übrigens in ihren Reden strenge Züchtigkeit.

Ist seine Verwandte hübsch? fragte Rosa.

Wie man's nimmt, erwiderte Octave. Man muss sie so lieben, wie sie sind.

Sie hatte die Kühnheit, eines Tages in den Geschäftsladen zu kommen, erzählte Gasparine, die trotz ihrer Magerkeit die mageren Leute verabscheute. Man hat sie mir gezeigt: eine rechte Hopfenstange!

Gleichviel, sagte der Architekt; Duverdy zappelt wieder an der Angel ... Seine arme Frau ...

Er wollte sagen, dass Clotilde darüber entzückt sein müsse; allein wieder erinnerte er sich, dass Angela anwesend sei, und schloss mit betrübter Miene:

Man verträgt sich nicht immer unter Verwandten ... Mein Gott, in allen Familien kommen Zwistigkeiten vor.

An der andern Seite der Tafel stand Lisa mit einer Serviette über dem Arm und betrachtete Angela; um den Lachreiz zu unterdrücken, beeilte sich diese zu trinken und trank lange, die Nase in ihr Glas steckend.

Kurz vor zehn Uhr zog sich Octave in sein Zimmer zurück, indem er große Müdigkeit vorschützte. Trotz der Freundlichkeiten Rosas fühlte er sich unbehaglich in diesem Kreise, wo er die Feindseligkeit Gasparines gegen sich wachsen sah. Und doch hatte er ihr nichts zuleide getan. Sie hasste in ihm den hübschen Mann; sie hatte ihn in Verdacht, dass er alle Frauen im Hause besitze, und das nährte ihren Ingrimm, ohne dass sie selbst das geringste Verlangen nach ihm gehabt hätte. Aber angesichts seines Glückes gab sie dem instinktiven Zorne eines Weibes nach, dessen Schönheit zu rasch verwelkt war.

Sobald Octave fortgegangen war, schickte auch die Familie Campardon sich an, schlafen zu gehen. Rosa brachte jeden Abend, bevor sie ins Bett stieg, zwei Stunden in ihrem Toilettezimmer zu. Sie wusch sich mit Parfüms, frisierte sich, besichtigte Augen, Ohren, Mund, legte ein Pflästerchen auf das Kinn und so weiter. Den Luxus der Schlafröcke ersetzte bei Nacht der Luxus der Hemden und Häubchen. Gasparine war ihr dabei behilflich, reichte ihr das Waschbecken, wischte das verschüttete Wasser auf, rieb sie mit Trockentüchern ab – es waren dies kleine vertrauliche

Dienste, welche die Kusine weit geschickter zu versehen wusste als die Magd Lisa.

Ach, wie wohl fühle ich mich! sagte Rosa, sich behaglich im Bett ausstreckend, während Gasparine die Decken und Kissen zurechtlegte.

Sie lachte vergnügt, wie sie so allein in dem großen Bette lag, den zarten, wohlgepflegten Körper in Spitzen eingehüllt. Man hätte glauben mögen: es sei eine Liebende, die den Mann ihrer Herzenswahl erwartet. Wenn sie sich hübsch sah, schlief sie besser. Sie hatte keinen anderen Wunsch.

Bist du in Ordnung? fragte Campardon eintretend. Dann, gute Nacht, mein Kätzchen.

Er seinerseits wolle noch wach bleiben, um zu arbeiten, fügte er hinzu. Doch sie wurde böse; er möge sich doch ein wenig erholen, sagte sie; es sei blöd, sich in dieser Weise umzubringen.

Geh zu Bett, hörst du!... Gasparine, versprich mir, ihn zu Bett zu schicken.

Die Kusine, die eben ein Glas Zuckerwasser und einen Roman von Dickens auf das Nachtkästchen gelegt hatte, schaute Rosa an. Ohne zu antworten, neigte sie sich zu ihr und flüsterte ihr zu:

Du bist ja heute ganz ausnehmend artig!

Sie küsste sie auf beide Wangen mit ihren trockenen Lippen und ihrem bitteren Munde in der Ergebenheit einer hässlichen und armen Verwandten. Auch Gampardon schaute sie an, wie sie hochgerötet von dem reichlichen Abendessen und kämpfend mit den Schwierigkeiten der Verdauung dalag. Da küsste auch er sie und wiederholte:

Gute Nacht, Mädelchen!

Gute Nacht, Liebster! Du musst sogleich zu Bett gehen, hörst du?

Sei unbesorgt! sagte Gasparine. Wenn er um elf Uhr noch nicht schläft, stehe ich auf und nehme ihm die Lampe vor der Nase weg.

Campardon saß bis elf Uhr gähnend über dem Bauplan zu einem Schweizerhäuschen, das er für einen Schneider in der Rameau-Straße bauen sollte; dann kleidete er sich langsam aus, wobei er an seine artige und hübsche Frau dachte, warf sein Bett durcheinander, um die Mägde zu täuschen und suchte Gasparine in dem ihrigen auf. Sie schliefen daselbst sehr schlecht, weil das Bett zu enge war, so dass sie sich mit dem Ellbogen stießen. Besonders ihm, der am Rande des Pfühls sich im

Gleichgewicht halten musste, war am Morgen der eine Schenkel wie gebrochen.

Um die nämliche Zeit war die Köchin Victoire mit dem Geschirr fertig geworden und ging in ihr Zimmer hinauf. Lisa kam wie gewöhnlich nachsehen, ob es dem Fräulein Angela an nichts mangle. Letztere lag schon im Bett und erwartete die Zofe. Da gab es allabendlich vor den Eltern verheimlichte, endlose Kartenpartien auf der Bettdecke. Dabei wurde auf die Kusine gelästert, die von der Magd in unbarmherziger Weise entkleidet wurde. So rächten sie sich für die Unterwürfigkeit, die sie tagsüber heucheln mussten; Lisa empfand ein niedriges Vergnügen an dieser Entsittlichung Angelas, deren frühreife, krankhafte Neugierde sie befriedigte. Diese Nacht waren sie wütend auf Gasparine, die seit zwei Tagen den Zucker verschloss, mit dem sich die Magd die Taschen zu füllen pflegte, um sie dann auf der Bettdecke des Kindes zu leeren. Ein solches Kamel! Man hat kein Stückchen Zucker mehr vor dem Schlafengehen!

Ihr Papa gibt ihr doch Zucker genug, sagte Lisa mit frechem Lachen.

Oh ja, stimmte Angela gleichfalls lachend bei.

Was tut Ihr Papa ihr denn? Zeigen Sie einmal!

Da warf das Kind sich an den Hals der Magd, schloss sie in ihre nackten Arme und küsste sie heftig auf den Mund, indem sie sagte:

Schau, so! ...

Es schlug zwölf Uhr. Campardon und Gasparine ächzten in ihrem schmalen Bett, während Rosa in dem ihrigen behaglich den Dickens las und vor Vergnügen lachte, dass ihr die Tränen über die Wangen rannen. Es herrschte tiefe Stille; die Nacht senkte ihre keuschen Schatten auf die Ehrbarkeit der Familie herab.

Octave hatte, als er sich in sein Zimmer hinaufbegab, bei den Pichons Gesellschaft gefunden. Julius rief ihn herein, er wollte ihm durchaus etwas anbieten. Herr und Frau Vuillaume waren da; sie hatten sich anlässlich der Entbindung ihrer Tochter im September mit ihren Kindern ausgesöhnt. Sie hatten sogar eingewilligt, an einem Dienstag bei ihnen zu speisen, um die Wiedergenesung Mariens zu feiern. Um ihre Mutter zu besänftigen, hatte Frau Pichon sich entschlossen, das zweite Kind – wieder ein Mädchen, dessen Anblick sie erzürnte – in die Ammenschaft aufs Land zu geben. Lilitte, betrunken von einem Glase Wein, das ihre Eltern sie auf die Gesundheit des Schwesterchens hatten leeren lassen, war am Tische eingeschlafen.

Nun, zwei darf man sich noch gefallen lassen, sagte Frau Vuillaume, indem sie mit Octave anstieß. Aber mein Herr Schwiegersohn: nun ist's genug!

Alle lachten, nur Frau Vuillaume blieb ernst. Sie fuhr fort:

Es gibt da nichts zu lachen. Dieses eine lassen wir uns noch gefallen, wenn aber noch eines käme...

Wenn noch eines käme, schloss Herr Vuillaume, so wäre das ein Beweis, dass ihr weder Herz noch Verstand habt! Das Leben ist ernst, und wenn man keine Reichtümer besitzt, um sich allerlei Vergnügungen zu gönnen, muss man sich zurückhalten...

Dann wandte er sich an Octave:

Sehen Sie, mein Herr, ich habe eine Auszeichnung erhalten. Um nicht allzu viele Bänder zu beschmutzen, trage ich den Orden nur, wenn ich ausgehe. Wenn ich mich und meine Frau des Vergnügens beraube, im Hause die Auszeichnung zu tragen, können unsere Kinder sich wohl des Vergnügens berauben, Töchter zu machen.

Doch die Pichons wiesen einen solchen Gedanken von sich. Marie erklärte, dass sie gar zu viel dabei gelitten habe, und Julius sagte, er wollte sich lieber entzweischneiden lassen.

Die Vuillaume nickten zufrieden. Sie hatten ihren Kindern das Versprechen abgenommen und verziehen ihnen.

Als die Uhr die zehnte Abendstunde schlug, erhoben sie sich, und man küsste einander zum Abschied. Julius setzte seinen Hut auf, um sie zum Omnibus zu begleiten. Die Wiederaufnahme der lieben alten Gewohnheiten rührte sie dermaßen, dass sie auf dem Treppenabsatz einander zum zweiten Male umarmten.

Auf das Treppengeländer gestützt, blickte Marie ihnen nach, dann begab sie sich mit Octave in das Speisezimmer zurück und sagte:

Mama ist nicht so böse; und dann hat sie auch recht; es ist ganz und gar nicht angenehm, Kinder zu haben.

Sie hatte die Türe geschlossen und war damit beschäftigt, die Gläser vom Tisch wegzuräumen. Das schmale, durch eine Lampe schwach beleuchtete Zimmer war noch ganz warm von dem kleinen Familienfeste. Lilitte schlief noch immer, das Köpfchen auf eine Ecke des Tisches gebeugt.

Ich werde bald zu Bett gehen, murmelte Octave.

Dabei setzte er sich, denn er fand es recht behaglich in diesem Zimmer.

Wie, Sie wollen schon schlafen gehen? bemerkte die junge Frau. Es kommt bei Ihnen nicht allzu häufig vor, so früh zu Bette zu gehen. Sie haben wohl morgen zeitig etwas zu tun?

Nein, erwiderte er. Ich bin schläfrig – das ist alles. Aber ich kann schon noch zehn Minuten bleiben.

Er dachte an Berta. Sie sollte erst um halb ein Uhr kommen, er hatte also Zeit. Und der Gedanke, die Hoffnung, sie eine ganze Nacht zu besitzen, machte sein Herz nicht mehr so heftig pochen. Das qualvolle Verlangen, das ihn die Minuten zählen ließ, ihm fortwährend das Bild des nahen Glücks vor die Seele zauberte, ermattete unter der langen Erwartung.

Wollen Sie noch ein Gläschen Kognak? fragte Marie.

Mein Gott, ja.

Er dachte, es werde ihm frischen Mut einflößen. Als sie ihm das Glas abnahm, ergriff er ihre Hände und behielt sie in den seinen. Sie lächelte arglos. Er fand sie reizend in ihrer Blässe einer noch nicht ganz wiederhergestellten Frau. Die ganze Zärtlichkeit, die ihn erfüllte, kam jetzt in ihm zum Durchbruch: sie stieg ihm bis in die Kehle, bis an die Lippen.

Er hatte sie eines Abends ihrem Gatten zurückgegeben, nachdem er vorher einen väterlichen Kuss auf ihre Stirn gedrückt; und nun fühlte er das Bedürfnis, sie wieder zu besitzen, ein unmittelbares und heißes Verlangen, indem das Verlangen nach Berta, gleichsam allzu ferne, verschwamm, unterging.

Sie haben heute keine Furcht? fragte er sie, indem er ihre Hände noch stärker drückte.

Nein, da *das* künftig unmöglich ist ... Wir werden stets gute Freunde bleiben!

Sie gab ihm zu verstehen, dass sie alles wisse. Saturnin musste geschwatzt haben. Überdies habe sie es wohl bemerkt, wenn Octave die nächtlichen Besuche einer gewissen Person empfing. Da er voll Unruhe erbleichte, beruhigte sie ihn rasch: sie werde keinem Menschen ein Wort davon sagen; sie sei auch nicht böse darüber, sie wünsche ihm vielmehr Glück zu seiner neuen Verbindung.

Als verheiratete Frau kann ich Ihnen doch nicht gram darüber sein.

Er zog sie auf seine Knie nieder und rief:

Du bist es, die ich liebe!

Er sprach die Wahrheit; in diesem Augenblicke liebte er nur sie mit einer grenzenlosen Leidenschaft. Seine neue Verbindung, die zwei Monate, die er in dem Verlangen nach einer andern zugebracht, waren völlig verschwunden. Wieder sah er sich in diesem schmalen Zimmer, wie er kam, um Marie hinter dem Rücken ihres Mannes auf den Nacken zu küssen, wie sie in ihrer passiven Sanftmut stets gefällig findend. Das war das eigentliche Glück. Wie konnte er seinen Wert verkennen? Er empfand tiefe Reue im Herzen. Er verlangte wieder nach ihr und fühlte, dass er sehr unglücklich sei, wenn er sie künftig nicht besitzen werde.

Lassen Sie mich, flüsterte sie, indem sie sich losmachen wollte. Sie sind nicht vernünftig. Sie werden mir Kummer verursachen... Da Sie eine andere lieben, warum wollen Sie mich quälen?

So wehrte sie sich mit ihrer sanften Miene gegen Dinge, die ihr kein Vergnügen machten. Doch er ward toll.

Du bist es, die ich liebe, begreifst du nicht? Bei allem, was mir heilig ist – ich lüge nicht! öffne mein Herz, um hineinzuschauen!... Ach, ich bitte dich, sei gut! Noch diesmal und dann nie wieder! Heute würdest du mich zu sehr betrüben; ich würde daran zugrunde gehen.

Marie überließ sich ihm kraftlos, gebrochen durch den ungestümen Willen dieses Mannes. Es war bei ihr Gutmütigkeit, Furcht und Dummheit zugleich.

Sie machte eine Bewegung, als wolle sie vorher die schlafende Lilitte in ihr Zimmer tragen. Aber er hielt sie zurück, weil er fürchtete, das Kind könne erwachen. Und sie überließ sich ihm an derselben Stelle, wo sie ihm im vorigen Jahre als gehorsames Weib in die Arme gesunken war. Zu dieser Nachtstunde herrschte eine so tiefe Stille im Hause, dass gleichsam ein leises Summen in dem Zimmer zu vernehmen war. Plötzlich sank die Flamme der Lampe, und sie wären im Finstern geblieben, wenn nicht Marie, sich erhebend, sie noch rechtzeitig emporgeschraubt hätte.

Du zürnst mir? fragte Octave in zarter Dankbarkeit.

Sie gab ihm mit ihren kalten Lippen einen letzten Kuss und sagte:

Nein; aber du handelst nicht recht, besonders was diese Person betrifft; mit mir hatte es nichts mehr zu bedeuten.

Die Tränen traten ihr in die Augen; sie war traurig, aber ohne Groll. Als er sie verließ, war er unzufrieden; er wollte zu Bett gehen und schlafen. Nachdem seine Leidenschaft befriedigt war, fühlte er etwas wie einen herben Nachgeschmack. Indes musste jetzt die andere bald kommen, er musste sie erwarten; dieser Gedanke an die andere lastete mit fürchterlicher Wucht auf seinen Schultern; er wünschte eine Katastrophe herbei, die sie hindern würde, heraufzukommen, während er früher ganze Nächte verbracht hatte, fieberhaft Pläne zu schmieden, wie er sie eine Stunde lang in seinem Zimmer haben könne. Vielleicht werde sie wieder einmal ihr Wort nicht halten? Das war eine Hoffnung, der er sich kaum hinzugeben wagte.

Es schlug die Mitternachtsstunde. Octave lauschte ermüdet, stehend, und fürchtete jeden Augenblick das Rauschen ihrer Röcke auf dem engen Korridor zu hören. Um halb ein Uhr ergriff ihn eine wahre Angst, um ein Uhr glaubte er sich gerettet, und dennoch lag in dieser Erleichterung eine dumpfe Gereiztheit, die Verdrossenheit eines Mannes, den eine Frau zum besten hält. Als er sich endlich laut gähnend zu entkleiden anschickte, ward dreimal leise an die Türe gepocht. Es war Berta. Er war verdrossen und geschmeichelt zugleich; er ging ihr mit offenen Armen entgegen, doch sie schob ihn beiseite und horchte zitternd an der Tür, die sie heftig geschlossen hatte.

Was gibt es? fragte er mit gedämpfter Stimme.

Ich weiß nicht, ich hatte große Furcht, stammelte sie. Es ist so finster auf dieser Treppe; ich glaubte, dass mich jemand verfolge. Mein Gott, wie dumm sind diese Abenteuer! Es wird uns sicherlich noch ein Unglück widerfahren!

Beide waren vor Schreck erstarrt und vergaßen sich zu küssen. Gleichwohl war sie reizend in ihrem weißen Nachtkleide, mit ihrem Goldhaar, das über den Nacken in einem Knoten aufgesteckt war. Er betrachtete sie und fand sie weit hübscher als Marie; aber er hatte kein Verlangen mehr nach ihr; es war ihm jetzt schon ein Frondienst.

Berta setzte sich, um zu Atem zu kommen und als sie auf dem Tische eine Schachtel bemerkte, in der sie den Schal vermutete, von dem sie seit acht Tagen sprach, tat sie plötzlich sehr erzürnt.

Ich gehe, sagte sie, ohne sich aber zu erheben.

Wie, du gehst?

Glaubst du etwa, dass ich mich verkaufe? Du verletzest mich immerfort und verleidest mir heute wieder mein Glück. Warum hast du den Schal gekauft, da ich es dir verboten habe?

Sie erhob sich und ließ sich erst nach vielem Bitten herbei, ihn anzuschauen. Doch als sie in die offene Schachtel blickte, war sie sehr enttäuscht. Sie konnte sich nicht enthalten, entrüstet auszurufen:

Wie, das ist kein Chantilly... Das ist ja ein Lamaschal!

Octave, der in letzter Zeit seine Geschenke verminderte, hatte in einer Regung von Geiz einen Lamaschal statt eines solchen von Chantilly gekauft. Er bemühte sich, ihr zu erklären, dass es prächtigen Lama gebe, der an Schönheit dem Chantilly nicht nachstehe, und pries den Artikel, als ob er hinter dem Ladenpulte stehe, nötigte sie, die Spitze zu betasten, und schwur ihr, dass das Stück ihr Leben lang dauern werde. Doch sie schüttelte den Kopf und sagte in geringschätzigem Tone:

Der kostet schließlich doch nur 100 Franken, während der andere 300 gekostet haben würde.

Als sie ihn erbleichen sah, fügte sie hinzu:

Du bist dennoch gut; nicht das Geld macht den Wert des Geschenkes aus, wenn mir sonst die gute Absicht vorhanden ist.

Sie hatte sich wieder gesetzt; es herrschte Schweigen im Zimmer. Nach kurzer Zeit fragte er, ob sie nicht zu Bette gehen würden. Gewiss, erwiderte sie; sie würden zu Bett gehen. Doch sie sei von der tollen Furcht, die sie auf der Treppe gehabt, noch so aufgeregt.

Dann kam sie wieder auf ihre Besorgnisse wegen Rachels zu sprechen; sie erzählte, wie sie August im Gespräche mit der Magd hinter einer Tür überrascht habe. Es wäre doch so leicht gewesen, dieses Mädchen zu bestechen, wenn man ihr von Zeit zu Zeit ein Hundertsousstück gegeben hätte: allein sie habe niemals 100 Sous, denn sie habe nichts. Ihre Stimme wurde herb; der Gedanke an den Lamaschal, von dem sie jetzt nicht mehr sprach, erfüllte sie mit einer solchen Wut, dass sie schließlich ihren Geliebten mit den nämlichen Klagen überhäufte, mit denen sie auch ihren Gatten verfolgte.

Ist das ein Leben? Niemals einen Heller zu besitzen? Wegen des geringsten Bedürfnisses beschämt dazustehen? Ach, ich habe es satt!...

Octave, der, im Zimmer auf und ab gehend, seine Weste aufknöpfte, fragte sie:

Weshalb sagst du mir all das?

Wie, weshalb? Es gibt Dinge, die der Zartsinn Ihnen sagen müsste, ohne dass ich genötigt wäre, errötend davon zu sprechen. Hätten Sie sich nicht längst der Ergebenheit dieses Mädchens versichern müssen?

Sie schwieg eine Weile, dann fügte sie mit verächtlich spöttischer Miene hinzu:

Es hätte Sie nicht ruiniert.

Wieder trat Stillschweigen ein. Der junge Mann, immer auf und ab gehend, sagte endlich:

Ich bin nicht reich; ich bedaure es Ihrethalben.

Da nahm die Sache eine ernste Wendung; der Streit nahm eine Heftigkeit an wie unter Eheleuten.

Sagen Sie lieber gleich, dass ich Sie um Ihres Geldes willen liebe! schrie sie mit der Derbheit ihrer Mutter, deren Ausdrücke ihr auf die Lippen kamen. Ich bin ein Geldweib, wie? Wohlan, ja: ich bin ein Geldweib, weil ich vernünftig bin! Vergebens werden Sie das Gegenteil behaupten: Geld bleibt doch immer Geld! Wenn ich 20 Sous hatte, sagte ich immer, dass ich 40 habe; denn es ist besser, Neid zu erregen als Mitleid.

Er unterbrach sie, um mit ermüdeter Miene wie einer, der den Frieden will, zu sagen:

Höre mich an. Wenn der Lamaschal dich ärgert, will ich dir einen Chantillyschal kaufen.

Ich denke gar nicht mehr an Ihren Schal! rief sie wütend. Alles andere kränkt mich; verstehen Sie? Sie sind ganz genau so, wie mein Mann. Es wäre Ihnen ganz gleichgültig, mich barfuß durch die Gassen gehen zu sehen. Wenn man eine Frau hat, ist doch das mindeste, dass man sie kleidet und ernährt. Das wird ein Mann nie begreifen. Ihr würdet mich im Hemde ausgehen lassen, wenn ich es täte.

Wütend über diesen ehelichen Zwist, entschloss sich Octave, gar nicht zu antworten, da er bemerkt hatte, dass August zuweilen in dieser Weise sich ihrer entledigte. Er hatte sich langsam entkleidet und ließ den Strom über sich ergehen, wobei er an den Misserfolg seiner Liebschaften dachte. Nach dieser da hatte er heißes Verlangen bis zu dem Grade, dass er bereit gewesen wäre, alle seine Berechnungen umzustoßen; und nun, da sie sich in seinem Zimmer befand, machte sie ihm eine Szene, eine schlaflose Nacht, als ob sie schon sechs Monate miteinander verheiratet seien.

Gehen wir zu Bett, willst du? fragte er endlich. Wir haben uns so viel Glück versprochen, und es ist wahrhaft dumm, die Zeit damit zuzubringen, dass wir einander unangenehme Dinge sagen.

Zur Versöhnung gestimmt, ohne großes Verlangen aber doch höflich, wollte er sie küssen. Allein sie stieß ihn zurück und brach in Tränen aus. Er verzichtete darauf, mit ihr zu einem Ziel zu gelangen und warf wütend die Schuhe ab, entschlossen, ohne sie zu Bett zu gehen.

Sie werden mir am Ende vielleicht auch meine Ausgänge vorwerfen? stammelte sie unter Tränen. Werfen Sie mir vor, dass ich Ihnen zu viel Kosten mache! O, ich sehe klar. All dies ist wegen dieses abscheulichen Geschenkes! Sie würden mich in einem Koffer eingeschlossen halten, wenn Sie könnten. Ich habe Freundinnen und will sie besuchen; das ist doch kein Verbrechen... Und was Mama betrifft...

Ich lege mich schlafen, sagte er, sich ins Bett werfend. Entkleide dich und lass deine Mama aus dem Spiel, die dir einen netten Charakter anerzogen hat, was ich mit deiner Erlaubnis hiermit feststelle.

Sie entkleidete sich mechanisch; dabei ereiferte sie sich immer mehr und sagte mit erhobener Stimme:

Mama tut ihre Pflicht. Sie haben nicht von ihr zu reden. Ich verbiete Ihnen, ihren Namen auszusprechen. Das fehlt noch, dass Sie meine Familie angreifen!

Da sie die Schnur ihres Unterrockes nicht lösen konnte, zerriss sie die Schlinge. Dann setzte sie sich an den Rand des Bettes und fuhr fort:

O, wie beklage ich meine Schwäche, mein Herr. Wenn man alles voraussehen könnte, würde man sich manches überlegen!

Sie befand sich jetzt im Hemd, die nackten Beine und Arme zeigten die Fülle einer wohlgenährten, kleinen Frau. Ihr vom Zorn geschwellter Busen quoll aus den Spitzen hervor. Octave, der zuerst tat, als wollte er zur Mauer gewendet bleiben, warf sich mit einem Ruck herum.

Was, Sie bedauern, mich geliebt zu haben?

Gewiss; Sie sind ein Mensch, der ein Frauenherz nicht begreift!

Sie sahen einander an mit harten, lieblosen Mienen. Sie hatte ein Knie auf den Rand der Matratze gesetzt; ihr Busen war gespannt, die Schenkel eingebogen: es war die anmutige Bewegung einer Frau, die im Begriff ist, zu Bett zu gehen. Doch er hatte kein Auge mehr für ihr rosiges Fleisch, für die biegsamen, zurückweichenden Linien ihres Rückens.

Ach, mein Gott, wenn ich von vorne anfangen könnte! fügte sie hinzu.

So würden Sie einen andern nehmen, nicht wahr? sagte er rücksichtslos sehr laut.

Sie hatte sich unter der Decke neben ihm ausgestreckt und war im Begriffe, ihm im nämlichen erbitterten Tone zu antworten, als heftig an die Türe gepocht wurde. Beide lagen vor Entsetzen erstarrt da. Draußen sprach eine dumpfe Stimme:

Öffnet, ich höre euch eure Schweinereien machen! ... Öffnet, oder ich stoße alles ein!

Es war die Stimme des Gatten. Die beiden Liebenden rührten sich noch immer nicht; sie waren so verwirrt, dass ihnen kein Gedanke kommen wollte; völlig kalt, wie tot, lagen sie Leib an Leib. In dem instinktiven Bedürfnis, den Liebhaber zu fliehen, sprang Berta endlich aus dem Bette, während der Gatte draußen schrie:

Öffnet, öffnet!

Eine unbeschreibliche Verwirrung und Angst herrschte in dem Zimmer. Berta lief kopflos in dem Zimmer umher, einen Ausgang suchend, von bleicher Todesfurcht erfüllt. Octave, dem bei jeden Faustschlag gegen die Tür das Herz erbebte, stemmte sich in unwillkürlicher Regung gegen die Tür, als wollte er sie dadurch befestigen. Das wird unerträglich, sagte Octave; dieser Schwachkopf wird das ganze Haus alarmieren; es wäre das Beste, zu öffnen.

Als sie diese Absicht Octaves sah, hängte sie sich an seine Arme und flehte ihn mit ihren schreckensstarren Augen an: Nein, um Gottes willen, nein! Der andere würde mit einem Pistol oder einem Messer über Sie herfallen.

Bleich und von ihrem Schrecken fortgerissen, hatte er in aller Eile ein Beinkleid angezogen; dabei bat er sie halblaut, sich anzukleiden. Doch sie tat nichts dergleichen, sie blieb nackt und vermochte nicht einmal ihre Strümpfe zu finden. Der Gatte draußen ward inzwischen immer wütender.

Ihr wollt nicht, ihr antwortet nicht? Gut ihr sollt sehen!

Octave hatte schon seit dem letzten Mietsquartal den Hausbesitzer wiederholt gebeten, zwei Riegel an seiner Türe anbringen zu lassen, denn das Schloss saß sehr lose in dem Holze. Jetzt krachte plötzlich die Türe, das Schloss sprang ab und August, in seinem Anlauf das Gleichgewicht verlierend, fiel mitten in das Zimmer hinein.

Herrgott noch einmal! fluchte er.

Er hielt nur einen Schlüssel in der Hand, seine Faust blutete, er hatte sie sich bei dem Falle verletzt. Als er bleich, wütend und beschämt über diesen lächerlichen Einzug sich erhob, fuchtelte er mit den Armen herum und wollte sich auf Octave stürzen. Doch dieser packte, obgleich verlegen über den Zustand, in dem er sich befand, mit starker Faust die Hand des andern und rief:

Mein Herr, Sie verletzen mein Hausrecht! Das ist unwürdig! So benimmt sich kein Mann von Ehre!...

Er war nahe daran, ihn zu prügeln. Während ihres kurzen Kampfes hatte sich Berta im Hemde durch die weit offen stehende Tür geflüchtet; sie glaubte in der blutenden Faust ihres Gatten ein Küchenmesser funkeln zu sehen und fühlte schon die kalte Klinge in ihrer Schulter. Wie sie durch den finstern Flur lief, glaubte sie, das Geräusch von Ohrfeigen zu hören, ohne zu wissen, wer sie gegeben, und wer sie empfangen habe. Sie hörte einen Austausch von Reden, ohne zu wissen, von wem sie kamen:

Ich stehe zu Diensten. Sobald es Ihnen beliebt! ...

Gut, Sie sollen von mir hören! ...

Mit einem Sprung hatte sie die Dienstbotentreppe erreicht. Allein als sie im zweiten Stockwerke vor ihrer Küche angelangt war, fand sie diese verschlossen; den Schlüssel hatte sie oben in der Tasche ihres Schlafrockes vergessen. Überdies war keine Lampe, nicht der geringste Lichtstreif unter der Tür zu sehen. Ohne Zweifel hatte die Magd sie verraten. Unverweilt lief sie zurück und kam wieder an dem Zimmer Octaves vorbei, wo noch immer der heftige Streit der beiden Männer zu hören war.

Sie stieg rasch die Haupttreppe hinab in der Hoffnung, dass August vielleicht die Tür der Wohnung offen gelassen habe. Sie dachte, sich in ihrem Zimmer einzuschließen und niemanden einzulassen. Doch auch hier stieß sie auf eine verschlossene Tür. Verjagt aus ihrer Behausung, unbekleidet wie sie war, verlor sie vollends den Kopf; sie rannte treppauf, treppab, wie ein gehetztes Wild, das nicht weiß, wo es sich bergen soll. Niemals werde sie es wagen, an der Türe ihrer Eltern zu pochen. Einen Augenblick hatte sie den Gedanken, sich zu den Hausmeistersleuten zu flüchten, doch die Scham trieb sie zurück. Sie horchte über das Treppengeländer hinab; die Schläge ihres Herzens raubten ihr das Gehör in dieser tiefen Stille; ihre Augen waren geblendet von leuchtenden Flammen, die aus der tiefen Finsternis heraufzuschlagen schienen. Sie fürchtete immer das Messer in der Faust ihres Gatten, dessen Spitze ihr in den Leib dringen könne. Da entstand plötzlich ein Geräusch; sie bildete sich ein, dass *er* komme und fühlte ein tödliches Frösteln bis in das innerste Mark der Gebeine. Weil sie sieh eben vor der Türe der Campardons befand, begann sie zu läuten, verzweifelt zu läuten, dass schier die Glocke riss.

Mein Gott, ist Feuer ausgebrochen? rief innen eine erschrockene Stimme.

Die Türe ward sogleich geöffnet. Es war Lisa, die, auf den Fußzehen schleichend, einen Leuchter in der Hand, jetzt erst Angela verließ. Als so wütend an der Glocke gerissen wurde, befand sie sich eben im Vorzimmer. Beim Anblicke Bertas, die im Hemde vor ihr stand, war sie erstarrt.

Was geht vor? fragte sie.

Die junge Frau war hastig eingetreten und hatte die Türe hinter sich zugezogen. Dann stammelte sie fast atemlos, an die Wand gelehnt:

Still! ... Er will mich töten.

Lisa konnte keine vernünftige Aufklärung von ihr erhalten; da erschien Campardon beunruhigt. Der unbegreifliche Lärm hatte ihn und Gasparine aus ihrem engen Bette getrieben. Er hatte in der Eile nur eine Unterhose angezogen; sein dickes Gesicht war gerötet und in Schweiß gebadet; der gelbe Bart zerdrückt und voll weißer Flaumen. Er war ganz atemlos und suchte sich das Aussehen eines Ehegatten zu geben, der allein schläft.

Sind Sie es, Lisa? rief er im Salon. Was machen Sie denn noch da?

Ich war nicht sicher, ob ich die Türe geschlossen hätte, und mich zu beruhigen, kam ich herab und habe noch einmal nachgesehen. Und da kam Frau ...

Als der Architekt Berta im Hemde an die Wand seines Vorzimmers gelehnt sah, war er höchlich befremdet. Berta vergaß, dass sie nackt sei, und wiederholte:

Ach, mein Herr! Verbergen Sie mich hier! Er will mich töten! ...

Wer denn? fragte er.

Mein Mann.

Hinter dem Architekten tauchte jetzt die Kusine auf. Sie hatte sich die Zeit genommen, ein Kleid umzuwerfen; mit ungeordnetem Haar, auch sie voll Flaumen, mit platter, hängender Brust, die Knochen schier das Kleid durchstoßend, so war sie erschienen. Der Anblick der nackten Berta mit ihren zarten, vollen Formen erbitterte sie, und sie fragte die junge Frau:

Was haben Sie denn Ihrem Manne getan?

Bei dieser einfachen Frage geriet Berta in die tiefste Scham und Verwirrung. Sie sah sich nackt, und ein Blutstrom rötete sie vom Kopf bis zu den Füßen. In diesem langen Beben der Scham kreuzte sie die Arme über die Brust und stammelte:

Er hat mich gefunden ... Er hat mich überrascht ...

Die beiden anderen begriffen und tauschten einen Blick der Entrüstung aus. Lisa, die mit ihrer Kerze diese Szene beleuchtete, glaubte die Entrüstung ihrer Herrenleute teilen zu sollen. Die Erklärung musste übrigens unterbrochen werden, denn auch Angela war herbeigeeilt. Sie tat, als sei sie soeben erwacht und rieb sieh die schlaftrunkenen Augen. Bei dem Anblick der Dame im Hemde blieb sie plötzlich stehen, und ihr zarter, schmächtiger Körper eines frühreifen Mädchens erbebte.

Oh! rief sie bloß.

Es ist nichts, geh' schlafen, sagte ihr Vater.

Als er sah, dass er ihr irgendeine Geschichte vormachen müsse, erzählte er die erstbeste, die ihm einfiel. Aber sie war gar zu albern.

Gnädige Frau hat sich auf der Treppe den Fuß verstaucht und ist zu uns hereingekommen, damit wir ihr beistehen ... Geh' schlafen; du wirst dich erkälten.

Lisa musste ein Lachen unterdrücken, als sie die weit offenen Augen Angelas sah, die in ihr Bett sehr vergnügt zurückkehrte, weil sie das gesehen hatte. Seit einer Minute hörte man Frau Campardon aus ihrem Zimmer rufen. Sie hatte ihre Lampe noch nicht ausgelöscht, so sehr interessierte sie der Dickens, und sie wollte wissen, was es gebe, wer da sei, weshalb man sie nicht benachrichtige?

Kommen Sie, gnädige Frau, sagte der Architekt zu Berta. Sie bleiben einen Augenblick hier, Lisa.

Rosa lag noch breit und bequem in ihrem großen Bett. Da thronte sie mit ihrem königlichen Luxus, mit ihrer Ruhe eines Götzenbildes. Sie war sehr gerührt durch ihre Lektüre; sie hatte sich den Dickens auf die Brust gelegt, und das Buch ward durch die Wallungen ihres Busens sanft gehoben. Als die Kusine sie in aller Kürze unterrichtete, war auch sie empört. Wie konnte man mit einem andern Mann gehen als mit dem eigenen Gatten? Und ein Ekel erfasste sie vor der Sache, der sie entwöhnt war.

Doch jetzt verloren sich die Blicke des Architekten auf die Gestalt der jungen Frau, was wieder Gasparine erröten machte.

Das ist unmöglich! rief sie entrüstet aus; verhüllen Sie sich; das ist wahrhaftig eine unmögliche Lage.

Damit warf sie ihr ein großes, gewirktes Tuch von Rosa, das auf einem Möbelstück lag, über die Schultern.

Berta zitterte noch immer. Obgleich sie in Sicherheit war, wandte sie sich dennoch angsterfüllt zur Türe. Ihre Augen hatten sich mit Tränen gefüllt; sie flehte die Dame an, die so ruhig, so behaglich dalag.

Ach, gnädige Frau, behalten Sie mich hier! Retten Sie mich! ... Er will mich töten! ...

Es entstand ein verlegenes Stillschweigen. Alle drei befragten einander mit den Blicken, ohne ihre Missbilligung eines so strafbaren Betragens zu verbergen. Es sei auch ganz und gar nicht zu rechtfertigen, dachten sie sich, dass man die Leute nach Mitternacht so im bloßen Hemde aufstöbere. Es ist taktlos, andere Leute so in Verlegenheit zu bringen.

Wir haben ein junges Mädchen im Hause, sagte Gasparine endlich. Bedenken Sie unsere Verantwortlichkeit.

Sie werden bei Ihren Eltern besser aufgehoben sein, sagte der Architekt ... Wenn ich Sie dahin führen soll ...

Berta ward wieder vom Sehreck ergriffen.

Nein, nein! Er ist auf der Treppe und würde mich töten.

Sie flehte nochmals, man möge sie beherbergen; sie werde auf einem Sessel die Nacht zubringen und sich am Morgen ganz sachte entfernen. Der Architekt und seine Gattin waren nahe daran nachzugeben; er, weil ihn die Reize der jungen Frau weicher stimmten; sie, weil dieses nächtliche Ereignis sie interessierte. Doch Gasparine war unerbittlich. Sie war indes neugierig und fragte schließlich:

Wo waren Sie denn?

Da oben in dem Zimmer; im Hintergrunde des Ganges. Sie wissen ...

Campardon erhob die Arme und rief:

Wie, mit Octave? Unmöglich!

Mit Octave, diesem Rohrspatz, ein so hübsches, dickes Weibchen! Das verdross ihn sehr. Auch Rosa war jetzt verdrossen und ernster gestimmt. Gasparine ihrerseits war außer sich, verzehrt von ihrem instinktiven Hass gegen den jungen Mann. Wieder er! Sie wusste wohl, dass er sie alle besitze, aber sie werde die Dummheit nicht so weit treiben, sie ihm noch warm zu halten.

Versetzen Sie sich doch in unsere Lage, sagte sie mit Härte. Ich wiederhole Ihnen, dass wir ein junges Mädchen im Hause haben.

Dann, fügte Campardon hinzu, müssen wir auf das Haus, auf Ihren Gemahl Rücksicht nehmen, mit dem ich stets die besten Beziehungen unterhalten habe ... Er wäre mit Recht erstaunt über einen solchen Schritt von meiner Seite. Wir können doch nicht etwas tun, Gnädigste, was gleichbedeutend wäre mit der Gutheißung Ihres Betragens! Ich erlaube mir kein Urteil über dieses Betragen, aber, gelinde gesprochen, ist es ziemlich leichtfertig.

Gewiss: wir wollen nicht den ersten Stein auf Sie werfen, fügte Rosa hinzu; aber die Welt ist so schlecht. Man würde sagen, dass Sie bei uns Ihre Zusammenkünfte gehabt haben. Und Sie wissen, mein Mann arbeitet für sehr sittenstrenge Leute. Bei dem geringsten Schatten, der auf seine Moralität fiele, würde er alle seine Kunden verlieren ... Wie kommt es, gnädige Frau, – erlauben Sie mir die Bemerkung – dass Ihr religiöses Gefühl Sie von einem solchen Betragen nicht zurückgehalten hat? Dieser Tage erst hat uns der Abbé Mauduit mit einer wahrhaft väterlichen Zuneigung von Ihnen gesprochen.

Von diesen dreien ins Kreuzfeuer genommen, drehte Berta den Kopf bald dahin, bald dorthin, immer bestürzt auf den blickend, der sprach. Zu ihrem Schrecken begriff sie allmählich und war betroffen darüber, sich hier zu befinden. Weshalb hatte sie angeläutet? Was suchte sie unter diesen Leuten, die sie nur störte? Sie betrachtete alle drei: die Frau breit in ihrem Bett, der Mann mit einer Unterhose, die Kusine mit einem dünnen Röckchen bekleidet, beide weiß von den Federn des nämlichen Kissens. Sie hatten recht: man überraschte die Leute nicht in dieser Weise. Da der Architekt sie allgemach in das Vorzimmer drängte, ging sie fort, ohne die Vorwürfe Rosas auch nur zu beachten.

Soll ich Sie zu Ihren Eltern begleiten? fragte Campardon nochmals. Ihr Platz ist bei ihnen.

Sie lehnte mit einer Gebärde des Entsetzens ab.

Dann erlauben Sie, dass ich einen Blick auf die Treppe werfe, denn ich wäre in Verzweiflung, wenn Ihnen das geringste widerfahren würde.

Lisa mit ihrem Leuchter stand noch mitten im Vorzimmer. Er nahm die Kerze, trat auf den Treppenabsatz hinaus, kam aber gleich wieder zurück.

Ich schwöre Ihnen, gnädige Frau, dass niemand da ist ... Eilen Sie!

Berta, die kein Wort mehr sagte, riss sich jetzt das Tuch von den Schultern, das man ihr geliehen hatte und warf es zu Boden mit den Worten:

Nehmen Sie, das gehört Ihnen! Da er mich töten wird – was nützt es mir?

Damit ging sie fort, hinaus auf die finstere Treppe im Hemde, wie sie gekommen war. Campardon verschloss die Türe hinter ihr, wobei er wütend brummte:

Geh', lass dich anderwärts hängen!

Als Lisa hinter ihm in ein Gelächter ausbrach, fügte er hinzu:

Es ist wahr; wenn man solchen Leuten Einlass gewähren würde, könnte man sich jede Nacht auf ähnliche Abenteuer gefasst machen. Jeder bleibe für sich. Ich gebe ihr gerne 100 Franken; aber meinen Ruf will ich makellos erhalten.

Rosa und Gasparine tauschten mittlerweile ihre Bemerkungen aus. Hat man jemals eine so schamlose Person gesehen? Nackt auf den Treppen umherzuspazieren! Es gibt wahrhaftig Weiber, die gar nichts achten, wenn es über sie kommt!

Doch es war zwei Uhr nach Mitternacht, man musste schlafen gehen. Man umarmte einander von neuem. Gute Nacht, mein Liebster! Gute Nacht, Mädelchen! Wie gut ist es doch, sich zu lieben und zu vertragen, wenn man bei anderen Eheleuten solche Dinge sieht!

Rosa nahm wieder ihren Dickens zur Hand, der ihr auf den Bauch hinabgeglitten war. Sie gedachte, noch eine Weile zu lesen, um dann gut einzuschlafen. Campardon folgte Gasparine und ließ diese zuerst zu Bett gehen, um sich dann neben ihr auszustrecken. Beide brummten verdrießlich, denn die Betttücher waren kalt geworden, und es werde eine halbe Stunde dauern, bis sie wieder warm würden. Lisa, die, ehe sie hinaufging, noch einmal zu Angela zurückgekehrt war, sagte dieser:

Die Dame hat eine Verrenkung. Zeigen Sie einmal, wie ist sie zu ihrer Verrenkung gekommen?

Schau so! erwiderte das Kind, indem es sich Lisa an den Hals warf und sie auf den Mund küsste.

Inzwischen zitterte Berta draußen auf der Treppe. Es war kalt, denn die Treppenheizung beginnt erst mit dem ersten November. Doch legte sich ihre Furcht allmählich. Sie war zur Tür ihrer Wohnung gegangen und hatte ein wenig gehorcht: nichts, keinerlei Geräusch. Dann ging sie in den vierten Stock hinauf, wagte aber nicht, bis zu Octaves Zimmer zu gehen; sie horchte auch hier, aber es herrschte Grabesstille, nicht der leiseste Laut war zu vernehmen.

Schließlich hockte sie auf der Strohmatte vor der Türe ihrer Eltern nieder, in der unbestimmten Hoffnung, dass Adele kommen werde. Der Gedanke, ihrer Mutter alles zu gestehen, entsetzte sie, als ob sie noch ein kleines Mädchen sei. Die Feierlichkeit der Treppe erfüllte sie allmählich mit neuer Angst. Streng und dunkel lag die Treppe da. Obgleich sie von niemanden gesehen ward, schämte sie sich darüber, sich so nackt inmitten der Ehrbarkeit dieser vergoldeten Zinkverzierung und des falschen Marmors der Wände zu finden. Durch die hohen Mahagonitüren schien die eheliche Würde der Schlafzimmer auf sie einzudringen. Niemals hatte ein so tugendhafter Atem durch dieses Haus geweht. Sie fühlte sich gleichsam wie einen Skandal gegen diese Mauern, zog ihr Hemd enger zu, verbarg ihre nackten Füße in der Furcht, das Gespenst des sittenstrengen Herrn Gourd auftauchen zu sehen.

Plötzlich vernahm sie ein Geräusch. Entsetzt fuhr sie in die Höhe und war im Begriff, mit beiden Fäusten an die Türe ihrer Eltern zu pochen, als ein Ruf sie zurückhielt.

Eine Stimme, leicht wie ein Hauch, rief:

Gnädige Frau! ... Gnädige Frau! ...

Sie schaute hinab, sah aber nichts.

Gnädige Frau! ... Gnädige Frau! ... Ich bin's!

Es war Marie, gleichfalls im Hemde. Sie hatte die Szene gehört, war aus ihrem Bett geschlüpft, ohne Julius zu wecken und hatte in ihrem kleinen, dunklen Speisezimmer gehorcht, was vorgehe.

Kommen Sie zu mir ... Sie sind im Unglück ... Ich bin Ihnen eine Freundin ...

Sie besänftigte sie allmählich und erzählte ihr, was sich weiter zugetragen. Die beiden Männer hätten einander nichts Arges zugefügt. Octave hatte unter Flüchen seinen Kasten vor die Türe geschoben, um sich einzuschließen; ihr Gatte hingegen sei wieder hinuntergegangen, mit einem Paket in der Hand, das die Sachen enthielt, die sie im Zimmer zurückgelassen: Schlafrock, Schuhe und Strümpfe. Das sei nun vorbei und nicht zu ändern. Man müsse am nächsten Morgen alles aufbieten, um ein Duell zwischen ihnen zu verhindern.

Berta stand unentschlossen auf der Schwelle; ein Rest von Furcht und Scham hielt sie ab, in diesem Zustande das Haus einer Dame zu betreten, mit der sie sonst keinen Umgang gepflogen hatte. Marie musste sie bei der Hand nehmen.

Sie werden auf diesem Sofa schlafen; ich werde Ihnen einen Schal leihen. Morgen früh werde ich zu Ihrer Mutter gehen ... Mein Gott, welches
Unglück! Man ist so unvorsichtig, wenn man sich liebt! ...

Ach, wir hatten gar wenig Vergnügen davon! sagte Berta mit einem
Seufzer, in welchem die ganze blöde und grausame Leere dieser Nacht
sich Luft machte. Er hat recht zu fluchen; wenn es ihm so geht wie mir,
muss er die Geschichte satt haben bis über den Kopf.

Sie waren im Begriff, von Octave zu sprechen; doch sie schwiegen und
sanken einander schluchzend in die Arme. Ihre nackten Glieder umschlangen sich in einer krampfhaften Umarmung. Ihre vom Schluchzen
geschwellten Brüste drückten sich unter den Hemden platt. Es war bei
ihnen die äußerste Ermattung, eine unermessliche Traurigkeit, das Ende
von allem. Sie sprachen kein Wort, aber ihre Tränen flössen endlos inmitten der tiefen Stille dieses dunklen, sittsamen Hauses.

Fünfzehntes Kapitel

Höchst würdevoll spießbürgerlich war das Erwachen des Hauses am folgenden Morgen. Es war keine Spur des nächtlichen Skandals weder auf der Treppe zurückgeblieben noch an den Wänden von falschem Marmor, die das Bild der im Hemde durch die Stockwerke jagenden Frau widergespiegelt hatten. Herr Gourd war gegen sieben Uhr hinaufgegangen, um ein wenig Umschau zu halten, wie das seine Gewohnheit war; wohl witterte er, dass etwas in der Luft liege, doch – was ihn nichts anging, das ging ihn nichts an; und als er, wieder hinabsteigend, im Hofe zwei Mägde sah, Lisa und Julie, die sicherlich von dem Geschehenen sprachen, das sie sehr zu erheitern schien, sah er sie mit einem so strengen Blicke an, dass sie sich sofort trennten.

Hernach ging er auf die Straße hinaus, um zu sehen, ob diese ruhig sei. Die Straße war ruhig, indes schienen die Mägde doch geplaudert zu haben, denn verschiedene Nachbarinnen blieben stehen, die Krämer der Umgebung traten auf die Schwelle ihrer Läden; man schaute mit spähenden Blicken zu den Stockwerken hinauf mit den bestürzten Mienen, mit denen man ein Haus betrachtet, wo ein Verbrechen sich ereignet hat. Im Übrigen gingen die Leute an der prächtigen Vorderseite des Hauses schweigend und höflich vorüber.

Um halb acht Uhr erschien Frau Juzeur im Schlafrock, um Luise zu überwachen, wie sie sagte. Ihre Augen leuchteten, ihre Hände waren fieberheiß. Sie hielt Marie auf, die ihre Milch holte und wollte sie zum Plaudern bringen; doch konnte sie von ihr nichts erfahren, nicht einmal so viel, wie die schuldige Tochter von ihrer Mutter aufgenommen worden sei. Dann ging sie zu den Hausmeistersleuten hinab und wartete daselbst eine Weile unter dem Vorwande, den Postboten abwarten zu wollen. Endlich fragte sie, weshalb Herr Octave noch nicht herabgekommen, und ob er vielleicht krank sei? Der Hausmeister erwiderte, dass er es nicht wisse, dass übrigens Herr Octave niemals vor acht Uhr zehn Minuten herabkomme. In diesem Augenblicke ging die andere Frau Campardon bleich und streng an der Loge vorüber. Alle grüßten sie. Endlich musste Frau Juzeur doch hinaufgehen, und da war sie so glücklich, Herrn Campardon auf der Stiege zu treffen, der eben seine Handschuhe anzog, um auszugehen. Zuerst blickten sie einander sehr betrübt an; als Campardon die Achseln zuckte, flüsterte sie mitleidsvoll:

Die armen Leute!

Nein, nein! Es geschieht ihnen ganz recht! sagte der Architekt grausam. Es muss ein Exempel statuiert werden ... Ein Bursche, den ich in ein ehrbares Haus einführe und bitte, dass er kein Weib heimbringe, und der, um mich zum Besten zu halten, mit der Schwägerin des Hauseigentümers schläft! ... Ich stehe ja wie ein Gimpel da in dieser Sache!

Das war alles. Frau Juzeur ging in ihre Wohnung. Campardon stieg die Treppe hinab so wütend, dass er einen seiner Handschuhe zerriss.

Um acht Uhr ging mit verstörter Miene, von einer abscheulichen Migräne geplagt, August über den Hof, um sich in den Laden zu begeben. Von Scham erfüllt, aus Furcht, jemandem zu begegnen, war er über die Dienstbotentreppe hinabgegangen. Seine Geschäfte durfte er schließlich doch nicht im Stiche lassen. Zwischen den Pulten vor der Kasse, wo sonst Berta saß, harrte seiner eine neue Aufregung. Der Ladenbursche öffnete eben die Fensterflügel und empfing verschiedene Aufträge für den Tag von seinem Herrn, als das plötzliche Erscheinen Saturnins, der aus dem Kellermagazin kam, ihn in Schrecken versetzte. Flammen schossen aus den Augen des Verrückten; seine weißen Wolfszähne waren zusammengepresst. Mit geballten Fäusten ging er auf den Gatten los.

Wo ist sie? ... Wenn du sie berührst, schlachte ich dich ab wie ein Schwein.

August wich entsetzt zurück.

Jetzt kommt gar der! stammelte er.

Schweig! oder ich steche dich nieder! wiederholte Saturnin zum Sprung breit.

Da zog August es vor, ihm den Platz zu räumen. Er hatte die größte Angst vor dem Verrückten; mit diesen Leuten könne man nicht vernünftig reden. Doch als er unter die Torwölbung hinaustrat und dem Ladenburschen zurief, er möge den Verrückten im Kellermagazin einsperren, stand er Valerie und Theophil gegenüber. Letzterer war sehr verschnupft, in ein großes, rotes Tuch eingewickelt, und hustete und fröstelte. Beide schienen zu wissen, denn sie blieben mit mitleidsvollen Mienen vor August stehen. Seit dem Erbschaftsstreite hatten die beiden Ehepaare, tödlich entzweit, miteinander nicht mehr gesprochen.

Du hast noch einen Bruder, sagte Theophil, als er zu husten aufgehört; erinnere dich dessen, wenn du im Unglück bist.

Ja, fügte Valerie hinzu; ich sollte mich jetzt gerächt fühlen, denn sie hat mir saubere Dinge gesagt; aber wir beklagen Sie dennoch, denn *wir* haben ein Herz im Leibe.

August, sehr gerührt durch diese Freundlichkeit, führte sie in den Hintergrund des Ladens, wobei er unruhigen Auges den umherschleichenden Saturnin beobachtete. Hier kam dann eine vollständige Aussöhnung zustande. Bertas Name ward nicht genannt, doch gab Valerie zu verstehen, dass die ganze Zwietracht von dieser Frau herstamme; denn es habe nie den geringsten Wortwechsel in der Familie gegeben, bevor sie in dieselbe eintrat, um sie zu entehren. August hörte mit gesenkten Blicken diese Reden an und nickte zustimmend. In dem Mitleide Theophils aber lag eine gewisse Schadenfreude; er war erfreut, nicht mehr allein zu sein, und schaute seinen Bruder an, um zu sehen, was für ein Gesicht er mache.

Wozu hast du dich entschlossen? fragte er ihn.

Mich zu schlagen, erwiderte der Gatte in festem Tone.

Das verdarb dem Theophil die Freude. Angesichts des Mutes, den August an den Tag legte, wurden er und seine Frau wieder kälter. Er erzählte ihnen die abscheuliche Nachtszene; wie er, nachdem er aus Sparsamkeit den Fehler begangen, keine Pistole zu kaufen, sich damit begnügen musste, den andern zu ohrfeigen; wohl habe ihm der Herr die Ohrfeige zurückgegeben; das hindere aber nicht, dass auch er eine erhalten habe, und zwar eine ausgiebige. So ein Elender, der ihn sechs Monate lang zum besten gehalten, indem er ihm scheinbar gegen seine Frau recht gab und der dieses Spiel so weit getrieben, dass er ihm sogar Berichte über seine Frau brachte, wenn diese irgendwie aus der Ordnung heraustrat. Möge die Kreatur nur bei ihren Eltern bleiben, da sie sich dorthin geflüchtet habe; er werde sie niemals zurücknehmen.

Werdet ihr glauben, dass ich ihr im verflossenen Monat 300 Franken für ihre Toilette gegeben habe! rief er. Ich, der ich so gut und nachsichtig war, entschlossen, alles eher hinzunehmen, als mich krank zu machen. Aber das kann man sich nicht bieten lassen! Nein, nein; das nicht! ...

Theophil dachte an den Tod. Ein Fieberschauer schüttelte ihn und, schier erstickend, flüsterte er:

Es ist doch dumm; du wirst dich aufspießen lassen. Ich würde mich nicht schlagen.

Da Valerie ihn anblickte, fügte er verlegen hinzu:

Wenn das mir passierte.

Die Unglückliche! meinte Valerie, wenn man bedenkt, dass zwei Männer sich anschicken, sieh ihretwegen die Hälse zu brechen. Ich an ihrer Stelle könnte nicht mehr ruhig schlafen.

August blieb unerschütterlich. Er werde sich schlagen, erklärte er. Übrigens hatte er seine Pläne bereits gemacht. Da er unter allen Umständen Duverdy zum Zeugen haben wollte, schickte er sich an, zu ihm hinaufzugehen, um ihn zu unterrichten und sogleich zu Octave zu schicken. Theophil – sagte er sich – solle der zweite Zeuge sein, wenn er einverstanden sei. Dieser musste einwilligen; aber sein Schnupfen schien sich plötzlich zu verschlimmern; sein Gesichtsausdruck wurde weinerlich wie der eines kranken Kindes, das bedauert werden will. Ungeachtet dessen schlug er seinem Bruder vor, ihn zu Duverdy zu begleiten; seien jene Leute auch Diebe, so müsse man unter gewissen Umständen auch das vergessen; auch war der Wunsch nach einer allgemeinen Versöhnung in ihm sowohl wie in seiner Frau wach geworden; sie waren eben zur Einsicht gelangt, dass es in ihrem Interesse sei, nicht weiter zu schmollen. Valerie bot schließlich August an, sich an die Kasse zu setzen, um ihm Zeit zu lassen, eine passende Kassiererin zu finden.

Indes, fügte sie hinzu, muss ich Camille gegen zwei Uhr in den Tuileriengarten führen.

Ach, einmal ist keinmal! sagte ihr Mann. Es regnet ja ohnehin.

Nein, nein, das Kind muss an die frische Luft. Darum muss ich ausgehen.

Schließlich gingen die beiden Brüder zu Duverdy hinauf. Aber schon bei dem ersten Schritt packte Theophil ein schrecklicher Hustenanfall. Er hielt sich an dem Treppengeländer fest, und als er wieder sprechen konnte, die Kehle noch immer von Hustenreiz geplagt, sagte er mühselig:

Weißt du: ich bin sehr glücklich jetzt, bin ihrer ganz sicher. Sie hat sich nichts mehr vorzuwerfen und mir auch Beweise geliefert.

Ohne diese Reden zu verstehen, blickte ihn August an; er war so gelb, so totenfahl mit seinen dünnen Barthaaren, die in seinem weichen Fleische trockneten. Dieser Blick begann schließlich Theophil lästig zu werden, den die Tapferkeit seines Bruders ohnehin verlegen machte.

Ich spreche von meiner Frau – begann er wieder ... Ach, mein armer Alter, ich beklage dich von ganzem Herzen. Du erinnerst dich doch meiner Dummheit an deinem Hochzeitstage. Bei dir freilich, da ist's etwas anderes, du hast sie gesehen ...

Bah! sprach August, um den Tapferen zu spielen. Ich will ihm eine Pfote zerschlagen. Bei meiner Ehre, ich würde mich um alles übrige nicht scheren, wenn ich nur nicht Kopfschmerzen hätte.

In dem Augenblick, als sie bei Duverdy an der Glocke ziehen wollten, fiel es Theophil plötzlich ein, dass der Rat vielleicht nicht zu Hause sei; denn seit dem Tage, da er Clarisse wiedergefunden, vernachlässige er sich vollständig und es komme vor, dass er öfter auswärts schlafe.

Hyppolite, der ihnen die Türe öffnete, vermied in der Tat, ihnen bezüglich seines Herrn zu antworten; er sagte bloß, die Herren würden gnädige Frau bei der Klavierübung finden. Sie traten ein. Clotilde saß an ihrem Flügel und ließ ihre Finger über die Tastenreihe des Klaviers mit einer regelmäßigen und ununterbrochenen Bewegung der Hände auf und nieder gleiten; da sie dieser Übung täglich zwei Stunden widmete, um die Leichtigkeit ihres Spiels zu erhalten, beschäftigte sie ihren Geist während dieser Übung anderwärts; so las sie jetzt die »Revue des Deux-Mondes«, die auf dem Pult vor ihr aufgeschlagen war, ohne dass die Bewegung ihrer Finger dadurch eine Verlangsamung erfuhr.

Schau, schau, ihr seid es! sprach sie, als sie durch ihre Brüder dem Platzregen von Noten entzogen wurde.

Sie zeigte sich nicht einmal über Theophils Anwesenheit überrascht. Übrigens blieb dieser sehr steif wie einer, der wegen eines anderen gekommen war. August hatte eine Geschichte fertig, da er sich schämte, seine Schwester in sein Unglück einzuweihen, und befürchtete, sie mit seinem Duell zu erschrecken. Allein sie ließ ihm nicht Zeit zum Lügen, sondern frug ihn mit ganz ruhiger Miene:

Was gedenkst du jetzt zu tun?

Er fuhr errötend zusammen. Alle Welt wusste also schon davon? Er antwortete in dem mutigen Tone, der Theophil bereits verstummen gemacht:

Schlagen werde ich mich!

Ah! erwiderte sie überrascht.

Indes riet sie ihm nicht davon ab. Zwar werde dies den Skandal nur noch vergrößern, allein die Ehre habe gewisse Anforderungen. Sie begnügte sich damit, ihn zu erinnern, dass sie seiner Heirat gleich zu Beginn widerraten habe. Was durfte man besseres erwarten von einem jungen Mädchen, dem alle Pflichten eines Weibes unbekannt zu sein schienen?

Als August sie fragte, wo ihr Mann sei, gab sie ohne Zögern zur Antwort:

Er ist verreist.

Das machte ihn untröstlich, denn er wollte nichts unternehmen, ohne vorher Duverdy zu befragen... Sie hörte zu, ohne jedoch die neue Adresse Clarissens zu verraten, denn sie wollte nicht ihre Familie in ihre ehelichen Zwistigkeiten einweihen. Schließlich fand sie doch einen Ausweg. Sie riet ihm, zu Herrn Bachelard in die Enghien-Straße zu gehen; dieser werde ihm vielleicht Aufschluss geben können. Hierauf wandte sie sich wieder ihrem Flügel zu.

August bat mich, mit ihm zu kommen, glaubte Theophil, bis jetzt wortlos, erklären zu müssen. Darf ich dich umarmen, Clotilde? Wir alle sind im Unglück.

Sie reichte ihm ihre kalte Wange hin und sprach:

Mein lieber Junge, wer im Unglück ist, muss selbst hineingestiegen sein. Ich meinerseits verzeihe aller Welt... Gib acht auf dich, du scheinst sehr verschnupft.

Dann rief sie August zurück und bat diesen: Wenn die Sache sich nicht beilegen lässt, verständige mich, denn ich bin natürlich sehr beunruhigt.

Der Platzregen von Noten begann wieder herniederzuströmen; die Flut umwogte sie völlig, und während ihre Finger mechanisch über die Tasten hinglitten, fuhr sie fort, sehr ernst die »Revue des Deux-Mondes« zu lesen.

Unten erwog August einen Augenblick, ob er zu Bachelard gehen sollte? Sollte er diesem sagen: »Ihre Nichte hat mich betrogen?«

Er beschloss endlich, vom Onkel die Adresse Duverdys zu erfahren, ohne ihm die Geschichte mitzuteilen. Alles war geordnet. Valerie wollte das Magazin hüten, während Theophil bis zur Rückkehr seines Bruders das Haus bewachte. August ließ eine Droschke holen und wollte eben wegfahren, als Saturnin, der einen Augenblick verschwunden war, plötzlich aus dem Keller heraufrannte, mit einem großen Küchenmesser herumfuchtelte und rief:

Ich werde ihn abschlachten! Ich will ihn totmachen!

Neues Entsetzen. August warf sich erbleichend in die Droschke, schlug hastig die Türe des Wagens zu und sagte:

Er hat schon wieder ein Messer. Wo er nur die vielen Messer hernimmt? Ich bitte dich, Theophil, schicke ihn fort und sorge dafür, dass er nicht mehr da ist, wenn ich zurückkomme. Das fehlte mir noch. Als ob ich nicht genug hätte an dem Unglück, das mir zugestoßen.

Der Ladendiener hielt den Narren bei den Schultern fest. Valerie sagte dem Kutscher die Adresse. Doch dieser Kutscher, ein dicker, sehr schmutziger Mensch mit hochgerötetem Gesichte, noch betrunken von gestern, tat wie einer, der keine Eile hat; er machte sich den Sitz auf dem Kutscherbock zurecht und nahm die Zügel in die Hände.

Nach der Fahrt, Bürger? frug er mit heiserer Stimme.

Nein, nach einer Stunde und rasch dazu. Es gibt ein gutes Trinkgeld.

Die Droschke setzte sich in Bewegung. Es war ein alter Landauer, schwerfällig und schmierig, der in seinen rostigen Federn bedenklich wackelte. Das Pferd, ein großer, magerer Schimmel, ging im Schritt mit ungeheurem Kraftaufwande.

August schaute auf die Uhr; sie zeigte die neunte Stunde. Um elf Uhr, dachte er, kann das Duell festgelegt sein. Die Langsamkeit des Wagens ärgerte ihn anfangs. Später übermannte ihn eine matte Schläfrigkeit; er hatte die ganze Nacht hindurch kein Auge geschlossen, und dieses elende Fuhrwerk stimmte ihn gar so traurig.

Als er sich allein sah, eingewiegt in der Droschke, betäubt durch das klirrende Geräusch der Fensterscheiben, begann das Fieber, das ihn vor seiner Familie seit dem Morgen auf den Beinen erhielt, zu schwinden. Welch blödes Abenteuer! Sein Gesicht ward grau, er nahm den Kopf, der ihn sehr schmerzte, in die Hände.

In der Enghien-Straße harrten seiner neue Verdrießlichkeiten; die Tür Bachelards war mit Hunderten von Warenballen, Kisten und Rollwagen derart verrammelt, dass August fast zermalmt wurde. In dem mit Glas bedeckten Hofe sah er eine Gruppe von Arbeitern, die beschäftigt waren, die Kisten zu vernageln. Kein einziger konnte ihm über den Verbleib Bachelards Auskunft geben.

Die Hammerschläge der Arbeiter drohten ihm den Schädel zu zerschmettern. Er entschloss sich indessen zu warten; da erbarmte sich seiner ©in Lehrling, der seine leidende Gestalt sah, und flüsterte ihm ins Ohr: Bei Fräulein Fifi, Markusstraße, im dritten Stock, wird Vater Bachelard zu finden sein.

Wie sagen Sie? fragte der Kutscher, der mittlerweile eingeschlafen war.

Markusstraße! und etwas rascher, wenn möglich.

Die Droschke nahm ihren Begräbnistrab wieder auf. Auf dem Boulevard fuhr er einen Omnibus an; das lederne Wagendach krachte; die verrosteten Federn ließen ein klägliches Ächzen vernehmen; eine düstere

Trübseligkeit bemächtigte sich immer mehr dieses Gatten auf der Suche nach einem Duellzeugen. Endlich kam er doch in der Markusstraße an.

Im dritten Stock öffnete ihm eine kleine, weiße, alte Frau. Sie schien sehr aufgeregt und ließ ihn sogleich eintreten, als er nach Bachelard fragte.

Ach, mein Herr, Sie sind sicherlich einer seiner Freunde, besänftigen Sie ihn doch. Er hat soeben einen argen Verdruss gehabt, der arme Mann. Sie kennen mich doch, mein Herr; er hat Ihnen sicherlich schon von mir erzählt: ich bin Fräulein Menü.

August, ganz verblüfft, befand sich in einem schmalen Zimmer, dessen Fenster auf den Hof ging; das Zimmer zeigte eine wahrhaft provinzmäßige Sauberkeit und Ruhe. Man fühlte daselbst die Arbeit, die Ordnung, die Reinlichkeit der glücklichen Existenz von kleinen Leuten. Vor einem Stickereirahmen, auf dem eine Priesterstola aufgespannt war, saß ein junges, blondes Mädchen mit keuschem Antlitz und weinte heiße Tränen, während der Onkel mit roter Nase, blutunterlaufenen Augen vor ihr stand und vor Wut und Verzweiflung schäumte. Er war dermaßen verstört, dass der Eintritt Augusts ihn nicht zu überraschen schien. Er nahm ihn sofort zum Zeugen, und die Szene ward fortgesetzt.

Hören Sie einmal, Herr Vabre! Sie sind ein rechtschaffener Mann, was würden Sie an meiner Stelle sagen? Ich komme heute Morgen etwas früher als sonst. Ich trete in ihr Zimmer ein mit meinem Kaffeezucker und drei Viersousstücken, um ihr eine Überraschung zu bereiten; und ich finde sie mit diesem Halunken Gueulin im Bette! ... Also, aufrichtig, was sagen Sie dazu?

August kam in arge Verlegenheit und ward ganz rot. Zuerst glaubte er, dass sein Unglück dem Onkel bekannt sei, und dass dieser sich über ihn lustig mache. Doch ohne eine Antwort abzuwarten, fügte der Alte hinzu:

Hören Sie, mein Fräulein, Sie ahnen nicht, was Sie getan haben! Ich, der ich mich verjüngt habe, der ich so glücklich darüber war, einen stillen Winkel gefunden zu haben, wo ich wieder an das Glück zu glauben anfing! ... Ja, Sie waren ein Engel, eine Blume, etwas Frisches, das mich nach so vielen schmutzigen Weibern tröstete! ... Und jetzt finde ich Sie mit diesem Halunken Gueulin!

Ein aufrichtiger Schmerz schnürte ihm die Kehle zusammen; seine Stimme brach sich in einem Schluchzen, das zum Teil noch von dem gestrigen Rausch herrührte. Er beweinte sein verlorenes Ideal ...

Ich wusste nicht, Onkel, stammelte Fifi, die angesichts dieses Jammers noch stärker weinte; ich wusste nicht, dass es Ihnen einen solchen Kummer verursachen werde.

Sie schien es in der Tat nicht zu wissen. Sie hatte noch immer ihr züchtiges Antlitz, ihre keuschen Augen, die Einfalt des kleinen Mädchens, das keinen Unterschied kennt zwischen Mann und Frau. Die Tante Menu schwor übrigens, dass sie im Grunde unschuldig sei.

Beruhigen Sie sich, Herr Narziss; sie liebt Sie dennoch ... Ich sah wohl voraus, dass es Ihnen nicht angenehm sein werde. Ich sagte ihr: »Wenn Herr Narziss es erfährt, wird er sehr zürnen.« Aber das hat ja noch nicht gelebt. Das weiß noch nicht, was Vergnügen macht und was nicht ... Weinen Sie nicht, da doch ihr Herz Ihnen gehört.

Da weder die Kleine, noch der Oheim sie hörten, wandte sie sich an August, um ihm zu sagen, wie sehr ein solches Vorkommnis sie wegen der Zukunft ihrer Nichte beunruhige. Es sei so schwer, ein junges Mädchen anständig unterzubringen. Sie, die 30 Jahre in der Stickerei der Brüder Mardienne in der Sulpiziusstraße gearbeitet habe, wo man auch Erkundigungen über sie einholen könne, wisse sehr wohl, welche Entbehrungen ein junges Mädchen sich auferlegen müsse, wenn es in Paris ehrbar durchkommen wolle. Wenngleich sie bei ihrem guten Herzen das Kind aus der Hand ihres eigenen Bruders, des Kapitän Menu, auf dessen Sterbebett übernommen, sei es ihr bei der spärlichen Leibrente von 1000 Franken, die ihr jetzt gestatte, die Nadel ruhen zu lassen, doch kaum gelungen, die Kleine zu erhalten. Sie habe denn auch gehofft, ruhig sterben zu können, als sie das Kind unter Narzissens Schutze sah. Jetzt sei es damit auch nichts, da Fifi durch solche Albernheiten ihren Oheim kränke.

Sie kennen vielleicht Villeneuve bei Lille? sagte sie zum Schlusse. Ich bin von dort. Es ist ein recht ansehnlicher Flecken ...

Doch August verlor die Geduld. Er ließ die Tante stehen und wandte sich an Bachelard, dessen Verzweiflung sich allmählich legte.

Ich bin gekommen, um die neue Adresse Duverdys von Ihnen zu erfahren. Sie müssen sie kennen.

Die Adresse Duverdys, die Adresse Duverdys ... stammelte der Onkel. Sie wollen sagen: die Adresse Clarissens. Warten Sie, sofort ...

Er erhob sich und sperrte das Zimmer Fifis auf. August sah zu seiner Überraschung Gueulin daraus hervorkommen, den der Alte daselbst eingeschlossen hatte. Er wollte ihm Zeit geben, sich anzukleiden, und ihn bei der Hand behalten, um sein Schicksal zu entscheiden. Der Anblick des jungen Mannes mit der verstörten Miene und den ungeordneten Haaren erregte seinen Zorn von neuem.

Wie, Elender, du, mein eigener Neffe, entehrst mich? Du befleckst deine Familie, du ziehst meine weißen Haare in den Schmutz! Gib acht, du wirst ein schlechtes Ende nehmen! Eines Tages werden wir dich vor Gericht sehen!

Mit gesenktem Haupte, verlegen und wütend zugleich, hörte Gueulin diese Strafpredigt an. Dann entgegnete er:

Sie gehen zu weit, Onkel: um etwas Mäßigung werde ich bitten! Die Sache ist auch mir höchst unangenehm!... Warum haben Sie mich zu dem Fräulein hergeführt? Ich habe es nicht verlangt. Sie haben mich hierhergezogen; Sie haben alle hergeschleppt.

Doch Bachelard, von neuem in Tränen gebadet, fuhr fort:

Du hast mir alles geraubt, denn ich hatte nichts weiter als sie! Du wirst die Schuld an meinem Tode tragen, und ich werde dir keinen Sou vermachen; nicht einen Sou!

Gueulin, außer sich vor Wut, platzte los.

Lassen Sie mich in Frieden! Ich habe genug! Was habe ich Ihnen immer gesagt? Die Verdrießlichkeiten des kommenden Tages benehmen mir alle Lust zu Liebschaften. Da sehen Sie, wie es mir ergangen ist jetzt, da ich eine Gelegenheit benutzen wollte!... Die Nacht war sehr angenehm, aber jetzt möchte ich am liebsten aus der Haut fahren!

Fifi hatte inzwischen ihre Tränen getrocknet. Da sie nicht lange müßig sitzen konnte, hatte sie ihre Stickerei wieder zur Hand genommen und arbeitete fleißig, wobei sie von Zeit zu Zeit mit ihren großen, klaren Augen die beiden Männer anblickte, deren Zorn sie nicht zu begreifen schien.

Ich habe es sehr eilig, wagte August von neuem zu bemerken. Vielleicht sagen Sie mir diese Adresse: Straße und Hausnummer, nichts weiter.

Die Adresse? sagte der Oheim. Warten Sie, sogleich!

Fortgerissen von der überströmenden Rührung, ergriff er die beiden Hände Gueulins.

Undankbarer, ich hatte sie für dich bestimmt, auf Ehrenwort! Ich sagte mir, wenn er sich brav aufführt, will ich ihm sie geben. Und anständig:

mit 50 000 Franken Heiratsgut! Und du Saukerl wartest nicht; nimmst dir sie im Voraus!...

Ach, schonen Sie meiner, flehte Gueulin, gerührt durch die Güte des Alten.

Doch Bachelard führte ihn zu dem jungen Mädchen hin und fragte:

Schau ihn an, Fifi; würdest du ihn geliebt haben?

Wenn es Ihnen Vergnügen machen würde, Onkel, erwiderte sie.

Diese gute Antwort brachte sein Herz vollends zum Überströmen. Er wischte sich die Augen, schnäuzte sich und schnappte nach Luft. Gut, wir wollen sehen; ich habe ja immer nur ihr Bestes gewollt. Dann entließ er Gueulin in einem plötzlichen Entschluss.

Geh'! Ich will mir die Sache überlegen.

Inzwischen hatte die Tante Menu August wieder bei Seite gerufen, um ihm ihre Meinung auseinanderzusetzen. Ein Arbeiter würde sie geschlagen, ein Beamter ihr Kinder über Kinder gemacht haben. Bei Herrn Narziss hingegen habe sie die Aussicht, eine Ausstattung zu erhalten, die ihr ermögliche, sich anständig zu verheiraten. Gott sei Dank, sie gehöre einer anständigen Familie an; niemals würde die Tante zugegeben haben, dass ihre Nichte sich schlecht betrage, von einem Liebhaber dem andern in die Arme gelegt werde. Nein, sie habe eine ernste Stellung für sie gesucht.

Gueulin schickte sich an fortzugehen, da rief Bachelard ihn zurück.

Küsse sie auf die Stirne, ich erlaube es dir.

Dann warf er ihn zur Türe hinaus. Hierauf trat er vor August hin, legte die Hand aufs Herz und sprach:

Es ist keine leere Redensart; ich schwöre Ihnen bei meinem Ehrenworte, dass ich die Absicht hatte, sie ihm später zu geben.

Aber wie ist's endlich mit der Adresse, die ich verlange? fragte der andere ungeduldig.

Der Onkel war erstaunt: er glaubte, die Frage schon beantwortet zu haben.

Wie, was? Clarissens Adresse? Ich weiß sie nicht.

August machte eine Gebärde der Entrüstung. Alles spielte hier zusammen, ihn lächerlich zu machen.

Als Bachelard ihn so verstört sah, kam er auf den Gedanken, dass Trublot die Adresse Clarissens wisse. Er schlug ihm daher vor, den jungen Mann bei seinem Chef, dem Wechselagenten Demarguay aufzusuchen; er, Bachelard, wolle ihn dahin begleiten. August nahm den Vorschlag an.

Da haben Sie den Zucker von meinem Kaffee, sagte der Oheim, Fifi auf die Stirn küssend; und trotz allem, was vorgefallen, gebe ich Ihnen auch drei Viersousstücke für Ihre Sparbüchse. Führen Sie sich brav und warten Sie meine weiteren Befehle ab.

Das Mädchen handhabte fleißig und bescheiden seine Sticknadel. Ein Sonnenstrahl, der vom benachbarten Dache in das Zimmerchen fiel, vergoldete diesen Winkel der Unschuld, wohin nicht einmal das Geräusch des Straßenlärms hineindringen konnte. Die poetischen Neigungen Bachelards waren wieder erwacht.

Der liebe Gott segne Sie, Herr Narziss! sagte die Tante Menu, indem sie ihm das Geleite gab. Ich bin jetzt ruhiger. Hören Sie nur immer auf die Eingebungen Ihres guten Herzens; es wird Ihnen das Beste sagen.

Der Kutscher war wieder eingeschlafen und brummte, als der Onkel ihm die Adresse des Herrn Demarguay, Lazarusstraße, angab. Sicher schlief auch das Pferd, denn es bedurfte eines Hagels von Peitschenhieben, um es wieder in Gang zu setzen. Endlich kam die Droschke schwerfällig ins Rollen.

Es war ein harter Schlag, als ich Gueulin im Hemde vor mir sah; Sie dürfen es nur glauben; man muss es durchgemacht haben... So beklagte sich Bachelard nach einer Weile zu August.

Und er verbreitete sich über verschiedene Einzelheiten, ohne das Unbehagen Augusts zu merken. Als diesem endlich seine Lage unerträglich wurde, sagte er dem Onkel den Grund, weshalb er Duverdy suche.

Was? Berta mit diesem Ladenschwengel? schrie der Onkel. Sie setzen mich in Erstaunen, mein Herr.

Sein Erstaunen schien hauptsächlich von der Wahl herzurühren, die seine Nichte getroffen. Nach einiger Überlegung war auch er entrüstet. Wahrhaftig, seine Schwester Eleonora hat sich ernstliche Vorwürfe zu machen. Er werde seine Familie in Stich lassen. Er wolle sich in dieses Duell nicht einmengen, halte es aber für unvermeidlich.

Ich selbst hatte vorhin, als ich Fifi mit einem Mann im Hemde traf, nur den Gedanken, alles abzuschlachten. Wenn Sie das durchgemacht hätten!

Ein schmerzliches Beben Augusts ließ ihn innehalten.

Ach ja, ich dachte nicht daran... Sie finden meine Geschichte nicht sehr lustig.

Sie schwiegen bei den trübselig wiegenden Bewegungen der Droschke. August, dessen Erregung mit jeder Umdrehung der Wagenräder sich immer mehr legte, überließ sich seinen Gedanken mit seinem erdfahlen Gesichte, das linke Auge von der Migräne geschlossen. Warum hielt Bachelard das Duell für unvermeidlich? Es sei doch nicht seine Sache, dem Blutvergießen das Wort zu reden! ... Er, der eigene Oheim der Schuldigen!... Immerfort klangen ihm die Worte seines Bruders in den Ohren: »Das ist dumm; du wirst dich vielleicht gar aufspießen lassen.« Gewiss: er werde im Zweikampfe fallen, er habe das Vorgefühl; das stürzte ihn in die tiefste Traurigkeit; er sah sich schon tot und weinte über seinen eigenen Leichnam.

Ich sagte Lazarusstraße, schrie der Onkel dem Kutscher zu. Das ist doch nicht in der Vorstadt Chaillot; links einbiegen!

Endlich hielt die Droschke. Sie ließen Trublot herunterrufen. Er kam barhaupt herunter und redete mit den Herren unter einer Toreinfahrt.

Wissen Sie Clarissens Adresse? fragte Bachelard.

Clarissens Adresse? Ja, freilich! d' Assas-Straße!

Sie dankten ihm und waren im Begriff, wieder in den Wagen zu steigen, als es August einfiel zu fragen:

Und die Nummer?

Die Nummer?... Die Nummer weiß ich nicht.

Da erklärte der Gatte sofort, es sei unter solchen Umständen besser, auf die Sache zu verzichten. Trublot strengte sein Gedächtnis an, um sich der Hausnummer zu erinnern; er habe einmal dort gegessen; es sei da unten, hinter dem Luxenbourg, aber er konnte sich nicht mehr erinnern, ob das Haus rechts oder links und an welchem Ende der Straße es stehe. Das Tor sei ihm recht gut erinnerlich, er werde es sofort wiedererkennen. Da hatte der Onkel einen neuen Gedanken: er bat Trublot, sie zu begleiten, trotzdem August sich dem widersetzte und erklärte, es sei am besten, wegen dieser Sache niemanden mehr zu stören, und er wolle heimkehren. Übrigens weigerte sich Trublot mit verdrossener Miene; er werde niemals in diese Baracke zurückkehren, sagte er. Aber er hütete sich, die wahre Ursache seiner Weigerung anzugeben. Er hatte nämlich von der neuen Köchin Clarissens, als er es versuchte, sie am Feuerherde in die Hüften zu zwicken, eine mächtige Ohrfeige bekommen. Er war sehr betroffen darüber; es war dies von langer Zeit her seine Art, mit den Mägden Bekanntschaft zu machen, doch war ihm ähnliches noch nie passiert.

Nein, nein, sagte er, eine Ausrede suchend; ich setze keinen Fuß mehr in dieses Haus, wo man sich so sehr langweilt. Clarisse ist sehr lästig und boshaft geworden, überdies spießbürgerlicher als alle Spießbürgerinnen. Endlich hat sie, seitdem ihr Vater tot ist, ihre Familie zu sich genommen, eine ganze Sippschaft von Straßentrödlern: die Mutter, zwei Schwestern, einen langen Lümmel von einem Bruder, selbst eine alte, kranke Tante – brrr! Welch' traurige Figur mag Duverdy in dieser Umgebung spielen!

Er erzählte weiter, dass, als an einem Regentage Duverdy Clarisse unter einem Haustor wieder begegnete, diese sieh als Beleidigte gebärdete und sieh unter Tränen beklagte, dass er, Duverdy, sie niemals geachtet habe. Ja, wegen einer lange genug unterdrückten Verbitterung über die Verletzung ihrer persönlichen Würde habe sie die Wohnung in der Kirschenstraße verlassen. Warum lege er seinen Orden ab, sooft er zu ihr komme? Glaube er etwa, dass sie diesen Orden beflecken werde? Sie sei bereit, sich mit ihm wieder auszusöhnen, doch müsse er bei seiner Ehre schwören, dass er seinen Orden behalten werde, denn sie halte etwas darauf, dass sie geachtet werde, und wolle nicht immer wieder beleidigt werden.

Duverdy, ganz außer Fassung gebracht durch diese Klage, gab ihr recht, nannte sie eine edle Seele, war verwirrt und gerührt und leistete den verlangten Schwur.

Seitdem legt er sein Ordensband nicht mehr ab, fügte Trublot dieser Erzählung noch hinzu. Ich glaube, sie zwingt ihn sogar, damit zu schlafen, sie fühlt sich dadurch vor ihrer Familie sehr geschmeichelt. Da übrigens der dicke Payan die Möbel, die Duverdy für 25 000 Franken gekauft hatte, bereits vertan hatte, ließ sie sich jetzt für 30 000 Franken andere anschaffen. Sie hält ihn fest diesmal; er liegt zu ihren Füßen, die Nase in ihren Röcken versteckt.

Lassen Sie uns jetzt fahren, wenn Herr Trublot nicht mitkommen will, sagte August, den diese Geschichten sehr langweilten.

Allein Trublot erklärte jetzt, dass er bereit sei, die Herren zu begleiten; nur werde er nicht mit .hinaufgehen, sondern ihnen nur die Türe des Hauses zeigen. Er holte seinen Hut und stieg zu ihnen in die Droschke.

Assas-Straße! sagte er dem Kutscher; fahren Sie nur in die Straße hinein; ich werde Sie schon vor dem Hause halten lassen.

Der Kutscher fluchte. Assas-Straße! Sind das aber Leute, die weite Wege machen! Nun mögen sie aber auch zusehen, wie sie ankommen! Der große Schimmel dampfte, ohne vom Fleck zu kommen; bei jedem Schritt nickte er schmerzlich mit dem Kopfe.

Inzwischen erzählte Bachelard Trublot sein trauriges Abenteuer. Seine kleine »Köstliche« habe er mit diesem Halunken Gueulin überrascht. Doch bei diesem Punkte der Erzählung erinnerte er sich des Missgeschickes Augusts, der still und leidend in eine Wagenecke gedrückt saß.

Richtig, Verzeihung! murmelte er; ich vergesse immer.

Dann zu Trublot gewendet:

Unsern Freund hat ein Unglück in seiner Ehe heimgesucht; das ist der Grund, weshalb wir jetzt au! der Suche nach Duverdy sind. Ja, er hat heute Nacht seine Frau...

Er vervollständigte den Satz durch eine Gebärde und fügte hinzu:

Mit diesem Octave, Sie wissen ja.

Trublot, der mit seinem Urteil gleich fertig war, erklärte, dass ihm die Sache ganz und gar nicht überrasche; dann fügte er mit einer Geringschätzung und Wut, um deren Grund ihn der Gatte nicht zu fragen wagte, hinzu:

So ein Tropf! dieser Octave!

Nachdem die Herren dermaßen ihr Urteil über den Ehebruch gesprochen, entstand wieder Stillschweigen. Jeder der drei Männer war in seine Gedanken versunken. Die Droschke kam nicht vorwärts; sie schien seit Stunden über eine Brücke hinzurollen. Trublot, der zuerst aus seiner Träumerei auffuhr, bemerkte:

Der Wagen fährt nicht allzu schnell.

Doch nichts vermochte den Gang des Pferdes zu beschleunigen. Es war elf Uhr, als man in der Assas-Straße ankam. Hier verlor man noch eine weitere Viertelstunde. Trublot hatte geprahlt; es zeigte sich jetzt, dass er das Haustor nicht kannte. Er ließ den Kutscher bis an das andere Ende der Straße fahren, ohne ihn anzuhalten; dann ließ er ihn zurückfahren, und so ging es dreimal. Infolge seiner Weisungen trat August in jedes zehnte Haus ein, um nachzufragen, doch die Hausmeister erwiderten: »Das gibt's hier nicht!« Endlich erfuhren sie von einer Obstverkäuferin das richtige Tor. Trublot blieb in der Droschke; August und Bachelard gingen hinauf.

Clarissens Bruder, der große Lümmel, öffnete ihnen die Türe. Er hatte eine Zigarette im Munde, deren Rauch er ihnen ins Gesicht blies, während er sie in den Salon führte. Als sie nach Herrn Duverdy fragten, schaukelte er sich mit schamloser Miene auf den Beinen und blieb die Antwort schuldig. Dann verschwand er, um ihn zu holen.

Mitten im Salon, der mit neuer, aber schon fettfleckiger blauer Seide überzogen war, saß eine Schwester, die kleinere, auf dem Teppich und kratzte eine Schüssel aus, die sie aus der Küche gebracht hatte; die andere größere Schwester hieb mit beiden geschlossenen Fäusten auf ein herrliches Klavier ein, dessen Schlüssel sie entdeckt hatte.

Beide erhoben den Kopf, als die Herren eintraten, doch ließen sie sich nicht stören, fuhren vielmehr fort, die Schüssel auszukratzen und auf das Klavier einzuhauen. So verflossen zehn Minuten; niemand zeigte sich. Betäubt von dem höllischen Getöse sahen die Herren einander an, als ein Geheul, das aus dem Nachbarzimmer kam, sie vollends entsetzte: es war die kranke Tante, die gereinigt wurde.

Endlich steckte eine alte Weibsperson, Frau Bocquet, Clarissens Mutter, den Kopf zur Türe herein. Sie steckte in einem so schmutzigen, schwarzen Kleide, dass sie sich schämte einzutreten.

Was wünschen die Herren? fragte sie.

Wir wollen Herrn Duverdy sprechen, erwiderte der Oheim ungeduldig. Melden Sie Herrn August Vabre und Herrn Narziss Bachelard.

Frau Bocquet schloss die Türe wieder. Die ältere Schwester war mittlerweile auf einen Schemel gestiegen und bearbeitete das Klavier mit den Ellbogen, während die kleinere bemüht war, mit Hilfe einer eisernen Gabel den letzten Rest der an der Schüssel klebengebliebenen Speise wegzukratzen. So verflossen weitere fünf Minuten. Endlich erschien mitten in diesem Getöse Clarisse.

Sie sind's? sagte sie zu Bachelard, ohne August zu beachten.

Der Onkel war höchlich überrascht. Sie war so dick geworden, dass er sie kaum wiedererkannte. Die große schwarze Person von ehemals, so mager wie ein Bürschchen und frisiert wie ein Pudel, war ein »molliges« rundes Weibchen geworden mit von Pomade funkelndem, glattem Haar. Sie ließ ihn übrigens nicht zu Worte kommen, sondern erklärte ihm rundheraus, dass sie auf die Besuche eines alten Wüstlings seiner Art verzichte, der ihrem Alphons scheußliche Dinge erzähle; ja, er habe ihm erzählt, dass sie mit allen seinen Freunden schlafe. Er solle nicht leugnen, denn sie habe es von Alphons selbst gehört.

Ja, mein Alter, fügte sie hinzu; wenn Sie gekommen sind, um zu schwelgen, so können Sie nur gleich wieder die Klinke in die Hand nehmen. Es ist aus mit der früheren Lebensweise; ich will jetzt geachtet sein. Damit verbreitete sie sich über ihre Leidenschaft für das Anständige, die bei ihr schon zur fixen Idee geworden war. So hatte sie einen nach dem andern von den Gästen ihres Liebhabers vertrieben; sie hatte wirkliche Anfälle von Strenge, verbot, dass man bei ihr rauche, verlangte, dass man sie »gnädige Frau« nenne und ihr Besuche mache. Ihre oberflächliche, erborgte Drolligkeit von ehemals war verschwunden; sie bewahrte nur noch die übertriebene Rolle einer großen Dame, die von Zeit zu Zeit in einem herben Wort oder einer dirnenmäßigen Gebärde unterging. Allmählich ward es wieder still um Duverdy her; aus war's mit der amüsanten Zufluchtsstätte; es war ein Haus der dürrsten Spießbürgerlichkeit, wo der Rat die ganze tödliche Langweile seiner eigenen Häuslichkeit wiederfand und dazu den Schmutz und das Getöse.

Wir sind nicht Ihretwegen gekommen, sagte Bachelard gefasst; wir müssen Duverdy sprechen.

Jetzt betrachtete Clarisse auch den andern Herrn. Sie glaubte in ihm einen Gerichtsboten zu erkennen, denn sie wusste, dass Duverdy sich in letzter Zeit in sehr hässliche Dinge einließ.

Ei was, ich mache mir gar nichts daraus! rief sie. Nehmen Sie ihn hin und behalten Sie ihn... Ich verzichte gern auf das Vergnügen, ihm seine Warzen zu pflegen.

Sie gab sich nicht einmal die Mühe, ihren Ekel zu verbergen; sie wusste übrigens, dass ihre Grausamkeiten ihn nur noch fester an sie knüpften.

Sie öffnete eine Türe und rief hinein:

Komm nur, die Herren wollen durchaus mit dir sprechen.

Duverdy, der – wie es schien – hinter der Türe gelauert hatte, trat ein und drückte den Herren die Hände, wobei er zu lächeln versuchte. Er hatte nicht mehr das jugendliche Aussehen von ehemals, wenn er seine Abende bei ihr in der Kirschstraße zubrachte; eine Mattigkeit drückte ihn nieder; er war mürrisch und »eingegangen«; von Zeit zu Zeit fuhr er zusammen, wie beunruhigt durch hinter ihm liegende, unsichtbare Dinge.

Clarisse blieb da, um zuzuhören. Bachelard, der in ihrer Gegenwart nicht reden wollte, lud den Rat ein, mit ihnen zu frühstücken.

Nehmen Sie an, Herr Vabre bedarf Ihrer; die Gnädige wird es Ihnen erlauben...

Diese hatte endlich doch bemerkt, dass ihre Schwester das Klavier mit den Ellbogen bearbeitete; sie eilte hinzu, versetzte ihr einige Püffe und stieß sie hinaus; und weil sie schon dabei war, ohrfeigte sie auch die kleinere und warf sie samt der Schüssel hinaus. Es war ein wahrer Hexensabbat. Dazwischen brüllte die kranke Tante, die glaubte, dass nun sie an der Reihe sei, Prügel zu bekommen.

Hörst du, mein Schätzchen, sagte Duverdy, die Herren laden mich ein.

Sie hörte ihn nicht, sondern betastete mit ängstlicher Zärtlichkeit das Instrument. Seit einem Monat lernte sie nämlich Klavier spielen. Es war der uneingestandene Traum ihres ganzen Lebens, ein fernliegender Ehrgeiz, dessen Verwirklichung allein – wie sie glaubte – genügen musste, sie zu einer Weltdame zu machen.

Als sie sich überzeugt hatte, dass am Klavier nichts zerbrochen sei, ging sie zu den Herren, um Duverdy zurückzuhalten, bloß um ihm unangenehm zu sein. Da steckte Frau Bocquet den Kopf wieder zur Türe herein:

Dein Klaviermeister ist da, sagte sie.

Das änderte mit einem Schlage ihren Entschluss, und sie rief Duverdy zu:

Ja, geh' nur!... Ich werde mit Theodor frühstücken. Wir bedürfen deiner nicht.

Der Klaviermeister Theodor war ein Belgier mit breitem, rosigem Gesichte. Sie setzte sich sofort ans Klavier; er legte ihr die Finger auf die Tasten und rieb sie, um sie gelenkiger zu machen.

Duverdy zögerte einen Augenblick sichtlich verdrossen. Doch die Herren warteten auf ihn; er ging daher seine Schuhe anziehen. Als er zurückkam, plätscherte sie schon in den Skalen umher und entfesselte ein solches Ungewitter von falschen Tönen, dass August und Bachelard krank davon wurden.

Er aber, den Mozart und Beethoven verrückt machten, wenn seine Frau sie spielte, stand eine Weile hinter seiner Geliebten und schien – trotz des nervösen Zuckens in seinem Gesichte – sich an den Tönen zu ergötzen. Dann meinte er zu den anderen:

Sie hat erstaunliche Talente.

Er küsste sie auf die Haare und zog sich leise zurück, sie mit Theodor allein lassend. Im Vorzimmer stand der Straßenjunge von einem Bruder mit seiner frechen Miene und verlangte von ihm 20 Sous für Tabak.

Während sie hinabgingen, konnte Bachelard nicht umhin, sein Erstaunen darüber auszudrücken, wie sehr der Geschmack des Herrn Duverdy in Bezug auf das Klavier sich geändert habe. Doch Duverdy widersprach und schwor, dass er auch früher ein Freund des Klavierspiels gewesen sei; und er sprach vom Ideal und wie die einfachen Skalen Clarissens hinreichten, seine ganze Seele zu bewegen.

Der Onkel wollte durchaus zu Foyot frühstücken gehen; es sei jetzt die rechte Stunde, meinte er, und man werde während des Essens besser plaudern können. Als die Droschke sich in Bewegung setzte, unterrichtete er Herrn Duverdy, um was es sich handle. Der Rat ward sehr ernst. August, dessen Unbehagen bei Clarisse nur noch gestiegen war, saß, gebrochen durch die endlose Fahrt, den kranken Kopf auf die Hände gestützt, wortlos da.

Als der Rat ihn fragte, was er zu tun gedenke, öffnete er die Augen, schwieg eine Weile ganz beklommen, dann wiederholte er seine Redensart:

Ich werde mich schlagen!

Doch zitterte jetzt seine Stimme schon; er schloss die Augen wieder, als ob er bitte, dass man ihn in Ruhe lasse, und fuhr dann fort:

Es sei denn, dass Sie etwas anderes ausfindig machen.

Fortwährend geschüttelt durch die schlechte Droschke, hielten die Herren eine große Beratung. Duverdy und Bachelard erachteten das Duell für unvermeidlich; ersterer war sehr bewegt und zwar wegen des Blutes, das er schon in einem schwarzen Streifen über die Treppe seines Hauses fließen sah; allein die Ehre wolle es so; über die Ehre lasse sich nicht feilschen. Trublot urteilte weniger streng; es sei zu dumm, sagte er, seine Ehre auf das zu setzen, was er aus Schonung für die Herren die Gebrechlichkeit der Frauen nannte. August stimmte ihm durch ein schwaches Aufschlagen der Augenlider bei; er war erbittert über die blutrünstige Wut der beiden anderen, deren Rolle es doch gewesen wäre, eine Aussöhnung anzubahnen. Trotz seiner Ermüdung ward er gezwungen, noch einmal die Nachtszene zu erzählen, die Ohrfeige, die er gegeben, und dann die Ohrfeige, die er bekommen. Bald war von dem Ehebruch nicht mehr die Rede, sondern nur von diesen beiden Ohrfeigen. Man erläuterte und besprach diese Ohrfeigen, um eine befriedigende Lösung zu finden.

Was sollen die Spitzfindigkeiten! rief Trublot schließlich aus; wenn sie einander geohrfeigt haben, sind sie quitt.

Duverdy und Bachelard sahen einander betroffen an. Doch mittlerweile war man bei dem Restaurant angekommen, und der Onkel erklärte, man müsse vor allem gut frühstücken; das werde zur Klärung der Gedanken beitragen. Er lud sie ein und bestellte ein reiches Frühstück, ganz außergewöhnliche Speisen und Getränke, die sie drei Stunden hindurch in einem Kabinett zurückhielten. Vom Duell ward nicht gesprochen, umso mehr von den Frauen. Fifi und Clarisse wurden besprochen, erklärt, zergliedert. Bachelard nahm alles Unrecht auf sich, um vor Duverdy nicht als der Betrogene dazustehen; dieser hingegen, um für jenen Abend sich zu rächen, als Bachelard ihn in der ausgeleerten Wohnung der Kirschenstraße weinen sehen, log jetzt von seinem Liebesglück so ausgiebig, dass er schließlich selbst daran glaubte und gerührt ward.

August, dem seine Nervenschmerzen die Lust am Essen und Trinken verdarben, hatte den Ellbogen auf den Tisch gestützt und schien, die trüben Augen auf sie gerichtet, ihnen zuzuhören. Beim Nachtisch erinnerte sich Trublot des unten stehenden Kutschers, den man völlig vergessen hatte. Er sandte ihm den Rest der Schüsseln und einige halbleere Flaschen Wein hinab. Es schlug drei Uhr. Duverdy beklagte sich, dass er in der nächsten Gerichtssitzung Beisitzer sei; Bachelard war betrunken und spuckte auf Trublots Beinkleid, der dies gar nicht zu bemerken schien; der Tag wäre so fein beim Likör zu Ende gegangen, wenn nicht August plötzlich aufgefahren wäre.

Nun denn, was soll geschehen? fragte er.

Wohlan, mein Junge, sagte der Onkel ihn duzend, wenn du willst, werden wir dich ganz hübsch aus der Geschichte ziehen... Es ist zu dumm; du wirst dich nicht schlagen.

Niemand war überrascht von diesem Schluss. Duverdy nickte zustimmend, und der Onkel fuhr fort:

Ich will mit dem Herrn Rat zu deinem Gegner hinaufgehen; der Kerl muss dich um Verzeihung bitten, oder ich will nicht länger Bachelard heißen. Wenn er mich nur sieht, wird er zu Kreuze kriechen.

August drückte ihm die Hand, schien aber nicht erleichtert, denn seine Kopfschmerzen waren fast unerträglich geworden. Endlich verließ man das Kabinett. Der Kutscher saß in der Droschke und frühstückte noch; er war völlig betrunken und klopfte dem Trublot vertraulich auf den Bauch.

Das Pferd, das nichts bekommen hatte, weigerte sich zu gehen und schüttelte verzweifelt den Kopf. Auf vieles Antreiben setzte es sich endlich in Bewegung, und um vier Uhr war man in der Ghoiseul-Straße glücklich angelangt. August hatte die Droschke sieben Stunden behalten, Trublot, der im Wagen verblieb, erklärte, er wolle sie weiter behalten und Bachelard erwarten, um diesem ein Essen anzubieten.

Du hast wirklich die ganze Zeit damit verbracht? rief Theophil, seinem Bruder entgegeneilend; ich glaubte dich längst tot.

Sobald die Herren in den Laden eingetreten waren, erzählte er ihnen seine Wahrnehmungen vom Tage. Seit neun Uhr liege er auf der Lauer, doch rühre sich nichts. Um zwei Uhr sei Valerie mit ihrem Sohn Canaille in den Tuileriengarten gegangen. Gegen halb vier Uhr habe er Octave ausgehen sehen. Weiter nichts; bei den Josserand rege sich nichts. Saturnin, der zuerst seine Schwester unter den Möbeln gesucht habe, sei später hinaufgegangen, um sie bei seinen Eltern zu suchen; allein Madame Josserand habe, um sich seiner zu entledigen, ihm die Türe vor der Nase zugeschlagen und gesagt, dass Berta nicht bei ihnen sei. Seither schleiche der Narr mit zusammengepressten Zähnen umher.

Gut, sagte Bachelard. Wir werden den Herrn erwarten; er muss doch nach Hause kommen.

August machte verzweifelte Anstrengungen, um sich auf den Beinen zu erhalten. Duverdy riet ihm, zu Bett zu gehen; es gebe nichts Besseres gegen die Migräne.

Gehen Sie nur hinauf, wir bedürfen Ihrer nicht mehr. Man wird Ihnen das Ergebnis schon mitteilen. Mein Lieber, die Aufregungen tun Ihnen nicht gut.

Der Gatte ging hinauf, um sich schlafen zu legen.

Die beiden anderen warteten um fünf Uhr noch immer auf Octave. Dieser war anfangs ohne bestimmtes Ziel, nur um frische Luft zu schöpfen und die Katastrophe der Nacht zu vergessen, ausgegangen. Er kam vor dem Geschäfte »Zum Paradies der Damen« vorüber und grüßte Frau Hédouin, die in tiefe Trauer gekleidet auf der Schwelle stand.

Er erzählte ihr, dass er bei den Vabre ausgetreten sei; darauf fragte sie ihn ganz ruhig, warum er nicht wieder bei ihr eintreten wolle? Sie einigten sich sofort, ohne viel zu überlegen. Er grüßte von neuem, versprach, am folgenden Tage einzutreten, und setzte dann seinen Spaziergang fort, von einer unbestimmten Reue erfüllt. Der Zufall kreuzte stets seine Berechnungen. In allerlei Pläne versunken, schlenderte er so seit etwa einer Stunde im Stadtviertel herum, als er den Kopf erhebend, wahrnahm, dass er sich in der dunklen Rochus-Gasse befand. Da sah er im dunkelsten Winkel der Gasse vor der Türe eines Wirtshauses von sehr zweideutigem Aussehen Valerie von einem bärtigen Herrn sich verabschieden.

Sie errötete und eilte davon. Als sie sah, dass der junge Mann ihr lächelnd folgte, zog sie es vor, ihn unter der Wölbung der Kirchenpforte zu erwarten. Hier plauderten sie vertraulich.

Sie fliehen mich? fragte er. Zürnen Sie mir denn?

Weshalb sollte ich Ihnen zürnen? sagte sie... Die Leute könnten sich auffressen untereinander; mir ist das ganz gleich.

Sie sprach von ihrer Familie und erledigte sich ihres alten Ingrimmes gegen Berta zuerst durch Anspielungen, indem sie dem jungen Mann gleichsam den Puls fühlte. Als sie fand, dass er seiner Geliebten überdrüssig sei und noch ganz erbittert über das Geschehnis der letzten Nacht, tat sie sich keinen Zwang mehr an und erleichterte ihr Herz.

Sollte man es glauben: dieses Weib habe gewagt, ihr zu sagen, dass sie sich verkaufe! Sie, die niemals einen Sou annehme, nicht einmal ein Geschenk, höchstens Blumen, ein Veilchenbukett! Jetzt zeige es sich, welche von beiden sich verkaufe! Sie habe es ihr vorausgesagt, man werde eines Tages schon sehen, wie viel man es sich kosten lassen müsse, um sie zu haben!

Es hat Ihnen wohl mehr gekostet als ein Veilchenbukett? fragte sie ihn.

Ja, gewiss! antwortete er feige genug.

Dann erzählte er seinerseits allerlei unangenehme Dinge über Berta. Er nannte sie boshaft, fand sie zu fett, wie um sich für allen Verdruss zu rächen, den sie ihm verursacht hatte. Er habe den ganzen Tag die Zeugen des Gatten erwartet, erzählte er; und jetzt werde er nach Hause zurückkehren, um wieder nachzusehen, ob niemand gekommen sei. Ein blödes Abenteuer! Ein Duell, das sie ihm wahrhaftig habe ersparen können. Schließlich erzählte er sogar ihr Zusammentreffen, das einen so kläglichen Verlauf genommen, ihren Streit, und wie der Gatte gekommen sei, bevor sie einander auch nur umarmt hätten.

Bei dem Heiligsten schwöre ich Ihnen: es war noch nicht das Geringste zwischen uns vorgefallen.

Valerie lachte; die Geschichte erheiterte sie sehr. Sie überließ sich der heiklen Intimität dieser Vertraulichkeiten und näherte sich Octave wie einer Freundin, die alles wisse. Von Zeit zu Zeit wurden sie durch eine fromme Gläubige gestört, die sich aus der Kirche entfernte, dann fiel die Türe wieder zu, und sie standen in dem aus schweren grünen Vorhängen hergestellten Windfang wie an einem geheimen, sichern Zufluchtsort.

Ich weiß nicht, weshalb ich länger unter diesen Leuten lebe, fuhr sie fort, wieder von ihrer Familie sprechend. Gewiss bin auch ich nicht ohne Fehl; doch stehen mir die Leute so wenig nahe, dass ich mir gar keine Vorwürfe mache. Wenn ich Ihnen noch gestehen würde, wie langweilig die Liebe mir ist...

Ei, vielleicht doch nicht gar so sehr! rief Octave heiter. Man ist ja nicht immer so dumm, wie wir gestern waren... Es gibt ja auch glückliche Augenblicke.

Sie beichtete ihm nun. Der Hass gegen ihren Mann; das ewige Fieber, das ihn schüttele und einen ohnmächtigen, trübseligen Knaben aus ihm mache – all dies war es nicht, was sie – schon sechs Monate nach der Heirat – zu einem schlechten Lebenswandel getrieben habe. Nein! – Sie tue es oft, ohne es zu wollen, bloß weil ihr Dinge durch den Kopf fuhren, über die sie sich gar keine Rechenschaft geben konnte. Alles um sie her sinke in Trümmer, sie werde krank und trage sich mit Selbstmordgedanken. Eben dann–als nichts da war, sie zurückzuhalten – habe sie diesen Pfad des Niederganges betreten, der nicht schlechter sei als ein anderer.

Ist's wahr? Sie hatten dabei niemals glückliche Augenblicke? fragte Octave, den dieser Punkt allein zu interessieren schien.

Nicht das, was man sich erzählt, ich schwöre es Ihnen, erwiderte sie ihm.

Er betrachtete sie mit mitleidsvoller Teilnahme. Für nichts und ohne Vergnügen? das lohnt in der Tat nicht die Mühe, die sie sich gibt, fortwährend in der Furcht lebend, überrascht zu werden. Dabei empfand seine Eitelkeit eine heimliche Genugtuung, denn er war noch immer gekränkt durch die Geringschätzung, mit der sie ihn einst behandelt hatte. Darum also hat sie ihn abgewiesen eines Abends... Er erwähnte ihr die Sache.

Sie erinnern sieh? Nach einem Nervenanfall, den Sie hatten...

Ja; Sie missfallen mir nicht, aber ich hatte so wenig Verlangen danach!... Und es war besser so; heute würden wir einander verabscheuen.

Sie reichte ihm ihre kleine beschuhte Hand. Er drückte sie und wiederholte:

Sie haben recht; so ist's besser... Wahrhaftig, man liebt nur die Frauen, die man nicht besessen hat!...

So standen sie eine Weile Hand in Hand in gerührter Stimmung. Dann traten sie wortlos in die Kirche ein, wo sie ihren Sohn Camille in der Obhut einer Besitzvermieterin zurückgelassen hatte. Das Kind war inzwischen eingeschlafen. Sie hieß es niederknien und kniete selbst einen Augenblick nieder, den Kopf auf die Hände gestützt, wie in ein inbrünstiges Gebet versunken. Als sie sich erhob, trat eben der Abbé Mauduit aus einem Beichtstuhl. Mit einem väterlichen Lächeln ging er an ihr vorüber.

Octave hatte einfach die Kirche durchschritten, ohne sich daselbst aufzuhalten. Als er heimkehrte, war das ganze Haus in Bewegung; bloß Trublot, der in der Droschke träumte, sah ihn nicht. Die Kaufleute in ihren Ladentüren blickten ihn ernst an. Der Papierhändler gegenüber ließ noch immer die Blicke über die Vorderseite des Hauses schweifen, als wolle er jeden Stein erforschen; aber der Kohlenhändler und die Obsthändlerin hatten sich bereits beruhigt, und das Stadtviertel hatte seine kalte Ruhe wieder angenommen. Als Octave unter dem Tore vorbeiging, musste sich Lisa, die mit Adele in eine Plauderei vertieft war, damit begnügen, ihn genau anzusehen, und unter den strengen Blicken des Herrn Gourd, der den jungen Mann grüßte, mussten sie tun, als ob sie über die teuren Preise des Geflügels sich beklagten. Octave stieg endlich die Treppe hinan, als Frau Juzeur, die seit dem Morgen auf der Lauer lag, ihre Türe öffnete, seine beiden Hände ergriff und ihn in ihr Vorzimmer zog, wo sie ihn auf die Stirne küsste, und sagte:

Armes Kind!... Gehen Sie, ich halte Sie nicht zurück. Kommen Sie wieder plaudern, wenn alles vorbei ist.

Kaum war er heimgekehrt, als Duverdy und Bachelard bei ihm eintraten. Anfangs wollte er, verblüfft über den Anblick des Oheims, ihnen die Namen zweier seiner Freunde angeben. Aber die Herren sprachen, ohne zu antworten, von ihrem Alter und hielten ihm eine Rede über sein schlechtes Betragen. Als er dann im Verlaufe der Unterhaltung seine Absicht, das Haus ehestens zu verlassen, kundgab, erklärten beide feierlich, dass ihnen dieser Beweis von Takt genüge. Es habe bereits genug Skandal gegeben, und man müsse den anständigen Leuten seine Leidenschaft zum Opfer bringen. Duverdy nahm die Kündigung sofort an und zog sich zurück, während Bachelard hinter seinem Rücken den jungen Mann zum Essen für den Abend einlud.

Ich zähle auf Sie. Wir sind im Zuge, uns zu amüsieren, und Trublot erwartet uns unten... Ich kümmere mich wenig um Eleonore, aber ich will sie nicht sehen und eile voraus, damit man uns nicht beisammen antreffe.

Er ging hinab. Fünf Minuten später holte Octave ihn ein, entzückt über diese Lösung des Abenteuers. Er schlüpfte in die Droschke, und der trübsinnige Gaul, der den Gatten sieben Stunden lang durch die Straßen von Paris geschleppt hatte, schleppte sie nun hinkend zu einem Restaurant in den Hallen, wo ganz vorzügliche Kaldaunen gegessen wurden.

Duverdy suchte Theophil im Hintergrunde des Ladens auf; auch Valerie war eben zurückgekehrt: die drei schickten sieh an zu plaudern, als Clotilde, von einem Konzert heimkehrend, sich zu ihnen gesellte. Sie war, wie sie sagte, ganz ruhig hingegangen in der Überzeugung, dass man eine jeden befriedigende Lösung finden werde. Da entstand ein Stillschweigen, eine Verlegenheit bei den beiden Ehepaaren. Theophil war übrigens von einem scheußlichen Hustenanfall ergriffen. Weil sie sämtlich ein Interesse daran hatten, sich auszusöhnen, benutzten sie die Aufregung, die dieser Familienverdruss hervorgerufen. Die beiden Frauen küssten einander: Duverdy schwor Theophil, dass die Erbschaft des alten Vabre ihn ruiniere; nichtsdestoweniger wolle er ihn entschädigen, indem er ihm drei Jahre Mietzins erlasse.

Wir müssen aber den armen August beruhigen, bemerkte schließlich der Rat.

Er ging hinauf; da drang aus dem Schlafgemach ein entsetzliches Geschrei wie von einem Tier, das abgeschlachtet wird. Es war Saturnin, der, mit einem großen Küchenmesser bewaffnet, sich bis zu dem Schlafzimmer herangeschlichen hatte. Mit flammensprühenden Augen und wutschäumenden Munde warf er sich auf August.

Sprich, wo hast du sie hingesteckt? schrie er. Gib mir sie wieder, oder ich schlachte dich ab wie ein Sehwein.

Der Gatte, plötzlich aus seinem schmerzlichen Halbschlummer aufgestört, wollte fliehen; doch der Narr hatte mit der Gewalt des Wahnsinns ihn bei einem Zipfel des Hemdes gepackt, auf das Bett niedergedrückt und den Hals des armen Opfers über den Bettrand gelegt, ganz in der Lage eines Tieres, das abgeschlachtet werden soll.

Ha, endlich habe ich dich, ich steche dich ab wie ein Schwein!

Glücklicherweise kamen in diesem Augenblicke Leute hinzu, und man konnte das arme Opfer befreien. Man musste Saturnin, der einen Tobsuchtsanfall hatte, einsperren. Zwei Stunden später kam ein Kommissar der Polizei, die man verständigt hatte, um ihn ein zweites Mal in die Irrenanstalt zu Saint-Evrard abzuführen. Der arme August aber zitterte noch immer vor Angst. Er erwiderte Duverdy, der ihm die Abmachung mitteilte, die man mit Octave getroffen:

Nein, ich würde mich lieber geschlagen haben. Gegen einen Verrückten kann man sich nicht verteidigen. Welche Wut hat denn diesen Schurken ergriffen, dass er mich abschlachten will – etwa, weil seine Schwester mich zum Hahnrei gemacht hat? Ich habe genug, mein Freund; auf Ehre, ich habe genug!

Sechzehntes Kapitel

Als Marie mittwochmorgens Berta zu ihrer Mutter führte, hatte diese, aufs höchste bestürzt über dieses Abenteuer, durch das sie sich in ihrem Stolze getroffen fühlte, bleich und sprachlos dagestanden.

Sie ergriff ihre Tochter bei der Hand mit der Rücksichtslosigkeit einer Schulaufseherin, die eine strafbare Schülerin in die »finstere Kammer« wirft und stieß sie in Hortensens Zimmer, indem sie ihr sagte:

Verbirg dich und lass dich nicht blicken! Du würdest deinen Vater töten.

Hortense, die sich eben wusch, war höchlich erstaunt. Berta warf sich schluchzend und von Scham erdrückt auf das Bett. Sie war auf eine heftige Szene gefasst und hatte sich eine ganze Verteidigung zurechtgelegt; sie war entschlossen, ihre Mutter zu überschreien, wenn diese schreien sollte. Aber dieser stumme Zorn, diese Art, sie als kleines Mädchen zu behandeln, das einen Topf Eingemachtes genascht hat, nahm ihr alle Tatkraft, führte sie zu den Schrecken ihrer Kindheit zurück, zu den Tränen, die sie ehemals in den Winkeln vergoss unter heißen Schwüren des Gehorsams für die Zukunft.

Was gibt es denn? Was hast du getan? fragte Hortense, deren Erstaunen noch höher stieg, als sie sie mit dem alten Schal bedeckt sah, den Marie ihr geliehen hatte. Ist August etwa in Lyon erkrankt?

Allein Berta wollte nicht antworten. Nein, sagte sie; später: sie könne nichts sagen. Sie bat Hortense fortzugehen, ihr das Zimmer zu überlassen, wo sie wenigstens ungestört weinen könne. So verfloss, der Tag. Herr Josserand war in sein Büro gegangen, ohne das Geringste zu ahnen.

Als er abends heimkehrte, blieb Berta noch immer verborgen. Da sie tagsüber jede Nahrung zurückgewiesen, verschlang sie jetzt mit Heißhunger das bisschen Essen, das Adele ihr im geheimen brachte. Die Magd betrachtete sie, wie sie mit gutem Appetit aß, und bemerkte dann:

Kränken Sie sich nicht zu viel, gnädige Frau, fassen Sie Mut! Das Haus ist ganz ruhig. Trotz allem Spektakel gibt es keinen Toten auf dem Kampfplatz.

Ah! sagte die junge Frau.

Sie befragte Adele, welche die Vorgänge des Tages ausführlich erzählte: das vereitelte Duell, was Herr August gesagt, was die Vabre getan, und was die Duverdy getan. Sie hörte ihr zu, fühlte neues Leben in sich, aß mit immer steigendem Appetit und verlangte nach Brot. Sie sei in der

Tat sehr dumm, sich dermaßen zu kränken, meinte sie, da die anderen schon getröstet schienen!

Sie empfing denn auch ihre Schwester ganz heiter mit trockenen Augen, als diese gegen zehn Uhr zu ihr kam. Es belustigte sie sehr – obgleich sie ihr Gelächter unterdrückten – als sie einen Schlafrock ihrer Schwester anziehen wollte und er ihr zu eng war; ihr Busen, der in der Ehe noch voller geworden war, drohte den Stoff zu sprengen. Tut nichts, meinte sie; sie werde ihn am nächsten. Morgen dennoch anziehen auf die Gefahr hin, dass einige Knöpfe absprängen.

Beide glaubten ihre Jugend wiederkehren zu sehen in diesem Zimmer, wo sie so viele Jahre miteinander verlebt hatten. Das stimmte sie weich und brachte sie einander näher in einer Zuneigung, die sie seit langem füreinander nicht empfunden hatten. Sie mussten beieinander schlafen, denn Frau Josserand hatte das alte, Meine Bett Bertas beseitigt. Als sie, nachdem die Kerze ausgelöscht war, nebeneinander im Bett lagen, mit weit offenen Augen in die Finsternis blickend und keinen Schlaf findend, begannen sie zu plaudern.

Also du willst mir nichts erzählen? fragte Hortense von neuem.

Aber, meine Liebe, sagte Berta, du bist ja nicht verheiratet: ich kann nicht... Ich habe eine Auseinandersetzung mit August gehabt. Du verstehst mich; er ist zurückgekehrt...

Als sie sich unterbrach, warf die Schwester ungeduldig drein:

Geh', geh'! Mach' keine Umstände! In meinem Alter werde ich doch wissen!...

Da beichtete Berta; zuerst sprach sie vorsichtig, später aber ohne Wahl der Worte, von August und von Octave. Hortense lag still auf dem Rücken, schaute in die Finsternis und hörte ihr aufmerksam zu, nur von Zeit zu Zeit warf sie eine kurze Bemerkung dazwischen, um sie zu fragen oder um ihre Meinung zu sagen, wie:»Was hat er dir dann gesagt?... Und was hast du gefühlt?... Wahrhaftig, mir wäre es kein Vergnügen!... Ei, so geschieht das!« So kam Mitternacht, die erste, die zweite Morgenstunde; sie sprachen noch immer von dieser Geschichte, schlaflos, die heißen Glieder unter den Betttüchern wälzend. Berta, in diesem halben Fieberzustande, vergaß die Anwesenheit ihrer Schwester und kam schließlich so weit, dass sie laut lachte und ihr Herz und ihr Fleisch durch die intimsten Geständnisse erleichterte.

Ich mit Verdier – das wird sehr einfach sein, erklärte Hortense plötzlich. Ich werde tun, was er will.

Bei Nennung des Namens Verdier machte Berta eine Bewegung der Überraschung. Sie glaubte, die Heirat habe sich zerschlagen; denn die Frau, mit der er seit fünfzehn Jahren lebte, war vor kurzem niedergekommen gerade in dem Augenblicke, wo er auf dem Punkte stand, sie zu verlassen. Du rechnest trotz alledem darauf, ihn zu heiraten? fragte sie.

Ja, warum nicht? Ich habe die Dummheit begangen, zu lange zu warten. Aber das Kind wird nicht am Leben bleiben. Es ist ein Mädchen, durch und durch skrofulös.

Indem sie das Wort »Geliebte« voll Ekel aussprach, brachte sie den Hass der anständigen, heiratsfähigen Bürgerstochter gegen dieses Geschöpf zum Ausdruck, das so lange mit einem Manne lebte. Ein Manöver, dieses kleine Kind, nicht mehr! ja ein Vorwand, den sie ersonnen, als sie bemerkt hatte, dass Verdier, nachdem er ihr Hemden gekauft, um sie nicht nackt fortzuschicken, sie an eine baldige Trennung gewöhnen wolle, indem er immer häufiger außer dem Hause schlief. Übrigens wird man ja sehen, man wird warten.

Arme Frau! ließ sich Berta entschlüpfen.

Wie, arme Frau! rief Hortense bitter. Man sieht, man hat dir auch vieles zu verzeihen.

Sie bedauerte aber bald diese Grausamkeit, schloss ihre Schwester in ihre Arme und beteuerte ihr, es nicht absichtlich gesagt zu haben. Dann schwiegen sie. Aber sie schliefen nicht und schauten unverwandt in die Finsternis.

Am folgenden Morgen fühlte Herr Josserand sich unwohl. Er war so eigensinnig, wieder bis zwei Uhr nach Mitternacht Adressschleifen zu schreiben, trotzdem er seit einigen Tagen wiederholt über eine stete Abnahme seiner Kräfte geklagt hatte. Er stand indessen auf und kleidete sich an; allein in dem Augenblick, als er sich in sein Büro begeben wollte, fühlte er sich dermaßen erschöpft, dass er sich entschließen musste, seine Chefs, die Brüder Bernheim, durch einige Zeilen von seinem Unwohlsein zu verständigen.

Die Familie schickte sich an, ihren Milchkaffee zu trinken. Man frühstückte ohne Tischtuch in dem Speisezimmer, das noch die fettigen Spuren des gestrigen Essens zeigte. Die Damen erschienen in ihren Nachtleibchen, die frisch gewaschenen Gesichter noch nicht völlig getrocknet, die Haare einfach aufgesteckt. Als Frau Josserand sah, dass ihr Gatte zu Hause bliebe, beschloss sie, Berta nicht länger vor ihm verborgen zu halten; diese Geheimtuerei langweilte sie; auch fürchtete sie, dass August jeden Augenblick heraufkommen könne, um eine Szene zu machen.

Wie, du frühstückst hier? Was gibt es denn? fragte der Vater überrascht, als er seine Tochter sah, die mit vom Schlaf geschwollenen Augen, die volle Brust in den engen Schlafrock Hortensens eingepresst, dasaß.

August hat mir geschrieben, dass er in Lyon bleibt, erwiderte sie; und es kam mir der Einfall, den Tag mit euch zuzubringen.

Das war eine zwischen den beiden Schwestern abgekartete Lüge, und die Mutter schwieg dazu. Doch der Vater betrachtete seine Tochter voll Unruhe; er ahnte ein Unglück: da er die Geschichte sonderbar fand, wollte er Berta eben fragen, wie es ohne sie im Laden unten gehe, als diese auf ihn zukam und mit ihrer heiteren, ruhigen Miene von ehemals ihn auf beide Wangen küsste.

Ist's wahr? Du verbirgst mir nichts? murmelte er.

Was denkst du? Warum sollte ich dir etwas verbergen?

Frau Josserand begnügte sich einfach die Achseln zu zucken. Was soll diese Vorsicht? Um vielleicht eine Stunde zu gewinnen – das lohnt doch nicht die Mühe: der Vater müsse doch früher oder später den Schlag erfahren.

Das Frühstück war indessen recht heiter. Herr Josserand, erfreut, sich wieder zwischen seinen beiden Töchtern zu befinden, glaubte sich an die früheren Tage zurückversetzt, wo sie, kaum aus ihren Betten gekrochen, ihn mit der Erzählung ihrer drolligen Träume erheiterten. Für ihn hatten sie noch immer den lieblichen Reiz der Jugend, wie sie mit den Ellbogen auf den Tisch gestützt dasaßen, ihre Brötchen in den Kaffee tunkten und mit vollem Munde lachten.

Die Vergangenheit tauchte vollends vor ihm auf, als er ihnen gegenüber das starre Gesicht ihrer Mutter sah, die überquellenden Formen in ein altes, grünes Seidenkleid gepresst, das sie in den Morgenstunden ohne Mieder trug, um es völlig abzunützen.

Doch eine verdrießliche Szene verdarb das heitere Frühstück. Frau Josserand fragte die Magd plötzlich:

Was essen Sie denn?

Sie hatte Adele, die in Holzschuhen schwerfällig um den Tisch die Runde machte, schon seit einer Weile beobachtet.

Nichts, gnädige Frau, erwiderte die Magd.

Wie, nichts?... Ich sehe Sie kauen; ich bin ja nicht blind. Sie haben noch die Zähne voll. Vergebens ziehen Sie die Backen ein, man sieht es doch.

Adele ward verwirrt und wollte zurückweichen. Doch Frau Josserand hatte sie am Rock erfasst.

Ich sehe Sie seit einer Viertelstunde von Zeit zu Zeit etwas aus der Tasche ziehen und in den Mund stecken. Das muss wohl sehr gut sein. Zeigen Sie einmal! ...

Sie griff in die Tasche der Magd und zog eine Handvoll gesottener Pflaumen heraus: der Saft tropfte zu Boden.

Was ist das? rief sie wütend.

Das sind Pflaumen, gnädige Frau, sagte die Magd, die keck wurde, als sie sich entdeckt sah.

Sie machen sich über meine Pflaumen her; darum verschwinden sie so rasch, ohne auf den Tisch zu kommen!... Sollte man es für möglich halten! Pflaumen in einer Tasche!

Sie beschuldigte sie, dass sie auch den Essig austrinke. Alles verschwinde, man dürfe keine Kartoffel mehr liegen lassen.

Sie sind ein Abgrund, der alles verschlingt! rief sie.

Geben Sie mir zu essen, erklärte Adele rundheraus, dann werde ich Ihre Kartoffeln liegen lassen.

Das war das Äußerste. Frau Josserand erhob sich majestätisch, furchtbar.

Schweigen Sie, Großmaul!... Ich weiß recht gut: die anderen Mägde verderben Sie. Sobald so eine Gans aus der Provinz in einem Hause ankommt, fallen die anderen Dirnen aus allen Stockwerken über sie her, um sie eine ganze Menge unsauberer Dinge zu lehren... Sie gehen nicht mehr in die Messe, und jetzt stehlen Sie gar! ...

Adele, der in der Tat Lisa und Julie den Kopf voll geredet hatten, gab nicht nach.

Wenn ich eine Gans war, wie Sie sagen, durften Sie keinen Missbrauch treiben. Nun ist's aus!

Hinaus! Ich jage Sie fort! schrie Frau Josserand, mit einer tragischen Miene nach der Tür weisend.

Wutschnaubend setzte sie sich nieder, während die Magd, ohne sich sonderlich zu beeilen, noch eine Weile herumtrippelte und noch eine

Pflaume verschlang, ehe sie in die Küche hinausging. So ward sie jede Woche einmal davongejagt; es regte sie wenig auf.

Ein peinliches Stillschweigen entstand an der Tafel. Hortense bemerkte, es tauge nichts, ihr stets mit dem Davonjagen zu drohen und sie dann immer wieder zu behalten. Gewiss stehle sie und sei keck; aber sie bediene sie doch, während eine andere Magd es keine acht Tage bei ihnen aushalten werde trotz des Vergnügens, den Essig auszutrinken und einige Pflaumen zu stehlen.

Das Frühstück ging indessen in zärtlich inniger Stimmung zu Ende. Herr Josserand sprach in sehr bewegten Worten von dem armen Saturnin, der tags vorher während seiner Abwesenheit, wieder hatte fortgeführt werden müssen; er glaubte, er habe unten im Laden einen Tobsuchtsanfall bekommen, denn man hatte es ihm so erzählt.

Dann beklagte er sich, dass er Leo schon lange nicht gesehen habe; Frau Josserand, die stumm geworden war, erklärte trocken, dass sie ihn heute erwarte, dass er vielleicht zum Frühstück kommen werde. Der junge Mann hatte seit einer Woche mit Frau Dambreville gebrochen, die, um sich ihres Versprechens zu entledigen, ihn mit einer dürren, schwarzen Witwe verheiraten wollte; allein er wollte eine Nichte des Herrn Dambreville heiraten, eine sehr reiche Kreolin von glänzender Schönheit, die im September bei ihrem Oheim eingetroffen war, nachdem sie auf den Antillen ihren Vater durch den Tod verloren. Es gab schreckliche Szenen zwischen den beiden Liebenden; Frau Dambreville weigerte sich, ihm ihre Nichte zu geben: sie ward von Eifersucht verzehrt und konnte sich nicht entschließen, vor dieser in Jugendschöne prangenden Blume die Segel zu streichen.

Wie steht es mit seiner Heiratsangelegenheit? fragte Herr Josserand.

Wegen der Anwesenheit Hortensens antwortete die Mutter zuerst in vorsichtigen Ausdrücken. Sie hielt derzeit große Stücke auf ihren Sohn: er sei ein Junge, der seinen Weg machen werde. Sie hielt ihn sogar oft ihrem Gatten vor; der Junge sei, Gott sei Dank! von ihrer Art, sagte sie; der werde sein Weib nicht ohne Schuhe lassen. Allmählich ereiferte sie sich.

Er hat endlich genug von dieser Frau. Eine Weile mag es hingehen; es hat ihm nicht geschadet. Aber wenn die Tante sich weigert, ihm die Nichte zu überlassen, wird er ihr den Laufpass geben... Und ich stimme ihm bei.

Hortense tat aus Züchtigkeit, als ob sie ganz hinter ihrer Kaffeeschale verschwinden wolle; Berta hingegen, die nunmehr alles hören durfte, machte eine verächtliche Miene über die Erfolge ihres Bruders. Die Familie erhob sich von der Tafel, und Herr Josserand, der sich besser fühlte, sprach davon, noch ins Büro gehen zu wollen; da erschien Adele mit einer Karte. Die Person warte im Salon, sagte sie.

Wie? Sie ist's? Zu dieser Stunde! rief Frau Josserand. Und ich habe nicht einmal ein Korsett an... Umso schlimmer, ich muss ihr die Wahrheit sagen.

Es war Frau Dambreville. Vater und Töchter blieben im Speisezimmer, um zu plaudern, während die Mutter sich nach dem Salon wandte. Ehe sie die Türe öffnete, warf sie noch einen besorgten Blick auf ihr altes, grünes Seidenkleid; sie versuchte es zuzuknöpfen, reinigte es von den verschiedenen Fäden, die sie vom Parkett aufgelesen hatte und schob mit einer derben Handbewegung den überquellenden Busen zurück.

Verzeihen Sie, teure Frau, sagte die Besucherin lächelnd; ich bin hier vorbeigekommen und wollte mich nach Ihrem Befinden erkundigen.

Sie war in eine Toilette von tadelloser Vornehmheit eingepresst und gab sich den Anschein einer liebenswürdigen Frau, die heraufgekommen war, um einer Freundin guten Tag zu sagen. Allein ihr Lächeln zitterte; aus ihren vornehmen Manieren sprach eine entsetzliche Angst, die ihr ganzes Wesen erbeben machte. Sie sprach von tausend Dingen und vermied es sorgfältig, Leos Namen auszusprechen; aber endlich entschloss sie sich, einen Brief aus der Tasche zu ziehen, den sie soeben von ihm erhalten hatte.

Ach, ein Brief, ein Brief!... sagte sie mit veränderter, von Tränen erstickter Stimme. Was hat er denn gegen mich, teure Frau? Er will keinen Fuß mehr in unser Haus setzen!

Sie reichte den Brief mit zitternder Hand der Frau Josserand. Diese nahm den Brief und las ihn kalt. Es war eine kurze, aber entschiedene Absage.

Mein Gott, sagte sie, ihr den Brief zurückgebend, Leo hat vielleicht nicht unrecht.

Frau Dambreville erging sich in Lobeserhebungen über die Witwe, die sie dem jungen Mann zugedacht hatte; eine Frau von kaum 35 Jahren, sehr anständig, wohlhabend genug, außerordentlich tätig, so dass sie ihren Gatten gewiss zum Minister machen werde. Sie halte schließlich ihr

344

Versprechen; sie habe für Leo eine gute Partie gefunden. Welchen Grund zu zürnen könne er haben?

Ohne eine Antwort abzuwarten, entschloss sie sich endlich, Raymonde zu nennen, ihre Nichte. Sei es möglich, dass er einen solchen Backfisch von kaum 16 Jahren heiraten wolle; eine Wilde, die von der Welt und vom Leben gar nichts verstehe?

Warum nicht? entgegnete Frau Josserand bei jeder Frage; warum nicht, wenn er sie liebt?

Nein, nein, er liebt sie nicht! rief die andere immer wieder; er kann sie nicht lieben. Ich verlange von ihm nichts als ein wenig Dankbarkeit ... Ich habe einen Menschen aus ihm gemacht; mir hat er es zu danken, dass er Gerichtsbeisitzer ist, er wird auch zum Referendar ernannt werden... Ich flehe Sie an, reden Sie ihm zu, dass er zurückkommt, dass er mir diese Freude bereitet. Ich wende mich an sein Herz, an Ihr Mutterherz, ja, an alles, was edel ist in Ihnen...

Sie faltete die Hände, ihre Stimme brach. Es herrschte Stillschweigen; so saßen sie einander gegenüber. Dann brach sie plötzlich in ein schmerzliches Schluchzen aus und rief:

Nicht mit Raymonde, nur nicht mit Raymonde!

Es war eine Liebesraserei, der Aufschrei eines Weibes, das nicht altern will, das sich in der schweren Krise der Alterswende an den letzten Mann klammert. Sie hatte die Hände der Frau Josserand ergriffen und benetzte sie mit ihren Tränen; sie gestand der Mutter alles, demütigte sich vor ihr, wiederholte immerfort, dass sie allein auf ihren Sohn ein-wirken könne und schwor ihr die Ergebenheit einer Magd, wenn sie ihn ihr wiedergeben werde. Sie sei allerdings nicht gekommen, um diese Dinge zu sagen; sie habe ihm Gegenteil den Vorsatz gefasst, nichts mer-ken zu lassen, allein ihr Herz ertrage es nicht: sie sei nicht schuld daran.

Schweigen Sie, meine Liebe, Sie machen mich erröten, erwiderte Frau Josserand mit verdrossener Miene. Ich habe Töchter, die es hören könn-ten... Ich weiß nichts und will nichts wissen. Wenn Sie mit meinem Sohn zu tun haben, machen Sie Ihre Angelegenheiten mit ihm aus. Niemals werde ich mich zu einer solchen Rolle hergeben.

Sie überhäufte sie indessen mit Ratschlägen. In ihrem Alter – meinte sie – müsse man schon verzichten. Gott werde ihr hilfreich beistehen. Doch müsse sie ihm ihre Nichte verschaffen, wenn sie dem Himmel ein wirkli-ches Sühnopfer darbringen wolle. Im Übrigen gefalle die Witwe Leo ganz und gar nicht; dieser brauche eine Frau mit hübschem Gesicht, um

Essen geben zu können. Sie sprach von ihrem Sohne mit Bewunderung, geschmeichelt in ihrem Stolze; sie schilderte ihn ganz eingehend, um ihn der schönsten Frauen würdig zu zeigen.

Bedenken Sie doch, liebe Freundin, er ist kaum dreißig Jahre alt. Ich wäre untröstlich, Urnen ein Leid zufügen zu müssen; aber vergessen Sie nicht, dass Sie seine Mutter sein könnten... Er weiß, was er Ihnen schuldet, und ich selbst bin durchdrungen von dem Gefühl der Dankbarkeit für Sie. Sie werden sein gütiger Engel bleiben. Allein wenn es aus ist, dann ist's eben aus. Konnten Sie denn hoffen, ihn für immer zu behalten?

Als die Unglückliche keine Vernunft annehmen wollte und darauf bestand, ihn ganz einfach und auf der Stelle wiederzugewinnen, wurde die Mutter zornig.

Ach was, lassen wir das. Ich halte mich für zu gut, von dieser Sache im Scherz zu reden. Er will nicht mehr, der Junge! Das ist wohl erklärlich. So betrachten Sie sich doch! Sollte er wieder einmal Ihrem Wunsche nachgeben, will ich ihn jetzt an seine Pflichten erinnern. Denn ich frage Sie, welches Interesse kann es fortan für Sie beide mehr haben? Er wird übrigens gleich hier sein, und wenn Sie auf mich gerechnet haben...

Von dem ganzen Wortschwall hörte Frau Dambreville bloß den letzten Satz. Seit acht Tagen verfolgte sie Leo, ohne ihn zu Gesichte zu bekommen. Als sie vernahm, dass er kommen werde, erheiterte sich ihr Gesicht, und aus ihrem Herzen drang ein Freudenschrei:

Wenn er kommt, bleibe ich.

Sie ließ sich wie eine schwere Masse in einem Sessel nieder. Gedankenlos stierte sie ins Leere und gab keine Antwort mit der Entschlossenheit eines Tieres, selbst um den Preis von Schlägen nicht von der Stelle zu weichen. Frau Josserand ließ sie endlich allein untröstlich darüber, dass sie zu viel geredet, und ergrimmt, dass sie diesem Weib, das in ihrem Salon sich festgesetzt wie ein Meilenstein, nicht die Türe weisen durfte. Ein Geräusch, das aus dem Speisesaal plötzlich an ihr Ohr drang, beunruhigte sie. Sie glaubte Augusts Stimme zu erkennen.

Auf Ehre, so etwas ist unerhört, sagte sie, die Türe heftig zuwerfend. Das ist doch schon die äußerste Unhöflichkeit.

In der Tat war August gekommen, um mit den Eltern seiner Frau die Auseinandersetzung herbeizuführen, auf die er sich schon seit gestern vorbereitete.

Herr Josserand, der immer heiterer geworden war und nicht mehr daran dachte, in das Büro zu gehen, schlug seinen Töchtern eben einen gemeinsamen Spaziergang vor, als Adele den Gemahl der Frau Berta anmeldete. Darüber entstand allgemeines Entsetzen. Die junge Frau erbleichte.

Wie, dein Gatte? sprach der Vater. Der ist ja in Lyon! Ach, du logst also! Es gibt ein Unglück, ich fühle es schon seit zwei Tagen.

Sie erhob sich, er aber hielt sie zurück.

Sprich, ihr habt euch wieder einmal gezankt? Und wieder wegen des Geldes, nicht wahr? Vielleicht gar wegen der Morgengabe, wegen jener 10 000 Franken, die wir ihm noch nicht gezahlt?

Ja, ja, so ist's, stammelte Berta und entfloh.

Hortense hatte sich gleichfalls erhoben. Sie lief ihrer Schwester nach, holte sie ein, und beide flüchteten in ihr Zimmer.

Der Vater fand sich plötzlich allein vor dem Tische in der Mitte des stillen Speisesaales. Seine üble Laune stieg ihm ins Gesicht in Gestalt einer fahlen Blässe, einer verzweifelten Lebensmüdigkeit. Die Stunde, die er gefürchtet, die er mit angstvoller Scham erwartet hatte, sie war gekommen: sein Schwiegersohn werde ihm den Versicherungsschein vorhalten, und er sich zu jenem unwürdigen Vorgang bekennen müssen, in den er eingewilligt.

Treten Sie ein, treten Sie ein, mein lieber August, sprach er mit gepresster Stimme. Berta hat mir soeben von eurem Streit erzählt. Ich befinde mich ohnedies nicht wohl, und man verdirbt mir den Tag noch mehr... Sie finden mich in Verzweiflung, dass ich Ihnen das Geld nicht geben kann. Es war ein Fehler von mir, die Summe überhaupt zu versprechen, ich weiß es ...

Mühsam fuhr er fort mit der Miene eines Schuldigen, der seine Geständnisse macht. August hörte ihm überrascht zu. Da er sich erkundigt hatte, kannte er bereits die faule Geschichte von der Versicherung; doch hätte er nie gewagt, die Auszahlung der 10 000 Franken zu fordern, aus Furcht, Frau Josserand werde ihn in das Grab des alten Vabre schicken, um dort *seine* 10 000 Franken zu beheben. Immerhin – da schon davon gesprochen wurde, ging er darauf ein. Das war seine erste Klage.

Ich weiß alles, Sie haben mich völlig hintergangen mit ihren Geschichten. Über den Verlust des Geldes könnte ich mich übrigens noch hinwegsetzen; aber die Heuchelei muss mich doch mit Recht ärgern. Wozu dieses Spiel mit angeblich versicherten Beträgen, die in der Tat nicht existieren? Wozu heuchelten Sie Zärtlichkeit und Innigkeit, indem Sie Summen in Aussicht stellten, die Sie bis nach drei Jahren nicht anrühren zu dürfen behaupteten? Und Sie hatten doch nicht einen roten Heller! Diese Art zu handeln hat *einen* Namen in aller Herren Ländern.

Herr Josserand öffnete den Mund; er wollte ihm zurufen: »Nicht ich tat's, sie taten es!« Indessen er schwieg, denn er wollte seine Familie schonen; gesenkten Hauptes ertrug er es, dass dieses hässliche Gebahren ihm zugeschrieben wurde. August fuhr fort:

Übrigens hatte sich die ganze Welt gegen mich verschworen. Duverdy betrug sich wie ein Nichtswürdiger mit dem Schurken von seinem Notar; denn als ich verlangte, dass man die versicherte Summe wegen der Garantie im Kontrakt namhaft mache, gebot er mir Schweigen. Hätte ich darauf bestanden, so hätten Sie einen Betrug verübt. Jawohl einen Betrug.

Noch mehr erbleichend, erhob sich der Vater, um auf diese Anschuldigungen zu antworten; er wollte beteuern, dass er arbeiten werde während der ganzen Zeit, die er noch zu durchleben habe, um das Glück seiner Tochter zu erkaufen; da stürzte plötzlich, wie einhergetragen durch einen Windstoß, Frau Josserand ins Zimmer außer sich vor Wut über die Störrigkeit der Frau Dambreville und ihres alten, grünseidenen Kleides nicht mehr achtend, dessen Leib durch ihren zorngeschwellten Busen gesprengt war.

Was, schrie sie, wer wagt es hier, von Betrug zu sprechen? Sie waren es? Da gehen Sie vorerst auf den Friedhof, Herr, und schauen Sie, ob die Kasse Ihres Vaters sich seither geöffnet hat.

Diese Worte ärgerten August ganz unbändig, obgleich er darauf gefasst war.

Sie aber fuhr erhobenen Hauptes und mit niederschmetterndem Tone fort:

Wir haben Ihre 10 000 Franken beisammen. Ja, dort liegen sie in einem Schubfache... Aber Sie sollen sie erst erhalten, wenn Herr Vabre zurückgekehrt ist, um Ihnen die Ihren zu geben. Eine schöne Familie, dass muss ich sagen! Der Vater ein Spieler, der uns alle foppt und der Schwager ein Dieb, der die Erbschaft in die Tasche steckt.

Ein Dieb, ein Dieb! stammelte August zum Äußersten getrieben. Die Diebe sind hier!

Mit geröteten Wangen stellten sich beide einander gegenüber. Herr Josserand, den die heftigen Ausdrücke niederschmetterten, trennte sie wieder. Er flehte sie an, ihre Ruhe zu bewahren; von einem Frösteln geschüttelt, sank er dann in den Stuhl zurück.

Auf alle Fälle, begann der Schwiegersohn wieder, will ich keine Hure in meinem Hause! Behaltet euer Geld und behaltet eure Tochter! Ich bin gekommen, um euch dies zu sagen.

Das ist wieder eine andere Frage, bemerkte ruhig die Mutter. Lassen Sie uns darüber reden.

Der Vater, zu schwach, um sich erheben zu können, betrachtete sie mit einer Miene des Entsetzens. Von alledem verstand er nichts mehr. Was hatten sie gesagt? Wer war denn die Hure? Als er jedoch im Laufe des Gespräches erfuhr, dass seine Tochter gemeint war, gab es ihm einen Riss ins Herz, er fühlte in seiner Seele eine klaffende Wunde, durch die sein Lebensrest zu enteilen drohte. Großer Gott – dachte er – dieses Kind sollte seinen Tod herbeiführen? Sollte er für alle seine Schwächen bestraft werden in ihr, die er nicht gut zu erziehen vermochte? Schon der Gedanke, dass sie verschuldet, in ewigem Hader mit ihrem Mann leben werde, vergiftete ihm sein altes Leben, und dieser Gedanke erweckte in ihm die Qualen seiner eigenen Existenz. Jetzt war sie gar hinabgesunken zum Ehebruch, auf diese letzte Stufe weiblicher Verworfenheit; das empörte sein schlichtes und biederes Ehrgefühl. Stumm und von einer großen Kälte ergriffen, hörte er dem Zanke der beiden anderen zu.

Sagte ich es Ihnen nicht gleich, dass sie mich betrügen werde? rief August mit einer Miene triumphierenden Unwillens.

Und antwortete ich Ihnen nicht, dass Sie alles taten, damit es geschehe? erwiderte siegesbewusst Frau Josserand. Ich gebe der Berta nicht recht; gewiss, es war blöd, was sie tat; ich will es ihr auch ganz tüchtig sagen. Aber schließlich, da sie nicht anwesend ist, kann ich es feststellen: Sie allein sind der Schuldige.

Wie? Ich der Schuldige!

Gewiss, mein Lieber. Sie verstehen nicht, die Frauen an sich zu fesseln... Da sehen Sie, ich will Ihnen ein Beispiel sagen. Hat es Ihnen beliebt, zu meinen Dienstagsempfängen zu kommen? Nein, Sie kamen höchstens dreimal und blieben nie länger als eine halbe Stunde. Hat man auch Kopfschmerzen: es gibt doch Gesetze der Höflichkeit. Gewiss, es ist gerade kein großes Verbrechen. Aber Sie sind gerichtet, denn Sie sehen ein, dass es Ihnen an Lebensart fehlt.

Ihre Stimme kreischte in lang verhaltenem Groll; denn bei der Verheiratung ihrer Tochter hatte sie in erster Reihe darauf gerechnet, ihren Salon mit ihrem Schwiegersohn zu zieren. Nicht nur, dass er nie jemanden mit sich brachte, auch er selbst kam so gut wie nie; das war das Ende einer ihrer Träume; nie werde sie es mit den musikalischen Abenden der Duverdy aufnehmen können.

Übrigens, fügte sie spöttisch hinzu, übrigens zwinge ich niemanden, sich bei mir zu amüsieren.

Tatsache ist, dass man sich bei Ihnen überhaupt nicht unterhält, antwortete er ungeduldig.

So, so, fahren Sie nur fort mit Ihren Beleidigungen. Merken Sie sich, dass ich die ganze elegante Welt in meinen Salons sehen könnte, wenn ich wollte, und dass ich nicht auf Sie gewartet habe, um meine gesellschaftliche Stellung zu erhalten!

Es war nicht mehr von Berta die Rede: der Ehebruch war verschwunden in diesem persönlichen Streit. Herr Josserand hörte ihnen noch immer stillschweigend zu. Es war nicht möglich, – sagte er sich – dass seine Tochter ihm solchen Kummer verursacht habe; dann erhob er sich mühsam und schlich, ohne ein Wort zu sagen, zur Tür hinaus, um Berta zu holen. Ist sie nur einmal da, dachte er, so wird sie sich schon ihrem August in die Arme werfen; man wird sich verständigen und schließlich alles vergessen. Er fand sie im Streite mit Hortense, die sie überredete, sich mit ihrem Gemahl zu versöhnen, da sie ihre Schwester schon satt hatte und befürchtete, mit ihr längere Zeit ihr Gemach teilen zu müssen. Die junge Frau widersetzte sich anfangs, doch gab sie schließlich nach und folgte ihrem Vater. Als sie in den Speisesaal traten, wo die Kaffeeschalen noch herumstanden, rief Frau Josserand eben:

Bei meiner Ehre, Sie tun mir nicht leid!

Ihre Tochter erblickend, hielt sie jedoch inne und fiel sogleich in ihre majestätische Strenge zurück. August machte bei dem Anblicke seiner Frau eine abwehrende Handbewegung, als wolle er ihr den Weg zu sich verbieten.

So lasst uns doch nur schauen, sprach Herr Josserand mit sanfter und zitternder Stimme, was habt ihr denn vor miteinander? Ich weiß schon gar nichts mehr, ihr macht mich toll mit euren Geschichten... Nicht wahr, mein Kind, dein Gemahl irrt sich, du wirst ihm alles erklären... Man muss doch etwas Mitleid haben mit seinen alten Eltern. So tut es mir zum Gefallen und umarmt euch.

Berta, die August gleichwohl geküsst hätte, stand linkisch, eingehüllt in ihren Frisiermantel da, als sie ihn mit der Miene tragischer Entsagung zurückweichen sah.

Wie! du willst nicht, meine Liebe? fuhr der Vater fort. Den ersten Schritt hast du zu tun... Und Sie, mein lieber Junge, ermutigen Sie sie, seien Sie nachsichtig.

Der Gemahl brach endlich in die Worte aus:

Sie ermutigen, ach wohl! ... Ich fand sie im Hemde, Herr! Und mit solch einem Menschen! Sie wollen meiner wohl spotten, indem Sie wünschen, dass ich sie umarme!... Im Hemde, Herr!

Herr Josserand blieb betroffen stehen. Dann ergriff er Bertas Arm.

Du sprichst nichts, also ist es wahr?... Auf die Knie denn!

Aber August hatte unterdessen die Türe erreicht. Er flüchtete.

Alles umsonst! Euer Komödienspiel, es packt nicht mehr... Versuchen Sie's gar nicht mehr, sie mir wieder aufzudringen. Ich habe genug. Nimmermehr, hören Sie, nimmermehr! Da will ich lieber auf Eheschei-dung klagen. Schieben Sie sie einem andern zu, wenn sie Ihnen Verle-genheiten bereitet. Übrigens sind Sie selber nicht besser als Ihre Tochter.

Auf der Schwelle des Vorzimmers machte er seiner Gemütsbewegung in dem letzten Rufe Luft:

Jawohl, wenn man aus seiner Tochter eine Hure gemacht hat, wolle man sich nicht einen anständigen Menschen auf den Hals laden!

Die Türe des Treppenhauses fiel zu; tiefe Stille herrschte. Berta hatte sich wieder vor den Tisch hingestellt und betrachtete mechanisch einen Kaffeerest auf dem Boden ihrer Schale, während ihre Mutter mit großen Schritten das Zimmer durchmaß, gleichsam fortgerissen durch die stür-mische Erregtheit ihres Gemütes. Der Vater hatte sich ganz erschöpft und totenbleich in das andere Ende des Zimmers zurückgezogen und sich dort auf einen an der Wand stehenden Sessel gesetzt. Ein Missduft von ranziger und schlechter Butter füllte das Gemach.

Da dieser Grobian fort ist, sprach Frau Josserand, können wir uns ver-ständigen ... Da hast du die Ergebnisse deiner Unfähigkeit, Mann. Siehst du jetzt dein Unrecht ein? Glaubst du, man werde einen ähnlichen Zank wagen mit einem der Brüder Bernheim, mit einem Eigentümer der Glas-fabrik Sankt Joseph? Nicht wahr, nein? Hättest du auf meine Worte ge-hört und deine Chefs in die Tasche gesteckt, so würde dieser Grobian uns heute zu Füßen liegen, denn er will ja augenscheinlich nichts als Geld. Suche Geld zu besitzen, dann wirst du auch geachtet. Es ist besser, Neid als Mitleid zu erwecken. Wenn ich zwanzig Sous hatte, sagte ich immer, ich hätte vierzig... Aber du, du kümmertest dich nicht darum, ob ich auch barfuß gehe; du hast deine Frau Und deine Töchter schmählich betrogen, indem du uns in ein Leben hineinzogst, wo wir mit dem Hunger zu kämpfen hatten. Widersprich nicht, all unser Unglück stammt daher!

Herr Josserand saß mit erlöschendem Blicke regungslos da. Sie aber blieb vor ihm stehen; sie fühlte das Bedürfnis, eine Szene hervorzurufen; da sie ihn jedoch unbeweglich sah, fuhr sie in ihrem Gange durch das Zimmer fort.

Ja, ja, spiele nur den Geringschätzigen. Du weißt ja, dass mich das gar nicht anficht. Aber wir wollen sehen, ob du noch den Mut hast, schlecht von meiner Familie zu sprechen nach alledem, was sich in der deinigen ereignet. Da ist ja Onkel Bachelard ein Adler und meine Schwester eine feine Dame! Willst du überhaupt meine Meinung wissen? Gut denn: so höre, dass mein Vater noch nicht tot wäre, wenn du ihn nicht aus dem Leben geschafft hättest. Und was gar deinen Vater betrifft, diesen Vater von...

Herr Josserand wurde noch blässer im Gesicht; er stöhnte:

Ich bitte dich, Eleonora, ich überlasse dir meinen Vater, ich überlasse dir meine ganze Familie. Aber ich flehe dich an, mich lass ungeschoren. Ich fühle mich nicht wohl.

Berta, von Mitleid ergriffen, erhob das Haupt.

Lass ihn doch, Mama! sagte sie.

Zu ihrer Tochter gewandt fuhr Frau Josserand mit gesteigerter Heftigkeit fort: Jetzt kommst du dran; warte nur, seit gestern häuft sich der Ingrimm in mir an. Ich will dir sagen, es muss heraus, es muss zum Ausbruch kommen!... Ist es möglich mit einem solchen Ladenschwengel! Hast du denn allen Stolz verloren? Ich glaubte, du werdest ihn ausnützen, ihm nicht mehr Liebenswürdigkeiten erweisen, als notwendig sind, um aus ihm gehörigen Nutzen zu ziehen; dazu half ich dir und ermutigte dich. So sage mir doch, welches Interesse hat dich so weit zu treiben vermocht?

Gar keines, stammelte die junge Frau.

Warum hast du ihn genommen? Es war noch mehr dumm als abscheulich!

Du bist komisch, Mama; wer kann wissen, wie weit solche Geschichten führen?

So, wer das wissen kann? Das fehlte noch! Man muss es wissen, hörst du? Da muss ich doch bitten! Sich schlecht aufführen? Darin steckt ja kein Schatten von gesundem Sinn, und das eben macht mich zornig. Sagte ich dir je, du sollest deinen Mann betrügen? Habe ich je deinen Vater betrogen, was? Da ist er ja, du kannst ihn fragen. Er möge dir sagen, ob er mich je mit einem Manne überraschte?

Ihre Schritte wurden immer langsamer, der Gang immer majestätischer; von Zeit zu Zeit fuhr sie mit einer energischen Handbewegung nach ihrem überquellenden Busen, um ihn in seine Schranken zurückzuweisen.

Nichts kann er gegen mich anführen, nicht einen Fehltritt, nicht eine Pflichtvergessenheit, ja selbst in Gedanken nicht. Mein Leben war die Keuschheit selbst... Gott weiß, dein Vater hat es mir schwer gemacht, die Existenz zu ertragen. Ich hätte alle Entschuldigungen auf meiner Seite gehabt! Viele Frauen hätten sich entschädigt. Allein ich war stets vernünftig, und das hat mich gerettet. Du siehst, er hat kein Wort zu erwidern. Dort sitzt er auf dem Sessel, ohne ein Wort gegen mich zu finden. Jawohl, ich habe alle Rechte, denn ich bin anständig geblieben... Du Gans ahnst nicht, welche Dummheit du begangen!

Fortfahrend hielt sie dann einen gelehrten Vortrag über die sittlichen und praktischen Folgen des Ehebruches. War August nicht berechtigt, sie als Gebieter zu behandeln? Ja, so geht es, wenn man dem Gatten eine so schreckliche Waffe in die Hände gibt. Selbst wenn sie sich wieder aussöhnen würden, könnte sie nie wieder auch nur den geringfügigsten Streit hervorrufen, ohne von ihm gleich still gemacht zu werden. Eine hübsche Stellung in der Ehe! Wie sie sich fürderhin in Demut werde beugen müssen vor ihrem Gemahl! Nun sei es vorbei, und sie könne für immer Abschied nehmen von den Vorteilen eines gehorsamen Gatten, von seinen Gefälligkeiten und rücksichtsvoller Behandlung. Nein, da bleibe man lieber anständig, als dass man das Recht aufgebe, im eigenen Heim schreien zu dürfen.

Ich schwöre bei Gott, rief sie, ich würde widerstanden haben, und hätte mich der Kaiser selbst bestürmt!... Man verliert dabei zu viel.

Dann tat sie stillschweigend einige Schritte, schien nachzudenken und fügte schließlich hinzu:

Auch ist es die größte Schande, die einem widerfahren kann.

Herr Josserand betrachtete bald sie, bald seine Tochter; lautlos bewegten sich seine Lippen, und sein ganzes gemartertes Wesen beschwor sie, diese grausamen Auseinandersetzungen zu beenden.

Allein Berta, die sonst durch jede Heftigkeit eingeschüchtert ward, fühlte sich durch die Belehrung ihrer Mutter verletzt und leimte sich dagegen auf; denn bei der Erziehung, die sie erhalten, fehlte ihr das Bewusstsein der Schuld.

Mein Gott! rief sie, die Ellbogen keck auf den Tisch stützend, du hättest mich keinem Manne zur Frau geben sollen, den ich nicht liebe. Heute hasse ich ihn und habe daher einen andern genommen.

In diesem Tone fuhr sie fort; in ihren kurzen, abgebrochenen Sätzen kehrte die ganze Geschichte ihrer Heirat wieder: Die drei Winter, die sie auf der Jagd nach einem Mann verbracht hätten; die jungen Leute in allen Farben, denen man sie in die Arme geworfen; die Misserfolge bei diesem Anbieten ihres Körpers; dann dieser ganze Lehrgang von schüchterner und erlaubter Hingabe, den die vermögenslosen Mütter ihren Töchtern erteilen; die Berührungen beim Tanze, die hinter einer Tür dem jungen Mann überlassene Hand, die Schamlosigkeit der Unschuld, die auf die Lüsternheit der blöden Schlingel berechnet ist; und endlich wie der Mann, ist er einmal gekapert, hinter einen Vorhang gelockt, dort bearbeitet wird, bis er im Fieber seines Verlangens in das Netz gerät.

Mit einem Wort: Er langweilt mich, und ich langweile ihn, erklärte sie. Es ist nicht meine Schuld, wir verstehen einander nicht. Schon am Tag nach der Hochzeit gebärdete er sich, als ob er glaubte, dass wir ihn »eingetunkt« hätten; er war kühl, verdrossen, wie wenn ihm ein Geschäft misslingt... Ich fand es nicht lustig, die Ehe bot mir wenig Annehmlichkeiten. Wie es gekommen, so musste es kommen; nicht ich bin die am meisten Schuldige.

Sie schwieg eine Weile, dann fügte sie im Tone tiefer Überzeugung hinzu:

Mama, wie sehr begreife ich dich heute!... Du erinnerst dich wohl, wie oft du uns sagtest, dass du es satt habest bis über den Kopf.

Frau Josserand, die vor ihr stand, hörte sie seit einer Weile verblüfft und entrüstet an.

Ich hätte das gesagt! schrie sie.

Doch Berta, die einmal im Zuge war, gab nicht nach.

Du hast es zwanzigmal gesagt... Übrigens hätte ich dich an meiner Stelle sehen mögen. August ist keineswegs gütig wie Papa. Ihr beide hättet euch wegen des Geldes in acht Tagen geprügelt... Dem hättest du bald an den Kopf geworfen, dass die Männer nur da seien, um »eingetunkt« zu werden!

Ich hätte dergleichen gesagt! wiederholte die Mutter außer sich.

Sie kam in so drohender Haltung auf ihre Tochter zu, dass der Vater flehend die Hände ausstreckte. Jedes Wort der beiden Frauen traf ihn ins Herz, und bei jedem Schlag fühlte er die Wunde sich erweitern. Mit Tränen in den Augen stammelte er:

Hört auf! Schont mich!

Das ist unerhört, rief Frau Josserand. Jetzt will diese Unglückliche ihre schlimmen Streiche gar mir in die Schuhe schieben! Sie wird auch bald sagen, dass ich ihren Gatten betrogen habe! Also ich bin die Schuldige, wie? Ich bin die Schuldige!

Berta, die noch immer die Ellbogen auf den Tisch gestützt hatte, erwiderte bleich, aber entschlossen:

Gewiss; wenn du mich anders erzogen hättest ...

Sie konnte den Satz nicht vollenden. Die Mutter versetzte ihr mit voller Kraft eine Maulschelle, aber eine so ausgiebige Maulschelle, dass sie im Augenblick an die Wachsleinwand des Tisches wie angenagelt war. Schon seit gestern hatte die Mutter die Ohrfeige in der Hand, sie prickelte ihr in den Fingern wie ehemals, wenn die Kleine im Schlafe das Bett nässte.

Da hast du es! schrie sie. Das ist zu deiner Erziehung ... Dein Mann hätte dich erschlagen sollen.

Die junge Frau schluchzte, ohne sich von der Stelle zu rühren, die Wange an den Arm gelehnt. Sie vergaß ihre 24 Jahre; diese Ohrfeige erinnerte sie an die Ohrfeigen von ehemals, an eine ganze Vergangenheit furchtsamer Heuchelei. Die Entschlossenheit einer sich frei fühlenden, erwachsenen Person ging in dem tiefen Schmerze eines kleinen Mädchens unter.

Als er sie so heftig weinen hörte, bemächtigte sich des Vaters eine entsetzliche Aufregung; außer sich erhob er sich, schob die Mutter beiseite und rief:

Wollt ihr beide mich töten?... Sagt? Muss ich mich auf die Knie werfen?

Frau Josserand, die nichts hinzuzufügen hatte, entfernte sich erleichtert inmitten eines feierlichen Schweigens. Da stieß sie hinter der plötzlich geöffneten Tür auf Hortense, die mit gespitzten Ohren dastand. Das gab einen neuen Lärm.

Du hast diese schmutzigen Dinge belauscht? Die eine verübt Scheußlichkeiten, und die andere ergötzt sieh daran! Ihr seid ein sauberes Paar! Großer Gott! Wer hat euch denn erzogen?

Hortense trat ein, ohne sich viel an diese Reden zu kehren.

Ich brauchte nicht zu lauschen; man hört euch ja bis in die Küche. Die Magd fährt schier aus der Haut vor Lachen. Ich bin übrigens in heiratsfähigem Alter und darf schon wissen...

Verdier, nicht wahr? sagte die Mutter mit Bitterkeit. Das ist der Lohn, den du mir in Aussicht stellst... Jetzt wartest du auf den Tod eines Fratzen. Du kannst warten; er ist groß und stark, wie man mir sagt. Er ist gut gemacht.

Eine Flut von Galle färbte das magere Gesicht des Mädchens gelb. Sie erwiderte zähneknirschend:

Wenn er groß und stark ist, kann Verdier ihn laufen lassen; und er wird ihn laufen lassen früher, als man glaubt; das werde ich euch allen zeigen... Ja, ja; ich werde mich schon verheiraten, ganz allein. Deine Partien sind gar zu wackelig!

Ihre Mutter kam drohend auf sie zu. Sie aber bemerkte ruhig:

Mich ohrfeigt man nicht; das wirst du wohl wissen. Nimm dich in acht!

Sie sahen einander fest an, und Frau Josserand trat mit einer Miene geringschätziger Hoheit zuerst den Rückzug an. Doch der Vater glaubte, dass die Schlacht wieder angehen solle. Als er die drei Frauen sah, die Mutter und die Töchter, alles, was er jemals geliebt hatte, wie sie im Begriffe waren, einander aufzufressen, glaubte er, dass die ganze Welt einstürze. Er flüchtete in den Hintergrund des Zimmers, wie zu Tode getroffen und den Tod herbeisehnend. Unter schwerem Schluchzen sagte er ein und das andere Mal:

Ich trage es nicht länger... Ich trage es nicht länger...

Das Speisezimmer verfiel wieder in die frühere Stille. Berta, die Wange auf dem Arm gestützt, noch immer von nervösen Seufzern geschüttelt, beruhigte sich allmählich. Hortense saß ruhig auf der andern Seite des Tisches und strich einen Rest der Butter auf eine Brotschnitte, um sich zu stärken. Dann brachte sie ihre Schwester durch allerlei traurige Betrachtungen vollends zur Verzweiflung. Es sei nicht mehr auszuhalten in diesem Hause; an ihrer Stelle werde sie lieber von ihrem Manne Ohrfeigen annehmen als von ihrer Mutter, denn ersteres sei natürlicher; sie werde, wenn sie einmal Frau Verdier heiße, ihrer Mutter einfach die Tür weisen, um nicht in ihrem Hausstande ähnliche Szenen zu haben. In diesem Augenblick kam Adele, um die Tafel abzuräumen. Allein Hortense ließ sich nicht stören; sie sagte, man werde das Haus verlassen müssen, wenn dergleichen wieder vorkommen sollte. Die Magd war ihrer Meinung. Sie habe das Küchenfenster schließen müssen, sagte sie, denn Lisa und Julie hätten schon die Ohren gespitzt. Übrigens sei die Geschichte recht drollig, sie müsse noch immer darüber lachen; Frau Berta scheine »eine ausgiebige gefasst zu haben«. Dann wieder sprach sie ein Wort voll tiefer Philosophie: Alles in allem kümmere sich das Haus blutwenig um die ganze Geschichte; man müsse ja leben; in acht Tagen werde man die Gnädige und die beiden Herren völlig vergessen haben.

Ein dumpfes Geräusch und ein Zittern des Fußbodens erregte in diesem Augenblicke die Aufmerksamkeit der Frauen.

Berta erhob unruhig den Kopf.

Was ist das? fragte sie.

Vielleicht gnädige Frau und die andere Dame, die im Salon wartet, sagte Adele.

Frau Josserand hatte einen Luftsprung vor Überraschung gemacht, als sie den Salon durchschreitend eine einsame Dame daselbst bemerkte.

Wie, Sie sind es noch immer? schrie sie, als sie Frau Dambreville erkannte, die sie völlig vergessen hatte.

Diese rührte sich nicht. Die Streitigkeiten der Familie, das Geräusch der Stimmen, das Zuschlagen der Türen – all das schien spurlos über sie hinweggegangen zu sein. Unbeweglich in die Luft starrend, hatte sie in ihre Liebesraserei versunken dagesessen. Doch vollzog sich in ihr eine Gedankenarbeit; sie beschäftigte sich sehr eingehend mit den Ratschlägen der Mutter und entschloss sich endlich, einige Reste ihres Glückes teuer zu erkaufen.

Sie können doch hier nicht übernachten! schrie Frau Josserand grob. Mein Sohn hat mir geschrieben, wir sollten ihn heute nicht mehr erwarten.

Ich gehe schon, entschuldigen Sie, stammelte Frau Dambreville, wie aus einem Traume erwachend. Sagen Sie ihm, dass ich die Sache überlegt habe, und dass ich einwillige... Ja, ich werde mir sie noch weiter überlegen und ihm vielleicht dieses Mädchen zur Frau geben, wenn es sein muss... Aber ich gebe sie ihm und will, dass er sie von mir verlange, von mir allein, hören Sie?... Er möge kommen, er möge nur kommen!

So sprach sie mit flehender Stimme. Dann fügte sie leiser hinzu mit der eigensinnigen Miene einer Frau, die, nachdem sie alles geopfert, sich an eine letzte Genugtuung klammert:

Er soll sie heiraten, aber bei uns wohnen... Anders nicht. Lieber will ich ihn ganz verlieren.

Sie ging. Frau Josserand war wieder liebenswürdig geworden. Im Vorzimmer fand sie noch allerlei Trostworte für sie und versprach ihr, dass sie ihren Sohn noch am nämlichen Abend unterwürfig und zärtlich zu ihr senden werde; sie versicherte, dass er sich glücklich schätzen werde, bei seiner Schwiegermama zu wohnen.

Als sie die Türe hinter ihr schloss, murmelte sie:

Armer Junge! Wie teuer wird sie ihm das verkaufen!

In diesem Augenblicke hörte auch sie den dumpfen Fall, der den Fußboden erzittern ließ. Was ist denn? Zerschlägt etwa die Magd das ganze Küchengeschirr? Sie stürzte in das Speisezimmer und fragte die Kinder:

Was gibt's denn? Ist etwa die Zuckerdose zu Boden gefallen?

Nein, Mama. Wir wissen nicht.

Sie wandte sich um und suchte Adele; da bemerkte sie diese an der Türe des Schlafzimmers lauschen.

Was machen Sie da? schrie sie. In Ihrer Küche wird alles in Scherben geschlagen, und Sie stehen hier, um den Herrn zu belauschen! Ja, ja! Mit Pflaumen fängt man an, und mit anderen Dingen hört man auf. Seit einiger Zeit haben Sie ein Betragen, das mir missfällt: Sie riechen nach dem Mann.

Die Magd sah sie mit großen Augen an und unterbrach sie:

Davon ist jetzt nicht die Rede. Ich glaube, der Herr ist da drinnen auf den Boden gefallen.

Mein Gott! sie hat recht, rief Berta erbleichend; es war in der Tat wie der Fall eines Körpers.

Sie drangen in das Zimmer ein. Herr Josserand lag ohnmächtig vor dem Bett am Boden; im Falle hatte er mit dem Kopfe auf einen Sessel aufgeschlagen, ein dünner Blutstreif ergoss sich aus dem rechten Ohre. Die Mutter, die beiden Töchter und die Magd umringten und betrachteten ihn. Nur Berta weinte, von dem Schluchzen wiedererfasst, das infolge der Ohrfeige sie geschüttelt hatte. Als die vier Frauen ihn anfassten, um ihn zu Bett zu bringen, hörten sie ihn flüstern:

Es ist aus... Ihr habt mich getötet.

Siebzehntes Kapitel

Monate waren seitdem verflossen, der Frühling war wieder da. In der Choiseul-Straße sprach man von der bevorstehenden Heirat Octaves mit Frau Hédouin.

Die Dinge schritten übrigens nicht so rasch vorwärts. Octave hatte im Geschäft zum »Paradies der Damen« seine frühere Stellung wieder eingenommen, die mit jedem Tage an Ausdehnung und Bedeutung gewann. Frau Hédouin konnte seit dem Ableben ihres Gatten dem immer steigenden Verkehr ihres Geschäftes nicht mehr genügen; ihr Oheim, der alte Deleuze, war durch seinen Rheumatismus an den Sessel gefesselt und konnte sich um nichts kümmern. Unter solchen Umständen war es natürlich, dass der junge Mann, der sehr rührig und von einem rastlosen Streben nach ausgedehntem Handel beseelt war, sich bald eine entscheidende Stellung in dem Hause zu erringen wusste. Überdies hatte er unter den Nachwirkungen der unangenehmen Erfahrungen, die er mit seiner Liebschaft mit Berta gemacht, auf «den Traum verzichtet, durch die Frauen seinen Weg zu machen.

Er fürchtete sie *jetzt* vielmehr. Es schien ihm das Beste, in aller Ruhe der Teilhaber der Frau Hédouin zu werden, dann könne die Jagd nach den Millionen beginnen. Auch erinnerte er sich seines lächerlichen Misserfolges bei ihr und behandelte sie wie einen Mann, wie sie behandelt zu werden wünschte.

Von da ab wurden ihre Beziehungen sehr vertraulich. Stundenlang saßen sie in dem Kabinett im Hintergrunde des Ladens eingeschlossen. Ehemals, als er sie verführen wollte, befolgte er bei solchen Gelegenheiten einen genauen Plan, trieb Missbrauch mit seinen kaufmännischen Vertraulichkeiten, zählte ihr blendende Ziffern auf, suchte durch reichliche Einnahmen ihre Neigung zu *gewinnen*. Er blieb jetzt ein gemütlicher Mann, ohne Berechnung, ganz seinen Geschäften gewidmet. Er trug auch kein Verlangen mehr nach ihr, obgleich er sich des Fröstelns noch erinnerte, in dem ihr Körper erbebte, als sie an Bertas Hochzeitsabend an seine Brust gelehnt walzte. Vielleicht hatte sie ihn geliebt. In jedem Falle war es besser, so zu bleiben, wie sie waren; denn sie hatte Recht, wenn sie sagte, dass das Haus strenge Ordnung erheische und es unklug sei, sich in Dinge einzulassen, die sie den ganzen Tag nur stören würden.

Stundenlang vergaßen sie sich oft vor dem schmalen Schreibpulte, wenn sie die Bücher durchgesehen und die Bestellungen vereinbart hatten. Er kam immer wieder auf seine Erweiterungspläne zurück. Er hatte den Eigentümer des Nachbarhauses ausgefragt und diesen zum Verkauf bereitgefunden; man sollte dem Spielzeughändler und dem Sonnenschirmhändler die Miete kündigen und ein besonderes Seidenlager errichten. Sie hörte ihn sehr ernst an, wagte aber noch nicht, die Sache zu unternehmen. Doch fasste sie ein immer wachsendes Interesse für die kaufmännischen Fähigkeiten Octaves; in ihm fand sie ihre eigene Willenskraft wieder, ihre Lust an den Geschäften, den ernsten, praktischen Grund ihres Wesens und dazu die galanten, liebenswürdigen Formen eines Verkäufers. Endlich zeigte er einen Mut, der ihr fehlte und sie zur Bewunderung zwang. So gewann er allmählich die Herrschaft über sie.

Als sie eines Abends bei hellem Gaslichte lange vor einem Stoß Eingänge Seite an Seite saßen, sagte sie leise:

Herr Octave, ich habe mit meinem Oheim gesprochen. Er ist einverstanden; wir werden das Haus kaufen. Allein...

Er unterbrach sie mit dem Ausrufe:

Dann sind die Vabre geliefert!

Sie lächelte und entgegnete leise in vorwurfsvollem Tone:

Sie verabscheuen also die Vabre? Das ist nicht recht; Sie sind der letzte, der ihnen Schlimmes wünschen sollte.

Niemals hatte sie ihm seine Liebschaft mit Berta erwähnt. Diese schroffe Anspielung brachte ihn in arge Verlegenheit, ohne dass er genau wusste, weshalb. Er errötete und stammelte einige Worte der Entschuldigung.

Nein, nein! Das geht mich nichts an! erwiderte sie immer lächelnd und sehr ruhig. Verzeihen Sie: das Wort ist mir nur entschlüpft; ich hatte den Vorsatz gefasst, Ihnen nie das Geringste davon zu erwähnen... Sie sind jung. Umso schlimmer für die Frauen, die wollen, nicht wahr? Es ist Sache der Männer, ihre Frauen zu behüten, wenn sie selbst sich nicht behüten können.

Es war ihm eine Erleichterung, als er sah, dass sie nicht zürne. Er hatte oft genug befürchtet, dass sie gegen ihn erkalten werde, wenn sie seine früheren Liebschaften erfahre.

Sie haben mich unterbrochen, Herr Octave, begann sie wieder in ernstem Tone. Ich wollte hinzufügen, dass, wenn ich das doppelte Haus ankaufe und das Geschäft um das Doppelte vergrößere, es mir unmöglich sein wird, allein zu bleiben... Ich werde mich wieder verheiraten müssen.

Octave war betroffen. Wie, sie hatte schon einen Gatten in Aussicht, und er wusste es nicht? Er fühlte sogleich, dass seine Stellung gefährdet war.

Mein Oheim selbst hat es mir gesagt, fuhr sie fort. Nichts drängt in diesem Augenblick. Ich bin im achten Monat der Trauer und will den Herbst abwarten. Aber im Handel muss man das Herz beiseitelassen und nur an die Anforderungen der Lage denken... Ein Mann ist hier unerlässlich notwendig.

Ruhig, als sei von einem Geschäfte die Rede, gab sie diese Erörterung. Er betrachtete sie in ihrer regelmäßigen, gesunden Schönheit, mit ihrem weißen Gesichte unter dem gerade gescheitelten, schwarzen Haar. Da bedauerte er, dass er während ihres Wittums nicht wieder versucht habe, ihr Liebhaber zu werden.

Das ist in der Tat eine ernste Sache, die erwogen werden will, stammelte er.

Sie war ohne Zweifel der nämlichen Ansicht und sprach von ihrem Alter.

Ich bin schon alt; fünf Jahre älter als Sie, Herr Octave. Er unterbrach sie verwirrt; er glaubte, sie zu verstehen, ergriff ihre Hände und stammelte:

Aber, gnädige Frau!...

Doch sie hatte sich erhoben und machte ihre Hand los; dann drehte sie die Gasflammen herab.

Nein, genug für heute... Sie haben sehr gute Gedanken, und es ist natürlich, dass ich an Sie denke, um sie durchzuführen. Allein es gibt Hindernisse, der Plan muss wohl erwogen werden... Ich kenne Sie als einen im Grunde sehr ernsten Mann. Überlegen Sie die Sache, ich will ein gleiches tun. Darum habe ich sie Ihnen erwähnt; wir werden ein andermal wieder darüber sprechen.

Dabei blieb es wochenlang. Die Geschäfte im Laden nahmen ihren gewohnten Lauf. Da Frau Hédouin ihm gegenüber ihre lächelnde Ruhe bewahrte ohne Anspielung auf die Möglichkeit eines Herzensbundes, trug er anfangs die nämliche Ruhe zur Schau und vertraute auf die Folge der Tatsachen. Sie wiederholte ihm nicht selten, dass, was vernünftigerweise kommen muss, von selbst kommen werde. Darum überstürze sie nichts. Die Klatschereien, die über ihre Intimität mit dem jungen Mann in Umlauf kamen, ließen sie unberührt. Sie warteten.

Im Hause Duverdy in der Choiseul-Straße schwur jedermann, dass die Heirat eine abgemachte Sache sei. Octave hatte sein Zimmer daselbst aufgegeben und bezog eine Wohnung in der Neuen Augustinstraße in der Nähe des Geschäftes zum »Paradies der Damen«. Er besuchte niemanden mehr, weder die Campardon, noch die Duverdy, die über seine Liebeshändel entrüstet waren. Selbst Herr Gourd tat, wenn er ihm begegnete, als erkenne er ihn nicht, um ihn nicht grüßen zu müssen. Nur Marie und Frau Juzeur traten, wenn sie ihm begegneten, mit ihm unter ein Haustor, um ein Weilchen zu plaudern. Frau Juzeur, die ihn mit leidenschaftlicher Neugierde über Frau Hédouin ausfragte, hätte gewünscht, dass er sie besuche, um gemütlich darüber reden zu können. Marie, trostlos darüber, dass sie wieder schwanger war, erzählte ihm, wie bestürzt Julius und wie erglimmt ihre Eltern seien. Als später das Gerücht von seiner Heirat immer ernstlicher auftrat, sah er zu seiner Überraschung, dass Herr Gourd ihn sehr untertänig grüßte. Campardon, ohne sich vollends auszusöhnen, nickte ihm über die Straße einen Gruß hinüber; Duverdy aber, der eines Abends Handschuhe kaufen kam, war sehr freundlich zu ihm. Das ganze Haus begann zu verzeihen.

Im Hause ging es übrigens wieder spießbürgerlich ehrbar her wie zuvor. Hinter den Mahagonitüren lagen wieder ganze Abgründe von Tugend. Der Herr vom dritten Stockwerke kam regelmäßig einmal in der Woche, um eine Nacht zu arbeiten. Die andere Frau Campardon ging in der Strenge ihrer Grundsätze einher; die Mägde trugen ihre blendend weißen Schürzen, und in der lauen, feierlichen Stille des Treppenhauses vernahm man nichts als die Klänge der Klaviere in den verschiedenen Stockwerken.

Das Unbehagen nach dem Ehebruche bestand indessen fort, unfassbar für die Leute ohne Erziehung, unangenehm für die Leute von zarter Sittlichkeit. August beharrte bei seiner Weigerung, die Frau zurückzunehmen; solange Berta bei ihren Eltern wohnte, war der Skandal nicht ausgelöscht, und es blieb eine deutliche Spur davon zurück. Übrigens erzählte kein Einwohner des Hauses öffentlich den wahren Sachverhalt, der ja alle Welt geniert hätte. Ohne sich vorher verständigt zu haben, sagten alle gleichmäßig, dass die Zwistigkeiten zwischen August und seiner Frau von den 10 000 Franken herstammen, dass es sich also einfach um eine Geldfrage handle: das war anständiger. Nunmehr konnte man von der Sache auch vor jungen Mädchen reden. Werden die Eltern bezahlen oder werden sie nicht bezahlen? – auf diese Frage spitzte sich jetzt die Sache zu. Sie gestaltete sich ganz einfach: kein Bewohner des Stadtviertels war erstaunt oder entrüstet, dass eine Geldfrage in einer

Familie Ohrfeigen herbeiführen könne. Diese übereinstimmende Schonung hinderte indes nicht, dass die ganze Sache vorhanden war, und das scheinbar ruhige Haus litt dennoch grausam durch dieses Unglück.

Duverdy als Eigentümer des Hauses war es vor allem, der die Last dieses unverdienten und fortdauernden Unglücks zu tragen hatte. Seit einiger Zeit marterte ihn Clarisse dermaßen, dass er seinen Schmerz am Busen seiner Frau ausweinte. Der Skandal des Ehebruchs hatte auch ihn selbst im Herzen getroffen; die Vorübergehenden, klagte er, betrachteten das Haus geringschätzig von oben bis unten, dieses Haus, das sein Schwiegervater und er mit allen häuslichen Tugenden zu schmücken bestrebt waren; das dürfe nicht länger so dauern; seine persönliche Würde erheische, sagte er, dass das Haus gesäubert werde. Darum drängte er »im Namen der öffentlichen Moral« August zu einer Aussöhnung. Unglücklicherweise leistete dieser Widerstand, aufgestachelt durch Theophil und Valerie, die, entzückt über den Niedergang des Hauses, sich dauernd an der Kasse festsetzten. Da die Geschäfte der Lyoner Fabrik eine schlimme Wendung nahmen und die Seidenwarenhandlung wegen Mangels an Kredit zusammenzubrechen drohte, fasste Duverdy einen praktischen Entschluss, den er seinem Schwager August in folgendem auseinandersetzte: Die Josserand wünschen ohne Zweifel lebhaft, sich ihrer Tochter zu entledigen. Man möge ihnen den Antrag stellen, dass August sie zurücknehmen werde, aber unter der Bedingung, dass ihre Eltern die versprochene Mitgift von 50 000 Franken bezahlen. Vielleicht werde der Onkel Bachelard auf ihre dringenden Bitten sich dennoch herbeilassen, die Summe zu entrichten. August weigerte sich anfangs entschieden, auf diesen Plan einzugehen; noch mit 100 000 Franken sei er betrogen, sagte er. Später aber, da er wegen der Aprilzahlungen besorgt war, fügte er sich den Gründen des Rates, der von Moral sprach und von der Notwendigkeit, ein gutes Werk zu tun.

Als man einig war, erkor Clotilde den Abbé Mauduit zum Unterhändler. Die Sache sei heikel, nur ein Priester könne einschreiten, ohne sich bloßzustellen. Der Abbé war in der Tat sehr betrübt über das Unheil, das über eines der interessantesten Häuser seiner Pfarre hereingebrochen war; er hatte schon seine Ratschläge, seine Erfahrung, sein Ansehen angeboten, um einem Skandal ein Ende zu machen, über den die Feinde der Religion sich nur freuen würden. Als Clotilde jedoch die Mitgift erwähnte und ihn bat, die Bedingungen Augusts den Josserand darzulegen, senkte er das Haupt und beobachtete ein schmerzliches Stillschweigen.

Man ist meinem Bruder das Geld schuldig, das er fordert, bemerkte Clotilde. Das ist kein Handel... Übrigens wehrt sich mein Bruder dagegen.

Es muss sein, ich werde gehen, sagte der Priester endlich.

Die Josserand harrten des Vorschlages von Tag zu Tag. Ohne Zweifel hatte Valerie die Sache ausgeplaudert; die Mieter des Hauses erörterten den Fall. Sind sie so arm, dass sie genötigt sein werden, ihre Tochter zu behalten, oder werden sie die 50 000 Franken auftreiben, um sich ihrer zu entledigen? Seitdem die Frage so gestellt war, kam Frau Josserand aus der Wut nicht mehr heraus. Ei was! Nachdem man so viele Mühe gehabt, Berta einmal zu verheiraten, soll man sie jetzt ein zweites Mal verheiraten? Niemals hatte eine Mutter solch Unglück gehabt! Und alldies wegen der Dummheit dieser Gans, die ihre Pflichten so schnöde vergessen! Das Haus ward zur Hölle. Berta hatte fortwährende Martern zu ertragen, denn selbst ihre Schwester Hortense, wütend darüber, dass sie nicht mehr allein schlafen konnte, sagte ihr bei jeder Gelegenheit ein verletzendes Wort. Man kam so weit, ihr das bisschen Essen vorzuwerfen. Wenn man irgendwo einen Gatten hat, sagten sie, sei es komisch, den Eltern das ohnehin kärgliche Essen wegzuschnappen. Die junge Frau saß schluchzend, verzweifelt in den Winkeln, warf sich Feigheit vor, da sie nicht den Mut fand, hinabzugehen und sich August zu Füßen zu werfen, ihm zurufend: »Da bin ich, schlage mich, ich kann nicht unglücklicher sein!« Herr Josserand allein zeigte sich gütig gegen seine Tochter. Allein die Schuld und die Tränen dieses Kindes waren sein Tod; er war in letzter Zeit genötigt, einen unbestimmten Urlaub vom Geschäft zu nehmen, denn er musste fast immer das Bett hüten, zu Tode gemartert durch die grausamen Szenen in seiner Familie. Doktor Juillerat, der ihn behandelte, sprach von einer Blutzersetzung, von einer Auflösung des ganzen Körpers, die ein Organ nach dem andern erfasst.

Wirst du zufrieden sein, wenn du deinen Vater getötet hast? schrie die Mutter ihrer Tochter zu.

Berta wagte kaum mehr, das Zimmer ihres Vaters zu betreten. Sobald Vater und Tochter einander erblickten, begannen sie zu weinen und fügten so einander immer neues Leid zu.

Endlich fasste Frau Josserand einen großen Entschluss. Sie lud den Onkel Bachelard ein, entschlossen, sich noch einmal vor ihm zu demütigen. Sie würde die 50 000 Franken aus der eigenen Tasche gegeben haben, wenn sie sie besessen hätte, um nur die große, verheiratete Tochter nicht länger im Hause zu behalten, deren Anwesenheit ihre Dienstage entehrte. Überdies hatte sie ungeheuerliche Sachen über den Onkel gehört; wenn er sich nicht gefällig zeige, wollte sie ihm einmal tüchtig ihre Meinung sagen.

Bachelard benahm sich bei Tische sehr unanständig. Er war ziemlich betrunken gekommen, denn seit dem Verluste Fifis ergab er sich völlig dem Trunke. Glücklicherweise hatte Frau Josserand sonst niemanden eingeladen. Beim Nachtisch schlief er allmählich ein, wobei er allerlei unflätige Geschichten zum Besten gab, und man musste ihn aufwecken, um ihn in das Zimmer des Herrn Josserand au führen. Hier war eine ganze Szenerie vorbereitet, um auf die Empfänglichkeit des alten Trunkenboldes einzuwirken. Vor dem Bette des Vaters standen zwei Sessel: der eine für den Oheim, der andere für die Mutter. Berta und Hortense sollten stehen. Man werde sehen – meinte die Mutter – ob der Onkel es nochmals wage, seine Versprechungen wegzuleugnen angesichts eines Sterbenden in einem so traurigen, von einer rauchenden Lampe nur schlecht erleuchteten immer?

Die Lage ist ernst, Narziss... begann Frau Josserand.

Mit langsamer, feierlicher Stimme legte sie die Lage dar: das beklagenswerte Unglück ihrer Tochter, die empörende Käuflichkeit des Gatten, die peinliche Notwendigkeit, die 50 00 Franken opfern zu müssen, auf dass nur der Skandal ein Ende habe, der die Familie mit Schande bedecke. Dann fuhr sie in ernstem Tone fort:

Erinnere dich doch, was du versprochen, Narziss... Es war am Abend der Vertragsunterzeichnung; du schlugst dir auf die Brust und beteuertest, Berta werde auf das Herz ihres Oheims zählen können. Wo ist nun dieses Herz? Die Zeit ist gekommen, um es auch zu zeigen. Mann, unterstütze doch meine Worte, zeige ihm seine Pflicht und Schuldigkeit, wenn deine Schwäche es gestattet.

Trotz seines tiefen Widerwillens, nur aus Zärtlichkeit für seine Tochter, stöhnte auch der Vater:

Freilich, Sie haben es versprochen, Bachelard. Ehe ich ins Grab steige, erweisen Sie mir den Gefallen, sich gebührlich und anständig zu benehmen.

Allein Berta und Hortense hatten dem Onkel zu oft das Glas gefüllt in der Hoffnung, ihn umso leichter erweichen zu können. Dadurch geriet er in einen Zustand, in dem man selbst keinen Missbrauch mehr mit ihm treiben konnte.

Wie? Was? stotterte er, ohne seinen Rausch übertreiben zu müssen. Nie versprochen... Kein Wort verstanden. Sag's doch nochmal, Eleonore.

Eleonore begann aufs neue, ihn zu beschwören; sie ließ ihn durch die weinende Berta umarmen, bat ihn um der Gesundheit ihres Mannes willen und bewies, dass er nur eine heilige Pflicht erfülle, wenn er die 50 000 Franken hergebe.

Als er jedoch wieder einschlief, nicht im mindesten gerührt durch den Anblick des Kranken und dieses schmerzerfüllten Gemaches, brach sie, von Zorn entbrannt, in heftige Worte aus.

So! Das geht schon zu weit ›Narziss‹! Du bist eine Kanaille, ich kenne alle deine Unflätigkeiten! Hast du nicht erst kürzlich deine Geliebte mit Gueulin verheiratet und ihnen 50 000 Franken gegeben: gerade die Summe, die du uns versprochen hattest?... Das ist recht hübsch, und der artige Gueulin spielt darin eine recht nette Rolle! Du bist noch viel schmutziger und niederträchtiger, du entziehst das Brot unserm Munde und schändest dein Vermögen. Ja, du schändest es, indem du um jener Dirne willen uns das Geld stahlst, das doch uns gehört hat.

Nie hatte sie sich bisher so weit verstiegen. Hortense, durch diese Worte geniert, beschäftigte sich mit der Medizin ihres Vaters, um nur etwas zu tun zu haben. Josserand, dessen Fieber durch diese Szene nur noch gesteigert wurde, wälzte sich unruhig auf seinen Kissen und wiederholte mit zitternder Stimme:

Ich bitte dich, Eleonore, schweig doch, er wird nichts geben ... Wenn du ihm solche Dinge sagen willst, führe ihn aus dem Zimmer, damit ich euch nicht höre.

Berta, die jetzt noch heftiger schluchzte, unterstützte die Bitte ihres Vaters.

Genug, Mama, schweig doch dem Vater zuliebe ... 0 Gott, wie unglücklich macht mich das Bewusstsein, diesen Zwist verursacht zu haben! Ich will lieber fort in die Welt hinausgehen und irgendwo sterben.

Frau Josserand aber stellte an den Onkel die bündige Frage:

Willst du die 50 000 Franken hergeben, damit deine Nichte wieder erhobenen Hauptes sich zeigen kann, ja oder nein?

Er war bestürzt und fing an, sich in Erklärungen einzulassen.

So höre doch mal: ich fand Gueulin mit Fifi beisammen. Was war zu tun? Ich musste sie verheiraten ... Das ist nicht meine Schuld.

Willst du die Mitgift ausfolgen, die du versprochen, ja oder nein? kreischte sie vor Wut.

Er stammelte, sein Rausch hatte sich so weit verschlimmert, dass er keine Worte mehr fand.

Kann's nicht, auf Ehr' und Treu'! ... Bin vollkommen ruiniert! ... Sonst tät' ich's gern, und zwar sogleich ... Bin seelengut, weißt es ja.

Sie unterbrach ihn mit einer fürchterlichen Handbewegung.

Gut denn, ich werde einen Familienrat zusammenberufen und die Ächtung über dich verhängen lassen. Wenn die Oheime Schlemmer werden, schickt man sie in das Spital.

Diese Worte riefen in Bachelards Gemüt eine stürmische Bewegung hervor. Er betrachtete das Zimmer und fand es düster und traurig mit seiner matten Lampe; dann blickte er auf den Sterbenden, der, gestützt durch seine Töchter, einen Löffel voll schwarzen Saftes verschluckte: sein Herz schien überzuströmen, er begann zu schluchzen und warf seiner Schwester vor, dass sie ihn niemals verstanden habe. Habe ihn Gueulins Verrat nicht schon unglücklich genug gemacht? Man wisse – fügte er hinzu – dass er weichherzig sei, und es sei unrecht, ihn zum Essen zu laden, um ihm dann soviel Kummer zu verursachen. Schließlich bot er seiner Schwester statt der 50 000 Franken all sein Herzblut an.

Frau Josserand wandte sich erschöpft von ihm ab, als die Magd eintrat und den Doktor Juillerat und den Abbé Mauduit anmeldete. Sie hatten sich auf dem Flur getroffen und traten miteinander ein. Der Doktor fand Herrn Josserands Zustand viel schlimmer; die Szene, in der er gleichfalls eine Rolle spielen musste, hatte diese Wendung bewirkt.

Der Abbé wollte Frau Josserand in den Salon führen, wo er – wie er sagte – ihr etwas mitzuteilen habe. Sie ahnte, woher der Wind wehe, und antwortete majestätisch, dass sie sich im Kreise ihrer Familie befinde, die alles mitanhören dürfe; auch der Doktor könne dabei sein, denn der Arzt sei ja gewissermaßen auch ein Beichtvater.

Verehrte Frau, begann der Priester mit einer etwas gezwungenen Sanftheit, betrachten Sie meinen Schritt als den Ausfluss des sehnlichen Wunsches, zwei Familien zu versöhnen ...

Er sprach von der göttlichen Vergebung, von der Freude, die er darob empfinde, dass er die redlichen Herzen beruhige, indem er einer unhaltbaren Lage ein Ende mache. Er nannte Berta ein unglückliches Kind, was sie wieder zu Tränen rührte; und das alles so väterlich, in so gewählten Ausdrücken, dass Hortense nicht das Zimmer zu verlassen brauchte. Indessen musste er auch auf die 50 000 Franken zu sprechen kommen; die Sache schien bereits so weit gediehen, dass die Gatten sich nur mehr zu umarmen brauchten, als er die formelle Bedingung der Morgengabe vorbrachte.

Herr Abbé, sprach Frau Josserand, verzeihen Sie, dass ich Sie unterbreche. Wir sind gerührt von Ihren Bemühungen, allein nimmermehr, hören Sie, nimmermehr werden wir um die Ehre unserer Tochter feilschen ... Es gibt Leute, die sich bereits versöhnt haben um der Morgengabe dieses Kindes willen. Ich weiß alles ... Früher hatten sie die Messer gegeneinander gezückt, und jetzt stecken sie ewig beisammen, um vom frühen Morgen bis zum späten Abend uns in den Grund zu klatschen ... Nein, Herr Abbé, ein solcher Handel wäre eine Schmach! ...

Doch scheint es mir, verehrte Frau... wagte der Priester einzuwerfen.

Sie fiel ihm jedoch ins Wort und fuhr in stolzem Tone fort:

Sehen Sie, mein Bruder ist jetzt da; Sie können ihn fragen... Vor einigen Minuten erst wiederholte er mir:»Eleonore, ich bringe dir die 50 000 Franken und schlichte dieses unglückliche Missverständnis.« Fragen Sie ihn, Herr Abbé, was ich darauf erwiderte. Erhebe dich, Narziss, und sprich die Wahrheit!

Der Oheim war bereits eingeschlafen in einem Sessel, der an der Hinterwand des Zimmers stand. Er rührte sich und stieß unzusammenhängende Worte hervor. Als jedoch seine Schwester darauf bestand, dass er spreche, legte er die Hand ans Herz und stammelte:

Wenn die Pflichten rufen, muss man gehen... Die Familie vor allem.

Hören Sie's! rief Frau Josserand mit triumphierender Miene. Nur keine Geldfrage aus dieser Sache machen: das wäre unedel! ... Sagen Sie jenen Leuten, wir werden nicht sterben, um dem Bezahlen zu entgehen. Die Mitgift ist da; allein man darf sie nicht verlangen als den Rückkaufspreis unserer Tochter ... Das wäre schmutzig! Möge August Berta erst zurücknehmen: alles übrige wird sich später finden.

Sie sprach so laut, dass der Arzt, der den Kranken untersuchte, sie bitten musste zu schweigen.

Sprechen Sie leiser, gnädige Frau, Ihr Mann leidet.

Der Abbé Mauduit, der sich immer unbehaglicher fühlte, ging an das Bett und sprach dem Kranken Trost zu. Dann entfernte er sich, ohne auf das von ihm angeregte Thema zurückzukommen, und seinen Missmut über das Scheitern seiner Pläne mit seinem liebenswürdigen Lächeln deckend, bei dem jedoch seine Lippen sich geringschätzig und schmerzlich verzogen. Als der Doktor sich entfernte, teilte er der Frau Josserand trocken mit, dass der Patient verloren sei; es bedürfe der größten Vorsicht, denn die geringste Aufregung könnte ihm den Rest geben. Betroffen zog sie sich in das Speisezimmer zurück; der Oheim und ihre zwei Töchter folgten ihr dahin, um Herrn Josserand, der schlafen zu wollen schien, Ruhe zu gönnen.

Berta, seufzte sie, du hast deinen Vater umgebracht. Der Doktor hat's gesagt.

Alle drei saßen trauernd um den Tisch, während Bachelard, gleichfalls von Tränen ergriffen, sich einen Grog zurechtmachte.

Als August die Antwort der Josserand erfuhr, wurde er wiederum wütend auf seine Frau; er schwor, sie mit den Füßen hinauszustoßen, wenn sie sich vor ihm in den Staub werfe. Im Grunde genommen ging sie ihm dennoch ab, es schien ihm alles verödet, er selbst wähnte sich wie fremd inmitten des ungewohnten Ungemachs in seinem Haushalte. Rachel, die er im Hause behalten, um Berta auch *damit* zu kränken, bestahl ihn und zankte mit ihm so frech und unverfroren, als ob sie seine Gattin sei; das alles brachte ihn schließlich dahin, dass es ihn nachgerade verlangte nach den kleinen Annehmlichkeiten des Lebens zu zweien, den in gemeinsamer Langeweile verbrachten Abenden und den nachher folgenden, kostspieligen Versöhnungen im warmen Bett. Insbesondere waren es aber Theophil und Valerie, die er satt hatte, die sich unten eingenistet hatten und den Laden mit ihrer Wichtigtuerei erfüllten. Auch hatte er sie im Verdacht, dass sie sich ganz unverfroren Geld aneigneten. Valerie war nicht wie Berta; sie liebte es, auf dem Bänkchen der Kasse zu thronen, allein er glaubte zu bemerken, dass sie angesichts ihres Kretins von einem Gatten die Männer an sich ziehe, dieses Gatten, dem ein ewiger Schnupfen fortwährend die Augen mit Tränen füllte. Da war ihm Berta doch lieber, diese hatte doch nicht die ganze Straße vor dem Laden vorbeispazieren lassen. Endlich quälte ihn noch eine letzte Besorgnis. Das Geschäft »Zum Paradies der Damen« gedieh und ward eine Gefahr für sein Haus, dessen Kundenkreis von Tag zu Tag abnahm. Gewiss war es ihm nicht leid um diesen elenden Octave, aber er musste ihm billigerweise ganz außerordentliche geschäftliche Talente einräumen. Welchen Aufschwung hätte sein Handel nehmen können, wenn man sich besser verständigt hätte! Gefühle der Reue überkamen ihn nicht selten, und es gab Stunden, wo er krank in seiner Einsamkeit, das ganze Leben versinken zu sehen glaubte und Lust bekam, zu den Josserand hinaufzugehen, um Berta zurückzuverlangen ohne jede Entschädigung.

Auch Duverdy ließ den Mut nicht sinken, trieb ihn vielmehr unablässig zu einer Aussöhnung, gepeinigt durch den üblen Ruf, in den eine solche Geschichte sein Haus bringen musste. Er tat sogar, als ob er den durch den Priester hinterbrachten Worten der Frau Josserand Glauben schenke, dass man nämlich bereit sei, dem August am folgenden Tage die Mitgift zu bezahlen wenn er seine Frau bedingungslos zurücknehme. Wenn August über eine solche Zumutung wieder in Wut geriet, wandte sich der Rat an sein Herz. Er nahm ihn mit sich die Uferstraßen entlang, wenn er sich in den Justizpalast begab, predigte ihm mit vor Rührung zitternder Stimme die Vergebung der Kränkungen, träufelte ihm ein« verzweifelte und feige Philosophie ein, nach der das Glück einzig darin bestehe, das Weib zu ertragen, da man es nicht missen könne.

Duverdy versetzte die ganze Choiseul-Straße in Unruhe durch seine kummervolle Haltung und die Blässe seines Gesichtes, auf dem sich immer größere rote Flecken zeigten. Ein Unglück, das nicht eingestanden werden durfte, schien ihn zu Boden zu drücken. Clarisse, die immer dicker und ausgelassener werdende Clarisse, marterte ihn. In dem Maße wie ihre spießbürgerliche Leibesstärke zunahm, fand er sie immer unerträglicher mit ihrem Geziere guter Erziehung und vornehmer Strenge. Sie verbot ihm jetzt, in Gegenwart ihrer Familie sie zu duzen; vor seinen Augen warf sie sich an den Hals ihres Klavierlehrers und überließ sich Vertraulichkeiten, die ihn zum Schluchzen brachten. Zweimal überraschte er sie mit Theodor, wurde böse, flehte schließlich auf den Knien um Verzeihung und ließ sich jede Teilung gefallen. Um ihn übrigens in Demut und Unterwürfigkeit zu erhalten, sprach sie fortwährend mit Widerwillen von seinen Warzen; sie hatte sogar den Einfall, ihn einer ihrer Küchenmägde zu überlassen, einer handfesten Dirne, die an derlei niedrige Geschäfte gewöhnt war, allein die Magd wollte von dem Herrn nichts wissen. So ward denn das Leben für Duverdy mit jedem Tage unerträglicher bei dieser Geliebten, wo er seine Häuslichkeit in eine Hölle verwandelt wiederfand. Die Hausiererfamilie, Mutter, Bruder, Schwestern, selbst die kranke Tante bestahlen ihn in schamloser Weise, lebten offen von ihm; das ging so weit, dass sie ihm zur Nachtzeit die Taschen leerten. Seine Lage verschlimmerte sich auch in anderer Richtung. Er war mit seinen Geldmitteln zu Ende und fürchtete auf seinem Richtersitz bloßgestellt zu werden. Wohl konnte man ihn nicht absetzen; allein schon begannen die jungen Advokaten ihn mit schelmischen Augen zu betrachten, was ihn bei der Rechtsprechung sehr genierte. Wenn er durch den Schmutz und das Getöse verscheucht, von Ekel vor sich selbst erfasst, aus der Wohnung in der Assas-Straße nach der Wohnung in der Choiseul-Straße flüchtete, tat die hasserfüllte Kälte seiner Frau das übrige, um ihn vollends zu Boden zu drücken. Dann verlor er den Kopf, schaute lang in die Seine während seines Ganges in das Gerichtsgebäude mit dem Gedanken, sich am Abend hineinzustürzen, sofern ein äußerstes Maß der Leiden ihm die Kraft dazu verleihe.

Clotilde bemerkte voll Unruhe die zärtlichen Annäherungen ihres Gatten; sie war wütend über diese Geliebte, die es nicht einmal fertig brachte, einen solchen Mann glücklich zu machen. Doch war sie in letzter Zeit noch mehr verdrossen über ein unerquickliches Vorkommnis, dessen Folgen das ganze Haus in Aufruhr versetzten. Als Clémence eines Morgens in die Dienstbotenkammern hinaufstieg, um ein Taschentuch zu holen, überraschte sie in ihrem Bette Hyppolite mit diesem Däumling Luise; seither ohrfeigte sie ihn in der Küche bei jeder Gelegenheit, worunter der Dienst litt. Das Schlimmste war, dass die gnädige Frau nicht länger die Augen verschließen konnte vor der ungesetzlichen Lage, in der ihre Kammerfrau und ihr Haushofmeister sich befanden. Die übrigen Mägde lachten, der Skandal verbreitete sich schon unter den Lieferanten des Hauses; man musste sie verheiraten, wenn man sie weiter behalten wollte. Da sie mit Clémence nach wie vor sehr zufrieden war, dachte sie immerfort an die Ehe. Die Unterhandlungen mit einem Paar, das sich fortwährend mit Faustschlägen traktierte, schienen ihr so. schwierig, dass sie beschloss, auch *damit* den Abbé Mauduit zu betrauen, dessen Rolle als Sittenprediger unter ähnlichen Umständen sehr geboten schien. Sie hatte seit einiger Zeit überhaupt viel Ungemach mit den Dienstboten. Während ihres Landaufenthaltes hatte sie die Entdeckung gemacht, dass ihr hochaufgeschossener Junge Gustav mit der Köchin ein Verhältnis hatte. Einen Augenblick dachte sie daran, die Köchin zu entlassen; allerdings hätte sie es nur ungern getan, denn sie hielt große Stücke auf eine gute Küche. Doch nach reiflicher Erwägung behielt sie Julie; es war ihr noch immer lieber, dass der Junge im Hause eine Geliebte habe, ein sauberes Mädchen, von dem man keine Verlegenheit zu fürchten hatte. Sie überwachte sie demnach, ohne ein Wort zu sagen. Da mussten nun die beiden anderen mit ihrer Geschichte kommen!

Frau Duverdy war eines Morgens eben im Begriff, sich zum Abbé Mauduit zu begeben, als Clémence ihr meldete, dass der Priester gekommen sei, um Herrn Josserand die Tröstungen der Kirche zu bringen. Die Kammerfrau hatte auf dem Treppenabsatz das Allerheiligste vorbeitragen sehen und war mit den Worten in die Küche zurückgekehrt:

Ich sagte euch ja, dass das Allerheiligste wieder ins Haus kommt, bevor das Jahr um ist.

Auf die Katastrophe anspielend, unter denen das Haus litt, fügte sie hinzu:

Das hat uns allen Unglück gebracht.

Diesmal kam das Allerheiligste nicht zu spät: es war ein gutes Zeichen für die Zukunft. Frau Duverdy begab sich ins Pfarrhaus zu Sankt-Rochus, um daselbst die Rückkehr des Abbé abzuwarten. Er hörte sie an, bewahrte ein trauriges Schweigen, konnte aber schließlich die Aufgabe nicht von sich weisen, die Kammerfrau und den Haushofmeister über das Unsittliche ihrer Lage aufzuklären; überdies – fügte er hinzu – werde die andere Angelegenheit ihn bald wieder nach der Choiseul-Straße führen, denn der arme Herr Josserand werde die Nacht schwerlich überleben; und er gab zu verstehen, dass er darin eine zwar traurige aber zugleich willkommene Fügung erblicke, um August und Berta zu versöhnen. Er werde trachten, beide Angelegenheiten auf einmal zu erledigen. Es sei hohe Zeit, dass der Himmel seinen Bemühungen den Erfolg verleihe.

Ich habe gebetet, verehrte Frau, sagte der Priester. Gott wird siegen.

In der Tat begann um sieben Uhr abends der Todeskampf des Herrn Josserand. Die ganze Familie war um ihn versammelt mit Ausnahme Bachelards, den man vergebens in den Cafés gesucht hatte, und mit Ausnahme Saturnins, der noch immer in dem Irrenhause zu Sankt-Evrard eingesperrt war. Leo, dessen Heirat durch die Krankheit des Vaters eine bedauerliche Verzögerung erlitt, zeigte eine würdige Trauer. Frau Josserand und Hortense waren gefasst; nur Berta schluchzte so stark, dass sie, um den Kranken nicht aufzuregen, sich in die Küche flüchtete, wo Adele die allgemeine Bestürzung ausnutzend, sich Glühwein bereitete. Herr Josserand starb übrigens sehr leicht: seine Ehrenhaftigkeit erstickte ihn. Er war als unnützer Mensch durch das Leben gegangen und schied als braver Mann aus der Welt, müde der hässlichen Dinge des Lebens. Um acht Uhr stammelte er den Namen Saturnin, wandte sich zur Mauer und verschied.

Niemand hielt ihn für tot, denn man war auf einen schrecklichen Todeskampf gefasst. Man wartete eine Weile und ließ ihn schlafen. Als man fand, dass er steif zu werden beginne, wurde Frau Josserand böse, vergoss heiße Tränen und schalt Hortense, die sie beauftragt hatte, unter dem schmerzlichen Eindruck der letzten Augenblicke Berta wieder in Augusts Arme zu legen.

Du denkst doch an nichts! sagte sie, sich die Augen trocknend.

Aber Mama, erwiderte das Mädchen heftig weinend, wer hätte gedacht, dass Papa so rasch verscheiden werde? Du sagtest mir, ich möge erst um neun Uhr hinabgehen, um August zu holen, damit er für alle Fälle da sei.

Die Familie, sonst sehr betrübt, fand in diesem Streite eine Zerstreuung. Es war wieder eine verfehlte Sache; nichts wollte gelingen. Glücklicherweise blieb noch das Begräbnis als Gelegenheit zur Aussöhnung.

Das Leichenbegängnis war recht anständig, wenn auch nicht so pomphaft wie das des Herrn Vabre. Das Interesse im Hause und in der Straße war übrigens ein weit geringeres, denn es handelte sich diesmal nicht um einen Hausbesitzer. Der Verstorbene war ein ruhiger Mann gewesen, der nicht einmal der Frau Juzeur den Schlaf störte. Marie, seit gestern auf dem Punkte entbunden zu werden, bedauerte nur, dass sie nicht hinabgehen konnte, um den Damen bei der Aufbahrung des Toten behilflich zu sein. Als die Leiche hinausgetragen wurde, begnügte sich Frau Gourd damit, sich in ihrer Loge zur Begrüßung zu erheben, ohne bis zur Schwelle herauszukommen. Das ganze Haus ging mit auf den Kirchhof hinaus: Duverdy, die Vabre, Campardon, Herr Gourd. Man sprach von den häufigen Frühjahrsregengüssen, welche die Ernte verdarben. Campardon war überrascht von dem schlechten Aussehen Duverdys und murmelte:

Gott wolle verhüten, dass das Haus noch weiter heimgesucht werde!

Frau Josserand und ihre Töchter mussten bis zum Wagen geführt werden. Leo ging, auf Bachelards Arm gestützt, mit raschen Schritten auf den Wagen zu, während August mit einer Miene der Verwirrung hinterdrein kam. Er stieg mit Duverdy und Theophil in einen Wagen. Clotilde lud den Abbé ein, zu ihr in den Wagen zu steigen: er hatte bei der Trauerfeier nicht mitgewirkt, war aber auf den Kirchhof mitgefahren, um so der Familie einen Beweis von Teilnahme zu geben. Auf dem Rückwege liefen die Pferde einen flotteren Trab. Frau Duverdy bat den Priester, mit ihnen heimzukehren und sofort an seine Aufgabe zu gehen, denn sie halte den Augenblick für geeignet. Er willigte ein.

Die drei Trauerwagen setzten die leidtragende Familie in der Choiseul-Straße still ab. Theophil suchte sogleich Valerie auf, die zu Hause geblieben war, um eine große Säuberung im Laden zu überwachen und wenn möglich die Gelegenheit, dass der Laden geschlossen blieb, auszunützen.

Du kannst dein Bündel schnüren, rief er wütend. Alle bearbeiten ihn; ich wette, dass er sie um Verzeihung bitten wird.

In der Tat fühlten alle das dringende Bedürfnis, dieser Lage ein Ende zu machen. Das Unglück sollte doch wenigstens zu etwas nütze sein. August, von ihnen umgeben, fühlte wohl, was sie wollten; er stand allein ohne Kraft.

Langsam schritt die in Trauer gekleidete Familie durch die Toreinfahrt ins Haus. Alles schwieg. Auch auf der Treppe sprach niemand ein Wort, obgleich sie alle mit dem nämlichen Gedanken beschäftigt waren. August, von einem letzten Widerstreben ergriffen, war vorausgeeilt in der Absicht, sich rasch in seinem Zimmer einzuschließen. Allein als er seine Türe öffnete, ward er durch Clotilde und den Abbé, die ihm gefolgt waren, angehalten. Hinter ihnen erschien Berta in tiefer Trauer auf dem Treppenabsatz, begleitet von ihrer Mutter und ihrer Schwester. Alle drei hatten vom Weinen gerötete Augen; Frau Josserand besonders war ein Bild des Jammers.

Mut, mein Freund, sagte der Priester einfach mit tränenumflorter Stimme.

Das genügte. August gab sofort nach, er sah ein, es sei besser, wenn er es bei dieser schicklichen Gelegenheit tue. Seine Frau weinte, er weinte gleichfalls; endlich stammelte er:

Komm! wir wollen suchen, uns künftig besser zu verstehen.

Die Mitglieder der Familie fielen einander in die Arme. Clotilde beglückwünschte ihren Bruder; sie habe von seinem Herzen nicht Geringeres erwartet, bemerkte sie. Frau Josserand zeigte eine schmerzliche Befriedigung als Witwe, welche die unerwarteten Glücksfälle nicht mehr zu rühren vermögen. Dagegen mengte sie ihren armen Gatten in die allgemeine Freude hinein.

Sie tun Ihre Pflicht, mein Schwiegersohn, sagte sie. Er, der jetzt im Himmel ist, dankt Ihnen dafür.

Komm! wiederholte August ganz verstört.

Durch das Geräusch herbeigelockt, war Rachel im Vorzimmer erschienen. Vor der stummen Wut, welche die Wangen dieses Mädchens erbleichen machte, schrak Berta einen Augenblick zurück. Dann trat sie mit ernster Miene ein und verschwand mit dem düsteren Schwarz ihrer Trauergewänder in dem Dunkel der Wohnung. August folgte ihr; die Türe schloss sich hinter ihnen.

Es ging wie ein großer Seufzer der Erleichterung über die Treppe, das ganze Haus ward aufgeheitert. Die Damen drückten dem Priester die Hand, den der Herr erhört hatte. In dem Augenblick, als Clotilde ihn hinwegführte, um die andere Geschichte im Ordnung zu bringen, kam Duverdy mühselig an, der mit Leo und Bachelard zurückgeblieben war. Man musste ihm den glücklichen Ausgang der Angelegenheit mitteilen; allein er, der diese Lösung seit Monaten herbeisehnte, schien kaum zu begreifen; mit seltsam verstörter Miene stand er da, von einer fixen Idee beherrscht, die ihm das Interesse raubte für alles, was um ihn her vorging. Während die Josserand in ihre Wohnung hinaufgingen, trat er hinter seiner Frau und dem Abbé ein. Sie waren noch im Vorzimmer, als halberstickte Schreie zu ihnen drangen, die sie erbeben ließen.

Gnädige Frau können ruhig sein, erklärte Hyppolite gefällig; es ist die kleine Dame von oben, die von Wehen ergriffen wurde. Ich sah den Doktor Juillerat sich in aller Eile zu ihr begeben.

Als er allein geblieben, fügte er philosophisch hinzu:

Der eine kommt, der andere geht ...

Clotilde führte den Abbé in den Salon und sagte, sie werde ihm zunächst Clémence schicken. Um ihm Kurzweil zu verschaffen, gab sie ihm die »Revue des Deux-Mondes«, wo sich sehr zarte Verse fanden. Sie wollte gehen, um die Kammerfrau vorzubereiten, allein in ihrem Toilettezimmer fand sie ihren Gatten auf einem Sessel sitzen.

Duverdy war schon seit dem Morgen in halbtotem Zustande. Er hatte Clarisse zum dritten Male mit Theodor überrascht; als er zu widersprechen wagte, fiel die ganze Hausiererfamilie, Mutter, Bruder, Schwestern, über ihn her und warfen ihn unter einem Hagel von Faustschlägen und Fußtritten auf die Treppe hinaus. Unterdessen behandelte ihn Clarisse als ausgesogenen, armen Schlucker und drohte, nach dem Polizeikommissar zu schicken, wenn er es noch einmal wage, den Fuß in ihr Haus zu setzen. Es war aus. Der Hausmeister unten bemitleidete ihn und sagte ihm, dass ein alter, reicher Herr seit acht Tagen sich um die Gunst bewerbe, Clarisse aushalten zu dürfen. Als er sich so verjagt sah aus dem warmen Nest, wo er so behaglich gelebt, irrte Duverdy lange Zeit in den Straßen umher; endlich trat er in einen versteckten Trödlerladen ein und kaufte einen Taschenrevolver. Das Leben war zu traurig; er wollte es von sich werfen, wenn es ihm gelang, ein geeignetes Plätzchen zu finden. Diese Wahl eines ruhigen, geeigneten Plätzchens beschäftigte ihn, als er mechanisch nach der Choiseul-Straße zurückkehrte, um dem Leichenbegängnisse des Herrn Josserand beizuwohnen. Als er hinter der Leiche einherschritt, hatte er plötzlich die Absicht, sich auf dem Kirchhofe zu töten. Er wolle sich im Hintergrunde hinter einem Grabhügel verlieren, dachte er. Das schmeichelte seinem Geschmack für das Romantische, für das Ideal, das ihm in seiner starren, spießbürgerlichen Existenz immerfort vorschwebte. Allein als die Bahre auf den Boden gestellt wurde, begann er zu zittern, ergriffen von der Kälte der Erde. Entschieden – dieser Ort war nicht geeignet zu seinem Vorhaben; er musste einen andern suchen. Kranker als zuvor zurückgekommen, völlig erfasst von der fixen Idee, saß er brütend auf einem Sessel des Toilettezimmers und sann über den geeignetsten Winkel des Hauses nach: vielleicht im Schlafzimmer am Rande des Bettes, oder noch einfacher hier, wo er sich eben befand.

Sei so freundlich und lass mich allein, sagte Clotilde.

Er hatte schon den Revolver in der Tasche ergriffen.

Warum? fragte er mühsam.

Weil ich das Bedürfnis habe, allein zu sein.

Er glaubte, sie wolle ihr Kleid wechseln und ihn nicht einmal ihre nackten Arme sehen lassen, weil er ihr gar so widerwärtig sei. Er betrachtete sie einen Augenblick mit seinen trüben Augen: sie war so schön, so groß, die Farbe von der Reinheit des Marmors, das mattgoldfarbene Haar in reichen Flechten aufgesteckt. Ach, wenn sie eingewilligt hätte, wie wäre alles noch in Ordnung gebracht worden! Er erhob sich wankend, öffnete die Arme und wollte sie erfassen.

Was willst du? entfuhr es ihr überrascht. Was ficht dich an? Hast du denn die andere nicht mehr? Soll diese Scheußlichkeit wieder von vorne beginnen?

Sie zeigte ihm einen solchen Ekel, dass er zurückwich. Ohne ein Wort zu sagen ging er hinaus; im Vorzimmer stand er zögernd einen Augenblick. Als er eine Tür vor sich sah, stieß er sie auf. Es war die Tür des Abortes; er setzte sich mitten auf das Sitzbrett. Das war ein ruhiger Ort; da werde ihn niemand stören. Er führte den Lauf des Revolvers in den Mund und drückte ab.

Clotilde, die schon seit dem Morgen durch sein Benehmen beunruhigt war, hatte gelauscht, um zu erfahren, ob er ihr vielleicht den Gefallen erweise, zu Clarisse zurückzukehren. Als das Knarren der gewissen Tür ihr sagte, wohin er ging, beschäftigte sie sich nicht weiter mit ihm. Sie war im Begriff, Clémence durch die Klingel herbeizurufen, als sie zu ihrem Befremden den dumpfen Knall des Revolvers vernahm. Was war das? Es war, als ob eine Zimmerpistole abgeschossen sei. Sie lief ins Vorzimmer, wagte aber nicht gleich, sich zu erkundigen. Als ein Luftzug aus der gewissen Türe kam, rief sie ihn an, und da sie keine Antwort erhielt, öffnete sie.

Duverdy, mehr durch den Schreck als durch den Schmerz betäubt, saß auf dem Brett zusammengekauert: eine Jammergestalt, die Augen weit offen, das Gesicht von Blut überströmt. Er hatte einen Fehlschuss getan. Die Kugel hatte den Gaumen gestreift und war durch die linke Backe hinausgegangen. Er hatte nicht den Mut, einen zweiten Schuss abzufeuern.

Wie! deshalb bist du hierher gegangen? schrie Clotilde außer sich. Töte dich doch außer dem Hause!

Sie war entrüstet. Anstatt sie zu rühren, rief dieser Anblick die höchste Erbitterung in ihr hervor. Sie fasste ihn ohne jede Vorsicht an und wollte ihn fortschleppen, damit man ihn nicht an einem solchen Orte finde. In diesem Räume! Und fehlzuschießen! Das war denn doch das Äußerste!

Während sie ihn in das Zimmer führte, stammelte Duverdy, der fortwährend Blut spuckte:

Du hast mich nie geliebt!

Er schluchzte in seinem Schmerz über die tote Poesie, über das blaue Blümchen, das zu pflücken ihm niemals gelungen war. Als Clotilde ihn zu Bett gebracht hatte, verdrängte endlich in ihr die Rührung den Ingrimm. Das Schlimmste war, dass infolge ihres Klingeins jetzt Clémence und Hyppolite erschienen. Sie sprach zuerst von einem Unfall; der Herr sei gefallen, sagte sie, und habe sich am Kinn verletzt. Doch musste sie die Lüge bald aufgeben, denn der Bediente, der das Sitzbrett vom Blut reinigte, fand daselbst den Revolver. Da der Verwundete heftig blutete, erinnerte sich die Zofe, dass der Doktor Juillerat sich eben im Hause befinde, um Frau Pichon bei der Niederkunft Beistand zu leisten. Sie lief, ihn zu holen, und traf ihn, als er eben nach glücklich vollzogener Entbindung der Frau Pichon herabkam.

Der Arzt beruhigte Clotilde; es werde vielleicht eine Verrenkung der Kinnlade zurückbleiben, doch bestehe keine Lebensgefahr. Er war eben damit beschäftigt, den ersten Verband anzulegen, als der Abbé Mauduit, beunruhigt durch all den Lärm, eintrat.

Was ist denn geschehen? fragte er.

Diese Frage brachte Frau Duverdy vollends in Verwirrung. Schon bei den ersten Worten der Erklärung brach sie in Tränen aus. Der Priester begriff; war er doch eingeweiht in den geheimen Jammer seiner Herde.

Schon im Salon hatte ein Unbehagen ihn ergriffen; er bedauerte fast das Gelingen seines Schrittes; er bedauerte fast, dass er diese unglückliche junge Frau, die nicht das geringste Zeichen von Reue an den Tag gelegt hatte, ihrem Gatten wieder zugeführt hatte. Ein fürchterlicher Zweifel erfasst ihn. Vielleicht war Gott nicht mit ihm. Beim Anblick der zerschmetterten Kinnlade des Rates steigerte sich seine Beklemmung. Er näherte sich mit der Absicht, den Selbstmord in energischen Worten zu verdammen. Doch der Doktor wehrte ihn ab.

Sogleich, Herr Abbé, wenn ich fertig bin ... Wie Sie sehen, ist er ohnmächtig.

In der Tat hatte Duverdy bei der ersten Berührung des Arztes das Bewusstsein verloren. Um sich der Dienstleute zu entledigen, deren sie nicht mehr bedurfte, und deren aufdringliche Neugierde ihr lästig war, sagte Clotilde zu Clémence und Hyppolite:

Geht mit dem Herrn Abbé in den Salon, er hat euch was zu sagen.

Der Priester musste sie hinausführen. Das war wieder ein unerquickliches Geschäft für ihn. Clémence und Hyppolite folgten ihm sehr überrascht. Als sie allein waren, richtete er salbungsvolle Worte der Mahnung an sie; der Himmel belohne ein gutes Betragen, während eine einzige Sünde in die Hölle führe; es sei übrigens immer Zeit, dem Skandal ein Ende zu machen und sich dem Wege des Heils zuzuwenden. Diese Reden steigerten ihre Überraschung zur Verblüffung; mit hängenden Armen standen beide da, sie mit ihren zarten Gliedern und den gespitzten Lippen, er mit seinem platten Gesicht und seiner grobknochigen Gensdarmengestalt, und tauschten von Zeit zu Zeit ängstliche Blicke aus. Sollte die Gnädige die entwendeten Servietten droben im Koffer gefunden haben? oder hatte sie von der Flasche Wein Kenntnis erhalten, die sie allabendlich mit hinaufnahmen?

Meine Kinder, schloss der Priester, ihr gebt ein schlimmes Beispiel. Es ist ein großes Verbrechen, andere zu verderben, das Haus zu entehren, das man bewohnt. Ja, ja; euer ungebührliches Betragen ist niemandem mehr unbekannt, denn ihr prügelt euch ja seit acht Tagen.

Er errötete: schamhaft zögernd suchte er nach Worten. Die beiden Dienstboten atmeten erleichtert auf. Sie lächelten jetzt und wiegten sich zufrieden in den Hüften. Wenn es weiter nichts ist, da braucht man ja nicht zu erschrecken!

Das ist ja vorüber, Herr Pfarrer, sagte Clémence, indem sie Hyppolite zärtlich anblickte. Wir haben uns ausgesöhnt. Er hat mir alles erklärt.

Da war der Priester erstaunt und betrübt.

Ihr versteht mich nicht, meine Kinder. Ihr könnt nicht weiter so zusammenleben. Ihr beleidigt Gott und die Menschen ... Ihr müsst heiraten.

Neue Verblüffung auf Seite der Dienstboten. Heiraten? Warum?

Ich will nicht, erklärte Clémence. Ich habe andere Absichten.

Jetzt suchte der Abbé, den Hyppolite zu überzeugen.

Sie sind ein Mann, mein lieber Junge; reden Sie ihr zu; machen Sie sie auf die Gebote der Ehre aufmerksam ... Heiratet; es wird ja an eurer Lebensweise nichts ändern.

Der Bediente lachte verlegen. Er betrachtete eine Weile seine Schnallenschuhe und sagte endlich:

Ich möchte wohl, aber ich bin schon verheiratet.

Diese Antwort machte einen Strich durch die Ermahnungen des Priesters. Trostlos darüber, sein heiliges Amt in einer solchen Weise entweiht zu haben, erhob er sich und ließ die beiden stehen. Clotilde hatte alles gehört und machte eine Gebärde, die besagen sollte, dass sie die Sache fallen lasse. Auf ihren Wink gingen die Dienstboten hinaus mit ernsten Gesichtern, aber innerlich sehr belustigt. Der Abbé schwieg eine Weile, dann beklagte er sich bitter. Wozu setzte man ihn dem aus? Wozu Dinge lüften, die man am besten unberührt lässt? Jetzt sei die Lage noch ärger als früher. Allein Clotilde wiederholte ihre Gebärde von vorhin und erklärte, sie habe jetzt andere Schmerzen. Sie werde auch die Dienstboten nicht entlassen aus Furcht, dass der Selbstmordversuch sehr bald im ganzen Stadtviertel bekannt werden könne. Man werde später sehen.

Also vollkommene Ruhe! empfahl der Doktor, aus dem Zimmer des Kranken kommend. Er wird ganz hergestellt werden, doch muss jede Aufregung oder Ermüdung von ihm ferngehalten werden. Seien Sie frohen Mutes, verehrte Frau.

Dann wandte er sich an den Priester.

Sie werden ihm später Ihre Moralpredigt halten, mein teurer Abbé. Ich kann ihn Ihnen noch nicht überlassen. Wenn Sie in das Pfarrhaus zurückkehren, will ich Sie begleiten.

Beide entfernten sich.

Unterdessen gewann das Haus seine frühere Ruhe wieder. Frau Juzeur hatte sich auf dem Friedhofe verspätet, wo sie mit Trublot, den sie zu verführen trachtete, die Inschriften der Grabkreuze las; trotz seiner Abgeneigtheit gegen erfolglose Koketterien musste er sie schließlich doch in der Droschke nach Hause führen. Das traurige Abenteuer Luisens stimmte die arme Frau trübe. Bis zur Wohnung sprach sie immer von dieser Elenden, die sie tags vorher dem Asyl hatte zustellen müssen: eine grausame Erfahrung, die letzte Enttäuschung, die ihr für immer die Hoffnung benahm, jemals eine tugendhafte Dienstmagd zu finden. Unter dem Tore lud sie schließlich Trublot ein, manchmal auf einen kleinen Plausch zu ihr zu kommen. Allein er schützte Arbeit vor.

In diesem Augenblick schritt die andere Frau Campardon an ihnen vorbei. Sie grüßten sie. Herr Gourd teilte ihnen die glückliche Niederkunft der Frau Pichon mit. Diese Kunde veranlasste alle, der Ansicht des Ehepaares Vuillaume zu sein: drei Kinder für eine Beamtenfamilie – das sei die reine Torheit; auch ließ der Hausmeister sich vernehmen, der Hausherr werde, falls noch ein viertes kommen solle, diesen Leuten die Miete kündigen, denn zu viele Kinder entwerten das Haus. Plötzlich schwiegen sie alle. Eine verschleierte Dame eilte, einen Duft von Eisenkrautparfüm verbreitend, mit behänden Schritten durch die Einfahrt, ohne sich an Herrn Gourd zu wenden, der seinerseits tat, als ob er sie nicht gesehen habe. Des Morgens hatte er eben bei dem vornehmen Herrn im dritten Stock für eine Nacht der Arbeit alles vorbereitet.

Jetzt rief er plötzlich den beiden anderen, die mit ihm standen, zu:

Geben Sie acht! Sie fahren uns nieder wie die Hunde!

Es war der Wagen der Leute vom zweiten Stock, die eine Ausfahrt machten. Die Pferde stampften unter der Torwölbung; Vater und Mutter lächelten aus dem Landauer ihren Kindern zu, zwei allerliebsten Blondköpfen, die mit ihren Händchen um einen Rosenstrauß stritten.

Sind das Leute! brummte zornig der Hausmeister. Selbst zum Begräbnis sind sie nicht gegangen, nur um nicht höflich zu scheinen wie die anderen... Und das wagt noch, andere mit Schmutz zu bespritzen! Wollte man nur von ihnen reden, man könnte schon ...

Was denn? fragte Frau Juzeur, die diese Sache sehr zu interessieren schien.

Da erzählte Gourd, man sei zu diesen Leuten von der Polizei gekommen, jawohl, von der Polizei! Der Mann vom zweiten Stock habe einen so schmutzigen Roman geschrieben, dass man ihn einsperren werde.

Es ist ein schrecklicher Roman, fuhr er fort; voll Unflätigkeiten über die anständigen Leute. Auch der Hausherr soll, wie man sagt, darin arg mitgenommen sein, ja so ist's, Herr Duverdy in eigener Person! Welche Schändlichkeit! Sie haben wohl Ursache, sich zu verkriechen und keinen der Bewohner zu besuchen. Jetzt wissen wir's doch, was diese Leute mit ihrer ewigen Geheimtuerei schaffen. Seht ihr, das fährt spazieren, das verkauft seine Unflätigkeiten für teures Gold!

Das kränkte Herrn Gourd am meisten. Frau Juzeur bemerkte, sie lese nur Verse; Trublot erklärte, in der Literatur ganz unbewandert zu sein; das hinderte jedoch beide nicht daran, den Herrn vom zweiten Stock dafür, aufs schärfste zu tadeln, dass er das Haus, das seine Familie berge, in seinen Schriften beschmutze. Ihre Worte wurden jedoch durch ein heftiges Geschrei unterbrochen; vom Hofe her drangen Schimpfworte an ihr Ohr.

Dicke Kuh! Du warst froh, mich zu haben, damit ich deinen Liebhabern zur Flucht verhalf.

Sie kamen von Rachel, die, von Berta aus dem Dienste entlassen, ihrem Groll auf der Dienstbotentreppe freien Lauf ließ. Aus dieser sonst wortkargen und untertänigen Magd, die selbst die übrigen Dienstboten nicht verleiten konnten, das Geringste auszuplaudern, brach jetzt auf einmal die Wut hervor wie ein Strom von Unflat aus der Ausgussröhre. Schon außer sich gebracht durch die Rückkehr Bertas zu ihrem Herrn, den sie während der Trennung nach Herzenslust bestehlen konnte, wurde sie fürchterlich in ihrem Zorn als ihr die Herrin befahl, ihren Koffer und sich selbst aus dem Hause zu schaffen. Berta hörte bestürzt ihren Schimpfereien in der Küche zu, während August, der, um sein Ansehen zu wahren, auf der Türschwelle stehen blieb, die gemeinsten Ausdrücke und schmählichsten Beschuldigungen ins Gesicht geschleudert bekam.

Ja, ja, fuhr die Magd wütend fort, du warfst mich nicht hinaus, als ich deine Hemden hinter dem Rücken deines Hahnreis verbarg! Denk nur an den Abend, wo dein Liebhaber seine Strümpfe in meiner Küche anziehen musste, während ich deinen Hahnrei hinderte einzutreten, damit das Bett ein wenig kühl werde. Geh, Hure!

Berta floh entsetzt in das letzte Zimmer der Wohnung. August jedoch musste standhalten; er erbleichte und bebte bei jedem der schmutzigen Schimpfworte, die von der hinteren Stiege zu ihm drangen. Er fand nur das eine Wort: »Unglückliche! Unglückliche!«, um seinem angstvollen Ärger darüber Luft zu machen, dass ihm alle bitteren Einzelheiten des Ehebruches gerade jetzt aufgetischt wurden, da er seiner Frau verziehen hatte.

Auf den Lärm waren alle Mägde aus ihren Küchen herausgekommen. Sie lauschten, damit ihnen ja kein einziges Wörtchen entgehe; doch waren selbst sie betroffen von der Heftigkeit Rachels und zogen sich eine nach der andern zurück. Das übersteige nachgerade alle Grenzen. Lisa drückte die Gefühle aller aus, indem sie sagte:

Man kann wohl ein wenig tratschen, aber man fällt nicht so über seine Herrenleute her!

Die Bewohner entfernten sich Übrigens bald; man ließ das Mädchen schreien, es ward eben unangenehm, Dinge anzuhören, die doch schließlich jeden berühren mussten, denn zuletzt begann sie gar, über das ganze Haus loszuziehen.

Herr Gourd zog sich als erster in seine Loge zurück; er bemerkte, es lasse sich mit einem wütenden Frauenzimmer nichts anfangen. Frau Juzeur, deren zarte Seele durch diese grausame Lüftung der Herzensgeschichten tief verletzt wurde, schien so verstört, dass Trablot trotz seines Widerwillens sie hinaufbegleiten musste, um einer Ohnmacht vorzubeugen. War es nicht ein Unglück? Die Dinge wickelten sich schon so hübsch ab, es blieb nicht der geringste Stoff zu einem Skandal, das Haus war im Begriff, sein früheres Aussehen der Wohlanständigkeit wiederzugewinnen, da musste so ein hässliches Geschöpf kommen und alle diese begrabenen Geschichten, um die kein Mensch sich mehr kümmerte, wieder in Erinnerung rufen.

Ich bin nur eine Dienstmagd, aber *anständig* dabei, rief sie aus vollen Leibeskräften. Es gibt in eurer ganzen Baracke auch nicht eine Hure von einer Dame, die mir gleichkäme! ... Ja, ich gehe, denn ihr ekelt mich an!

Der Abbé Mauduit und der Doktor Juillerat stiegen langsam die Treppen hinunter. Sie hatten alles gehört. Jetzt herrschte tiefe Stille; der Hof war öde, die Stiege leer; die Türen schienen vermauert, und nicht ein Fenstervorhang regte sich; hinter den geschlossenen Türen herrschte ein würdevolles Schweigen.

Unter der Einfahrt hielt der Priester an wie gebrochen von den Ermüdungen.

Wie viel Elend! seufzte er traurig.

Der Arzt nickte mit dem Kopfe und antwortete:

So ist das Leben.

So pflegten sie, wenn sie miteinander von einem Sterbenden oder von einer Geburt kamen, ihre Gedanken auszutauschen. Trotz der Verschiedenheit ihrer Überzeugungen einigten sie sich manchmal in der Gebrechlichkeit aller menschlichen Dinge. Waren doch beide in die nämlichen Geheimnisse eingeweiht: nahm der Priester den Damen die Beichte ab, so war andererseits der Arzt Geburtshelfer bei den Müttern und pflegte deren Töchter schon seit dreißig Jahren in ihren Krankheiten.

Gott verlässt sie, begann wieder der Abbé.

Mischen Sie doch nicht Gott darein, sprach der andere. Sie sind entweder krank oder schlecht erzogen. Das erklärt alles.

Er bekämpfte lebhaft die Anschauung des Priesters. Er griff das Kaisertum heftig an: in einer Republik würden die Sachen sicherlich viel besser gehen. Aber aus den Oberflächlichkeiten dieses mittelmäßigen Menschen leuchteten hin und wieder die zutreffenden Bemerkungen des alten Praktikers hervor, der die Verhältnisse seines Stadtteiles aufs genaueste kannte. Er tadelte die Frauen, die zum Teil durch eine puppenmäßige Erziehung verdorben und verdummt, zum Teil aber durch ein erbliches Nervenleiden in ihren Gefühlen und Leidenschaften vergiftet, allesamt schmutzig und dumm, ohne Lust und ohne Vergnügen zu Fall kommen. Übrigens war er in seinen Betrachtungen auch gegen die Männer nicht schonender; diese nannte er lockere Zeisige, die hinter ihrer erheuchelten feinen Haltung die Existenz vollends verderben; aus seiner Erregtheit eines Jakobiners klang das Totengeläute einer Klasse heraus, der Verfall des Bürgertums, dessen morsche Stützbalken schon zusammenknickten Dann verlor er wieder den Boden unter seinen Füßen und sprach von der allgemeinen Glückseligkeit, die kommen müsse.

Ich bin religiöser als Sie, schloss er seine Auseinandersetzungen.

Der Priester schien seinen Worten stillschweigend zu lauschen; doch hatte er ihm nicht zugehört, so sehr war er in seine dumpfen Träumereien versunken. Nach kurzer Pause sagte er endlich mit einem tiefen Seufzer:

Wenn sie unbewusst handeln, möge Gott sich ihrer erbarmen!

Dann verließen sie das Haus und schritten langsam der Neuen Augustinstraße zu. Die Furcht, zu viel gesprochen zu haben, ließ sie verstummen, denn sie hatten beide in ihrer Stellung eine gewisse Schonung zu beobachten. An dem Ende der Straße gewahrten sie Frau Hédouin, die von der Türe des Ladens »Zum Paradies der Damen« aus ihnen zulächelte. Octave, der hinter ihr stand, lächelte ebenfalls. An demselben Morgen hatten sie nach einem ernsten Gespräch die Heirat beschlossen, die im Herbste stattfinden sollte. Die Freude über dieses abgeschlossene Geschäft hatte sie so fröhlich gestimmt.

Guten Tag, Herr Abbé, rief heiter Frau Hédouin. Und Sie, Doktor, immer auf den Beinen.

Als der letztere sie zu ihrem guten Aussehen beglückwünschte, fügte sie hinzu:

Wenn ich allein auf der Welt wäre, würden Sie schlechte Geschäfte machen.

Sie plauderten eine kurze Weile. Der Arzt erzählte von Maries Entbindung; Octave schien entzückt von der glücklichen Niederkunft seiner früheren Nachbarin; als er jedoch erfuhr, dass sie eine dritte Tochter bekommen, rief er:

Kann denn ihr Gatte nicht einen Knaben fertigbringen! Sie hatten gehofft, Herrn und Frau Vuillaume durch einen Knaben zu versöhnen, und da kommt wieder eine Tochter. Das werden die Alten nimmermehr ertragen!

Das glaub' ich wohl, bemerkte der Doktor. Beide liegen schon krank zu Bette, so sehr hat die Nachricht von der Schwangerschaft ihrer Tochter sie empört. Sie ließen einen Notar holen, damit ihr Schwiegersohn selbst ihre Möbel nicht erbe.

Man scherzte. Der Priester allein blieb schweigsam, den Blick zu Boden gesenkt. Frau Hédouin trug ihn, ob er leidend sei? Ja, lautete die Antwort, er fühle sich sehr ermüdet und wolle sich Ruhe gönnen. Es wurden noch einige Höflichkeiten ausgetauscht, dann stieg er, noch immer begleitet vom Doktor, die Rochusstraße hinab. Vor der Kirche rief der Arzt plötzlich:

Auch eine schlechte Kundschaft, was?

Wen meinen Sie? frug überrascht der Priester.

Diese Dame, die Kaliko verkauft ... Sie kümmert sich weder um Sie noch um mich, braucht weder Gott noch Arzneien. Wenn's einem so wohl geht, sind derlei Dinge nicht mehr von Interesse.

Damit ging, er weiter, während der Priester in die Kirche eintrat.

Klares Sonnenlicht fiel in das Gotteshaus durch die großen Fenster mit den weißen, gelb und zartblau geränderten Glasscheiben. Kein Geräusch, keine Bewegung störte die Stille in dem öden Kirchenschiffe, wo die Marmorverkleidungen, Kristallleuchter und die vergoldete Kanzel in dem lautlosen Lichte zu schlafen schienen. Das war wie die Feierlichkeit eines bürgerlichen Salons, von dessen Möbeln die Überzüge für den großen Empfang am Abend entfernt worden sind. Nur eine einzige Frau stand vor der Kapelle der Heiligen Jungfrau mit den sieben Wunden, die brennenden Wachskerzen betrachtend, die verglimmend einen Geruch von heißem Wachs verbreiteten.

Der Abbé wollte in sein Zimmer gehen. Aber eine namenlose Sehnsucht, ein heftiges Bedürfnis hielten ihn im Heiligtum zurück. Es schien ihm, als spreche Gott zu ihm mit einer weitschallenden, undeutlichen Stimme, und als könne er die Gebote dieser Stimme nicht verstehen. Langsam durchschritt er die Kirche und suchte in seiner eigenen Seele zu lesen, die Qualen seines Herzens zu beschwichtigen; da plötzlich wurde er, als er hinter dem Chor vorüberging, durch einen übernatürlichen Anblick in seinem innersten Wesen erschüttert.

Es war hinter den Marmorwänden der Madonnenkapelle, hinter der vergoldeten Verzierung der Kapelle zur Anbetung, deren sieben goldene Dolche, deren goldene Kandelaber und goldener Altar in dem gelblichen Schatten der Fenster mit den vergoldeten Scheiben hell schimmerten; es war im Hintergrunde dieses geheimnisvollen Dunkels weit jenseits des Tabernakels ein in seiner Einfachheit ergreifendes Bild: Christus an das Kreuz genagelt, neben ihm die zwei schluchzenden Frauen Maria und Magdalena. Die weißen Statuen, die sich in einem Oberlichte, dessen Ursprung man nicht sah, von der nackten Mauer abhoben, schienen ihre Sockel zu verlassen, vorwärts zu schreiten, sich zu vergrößern, und machten aus diesem blutenden Menschentum, aus diesem Tod und diesen Tränen das göttliche Zeichen des ewigen Schmerzes. Der Priester sank betroffen auf die Knie. Er war es gewesen, der diesen Gips übertünchen, diese Beleuchtung herstellen ließ; er selber hatte also diesen Blitzschlag vorbereitet. Und jetzt, da die Plankenumfriedung niedergerissen war, der Baumeister und die Arbeiter sich entfernt hatten, war er der erste, den dieser Blitzschlag getroffen. Von der schrecklichen Strenge der Kalvaria wehte ein Atem her, der ihn zu Boden warf. Er fühlte, wie Gott ihn umschwebte, und beugte sich unter diesen Atem, vom Zweifel zerrissen und gemartert von dem entsetzlichen Gedanken, dass er seinen Priesterberuf vielleicht schlecht erfülle.

O, Herr, ist die Zeit schon gekommen, die Wunden dieser verderbten Welt nicht mehr mit dem Mantel der Religion zu verhüllen? Sollte er den Heucheleien seiner Herde nicht mehr Vorschub leisten? Sollte er nicht mehr der Zeremonienmeister sein, der die schöne Ordnung der Torheiten und Laster zu regeln hat? Sollte er alles zugrunde gehen lassen auf die Gefahr hin, dass die Kirche selbst durch die Trümmer verschüttet werde? Ja, das war ohne Zweifel das Gebot Gottes; denn die Kraft, weiter zu schreiten durch den Jammer der Menschheit, verließ ihn bereits, und er musste schier sterben vor Abscheu und Ohnmacht. Die Schändlichkeiten, die er seit dem Morgen gefunden, bedrückten ihm das Gemüt. Er bat, die Hände inbrünstig gefaltet, um Vergebung; um Vergebung für seine Lügen, um Vergebung für seine feigen Gefälligkeiten, für dieses schändliche Durcheinander der Gesellschaft. Die Furcht vor Gott ergriff ihn im Grunde seiner Seele; er sah, wie Gott ihn verleugnete und ihm verbot, mit seinem Namen weiter Missbrauch zu treiben; es war ein Gott des Zornes, entschlossen, das sündhafte Volk endlich zu vertilgen. Alle Duldsamkeit des Weltmannes verschwand unter den entfesselten Bedenken des Gewissens, und nichts blieb übrig, als der Glaube des Gläubigen, der sich angstvoll wand in der Ungewissheit des ewigen Heils. O Herr! welchen Weg soll man einschlagen inmitten dieser untergehenden Gesellschaft, die verfault ist bis in ihre Priester?

Der Abbé brach, die Augen auf die Kalvaria gerichtet, in ein Schluchzen aus. Er weinte wie Maria und Magdalena, er beweinte die gestorbene Wahrheit, den leeren Himmel. Der große Christus aus Gips inmitten des Marmorprunkes und der Goldverzierungen hatte nicht einen Tropfen Blutes mehr.

Achtzehntes Kapitel

Im Dezember, dem achten Monat der Trauer, willigte Frau Josserand zum ersten Mal ein, außer dem Hause zu speisen. Es war übrigens ein Familienessen bei den Duverdy, mit dem Clotilde ihre Sonnabende im neuen Winter eröffnete. Tags vorher wurde Adele verständigt, dass sie hinabgehen solle, um Julie bei der Reinigung des Geschirrs behilflich zu sein. An Empfangstagen liehen sich die Damen gegenseitig ihre Dienstboten.

Seien Sie vor allem ordentlicher, empfahl Frau Josserand ihrer Magd. Ich weiß nicht, was Sie jetzt im Leibe haben; man sollte meinen, dass Sie mit Fetzen vollgestopft sind; Sie sind dick und breit.

Adele war ganz einfach im neunten Monate der Schwangerschaft. Sie selbst hatte lange Zeit geglaubt, dass sie fett werde, was sie in nicht geringes Staunen versetzte; sie schäumte vor Wut, wenn sie hungernd mit leerem Magen ihre Gebieterin triumphierend rufen hörte: Alle, die sie beschuldigten, dass sie ihren Dienstboten das Brot zuwiege, mögen einmal diese dicke Fresserin anschauen, deren Bauch doch wohl nicht davon wachse, dass sie die Wände lecke? Als sie in ihrer Dummheit endlich ihren Zustand begriff, musste sie sich große Gewalt antun, die Sache ihrer Herrin nicht vorzuwerfen, die ihren Zustand wahrhaftig missbrauchte, um glauben zu machen, dass sie sie endlich gebührend nähre.

Von diesem Augenblicke an war sie vom Schreck gelähmt. In ihrem blöden Schädel tauchten die Erinnerungen an das heimatliche Dorf wieder auf. Sie hielt sich für verurteilt und fürchtete, die Gendarmen würden kommen, um sie festzunehmen, wenn sie ihre Schwangerschaft eingestehe. Sie wendete die ganze List einer Wilden auf, diese Schwangerschaft zu verheimlichen. Sie verheimlichte die Übelkeiten, die unerträglichen Kopfschmerzen, die fürchterliche Hartleibigkeit, woran sie litt; zweimal glaubte sie sterben zu müssen, während sie am Küchenherde ihre Soßen umrührte. Glücklicherweise trug sie das Kind in den Seilen, so dass der Bauch nicht allzu stark hervortrat. Die Herrin hatte niemals einen Verdacht, so stolz war sie auf die Wohlbeleibtheit ihrer Magd. Diese schnürte sich zum Ersticken; sie fand ihren Bauch nicht auffallend, aber sehr schwer, wenn sie die Küche scheuerte. In den letzten zwei Monaten hatte sie entsetzliche Schmerzen zu ertragen und ertrug sie mit heldenmütiger Geduld.

An diesem Abend ging Adele gegen elf Uhr schlafen. Der Gedanke an die morgige Abendgesellschaft entsetzte sie; noch herumlaufen, noch gestoßen werden von dieser Julie! ... Und sie konnte kaum mehr gehen. Die

Entbindung sah sie in nebelhafter Ferne; sie dachte nicht gern daran und wollte lieber ihren Zustand beibehalten, wie er war, in der unbestimmten Hoffnung, dass die Sache schließlich in irgendeiner Weise unbemerkt ablaufe. Sie traf denn auch keinerlei Vorbereitungen; sie kannte die Anzeichen nicht, erinnerte sich keines Datums, verbrachte die Zeit gedankenlos und planlos. Sie befand sich nur wohl, wenn sie in ihrem Bette ausgestreckt lag. Da es seit gestern fror, behielt sie ihre Strümpfe an, blies die Kerze aus und suchte sich im Bett zu erwärmen. Endlich schlief sie ein. Nach kurzer Zeit wurde sie durch schwache Wehen geweckt. Sie fühlte ein Stechen und Zwicken in der Haut. Anfangs glaubte sie, dass eine Fliege sie am Bauche, rings um den Nabel picke. Dann hörte das Stechen wieder auf und sie beruhigte sich: war sie ja an allerlei seltsame, unerklärliche Erscheinungen schon gewöhnt. Nach einem kaum halbstündigen unruhigen Schlafe ward sie durch ein heftiges Leibschneiden plötzlich wieder geweckt. Sie ward zornig. Sollte sie einen Kolikanfall haben? fragte sie sich. Wie solle sie morgen flink auf den Beinen sein, wenn sie die ganze Nacht auf den Topf laufen müsse? Dieser Gedanke an einen Fehler in den Eingeweiden hatte sie den ganzen Abend beschäftigt; sie fühlte eine Schwere im Leib und war auf einen Zusammenbruch gefasst. Indes wollte sie Widerstand leisten, rieb sich den Bauch und glaubte den Schmerz beschwichtigt zu haben. Nach Verlauf einer Viertelstunde stellte der Schmerz sich heftiger wieder ein.

Himmelherrgott! stöhnte sie halblaut und entschloss sich, ihr Lager zu verlassen.

Im Finstern zog sie den Topf hervor, hockte sich auf ihn nieder und erschöpfte sich in nutzlosen Anstrengungen. Die Kammer war eiskalt; sie zitterte vor Frost. Als nach zehn Minuten die Bauchschmerzen nachließen, legte sie sich wieder. Doch zehn Minuten später stellte das Leibschneiden sich wieder ein. Sie erhob sich nochmals, machte von neuem vergebliche Versuche und kehrte ganz durchkältet in ihr Bett zurück, wo sie wieder einen Augenblick der Ruhe genoss. Dann kam es aber mit solcher Heftigkeit über sie, dass sie eine erste Klage unterdrückte. Das war schließlich doch zu dumm! Drängte es sie zum Stuhlgang, oder drängte es sie nicht? Jetzt dauerten die Wehen an; die Erschütterungen wurden heftiger, als wenn eine rohe Hand sie irgendwo im Bauche zusammenpresse. Sie begriff, und ein Schauer ging über ihren ganzen Körper, wobei sie unter der Decke stammelte:

O, mein Gott! mein Gott! ist es das?

Eine große Beklemmung bemächtigte sich ihrer, ein Bedürfnis zu gehen, ihr Übel herumzuführen. Sie vermochte nicht länger im Bette zu bleiben, zündete die Kerze an und begann in ihrer Kammer auf und ab zu gehen. Ihre Zunge wurde trocken, ein brennender Durst quälte sie, während rote Flecke auf ihren Wangen glühten. Wenn ein plötzlicher Krampfanfall sie zusammenzog, lehnte sie sich an die Mauer und klammerte sich an ein Möbelstück. Dieses schmerzliche Getrippel währte stundenlang, ohne dass sie es wagte, Schuhe anzuziehen aus Furcht, gehört zu werden, gegen die Kälte bloß durch einen alten Schal geschützt, den sie über ihre Schultern geworfen hatte. Es schlug zwei Uhr, dann drei Uhr.

Es gibt keinen guten Gott! sagte sie leise in einem Bedürfnisse, zu reden und sich zu hören. Es dauert zu lang; es will kein Ende nehmen.

Indes nahm die vorbereitende Arbeit ihren Fortgang; die Schwere senkte sich in die Hinterbacken und in die Schenkel herab. Selbst wenn ihr Bauch sie einen Augenblick aufatmen ließ, litt sie da einen ununterbrochenen Schmerz. Um sich eine Erleichterung zu verschaffen, hatte sie mit vollen Händen ihre Hinterbacken gepackt und stützte sie, während sie noch immer wackelnd umherging mit nackten Beinen, die bis zu den Knien mit groben Strümpfen bedeckt waren. Nein, es gab keinen guten Gott! Ihre Frömmigkeit lehnte sich auf; ihre Ergebung eines Lasttieres, die sie die Schwangerschaft als eine Frone mehr hatte hinnehmen lassen, war jetzt zu Ende. War es denn nicht genug, sich niemals satt essen zu können, der ungeschickte Schmutzlappen zu sein, auf dem das ganze Haus herumtrat; musste es auch noch geschehen, dass die Herrenleute ihr ein Kind machten! Ha, diese Schweinekerle! Sie hätte nicht einmal sagen können, ob es vom Jungen war oder vom Alten; denn der Alte hatte sie nach dem Karnevalsdienstag wieder einmal gemartert. Übrigens kümmerten sich beide jetzt nicht mehr um sie, wenn sie nur ihr Vergnügen hatten und sie das Leid! Sie sollte hinabgehen und auf ihrem Lager niederkommen, um zu sehen, was für ein Gesicht sie dazu machten. Doch das Entsetzen ergriff sie wieder: man werde sie ins Gefängnis werfen: es sei besser, alles zu verschlucken. Mit erstickter Stimme wiederholte sie zwischen zwei Anfällen:

Diese Schweinekerle! Ist es erlaubt, einem eine solche Jammergeschichte auf den Hals zu laden! ... O, mein Gott, ich muss sterben!

Mit ihren krampfhaft gekrümmten Händen presste sie ihre Hinterbacken noch mehr, unterdrückte ihre Schreie und wiegte sich in ihrer jammervollen Hässlichkeit. Nichts regte sich rings um sie her. Alles schnarchte; sie hörte das laute Gesumme Juliens, während es bei Lisa ein Pfeifen, die schrille Musik einer Pickelflöte war.

Es schlug vier Uhr, als sie mit einem Male glaubte, ihr Bauch wolle auseinandergehen. Inmitten einer Wehe gab es einen Riss, das Wasser floss herab und durchnässte ihre Strümpfe. Sie blieb einen Augenblick unbeweglich, entsetzt, erstarrt bei dem Gedanken, dass sie sich vielleicht auf dieser Seite entleere. Vielleicht war sie gar nicht schwanger; und eine andere Krankheit fürchtend, betrachtete sie sich; sie wollte sehen, ob nicht alles Blut ihres Körpers dahinfließe. Doch sie fühlte jetzt eine Erleichterung und setzte sich für einige Minuten auf ihren Koffer. Die besudelte Kammer verursachte ihr einige Unruhe; die Kerze drohte zu verlöschen. Als sie keinen Schritt mehr gehen konnte und das Ende herannahen fühlte, fand sie noch die Kraft, eine runde Wachsleinwand auf dem Bette auszubreiten, die Frau Josserand ihr gegeben hatte, damit sie sie vor ihrem Waschtische ausbreite. Kaum hatte sie sich wieder hingelegt, als die eigentliche Geburtsarbeit begann.

Fast anderthalb Stunden währten die Wehen mit immer zunehmender Heftigkeit. Die inneren Krämpfen hatten aufgehört; sie selbst drängte jetzt mit allen Muskeln ihres Bauches und ihrer Lenden in dem Bedürfnis, sich von der unerträglichen Last zu befreien, die ihren Leib bedrückte. Noch zweimal stellten sich trügerische Anzeichen ein, die sie nötigten aufzustehen und mit fieberhaft irrender Hand den Topf zu suchen; das zweite Mal war sie schier auf der Erde liegen geblieben. Bei jeder neuen Anstrengung ward sie von einem Schauer geschüttelt, ihr Antlitz wurde glühend, ihr Hals bedeckte sich mit Schweiß, während sie in die Betttücher biss, um ihre Klage zu ersticken. Wenn sie die Anstrengung gemacht hatte, stammelte sie, als habe sie mit jemandem geredet:

Es ist nicht möglich ... Es kommt nicht heraus ... Es ist zu dick ...

Mit zurückgebeugtem Halse und ausgespreizten Beinen lag sie da und klammerte sich mit beiden Händen an das Eisenbett, das sie mit ihren Stößen erschütterte. Es war glücklicherweise eine schöne Entbindung, der Kopf voran. Von Zeit zu Zeit schien der Kopf, der schon zum Vorschein gekommen war, wieder zurücktreten zu wollen, zurückgedrängt durch die Elastizität der zum Reißen gespannten Gewebe; und furchtbare Krämpfe umschlangen diesen Kopf bei jeder Wiederaufnahme der Geburtsarbeit, die großen Wehen schlossen ihn ein wie ein eiserner Gürtel. Endlich krachten die Knochen, alles in ihr schien zu brechen und zu reißen; sie hatte die entsetzliche Empfindung, als würden Hinterteil und Bauch ihr bersten und seien ein einziges Loch geworden, durch das ihr

Leben dahin strömte; das Kind fiel auf das Bett, zwischen ihre Schenkel, inmitten einer Pfütze von Exkrementen und blutigem Schleim.

Sie hatte einen lauten Schrei ausgestoßen, den wütenden und triumphierenden Schrei der Mütter. Sogleich begann man in den Nachbarzimmern sich zu regen; schläfrige Stimmen sagten: »Was ist's? ... wird jemand gemordet? ... wird einer Gewalt angetan? ... Träumt doch nicht so laut!« Erschreckt schob sich Adele das Laken zwischen die Zähne; sie presste die Beine zusammen und zog die Decke herauf, um das Kind zu verhüllen, das leise wimmerte wie ein Kätzchen. Doch bald hörte sie wieder das Schnarchen Julies, die sich zur Wand umgekehrt hatte; auch Lisa war wieder eingeschlafen und pfiff jetzt nicht mehr. Sie empfand jetzt eine Viertelstunde lang eine unermessliche Erleichterung, ein unsagbares Gefühl von Ruhe und Linderung. Sie war wie tot und genoss die Süßigkeit des Nichtseins.

Dann stellten die Leibschmerzen sich wieder ein. Ein Angstgefühl störte sie auf: wird sie vielleicht ein zweites haben? Das schlimmste war, dass sie, die Augen aufschlagend, sich völlig im Finstern befand. Sie besaß nicht das kleinste Stümpfchen Kerze; dabei ganz allein, in dieser Lake, mit etwas Klebrigem zwischen den Schenkeln, womit sie nichts anzufangen wusste. Es gab Ärzte für die Hunde, aber es gab keinen für sie. Krepiere du mit samt deinem Balge! Sie erinnerte sich, hilfreiche Hand angelegt zu haben, als Frau Pichon niederkam. Was ward da nicht für eine große Vorsicht angewendet, dass der kleinen Frau kein Leid geschehe. Das Kind winselte nicht mehr; sie streckte suchend die Hand aus und begegnete einem Darm, der ihr aus dem Bauche hervorkam; und sie erinnerte sich gesehen zu haben, wie das zusammengeknüpft und abgeschnitten wurde. Ihre Augen gewöhnten sich an die Dunkelheit; der Mond warf ein schwaches Licht in die Kammer. Halb tastend, halb von einem Instinkt geleitet besorgte sie, ohne sich zu erheben, eine langwierige und mühselige Verrichtung, nahm von der Wand hinter ihrem Kopf eine Schürze, riss eine Schnur ab, umwickelte den Darm und schnitt ihn mit einer Schere ab, die sie aus der Tasche ihres Kleides nahm. In Schweiß gebadet, sank sie wieder hin. Das arme Würmchen! ... Fürwahr, sie dachte nicht daran, es zu töten.

Doch die Leibschmerzen dauerten fort; es war wie etwas, das sie noch drückte und durch Krämpfe hinausgedrängt wurde. Sie zog an dem Darm, zuerst sachte, dann sehr stark. Die Bürde löste sich, ein Bündel fiel heraus, dessen sie sich entledigte, indem sie es in den Topf warf. Jetzt war es, Gott sei gedankt, zu Ende; sie litt nicht mehr; nur warmes Blut rann ihre Beine entlang.

Sie schien fast eine Stunde geschlafen zu haben.

Es schlug sechs Uhr, als das Bewusstsein ihrer Lage sie erweckte. Der Mond erhellte mit seinem kalten Lichte das Zimmerchen. Sie erhob sich mühsam, wickelte das Kind in alte Leinenfetzen und dann in zwei Zeitungsblätter. Das neugeborene Kind schwieg, das kleine Herzchen schlug noch. Da sie vergessen hatte nachzusehen, ob es ein Knabe oder ein Mädchen sei, öffnete sie das Paket noch einmal. Es war ein Mädchen. Wieder eine Unglückliche! Fleisch für einen Kutscher oder für einen Kammerdiener, wie diese Luise, die man unter einem Haustor gefunden! Keine Magd rührte sich noch; sie konnte unbemerkt hinuntergehen und das Kind in der Passage Choiseul niederlegen. Dann ging sie wieder hinauf. Sie war niemandem begegnet; endlich war ihr das Glück im Leben einmal günstig.

Sie brachte das Zimmer in Ordnung, verwischte die Spuren und legte sich dann erschöpft, totenbleich, noch immer blutend ins Bett.

So fand sie Frau Josserand, als sie endlich um neun Uhr überrascht, sie noch immer nicht herabkommen zu sehen, sich entschloss, hinaufzugehen. Die Magd klagte über einen entsetzlichen Durchfall, der sie die ganze Nacht gequält habe.

Sie werden wieder zu viel gegessen haben! rief Frau Josserand aus. Sie denken ja nur daran, sich den Bauch zu füllen.

Beunruhigt durch die Blässe der Magd, sprach sie indessen davon, den Arzt holen zu lassen. Doch als die Magd versicherte, nur der Ruhe zu bedürfen, gab sie diese Absicht sogleich wieder auf, froh darüber, die drei Franken zu ersparen. Seit dem Tode ihres Gatten lebte sie mit Hortense von einer Pension, welche die Brüder Bernheim ihr ausgesetzt hatten, was sie nicht hinderte, diese Herren als Ausbeuter zu behandeln. Sie führte jetzt eine noch schmälere Küche als früher, um ihre Wohnung und ihre Dienstage behalten zu können.

Ja, schlafen Sie, das wird Ihnen gut tun, sagte sie der Magd. Wir haben kaltes Rindfleisch zum Frühstück, und abends speisen wir auswärts. Wenn Sie nicht hinabgehen können, um Julie zu helfen, wird sie eben suchen müssen, ohne Sie fertig zu werden.

Das Essen bei den Duverdy verlief in recht heiterer Stimmung. Die ganze Familie war versammelt: die beiden Vabreschen Ehepaare, Frau Josserand, Hortense, Leo, selbst der Oheim Bachelard, der sich ganz anständig benahm. Auch Trublot war da und Frau Dambreville, die man eingeladen hatte, um sie von Leo nicht zu trennen. Dieser war, nachdem er die Nichte geheiratet, wieder in das Netz der Tante geraten, die er noch nicht entbehren konnte. In allen Salons erschienen sie zusammen; sie entschuldigten die junge Frau bald mit einem Schnupfen, bald mit einer kleinen Trägheit. Bei Tische beklagte sich die ganze Gesellschaft, dass man die junge Frau kaum noch kenne; man liebe sie so sehr, sie sei so schön. Dann sprach man von dem Chor, den Clotilde zum Schlüsse der Unterhaltung singen lassen werde. Es sollte wieder die »Schwerterweihe« zum Vortrag kommen, aber diesmal mit fünf Tenoren: das war etwas Außerordentliches, noch nicht Dagewesenes. Seit zwei Monaten war Duverdy wieder ein liebenswürdiger Hausherr geworden; er empfing seine Freunde immer mit der nämlichen Phrase: »Man sieht Sie ja gar nicht mehr; kommen Sie doch zu uns; meine Frau wird ihre Chöre wieder aufnehmen.« Seitdem die Zwischengerichte aufgetragen wurden, sprach man nur von Musik; kurz, es herrschte die erfreulichste Heiterkeit, die durch den Champagner nur noch gesteigert wurde.

Allmählich trafen die Gäste ein: Campardon, der Abbé Mauduit, der Doktor Juillerat; dazu kamen die Tischgäste, mit Ausnahme Trublots, der gleich nach aufgehobener Tafel verschwunden war. Man kam bald auf die Politik zu sprechen. Die Herren erörterten sehr lebhaft die Kammerdebatten und den Sieg der Opposition, die bei den Maiwahlen in ganz Paris ihre Kandidaten durchgesetzt hatte. Trotz der scheinbaren Befriedigung waren die Herren durch diesen Erfolg des sich widersetzenden Spießbürgertums ziemlich beunruhigt.

Mein Gott, erklärte Leo, Herr Thiers ist ja unzweifelhaft ein Mann von Talent; allein, er ist in seinen Reden über die mexikanische Expedition von einer Heftigkeit, die ihnen jede Bedeutung benimmt.

Durch die Bemühungen der Frau Dambreville war er vor kurzem zum Referendar ernannt worden und machte seinen Frieden mit dem herrschenden System. Der hungrige Demagog von ehedem war verschwunden, nur die unerträgliche Unduldsamkeit gegen die Meinung anderer war geblieben.

Sie haben vordem die Regierung aller erdenklichen Fehler angeklagt, bemerkte der Doktor Juillerat lächelnd. Ich hoffe, dass Sie wenigstens für Herrn Thiers gestimmt haben.

Leo blieb die Antwort schuldig. Theophile, der schlecht verdaute und in neuerer Zeit wieder an der Treue seiner Frau zweifelte, rief aus:

Ich habe für ihn gestimmt. Wenn die Menschen nicht in brüderlicher Eintracht leben können – ist's umso schlimmer für sie!

August wagte nicht zu gestehen, dass auch er für Herrn Thiers gestimmt habe. Bachelard bekannte sich zur allgemeinen Überraschung als Legitimist; er fand es sehr vornehm. Campardon stimmte ihm lebhaft bei; er selbst habe sich der Abstimmung enthalten, sagte er, weil der Regierungskandidat, Herr Dewinck, vom religiösen Gesichtspunkte keine ausreichenden Sicherheiten bot. Zugleich brach er in wütende Schimpfworte über das Werk »Das Leben Jesu« aus, das kurz vorher erschienen war.

Den Verfasser sollte man verbrennen, nicht das Buch! erklärte er wiederholt.

Sie gehen vielleicht zu weit, mein Freund! sagte der Abbé in versöhnlichem Tone. Aber die Symptome werden in der Tat schrecklich. Man spricht von der Vertreibung des Papstes; im Parlament sehen wir die Revolution: wir treiben einem Abgrunde zu.

Umso besser! bemerkte der Doktor Juillerat einfach.

Alle waren entrüstet. Er aber wiederholte seine Angriffe gegen das Bürgertum und prophezeite, dass an dem Tage, wo das Volk sich erheben, das Bürgertum hinweggefegt werde. Die anderen unterbrachen ihn heftig; das Bürgertum stelle die Tugend dar, die Sparsamkeit der Nation, erklärten sie. Endlich konnte sich Duverdy Gehör verschaffen; er gestand ganz offen, dass er für Herrn Dewinck gestimmt habe; nicht als ob er ganz mit seinen politischen Ansichten übereinstimme, sondern weil er das Banner der Ordnung entfaltet habe. Ja, es sei zu befürchten, dass die Schreckensherrschaft wiederkehre; Herr Rouher, der große Staatsmann, der eben an Stelle Billaults ernannt worden war, hatte es von der Tribüne herab geweissagt. Der Rat schloss mit folgenden Worten:

Der Triumph Ihrer Kandidatenliste ist die erste Erschütterung des Gebäudes. Geben Sie acht, dass es sie nicht unter seinen Trümmern begrabe!

Die Herren schwiegen in der uneingestandenen Furcht, ihre persönliche Sicherheit zu gefährden. Schon sahen sie, wie von Pulver und Blei geschwärzte Arbeiter in ihre Wohnungen drangen, ihre Mägde schändeten und ihren Wein austranken. Gewiss, der Kaiser verdiente eine Lehre, aber sie bedauerten dennoch, dass die Lehre so stark ausgefallen.

Beruhigen Sie sich, brummte der Doktor; man wird sie wieder mit Flintenschüssen retten.

Doch er ging zu weit. Man behandelte ihn als Original. Diesem Ruf der Originalität hatte er es überhaupt zu verdanken, dass er seine Praxis nicht einbüßte. Jetzt nahm er mit dem Abbé den gewohnten Streit über das bevorstehende Verschwinden der Kirche auf. Leo stellte sich auf die Seite des Priesters; er sprach in letzter Zeit viel von der Vorsehung und begleitete Frau Dambreville jeden Sonntag in die Frühmesse.

Mittlerweile waren noch mehr Gäste gekommen. Der große Salon füllte sich mit Damen. Valerie und Berta tauschten in dicker Freundschaft intime Geständnisse aus. Die andere Frau Campardon, die der Architekt mitgebracht hatte – ohne Zweifel als Ersatz für Rosa, die es vorzog, mit ihrem Dickens frühzeitig zu Bett zu gehen – gab der Frau Josserand ein Rezept, wie man die Leibwäsche ohne Seife reinigen könne. Hortense saß zur Seite und ließ kein Auge von der Tür: sie erwartete Verdier. Clotilde, die mit Frau Dambreville plauderte, erhob sich plötzlich und eilte mit ausgestreckten Armen einer neu Eintretenden entgegen. Es war ihre Freundin, Frau Octave Mouret. Die Heirat hatte nach dem Ende ihrer Trauerzeit in den ersten Tagen des November stattgefunden.

Und dein Mann? fragte die Herrin des Hauses. Er wird doch hoffentlich Wort halten.

Er ist sogleich hier, entgegnete Karoline lächelnd. Ein Geschäft hat ihn im letzten Augenblick zurückgehalten.

Man flüsterte, man betrachtete sie mit Neugierde und fand sie so schön und ruhig, ganz unverändert, wie ein Weib, das der liebenswürdigen Zuversicht lebt, dass ihm alles gelingen müsse. Frau Josserand drückte ihr die Hände und schien entzückt, sie wiederzusehen. Berta und Valerie unterbrachen ihr Gespräch, um sie aufmerksam zu prüfen, und betrachteten ihre Toilette, ein strohgelbes, mit Spitzen bedecktes Kleid. Aber inmitten dieses stillschweigenden Vergessens der Vergangenheit trug August Vabre, den die Politik kalt ließ, vor der Türe des kleinen Salons eine mit Unmut gemischte Verblüffung zur Schau. Wie! seine Schwester empfängt die Familie des ehemaligen Liebhabers seiner Frau? In diesen Groll des Ehegatten mengte sich noch der eifersüchtige Zorn des Kaufmannes, den eine siegreiche Konkurrenz ruiniert hat, denn das Geschäft »Zum Paradies der Damen« hatte ihn durch die Erweiterung des Lokals und durch Errichtung eines besonderen Lagers für Seidenwaren zu einer derartigen Erschöpfung seiner Geldmittel genötigt, dass er sich nach einem Gesellschafter umsehen musste.

Er näherte sich Clotilden und flüsterte ihr, während Frau Mouret gefeiert wurde, ins Ohr:

Du weißt, dass ich es niemals dulden werde.

Was denn? fragte sie überrascht.

Die Frau, das ginge noch an! Die hat mir nichts zuleide getan ... aber wenn ihr Mann kommt, so gebe ich Berta einen Wink und verlasse den Salon vor aller Augen.

Sie betrachtete ihn und zuckte mit den Achseln. Karoline war ihre Jugendfreundin, und sie wollte um seiner Launen willen nicht auf das Vergnügen verzichten, sie wiederzusehen. Wer erinnert sich noch dieser Sache? fragte sie. Er tue besser daran, derlei Dinge nicht wieder aufzuwühlen, an die nur er allein noch denke. Er aber suchte sich neben Berta aufzustellen, indem er darauf rechnete, dass sie sich sofort erheben und ihm folgen werde. Berta schien ihn jedoch durch ein Stirnrunzeln zu fragen, ob er denn toll geworden sei und sich für ewige Zeiten lächerlich machen wolle?

Ja, ich wünsche es, eben um nicht lächerlich zu werden, antwortete er verzweifelt.

Frau Josserand aber neigte sich zu ihm hin und sprach in strengem Tone:

Das wird denn doch zu unschicklich, man beobachtet euch. So seid doch einmal anständig.

Er schwieg, ohne jedoch Vernunft anzunehmen. Von diesem Augenblick an herrschte eine Verlegenheit unter den Damen. Frau Mouret, die vor Berta an Clotildens Seite saß, bewahrte allein ihre lächelnde Ruhe. Man beobachtete August, der in einer Fensternische sich verborgen hatte, in derselben, in der ehemals seine Heirat entschieden wurde. Der Zorn hatte ihm Kopfschmerzen verursacht, und von Zeit zu Zeit drückte er seine Stirn an die eisigen Fensterscheiben.

Übrigens kam Octave sehr spät. Auf dem Treppenabsatz begegnete er Frau Juzeur, die, in einen Schal gehüllt, die Treppen hinunterstieg. Sie klagte über Brustschmerzen, und sie sei bloß gekommen, sagte sie, um ihr den Duverdy gegebenes Versprechen einzulösen. Ihr leidender Zustand verhinderte sie jedoch nicht, dem jungen Manne in die Arme zu fallen, um ihn zu seiner Heirat zu beglückwünschen.

Wie freue ich mich über Ihren schönen Erfolg, mein Freund! Fürwahr, ich war Ihretwegen verzweifelt und hätte nie gedacht, dass es Ihnen so schön gelingen werde ... So sagen Sie doch, was haben Sie jener angetan?

Octave küsste ihr lächelnd die Finger. Aber einer, der mit der Leichtigkeit einer Gämse die Treppen hinanlief, störte sie in ihrem Gespräch. Octave erkannte höchlich überrascht Saturnin. Er war es in der Tat. Man hatte ihn vor einer Woche aus der Anstalt zu Sankt-Evrard entlassen, wo man ihn nicht weiter behalten wollte, weil die Ärzte seinen Wahnsinn noch immer nicht für entwickelt genug hielten. Ohne Zweifel brachte er den Abend bei Marie Pichon zu, wie ehemals an den Empfangstagen seiner Eltern.

Durch diesen Gedanken wurden mit einem Schlage die Erinnerungen an längst verflossene Zeiten wachgerufen. Octave hörte von oben eine verklingende Stimme, die Romanze, mit der Marie die Langeweile ihrer einsamen Stunden verscheuchte; er sah sie wieder in ihrer ewigen Einsamkeit neben der Wiege, in der Lilitte schlief, der Rückkehr ihres Mannes harrend, mit der Liebenswürdigkeit einer nutzlosen, aber sanften Frau.

Ich wünsche Ihnen alles Glück zu Ihrem ehelichen Leben, begann wieder Frau Juzeur, ihm zärtlich die Hände drückend.

Um nicht mit ihr zugleich in den Salon treten zu müssen, verzögerte er seinen Eintritt, indem er langsam seinen Überzieher auszog; da kam plötzlich Trublot im Frack, barhaupt, mit bestürzter Miene, vom Küchengange her.

Sie wissen, sie befindet sich noch immer sehr unwohl, seufzte er, während Hyppolite Frau Juzeur in den Salon führte.

Wer denn? frug Octave.

Wer sonst als Adele, die Dienstmagd von oben.

Als er ihr Unwohlsein erfahren, war er nach Tisch in väterlicher Sorgfalt zu ihr hinaufgegangen, um zu sehen, wie es ihr gehe. Es müsse ein heftiger Durchfall sein, erklärte er weiter; die Ärmste bedürfe eines guten Glühweins, und es fehle ihr dazu selbst der Zucker. Als er seinen Freund mit gleichgültiger Miene lächeln sah, fuhr er fort:

Ja so, freilich, Sie sind verheiratet, Sie Spötter, das interessiert Sie also nicht mehr.

Sie traten zusammen in den Salon ein. Die Damen plauderten eben über ihre Dienstboten und erhitzten sich dermaßen, dass sie die beiden nicht eintreten sahen. Sie alle stimmten beifällig den Worten der Frau Duverdy zu, die verlegen erklärte, weshalb sie Clémence und Hyppolite behalte: er sei wohl roh, aber sie sei so geschickt, dass man gern ein Auge über den Rest zudrücke. Valerie und Berta konnten kein passendes Mädchen finden und hatten schon aller Hoffnung entsagt; da gab's keine Stellenvermittlung mehr, dessen verderbtes Personal nicht durch ihre Küche gewandert war. Dann kam die Reihe an Frau Josserand, die heftig über Adele herfiel, deren neueste Unverschämtheit und Schmutzigkeit sie erzählte, die sie aber trotz alledem behielt. Die andere Frau Campardon überhäufte Lisa mit Lobsprüchen; sie sei eine wahre Perle ohne Fehl und Makel – mit einem Wort: eine jener verdienstvollen Mägde, die preisgekrönt zu werden verdienen.

Sie gehört schon ganz zur Familie, fuhr sie fort. Unsere kleine Angela besucht einen Lehrkurs im Rathause, und wir lassen sie immer von Lisa begleiten. Sie könnten auch mehrere Tage miteinander ausbleiben, ohne dass wir beunruhigt wären.

In diesem Augenblick wurden die Damen Octave gewahr. Er schritt auf Clotilde zu, um sie zu begrüßen. Berta blickte ihn an und fuhr dann ohne Verlegenheit fort, mit Valerie zu plaudern, die mit ihm einen zärtlichen Blick selbstloser Freundschaft austauschte. Die übrigen, Frau Josserand, Frau Dambreville, betrachteten ihn, ohne es sonderlich merken zu lassen, mit teilnahmsvollem Interesse.

Endlich sind Sie da! rief in liebenswürdigem Tone Clotilde. Ich war schon besorgt, dass unser Chor nicht vollständig sein werde.

Als Frau Mouret ihren Gatten sanft auszankte, weil er auf sich warten lasse, entschuldigte er sich mit den Worten:

Aber, liebe Frau, es war mir unmöglich ... Es schmerzt mich unendlich, Gnädigste. Übrigens bin ich jetzt da und stelle mich Ihnen zur Verfügung.

Unterdessen blickten die Damen mit Besorgnis nach der Fensternische, in die August sich zurückgezogen hatte. Es befiel sie einen Augenblick ein Gefühl der Furcht, als sie bei dem Klange von Octaves Stimme ihn sich umdrehen sahen. Seine Kopfschmerzen hatten sich ohne Zweifel verschlimmert, seine Augen waren trübe geworden, als hätten sie alle Finsternis der Gasse in sich gesogen. Er setzte sich wieder hinter seine Schwester und sprach zu ihr:

Schicke sie fort, oder wir gehen.

Clotilde zuckte wieder die Achseln. August schien ihr einige Minuten zur Überlegung gönnen zu wollen; er werde noch einige Augenblicke warten, dachte er bei sich, umso mehr als Trublot mit Octave in den kleinen Salon gegangen war. Die Damen waren noch immer nicht beruhigt, denn sie hörten, wie August seiner Frau ins Ohr raunte:

Wenn er hierher zurückkommt, erhebst du dich und folgst mir. Wenn nicht, kannst du zu deiner Mutter zurückkehren.

Im kleinen Salon war der Empfang gleichfalls ein sehr herzlicher. Wenn Leo sich auch kalt zeigte, schienen doch Onkel Bachelard und Theophil durch ihren Händedruck, mit dem sie Octave empfingen, zu erklären, dass die Familie alles vergessen habe. Octave beglückwünschte Campardon, der, seit vorgestern ausgezeichnet, auf der Brust ein breites, rotes Ordensband trug; und der Architekt machte ihm Vorwürfe, dass er nicht hin und wieder komme, um eine Stunde bei seiner Frau zu verbringen; sei man auch verheiratet, so müsse man deshalb noch lange nicht seine fünfzehnjährigen Freundschaften vergessen. Überrascht und unruhig blieb der junge Mann vor Duverdy stehen, den er seit dessen Genesung nicht gesehen hatte; mit peinlichen Blicken betrachtete er seine nach links verrenkte Kinnlade, die seinem Gesicht eine schiefe Stellung gab. Als der Rat zu sprechen begann, gab's ein weiteres Erstaunen: seine Stimme war um zwei Töne gesunken und klang hohl wie aus einem Keller.

Finden Sie nicht, dass er jetzt viel besser aussieht? fragte Trublot Octave, den er an die Schwelle der großen Salontür zurückführte. Gewiss verleiht es ihm eine majestätische Würde. Ich sah ihn vorgestern die Gerichtsverhandlung leiten ... Hören Sie: die Herren sprechen gerade von jener Sitzung.

In der Tat waren die Herren von der Politik zur Moral übergegangen. Sie hörten Duverdy zu, der die Einzelheiten eines Prozesses erzählte, in der sein Vorgehen vielfach lobend bemerkt wurde. Ja, er sollte sogar zum Senatspräsidenten und Offizier der Ehrenlegion ernannt werden. Es handelte sich um einen Kindesmord, begangen vor einem Jahre. Die entmenschte Mutter, eine wahrhaftige Wilde, wie er bemerkte, war zufällig gerade die Schuhstepperin, seine frühere Mieterin, diese große, blasse und trostlose Person, deren beträchtlicher Bauch Herrn Gourd entrüstet hatte. Und wie dumm sie war! Ohne zu bedenken, dass dieser Bauch sie verrate, hatte sie sich unterfangen, ihr Kind entzweizuschneiden, um es so in einer Hutschachtel zu verwahren. Selbstverständlich hatte sie den Geschworenen einen ganzen Roman erzählt; von ihrem Verführer verlassen, im Elend, hungernd, in einem Anfall von Verzweiflung angesichts des Kindes, das sie nicht ernähren konnte: kurz dasselbe, was sie alle sagen. Doch musste man ein Exempel statuieren. Duverdy wünschte sich Glück dazu, die Verhandlung mit jener ergreifenden

Wahrheit zusammengefasst zu haben, die zuweilen das Urteil entscheidet.

Haben Sie sie verurteilt? fragte der Doktor.

Zu fünf Jahren, antwortete der Rat mit seiner neuen, verschnupften und grabeshohlen Stimme. Es ist Zeit, der Liederlichkeit einen Damm zu setzen, die Paris zu überschwemmen droht.

Trublot stieß Octave mit dem Ellbogen an. Beide waren nämlich von dem missglückten Selbstmordversuch unterrichtet.

Hören Sie? brummte er. Ohne Übertreibung, jetzt hat er die rechte Stimme. Sie rührt uns jetzt, sie dringt zum Herzen ... Und wenn Sie ihn erst gesehen hätten in seinem roten Kleide mit seinem schiefen Maul! Meiner Treu, er hat mir Furcht eingejagt, er war ganz eigenartig. Wissen Sie, etwas Vornehmes lag in seiner majestätischen Würde, das einem Respekt einflößen musste!

Dann schwieg er still und horchte dem Gespräch der Damen, die ihre Unterhaltung über die Dienstboten wieder aufnahmen. Frau Duverdy erzählte, sie habe gerade heute Morgen Julie gekündigt; nicht als ob sie etwas gegen die Küche dieses Mädchens hätte, allein das sittliche Betragen sei das Allererste in ihren Augen. Die Wahrheit aber war, dass sie gewarnt durch Doktor Juillerat und besorgt um die Gesundheit ihres Sohnes, dessen Streiche sie in ihrem Hause duldete, um ihn besser überwachen zu können, eine Auseinandersetzung mit Julie hatte, die seit einiger Zeit kränkelte. Diese aber, als tüchtige Köchin, deren Art es nicht war, sich mit ihren Dienstgebern zu streiten, nahm die Kündigung an, ohne es auch nur der Mühe wert zu finden, ihr zu antworten, dass sie, wie schlecht sie sich auch aufführe, nicht alles hinzunehmen gesonnen sei, was sie hinnehmen musste, ganz abgesehen von dem unanständigen Betragen des jungen Herrn Gustav. Frau Josserand schloss sich sogleich der Ansicht Clotildens an: jawohl, in der Frage der Sittlichkeit müsse man ganz unerbittlich sein: wenn sie zum Beispiel Adele, diesen groben und dummen Klotz behalte, so geschehe es nur wegen der Anständigkeit jener Gans. In dieser Hinsicht könne man ihr nichts vorwerfen.

Arme Adele, wenn man bedenkt! seufzte Trublot, wieder ergriffen von der Zärtlichkeit für die Unglückliche, die da oben unter ihrer dünnen Bettdecke fror.

Dann neigte er sich zu Octave hin und fuhr fort:

Dieser Duverdy könnte ihr doch zumindest eine Flasche Bordeaux hinaufschicken.

Ja, meine Herren, fuhr der Rat fort, die Statistik beweist ganz klar, dass die Kindesmorde in ganz erschreckendem Maße zunehmen ... Sie geben heute den Eingebungen Ihrer Gefühle zu viel Raum, wie sie denn überhaupt zu großen Missbrauch treiben mit der Wissenschaft, mit ihrer angeblichen Menschenkenntnis, mit der man bald dahin gelangen wird, das Gute vom Bösen nicht unterscheiden zu können ... Die Unzucht lässt sich nicht heilen, sie muss mit der Wurzel ausgeschnitten werden.

Diese Bemerkung war gegen Doktor Juillerat gerichtet, der vorher den Fall der Schuhstepperin vom Standpunkte der Medizin beurteilt haben wollte.

Im Übrigen zeigten sich auch die anderen Herren von Abscheu und Strenge erfüllt. Campardon erklärte, er vermöge das Laster nicht zu begreifen; Onkel Bachelard verteidigte die Kindheit, Theophil verlangte eine fachwissenschaftliche Untersuchung, Leo besprach die Prostitution in ihrer Beziehung zu dem Staate, während Trublot auf eine Anfrage Octaves diesem von Duverdys neuer Geliebten erzählte: sie sei eine recht nette Frau, etwas reif schon, aber mit romantischen Neigungen und empfänglichem Herzen für das Ideal, dessen der Rat bedürfe, um seine Seele zu läutern: kurz eine empfehlenswerte Person, die seinem Haushalte den Frieden wiedergebe, ihn gehörig ausbeute und nebenbei mit seinen Freunden betrüge – und zwar mit Vermeidung alles überflüssigen Aufsehens. Der Abbé Mauduit allein schwieg still mit zu Boden gesenkten Augen und die Seele von Trauer erfüllt.

Man schickte sich mittlerweile an, den Chor der »Schwerterweihe« zu singen. Der Salon hatte sich gefüllt: eine Flut von Toiletten drängte sich unter dem hellen Lichte der Kronleuchter und Lampen, ein heiteres Gelächter lief durch die geraden Sesselreihen; gedeckt durch diesen Lärm zankte Clotilde leise ihren Bruder August aus, der, als er Octave mit den Herren vom Chor eintreten sah, den Arm Bertas ergriff und sie zwingen wollte, sich zu erheben. Doch von den Kopfschmerzen geplagt und durch die stumme Missbilligung der Damen entmutigt, gab er bald nach. Die strengen Blicke der Frau Dambreville brachten ihn zur Verzweiflung:: selbst die andere Frau Campardon war gegen ihn. Frau Josserand entschied die Sache. Sie trat plötzlich dazwischen und drohte, ihre Tochter zurückzunehmen und ihm niemals die 50 000 Franken Mitgift zu geben; denn sie sprach noch immer sehr entschieden von dieser Mitgift. Sie wandte sich zum Onkel Bachelard, der hinter ihr neben Frau Juzeur stand und ließ ihn sein Versprechen wiederholen. Der Onkel legte die Hand aufs Herz: er kenne seine Pflicht, versicherte er; die Familie gehe

ihm über alles. August wich geschlagen zurück; er flüchtete in die Fensternische und presste die glühende Stirne an die eisigen Scheiben. –

Octave aber war von seltsamen Empfindungen bewegt, als er in diesen
Kreis wieder eintrat. Ihm war, als ob den zwei Jahren, die er in diesem
Hause verlebt hatte, die Krone aufgesetzt werde. Seine Frau war da und
lächelte ihm zu, und dennoch schien in seinem Dasein sich nichts ereignet zu haben: Heute war wie gestern; es gab keinen Stillstand und keine
Entwicklung. Trublot zeigte ihm neben Berta den neuen Teilhaber, einen
kleinen, sehr koketten, blonden Herrn, der sie, wie man sagte, mit Geschenken überhäufe. Der Onkel Bachelard, wieder in die Poesie verfallen, zeigte sich der Frau Juzeur im Lichte der Schwärmerei und rührte sie
durch seine intimen Mitteilungen über Fifi und Gueulin. Theophil, der
wieder von Zweifeln geplagt wurde und entsetzlich hustete, zog den
Doktor Juillerat beiseite und bat ihn, er möge doch seiner Frau ein beru-
higendes Mittel geben. Campardon, die Augen fortwährend auf die Kusine Gasparine gerichtet, sprach von seiner bischöflichen Diözese Evreux
und kam schließlich auf die großen Arbeiten in der neuen Straße des 10.
Dezember zu reden. Er verteidigte Gott und die Kunst, schloss übrigens
mit der Bemerkung, dass er sich um die Welt nicht viel kümmere, denn
er sei Künstler. Hinter einem Blumentopfe war der Rücken eines Herrn
zu sehen, den alle heiratsfähigen Töchter mit vieler Neugierde betrachteten. Es war Verdier, der mit Hortense sprach. Sie waren in einer ziemlich
erregten Erklärung vertieft und verschoben schließlich die Hochzeit
wieder bis zum Frühjahr, um die andere mit ihrem Kinde nicht zur Win-
terszeit auf das Straßenpflaster zu setzen.

Der Chor begann. Der Architekt stimmte mit gerundetem Munde den
ersten Vers an. Clotilde schlug ihren Akkord und warf ihren Schrei in
den Saal. Und dann fielen die Stimmen ein, der Gesang schwoll an und
entwickelte sich allmählich zu einer Heftigkeit, welche die Kerzen zittern
und die Damen erbleichen ließ, Trublot, der unter den Bässen nicht zu
verwenden war, wurde wieder als Bariton versucht. Die fünf Tenöre
wurden sehr bemerkt, insbesondere Octave; Clotilde bedauerte sehr,
dass sie ihm nicht eine Solopartie anvertrauen konnte. Als die Stimmen
sich endlich senkten und sie die Begleitung dämpfte, den taktmäßigen
Gang einer Scharwache nachahmend, brach ein rauschender Beifall los,
sie ward von allen Seiten beglückwünscht, ebenso die Herren vom Chor.

Beim Tee, der dann folgte, gab es das nämliche Auftreten der Gäste, die
nämlichen Tassen und die nämlichen Butterbrote. Der Abbé Mauduit
befand sich einen Augenblick allein in dem verödeten Salon. Er betrach-

tete durch die weit geöffnete Tür das Gewühl der Gäste und lächelte überwunden. Noch einmal warf er den Mantel der Religion über dieses verderbte Bürgertum als Zeremonienmeister, der das Gebreste verhüllt, um die endliche Auflösung hintanzuhalten. Er musste wohl die Kirche retten, da Gott auf seinen verzweiflungsvollen Schrei nicht geantwortet hatte.

Um Mitternacht begann die Schar der Gäste sich zu lichten. Campardon entfernte sich mit der anderen Frau Campardon unter den ersten. Leo und Frau Dambreville folgten ihm bald, vertraulich und einträchtig wie ein Ehepaar. Verdier war längst fort, als Frau Josserand sich mit Hortense zurückzog und dieser eine Strafpredigt hielt darüber, was sie ihren romantischen Eigensinn nannte. Der Onkel Bachelard, vom Punsch berauscht, hielt an der Türe Frau Juzeur noch einen Augenblick zurück, deren erfahrungsreiche Ratschläge ihn erfrischten und stärkten. Trublot hatte Zucker gestohlen und wollte ihn über den Küchengang Adelen bringen, allein im Vorzimmer befand er sich August und Berta gegenüber; er ward sehr verlegen und tat, als ob er seinen Hut suche.

In diesem Augenblick kam auch Octave mit seiner Frau heraus und verlangte die Überkleider. Es herrschte allgemeine Verlegenheit. Das Vorzimmer war nicht groß; Berta und Frau Mouret standen hart nebeneinander, während Hyppolite die Garderobe durchstöberte. Sie lächelten einander zu. Als die Türe geöffnet ward, standen die beiden Männer, Octave und August, einander gegenüber und machten unter höflichen Grüßen einander Platz. Endlich willigte Berta ein, zuerst hinauszugehen, nicht ohne vorher Frau Mouret einen kurzen Gruß zuzunicken. Valerie, die mit Theophil wegging, betrachtete Octave mit der wohlwollenden Miene einer uneigennützigen Freundin. Sie und er wären allein in der Lage gewesen, sich alles zu sagen.

Auf Wiedersehen, nicht wahr? wiederholte Frau Duverdy den beiden Ehepaaren freundlich.

Auf dem Treppenabsatz stand Octave betroffen still. Er sah den geschniegelten blonden Herrn, den Teilhaber im Zwischengeschoß und wie Saturnin, von Frau Pichon kommend, ihm die Hand drückte und dabei blökte:»Freund ... Freund ...« Eine seltsame Regung von Eifersucht quälte ihn zuerst; dann lächelte er. Es war die Vergangenheit. Er sah im Geiste seine Liebschaften wieder, die ganze Zeit, die er in Paris durchgemacht: die Willfährigkeit der guten, kleinen Pichon, seinen Misserfolg bei Valerie, der er eine angenehme Erinnerung bewahrte, sein törichtes Verhältnis mit Berta, das er als verlorene Zeit bedauerte. Heute war er am Ziele; Paris war erobert, und er folgte galant der Frau, die er im Innern noch immer Frau Hédouin nannte; er bückte sich, um ihre Schleppe so zu richten, dass sie nicht an den Eisenringen der Treppenstufen hängen bleibe.

Das Haus hatte wieder sein spießbürgerlich würdiges Aussehen. Er glaubte die in der Ferne verhallende Romanze Maries zu hören. Unter der Toreinfahrt begegnete er Julius, der erzählte, dass Frau Vuillaume sehr krank sei und sich weigere, ihre Tochter zu sehen. Das war alles. Der Doktor und der Abbé gingen als letzte fort, wobei sie ihre Auseinandersetzungen fortsetzten, Trublot hatte sich zu Adelen geschlichen, um diese zu pflegen. Die stille Treppe mit ihren züchtigen Türen lag wie in einem warmen Schlafe da. Es schlug ein Uhr, als Herr Gourd, den seine Gattin behaglich im Bett erwartete, das Gas auslöschte. Das Haus verfiel in die Feierlichkeit des Dunkels, gleichsam untergegangen in der Keuschheit seines Schlafes.

Nachdem am folgenden Morgen Trublot sich entfernt hatte, der die ganze Nacht mit väterlicher Sorgfalt bei Adele gewacht, schleppte sich diese in die Küche hinab, um jeden Argwohn von sich abzulenken. Da in der Nacht Tauwetter eingetreten war, öffnete sie das Fenster, um frische Luft einzulassen. Da drang aus der Tiefe des engen Hofes Hyppolites wütende Stimme an ihr Ohr.

So ein Schweinevolk! Wer hat denn wieder Wasser ausgeschüttet? Das Kleid der Frau ist verloren!

Er hatte das Kleid seiner Herrin hinausgehängt, um es zu lüften und später auszubürsten, und fand es mit irgendeiner Flüssigkeit vollgeschüttet. Da erschienen in sämtlichen Stockwerken die Mägde, in heftigen Worten die Beschuldigung von sich zu weisen. Der Streit war entfesselt, eine Flut von scheußlichen Schimpfreden stieg aus der Kloake auf. Wenn Tauwetter war, troff das Wasser von den Mauern; ein pestilenzialischer Gestank drang aus dem kleinen finstern Hofe herauf, die verfaulten Abfälle sämtlicher Stockwerke schienen zusammenzuströmen und ihren Missduft aus diesem Ausguss des Hauses heraufzusenden.

Ich bin es nicht, sagte Adele sich herausneigend, ich komme eben erst herunter.

Lisa schaute überrascht hinauf.

Wie, Sie sind auf den Pfoten? rief sie hinauf. Nun, was ist's? Sie wären beinahe abgefahren?

Ach ja, ich habe eine gräuliche Kolik gehabt!

Dies unterbrach den Streit. Die neuen Mägde von Valerie und Berta, ein großes Kamel und ein kleines Pferd, wie sie genannt wurden, betrachteten neugierig das bleiche Gesicht Adelens. Auch Victoire und Julie verrenkten sich schier die Hälse, um sie zu sehen. Alle hatten etwas vermutet; denn es sei widernatürlich, sich so zu winden und dabei so zu heulen.

Sie haben vielleicht Muscheln gegessen? fragte Lisa.

Ein Gelächter brach los, neue Schimpfreden stiegen auf, während die Unglückliche erschrocken stammelte:

Lasst mich in Ruhe, ich bin krank genug! Wollt ihr mich umbringen?

Nein, das wollten sie nicht. Sie war dumm wie ein Klotz und schmutzig wie eine Pfarrersköchin; allein die Mägde hielten doch zusammen und taten einander kein Leides. Man kam jetzt natürlich auf die Herrenleute zu sprechen; die gestrige Abendgesellschaft fand eine scharfe Verurteilung.

Sie haben sich alle wieder zusammengefunden? fragte Victoire, die an einem Gläschen Schnaps nippte.

Hyppolite, der damit beschäftigt war, das Kleid seiner Herrin zu reinigen, erwiderte:

Diese Leute haben so wenig ein Herz im Leibe wie meine Stiefel. Wenn sie einander ins Gesicht gespien haben, waschen sie sich damit ab und halten sich dann für sauber.

Sie müssen sich ja verständigen, bemerkte Lisa; sonst kämen ja wir bald daran.

Jetzt entstand ein Aufruhr. Eine Türe ward geöffnet; schon hatten sich die Mägde in die Küchen zurückgezogen, als Lisa erklärte, es sei Angela; das Kind sei nicht gefährlich, denn es verstehe alles. Die schadenfrohen, rachsüchtigen Reden der Mägde wurden fortgesetzt; die ganze schmutzige Wäsche der letzten zwei Jahre ward hervorgeholt. Der Schluss war, dass sie sich ordentlich wohl fühlten, keine Bürgersleute zu sein, die mit den Nasen im Unflat gar so behaglich lebten.

He, sag' einmal! schrie Victoire plötzlich hinauf, hast du etwa mit dem schiefmäuligen Hausherrn die Muscheln gegessen?

Ein wütendes Gewieher erschütterte den Lichthof. Hyppolite zerriss dabei das Kleid seiner Herrin; doch mache er sich nichts daraus, erklärte er; es sei noch zu gut für sie. Das große Kamel und das kleine Pferd platzten fast vor Lachen. Adele aber, die sich kaum auf den Beinen zu halten vermochte, rief mit bebender Stimme in das Getöse hinein:

Ihr seid herzlose Tiere! Wenn ihr krepiert, will ich vor euren Leichen her tanzen!

Ach, Fräulein! sagte Lisa, die sich hinausneigte und an Julie das Wort richtete, wie glücklich sind Sie doch, schon in acht Tagen diese Baracke verlassen zu dürfen! ... Man wird hier gegen seinen Willen unanständig! Ich wünsche Ihnen ein besseres Haus!

Julie war eben damit beschäftigt, einen Steinbutt für den Abend herzurichten; ihr Arm war ganz blutig von den Eingeweiden des Fisches; so kam sie zum Fenster und neigte sich neben Hyppolite hinaus. Sie zuckte die Achseln und erwiderte philosophisch:

Mein Gott, Fräulein: diese Baracke oder jene Baracke – es sind sich alle gleich. Wer die eine gebaut hat, der hat auch die andere gebaut. Es ist überall *Schwein & Compagnie!*

CPSIA information can be obtained
at www.ICGtesting.com
Printed in the USA
LVHW112314171022
730904LV00008B/335